人民文学出版社

奇官

罗崇敏

王开林 著

其行，挑战尺度
其思，超于常道
其政，频现『奇观』

图书在版编目（CIP）数据

奇官罗崇敏/王开林著. —北京：人民文学出版社，2012
ISBN 978-7-02-008891-1

Ⅰ.①奇… Ⅱ.①王… Ⅲ.①报告文学—中国—当代 Ⅳ.①I25

中国版本图书馆 CIP 数据核字（2012）第 263329 号

责任编辑　付艳霞
责任印制　张文芳

出版发行　人民文学出版社
社　　址　北京市朝内大街 166 号
邮政编码　100705
网　　址　http://www.rw-cn.com

印　　刷　北京铭成印刷有限公司
经　　销　全国新华书店等

字　　数　400 千字
开　　本　680×960 毫米　1/16
印　　张　27.75　插页 3
印　　数　1—20000
版　　次　2012 年 1 月北京第 1 版
印　　次　2012 年 1 月第 1 次印刷

书　　号　978-7-02-008891-1
定　　价　45.00 元

目录

下卷：真履

上 卷:勤 履

"舜发于畎亩之中,傅说举于版筑之间,胶鬲举于鱼盐之中,管夷吾举于士,孙叔敖举于海,百里奚举于市。故天将降大任于斯人也,必先苦其心志,劳其筋骨,饿其体肤,空乏其身,行拂乱其所为,所以动心忍性,曾益其所不能。"

——孟　轲

引　言

　　据流传至今的古谍谱记载,汉人中的罗氏主脉是颛顼帝之孙祝融的后裔。祝融本名黎,是帝喾时的火官,因为他能光照天下,温暖人间,被帝喾赐名为"祝融",后人尊他为火神。南岳衡山的主峰被命名为祝融峰,确实叨光不浅。西周初期,祝融的裔孙被分封在宜城(今湖北省宜城县),国名为"罗",通族遂以国名为姓。罗国的运祚不长,由于一个小小的闪失就被强邻楚国吞并了,国君万通与次子苍噩逃奔到襄阳黄龙洞避祸隐居,其长子芳噩则逃往四川的深山老林扎根落户。

　　仔细寻绎族谱上的线索,罗崇敏的远祖最早可追溯到宋朝,他们生活在川西南的山区。薄田数亩,茅舍三椽,家境算不上富裕,但丰年自给有余,灾年能免于冻馁。迄至元朝末年,河决鱼烂,民不聊生,哀鸿长鸣于旷野,饿殍暴露于荒途,官逼民反,民不得不反。罗氏先祖为了寻觅一条求生之路,背井离乡,加入朱元璋的义军,好歹从刀锋边缘挣到一份活命的口粮。

　　1381年(洪武十四年),明太祖朱元璋任命傅友德为征南将军,蓝玉、沐英为副将军,统领雄兵三十万,开赴云南。鼓声震天,旌旗蔽日,明军气吞万里如虎,与元军残部大小十余战,兵锋锐利,势如破竹。元朝梁王把匝剌瓦尔密损兵失地,逃亡至普宁州忽纳砦,深感日暮途穷,他将妻子沉入滇池,然后与左丞达德、右丞绿尔夜入农家草舍悬梁自尽。翌年,明朝改中庆路为云南府,设置四州九县,选派汉族官员赴任履职。云南全境底定之后,明太祖朱元璋命令养子、黔宁王沐英留滇镇守,子孙世袭罔替,总共经历了十四代二百八十度春秋。

　　当年,罗氏先祖随黔宁王沐英的大军远征遐荒,最终留在云南江川,选址风光秀美的星云湖和抚仙湖畔安家落户,以打鱼种地为生。

江川是古滇国的发源地,据《史记·西南夷列传》记载:西汉时,为了打通前往身毒国(又名浮屠、天竺,即今印度)的道路,博望侯张骞建议汉武帝派遣使者出使西南夷。汉武帝志在扫平六合,包举宇内。他欣然采纳了张骞的这一建议,派遣王然于、柏始昌、吕越人出使西南夷。汉使到了云南,滇王尝羌热情款待,并且派了十余个经验丰富的向导去西双版纳一带探路,花费了一年多时间,也没从毒虫猛兽出没的原始森林中探出一条可行之路,使者因此滞留在昆明。有一天,滇王兴致很高,置酒与汉朝的使者会谈,他提出了一个相当幼稚而且非常搞笑的问题:"汉朝与滇国相比,谁的地盘更大?"答案不言自明,使者如实相告,滇国的领地充其量只相当于汉朝的一个郡。后来,夜郎侯也向汉朝使者提出了同样的问题,几乎令汉朝使者为之喷饭。夜郎国比滇国还要小得多,小得简直像一张邮票,这个笑柄就彻底落在汉人的手中,从此有了"夜郎自大"这个成语,专门用来嘲笑不知天高地厚而妄自尊大的井底之蛙。

　　元狩年间,南越王聚兵反叛,汉武帝更加留意南疆。他派遣大军远征西南夷。当时,"滇王者,其众数万人",实力并不雄厚,汉朝以大军相临,如巨石击累卵。识时务者为俊杰,滇王当机立断,率先臣服于汉朝,因此他幸获不杀之恩,还保住了自己的权杖,博得汉武帝的好感。汉武帝雄才大略,一手硬一手软,这回他采取的不是铁血镇压,而是以夷治夷的怀柔政策。他将金灿灿的王印赐给滇王,让他继续统治自己的辖区。

　　大渔村紧傍抚仙湖和星云湖,这对孪生姊妹一般的高原湖天生丽质,明眸善睐,静水深流,澄澈无比,湖面辽阔,一望无际,是云南省九大高原湖泊中的佼佼者。从大渔村一眼就可眺望到不远处的李家山,这座山并不以高峻著称于世,但它内蕴的神秀却丰稔可观。二十世纪七十年代初,李家山的首次考古发掘就轰动了全世界,牛虎铜案和牛虎铜枕等国宝级青铜器精美绝伦,令世人叹为观止。在考古界,"北有马踏飞燕,南有牛虎铜案",至今传为美谈。中国人历来看重风水,风水关乎生存环境和生活环境,人杰地灵的话不错,反过来说,一方水土养一方人,同样顺理成章。"药王"曲焕章(云南白药的创始人)、上将唐淮源和金汉鼎、书画家普文治都是江川的名流,还有一位,即本书的传主、奇官罗崇敏,他也是江川的骄傲。

第一章　从小小饥民到"沙糕司令"

1952年12月12日，罗崇敏出生于云南省江川县侯家沟乡大渔村九队的一个农耕家庭。他属龙，龙年出生的男孩，通常会被望子成龙的父母寄予厚望。

在和平时期，如果风调雨顺，农家不耽误节气，务农可获果腹之粮；如果货畅其流，商家不折损本钱，经商可逐什一之利。老百姓鲜有大志和远虑，只要生计得以维持，含哺而嬉，鼓腹而游，洵为乡间常景。在战争时期，兵荒马乱，百业凋敝，糊口和挣钱两难，农家和商家同样艰于度日。

罗崇敏的祖父罗万昌识字不多，却很有经济头脑，除了耕作水田，他还经营油坊，榨制菜籽油。祖母杨兴莲勤俭持家，整整齐齐生下八个儿子，罗崇敏的父亲罗高原在"八大金刚"中排行第七。罗家既有余粮，又有余钱，但并不满足于衣食无忧的温饱现状，而是铆足心劲要让八兄弟中出息一两个读书种子。罗高原喜欢上学，也有舞文弄墨的天赋，他入读的是江川县城的江华私立铸民中学。这所学校由金汉鼎将军出资创办。

金汉鼎字铸九，是江川籍的大名人。1891年，他出生于下海浒，家境贫寒，却刻苦自砺。十八岁那年，他考入云南讲武堂，与朱德、唐淮源是第一期丙班一队的同窗好友，随即加入同盟会。1915年底，云南省率先倒袁，宣布独立，蔡锷志在铲除袁世凯洪宪王朝的帝制根基，誓为四万万人争人格。他指挥护国军第一军入川作战。当时，金汉鼎在蔡锷麾下担任营职军官，战绩彪炳，一度左胯中弹，身负重伤，仍然坚守火线，其勇毅精神深得蔡锷将军的嘉许。北伐期间，金汉鼎担任过国民革命军独立第十八师师长和第九军军长。1934年，金汉鼎造福桑梓，他充分利用自己在家乡的亲合力和感召力,出面筹资创办江华私立铸民中学,尽管这所学校起初规模不大,师资力量却相当雄厚,迅速跃升为江川本地的名校。抗战胜利之前,金汉鼎淡出军界,回到昆明,安家于翠湖边。由于他与"云南王"龙云早年失和,宿嫌未消,只能选择韬光养晦。

罗高原在江华私立铸民中学读初中一年级时,正值蒋家王朝摇摇欲坠之际,为了避免全面败北和彻底崩盘,国民党军队急于补充日益枯竭的兵源,因此罔顾民怨沸腾,到处捉伕抓壮丁。罗崇敏的祖父、祖母不愿让儿子上战场当炮灰,他们出钱请人冒名顶替。但罗高原逃过了初一,却没能逃过十五,最终还是被迫吃了军粮。

两年后,罗高原寻机逃离了士气低落、人心惶惶的国民党军队,潜回江川老家。那时,他二十出头,血气方刚,亲眼目睹了国民党政府统治下的种种腐败黑暗的怪现状,内心激发强烈的叛逆精神。1949年10月,罗高原秘密加入中共在江川的外围组织"民主青年同盟",勇敢参与"反三征"(国民党征兵、征粮、征税)和"反霸清算"等一系列地下斗争。尽管如此,罗高原的努力仍然事倍功半,不足以洗白"反动家庭"的黑底,土改时期,由于罗家拥有数十亩水田和一座油坊,被当地政府划定为"地主"成分。

罗崇敏的母亲朱水凤性情淳厚,持家节俭。建国初期,各地均施行高压政策,处处以阶级斗争为纲,镇压反革命分子和肃清反革命分子乃是人民政府的当务之急。在这种政治环境和政治气候下,地主成分是一块极其沉重的耻辱牌,无论挂在谁的脖颈上,都能将他(她)勒得透不过气来。

1953年初,罗崇敏刚出生一个多月,朱水凤就被村干部从家中拖去批斗。批斗会从上午一直开到下午,迟迟未见收场的迹象,在振臂如林、呼吼如雷的阵仗中,朱水凤并不恐惧,她心里惦记着儿子吃奶的事情,先是焦急,然后是焦躁。她一咬牙,豁出去了,竟然不顾会场纪律,斗胆向主持批斗会的村干部恳求甚至哀告道:

"你行个好吧,我儿存德一天没吃奶,我要去家里喂他,喂完了,再回转来,任由你们批斗,保证不误正事!"

阶级斗争不是请客吃饭,哪有商量的余地?朱水凤的恳求和哀告当即遭到村干部的痛斥,并且受到羞辱。当年,对于人性和人道的呼求,尤其是被定性为地主、富农、反革命的人斗胆吁求人性和人道的待遇,警惕性极高、弦索绷得极紧的革命干部显然是不屑一顾,嗤之以鼻的。

三个月时,罗崇敏生了一场急病,很可能是痧症发作,脸色焦黄,嘴唇血色全无,只有进气,没有出气,身体冰凉,心跳微弱之极,以至于手扪胸口也感觉不到,家人都以为他不幸夭折了。他们痛哭一番后,将他放入猪食槽(江川乡下的风俗),准备翌日找个地方裹床席子掩埋。到了深夜,朱水凤伤心欲碎,突然她听到啼哭声,太熟悉了,那是存德的哭声啊!这怎么可能呢?是幻听?不是,一声,两声,三声,一声比一声大,那绝对是存德的哭声。朱水凤奔过去,从猪食槽里抱起极其虚弱的罗崇敏,撩起衣襟给他喂奶,尽管奶水稀淡,那可是救命之水啊!胜过人间的任何仙药!罗崇敏死而复生,在家乡被传为奇迹。有人说:"大难不死,必有后福!"后福究竟会是什么?当时谁也说不清楚。

孩提时,罗崇敏聪明颖秀,颇得祖母杨兴莲和母亲朱水凤的喜爱,她们经常背着他到地里劳动。三岁左右的小萝卜头自然不会太安分。有一次,罗崇敏到沟边抓鱼摸虾,一不留神,掉进沟里,全身湿透,所幸是夏天,祖母脱下他的衣服,洗干净,晾在草地上,他照样光着屁股到田里捉泥鳅,到草丛捉蚱蜢,等到衣服晒干了,祖母又乐呵呵地把他背回家。

1958年,全国土炉林立,大炼钢铁,云南也不例外。朱水凤带着大女儿罗琼花去山中炼钢,祖母在大队托儿所照顾孩子,眼睁睁地看着大片大片的稻谷全都烂在田里,没人去收割。那时,罗高原在江川县委农工部工作,很少回家,偶尔抽空到大渔村九队来看看儿子,带两封沙糕就足以令罗崇敏馋涎欲滴了。

未满七岁,1959年9月2日,罗崇敏迎来了自己人生中第一个重要的日子,到李家山下江城镇侯家沟村委会小学启蒙读书。他天性明敏,语文、算术、画画、唱歌、体育,门门功课都相当出色,总分常常是全年级第一名。老师都感到惊奇,罗崇敏小小年纪,读书就能过目成诵,而且有那么强烈的荣誉感,别的孩子都怕背书,都怕考试,罗崇敏却恰恰相反,他脑子里转悠的问题竟然是:"怎么还不考试?"当时学校的测验不打分数,而是把成绩分为六档,依次为火箭、飞机、火车、汽车、马车和牛车。罗崇敏太想拿"火箭"了!他有好胜心,有好强心,却没有妒忌心。他从不妒忌别人,只想凭着自己的努力超过别人,叫朝夕相处的同学心服口服。

那年月，大家都在公共食堂吃饭，家里不开火，罗崇敏小小年纪，放学后就去生产队里参加力所能及的劳动，拾麦穗，拾稻穗，捡蚕豆。到了冬天，罗崇敏上山打柴，凛冽的山风一个劲地狂吹，像是锋利的刀子割脸，生痛生痛的。他想打满一筐干柴再回家，但这并不是一件容易完成的任务，他实在冷得受不住了，就在背风的山坡下避一避，眼睛仍一刻不停地搜寻，只要看到近处或远处的枯枝，就好比看到了宝贝，他会飞快地奔过去。朱水凤疼惜儿子，做娘的爱在心里，嘴上的钢火却丝毫不弱，她常常念叨的是一句世代相传的江川名言——"咬口生姜喝口醋"，教导罗崇敏不惧人生的苦辣辛酸。朱水凤识字不多，不会滔滔不绝、喋喋不休地讲大道理。她做人做事的准则归结起来只有十二个字——"清清白白做人，踏踏实实做事"，正是这从小就耳熟能详的十二字母训影响了罗崇敏的一生。

侯家沟小学的朱怀珍老师很喜欢也很欣赏罗崇敏，对他爱学习爱劳动的表现总是赞不绝口。她诚心诚意要自己的儿子做罗崇敏的玩伴："只准你跟罗存德（罗崇敏原名存德，读高小时才改为崇敏）一起玩，去他家里，向他学习，不许你跟别人乱疯乱跑！"

到了1959年，农村经济状况急剧恶化，公共食堂已经难以为继，纷纷散伙。大跃进时期（1958—1960）"亩产上万斤"（最多时，浮夸为亩产"十二万斤"）、"五年超过英国，十年赶上美国"这类魔幻现实主义的谎言和神话如同巨大的肥皂泡一样不戳即破了，在浮夸大树上结成的一串串苦果和恶果开始极大程度地毒害农民的生活，危及农民的生存。农村家庭开始普遍揭不开锅，粮食吃完了，挖野菜，野菜挖完了，捋树叶，甚至在不少地方发生了骇人听闻的事情——吃尸体。一些乡镇强行扣下老百姓向外求援的信件，极力屏蔽饿死人的消息，报纸上依旧是莺歌燕舞，形势一派大好。只要读一读《炎黄春秋》杂志社副社长杨继绳先生洋洋八十万字的著作《墓碑——中国六十年代大饥荒纪实》（香港天地图书有限公司2008年5月版），那种惨痛感和荒诞感就会往骨头缝里猛钻。据他精细估算，那三年多时间内，全国共计饿死大约3600万人，其中饿死的农民超过300万，史上讳称为"三年自然灾害"、"三年困难时期"，其实是一场不折不扣的人祸。

饥馑肆虐的可怕程度绝不亚于瘟疫蔓延。那年月，罗崇敏家的情形同样是釜底生尘。尽管罗高原省吃俭用，常常冒着风险，夜里回家送点救命的钞票和粮票,但市面上极为萧条,已经买不到任何可以食用的东西。田里的庄稼青黄不接,地里的瓜果也未熟透,队里就有人专等天黑去偷摸些东西糊口,根本不用担心村子里的大狗小狗,它们叫得并不起劲。主人尚且忍饥挨饿,大狗小狗的日子自然是更加难熬,它们懒洋洋的,病恹恹的,早已有气无力,随时等待着主人白刀子进红刀子出,宰了它们吃肉。平日,朱水凤教子极严,不是自家的东西,哪怕是一根针,也不许罗崇敏拿。眼下,一家人饥肠辘辘,肚子里面转风车,谁受得了?

在两千六百多年前的春秋时期,齐国贤明的宰相管仲有一句名言:"仓廪实而知礼节,衣食足而知荣辱。"如果老百姓吃不饱肚皮,礼义廉耻就注定是要扫地以尽的。老子在《道德经》里极力倡导的"圣人之治"是:"虚其心,实其腹,弱其志,强其骨,恒使民无知无欲也。"不管这是不是愚民思想,至少李聃先生主张让老百姓填饱肚子,满足最基本的食欲。统治者要求老百姓扎牢道德的篱笆,极力标榜"夜不闭户,道不拾遗"的淳厚民风,就应该让他们有一口饱饭吃,这是最低限度的要求,一旦突破了底线,种种人间悲剧就会不断上演。

朱水凤不忍心眼看着儿子饿到抓狂的地步却只能坐以待毙,既然别人都去偷窃队里的东西,已到罚不及众的时候,她便一改惯常的家教,对罗崇敏说:"存德,你去拿吧,顶多只会挨顿打。我去拿,就会挨批斗。"

这个"拿"字,朱水凤用得随意,却很准确。"拿"显然有别于"偷",为我所用是活命的需要。举国饥馑,政府难辞其咎,百姓取些救命的食物,又何罪之有?

罗崇敏得到母亲的许可后,他麻起胆子,拎一只竹篮,去蚕豆地里打猪草。大白天不同于晚上,没有夜色的掩护,他东张西望,确定四周无人,这才蹲下身子,去采摘豆荚,剥出新鲜蚕豆,自己尝了几颗,清香甘甜,真是天下第一美味,身上的每一个毛孔都大声欢呼。但他恍然记起家中还有祖父、祖母、妈妈、姐姐、妹妹,她们全都饿着肚子。顿时,他强行咽下口水,俯身低头,加快了手上剥豆的动作。也不知过了多久,罗崇敏那双比野兔更警觉的耳朵突然听见有人大声叫道:"快跑,队长来抓人啦!"真是不叫不知道,一叫吓一跳,大片的蚕豆地里竟然一下子蹿出二十多个狼奔豕突的孩子,忽啦啦作鸟兽散。罗崇敏拎起猪草篮,撒开脚丫子,认准一条捷径,闷头往家中狂奔,一颗心都快蹦出胸腔了。也不知那天撞了什么邪煞,队长不追别人,偏偏就只追他。罗崇敏跑回家,急中生智,把剥好的新鲜蚕豆一股脑儿倒入水缸,然后将猪草篮扔在门背后。队长进了屋,喘息未定,就大声嚷嚷道:"我总算抓住了你这个地主崽子,青天白日,敢偷队里的蚕豆!"

朱水凤的脸色本就暗淡,这下就更加暗淡了,倒是罗崇敏并不慌乱,他说:"我只在蚕豆地里打了几根猪草,我没偷东西!"

"煮熟的鸭子,你还嘴巴硬!"

队长不相信罗崇敏空手而归。他找来猪草篮左翻右翻,确实没见着一粒蚕豆,又把家徒四壁的屋子来来回回反反复复扫视,也没有发现任何可疑的蛛丝马迹。队长皱紧眉头,鼻子里冷冷地"哼"了一声,又嚷嚷道:"你没偷蚕豆,那你跑什么跑?"

"别人都跑,又不只我一个人跑!"罗崇敏言之成理,毫不示弱。

队长盘问不出任何名堂,终于悻悻然打道回府。

当天夜里,罗家总算有了一小锅煮熟的新鲜蚕豆充饥。看到大家吃得欢畅,八九岁的罗崇敏打从心底有了小小男子汉的自豪感和成就感,这种内心深处的快乐尽管多多少少烙上了羞耻的痕迹,但是颇为奇妙。

从不偷东西的人被迫偷东西,从不撒谎的人被迫撒谎,这正是那个时代的特色。小孩如此,大人更是如此。小孩偷吃几颗蚕豆,无关宏旨,算不上什么大不了的罪错。大人偷渡的可是人生的一道道天堑,弄不好就会粉身碎骨,一命呜呼。

1960年,罗崇敏的祖父罗万昌饿死在家中。大渔村里饿死的人已不止一个两个,凄惨的气氛越来越浓。翌年,由于缺油少盐没东西吃,严重营养不良的罗崇敏患上了浮肿病,双腿长满疥疮,他坐在家门口的石凳上,浑身虚弱无力,坐下去就起不来。最讨厌的是苍蝇,它们欺人太甚,就像明火执仗的盗贼,成群结党地飞来,猛叮罗崇敏两腿溃烂的疮口,一齐插嘴吮吸脓液,他感觉又烈烈痛又麻麻痒,可是耷拉着脑袋,连挥一挥手臂驱赶苍蝇的力气也没有。朱水凤眼睁睁地看着儿子奄奄待毙,真是欲哭无泪,她想千方设万计弄点野菜糊糊来维持儿子的生命。这段与死神零距离亲密接触的经历,令罗崇敏没齿难忘。

到了1963年,大饥馑逐渐缓解,尽管每人每天只能吃一稀一干两顿

饭，但活命已不成大问题。那时，上午十点到十二点间是吃第一顿饭的时间。有一次，罗崇敏没去食堂，他到学校后面不远处的砖窑玩。他用黏质泥巴做了一辆坦克，用树枝精雕细琢，乐在其中，根本没留意学校已敲钟上课。结果他双手捧着泥巴坦克兴冲冲地直奔教室，当即被上课的李老师大喝一声："站住！"李老师气得鼻子都歪了，走过来，二话不说，一巴掌扇脸，另一巴掌将泥巴坦克打落在地。李老师立了威，仍然未解气，圆瞪两眼，凶巴巴地训斥道："罗崇敏，你出身不好，还不老老实实遵守学校纪律，光凭学习成绩，你休想升入高小（小学五六年级）！"

李老师的这句话犹如当头一棒，对罗崇敏的心理打击很大。此后，他的学习成绩一度出现滑坡，掉出了年级前十名。这段时间他平日有闲暇，就回队里务农，帮助母亲干些力所能及的农活，挣些工分，或在自留地里学习种菜。就这样，尽管罗崇敏心里头没有十足的把握，他还是鼓足勇气参加了初小升高小的考试。

过了一段时间，生产队里的会计李四明从公社办事回来，一边抽烟，一边笑着对朱水凤说："罗崇敏就是你家存德吧？他考上了高小，榜上有名呢！"

这可是一条振奋人心的好消息。罗崇敏打着赤脚飞跑八里地去公社看榜，果然看到自己位居九十名高小生的行列。在回家的路上，他跑得更快更欢，几次都喊出声来："我考上高小啦！我考上高小啦！"

朱水凤被儿子喜兴的神气和爽利的劲头感染，也倍觉欣慰和满足。她去供销社买回几尺蓝色条纹布，为罗崇敏做了一件衬衣和一条短裤。

高小两年，十二三岁的罗崇敏饱尝了艰苦的滋味。每天来回四趟，要走三十二里路，他舍不得穿布鞋。由于家境困难，朱水凤每年只能给罗崇敏做一双布鞋。要不穿草鞋，要不干脆打赤脚，冬天都不例外，脚板早就磨出了厚厚一层茧。早晨天还没亮，祖母杨兴莲就起床为罗崇敏做饭，等他吃完后，准定送他一程。那时，山里有野狼和豺狗，祖母总是提醒孙儿要小心："存德，别忘了带上棍子！"

棍子是用来防身的。天没大亮，有时还会刮风下雨，罗崇敏的胆量若不是超过同龄的孩子，哪敢独自走那段危险的上学路？有时为了解闷，也为了壮胆，他就口中念念有词："云跑东，有雨变成风；云跑西，出门带蓑衣；云跑南，有雨下不长；云跑北，有雨下到黑。"

有一天,罗崇敏感冒发烧,仍坚持上学,上完一节课后,实在撑不住了,到公社卫生院打退烧针,二毛五分钱,也是老师垫付的。

那个时代,出身不好就像一宗"原罪",好比石板压小草,能将人压得透不过气来,何况一个心性敏感的孩子,对于周遭的歧视,他的承受力毕竟有限。当时,罗崇敏满脑子里只有一个念头:一定要用优异的成绩赢得大家的认可,并且改变自己的处境。除了学好功课,他还热衷于体育锻炼。每天晚自习过后,他就独自去操场上练习单双杠。耍背花是他的长项,耍活了身子,他能一口气耍够一百多下,臂力惊人,技巧出众,男同学中没人敢向他叫板,一些大个子也对他刮目相看。

1965年,"四清运动"在全国范围内开展得如火如荼,这场为期三年(1963—1966)的社会主义教育运动,一开始是在农村中"清工分,清账目,清仓库,清财物",后期则是在城乡中"清思想,清政治,清组织,清经济"。由于成分不好,罗崇敏从高小升入初中的梦想很有可能会破灭,但他太想读书了,尽管风声吃紧,外部的政治气候和政治环境不容乐观,他还是去参加了升学考试。幸运的是,村里那位姓秦的军代表对罗崇敏青眼有加,他亲口保证:"小罗,你的字写得好,劳动积极,思想上进,只要你成绩合格,能与家庭划清界线,我就给你做个好鉴定!"

有了秦代表这句保证,罗崇敏仿佛吃下了一颗定心丸。

一天,罗崇敏积完绿肥回家,碰见队上会计李四明的媳妇米桂,她对他说:"存德,你还不知道吧?你上了大红榜,考上初中了!"

那年月,在乡下,考上初中并不是一件容易的事情,整个公社只有寥寥二十六名初中生,许多村干部的子女都考不上,所以米桂就像是喜鹊一样,忍不住要"喳喳"地报告好消息。

"真的吗?这是真的吗?"罗崇敏又惊又喜,简直不敢相信自己的耳朵。

"当然是真的,我还能骗你呀!"

姓秦的军代表果然说话算数,他成全了罗崇敏的升学梦。同时考上初中的还有罗崇敏的堂弟,堂弟家的成分是中农。按理说,他们要去县城读书,家里应该置办些行头,衣服、被褥、蚊帐之类,可是他们两家实在太穷,双方一合计,罗崇敏只带了一床凉席,堂弟只带了一床被子,有限的几件衣服和生活、学习用品则集中放入一只小木箱,两人轮流挑着这担

行李,走二十五公里路,前往县城。

江川初级中学是金汉鼎当年筹资创办的江华私立铸民中学的后身,即罗崇敏的父亲罗高原就读过的那所学校。父子俩成为先后校友,这也是一时之佳话。学校生活还算不错,每人每月配给三十二斤大米,每顿饭五分钱,吃饱肚子不成问题。到了十三岁多,罗崇敏才过上了吃饱饭的日子。心情好了,身体强了,成绩也是芝麻开花节节高。老师和同学都对笑口常开的罗崇敏印象上佳。

当时,学校要办一个小卖部,专卖纸张、笔墨、糖果、零食,有人建议,从学生中找个人当售货员,既可免去一份工资(只象征性地给点零碎的奖金),又可锻炼学生的能力,这个主意得到校领导的首肯。这是一份不折不扣的美差,不少学生翘首以待,希望好运落在自己的名下,但毫无争议的人选是罗崇敏。大家似乎都忘记了他是“地主崽子”。在那个凡事都要政审的年代,这样光荣的任务竟然鬼使神差地落在罗崇敏的头上,他居然能够得到大家充分的认可,多少有点匪夷所思。

小卖部平时关门,课余时间才营业。罗崇敏的服务态度有口皆碑。学校里大龄的学生也有谈恋爱的,深夜到他床头来挠挠他的脚板心,或抓抓他的脚趾头,就算他正在黑甜乡里做美梦,也会揉一揉惺忪的睡眼,立刻起床去小卖部卖一封沙糕给他们,久而久之,罗崇敏在学校里就有了一个响当当的名号——“沙糕司令”。

“沙糕司令”罗崇敏当了半年的售货郎,好不容易积攒了两块钱奖金。这笔“巨款”该怎么花销,他自有打算。学校里男生多,要理发的人自然也多,他买来一套理发工具(推剪、剃刀、梳子),帮老师和同学理发,他的这一举动再次博得大家异口同声的赞扬。

然而中间也有有惊无险的插曲。1966年3月的一天,班主任老师把他叫去,说是大渔村九队的生产队长带着会计和副队长到了学校,要把他弄回去劳动改造。他们带来了大队部的证明,理由为三点:其一,罗崇敏是地主子弟;其二,他的考分弄虚作假;其三,对他的鉴定不够实事求是。校长对生产队长的蛮横行为和强硬态度颇不以为然,他特意把罗崇敏的升学考卷找来,让生产队长当场查证,看看何处弄虚,何处作假。查完考卷,生产队长理屈词穷,只好灰溜溜地走了。

当年,在中国农民的心目中,除了毛主席,就属生产队长官儿大。依循常理推测,既然生产队长带人气势汹汹地去学校寻过罗崇敏的晦气,罗崇敏肯定没有半点胜算。放农忙假的时候,罗崇敏回到家里,母亲朱水凤见到风尘仆仆的儿子,当即抱着他痛哭道:"存德,你以后读不了书了!你以后读不了书了!"

罗崇敏赶紧说明了前因后果,朱水凤这才清楚自己是一场虚惊,立刻破涕为笑。

1966年8月1日,中国共产党第八届中央委员会第十一次全体会议在北京召开,四天后,毛泽东主席用铅笔在一张报纸的边角上草写了《炮打司令部——我的一张大字报》,同日,《人民日报》全文刊登了这篇火药味十足的"檄文","文化大革命"正式爆发。"文革"的政治飓风席卷神州,这是一场史无前例的泯灭人性的浩劫,不仅将堂堂国家主席刘少奇吹得不见了踪影,也将老百姓的正常生活破坏得百孔千疮。学校里已摆不下一张宁静的书桌,工农业产值也直线下降,最悲惨的当属知识分子:素性清高的大翻译家傅雷和他的夫人朱梅馥不堪受辱,在家中双双自缢;大文豪老舍在北京孔庙挨批斗,被人抽耳光,极为伤心,跳太平湖自沉;黄梅戏著名演员严凤英被诬为国民党特务,服安眠药"畏罪"自杀,死后却被人用斧头劈开胸腔和腹部寻找子虚乌有的发报机……这类惨绝人寰的悲剧太多太多,冤魂不计其数,简直到了擢发难数、罄竹难书的程度。

学校开始停课闹革命,英语老师陈时盛头顶"历史反革命"的大帽子,白天要挨批斗,罗崇敏便在夜里去找陈老师补习英文。在那个"焚书坑儒"的年代,居然还有这样尊师重教、求知欲旺盛的学生,陈老师颇为唏嘘,也颇为感动。尽管罗崇敏小心翼翼,他的这一异常举动还是被革命警惕性极高的同学发现了,于是他被扣上"没划清界线"和"白专典型"的罪名,遭到火力十分猛烈的批判。

山雨欲来风满楼。无数人,当然也包括还未满十四周岁的罗崇敏,已经身不由己地走到了最危险的岔道口,面临着何去何从的生死抉择。

第二章　徒步去北京朝圣

"痛定思痛,痛何如哉?!"那场史无前例的人间浩劫,既是中华民族集体记忆中最剧烈的痛点,也是罗崇敏个人记忆中最剧烈的痛点。

1992年6月5日,"四十而不惑"的罗崇敏在江川县政府办公室与友人交谈,话题涉及"文化大革命"。他用痛切的语气说:

"在一个国家或民族内部搞意识形态斗争比军事战争更残酷。国家战争会给国民生命和财产安全带来巨大的损失,给国家的经济和社会发展带来沉重的打击。但意识形态的斗争会使民族传统文化毁灭,会使国民的道德人格沦丧,会使国家社会文明衰退。文化大革命所进行的意识形态斗争给我们国家带来的灾难已经世人皆知。"

大风暴翻江倒海,迅猛来临,人们的应激反应无外乎三种:一是产生极大的恐惧,二是引发狂热的兴奋,三是恐惧和兴奋兼而有之。

在运动初期,由于罗崇敏"立场不稳",暗地里向"历史反革命"陈时盛老师求教英文,激怒了学校的造反派头目,丢掉了小卖部的美差,"沙糕司令"的荣耀被剥夺。"地主子弟"的耻辱标记则如同历史污点,被人拿出来兜底示众。

有一天,罗崇敏从《新闻简报》上看到一条醒目的新闻:"学生串联方兴未艾,大连船舶学院的学生徒步前往首都北京,伟大领袖毛主席亲切接见了他们,并且与他们一一握手,合影留念。"看完这条新闻之后,罗崇敏心里立刻冒出了一个十分大胆的念头,他要徒步前往北京!尽管这位十四岁的懵懂少年对江川县以外的大千世界两眼漆黑,一无所知,但他骨子里并不缺乏高蹈远赴的冒险精神。

罗崇敏只带上简单的行李,先是从江川县城徒步走到玉溪市,找到在玉溪地委当《战斗报》编辑的父亲,讲明自己的意图,希望得到父亲的理解和支持。罗高原看着儿子与其年龄并不相符的坚毅,点了点头。他也曾年轻过,也曾革命过,也曾冒险过,让儿子去大千世界里闯荡闯荡,未尝不是一件好事,至少可以增长阅历和见闻,何况这个时代千奇百怪,他已经雾里看花,看不明白,说不定罗崇敏的目光更锐利,能够看得清楚,这对儿子的前途有利无弊,有益无害。想透这一层,罗高原欣然同意罗崇敏的方案,立刻给了儿子十五元路费和三十五斤粮票,还给罗崇敏提了一个建议,让他先去昆明,与大学生会合,毕竟徒步去北京串联不是走街串巷访亲问友,此行万水千山,路途迢遥,跟着大部队走,随时随地有个照应,才安全稳靠。

上初中后,罗崇敏受父亲罗高原的影响越来越大。他对作文兴趣浓厚,写了得意的篇章,总喜欢用钢笔工工整整地誊抄一份,请人带给父亲过目,希望得到他的指导和点拨。感情上的沟通也使儿子终于理解父亲的苦衷:罗高原与家庭若即若离,并非不重视亲情,只因为他长期在极其压抑的政治环境下工作,必须与地主成分的家庭划清界线。罗高原善良、质朴、谦虚、谨慎、好学、精思,脑瓜子聪明,笔头子灵活,在玉溪,不少人对这位"大笔杆"称赞有加。罗崇敏继承了父亲的优点,尤其是在好学、精思这两方面,青出于蓝而胜于蓝。

尽管父子俩平日见面不多,直接交流也少,但他们心气相通,罗崇敏对父亲早年从事地下工作的经历一直怀有敬慕之情,因此他听从父亲的指教,徒步前往昆明。

昆明毕竟是云南的省会,"文革"开展得更加如火如荼,批斗"走资派"的"火爆"场面一个接一个,堪称"好戏连台"。当时昆明有许多接待站,专门接待各地串联的学生。罗崇敏住在云南省财经学院的校园里,与他同室的一位学生姓陈,两人都来自江川初级中学,很谈得来,平日行动他们同进同出,如影随形。

时令正值初冬，这位陈同学衣衫单薄，却银两不够，他找罗崇敏打商量，语气不免嗫嚅："崇敏，天冷了，我想……我想去商店买一件棉衣，不知道你……你愿不愿意借……借点钱给我？"

"行啊！我借给你。"

罗崇敏的性格得益于母亲的遗传，素来节俭，不乱花一分钱。父亲在玉溪市给他的那十五元钞票和三十斤粮票，他揣在胸口，热乎乎的，至今未动一分一厘。但罗崇敏并不是吝啬成性的守财奴，陈同学要借钱买棉衣，用途正当，他一口应承，毫无吝色。

三十斤粮票和十五元钱，他拿出来重新点数一遍，然后将它们夹在一个印有语录的红壳笔记本里，放进军用书包。出门时，罗崇敏再次检查，确认无误，这才与陈同学一道兴冲冲地去商店挑选棉衣。当年，工薪低，物价便宜，一件棉衣不足十元钱，等他们挑中了一件，准备付款时，罗崇敏才发现自己的军用书包被小偷的空空妙手光顾了，红壳笔记本已不翼而飞。棉衣没买成，两人都很沮丧，罗崇敏就像一位破产的富翁，转眼间已变得身无分文。无钱无粮，心急心慌，他们左思右想，决定去昆明八中红卫兵司令部讨点盘缠，也不知是他们辩才无碍，还是他们的落难情形感动了对方，总之昆明八中红卫兵司令部没让他们空手而返，居然慷慨赠予他们五元钱和三十斤粮票。

在街头，罗崇敏看到"毛泽东思想云南大学海燕长征队"的旗帜，很威风，很气派，很醒目，于是他脑海中灵感闪烁，与陈同学合计，两人花五毛钱，也订制了一面红旗，名目为"毛泽东思想江川中学风雷激长征队"。按理说，三人才成一组，两人难成一队，但他们把旗帜一打出，就名正言顺，跟随着"云南大学海燕长征队"，踏上了去北京串联的漫漫征途。

罗崇敏背着那只印有红色五角星的草绿色帆布军用书包，里面装着钢板和蜡纸，随时准备刻印传单。他还背了一个小小的药箱，里面只有半瓶阿斯匹林和几瓶红药水、紫药水，陈同学举着那面在风中猎猎招展的大旗，神情顾盼自雄。他们途经贵州，前往湖南，此行的目的是去朝拜圣地韶山。红卫兵沿途不愁没饭吃没水喝，也不愁没有安全的地方睡觉。相隔大约三十公里的距离，就有一个接待站，只须拿出学生证和串联证，在上面记下一笔，就可食宿无忧。接待站的工作人员很惊讶，罗崇敏和陈同学才不过十三四岁年纪，就有如此饱满的政治热情和高度的政治觉悟，他好奇地问道："你们小孩子跑去北京干什么？"

"去天安门广场亲切会见伟大领袖毛主席！"陈同学抢先回答。

"哈哈，应该是你们到天安门广场等待伟大领袖毛主席的亲切接见，真是小毛头啊！"接待站的其他工作人员也都笑得前仰后合。

"我们不是小孩子，也不是小毛头！"罗崇敏的语气十分严肃。

"好，好，我认错，你们是革命小将。"

当年，一个外省人只要能够去北京天安门广场转悠一圈，就可算是十分荣耀的事情。倘若天赐良机，能够与叱咤风云、旋转乾坤的伟大领袖毛主席见上一回面，握上一次手，聊上一句天，合上一张影，吃上一餐饭，这种莫大的荣幸就会膨胀开来，足以令人兴奋至死。

红卫兵串联造成了整个社会生活秩序的混乱，但徒步远行确实对这些充满好奇心和求知欲的年轻人有不少显在的好处，既开阔眼界，增广见闻，又饱经风雨，遍尝世味。长到十四岁，罗崇敏从未见过柚子，也从未见过在江中协助渔民捕鱼的鸬鹚，这回都一一见识了。罗崇敏穿村过寨，所到之处，观察那些陌生的动物，打量那些奇异的植物，总能产生透骨新鲜的感觉。每天，他们并不疾走狂奔，只匀速步行五六十里地，主要节目是宣传毛泽东思想、这些年轻人朝气蓬勃，激情丰沛，比初出茅庐的演员怀有更强烈的表现欲望，沿途的老百姓则比善意的观众更为宽容，纷纷上前问寒问暖，问长问短，听说他们来自遥远的云南边陲，大拇指一翘老高："干劲好足啊！你们走这么远，不累吗？"

"一点也不累，我们要去北京天安门广场，跟伟大领袖毛主席合影留念！"他们眉飞色舞，情绪高扬，无法抑制内心的自豪之情。

"真了不起！步行几千里路去北京，毛主席肯定会接见你们，赞扬你们的革命精神！"云南学生听了这话，立刻发出不绝于耳的欢呼，更加得意非凡。

到了湖南邵阳，他们乘坐渡船过资江，遇到一场平日罕见的瓢泼大雨。江上白茫茫，狂风卷起巨浪，渡船时而左右倾侧，时而上下颠簸，似乎随时都可能沉没。好在船长见惯了这样的风雨，将他们平平安安地送到码头。时值初冬，满船的革命小将被淋成了落汤鸡，浑身找不到一根干

纱,直冻得牙齿打架,皮肤起鸡皮疙瘩。然而在他们看来,如此倒霉的遭遇不失为一次严酷的考验。革命的乐观主义可不是光放在嘴巴里说着好玩的,当年工农红军二万五千里长征,爬雪山,过草地,嚼菜根,啃树皮,艰苦卓绝,革命前辈不也都顽强地挺过来了吗?最后挺成了将军,挺成了元帅,挺成了共和国的开国元勋。上岸之后,他们找到一处厂房歇息,架好干柴,燃起两堆旺旺的篝火,一边烘烤湿衣服,一边高呼革命口号,高唱革命歌曲,这样闹腾一番之后,受惊的人缓和了精神,受冻的人也暖和了全身,竟然听不到谁开口讲出半句抱怨的话。最匪夷所思的是,猛淋了这场冷雨,竟然没有一个人感冒发烧。谁还能低估精神的力量?

花了整整十天,云南的学生大队从邵阳徒步走到韶山。他们眼睛顿时一亮,这儿人头攒动,简直就是红旗的海洋。不仅红卫兵多,而且到处可以见到亚洲、非洲、拉丁美洲国家的无产阶级革命友人,黑色皮肤、褐色皮肤、棕色皮肤、白色皮肤、黄色皮肤、绿色眼珠、蓝色眼珠、栗色眼珠、黑色眼珠、灰色眼珠、金黄色头发、火红色头发、栗灰色头发、漆黑色头发、银白色头发、亚麻色头发,应有尽有,令人眼花缭乱。这些外国友人活力四射,满面笑容,载歌载舞,有的拿着照相机这儿咔嚓一张,那儿咔嚓一张,嘴里叽叽呱呱,仿佛天外来客。他们所讲的语言,罗崇敏一句也听不懂。韶山接待站安排云南的学生住下来,吃神仙钵子饭,吃盐水煮大豆,喝南瓜汤,睡大通铺,参观伟大领袖毛泽东主席陈列馆,登韶山,钻竹林,可惜不是春天,漫山遍野的杜鹃花没开,要不然更增游兴。所有这一切,罗崇敏都感到新奇有趣。毕竟他是头一次离开家乡出远门的少年,并不是格瓦拉那样心无旁骛的革命斗士。

在湖南,湘潭市韶山区(现为韶山市)的毛泽东故居与宁乡县花明楼乡的刘少奇故居、湘潭县乌石镇的彭德怀故居形成一个三角形,彼此相距数十公里,一度是红色旅游的“金三角”。1959年庐山会议后,彭德怀的故居率先被废黜,“文革”爆发后,刘少奇的故居遭遇相同的霉运,“金三角”崩去两角,只剩下韶山一处圣地。云南大学“海燕长征队”为了增强自身的革命性和战斗性,决定兵分两路:一路去宁乡县花明楼乡,砸毁刘少奇故居;另一路去湘潭县乌石镇,砸毁彭德怀故居。罗崇明何去何从?他的决定是,两处都不去,继续北上,早日实现进北京串联、去天安门广场等待伟大领袖毛主席接见的宏愿。陈同学无可无不可，反正他唯罗崇敏的马首是瞻。

进入湖北省地界后没几天，罗崇敏就获悉中共中央军委向全国发布了"八条命令"，其主要精神即勒令红卫兵停止串联。"打回老家去，就地闹革命"成为了红卫兵的新口号。在这种进退两难的形势下，陈同学向罗崇敏讨主意："崇敏，别人都南下了，我们还北上吗？"

"走了这么远的路，我们不能半途而废！"罗崇敏的回答掷地有声。

于是，两人继续北上。又走了一个多月时间，风餐露宿的滋味没少尝，忍饥挨冻的苦楚没少受，总算抵达中华人民共和国的首都。从各地涌入北京的红卫兵撤走后，偌大的首都远没有罗崇敏想象的那样热火朝天，街上的男女神情冷漠，行色匆匆，根本见不到万众集聚、呼吼如雷的大场面。

然而，奇怪的是，北京仍然设有隐秘的接待站，接待进京的红卫兵。罗崇敏和陈同学手中高擎的那面"毛泽东思想江川中学风雷激长征队"的旗帜，经过三个多月日晒雨淋，风尘侵袭，已经破旧肮脏，但它真还管用。接待站的工作人员热情地接待了这两位远道而来的少年，将他们安排在农展馆附近的一处空房子里住下，住宿条件很差，没有被褥，只有几床草席。时值1967年2月，正当隆冬时节，由于房间空旷，暖气不大顶用，罗崇敏与陈同学冻得直哆嗦，只好轮流趴在暖气片上取暖。半夜里，罗崇敏出去撒尿，风很大，不慎把外间的大门磕上了，回头推不开门，足足挨了两个多小时的冻，被人送到中苏友好医院时，已高烧至四十一度。经过医生的及时救治，罗崇敏醒了，医生觉得很奇怪，问了一个别人问过许多遍的问题："小不点儿，大冷的天，云南那么暖和，你不待在家，跑到北京来干什么？"

"见毛主席！"

"毛主席日理万机，哪能人人都见着！"

"我就想见他老人家！"罗崇敏口气执拗。

医生笑了笑，不再跟罗崇敏争辩，他拿来一瓶酒精和一大团药棉，给这个生病的少年擦拭身子。你想想看吧，罗崇敏三个多月跋山涉水，根本没洗过澡，那团药棉擦下去，会是什么情形？最要命的还不是脏，而是他

衣服上的虱子出奇地多。"虱子多了不怕痒",这说法也许真有它的道理呢。医院的护士用了几大盆热水才洗干净罗崇敏的衣裤,并且用蒸汽消毒的方法将它们杀了菌,消了毒。真是因祸得福,罗崇敏头一回吃到新鲜的牛奶、豆浆和面包,那味道甭提有多美了。

　　毕竟年少体强,病好得快,罗崇敏出院时,主治医师和护士都有点恋恋不舍,也有点难过,这孩子骨瘦如柴,离家这么远,真是令人担心。但罗崇敏的精神状态并不差,他决定与陈同学结伴去参观天安门广场与城楼。街上的积雪厚厚实实,履带车正在轧雪,环卫工人正在铲雪,天安门城楼没有他们想像的那样巍峨。眼下,建筑工人正在脚手架上维修它的局部,不许游人登临。广场真是很辽阔,似乎比飞机场还大,人民英雄纪念碑就像一把巨大的宝剑刺向雪后初霁的天空。

　　"崇敏,我们把旗帜献给人民英雄纪念碑,好不好?"平时,陈同学凡事都要向罗崇敏讨主意,这回,他的脑筋倒是转得奇快。

　　"好啊! 这是它最好的归宿!"

　　他们手中没有花,这个季节也买不到花,献旗倒真是个不折不扣的好主意,他们把那面跟随自己三个多月的"毛泽东思想江川中学风雷激长征队"队旗放置在人民英雄纪碑东面的基座上,一齐敬礼。那一刻,两人激动得都快掉眼泪了。在庄严的献旗仪式完成之后,却有个轻松的插曲突如其来,在人民英雄纪念碑附近,罗崇敏意外地拾获一块全钢上海牌男式手表。当年,这种手表的价格为一百二十元,一个普通工人不吃不喝,少说也要攒足五个多月的工资才能买到,可算是常人不敢奢望的贵重物品。陈同学望着罗崇敏,罗崇敏也望着陈同学,两人面面相觑,好一阵没说话,却形成了默契,达成了共识:手表是别人丢的,不能起贪心,交给警察才对的。他们转了一圈,没找到警察,最终将这块手表交给了在国旗附近站岗的哨兵。

　　他们当然也没忘记正事——在天安门广场摄影留念。罗崇敏跑到广场附近的小卖部买了一卷120黑白胶卷,意犹未尽,又买了两个写有"天安门广场留念"字样的洋瓷口缸,他一个,陈同学一个。他们请好心人拍了十二帧相片,每人六帧。

　　北京之行,这两位云南少年自始至终没见到伟大领袖毛主席,也没见到什么大场面,未能遂愿和实现初衷,这固然是一个很大的遗憾,但小小年纪,他们跋山涉水,徒步走完数千里路程,来到首都,在天安门广场上永久留下年少时的身影,这已经是了不起的壮举和令人艳羡的幸福。这次远行对罗崇敏的影响颇为深远,他身上那些能够决定命运的性格特质——勇敢、顽强、有韧劲、有主见、百折不挠、坚韧不拔已经初露端倪。

京城虽云乐,不如早还家。毕竟他们只是十四岁的少年,出门四个月了,罗崇敏开始想念母亲,想念家人。毛主席已经有几个月时间不再到天安门城楼检阅串联的学生,各地红卫兵文攻武卫的火力正在加强,罗崇敏和陈同学继续滞留在北京已非上策。他们前往农展馆那个秘密接待站,把返回云南的决定告诉对方,接待站的工作人员表示惋惜,但也没有强留,立刻给这两位云南少年开具介绍信,购买火车票,还赠送给他们每人二十个大烧饼,作为归途上的干粮。当年,可供他们选择的铁路交通线是:先从北京坐火车到成都,然后从成都坐火车回昆明。在路上,他们要耗费整整十天时间,二十个大烧饼,每天平均吃两个,不至于挨饿——典型的"计划经济"。

经过一番折腾,他们抵达了成都,由于旅途触感风寒,罗崇敏生病发起了高烧。一下火车,陈同学赶紧将他送到联合诊所,好在他们身上有北京接待站开具的介绍信,看病不用掏钱。在医院里,发生了一件令罗崇敏感到难过的事情,一位年龄三十多岁的女医生抱着他痛哭流涕,不停地说:"娃儿,你回来了!你总算回来了!"

事情的原委是,大串联时,这位女医生的儿子被泛滥的河水冲走了,活不见人,死不见尸,伤心的母亲一直抱着侥幸心理等待儿子归来。罗崇敏长得浓眉大眼,身体瘦弱,与女医生的儿子相貌酷似,所以她一时间产生了错觉。医院里的同事都过来反复劝导女医生,等她彻底明白过来,罗崇敏不是她的儿子,非但没有抹干眼泪,反而哭得更加伤心欲绝。这幕情景令罗崇敏内心感触良深,自己出门四个多月,没给家中写过一封信报告平安,还不知倚闾相望的母亲愁成了什么模样,也许望眼欲穿了吧?第二天,那位女医生又来到病床前,神情颇有些凄然和黯然,她塞给罗崇敏五元钱,对他说:"快回去吧,你妈妈肯定想你啦!"

罗崇敏本想不回江川,在外闯天下,但听了女医生的劝告,真就有点

归心似箭了。女医生用沸水帮罗崇敏煮爬满虱子的衣服，将它们洗得干干净净，熨得平平整整。那二十个结结实实的大烧饼，一路上他已吃掉十个，剩下的开始发霉。罗崇敏把发霉的大烧饼扔掉时，觉得很可惜，心想，要是在过苦日子的时候，这十个大烧饼能救好几条命呢。

从成都到昆明，再从昆明到玉溪，免不了旅途劳顿，昔日兴奋的心情也已荡然无存。罗崇敏带着陈同学去报社找父亲，没找着，他们只好寻个地方将就着住了一晚。第二天一早，他们搭上顺路的马车回到江川县城。罗崇敏心想，先去学校看看。江川中学尚未复课，但仍有一部分学生。他们见到黑不溜秋、瘦骨嶙峋的罗崇敏，不禁大吃一惊，仿佛白昼撞见了活阎罗。许多人围上来，问长问短，问他一路上的所见所闻，问他是否在首都北京见到了伟大领袖毛主席。他一一作答，如实相告，脸上恢复了自豪的神情。这时，有一个男同学不服气，不以为然地质疑道："罗崇敏，你扯什么谎？这些事全是吹牛的吧？！"

听到这话，罗崇敏如同遭受奇耻大辱，他立刻打开草绿色的军用挎包，从里面拿出一摞照片，有在韶山冲毛泽东故居前拍摄的，有在北京天安门广场上拍摄的，他还拿出写着"天安门广场留念"字样的洋瓷口缸，给大家一一过目。众人传看着照片和洋瓷口缸，无不露出艳羡和赞赏的神气。那位质疑者见此情形，也哑口无言了。

罗崇敏回到大渔村，祖母杨兴莲和母亲朱水凤笑得合不拢嘴，她们的愁眉舒展了，一个劲地找东西给他吃，坐在旁边，看着他狼吞虎咽，眼睛都不敢多眨几下，似乎生怕自己一不留神，这只羽翼丰满的鸟儿又会扑簌翅膀飞向远方。家人传看了他精神抖擞手握红宝书在韶山冲和天安门广场拍摄的照片，都很开心。奶奶杨兴莲说："存德，这么小你就能闯天下了，走几千里路到北京去，以后肯定会有大出息！"

"他还是少出去跑才好，这年月，外面乱成一锅粥，多叫人担心啊！"母亲朱水凤的想法不同。

"唉，人不经事，哪能懂事？人不懂事，哪能办事？人不办事，哪能成事？小孩子要有出息，吃点苦不算什么。人都是命中注定的，有的人闯遍鬼门关，身上头发丝都不会少一根，有的人出了家门，就会淹死在几步远的池塘里。你要相信天意！"祖母杨兴莲的话很有见地。

“还说头发丝不会少一根,妈,你看存德,都瘦成这副模样啦!”母亲朱水凤固持己见。

“瘦了,不碍事,肉可以长回来的!”

1967年10月14日,中共中央、国务院、中央军委、“中央文革”小组联合发出《关于大、中、小学校复课闹革命的通知》,要求学生全部返校复课,边上课边闹革命。那段时间,江川中学的学生重新集结,学习毛主席语录,揪斗走资派。这些还不算,年轻人分成敌对派别,互相械斗,有时打得头破血流,有时打得伤筋动骨。罗崇敏是典型的逍遥分子,两派拉他参加各自的阵营,他都婉言回绝,藏身在学校图书室里,借助书籍寻求内心的宁静。

江川中学的图书室藏书有限,小说寥寥无几,中国四大古典小说名著只剩《水浒传》、《西游记》、《三国演义》,《红楼梦》被人借走了一直没还,新一点的小说有《红岩》、《青春之歌》、《钢铁是怎样炼成的》,除此之外,就是《欧阳海的故事》、《雷锋的故事》、《王杰的故事》、《毛泽东选集》、《大众哲学》、《哲学基础知识》。罗崇敏喜欢上了哲学,别人都认为枯燥无味的书本,他却读得津津有味,兴趣盎然。

“文革”越闹越红火,战斗队如雨后春笋,冒出一大批,光是江川中学,就有二十多个战斗队,这现象煞是惊人。罗崇敏无意加入任何一方,他斗性不强,斗兴不高,革命积极性偏低。但为了不授人以把柄,他成立了“毛泽东思想626战斗队”,队员是他,队长也是他。他无意去招兵买马,乐得做个无人管也不管人的光杆司令。除了读书,他还练字,刻蜡板,抄大字报,将《人民日报》上的重要文章刻印发放,就算交差。许多人都觉得罗崇敏很另类,但抓不到他的小辫子,就无法治他的罪。

1967年底,有一天晚上,罗崇敏与一位同学在教室里练字,练到很晚才收工。第二天早上,有人在课桌下看到“打倒林彪”四个毛笔字,立刻举报。当年,林彪是伟大的副统帅,是毛主席最信任的接班人,反革命分子竟然不自量力,公然写下“打倒林彪”的反动标语,这无疑是一起恶性的政治事件。江川县人保组和公安局闻风而动,很快就抓到了两个嫌疑分子——罗崇敏和那位男同学,二者必居其一,甚至有可能是合谋和串通。

罗崇敏百思不得其解,他记得自己没写这四个字啊。

他们被关了一个晚上,第二天提审,那位男同学是贫农出身,罗崇敏是地主成分,县人保组认为后者的嫌疑更大,这种行为通常被视为"阶级报复",绝对暗藏着"政治仇恨"。然而,经公安局的刑侦人员鉴定笔迹,发现那四个字不是罗崇敏写的,而是那位贫农子弟写的。这不是"阶级报复"和"政治仇恨",那么他写这四个字应该作何解释呢?原来是个误会。那位男同学写了"批判"(这个关键词在当年使用的频率绝对高于现在广泛使用的"改革"一词,时代的特色即由某些关键词体现无遗)二字之后,去厕所撒了一泡尿,回来时,操起毛笔,另起一行,他完全是无厘头地想起了伟大的林副统帅的名字,因此写下"林彪"二字,根本没去考虑前后左右的关联。这就像一个人看报时,他先是说了"我要",也许他是要一杯茶,或者要一杯咖啡,然后他看到报纸上某位名人自杀的消息,脱口而出的却是"自杀",旁人将"我要"和"自杀"连贯起来,肯定会吓一大跳,事实却并非如此。

当年,青年学生的脑子里就只装着"毛主席"、"林副统帅"、"文化大革命"、"语录"、"口号"、"标语"、"伟大"、"光荣"、"正确"、"批判"、"走资派"、"成分"、"反革命"之类的常用词语,把其中的两个关键词混在一起,情有可原。在众目睽睽之下,那位贫农子弟死罪可免,活罪难饶,遭到了革命群众毫不留情的批斗。罗崇敏跪在一旁陪斗,那份耻辱感就像针扎刀割熨斗烙,他至今想起来仍痛彻心肺。

1968年1月,罗崇敏从江川初级中学毕业了。说是"毕业",其实满打满算他只读了一年书,其他时间都耗费在政治运动中。他们没能如愿领到心仪已久的毕业证,取而代之的是"光荣证"。但罗崇敏心里并不觉得有多么"光荣"。学校欢送他们回乡务农。"农村是一个广阔的天地,在那里是可以大有作为的",这条毛主席语录,他们早已背诵得滚瓜烂熟,领会得丝丝入扣,当然也被忽悠得晕头转向。

大队部召开了热烈隆重的欢迎会,其他同学胸前都挂着一朵大红花,唯独罗崇敏胸前空空如也,一片荒芜,不为别的,就由于他出身不好,是"万恶不赦"的地主子弟。罗崇敏的自尊心又一次受到严重的挫伤。他回想起在江川初级中学读书的那段时光,总有女同学借阅他的作文,找他询问习题答案；做"沙糕司令"，也得到大家的一致认可；徒步到北京串联，沿途更是受到英雄般的尊重，与现在的境况对比起来，反差太大了，真有霄壤之别。他欲哭无泪，却还要强颜欢笑，这算哪门子的新生活？那晚回家，月亮如同一只病猫，躲藏在乌云背后，半夜里，他辗转难眠，好歹有了月光照进窗口，也是冷冰冰的。罗崇敏叹息，流泪，现实的残酷令他心寒。

那时，在全国范围内，正开展二次土改。春节前不久的一天，大队民兵来罗崇敏家查封所谓的"浮财"。他睡在楼上，事出突然，并不知情，结果被一纸封条封在里面。其实，罗家一贫如洗，哪有什么浮财可供抄没？民兵拿走了罗崇敏的背包，此外还拿走了一套饭碗和一堆萝卜渣。罗崇敏从窗口爬出后，去大队革委会索要背包，遭到严词拒绝。

"我为什么会这样卑贱啊！"回家的路上，罗崇敏捶胸自问，没有答案。他号啕痛哭。直到今天，在他的生活中，这般挥泪如雨的次数也只是两次，还有一次就是母亲去世时。

生产队长对罗崇敏的歧视显而易见，参加劳动的工分被扣除，粮食分配也没他的份。福无双至，祸不单行。与此同时，罗崇敏的父亲罗高原由于历史问题（早年被抓壮丁，在云南大理当过短期的国民党宪兵）而被赶入牛棚，到云南元江"五七干校"劳动改造。

不是说"出生不由己，道路可选择"吗？不是说不搞"唯成分论"吗？罗崇敏决定拿起笔来，写信给玉溪地区革命委员会主任申魁，把自己的委屈全部倾诉出来，同时将自己所受到的歧视和迫害如实相告，恳求申魁主持公道。这样一封地主子弟写给地革委会主任的申诉信，最合理的结果应该是泥牛入海，杳无回音。然而，命运对罗崇敏看似薄待，实为厚遇，每到关键时刻，总会有贵人相助。玉溪地革委主任申魁显然是罗崇敏命程中又一个出手相助的贵人，他对罗崇敏的来信做出了正面的批示。

那天上午，罗崇敏正在地里劳动，突然听到大队广播找人，找的是大渔村九队的罗崇敏。若不是什么重要的事情，大队不可能用广播找人，亲戚朋友得到消息，都为罗崇敏捏一把冷汗。到了大队部，大队革委会主任阴沉着脸通知罗崇敏，明天去县里一趟，县革委综合组的领导要见他。此行到底是好事还是祸事，罗崇敏不得而知。他心里就如同十五只吊桶打

水,七上八下。

翌日,罗崇敏坐马车到了江川县城,县革委综合组的干部侯文华接待了他。侯文华一团和气,没有摆出吓唬人的阵仗,问道:"这点小事,你怎么就忍不住要直接写信给申主任?瞧着你挺本分老实的,哪来这么大的胆量?"

"大领导解决小事情,只用举手之劳,不费吹灰之力。我写信给申主任没错啊!"罗崇敏回答得很巧妙。

"你说得倒轻巧,大领导一天也只有二十四个小时,都像你这样拿芝麻绿豆大的小事去烦他,他受得了?"侯文华话中不无责备之意,但语气温和,并不严厉。

"摆明了,他们欺负人……"罗崇敏抗辩道。

"好了,好了,如果大队革委会把东西还给你,你还有什么要求?"

"我请求与城镇居民户口的学生一同下乡当知青,不再回大渔村了!"罗崇敏急中生智,既然侯文华问他有什么要求,他就放开胆子。就算侯文华当场拒绝他这个非分的请求,他也不会损失什么。

"嗯,那好吧,机会倒是有一个,原先在农场的知青都要分配到各个乡去,3月3日到5日,集中在江川县委招待所培训两天,算你一个名额。罗崇敏,这是相当严肃的事情,可不许开玩笑!"侯文华说这话时,明显加重了语气,脸上的笑意却很轻松。

"你说话算数?"事情变得这么顺利,罗崇敏反而不敢相信自己的耳朵了。

"我说到做到,这点你只管放一百个心。不过,我有言在先,你要当知青,就要下到雄关乡,那儿可比你们侯家沟穷多了,你要有吃苦耐劳的思想准备。"

"谢谢领导的英明决定,只要能当上知青,我保证不怕穷,不怕苦,不怕累!"

"罗崇敏,你嘴皮子很利索,以后要用自己的表现说话才行!"

回到家,罗崇敏把去雄关当知青的事跟祖母和母亲说了,他们都很赞同。在大渔村,罗家确实太受欺负了。常言道:"树挪死,人挪活。"换个生活环境,罗崇敏的处境肯定会好一些,再说,当知青很光荣,地主子弟当知青，就更是难得的幸运。罗崇敏机警过人，这事他故意留了一手，对外没露半点口风，以免有人从中作梗。当时，地主子弟要离开本乡本土，必须经过大队民兵营长同意才行。两年前，罗崇敏的一位堂舅舅没向民兵营长请假，一大早偷偷地出门赶集，想卖掉两包烟丝，弄点零钱买盐巴，结果被巡逻的民兵开枪打死在路边。尽管罗崇敏担心这样的悲剧会在自己身上重演，但他还是决定冒险离开大渔村。趁着夜色的掩护，母亲朱水凤将他送出大渔村，躲在公路边的大石头后面。

天亮后没多久，罗崇敏拦到一辆去县城的马车，终于离开了大渔村这片伤心之地。他想到自己很快就能拥有知青的身份，去到一个全新的地方，开始全新的生活，内心顿时感觉十分快乐和激动。

第三章　雄关漫道真如铁

"西风烈,长空雁叫霜晨月。霜晨月,马蹄声碎,喇叭声咽。雄关漫道真如铁,而今迈步从头越。从头越,苍山如海,残阳如血。"当年,毛泽东的这阕《忆秦娥·娄山关》被红色理论家赞誉为"革命浪漫主义的巅峰之作"。受其加持和感染,知识青年的热血一度比汽油更容易点燃。然而当青春的晕彩褪失,理想的虹影消散,炼狱的大门敞开,他们从终点回到起点,脑海里就仅仅剩下两个疑团:这是时代的刻意栽培?抑或是命运的任意戏弄?

1969年3月5日,在江川县委招待所,全县知青接受为期两天的培训,然后被分配到各个知青点。果然如县革委综合组的干部侯文华当初暗示的那样,罗崇敏被分配去了雄关。先在公社强化政治学习,为期六天,知青要掌握农业技能,尚须假以时日,政治思想必须先过关才行。

论脑子机灵,罗崇敏轻易不会输给别人,但他心太软,要时刻绷紧的阶级斗争那根弦一不小心就会松脱。有一天,他在楼房里见到一位身穿大棉袄、神情委顿的男人,随便闲聊了几句,得知对方是雄关公社原革委会主任、武装部长,此时已被专政,靠边站了。假若换上别人,十有八九会借故赶紧走开,以免招惹嫌疑。罗崇敏素来机警,不知何故,这会儿却迟钝了。更奇怪的是,他居然跟这个"走资派分子"聊得有滋有味。"大棉袄"得知罗崇敏是江川县唯一的农业户口的下乡知青后,面露困惑之色:"怎么回事,你家在大渔村,不待在家里,却要到外乡外土来自讨苦吃?雄关可是比侯家沟穷得多啊!"

"我的出身不好，家里是地主成分，老有人要踩我的痛脚，揪我的小辫，在家日子不好过。离开家，换个地方，吃点苦，心情反而会舒坦得多。"罗崇敏的解释合乎逻辑。

"那倒也是，处处有家，处处无家，唉……""大棉袄"的感慨戛然而止。

"你一定是得罪了谁吧？"罗崇敏问道。

"你问我得罪了谁，我真的不知道。群众运动就好像龙卷风，随便卷走谁都很正常，比起那些落难的大人物来说，我只是一个微不足道和毫不起眼的小角色，唉，走霉运，没办法！""大棉袄"也没乱吐怨言，没大发牢骚，也许他担心祸从口出。

常言道："隔墙有耳。"那年月，隔墙之耳特别多，而且听力极其发达，不逊色于当今的高科技窃听手段。罗崇敏与"大棉袄"的聊天内容，很快就被人举报了。公社领导将这次聊天视为阶级斗争新动向，立刻找罗崇敏谈话，严厉批评他"阶级阵线不明"，责成他写出一份认识深刻的检讨。

六天的学习结束后，罗崇敏与王新华、赵小明、彭小志四人被分配到梅子铺村。村里照例开了一个热情的欢迎会，村民看着这四个新来的十六七岁的年轻娃娃，就好像看见了早已灭绝的恐龙，都觉得稀奇和纳闷：他们放着家里的蜜糖日子不过，跑到这里来喝什么苦水？

四位知青住进一座小楼里，楼上全是破烂衣物和坛坛罐罐，他们一打听，才弄明白，楼上原来住的是一个吃"五保"的孤寡老人，死了没多久，东西还没来得及清理干净。他们一边清理杂物，打扫卫生，一边心里直犯嘀咕，住在这儿真够呛，说不定夜里会闹鬼。按理说，信奉唯物主义的革命青年根本不应该怕鬼，大脑中一刹那间产生闹鬼这样的念头都是十分可耻的。然而很多时候，人不就是这样"可耻"地活着吗？

在逼仄的小楼里，还住着另一户农家，知青与他们共用一个灶台。早起的鸟儿有虫吃，这话没错，不过人与鸟大有不同。每天拂晓，天刚蒙蒙亮，罗崇敏就起了床，煮饭的任务自然而然落在他的名下。他做饭做得轻松自如，三个伙伴坐享其成，睡足一个多钟头的懒觉，起床后喝一碗热粥，吃一碗热饭，刚开始，他们还有点不好意思，久而久之，他们就心安理得了。

两个月后,王新华淋了一场透雨,感冒发高烧,罗崇敏知道一个土疗法,用生姜给他擦背。王新华退了烧,还是病得不轻,也不知是心病,还是身病,就被送了回去。赵小明、彭小志同样是身在曹营心在汉,在乡下待不住,干农活也受不了,瞅个空,一溜烟回了家,后被调到另外一个条件好的村子去了。罗崇敏独自在梅子铺村知青点坚持了五个月,跟当地农民建立起深厚的感情,队里人人个个都知道他原本就是农家子弟,心地善良,朴实忠厚,肯出力,能帮忙。大家都喜欢这个满脸笑意、热情大方的年轻人。

当年的知青点,每村不能少于三个人,王新华走了,赵小明、彭小志也走了,而且一去不复返,只剩下罗崇敏一个人,知青点实际上已经名存实亡。大队知青办主任王友福对罗崇敏说:"粒米难煮饭,独木不成林。这样吧,梅子铺的知青点就撤了,把你并入麻栗湾知青点去。"

"我没意见。向贫下中农学习,在哪儿都一样。"

"小罗,你很会说话啊!"王友福点头夸奖罗崇敏。

"王主任,我说的全是真心话!"

也是缘分使然,到了麻栗湾知青点,罗崇敏认识了当地一位姓刘的老中医。老中医不仅医术高明,而且谈吐风雅,涵养深厚。一有空闲,罗崇敏就跑去帮老中医干活,洗药、晒药、碾药、包药,他见事做事,见活干活,不仅手脚麻利,而且条理分明。老中医很喜欢这个头脑聪颖、手脚勤快的小青年。望闻问切,察颜观色,原本就是中医的基本功,老中医对罗崇敏想学医术的心思洞若观火,某天,他有意无意间问道:"小罗,你知不知道'悬壶济世'这个成语?"

"听说过,意思好象是治病救人?"罗崇敏的语气不够肯定,有点拿不准。

"这是一个有趣的故事,你想不想听?"

"想听,想听!"

"东汉时,大约一千八百多年前吧,历阳有个叫谢元的神医,在街上开了一家诊所,门口挂着一个很大的葫芦,因此众人都称他为壶公。壶公治病卖药,全是固定价钱。病人吃了他开的药,不管是病是疾,都很快就能痊愈。壶公预言,谁吃了某服药,就会吐出某样东西,淤血啊,痰块啊,一说一个准，从来没有说错过。壶公的名气越传越大，找壶公治病的人也就越来越多，他每天能够收入医药费数万枚铜钱，在当时，这可不是一笔小数目。但壶公并不贪财，所有这些铜钱，他全都用来救济穷人。他白天在诊所里治病卖药，晚上就睡在门外那个大葫芦里，这个秘密只有一个叫费长房的人知道，费长房后来拜壶公为师，也成为了一代名医。从那以后，中医的标志就是一只葫芦。"

"难怪有句俗语说，'葫芦里究竟卖的是什么药'，原来葫芦是用来装药的。听说还有叫中医为'杏林'的，那又是怎么回事？"

"小罗，你问得好，问到点子上了。这个故事更有趣。三国时吴国有个叫董奉的人，住在山中，从不种田，而是采些草药，治疗病人。奇怪的是，他不收医药费，只要求重病痊愈的人在山上栽种五株杏树，小病痊愈的人栽种一株杏树。许多年后，山上共栽种了杏树十万株，成了一大片杏林。董奉将一些鸷禽猛兽放养在杏林里，追逐嬉戏，杏林里就有了肥料，又不生草。后来杏林结出累累的果实，董奉对乡民说：'你们想买杏，不用出钱，就用一盆谷换一盆杏。'乡民发现，董奉从不验谷，因此贪便宜的人就打起了小算盘，送来的谷不足一盆，拿走的杏却是满盆。结果，他们下山时，老虎会对着他们吼叫，并且追逐他们，结果这些人一路狂奔，盆里的杏滚落不少，回去一量，跟送去的谷差不多。还有人连谷都不送，索性去杏林中偷采果实，他们的结局更惨，会被老虎咬死咬伤，真是贪小便宜惹大祸。家里人知道死者伤者是由于偷杏造孽，赶紧送谷子上山，向董奉道歉，他就会拿出药剂丹丸，起死疗伤。董奉要收那么多谷干什么？他用这些粮食救济贫穷潦倒的人。"

老中医将故事娓娓道来，罗崇敏听得津津有味。真想不到中医会跟这么有趣的故事联系在一起，他拜老中医学医的决心更坚定了。他由衷地感叹道："壶公和董奉真的很有办法啊！"

"是啊！中医博大精深，以济世救人为己任，所以说'上医医国，下医医人'，可见中医的仁心妙术是多么重要！"

长这么大，罗崇敏还没有听人讲过这么深刻这么有趣的话，他听过太多的政治气息刺鼻、政治色彩刺眼的话语，突然听到这些与政治毫不相干的话题，感觉如闻天音，如饮甘泉，心里特别舒服。

"我想拜您为师,不知您肯不肯收我为徒?"罗崇敏不绕弯子,直陈胸臆。

"小罗,我看得出,你是学中医的好苗子,你想学,我也愿意教你!"老中医说完这话,爽朗地笑出声来。

从此,罗崇敏在老中医的指导下,认真阅读《中医入门》《伤寒论》《千金方》《难经》和更为深奥的"中国医学元典"《黄帝内经》,尽管他只是一知半解,但他对中医理论产生了浓厚的兴趣。老中医切脉诊病时,罗崇敏就帮他写处方,他写得一手好字,写处方正好派上用场。他白天参加队里的劳动,农活都很累人,但他总有使不完的劲,晚上经常走六七里路,去医疗站帮忙,切药,碾药,配药,拿药,也打打针。罗崇敏不怕忙得团团转,越忙越有精神,越忙越觉得自己有价值。除了学医,他还在麻栗湾小学代了几个月课,当了一段时间的记分员,大队的文艺演出队里也有他的身影。他做什么像什么,做什么是什么,凡是跟罗崇敏共过事的人,都会留下深刻印象:他记性好,能力强,精神足,干什么事都有兴趣,有热情,有钻劲。

罗崇敏学了药理知识,他还想亲自上山采药,与活生生的草药打交道。江川的地形相对平坦,没有什么大山,草药资源有限,他就走几十里远的路,去外县的大山上采挖药草。夏天找阔叶类、花卉类的草药,秋天挖药性集中在根部的草药,才一两年时间,他就能识别三百多种草药,这样的记忆力和辨别力让老中医都感到很吃惊。功夫不负苦心人,罗崇敏学医学出了名声,生产队的卫生员非他莫属。可这卫生员并不是好当的,既要医人,又要医兽,防鸡瘟,防猪瘟,都得加倍小心。要说忙,他是真忙,麻栗湾知青点有四个知青住在一起,罗崇敏一个人主动承担了至少一半的家务劳动,包括养猪养鸡养狗养兔子,每天仍是他最早起床,打猪草,煮饭,手忙脚乱,他真希望自己生有三头六臂,能轻松做好所有的活计。干正事,他不甘人后,决不偷懒,可是干坏事时,谁也别指望他冲锋在前。有一次,生产队长发动大家夜里去邻队偷树,他不肯去,这种事他根本不愿沾边,毕竟他不再是那个饿得半死、冒险去偷蚕豆的八九岁的男孩了。他把自己的人品看得很重,不愿再与那个"偷"字有任何瓜葛。

当年,那位叫罗崇敏的生产队小小卫生员到底有多大能耐? 他能嘘枯起瘫吗？不能；他能生死肉骨吗？也不能。但他确实可以妙手回春。生产队里有一个李姓人家的媳妇要生小孩，恰巧附近的接生婆走亲戚去了，送往公社卫生院已经来不及，这紧急关头，大家都认为，该是十八岁的卫生员罗崇敏一显身手的时候了。可他从未跟谁学过接生，对妇科的门道知之甚少，何况这是人命关天的事情。既然舍他其谁，那就只好现学现用了。他按照《赤脚医生手册》上第十四章《妇女病和接生常识》的指导性建议，一个步骤一个步骤地做，准备热水和干净的毛巾，用酒精给剪刀消毒。孕妇疼得越来越厉害了，羊水也开始溃流。"放松！用力！用力！很快就好了！"罗崇敏额头布满细密的汗珠，他大声鼓励着剧痛的孕妇，此时此刻，他既是接生员，又是拉拉队员。孕妇大声地呻吟、叫喊，真是人耳惊心啊！罗崇敏的神色突然紧张起来，他看到的不是婴儿的头，而是一只脚。"胎儿移位了，难产！"刹那间他脑子里一闪念，心头猛然一惊。但他很快就镇静下来，立刻用右手轻柔地顶回婴儿的脚，直到两只小脚丫子平齐了，他才松手。这一过程，虽然只有短短的一两分钟，可他感觉是那样的漫长。产妇痛苦地大叫了几次，羊水激涌而下，婴儿的头慢慢地滑出了产门，然后是肉肉的身子，然后是细细的腿脚。"哇！哇！"婴儿呱呱坠地，是个健康的男孩。这时，罗崇敏如释重负，熟练地操起那把农家常用的锃亮的裁剪剪刀，"咔嚓"一声剪断婴儿的脐带，然后利索地用温水洗濯婴儿，将他包扎好。精疲力竭的产妇满脸大汗，斜斜地歪着头看着新生的孩子，泪花、微笑和感激之情一齐涌现在她那显得有些苍白的脸颊上。这时，那位焦虑不堪的年轻丈夫眼睛已笑成了一条缝。

多年后，罗崇敏接受记者采访，谈到这幕情景时，得意之情仍然溢于言表："我当时手中就拿着那本《赤脚医生手册》，酒精怎么进行消毒，怎么来剪那个脐带，怎么来配合产妇使孩子顺利出生，全都是现学现用，容不得我有半点分心和走神。"他也庆幸自己初次接生就获得了百分之百的成功，毕竟人命关天，母子两条命啊！回想起来他总有些后怕。好在李家媳妇是急生，又是顺产，罗崇敏没遇到大麻烦，一个通身皮肤皱巴巴红彤彤的幼婴简直就是生命的硕果。然而毕竟是初次接生，罗崇敏的神经绷得太紧，注意力过于专注，事后，他既感到成功的喜悦，也感到前所未有的疲惫。七年后，罗崇敏的第二个孩子罗亭出生，他重操旧业，与江川

氮肥厂医务室的杨医生合作，昔日的"手艺"居然一点也没有荒疏。

真正的医者与真正的侠士没有区别。他们有仁心仁术，更有施展仁心仁术的强烈愿望。1970年1月5日凌晨，云南省通海、峨山、建水等地，突发里氏7.8级大地震，受灾面积4500多平方公里，15621人死亡，338456间房屋倒塌，166338头大牲畜死亡，生命财产损失惨重。通海地震与唐山地震、汶川地震构成新中国三次创巨痛深的震殇。在这三起天灾中，通海地震死亡的人数虽少于另外两次，但"秘密档案"被尘封的时间却长达三十年之久，直到2000年才得以公开披露。

当年，通海地震的消息遭到严密封锁，鲜为外界所知，但在云南省，这个噩耗无论如何也遮瞒不住。罗崇敏的第一反应是，灾区急需医护人员，他应该尽快奔赴震区去救死扶伤。正值农闲时节，罗崇敏向队部请假没费多少唇舌，他只说有事回家看看，就神不知鬼不觉，一驾风去了震区。准确地说，他是先骑马去了峨山县，然后骑自行车去了华宁县。在两地，他各待了三天，与部队战士一起从瓦砾堆中刨出奄奄一息的伤者，为他们裹伤疗创，从断壁残垣中找到血肉模糊的死者，将他们草草掩埋。那些哭泣声、呻吟声和哀嚎声入耳惊魂。十七岁那年，罗崇敏对生命的脆弱就有了直观的体验，对自然灾害的凶险就有了深刻的认识。他的悟性因此提升到了同龄人很难达到的高度。

事实终归是事实：城镇出生的知识青年普遍不安心在农村劳动和生活，但凡有点门路的，无不想方设法离开农村，回城去当工人。麻栗湾知青点有四位知青，其他三位都陆续被调走了，又是只剩下罗崇敏一个人。他没有门路，也不想回老家，属于安心扎根的典型。当地的老百姓都喜欢罗崇敏，推荐工农兵学员时，有他的名字，他想学医，昆明医学院正好对口，这无疑是个不错的选择。然而政审的瓶颈太窄狭，他没法子过关。就像一个挥之不散的梦魇，他的出身再一次妨碍了他的前程，他的学医之路就这样被堵死了。要说难过，这一次罗崇敏的确非常难过，锁牢的心结，根本无法打开。不是说"出身不由己，道路可选择"吗？他早已与贫下中农打成一片，艰苦的劳动不仅改变了他的肤色，由白面书生变成了黝黑的农家汉子，也改变了他的精神风貌，淳厚朴实，热诚善良，他完全与劳动人民融为一体了。

据宜庄、刘小萌所著的《中国知青史》(当代中国出版社,1998年)所述,《中国青年》1965年第16期上刊登过一篇《周总理和陈毅副总理在新疆勉励知识青年》的文章,文中写道:周恩来总理、陈毅副总理与新疆建设兵团的年轻人亲切交谈,周总理逐一询问他们的家庭出身,当问到共青团员卓爱玲时,她羞涩地说:"我出身在资产阶级家庭里。"周总理接着问她:"你家里还拿不拿定息?"卓爱玲一时答不上来,错听成自己要不要拿定息,她着急地说:"我不要拿,我不要拿!"她的话音一落,周围的首长和同志们都忍俊不禁。周总理也乐呵呵地对她说:"你爸爸拿定息是他的事嘛。"周总理告诉大家:"出身于剥削阶级家庭和有复杂的社会关系的人,都要看他现在的表现和立场。一个人的出身不能选择,但前途是可以选择的。只要能同原来的剥削阶级家庭划清界限,向组织交代清楚他所存在的社会关系,全心全意地为无产阶级革命事业服务,不断地在实践中改造自己,就会有光明的前途。"周总理意味深长地勉励革命青年,使得卓爱玲一时不知说什么才好。过去,她也曾为自己的家庭出身苦恼过,不知怎样跟剥削阶级家庭划清界限,不知怎样争取自己的光明前途。进疆以来,走上了革命化的大道,思想包袱逐步丢掉了;今天她亲耳聆听总理亲切的教导,方向更加明确,获得了巨大的思想动力。

随后不久,《中国青年报》发表了《重在表现是党的阶级政策》的社论,以周总理的讲话精神为指南针,对如何看待青年的家庭出身、社会关系和本人表现作出如下解释:

首先,不能忽视一个人的出身:剥削阶级是不甘心死亡的,它们总要千方百计地寻找自己的继承人。在他们看来,自己的子女从小同他们"住一屋,睡一炕,吃一锅",是他们首先要夺取的对象……对于剥削阶级子女来说,家庭的影响对他们的政治态度和世界观的形成,往往起着不小的作用,有的甚至会起到决定性的作用。这一点,确实和工农子弟不一样。剥削阶级家庭出身的青年,要看到这个不一样。其次,绝大多数剥削阶级子女是可以改造的:剥削阶级子女,虽然生在剥削阶级家庭里,但是他们没有亲自参加剥削,同剥削阶级分子是有区别的。他们年纪轻,要求进步,可塑性很大。他们当中绝大多数人不愿意做剥削阶级的殉葬人,而要求向革命的方面转变。第三,要"重在表现",首先要看他在三大革命运

动中的表现,尤其要看他在阶级斗争中的表现。执行重在表现的政策,就是按照"兴无灭资"的方针,教育剥削阶级子女进行思想改造,确立无产阶级立场,背叛剥削阶级,把他们争取到无产阶级这一方面来。我们要坚信,党完全有能力把绝大多数剥削阶级子女改造好。

然而,时隔五六年,"出身不由己,道路可选择"仍旧是一句空言,无论官方怎样强调落实政策,大前提却照旧是雷打不动的:同样是在红旗下长大,对待剥削阶级家庭的子女与出身良好的子女,不可能一视同仁。身上带有耻辱标记的人要想融入到革命队伍中,就必须进行长年累月艰苦卓绝的改造,没有谁告诉他们,这种改造究竟要到什么时候才会是尽头,才会有止境。

在现实中,罗崇敏所遭遇的就是这样一个窄狭的瓶颈,他要实现自己的理想,依然千难万难;他要靠近自己的目标,依然路漫漫其修远。

1971年,内心痛苦的人何止罗崇敏,他父亲的遭遇更为惨淡。早春时节,罗高原被开除公职,遣送回老家劳动改造。罗崇敏得到消息,特意回家看望父亲。父子相对,久久无言,安慰的话到了嘴边,却又强行咽了回去。同为受伤者,他们的目光也竭力回避,以免互相碰触。罗崇敏的母亲朱水凤承担着两个人的劳动任务,要挖两弓地,要积两担肥,累得腰板子都有些伛偻了,整个人消瘦了一圈,鬓发早现斑白。家中气氛颇为抑郁,罗崇敏暗自流泪,打开窗子,眺望烟波浩淼的星云湖,心潮久久难以平静。

"眼下的路,我到底该怎么走?"罗崇敏反复自问,却找不到满意的答案,但他决心已定,留在雄关乡不走了,医学院读不成,学医还是不能放弃。老中医家的门槛从此被他跨过的次数就更多了。

在阴霾密布的天空,也不是没有一点阳光漏泄出来。"否极泰来"、"祸兮福之所倚",这是放之四海而皆准的哲理。在许多时候,苦难的"伴生矿"恰恰就是幸福。此时,罗崇敏距离患难中最宝贵的爱情越来越近了。

说到爱情,罗崇敏的生活中曾出现过一个意想不到的插曲,带有一抹悲剧色彩。早在罗崇敏读初中时,老家大渔村就有位邻家小妹暗恋他,彼此住在同一个大院子里,小时候常在一起玩耍。上初中后,他偶尔回家,仍会在楼梯口遇见她,彼此微笑点头,打个招呼就走开了。这女孩很痴情,暗恋了两年,心底的秘密却只有母亲知道。1969年,罗崇敏去雄关乡当知青,动身前,他见到邻家小妹,她显得依依不舍,还流下了难过的泪水。第二年夏天,一个凉风习习的傍晚,女孩对母亲说:"我要去找存德。"语气从容恬淡。她母亲以为罗崇敏回家了,两人要聊聊天,也没介意。可万万没料到,那天夜里,女孩溺亡在月色溶溶的星云湖。也许她承受不了暗恋之苦?也许她在湖边产生了幻觉,失足掉入水中?也许还有别的什么原因。这位花季少女就像多愁善感的丁香一样无声无息地凋谢了。她在人世间说过的最后一句话是:"我要去找存德。"直到几年后,邻家小妹的母亲才向罗崇敏的母亲透露:"我家姑娘喜欢你家存德啊!"这件事,无疑给罗崇敏的内心留下了挥之不散的隐痛。"我不杀伯仁,伯仁因我而死",就是隐痛的根源。

早在江川初级中学读书时,普曼玲就认识小卖部中鼎鼎大名的"沙糕司令"罗崇敏,但他们不在一个班,因此没有更近的接触。后来,他们一同下放到雄关乡,罗崇敏先是扎根梅子铺知青点,然后移植到麻栗湾知青点,普曼玲则扎根在高坡知青点。将他们联系在一起的是雄关乡毛泽东思想宣传队,排练革命样板戏《红灯记》时,普曼玲扮演沙奶奶,罗崇敏扮演李玉和,虽然戏里头隔着辈份,只有革命英雄主义的"母子之情",但在日常生活中,罗崇敏聪明好学,为人真诚,这些优点给普曼玲留下了深刻印象,两人惺惺相惜,心心相印。

普曼玲出生于书香门第,受过良好的家庭教育。"文革"期间,她十六岁时,被江川初级中学定为"白专对象",遭到全校师生的口诛笔伐。自那以后,她的性格就由活泼伶俐变得沉默寡言。

普曼玲的母亲周凤仙出生于名门世家,父亲普文治(1921—1988)是江川县伏家营毕家庄人,1938年毕业于云南昆华师范学校,随后受教于潘天寿、吕凤子、傅抱石等国画名师,对画理、画技、画史均有较为深入的研究。他与吴冠中(画坛名宿)、张权(担任过中央音乐学院的院长)等人是杭州国立艺术专科学校国画系的同窗好友。1942年,他从杭州艺专毕业,畅游名山大川,观摩写生,足迹遍及长江流域、珠江流域和西南诸省。他的作品于1945、1946年两次入选全国美术展览,部分佳作选送美国、法国、德国交流,颇获好评。1949年3月,中华民国教育部迁往广州,他就任高等教育司专员。建国后,普文治的创作激情更为高涨,佳作迭出,部分作品于1957年入选西南地区美术作品巡回展。然而好景不长,1958年"反右"时,因为莫须有的罪名,他遭到劳教处分,在云南化念、海味农场教养队改造了三年多。及至"文革"风暴席卷一切,普文治被打成"历史反革命",更是沦落到衣食不周的地步,只好用上他的金石功夫,在街边摆个小摊刻私章(公章还轮不到他刻)。有一次,人保组抄家,从普文治家中抄出三百元现金。当年,钱以分来计算,五分钱就能买一个鸡蛋,四毛八分钱就能买一斤猪肉,六毛钱就能打一斤白酒,三百元可算得上是一笔巨款。普文治这位"历史反革命"藏匿这么多钱在家干什么?人保组以阶级斗争为纲,还用上了想象力,然后轻率定罪:这位历史反革命分子想穿越边境逃到国外去。这条罪名跟叛国罪也没太大区别,人保组将普文治拘留审查,并且通知普曼玲赶紧去一趟县城,帮助他们核实某些疑点。普曼玲得到这个消息,既胆战心惊,又十分难过,她面对窗外,泪下如雨。恰巧罗崇敏撞见了这一幕,便上前安慰她。看到天色已晚,他又主动提出护送普曼玲去县城。那天夜里到了县城,他没有找到住处,只好将就着睡在马店。

　　此后,罗崇敏与普曼玲的交往开始增多,他不避形迹,去见业已无罪释放出狱的普文治,听他谈诗论画,讲些书画界的掌故,讲的人色舞眉飞,听的人心驰神往。他们之间没有戒备,没有猜疑,没有龃龉,没有抵触,相处得十分融洽。有一天,罗崇敏走后,普文治兴致未减,他对大女儿普曼玲说:"这个年轻人真是不错啊!他为人正直,有热情,聪明能干,又特别好学,我看他前途无量,迟早会有大出息。"

　　"您说的这个年轻人是谁呀?还给他算灵八字。"普曼玲明知故问,脸上飞起的两朵红云泄露了她的心思,没有逃过画家的眼睛。

　　"傻丫头,你说他还能是谁?当然是小罗,罗崇敏。曹孟德说过,'生子当如孙仲谋',还没谁说过嫁女当嫁谁,依我看……"普文治故意截断话尾子,望着大女儿,微笑沉吟。

　　"爸,我先走了。"普曼玲借故走开。

　　"哈哈,我还没说完,你就害羞了?"普文治乐呵呵的,普曼玲更加不好意思。

普文治患有关节痛，罗崇敏从刘老中医那儿学得一手好针灸，这下正好派上用场。罗崇敏给他扎针、烧艾、拔火罐，大大地减轻了病情。普文治性格豁达，尽管受过多次冤屈，吃过不少苦头，但他仍是钢浇铁铸的乐天派。他的这种乐观精神深深地感染了罗崇敏。他视这位忠厚善良、才华横溢的长者为益友良师。

1971年3月5日，罗崇敏当知青的两周年纪念日，他鼓足勇气，写信给普曼玲，表白自己心中的爱慕之情。这封情书带有那个时代鲜明的烙印，其中有这样的语句："滚一身泥巴，磨一手老茧，练一颗红心，扎根农村一辈子！"二十八年后，罗崇敏跟笔者谈到他与普曼玲的爱情时，特别强调，当年，他爱上普曼玲，既爱她的朴实真诚，也爱她大家闺秀的气质。

爱情的回应，值得花三个月时间去等待，尽管这三个月里罗崇敏度日如年，茶饭不香，睡眠不稳，神思恍惚。三个月后，知青们聚在一起看电影，碰面时，普曼玲将《沙家浜》的电影剧本递给罗崇敏。罗崇敏为人机警，他手指稍微用力一捏，就察觉到剧本里有"馅儿"。当时，他心如鹿撞，忐忑不安，好不容易捱到电影散场，回到住地，他赶紧在煤油灯下拆开那封信，反反复复细读了十来遍，直读得热泪盈眶，热血沸腾，差不多每个字每个标点他都能够背诵出来。普曼玲接受了罗崇敏的爱情，并且诚心诚意地表示："你走到哪里，我也跟到哪里！"

在数十年的漫漫人生中，谁又不是苦多乐少呢？能够遭遇激情，遭遇真爱，实属不易，实属人生之极乐。罗崇敏与普曼玲谈了五年恋爱，却从未拉过手，这简直就像天方夜谭，但千真万确。当年，青年人异乎寻常地单纯，他们把爱的内在表现看得特别重要，把爱的外在表现看得特别神圣，似乎男女双方一拉手，一接吻，就会亵渎纯洁的爱情。这就不难理解了，新时期的爱情故事片《庐山恋》竟然会轰动全国，有的观众甚至抱着浓厚的兴趣连看十多遍。说白了，只因为影片中男女主角的激情一吻。时代的特征，在生活中处处都可以找到影迹，但在男女爱情的表达方式和表现方式上最为鲜明。这恐怕是现在的年轻人所无法理解的"历史真实"。

罗崇敏在雄关当了三年多知青，由于他表现好，人缘好，口碑好，被评为"知青先进代表",出席了玉溪地区知青先进代表大会。应该说,他的努力再次为自己争取到宝贵的机会。1972年3月份,县知青办主任海志安到麻栗湾直接找到罗崇敏,他手上拿着一张云南工学院的招生表格,作为"可以教育好的子女",罗崇敏成了县知青办的推荐人选。海志安向罗崇敏强调,江川只有一个名额,你要是想去,就赶紧填表。上次昆明医学院的招生名额被卡掉,罗崇敏记忆犹新,他清楚这是改变命运的大好机遇,求学深造也是他梦寐以求的事情,但这种好运能落在他头上的概率有多大?他心里却没有一丝一毫的把握。再次遭遇政审的瓶颈,被人卡掉,甚至被人顶掉,这种可能性却明晃晃地摆在那儿。与此同时,江川氮肥厂招收工人,倒是十拿九稳。一边是不太可能吃到的龙肉,一边是容易吃到的猪肉,罗崇敏究竟选择前者,还是选择后者?这还用问吗?肯定是后者。他填写了招工表,婉言谢绝了海志安主任的美意。海主任大惑不解,他问罗崇敏:

"小罗,你是个好学上进的年轻人,去昆明读大学不比在江川当个氮肥厂工人强一百倍吗?你要想清楚,这可是千载难逢的机会!我问你,你是不是怕吃红烧肉塞牙齿?"

"海主任,我真的很感谢你!我还是安安心心当工人吧,这就是我的命。"罗崇敏并没有说出内心的顾虑:毕竟政审关不是海志安把守,不由他说了算数,别到时候水中捞月,白作指望,空欢喜一场。

"什么命不命的,你一点冒险的勇气都没有!"

海志安跑了这么远的路,费了这么多唇舌,却劝不动罗崇敏下笔填写表格,他感到很失望,也很生气,却无可奈何,只好皱着眉头,阴着脸色,走了。但他把表格留了下来,让罗崇敏再考虑考虑,再权衡权衡。这张表格就像一个色香味俱全的极其诱人的画饼,罗崇敏最终也没有抱着幻想拿它充饥。他毅然决然地放弃了"光明的前途",选择了另一条"窄路"和"黑路"——去江川氮肥厂当工人。然而在任何时候,在任何地方,他都有决心,也有信心,将"窄路"走宽,将"黑路"走亮。

在雄关三年多,罗崇敏一直生活在乡下,什么样的穷日子他没尝过滋味?什么样的苦日子他没试过钢火?这是高强度的磨练和历练,也是高成色的积累和积淀。凡是人生搏击场上不可或缺的体力、智力和意志力,他都储备充足了。

二十多年后，罗崇敏回忆自己的知青生涯，结合同时代人的知青经历，写下了一首诗歌《知青》，从感性到理性，从个体到整体，从自家到国家，他的感悟和思考已经有了飞跃，变得十分深刻。我们来看看这首诗：

知青，
广阔天地间，
滚身泥巴磨手茧，
遐想无限，
风华正茂走边关。

灰色的年代，
埋在彤红的世界，
热血澎湃，
激荡出无声的天籁。

迷茫的激情，
点燃无尽的艰辛。
方寸土地，
滋生终身的爱情。

蹉跎的岁月，
蒸发青春的汗水。
惆怅的心绪，
化为坚冰的理性。

知青，知青，
千秋的记忆！
无畏的眼神，
眺望昨天的风景。

知青,知青,
千秋的记忆!
明慧的心灵,
闪现人生的奇迹。

　　细细体味这首诗,我们不难发现,那段时光投射在罗崇敏心灵中的,并不单纯是痛苦、迷茫和惆怅,还有更高层次的觉悟。一个人一旦洞悉历史和人生的玄机,任何耗费就不会是白白的耗费,任何付出就不会是白白的付出。

第四章 "罗师傅"变成"罗老师"

　　"路漫漫其修远兮,吾将上下而求索。"人生之路就是一条求索之路,只有那些懒汉、懦夫、浑蛋、傻瓜、糊涂虫才会逃避求索之苦,放弃求索之乐。追求真知,追求真理,追求真谛,追求精神的和谐,追求灵魂的净化,追求事业的成功,追求人生的幸福……乃是永无止境的。勇者无畏,智者无忧,不论求索之路有多么漫长,有多么坎坷,他们都不会停下脚步。人生实则就是一次探险的旅程。

　　到了上个世纪七十年代初,社会生活出现拐点,知识青年除了扎根农村,开始有其他的出路。在江川县,出身好的知青先是被招去修筑公路,在许多人看来,这是美差,争着要去。罗崇敏和普曼玲出身不好,想去也没资格争取。后来,玉溪汽车总站又招收一批知青,仍然轮不到罗崇敏和普曼玲。他们翘首以待,总算等到了末班车。

　　1972年6月30日,罗崇敏和普曼玲同时被招入江川氮肥厂当工人。这家新工厂尚处于草创阶段,只有一块地皮,连厂房都没盖好。罗崇敏与其他工人一起挑石头,盖房子,干了五个多月,江川氮肥厂才初具规模。厂方的当务之急是要培养一批技工,人选从文化水平较高的工人中间挑,把他们送到外地的氮肥厂去学习,最好的去处是苏州,其次是玉溪。厂方三令五申,学徒工不许谈恋爱,但罗崇敏与普曼玲在进厂之前就已经恋爱一年多,总不能活生生地拆散这对情侣,扼杀他们的爱情吧。江川县革委会副主任兼氮肥厂筹备组组长马跃岐通情达理,他决定网开一面,放过这两位年轻人。他对罗崇敏说:

"小罗,你也知道厂里的规定,学徒不许谈恋爱,既然你跟普曼玲已经谈了一年多,就算个特殊的例外吧。今后你要专心学习,把工作放在第一位!"

罗崇敏非常感激主任对自己的优待,他笑着点头,反复保证,他和普曼玲一定会专心学习,努力工作。

此前,如果罗崇敏和普曼玲不曾公开恋爱关系,他们本可以一同去苏州学习,现在既然厂里"照顾"他们,这桩美事摆在那儿,他们也难以启齿了。最后,普曼玲去苏州,罗崇敏去玉溪,两人天各一方,短期内,只好凭借鱼雁往返,传达内心的思念。

"机会总喜欢青睐那些做好了准备的人。"罗崇敏学医是为了充电,练字是为了充电,现在他到玉溪化肥厂学习,有半年时间,又怎会虚度?他从书店买回一大堆书籍,利用业余时间,潜心钻研。他这样刻苦自学,充电的力度明显大于同伴。他认为,光是等待机会登门是不行的,应该主动去找寻机会,把握机会,征服机会,让机会成为服务于自己的仆人。

当时,江川氮肥厂共有十二个岗位,罗崇敏是合成车间精炼岗位的操作工。有一次,他使用电刨机,不慎伤到了食指和中指,流了不少血,他到医务室去只简单地包扎了一下,也没请假,就继续上班。罗崇敏带伤坚持工作,并非要表现,而是他的责任心强。江川氮肥厂是一个萝卜一个坑,如果他离开岗位,就势必会影响到流水线作业,影响到生产进度。

在古代的话本小说中,描写那些纵横江湖的武林高手,通常都会夸赞一句"十八般武艺样样精通",其实真要耍好十八般兵器,是非常困难的事情。罗崇敏就有这样的"野心",他除了学会本行,还要学会其他十一个岗位的技术。尽管厂里明文规定,不许工人串岗,但他还是勤学好问,细心揣摩,找准空当向其他师傅讨教。他的工资是十五元,加上三元钱的粮价补贴,总计十八元。当时,差烟一块多钱一条,好烟两块多钱一条,罗崇敏每月花五元钱买两条好烟孝敬师傅,师傅都乐意倾其所有教他技术。才几个月时间,罗崇敏就把全厂十二个岗位学了个遍,除了熟悉整个流程,他还重点学习机械加工,车、铣、钻、刨、锻、焊、冷作、管工,一套全学会,八项全能,样样都可以摆弄自如。罗崇敏凭借过硬的技术,当上了工段副工段长,手下管七个人,以前从来都是人管他,现在居然变成他管人，一时间他还真有点不习惯。

江川氮肥厂有三百五十多号工人，要找一位能写文稿的笔杆子，将广播员和宣传员集于一身，却并不容易，反复遴选的结果是："小罗最合适！"于是，罗崇敏更换了新岗位，不再围着机器和流水线转，而是写一些先进事迹的汇报材料，或是向工人广播国内国外一派大好的形势，传达一些来自报刊的政治、经济、文化等方面的信息。两年后，那道久已无人念诵的"紧箍咒"又有人重新念起：罗崇敏成分不好，出身"黑五类"，这样的人，怎么能让他窃据宣传要地?! 这道"紧箍咒"，其厉害程度比观音菩萨教给唐僧的那道专门用来镇服孙悟空的"紧箍咒"有过之而无不及，孙悟空吃不消，罗崇敏自然也吃不消。他重新回到车间，主动要求做维修工。在工厂，维修工的角色相当重要，首先他必须是通才，其次他必须有责任心，这两点，罗崇敏的条件完全符合。

李利坤是罗崇敏的好朋友，负责生产调度。有一天，他值夜班，凌晨三点钟左右，四台煤气压缩机中突然有一台出了故障，必须马上抢修，否则就得停产。这么晚了，要搬救兵，李利坤首先想到的就是罗崇敏，只有他出马才能解决燃眉之急。于是李利坤跑到罗崇敏的宿舍去叫人，罗崇敏从梦乡回到现实，毫无怨言，一骨碌起了床，几分钟后就赶到相距五百米开外的车间。他打开工具箱，检查了那台煤气压缩机，很快找准了症结，找出了故障的原因。在操作工的配合下，仅用二十多分钟，他就修好了机器。倘若换上另一个修理工来检修，少说也要一两个小时才能搞定。罗崇敏技术精湛，在江川氮肥厂，人人都翘大拇指。有人说，罗崇敏的技术是学出来的，是钻出来的，也有人开玩笑，罗崇敏的技术都是饿出来的。这话确实没错，他只要埋头学习，就会废寝忘食，这样长年累月潜心钻研，结果落下了严重的肠胃疾病。多年后，罗崇敏身为云南教育厅长，回忆这段工厂生活时，津津乐道的则是兴趣对他的强力推动：

"我十七岁自学医学基础知识。十八岁到工厂做化工工人时，不但学本岗位的操作知识技能，全厂化工系统的工艺流程和操作技能我全都学习；还学习了机械装备技术，包括车床、刨床、钻床、铣床、锻床，我都能操作；此外，我还学习电工、焊工、冷作工技术，学习汽车修理、压缩机修理、水泵修理等技术；至于组装交流收音机、半导体收音机，也是我的拿手好

戏。后来，年岁渐长，我走上领导岗位，便广泛涉猎经济、政治、文化、艺术、社会管理等知识。人们老说我聪明，学啥会啥，干吗像吗。其实我天资愚钝，并非聪颖绝伦，无非是我的求知欲超乎寻常，对学习有强烈的兴趣而已。"

1976年2月9日，是罗崇敏生命中的一个大日子，这一天，他与普曼玲喜结连理。恋爱五年，一朝修成正果，这对共度患难、彼此深深理解的年轻人得到了来自亲友和同事的热诚祝福。罗崇敏别出心裁，他不想摆酒席。由于囊中羞涩，他也没有钱大肆铺张。他希望把自己的婚礼办得十分隆重，风风光光，体体面面，让所有到场的人开开心心，同时又要有一种文明的新气象，与旧式婚礼截然两样。在求同意识极其强烈的中国社会里，标新立异只可能有两种境遇：要么此人大获成功，要么众人大喝倒彩。罗崇敏在许多事情上都试验过自己崭新的思维方式，他永远都不甘做一个墨守陈规的人。

事前并没有明显的征兆，直到结婚那天下午，江川氮肥厂的广播室播出一个通知："今晚七点半，罗崇敏与普曼玲在厂部阅览室举行结婚仪式，欢迎大家前往凑兴！"通知还特别强调，来的都是贵客，一律不收礼金，纯粹是请大家聚在一起热闹一番。罗崇敏草拟通知的时候，心细如发：他开始想用"观礼"，觉得它太文；然后想用"捧场"，又觉得它太俗；最终他使用"凑兴"二字，觉得恰到好处，不仅音节响亮，而且显得喜庆色彩很浓。罗崇敏注重细节，在细节上他从不马虎，哪怕细到一处用词，也要权衡再三，不肯草率。

在江川氮肥厂，罗崇敏和普曼玲的人缘极佳，这个通知一经播出，当即成为了热门话题。下班后，大家赶紧去食堂吃饭，吃完饭，回宿舍换套像样的衣服，只等时间一到，就往厂部阅览室去欣赏那对恩爱甜蜜的新人。大家凑在一起，还合计着，该出点什么难题，考一考罗崇敏和普曼玲。

当晚，厂部阅览室布置一新，正壁上挂着大红横幅——"罗崇敏和普曼玲新婚典礼"，此外，墙上还张贴了许多个剪纸的"囍"字，二十多张桌子拼接起来，上面摆满七八种茶点，有瓜子，有花生，有饼干，有糖果，有汽水。当年工人工资不高，物资匮乏，这样待客算是很大方了。江川氮肥厂的阅览室内灯火通明,厂里除了那些上晚班的工友,其他一百五十多人全来了,加上双方的亲戚朋友,将这间大阅览室挤得满满当当,个个面露笑意。整个婚礼的现场喜气洋洋。

主婚人是厂长赖乃琛,证婚人是办公室主任李贵禄,承办人是罗崇敏的好友李利坤。后来李贵禄担任江川县县长,非常赏识罗崇敏,这是后话,暂且不表。赖厂长列数了罗崇敏和普曼玲的许多优点,诸如勤恳朴实,热诚大方,好学上进,吃苦耐劳,与人为善,多才多艺……凡是库存的赞美词,全掏出来,他祝福这对新婚夫妇风雨扶持,同舟共济,心心相印,白头偕老。正规的程序一完,工友们便开始随意打趣这对新人,要他们过独凳,咬苹果,讲恋爱经历。还要表演节目。这个要求倒是难不住罗崇敏和普曼玲,于是罗崇敏吹笛,普曼玲唱歌,工友们听得如痴如醉,手板都拍疼了。事隔多年,江川氮肥厂的老工友仍对那场婚礼记忆犹新,称之为"移风易俗的新式婚礼"。自那以后,江川氮肥厂的工人结婚,都向罗崇敏和普曼玲取经,不再摆酒席,不再铺张浪费。

当年的生活条件确实够艰苦,罗崇敏和普曼玲的新房是由一间旧猪圈改造而成,只不过用石灰水将墙壁粉刷了一下,摆上几件简单的家具,床单和被子倒是全新的。就算这样,他们已感到很满意了,毕竟相恋五年后,有情人终成眷属。

常言道:"一个成功的男人背后必定有一个伟大的女性。"凡是了解罗崇敏的人,无不称赞他有一位贤内助。普曼玲在事业上全力支持丈夫,从不扯他的后腿;在生活上悉心照顾丈夫,将一个上有老下有小、亲戚众多的大家庭调理得温馨和睦。多年后,罗崇敏对妻子的赞美之意和感激之情仍然溢于言表:

"遇上她,是我一生的幸运和幸福。任何时候,无论我的事业处于低潮期,还是处于高潮期,她都全力支持我,全心理解我。她是最能够忍辱负重的女性,温柔宽厚,心地善良,为人俭朴低调。结婚时,我很穷,用平时攒的钱加上临时借的钱,买了一块全钢的上海牌女式手表送给她,她特别爱惜,戴了很多年。后来,我买过项链和戒指给她,她都不戴,我问她为什么,她说,'戴着它们,浑身不自在'。我和她共过患难,是那种相濡以沫的夫妻,平日互相尊重,很少红脸,更别说吵架。有时我忍不住为小事

发点小火,她总是一笑置之。事后,我心里感到十分歉疚,一个星期都会难受。"

罗崇敏结了婚,生活安定下来,他一心想干事业。在江川氮肥厂,他的发挥空间和表演舞台都太局促了。他技术娴熟,技能高超,脑瓜子灵,笔头子硬,人品好,早已博得领导的赏识和工友的信赖,按理说,他转干是众望所归,但他的成分是一块避不开搬不动的绊脚石。莫非这就是命运?

1976年秋,十年动乱终于结束,"四人帮"宣告垮台,满目疮痍的国家开始拨乱反正。振兴教育,擢拔人才,成了当务之急。翌年,罗崇敏的徒弟考上玉溪师专,欢天喜地上学去了。这件事对罗崇敏的触动很大,此后,他重新捡起课本,拿出啃硬骨头的精神,自学初中二年级到高中二年级的各门功课,他的目标越来越明确。

1977年1月1日,一大早,罗崇敏刚下夜班,就从电话里获得喜讯,孩子顺利出生了。他一蹦三尺高,牙也顾不上刷,脸也顾不上洗,骑上自行车就往家里奔。人逢喜事精神爽,这三十多里砂石路不在话下。

1981年春,由于经营不善,江川氮肥厂被迫下马,两百多名干部和工人只好另谋出路。一部分人去挖煤,一部分人去修路,一部分人(包括普曼玲)去江川县饮食服务公司当营业员。本来,江川县人民医院点名要罗崇敏去办公室工作,可是他的出身问题再次妨碍了政审。几经折腾之后,最终,罗崇敏与其他十二位工友去了江川一中。到学校上班,这倒是他十分乐意的,他需要一个良好的环境继续自学。当时,他要扮演三种角色:一是做缮写员,刻蜡板;二是做校工,拉电铃;三是当炊事员,假期客串。在工厂里,被人叫"师傅",很开心,特有成就感;在学校则不然,被人叫"师傅",心凉半截,被人叫"老师",才觉体面。"老师"与"师傅"之间,差距天悬地远。从那时起,罗崇敏就萌发了读书的强烈愿望,他暗下决心,一定要抱冰握火,刻苦努力,当上受人敬重的老师。

现在的江川一中规模比早先的江川一中至少要大四五倍。江川一中的前身是金汉鼎筹资创办的江华私立铸民中学,校舍用的是龙潭寺(俗称老王庙)的旧寺院,这所"八马推车"结构的寺院共有大大小小三十多间房子,罗崇敏住在钟殿里。这座寺院的一部分至今犹存,其他部分则已扩充为高中男生宿舍。罗崇敏与周开列老师是邻居,两人常常互通有无。

在周老师的眼里,罗崇敏的做事认真和读书刻苦简直到了不可思议的程度。先说做事,罗崇敏与李正德老师组成文印室,他刻蜡板,负责全校的试卷、文件和资料,工作量很大。每日拂晓,天刚蒙蒙亮,他就起床,先去跑步做操,回来洗漱之后,就摆好钢板,摊开蜡纸,开始工作,这时别人还在梦乡。罗崇敏的右手中指和食指在工厂曾受过伤,被电刨床削去一节,刻写蜡板,中指和食指均需用力,时间一长,它们就会特别疼痛,但他缠上厚厚的胶布,咬紧牙关,继续坚持,从未误过工,从未误过事。他还常用左手拿筷子,夹豌豆、花生,练毛笔字,为的是开发右脑。再说读书,罗崇敏在江川初级中学(江川一中的前身)只读过一年初中,他的求学生涯由于"文革"爆发而中止,这是他终身引以为憾的事情。到了江川一中做校工,他最大的心愿就是要把初中的课本全部学完。有一天,他对好友和芳邻周开列说:

"我们这一代人相当吃亏,在读书的最佳年龄碰上了一场运动,荒废了学业,后来当知青,当工人,不是没有学习时间,就是没有学习条件,现在都二十好几快三十岁的人了,再不好生补课,这一辈子就没指望了。我算运气好的,回到江川一中,有了学习时间和学习条件,我要从头学起。"

让江川一中的老校友记忆犹新的是,当年,罗崇敏与学生一起上晚自习课,点点滴滴地学,一个字一个字地学,一个公式一个公式地学,每个学生都是他随时请教的老师。他不懂就问,那些比他小十多岁的孩子都为他诚恳的态度所感动,也变得加倍地勤奋好学。只用了半年时间,罗崇敏就学完了初中课本,他并未满足,他的求知欲日益旺盛。

有一天晚上,周开列跟罗崇敏聊天,说是江川火炮厂收集了许多旧书籍,问他想不想去看一看,罗崇敏乐得一蹦三尺高,当即表态:"去啊!怎么不去?明天就去!"

第二天,他俩结伴去了江川火炮厂,仓库里果然有一大堆旧书。罗崇敏两眼放光,如入宝山,仿佛见到稀世奇珍。很长时间,他都在旧书堆中翻寻个不停,找到了不少小说,还有一些医学书籍。

"想不到你还读医书!"周开列感到有点惊讶。

"以前就读过一些,现在还想读。中国的医学博大精深,读进去了,真是其乐无穷。"

"你想当医生？"

"那倒不一定，只不过我对什么都感兴趣，你看，这里有一本《如何嫁接果树》，我也想看看。"罗崇敏亮了亮那本绿封皮的小册子。

罗崇敏的医书可不是白读的，他还真的挽救了两三条生命。有一天，半夜时分，在学校大天井，罗崇敏遇到一位满头大汗、呻吟不止的男生，男生说肚子很痛，旁边还有同学说他可能是食物中毒，但罗崇敏问明他的疼痛部位之后，察看他的症状，不像是吃错了东西，倒像是患有急性阑尾炎。于是他当机立断，用学校买菜的马车将那名男生送到县人民医院。诊断的结果出来，果然是急性阑尾炎，由于送院及时，手术成功，终于转危为安。罗崇敏急公好义，为学生垫付八十多元医疗费，在当年，这可是一笔相当不菲的数目，要知道，他每月的工资才不过区区三十元。

还有一次，冬天的某个周末，罗崇敏晚上从学校骑车回家，在县城，他看到树下一男一女在哭着喊救命。他走近一看，只见地上一摊鲜血，原来是那位年轻媳妇突然发作，小孩已生下一半。罗崇敏见状大惊，但他有经验，要这对夫妻千万别慌张。他赶紧去普曼玲单位借来三轮车，把年轻女子送到医院，及时进入产房，母婴双双获救。年轻男子是赵官村的农民，他对罗崇敏的侠义相助千恩万谢，一再表示，改天他要给罗崇敏送上红糖红布。

在生活方面，罗崇敏自奉甚俭。"穷不穷，看碗中"，没错，我们别的不看，就看他去食堂吧，经常只打一碗光饭，回到宿舍，将就着吃点咸菜，这样子就算是一顿饱餐。罗崇敏家的腐乳好吃，在江川一中出了名，周开列老师借近邻之利，曾经多次享受可口的美味。

机会总是亲睐那些做好了准备的人，但机会降临时，还得要有贵人相助。

先往远一点的时候说吧，在战国时期，赵国平原君门下有一位食客叫毛遂，他在平原君门下待了三年，一直不受重视，吃的是最粗糙的伙食，住的是最简陋的房子。平原君要去楚国，与楚王订立军事盟约，由于事关重大，他不敢马虎，决定亲自遴选二十位能文能武的宾客作为随从，此所谓"养兵千日,用在一时"。可他选了老半天,也只选出十九人,这才引出一位奇士——那位默默无闻的毛遂先生,他的自荐绝对产生了轰动效应。平原君问他:"先生在我门下待了多久?"

"在这里待了三年整。"毛遂如实相告。

"贤人处世,就好像锥子放在布袋中,锥尖立刻就能见到。先生在我门下待了三年,左右没有人对您有片言只语的称赞,我也没听说过先生的嘉言懿行,摆明了,先生没什么本事。先生不能随行,还是留在家里吧。"

"我今天就是要请您将我放入布袋中。假若你肯给我置身其中的机会,我必定脱颖而出,岂止显露一点点锥尖。"

后来,平原君果然得毛遂之力与楚王签订了盟约,获取重大的外交胜利。

毛遂脱颖而出,是靠自荐;罗崇敏脱颖而出,则是由于江川一中的师资短缺,顶岗的机会非他莫属。与其说是贵人相助,倒不如说是贵人求助,这就是故事中最有趣的地方。

江川一中的总务主任张绍武颇有识人的慧眼,若放在古时候,就该称他为冰鉴了,他不止一次在公开场合称赞道:"罗崇敏是一条卧龙,我们江川一中的这口池子太小啰,总有一天他会飞走的。你们看,他做什么像什么,做什么是什么,而且能吃别人吃不了的苦。"

当教导主任施学清为找寻一名代课老师发愁时,张绍武便从旁善意地提醒道:这位合适的人选远在天边,近在眼前。施学清脑子里一转念,就心照不宣了,满脸的焦急之色倏然被清风荡尽。他钻进老王庙里去找罗崇敏,开门见山地说:"小罗,教初二年级的女老师回家生小孩了,她的课要找人顶上,我看你平时很爱学习,语文知识丰富,笔头子有功夫,口头表达能力也很强,就请你去代一段时间的课,好不好?"

罗崇敏听了这话,心里乐开了花,他终于有机会由"罗师傅"升格为"罗老师"了。这是一个具有决定意义的时刻,他满面笑容,回答施学清:"施主任,你放心,我去代,我就去代!"

两千多年前,那位毛遂先生没有吹牛,他逮住机会,脱颖而出,帮助他的主公、赵国的平原君取得了外交上的完胜。罗崇敏呢?他也同样把握

住了稍纵即逝的机会,一旦迈出头一步,此后便步步莲花。他代初二年级语文课,只用一个星期就看完了整本《教学参考》,掌握了要领,临到他讲冰心的《小桔灯》时,半点也不怯场,讲起来头头是道,讲了几个与灯有关的神话传说和故事,譬如宝莲灯之类,深受学生欢迎。不仅课堂上的内容丰富多彩,他的讲解深入浅出,能够吸引学生,启发学生,课堂之外,他也喜欢与学生交谈,甚至交心,教他们一些从课本中根本学不到的东西,比如做人的道理和做事的诀窍。

"同学们,今天我要告诉你们一个歇后语,它很有趣,也很有哲理,这个歇后语是'理发师的徒弟——从头学起'。"

罗崇敏话音刚落,班上四十多名同学都笑出声来。他要同学们想想这个歇后语包含了怎样的哲理。有一位男同学抢先站起来回答:"意思是说做事情要抓住要领。"

"不对。"罗崇敏摇了摇头。

"意思是说要把每次的学习都当做从零开始,这样才会有更大的动力和更大的收获。"另一位女同学用琅琅悦耳的语音回答道。

"回答正确,就是这个意思。你们天天都要有'从头学起'的激情和动力,这样一来,你们就会永不自满,永远进步!"罗崇敏做了一个手挥五弦、目送飞鸿的姿势,神情非常优雅,学生们再次笑出声来,这回显然是赞赏的笑声。

多年后,一位叫做杨金云的学生仍能清晰地回忆起罗崇敏讲课时的音容笑貌,他坦言自己一直将那句歇后语("理发师的徒弟——从头学起")当成座右铭,至今受益匪浅。

代课老师罗崇敏讲课深受欢迎,在江川县一中的师生中间有口皆碑,这是好事啊!教导主任施学清却感到了幸福的烦恼,那位女老师休完产假回校后,该怎么安排罗崇敏?好在不久初二年级政治课的老师又出缺了,施主任长舒一口气,那就让罗老师去顶班吧。罗崇敏仿佛是救火队员,哪里有险情,哪里就有他;又仿佛七项全能选手,什么课他都能接手,什么学生他都能调教。发展到后来,连高中年级的语文课老师出缺,施主任也认为非罗崇敏莫属。

当代课老师的那一年,罗崇敏亲身体验到身为教师的快慰。在他心目中,这是一个受人尊重、令人羡慕的崇高职业,是太阳底下最光辉的事业,所以从那时起,他就下定决心,要通过不间断的学习来改变自己的人生轨迹和知识结构。作为自学成才的典型,罗崇敏在工作之余堪称焚膏继晷,刺股悬梁,总共获得三个专科文凭、两个本科文凭、一个硕士文凭、一个博士文凭,终于实现了由代课老师到博士生导师的完美嬗变,这可是一个不小的奇迹。

当年,罗崇敏确实尝到了当代课教师的快乐,初步实现了自己的个人价值,不仅得到学校师生的广泛认可,还以代课教师的身份被评为全州和全省的先进教育工作者,扎扎实实地体验了一把梦寐以求的成就感。罗崇敏想更上一层楼,把"代课老师"这四个字去掉前面两个字,这就面临着一个相当现实的问题,他必须去考取教师资格证。

1984年1月,罗崇敏参加了云南省高中教师资格考试,报考的科目是政治,要考哲学和政治经济学两门功课。成绩公布出来,他名列前茅,是全县政治科目的榜眼。罗崇敏获得了高中政治课的任教资格,他就是名正言顺的罗老师了。教高中毕业班,当班主任,罗崇敏要操心的事情就多了。考大学关系到每个学生的前途和命运,丝毫马虎不得。他发现有些学生高考成绩不错,由于胆怯和视野窄狭,填报的志愿不够准确,便主动为他们修改志愿,使之得到更圆满的结果。

在江川县一中,罗崇敏干了三年半,收获不菲,他被评为玉溪地区和全省"先进教育工作者"。所有跟罗崇敏共过事的人都认同一点:罗崇敏干什么像什么,干什么是什么,他干一行,爱一行,无论在哪一行,都想当状元,也确实能够成为状元。在事业上,他不断精进,不断获得成功,除了天赋异禀,勤奋好学,还得益于凡事爱思考爱琢磨的钻研精神。"知之者不如好之者,好之者不如乐之者",罗崇敏就是典型的"好之者",无论干什么,他都能深深地沉浸在其中,对于他来说,绵绵不绝的乐趣就是最好的报酬。

一个人拥有了充足的积累,做好了充分的准备,又处在事业的上升通道,就不再是你去寻觅机会,而是机会来拜访你,频频叩响你的门环。这就是"马太效应"的阳面(正面):好的愈好,多的愈多。

1985年3月的某一天,一向对罗崇敏青眼有加的施学清校长(他已由

教导主任升任校长)笑眯眯地找到他,透露了一个可靠的消息:"罗老师,云南教育学院招生,你的自学能力强,直接去报考本科吧。"

没过多久,一个更好的机会接踵而至,找上门来,"全省先进教育工作者"可去玉溪地委党校读专科,百分之十的录取率,要考语文、政治和自然科学三门功课。考试从来就没难倒过罗崇敏,他以优异的成绩考入玉溪地委党校理论大专班。

1985年9月初,罗崇敏正式离开江川县一中。

汽车徐徐启动,开出一两百米远了,罗崇敏仍能听到校门口送行的师生深情地呼唤"罗老师",还能看到他们挥手道别的身影,此情此景令人五内俱热。

江川县一中,这里无疑是罗崇敏梦想开花的福地,是他事业起飞的基地。他眺望着愈离愈远的校园,依依不舍之情久久荡漾于心间。

在玉溪地委党校85级理论大专班,罗崇敏的年龄算大的,人缘算好的,经历算丰富的,成绩算优异的,因此这位尚未转干的工人终于当上了"干部"——副班长和学习委员。当时,党校的校长是杨丙麟,理论大专班的班主任是教务主任舒崇福,后者是普曼玲的姐夫,与罗崇敏有亲戚关系,但这并不意味着舒崇福会对罗崇敏格外照顾,反倒是他对罗崇敏的要求特别严格。

求学是罗崇敏的夙愿,也是他一个未圆的梦,现在,有了一张宁静的书桌,有了完整的时间,有了切磋和商讨的对象,他那股汲取知识的猛劲不亚于长鲸吸水,别人只攻读一个专科,他却同时攻读三个不同的专科:玉溪地委党校的理论专科,云南大学自学考试党政管理专科,中国人民大学秘书函授专科。

造物主的手中只握有一项绝对公平,那就是对于时间的分配。他分配给富贵者的时间是一年三百六十五天,一天二十四小时,分配给贫贱者的时间也同样是一年三百六十五天,一天二十四个小时;分配给勤奋者的时间是一小时六十分钟,一分钟六十秒,他分配给懒惰者的时间也同样是一小时六十分钟,一分钟六十秒。因此那些想要有所建树的志士便只能采用三种办法获取等量时间的超值效益:一是惜时如金,决不浪费和虚掷;二是做工作狂,尽可能削减享乐和休闲;三是今日事今日毕,完成额定任务,不拖延,不拖沓。

"一寸光阴一寸金,寸金难买寸光阴。寸金使尽金还在,过去光阴哪里寻","明日复明日,明日何其多,我生待明日,万事成蹉跎","百川到东海,何日复西归?少壮不努力,老大徒伤悲","盛年不再来,一日难再晨。及时当勉励,岁月不待人","少年易学老难成,一寸光阴不可轻","劝君莫惜金缕衣,劝君惜取少年时。花开堪折直须折,莫待无花空折枝"……中国古诗中有不少劝人珍惜时间的名句,罗崇敏都能够一一背诵。他对时间的珍视向来超乎常人,他最不理解的就是"闷得发慌,闲得无聊"的人,他最不欣赏的就是"饱食终日,无所用心"的人。他曾算过一笔详细的时间账:按现在平均寿命计算,人生大约七十五个年头。前二十五年一般都在学校接受教育,中间二十五年一般都在成就自己的事业,属事业的黄金时期,后二十五年知天命而获结果。中间二十五年三分之一的时间是在床上度过,三分之一的时间是闲暇时间,三分之一的时间真正用在事业追求上,也就是说,只有八年多的时间是做工作、做事业的黄金时间。这样一精算,还怎能不牢牢抓住时间这把"黄金麦穗"呢?

罗崇敏想读的书太多,想做的事太多,永远都觉得时间不够支配。在玉溪地委党校读书的那两年光景,每餐吃饭,他总是最后一个去食堂。去早了要排队打饭,他嫌排队耽误时间,只要他清瘦的身影一出现,食堂里的师傅就会相视而笑,这下可以收工了。每晚自习,他也总是最后一个离开教室回宿舍,只要他若有所思的神情一出现,看门的师傅就会立刻起身,这下可以关门了。他们估准和掌握了这个规律,可谓屡试不爽,很少会出差池。久而久之,这两条"罗氏定律"就传为了玉溪地委党校人尽皆知的佳话。

爱拼才能赢,罗崇敏要拼进度,拼效率,时间是否充裕?他觉得时间永远都不够用,但他要竭力榨取分分秒秒的极值,"焚膏油以继晷,恒兀兀以穷年"。在玉溪地委党校,凡是认识罗崇敏的师生都承认,他们从未见过这么不肯松懈不知疲倦的人,无不为他的拼劲所折服。在班会上,就曾有同学表示,他最敬佩的人是罗崇敏,并且极其形象地称赞罗崇敏是"一匹跑不死的千里马"。

大禹治水,三过家门而不入。罗崇敏治学,似乎连家门的方向都快记不清了。所幸他有一位贤内助全力支持他,理解他,深知罗崇敏重续这条求学之路和圆梦之旅是多么不容易,他在与时间赛跑,不能分心,不能走神。他已有大半年工夫没见到父母亲,好在他们身体康强。父亲罗高原通情达理,曾对罗崇敏说:"你要是想给社会做点有益的事情,首先自己要有知识,才能说服人家,帮助人家,才有安身立命的本钱!"这句话言犹在耳,对他无疑是很好的鞭策。

1985年11月12日,罗崇敏从玉溪地委党校写信给爱人普曼玲,在这封短信中,他对家中的亲人充满了关爱之情,对儿女的教育也念念不忘,其拳拳之意满溢纸上。

玲:

近可安好!小丹、小亭可好?学习怎样?机会难得,我对学习很投入。你实在辛苦,又工作,又侍(奉)老人,又带孩子,还辅导他们的学习。我一个学期只能回家一次看望你们,多保重。

我们的家风不会使孩子骄奢、懒惰,但使孩子快乐成长,健康成长,很困难。尽管手中拮据,住房简陋,学习条件差,但光大孩子的天性,培养孩子的兴趣,养成孩子的行为,锻炼孩子的意志力,是有充分条件的,引导孩子刻苦学习,健康成长,是为人父母的真爱。我们不可能给孩子留下什么物质财富,但我们可以给孩子留下终身受用的精神财富。

祝康安!

好胜心,好强心,很少有人像罗崇敏那么强烈。在玉溪地委党校,他拿过书法比赛第一名,拿过演讲比赛第一名,拿过体育比赛第一名,他天生就是那种拿第一名的选手。有位同学开玩笑道:"只要罗崇敏参加比赛,我们就力争拿到第二名!"

确实就是这样,罗崇敏的毕业论文获得了学校优秀论文奖第一名,发表在校刊上,又是人见人赞,人见人羡。

大忙人罗崇敏自恨分身无术,没有孙悟空七十二变的神奇功夫,只须拔一把寒毛，放在嘴边一吹，就能变出成群结队的孙悟空。同学们都喜欢跟他沟通心曲，逮住一个小小的闲空，就会与他交谈，从学习、工作、生活到事业，向他求经问"药"讨主意。好人罗崇敏再忙再累，也不会疏远同学，遇事也从不回避，能帮得上的地方，他会在第一时间伸出援手。班上的女同学都欣赏罗崇敏，若不是"使君已有妇，罗敷亦有夫"，也许还能发生点浪漫故事。有一点则是肯定的，只要罗崇敏组织活动，那些女同学就会一齐跑来捧场，还抢着为罗崇敏拆洗被子。对于罗崇敏的优势地位，其他男同学都心服口服。

"崇敏，将魅力转化为吸引力，是不是比居里夫人从十吨矿渣中提炼出一克镭更难啊？我怎么就做不到呢？"有位男同学放低身架，前来讨教。

"容易，容易，这比将一克镭还原到十吨矿渣中更容易！"对于自己的神秘配方，罗崇敏顾左右而言他，自然是秘而不宣。

"说实话，你一定有什么谋略。"那位男同学穷追不舍。

"谋略？我有啊！别人的谋略是虚虚实实，兵不厌诈；我的谋略只有三个字。"

"哪三个字？"

"真，诚，笃。"

有一次，刘溪源老师给大家布置了一篇《观察日记》，结果全班的十七位女生中有十五位女生以罗崇敏为自己笔下的观察对象，她们达成的共识是："罗崇敏博爱而真诚，是最值得尊敬的兄长和最值得信赖的异性朋友！"这个评价不可谓不高。

当初，班上的同学李宏因为错过了考试，变成了借读生，按规定，借读生结业后，没有学历，没有文凭，因此李宏的思想上有了波动，自尊心和学习积极性受到挫伤，而且情绪低落，郁郁寡欢。罗崇敏看在眼里，记在心里，他建议校方尽快将李宏转为正式的在读生，消除差别，一视同仁。校方采纳了他的这条建议，李宏也一扫心头的阴霾，重新振作起来。还有一位女同学叫吴静，平日缺课太多，谈恋爱，违反规定，夜不归宿，学校做她的思想工作，效果不佳，因此吴静没能拿到毕业证和文凭，她当然十分伤心。罗崇敏再次出面向校方建议，请学校采取灵活的处理方式，让吴静回原单位工作两年，如果表现好，即补发毕业证和文凭。校方再一次采纳。

多年后,笔者采访退休多年的舒崇福老师。他坐在轮椅上,腿脚行走不便,问他当年做这些爸爸级、妈妈级大龄学生的班主任,是不是很劳神。他笑道:"有罗崇敏这样精明的班干部,我没操什么心。罗崇敏是天生从政的好料子,他不仅懂得书本上的知识,还明白事情的症结所在,特别能摸透人的心理。"

没错,世间诸学,最高莫过于人学,懂得了人学,则诸学水落石出,了了分明。

毕业时,罗崇敏品学兼优,成绩异常突出,校方对他赞赏有加,党校校长杨丙麟亲自点将,要罗崇敏留校任教。这样的美事,换个人,可能心花怒放,求之唯恐不得,罗崇敏却婉言逊谢,再三再四,他真心实意地说:"我刚刚在党校毕业,就留下任教,与这些教过我的老师平起平坐,不合适,我来自基层,仍要回到基层去锻炼!"

江川县委组织部长杨思藩早就关注到罗崇敏的表现,在他看来,一个在玉溪地委党校有口皆碑的学生,一个两年时间就拿到三个大专文凭的学生,绝对不寻常,不简单,绝对是个难得的人才,值得提拔。杨部长找到罗崇敏,要他去江川县委党校任职,这与罗崇敏回江川工作的想法十分吻合,他当即接受了这个方案。

"三十而立,四十而不惑。"三十五岁,介于"而立"与"不惑"之间,罗崇敏的人生已悄然发生转机。如果说此前的岁月,他是在困苦中度过,在歧视中度过,在摸爬滚打中度过,在探索积累中度过,那么从此以后,他就将挺直腰板,昂首阔步,踏上立德之途、立功之途和立言之途。诚然,殊途同归,条条道路通罗马,你可以将它们像麻花那样扭结在一起,简单地称之为"仕途",也不算错。总之,罗崇敏要当官了,要当一位立德、立功、立言和立异的奇官,他生命中的华彩乐段即将奏响激动人心的主旋律。

第五章 江川试水,快鱼也能够飞翔

"据我了解,人们所犯的错误大部分都是常识性的错误。中国的文化写意特点非常明显,三分形象,七分想象。我们现在都习惯凡事讲原则,讲方针,习惯于抽象思维,淡化了形象思维和具象思维,这样往往忽略了务实性的、常识性的、具体性的思想和行为的培养。比如日常卫生习惯不文明,说话做事不检点,文明礼貌不注重,说话、作文语法错误司空见惯。其实常识性的生活错误,会造成一生的失误,常识性的决策失误,会导致民族灾难。现在我们需要的是严谨的思维,平常的知识,务实的行动。"

——罗崇敏 1988年

1987年7月,罗崇敏从玉溪地委党校毕业,欣然接受江川县委组织部长杨思藩的安排,去江川县委党校工作。半个月后,他被抽调到县委工作组,前往安华乡任工作小组长,指导农村"双层经营"工作。

1987年10月下旬的某一天,一辆白色面包车驶入安华乡政府大院,从车上下来两位县政府的女干部,她们专程下乡来接罗崇敏回县城。第一时间,罗崇敏预感到自己的工作发生了变动。他笑着问道:"我的行李要不要带走啊?"

"都带走吧。"她们的回答简明爽快。

罗崇敏上了车,她们这才不急不忙地抖开包袱,揭晓答案:"罗崇敏同志,你的工作有变动,我们接你去江川县政府办公室报到。"

"哦,谢谢!真是不好意思,我这是头一回去县政府大院,它的大门朝哪边开我都不知道呢!"罗崇敏笑道。

"这个你不用担心,我们当你的师傅,不过师傅引进门,修行靠个人!"这话一出口,车上的几位同行者都笑了。

正当罗崇敏的事业开始蒸蒸日上的时候,一件意想不到的死亡却悄悄地找上门来。

1988年2月19日(大年初三)天黑不久,罗崇敏的岳父普文治吃过晚饭,照例到街上去溜达一圈,"饭后百步走,活到九十九"。在县城里,春节期间的喜庆气氛非常浓厚,家家挂起红灯笼,小孩子三五成群炸鞭炮。江川县城小,街坊四邻平日抬头不见低头见。普文治优哉游哉,沿途碰见熟人,彼此乐呵呵地打招呼,说些祝福的话。这时天空开始下雨,能见度变低,他决定往回走。也就是一转眼工夫,只见一个年轻人骑着自行车飞速冲下坡来,老人避让不及,被撞个正着,倒下时,后脑勺重重地磕在水泥地上,当场人事不省。周围的行人见状,赶紧过来施救,把他送到江川县医院,由于颅内大面积出血,翌日上午八时,普文治溘然去世,终年七十二岁。罗崇敏守在岳父的身边,紧握他渐渐变凉的手掌,不禁失声痛哭。春节期间,猝遇惨祸,痛失至亲,普曼玲也悲恸不已。

肇事者是一个二十多岁的年轻人。他见势不妙,逃之夭夭,但很快就被公安民警抓获。他撒了个谎,说是去相亲,心情急切,碰上下雨天,街上黑咕隆咚,车速确实快了点,下坡时没带刹,结果不小心迎面撞到一位老人,因为害怕他才逃离现场的,万万没想到车祸的后果这么严重。那个年轻人演技不错,一把鼻涕一把泪,碰上年关,公安民警心软,便草草结案,把这场车祸当成交通事故处理,并没有拘捕那个年轻人。对于这个案子,很多亲友心中不服,由于普文治是江川名士,也有领导拍案而起,要把那个肇事逃逸的年轻人抓来重新审问。这时,罗崇敏从悲痛中恢复了理性,他认为,人死不能复生,如果纯粹看案情,那个年轻人犯下了明显的过错,法院真要是判他几年徒刑,就把他的前途给毁了,我们又能得到什么好处?无非是出了一口心头的恶气。但从此就与对方结下世代怨仇。岳父一生心地善良,倘若九泉之下有知,肯定不愿看到亲人做出这种以牙还牙的事情。冤家宜解不宜结,那就得能饶人处且饶人吧,宽恕那个年轻人,对生者而言,对死者而言,都是一件好事。他主动劝导亲友,这桩痛心的事故就此尘埃落定。

要是论感情,普文治与罗崇敏虽为丈婿,却情同父子。普文治从一开始就看重罗崇敏的人品和才华,看好他的前途和命运。在他们之间,其实还有一种关系,那就是忘年之交,彼此亲密无间,谈诗论画,尤其趣味相投,每每引为同道。有一次,两人在家中小酌,罗崇敏由衷地感慨道:"我再也找不到比您更好的岳父了!"

听到这话,普文治乐得眉眼都弯成了下弦月,来而不往非礼也,他也发出了相同的感叹:"没错,我再也找不到比你更好的姑爷了!"

普曼玲正要起身,听到两丈婿互相夸奖,差一点把饭都笑喷了,她打趣道:"你们这样夸来夸去的,肉麻不肉麻啊?"

"怎么会肉麻?这又不是一道川菜!"罗崇敏回了一句,三人同时笑出声来。

还有一次,1986年的中秋节,罗崇敏一直记得,他与岳父普文治吃饭时,喝了点酒,然后出去散步。在这个圆月之夜,他们走到凌晨一点多才回家,差不多把各自记得的与明月相关的诗词背诵了一个遍,其中有曹操的《短歌行》,有李白的《月下独酌》,有杜甫的《月夜》,苏东坡的那阙《水调歌头》无疑是他们共同的最爱……丈婿二人论画谈诗,淋漓尽致,可那样的日子一去不复返了。

尤其令罗崇敏痛心的是:岳父普文治丧失的不只是物质生命,随之断送的还有艺术生命。他半生命运坎坷,年近古稀,正灿然焕发艺术生命的第二春,作品相继走出国门,却在此时猝遇车祸,不幸辞世。纪念一位亲人的最佳方式是什么?是将他铭刻在心。纪念一位身为艺术家的亲人的最佳方式是什么?除了铭刻在心,便是给他出版一部精美的书画集。2001年7月,人民美术出版社以高规格精装八开大本出版了《普文治书画作品集》,为了这部精美画册的出版,普曼玲从作品的搜集到作品的编排,狠下了一番功夫,力求尽善尽美,以此告慰父亲的在天之灵。罗崇敏自始至终关注着这部作品集的进展,提出了许多宝贵的建议,其中,除了收入普文治书画方面的精品力作,还收入了他的篆刻作品和年表,全面地展示了这位老艺术家毕生的优秀成果。

普文治不幸去世后,罗崇敏决定为岳父修墓,他驾车去通海县买回

高品质的青石,亲自设计墓碑,由三块屏石拼接而成,碑文也由他亲笔书写,石匠刻了一部分,他刻了三分之二的内容。正值正月期间,别人喜兴未消,他却怀着沉痛的心情,晚上去一间草棚中刻写碑文,那感觉真是冷清极了,骨子里渗入丝丝寒意,但他脑海里连一秒钟都没有闪现过放弃的念头。碑文共计数百字,罗崇敏连续用了三个晚上的时间才刻写完成,每晚他都要刻写到凌晨时分。用这种方式表达自己对岳父的深情追思,他感觉既应该,又值得。

罗崇敏到江川县政府办公室工作之后,自觉养成一个良好的习惯,随时随地记下自己的所见所闻所思所想所悟,但他很少示人。2009年,他出版思想随笔集《天鉴》一书,收入的内容多半是新世纪以来的随想录,1990年前的片段被收入者寥寥无几。尝片脔可以知鼎味,窥一斑可以识全豹,我们来看一段精彩的知性文字,这段文字,罗崇敏标识的记录日期是1988年8月10日,记录地点是江川县饮食服务公司宿舍:

> 我们在日常生活和学习中会发现,伟大是那么简单。如果你认识某个真正伟大的人物,你会发现他们是那么单纯,平易近人,生活得如此朴实,特别是某位伟大的人物,假设他正好是你的邻居,你可以直接朝他走去,与他打个招呼,你就会觉得他很简单,不像你想象的那么伟大、神秘。伟大的成就也是那么简单,任何一个发明家,任何一个艺术家,任何一个政治家,他的生活都是简单的,他的工作过程也是简单的。无非是他们把激情、理性和意志力,都体现在简单的生活和事业追求中而已。一个人越伟大就越简单,一件事越简单就越伟大,一种工具越简单就越通用,越通用也就越有价值。

做一个纯粹的人,做一个高尚的人,做一个深明常识的人,做一个脱离低级趣味的人,物质生活力求简单,精神生活力求丰富,罗崇敏自信可以做到。但要做一个伟大的人,目标则十分高远,他决心努力奋斗,虽不能至,却心向往之。

1988年11月,罗崇敏由工人正式转为干部,开始做秘书工作。由工人转为干部,无疑是个人身份和社会地位的一大飞跃。这种改变,一如当年,他原本是众人眼中刻蜡板、拉电铃、下厨房的"罗师傅",由于顶班代课,江川县一中的师生不约而同地改口称他为"罗老师"。两相比较,当年是心头感到喜悦,现在可不同,是肩头感到沉重。在政府部门工作,"责任"二字掂起来可是蛮有分量的。

在县政府,怎样才能做好秘书?罗崇敏思忖过了,"认认真真,踏踏实实,勤勤恳恳,兢兢业业",估计把这十六个字做齐全了,就该八九不离十了。首先,他决定在"勤"字上下功夫。这么多年,什么时候他又偷过懒呢?但他觉得往后做事还要比以前更用心,更主动。

每天早晨七点钟,罗崇敏提前上班,先整理办公室,然后打扫厕所。常言道:人有四急。哪四急?生孩子急,大小便急,看病拿药急,饥饿口渴急。厕所无疑是人人都要光顾的地方,以往的脏东西不见了,以往的秽臭气没有了,里面干干净净,清清爽爽,大家感到舒服的同时,也感到好奇,这是谁干的?答案很快揭晓,是罗秘书罗崇敏干的。有一天,办公室主任李有坤对罗崇敏说:"崇敏,你打扫厕所,大家都有议论。"

"哦,是不是说我没打扫干净?"罗崇敏笑着问道。

"正好相反,说你打扫得太干净了,是史无前例的干净,再就是,难为你把这个脏活自动承包下来,天天干,没塌过场,这说明你特别有责任心,真不容易!"

"这点小事,不足挂齿,大家过奖了!"罗崇敏有点不好意思。

大家都夸赞罗崇敏手脚勤快,头脑灵活,谦虚好学,积极上进,人品好,工作能力强。李有坤看在眼里,听在耳中,当然心底有数。李贵禄县长是江川县氮肥厂办公室的老主任,是罗崇敏的老上司,他把罗崇敏调到县政府办,就是看中罗崇敏是块值得雕琢的璞玉,是个有创造力的人才。李县长想选个秘书,他要李有坤推荐人选,李有坤说:"我看,罗崇敏最合适,他笔杆子硬,脑瓜子灵,为人实在,很勤奋。不说别的,就说他每天打扫厕所……"

"哈哈,他确实比别人勤奋,也更能吃苦!"李县长当即夸赞了一句。

"他的责任心强。"李有坤主任再补加一个砝码。

"对,当秘书,责任心一定要强,主观能动性也要强,不能像是算盘珠子,拨一下才动一下。"

李县长看好罗崇敏,让他当自己的秘书。罗崇敏欣然踏上新岗位,虽有点忐忑不安,但他对更具挑战性的新工作充满憧憬,也充满信心。

"小罗啊,你扫厕所,在江川县政府扫出名气来了,哈哈!"李县长的笑声十分爽朗,走廊里都听得到。

"让大家笑话了。"罗崇敏的表情略显矜持和拘束。

"不,不,你别误会,没人笑话你,我觉得你做得很不错。古人说'一屋不扫,何以扫天下',一个人先得把小事做好了,才能做大事,要不然,眼高手低,什么事都干不成。你踏踏实实,责任心强,我很欣赏!"

罗崇敏听完李县长的当面表态,顿时觉得浑身舒爽了许多。

在新岗位履职不久,罗崇敏就接到一个颇为压头的任务,主笔起草江川县政府工作报告。他太想把这个报告写好了,于是闭门造车,埋头苦干,结果过犹不及,反倒弄砸了锅,一篇两万多字的政府工作报告写得像一篇扎扎实实的大学毕业论文。李县长看完后,把罗崇敏叫来,对他半开玩笑半认真地说:"小罗,政府工作报告这么长,你是存心要让我把口水念干吧?事无巨细都罗列,重点不突出,这样子不行,必须赶紧推翻它,重来!"

白白辛苦一场还在其次,没办好事,让领导失望了,这才令罗崇敏特别痛心疾首。但工作中的挫折也自有它的积极面,罗崇敏找来各类公文,狠下功夫研究了一番,凡是不懂或不太明白的地方,他都多方求教。此后,类似的错误再也没有犯过。

在工作上,罗崇敏是典型的拼命三郎。每年他至少有两百个晚上到办公室加班,把文件、报刊、社论分类归纳,办公室永远都是整整齐齐,要找什么东西,简直比在清水里抓鱼还容易。罗崇敏有意探索办公室工作的规律。有一天,他很兴奋,对同事张绍聪说:

"绍聪,我想出了一个好点子,用十八部电话就可以指挥全县,每部电话都贴上标签,电话铃一响,就知道是哪个部门打来的,汇报的是什么样的情况,打出去的时候同样具有针对性,这样就不会打乱仗,不会耽误工夫,一定能够提高工作效率!"

如果说这个创意还算简单,那么罗崇敏的另一个创意则得到了江川县政府上上下下的赞赏,他制订了《农业实用二十四节气表》,严格按照二十四节气把全年三百六十五天逐日细分,标明农业工作的重点,估计何时会有何种灾情发生。这张表格能让领导对农村工作做到心中有数,有的事情及时安排和处理,有的事情掌握主动,打提前量。罗崇敏制订的《农业实用二十四节气表》好就好在源于对农事、气候、灾变等情况客观分析,而不是主观臆测,体现出以往的经验和教训,具有很高的参考价值。

你或许会好奇,罗崇敏怎么可能了解那么多情况呢?这算是问到了点子上。勤学好问无疑是他的制胜法宝。首先是博览群书,业余时间,他阅读工业、农业、商业、卫生、旅游等方面的书籍,将自己对各行各业的感性认识上升为理性认识。

江川县的李家山出土过大量的青铜器,其中的牛虎铜案更是国宝级珍稀文物,罗崇敏要掌握这方面的知识,便去找青铜器专家讨教,最终连专家都乐了,开玩笑说:"罗秘书,你是不是想改行了?"

当然不是。孔子说过:要学种田,就去问老农;要学种菜,就去问老圃。罗崇敏最高兴的事情,除了读书,就是跟着领导下基层去搞调研,他可以弄明白许多问题。比如说,当地的冰雹灾害对农作物的影响极大,它到底有怎样的规律?罗崇敏将自己收集的大量数据细加分析,最终得出了较为可靠的结论,并提出一些防灾救灾的措施。他的记忆力好,笔头子勤,点子又多,还很会分析、归纳和总结,这些有理有据有思考有结论的第一手学问是最为新鲜的,也是最为有用有益的。学问学问,勤学好问,它无所不在,随处可得,关键是你要抱持足够的热情和兴趣。

罗崇敏与同事张绍聪既是无所不谈的好朋友,又是工作上的好搭档。罗崇敏的许多心得体会,张绍聪都是第一读者和第一听众。有一天,罗崇敏对张绍聪说:"我们做秘书的,不仅要充分理解领导的思路,把握领导的意图,还要当好领导的参谋,参在点子上,谋在关键时,从被动中求主动。"

罗崇敏是这么说的,也是这么做的。他把自己收集到的各类有用的信息写成文字,交给领导,作为参考资料。罗崇敏的眼睛并不只是盯着上面的领导,还充分照顾下面的基层干部。基层干部领会和消化县委县政府的指示和精神,通常喜欢编顺口溜,既容易记,又容易懂。罗崇敏觉得

这种民间语文的形式很实用,便将江川县政府工作报告的核心内容总结为十二个字的顺口溜:"七百斤(人均粮食产量),一千元(人均年收入),翻两番,奔小康。"这个顺口溜很快就传开了,大家都觉得这十二个字抓住了要领,而且生动有趣。

有一句话,罗崇敏常说,"实事求是是一种品质"。他干什么都是眼观四路,耳听八方,有的放矢。他不断强化自己在工作中的主动性、创造性、操作性和实效性,不玩虚招,不作清谈,不放空炮。

"罗秘书最实在了,他这个人不会掺假,不会耍把戏。"了解他的人都这么说,这不是什么溢美之词,而是实话实说。

1989年5月,由于罗崇敏的突出表现,他被任命为江川县政府办公室副主任兼县长秘书,工作更加辛苦,但他感到很充实。身为县政府办公室副主任,罗崇敏仍然坚持打扫办公楼里的厕所,后来,他当选副县长,离开办公室,旧日的同事遇到他,幽默地说:"罗副主任当了罗副县长,我们办公楼的厕所就脏了。"

不管在什么岗位,罗崇敏都追求极致目标,哪怕由于种种外因目标难以达到,但他竭尽所能,也就问心无愧,安然自得了。倘若由于放弃努力而达不到极致目标,他会终身遗憾。

工作量超负荷,罗崇敏是从来都不怕的,他有足够的本钱,身板子特别结实。在体育方面,罗崇敏的第一爱好是游泳,风雨无阻,四季不辍。早晨六点钟到七点钟,他在星云湖中的可能性要远远大于他在家中的可能性。有一天晚上,罗崇敏来到湖边,只见皎洁的月辉映照湖面,繁星闪烁,波光潋滟。他决定测试自己的耐力,在星云湖中,他不间断地游弋了五个多钟头,共游出将近二十公里,浑身仍感觉有使不完的劲。他身后跟着一条渔船,在风浪中,连船家都转悠得有些害怕了,不断催促他上岸。星云湖的湖面十分宽阔,有三十五平方公里,罗崇敏在偌大的湖中能体验到鱼儿在水中飞翔的自由和畅快。

提到罗崇敏爱游泳,他夫人普曼玲给笔者讲述了一则小故事。有一回,普曼玲跟一位同事下班回家,隔老远就看见罗崇敏穿着雨衣,骑着自行车,朝郊外的星云湖快速冲去,她同事也认出那位穿雨衣的快车手是罗崇敏,问道:"那不是你家老罗吗?下这么大雨,他骑车飙到哪里去?"

"十有八九是去星云湖老河咀。"普曼玲回答道。

"去老河咀干什么？"

"还能干什么？去游泳呗。"普曼玲的回答轻描淡写。

"太神了吧！这大风大雨大浪的，你就不怕他出事？"同事很惊讶，也很不解。

"他都在老河咀游了好多年了，要是会出事，他早出事了。他常说，在星云湖游泳，比在街上走路还要安全。"

"他这是吹牛不打草稿！"普曼玲的话确实把同事逗乐了，回头再望，由于密密匝匝的雨帘相隔，罗崇敏骑车的背影已经模糊。

罗崇敏坚持游泳，既磨炼了意志，也收获了一副能够吃苦耐劳的好身板，童年、少年时期的瘦弱变为了青年、中年时期的壮实。

多年后，罗崇敏对家乡的山水仍然眷恋不已，思之梦之，牵之系之，发为歌诗，名为《乡情独钟》：

> 凝视湖面潋滟风光，
> 静闻群鸥低吟浅唱。
> 漫步山间路转峰回，
> 沐浴林中一米阳光。

> 呼吸田间稻麦馨香，
> 留恋街道熙攘景象。
> 回味儿时饭菜清汤，
> 感恩父母爱心热肠。

> 无论走到何方，
> 我的时光还在故乡流淌。
> 无论站在何方，
> 我的思绪只在故乡芬芳。

> 世间情感万种，

我为乡情独钟！

世间情感万种，

只为乡情独钟！

无论再到何方，

我的情怀依旧在故乡释放！

罗崇敏不打麻将，不打扑克，他觉得打牌太耽误工夫，容易玩物丧志。他甚至认为，世界上最大的腐败莫过于浪费时间，因为一旦造成损失，就永远无法挽回。他也很少喝酒，这在无酒不欢的官场几乎是一件不可能做到的事情，要知道，许多基层干部都是视大块吃肉、大杯喝酒为官场义气，为人生幸福。罗崇敏痛恨庸俗低级趣味，从不向官场潜规则和不正之风低头，一些格调不高的人对他有看法，认为他太清高，不合群。然而罗崇敏很少喝酒，确实另有原因。

当工人时，罗崇敏酒量不错，喝酒也多，身边有不少酒友。三两个碟子（花生米、蚕豆、酸盐菜），一瓶老白干，就可以开张。那时喝酒，一是嗜好，二是感情表达，三是宣泄，喝完酒就写旧体诗，或者练练书法，觉得这样很受用，也很舒服。在玉溪地委党校读书时，罗崇敏已很少喝。他觉得喝了酒，头老是昏沉沉的，不利于思考问题，而且误事。

1989年8月，罗崇敏的妹妹结婚，他叫了两个同事一起去喝喜酒，喝的是四十多度的人参酒，因为高兴，喝了一斤多，快要撤席时，一位黄姓同事说："哎呀，普老师太可惜了，要不是那场车祸，他能更好地展现他的艺术才华！"

这句话触痛了罗崇敏最敏感的神经，他闻言嚎啕大哭，父母妻子来劝，都止不住，走在大街上，路人看见一个大男人哭得如此撕心裂肺，无不为之侧目。回到家，他仍然收不了声，躺在床上，把枕头都哭湿了。第二天早晨醒来后，他感觉身子沉重，脑袋很痛，起不了床，喝了一碗红糖水，情形才有所好转，一看时间，已经八点钟，他这才记起来，上午要陪县长下乡调研，眼下居然是这副病殃殃的样子，摆了个乌龙阵。平日对工作一丝不苟的人，也会出这样的洋相，犯这样低级的失误，他感到十分内疚，十分丢脸。家人告诉他，已经替他请了假，事后县长也没有批评他，但罗崇敏深感酒醉会乱性，酒醉会误事，他暗下决心，从此戒酒，若遇到一些不喝酒则失礼的场合，也要尽量少喝。从此以后，他再也没有喝醉过。

上个世纪八十年代中后期，从中央到地方，都重用有文凭的干部和有实际工作经验、能力突出的干部，甚至往往会破格提拔，大胆任命。昔日的最大障碍——出身问题已经被彻底扫平，成分如何，已不再纳入甄选干部时的政审范畴。罗崇敏手头拥有三个大专文凭，实干精神、实干能力和实干经验，他三者俱备，这样的干部正是组织部门要重点考察、破格提拔的对象。

1990年2月，在江川县人代会上，罗崇敏当选为副县长，分管文化、教育、卫生、体育、旅游等多项事务。一方面，罗崇敏感到重任在肩，心头压力骤然增大，另一方面，他也感到忐忑不安，从副科级一下子升迁到副处级，从县政府办公室副主任一下子升迁为副县长，二者之间的跨度不小，角色的转换很大，自己能否胜任？他心里还在打鼓。

除了游泳，晨跑也是罗崇敏多年保持下来的一个好习惯。有一天，他早晨跑步时，无意间听到有人在议论他："我听一位公安局的领导说，几年前，罗崇敏还是江川县一中的校工，摁电铃，刻蜡板，现在当上了副县长，他有这个能力吗？"

"这么说，让我去当副县长，肯定比他强！哈哈哈……"

这两句议论入耳惊心，对罗崇敏的刺激很大。在工作上，他原本就是"拼命三郎"，现在更加努力，时时处处都严于律己，注意自己的一言一行。在地位和待遇上，他从来不与别人争高低。开会时发给他的礼品，他很少拿，就算拿了，比如香烟，也是放在办公室待客，至于每个月的出差补贴，他从来不领，后来也一直没有报销过旅差费。

这样严于律己的领导是不是不近人情？恰恰相反，罗崇敏对干部群众都很热忱，凡是找到他的人，他都接待。尤其是那些从乡下来县政府求告的农民，他总会仔细聆听他们的倾诉，尽快解决他们的问题。罗崇敏常说："下面的老百姓，不到万不得已，是不会进县政府的。他们大老远赶来，我不能让他们空跑一趟。"

"人民公仆"这四个字不应该只是忽悠老百姓的粉饰之词，也不应该

变成官员的一种姿态,而应该是执政者的本色和本能。

有一次,一个农民抱着自己的娃娃进了县政府,他哭着说:请大家可怜可怜,娃娃病了,没钱治病。这事碰巧被罗崇敏遇上了,他立刻打电话,叫医院派急救车过来,结果经医生当场检查,娃娃已经断气。罗崇敏又马上打电话给民政部门,要他们派人来,妥善照顾这位刚刚丧子的农民。这件事对罗崇敏触动很大,身为官员,理应关心民生疾苦,目光要多往下看,而不能昧着良知,无视民瘼,一味地粉饰太平。

从小事最能看人,从小节最能知人。一到年关附近,普通老百姓尚且忙个不停,何况是一位副县长,但不管有多忙,罗崇敏都会抽出时间,请县城的环卫工人到县政府办公室来开个茶话会。这消息是真的吗?环卫工人惊诧之余,半信半疑。他们早已习惯草根阶层的渺小和艰辛,早就习惯了被忽视甚至被歧视的命运。这消息千真万确。在茶话会上,罗崇敏对这些朴实的环卫工人说:

"要是有人问我,谁是最默默无闻的人?我会回答说,是环卫工人。要是有人问我,谁是最可爱的人,我也会回答说,是环卫工人。一年三百六十五天,江川县城天天整洁干净,全是你们的功劳。县城有了面子,我们这些住在县城里的人才有面子。今天,我代表县政府感谢你们一年来的辛勤劳动!"

亲耳所闻,罗崇敏副县长的话句句实诚,温暖心窝子。罗崇敏副县长的微笑极具亲和力。原本拘谨的环卫工人亲眼所见,深受感动,顿时全身心放松下来,吃水果,嗑瓜子,剥花生,拉家常,谁有什么困难,谁有什么烦恼,谁有什么意见和建议,都畅所欲言。这样的茶话会,大家有说有笑,无拘无束,从头至尾非常开心。

要问那些罗崇敏身边的秘书最怕他什么? 他们会说,最怕他遇到什么新情况就打破砂锅问到底。经罗崇敏动议,每周召开一次信息分析会,秘书们都必须参加。开会时,他们常常紧张得手心出汗,因为罗崇敏通常是最了解情况的人。他提问题,不放过任何可疑的细节,秘书的回答不许闪烁其词,不许答非所问,不许东扯葫芦西扯叶,不许顾左右而言他,稍一不慎,他们就会露出马脚。这种例会的好处显而易见,在罗崇敏的督促之下,秘书的工作更加认真了,作风更加踏实了,掌握情况更加全面了,分析问题更加深入了,履职的成绩也就更加突出了。

　　江川素有"青铜器之乡"的美誉,李家山出土的"牛虎铜案"等珍稀文物,令外国游客赞赏不已,叹为观止。在全国范围内,县城建有青铜器博物馆的,独有江川一地。为了保证一些珍贵的文物留在江川,罗崇敏跑前跑后,多方协调,使得李家山的文物发掘工作顺利地进行。他还亲自出马,将流出江川的文物尽可能追回,最终有一万余件文物留在江川,收藏在博物馆中。如今,江川县青铜器博物馆已成为吸引游客的一大亮点,这与罗崇敏当年的苦心经营密不可分。

　　云南是旅游大省,在上个世纪八十年代中后期,开发得最好的旅游地并不是今日名闻遐迩的丽江,而是江川。江川的旅游资源得天独厚,美丽的星云湖和抚仙湖如同两颗璀璨夺目的明珠,令人流连忘返。江川县的旅游开发正是罗崇敏在江川县副县长任上大刀阔斧做出的一件卓有成效的实事。他对江川县的旅游资源如数家珍,凡是旅游开发中的疑点、难点、重点和要点,他都心中有数。他提出的拓展方案既具有战略上的前瞻性,又具有战术上的可操作性。首先,他调整机构,将文化旅游局一分为二,旅游局下辖旅游总公司,旅游总公司下辖旅行社,三位一体。其次,他狠抓重点,开发抚仙湖孤山风景区,完全按照国际标准进行建设,人工建筑的面积不超过百分之五。

　　杭州西湖中有一座闻名遐迩的孤峙之岛名叫孤山,白居易称之为"蓬莱宫在水中央",宋代最出色的隐逸诗人林逋在岛上梅妻鹤子,使它更增异彩。江川的孤山与杭州的孤山颇有相似之处,同样是置身于大湖之中,同样是四面环水,同样是波光捧起的明珠,但它更袖珍一些。此岛曾被云南生物研究所用来养猴,因此又被人称为猴岛。岛上草木稀疏,岩石裸露,缺乏美感,但它就像一块璞玉,等待着良工雕琢。罗崇敏在岛上的油毛毡工棚中住了三天,他思考,规划,形成方案。植草,种树,修路,建房,一样都不能少,但如何在这弹丸之地上巧妙布局,就要将艺术、文化、宗教、园林等各种要素熔于一炉,铸为新范。孤山的建设共花了一年零两个月时间,为了赶在1993年春节前开业,罗崇敏动员女儿罗丹、儿子罗亭去岛上干义工。孤山风景区开业的那一天,罗崇敏亲手卖出了第一张门

票,充分体现出江川县开发旅游产业的信心和决心。

1990至1992年期间,省委书记普朝柱与省长和志强分别到玉溪江川进行镇中旅游与发展调研时都讲到,国内旅游开发和管理的书籍不多,大家要摸着石头过河。罗崇敏当即发愿要写一本《现代旅游概论》,这是他的第一本书,写成之后,和省长对书稿大加赞许,欣然为之作序。紧接着,罗崇敏主持召开了云南省第一个以县为单位的旅游发展大会,提出了今后一个时期江川旅游业发展的思路、目标和举措。十五年后,笔者深入采访时,当地干部还饶有兴趣地讲起罗崇敏抓旅游业发展的故事。

罗崇敏对于科教兴国、科教兴乡的方略深为信奉,身为主管教育的副县长,他做了许多实事。古代儒家宗师荀况说:"百丈之台起于累土,千里之行始于足下。"凡事都须从点点滴滴做起,集腋方能成裘。江川县穷困人口不少,教育基础也薄弱,有的学校与牛圈相邻,牛哞甚至压倒读书声,曾有人开玩笑:"牛是旁听生!"这话真令人啼笑皆非。

"再穷也不能穷教育,再苦也不能苦孩子",这话要说到做到才算了不起。在任何困境下,罗崇敏都坚持认为,办法总是比困难多,没有什么事是困难的,没有什么问题不能解决。为了解决贫困生就学、吃肉、盖棉被等现实难题,罗崇敏翻山越岭,长途跋涉,跑遍全县搞调研。在他的倡议下,建立了许多助学兴教点,有力的出力,有钱的出钱,有主意的出主意,调动全社会的能量,群策群力办教育。罗崇敏实施基础教育、成人教育、职工教育三统筹,每个乡甚至每个村都有"三加一班"(职业教育班,初中毕业后,再加一年职业技术教育),教会学生养猪、养鸡、栽树、嫁接果木的技术。这样一来,就算学生榜上无名,也能脚下有路。"三加一班"确实培养了一些致富能手,雄关乡一个小姑娘从职校毕业后,回家承包了一座荒山,种植桉树,采集桉油,很快就获得了可观的回报,在当地起到了带动致富的重要作用。

那几年,江川县的职业技术教育办得红红火火,非常成功,培养了三四万人。云南省的职业教育现场会就选在江川县召开,连一些大学校长和书记也慕名而来。除了职业教育办得风生水起,江川县的高考升学率也跃升为玉溪地区第一名,出了不少名牌大学生,可谓成绩斐然。

政绩是硬道理,才干是软实力,有了这两项,再加上罗崇敏的为人,无论是在民间,还是在官场,有口皆碑。一些敬佩他的干部这样描绘他:"政治家的胸怀,实干家的气魄,文化人的心态,教育家的眼光,思想家的睿智,战略家的谋略。"一个人能集此数"家"于一身,殊非易事。上个世纪九十年代初,在云南政坛,"江川经验"成为了一个耳熟能详的新名词。

1991年8月27日下午三点多钟,一场冰雹灾害使江川前卫、后卫、大庄等乡镇三万多亩农作物毁于一旦,五千多亩已成熟刚刚采烤的烟叶被打得稀烂,田间地头农民表情痛苦,内心沮丧,间杂着哭泣声。江川素称云烟之乡,农民收入的主要来源就是种烤烟,一场雹灾,祸从天降,农民一年的收入顷刻间就损失了百分之八十,能不痛心吗? 何况当初他们按县委、县政府的计划栽种这些烤烟,并非百分之百的心甘情愿,农民能不抱怨县委、县政府吗? 此时此刻,农民最需要的也是县委、县政府领导出现在他们面前,给个安心的说法。当时,县委、县政府主要领导和分管农业的副县长都在外地出差,于是罗崇敏停下会议,马上带人赶赴现场查看灾情,安抚烟农。烟农难以控制悲愤的情绪,他们要找个出气筒,有的人朝着罗崇敏挥舞拳头,有的人骂骂咧咧,一场烟农与县委、县政府干部严重冲突的事件一触即发。罗崇敏非常冷静而又富有感情地说服大家,缓和了对立气氛。他采取五条措施来平息事态:一是要求保险公司按照合同及时理赔;二是县烟草公司尽快给予补助;三是农科、农资部门指导农民进行作物改种,保证化肥等农资的供应;四是及时查清灾情上报县市;五是搞好冰雹灾害的预报、预防工作。"灾"会不会变成"祸"? 如果领导有方,措施得力,就能转危为安,使灾害无法逞其凶锋。

1991年10月2日,国庆节的第二天,罗崇敏仍在办公室值班,同事张绍聪等人也来了,他们在一起,谈得最多的是如何做事,其次是如何做人。"世事洞明皆学问,人情练达即文章",东方处世哲学主张内敛,做人要外圆内方,大智若愚,不宜把心思写在脸上,不宜将喜怒形于词色,见人说人话,见鬼说鬼话,见着上司把腰哈,这样的处世哲学在官场中最有市场。罗崇敏从不探讨厚黑学和官场登龙术。张绍聪问他:

"你前天谈到人生价值有五步,刚开了个头,碰上急事就走了,到底是哪五步?"

"绍聪,你的记性倒是不错。这五步是我的总结。第一步是兴趣。兴趣是事业的动力源,'知之者不如好之者,好之者不如乐之者',那些非凡的成功者,都是对自己所从事的事业极感兴趣的人。第二步是知识。在兴趣中求取真知,在爱智中求取真知,在快乐中求取真知,这是一门艺术,可以举一反三,触类旁通。第三步是能力。知识是静态的,能力是动态的。知识必须转化为能力,才体现知识的本质意义。能力包括认识能力、思维能力、实践能力和创造能力。"

"那第四步和第五步呢?"张绍聪听得兴起,见罗崇敏端起书桌上的茶杯若有所思,便急切地问道。

"第四步是财富,能力要转化为财富,才体现能力的本质意义。财富包括物质财富和精神财富;包括个人财富和社会财富;包括国家财富和人类财富。人是财富的创造者,也是财富的消费者。就个体而言,财富创造大于财富消耗,才能体现你的能力。"

"这话在理,那种挥霍成性的人有钱用到无钱止,金山银山也能像煤山化成灰,雪山化成水。"张绍聪评点道。

"绍聪,我考你一下,这第五步该是什么?"

"这个,你谈的主题是人生价值,那就该是它了吧?"张绍聪并不是十分拿得准。

"对,就是它。人生价值包括生命价值、生存价值和生活价值。你为人类创造的财富越多,价值越高。人的价值应是一个人所创造的现实财富和未来财富的总和,它包括物质、文化、精神、品格等价值。人的终极指向应是价值取向,价值决定了人生的意义。"

"崇敏,你再多走两步,就可以学曹子建做'七步诗'了,哈哈!"有人调侃了一句。

"'煮豆持作羹,漉豉以为汁。萁在釜下燃,豆在釜中泣。本自同根生,相煎何太急。'诗是好诗,可手足相残,窝里斗不好。"罗崇敏仍坚持他的"人生价值五步论",不愿意走到"第七步"。

罗崇敏这一番侃侃而谈,大家受益匪浅。长期接近罗崇敏的人都听到过他许多的宏言谠论,可惜咳唾珠玉,大多随风而散了。

在罗崇敏工作过的地方,他的实干能力无人质疑,他的独立思考能力也尽人皆知。盲信和盲从这两大幼稚病,在他身上是找不到的。1993年

1月9日，中共江川县委常委会组织学习邓小平南巡谈话，罗崇敏即对片面发展经济持保留态度，甚至颇为担忧，他对于腐败这一"大规模杀伤性武器"也有所警觉，他的发言如下：

"今天上午在星云电影院传达邓小平南方谈话精神，我听了，有三点深刻感受：第一，今后我国可以搞市场经济了。因为是小平同志说的，如果其他任何人这样说都不起作用。小平同志富有智慧，他把市场经济和计划经济作为两个相对的手段性、工具性范畴来使用，否定其本质性、目的性的范畴意义。这是对马克思主义政治经济学的发展和贡献。第二，小平同志讲的发展观似乎是狭义的发展观，'发展是硬道理'，好像是讲经济发展是硬道理。会不会使人把其他的发展都视为'软道理'？人类社会发展的本质应该是人的发展，其他的发展都是手段，只有人自身的全面发展才是我们的目的。这是马克思早就说过的。我们还是要坚持以人为本的经济和社会共同发展的观点。如果不正确地理解小平同志提出的发展是硬道理的观点，片面强调经济发展而否定其他发展，将给我们的经济和社会发展带来不可估量的损失。第三，要从理论普遍指导性上去贯彻小平同志的讲话，不要从具体工作操作上去理解小平同志的讲话，不然的话，就会出现全民经商、全军经商、全党经商，到处搞开发区，村村搞乡镇企业，这样会给整个国家的经济肌体带来损坏，给整个国家的社会机体带来腐败。"

罗崇敏对政治体制改革和经济体制改革一直充满期待，他认为二者的改革属于硬币的正反两面，可以相辅相成，并行不悖。单纯的经济体制改革，一条腿走路，会引发诸多弊端，在失察失控的权力空间，大面积的官员腐败将无法避免。英国历史学家和政治思想家阿克顿勋爵（1834—1902）尝言："权力导致腐败，绝对的权力导致绝对的腐败。"他所说的"绝对的权力"就是不受监督的权力，而那些监督不严的"相对权力"所导致的腐败也相当可观，连一条小小的水蛇都可以变成巨大的水蚺。此外，有一点，罗崇敏不幸而言中，全民经商、全军经商、全党经商，胡乱开发，一度严重伤害了中国的经济肌体，各级政府为此走了一大段弯路，交了一大笔学费。

1993年3月，罗崇敏被提拔为江川县委副书记，分管意识形态和政

法、群团等工作,同时兼任江川县委政法委书记和江川县委党校校长。他常对身边的干部说:"做人是一辈子的事情,做官是一时间的事,做事先做人。做事的过程好像看不见,但最终老百姓要检阅。"

有一次,罗崇敏到烂泥箐村去调研,由于不通车,他徒步行走十多公里,进村时,已饥肠辘辘,在村长家弄了点麦面吃,就开始工作。罗崇敏对农村的卫生状况一直很重视,比如敞开的水井易受污染,他就带动村民将井水改造为自来水;比如露天厕所造成青蝇成群,臭气熏天,他就带动村民将露天厕改造成沼气厕,既解决了肥料问题、空气质量问题、做饭的燃料问题,又解决了照明问题,一举数得。农村卫生状况变好了,收入提高了,农民的心气顺了,计划生育等其他工作也随之受到促进,形成一个良性循环。多年后,村民仍然记得罗崇敏,他们由衷地夸赞道:"当官的要是都像罗书记那样就好了!"有的农家酿了蜂蜜,也会托人给罗崇敏捎去两瓶,让他尝一尝。

在江川履职时,罗崇敏特别重视民生,重视底层老百姓的生存。他发起建造敬老院,九个乡镇,各建一所敬老院。每年的敬老节,他都会去看望孤寡老人。去麻风病院看望病人时,他主动与病人握手,别的干部都不敢这样做,害怕这种可怕的传染病,罗崇敏不怕。

1994年5月13日,罗崇敏读完美国前总统尼克松所著的《领导者》,深有感慨,对于人民意志、职务意志和个人意志加深了认识和理解,他在读书笔记中写道:

> 领导者,特别是主要领导者的正确决策,应该是源于人民意志、职务意志和领导者个人意志的有机统一。人民意志是决策的出发点和落脚点;职务意志是决策的关节点和过渡点;个人意志是集智点和放射点。伟大的人物以及正确的决策,不应该对任何一种意志(加以)排斥。假若排斥个人意志,任何一个人都可以当总统,当领袖,当领导;假若不代表人民的意志,同样也做不了总统、领袖和领导;假若排斥职务意志,也做不好总统,做不好领袖,做不好领导。

阅读是罗崇敏的一贯爱好和主要爱好,他取法乎上,喜欢阅读那些发人深省的中外政治、经济、文化、教育名著。阅读之后,他记下心得,从这些吉光片羽中,我们不难看出他的沧海之心和鸿鹄之志。

　　一个人勇于任事,敢于负责,而且喜欢较真,就难免会在有意无意间得罪一些偾事的人、逃避责任的人和混日子、守摊子的人。罗崇敏一向与人为善,既无私利上的揪心计较,也无私怨上的刻意纠缠,但他在工作中一丝不苟,原则性极强,不多敷衍,不稍假借,该批评的批评,该处分的处分。这样一来,个别同僚怀恨在心,谩骂他,威胁他,甚至攻击他。对于这些不愉快,罗崇敏是如何应对和处理的? 1994年8月17日,在江川县委办公室中,他写下了一段耐人寻味的话:

　　　　在现实生活中,我们经常会遇到无中生有的谩骂、攻击和羞辱,这当然是一件使人非常不愉快,甚至很苦恼的事情。但往往在这个时候,能表现出你的品格、气质和修养。大多数人都会表现得非常失态,要么反唇相讥,要么以牙还牙,要么火冒三丈,加倍攻击对方。我的选择是保持理智,控制情势。首先,坚信自己,保持沉默;第二,消解矛盾,为他人制造台阶;第三,幽默调侃,化解尴尬。这种应对能力,充分显示出你清醒而健康的自尊和受人尊重的感情控制能力,使傲然的对方感到相形见绌,从而反省自己的言行。我自走上领导岗位后,也遭到过个别同僚背后的谩骂和攻击,有的甚至荷枪实弹恐吓我。但我始终保持理智,控制情势,我维护了自己的尊严,赢得了众人的信赖。

　　笔者忍不住好奇心,采访一位老领导时,询问他:"那个荷枪实弹恐吓罗崇敏的人是谁呀?"他笑道:"做人厚道一点,已是过去的事啦,我还是不说出他的姓名吧。一位领导干部疑心生暗鬼,一会儿怀疑这个人乱传风流事,一会儿又怀疑那个人暗中打了小报告,还竟然怀疑到小罗的头上来。有一天下午,他带着手枪冲去找小罗算账,假若当时小罗失去冷静,后果如何,真不好说。小罗很沉着,先听他尽情宣泄一通,然后平心静气地跟他讲道理。小罗始终面带微笑,只讲理,不生气,对方慢慢地恢复了理智。"听完这位老领导的回忆,笔者的第一想法是,在"公生明,廉生

威"之外,还应该给罗崇敏加上"正生勇,直生毅"六个字。正直的人都很勇毅,面对黑洞洞的枪口,只有勇毅的人才能沉着冷静,镇定自如,泰然自若。

当然,以大局为重的人才会有这样的理智,以涵养为上的人才会有这样的冷静,罗崇敏以大德服人,以正气服人,以睿智服人,多释怀,少耿怀,不搞打击报复,不搞秋后算账。时间长久,是非分明,个别恨过罗崇敏的同僚私底下也承认:"老罗是个正派的好人,当初我找他的麻烦,是干了件蠢事,现在很惭愧,也很后悔!"

显然,江川县县政府副县长、江川县县委副书记只是罗崇敏仕途的起点,他需要更大的用武之地去试其牛刀,展其拳脚,将他的执政理念付诸实践。新的机遇,新的位置,意味着新的挑战,他能够在众人期望殷殷的目光下做出更突出的成绩吗?

六年后,即罗崇敏在江川县先后担任县政府办公室副主任、县政府副县长、县委副书记之后,他首次担任了正职——云南省新平县县委书记。

1995年9月6日,在江川县委门口,不少闻讯而来的老百姓和县委机关的干部为罗崇敏送行,面对依依惜别的攒攒人群,他颇为感动,即兴作了简短的告别致辞:

> 乡亲父老们、同事们:
>
> 我就要告别生我、养我、成长我的家乡江川,前往新平县履职。桑梓的养育之恩,乡亲的关爱之心,同事的帮助之情,我永远不会忘记。我的生活之路,我的启政之门,我的价值之望,都是肇始于江川。我不会辜负你们的期望,无论走到何方,我会带着江川人勤奋、务实、真诚、坚定的品质,我会带着乡亲们、同事们对我的一片爱心而产生的动力,去履行职责。
>
> 衷心感谢乡亲父老!感谢同事们、领导们!衷心祝愿你们幸福安康! 衷心祝愿家乡兴旺发达!

听了罗崇敏充满深情的告别辞,有的人频频点头,有的人默默品味,有的人则偷偷拭泪。朋友之间讲缘分,同事之间讲缘分,官员和百姓之间同样讲缘分。古代的清官能员离任,百姓士绅椎牛摆酒,牵马护轿,史乘所载,其情其景不难想见。当代官员离任,由于风气已变,交通工具已变,送别的场面也有所不同,能有这么多人赶来送行,便体现出大家对罗崇敏的肯定和喜爱,他内心感到极大的欣慰。

当仁不让,操刀必割,乃是志者和强者的风范。罗崇敏从配角升格为主角,整台戏的唱法将完全不同,他的戏路宽不宽?他的演技好不好?观众拭目以待。

第六章　新平理政:铁腕治"铁军"

"一个人有大望,首先自己行,其次有人说你行,再次说你行的人行。归根到底就是你自己要行,别人承认你行。人不一定要有背景,但一定要有背影,这个背影就是你自己,是你崇尚的信仰和追求的信念。人们常说金子总是要发光,但满城尽带黄金甲的时候,谁是真正的金子,就靠自己了。"

——罗崇敏 1996年

1995年9月初,罗崇敏在去昆明出差的途中接到上级领导的电话,获悉自己的职务已经升迁, 调到云南省新平彝族傣族自治县担任县委书记。

新平彝族傣族自治县属古西南荒裔,汉代在此尚无治所,明代万历年间始建新平县治。1980年11月25日,新平彝族傣族自治县宣告成立。新平县地处云南省中部偏西南,山区面积占百分之九十八,坝区面积占百分之二,群峦叠嶂,林海茫茫,峰高谷深,河流纵横。哀牢山主峰大磨岩山最高海拔三千多米,漠沙镇南蒿村最低海拔四百米。受海拔差的影响,呈明显垂直立体气候,分河谷高温区、半山暖温区和高山寒温区三个气候类型。

新平彝族傣族自治县是玉溪地区的一个穷县, 基础设施异常薄弱,全县的财政收入之低令人咋舌,居然只有区区的两千多万元,大的乡镇每年财政收入只有七万多元,真是少得可怜。不少地方连电都不通,光通电一项,资金缺口就高达六百万元。新平县的基层干部惰性十足,族群之间矛盾重重,社会关系异常复杂,窝里斗相当厉害。历次政治运动,这里都是重灾区。1958年和"文革"期间死了很多人,1989年,新平还发生过县长自杀身亡的事件。罗崇敏履职新平彝族傣族自治县的县委书记,别人视之为正常升迁,他却视之为一次大考。

官员去穷县任职,通常有三种做法:一是有志有为的官员大力倡导改革,立下军令状,在任期内将贫困县带上脱贫致富之路;二是混日子,不求有功,但求无过,事情不少做,也不多做,有矛盾,不去解决,也不去激化,只等任期一到,赶紧挪窝;三是谋人不谋事,充分利用手中的权力,卖官鬻职,索贿受贿,政绩全无,而私囊中饱。罗崇敏会如何做?他给自己的定位是新时代的改革官员,他有责任感,有使命感,有能力,有动力,也有魄力。说简单点,他天生就是个想干事和能干事的人。"世有非常之人,然后有非常之事;有非常之事,然后成非常之功。"罗崇敏是不是非常之人,他要干的是不是非常之事? 不用急,很快就会有答案。

处理突发事件,最能见出一位官员的能力、魄力和决断力。每遇突发事件,罗崇敏总是快速到场,当机立断。清水河水库雨季出现险情,他在下乡回来的路上得到报告,即连夜奔赴。新平县一中十余名高三学生食物中毒,罗崇敏也是赶往现场指挥,由于及时救治,学生全部脱险。有的事是路上猝然遇着的,比如有人生病,有人受伤,有人出了车祸,诸如此类,凡是见到这种情况,罗崇敏再忙再累,都会让司机停车,立刻处理。他决不会睁一只眼睛闭一只眼睛,更不会视若无睹,扬长而去。

最传奇的是,罗崇敏到新平县上任不足两个月,就遇到了一桩极其棘手的突发事件。

1995年11月10日,新平县冬季征兵工作圆满结束。按照常规,欢送走新兵后,县领导与县武装部同志以及参与征兵的各部门同志共进午餐。午餐刚刚开始,武装部政委普某某就黑着脸、举着酒杯来到罗崇敏跟前,大声责问罗崇敏为什么要调整他的工作。罗崇敏莫名其妙,武装部政委是县团级干部,是玉溪市军分区直管的干部,怎么可能由县委调整他的职务呢?罗崇敏的直觉顿时提醒他,普某某的精神可能有些失常了。他简单用完餐,就向县长和武装部长了解普某某的情况,当即作出三条指示:第一,由武装部长及时向玉溪军分区报告普某某的异常情况;第二,将普某某的枪支收藏保管;第三,对普某某进行监护,防止发生安全意外。本来,那天罗崇敏要到一百多公里外的乡村调研,但他总觉得当天不宜远

行,就改在县城桂山镇调研,以防不测。果然不出他所料,两个小时后,武装部长打来电话,雷急火急地报告:普某某突然发飙,开枪打死一人,打伤二十多人。武装部周围人头攒动,在县城赶集的群众人心惶惶,搞不好要出大事。危机乍现,刻不容缓,罗崇敏立即打电话命令县公安局长和武警中队长分两层戒严武装部周围,他火速赶到现场指挥处理事件,下达五项指示:第一,及时救治受伤人员;第二,坚决制止普某某再开枪伤人;第三,设法尽快抓捕普某某;第四,通过喊话方式,劝降普某某;第五,经请示,如果普某某持枪冲出房外,继续犯罪行为,当场击毙。最后,武警以执行第五条指示结束了这场进行中的犯罪行为。事后,罗崇敏马上召开县级机关干部职工大会通报情况,及时与普某某的家属进行座谈,妥善安排了普某某的后事。这一突发事件被控制在最小的伤亡范围内,处理得很恰当,昆明军区、云南省军区、玉溪军分区和省委、省政府、市委、市政府领导都作出了高度肯定的评价,罗崇敏的果敢、智慧和才能更是得到了人民群众的广泛认可。

1996年8月14日,倾盆暴雨使他拉河水库出现险情。这座大水库的容量高达几千万立方米,给新平县城的人畜提供饮水和用水,与县城相距仅有六公里,一旦溃堤,后果不堪设想。为了保护老百姓的生命财产安全,为了保住县城的清洁水资源,罗崇敏深夜亲临危境,指挥抢险工作。水火无情,比猛兽更可怕,库存的水量骤涨,溃堤垮坝的可能性也随之大增。他了解情况后,迅速理清思路,当机立断,打开泄洪道,先泄洪,然后加固大坝。第三天专家赶到,察看险情后,对罗崇敏的做法给予了充分的肯定。如果当初颠倒那两个步骤,或行动不够迅速及时,县城早已变成了汪洋泽国。罗崇敏勇决智断,纾解了迫在眉睫的灾难,保住了数万人的平安,他的成绩得到了云南省委的嘉奖。

1996年11月27日,罗书记带领省、地、县三级干部组成的工作组前往新平大红山调研如何制止私开乱挖铜矿、铁矿,整顿民采秩序,整合大红山铁矿、铜矿两个矿区的资源,交由昆明钢铁总公司和云南铜业公司统一开采。工作组刚到矿山,私营矿老板们就闻风而动,唆使一群不明真相的矿工前来围攻和叫嚣:"罗崇敏敢封我们的矿洞,我们就炸你家的房子!"情况十分紧急,工作组的人身自由已受到限制,生命安全也受到威胁。在这危险关头,有的领导及时搬来"救兵",但罗崇敏毅然否定这样的做法,不准许一个公安人员进入现场。在剑拔弩张的困境中,罗崇敏耐心地与矿工对话,后来矿老板们也觉得过意不去了,叫矿工们撤离现场,并且盛情邀请罗崇敏和随行人员共进晚餐。用餐时,罗崇敏向几个矿老板说明为什么有关部门要制止私开乱挖的道理,然后介绍省、地、县政府的补助政策,他特别强调保护好矿老板的切身利益和维护好国家的长远利益并不是玩跷跷板游戏,踩一头,翘一头,而是要两面兼顾,当然希望能够得到大家的理解和支持。矿老板们深受感动,过了一个月,全都主动在停止私开乱挖、撤出矿区的协议上签了字,昆明钢铁总公司和云南铜业公司顺利进场开采矿石。时隔十五年,2011年10月27日,罗崇敏重回大红山两个矿区调研,矿区的领导饱含深情和敬意地回忆起这难忘的一幕。他们说:"要是没有当年罗书记排难解纷,就没有今天大红山两个现代化矿区的兴旺发展。"

数年后,罗崇敏担任红河州委书记,还遭遇了好几起棘手的突发事件,其中云锡公司上万职工上街游行、小龙潭煤矿扩建工程遭到五百多人阻挠、出租车阻断高速公路,没一个是善茬儿。更危急的是屏边县一个连队冲出去为矿老板保驾护航,与当地老百姓发生冲突,罗崇敏赶到现场,立刻命令当地老百姓把士兵捆起来,居然没有一人受伤,也没有丢失一枪一弹。无论突发事件如何剑拔弩张,火烧眉毛,罗崇敏都会凭着自己的品格、经验、果敢和智慧化险为夷,他能恰如其分地打开减压阀,疏导情绪,缓和气氛,避免冲突,化解矛盾,解除危机,稳定局面。每次他出现在最紧急的现场,大家就仿佛吃下了定心丸,异口同声地说:"不要怕,不要怕,罗书记来了!"

"要认识、珍爱和发展自身的禀赋;要认识、把握和创造更多的机会;要使禀赋与机会接缘。不提升禀赋,就容易使你荒芜,甚至堕落;不把握利用好机会,容易使你沮丧,甚至颓废。因为你的大恩大德、大智大勇没有机会展示。人生最大的悲哀,也许就是踌躇满志时,因失去机会而万念俱灰。"罗崇敏担任新平彝族傣族自治县的县委书记三个月后,在县委宿舍记下了上面这段充满感悟力的文字。

世间的成功者乘风破浪,直挂云帆,既要凭靠其超群的禀赋认准方

向，还须顺势而行，把握机遇，才能干出一番大业；当他们遭逢困境时，更须有创造机会的本领，才能解套突围。时势造英雄，英雄造时势，英雄即是天赋异禀、智勇双全的人，时势即是时代的大势，其中蕴藏了一大把建功立业的机会。

1996年2月15日，罗崇敏到新平县履职县委书记还不到半年，有感于新平县的某些干部面对困难的局面缺乏开拓精神，他在新平县机关作风建设大会上为大家鼓劲，他的话充满改革家的豪情，也有斗牛士的壮气：

"只有挑战现实才会拥有未来。人要有点精神，最根本的是要有挑战精神，要培养挑战性思维方式，把握做挑战性事情的方法，勇于做挑战性的事业。人生难得几回搏，你不拼搏别人拼搏，你不敢于面对挑战，就等于把成就事业的机会让给别人，把人生的缺憾留给自己。挑战现实应是激情与理性相融合的探索和创造过程。在挑战现实中，领导干部既要做富有激情的雄鸡，唱出充满生机的黎明；也要做富有理性的猫头鹰，展翅起飞在成熟的黄昏。"

有的领导干部讲得到做不到，有的领导干部讲得到也做得到，罗崇敏就是后一种领导干部，他在新平县理政，如同名医治疗痼疾沉疴，敢开虎狼药，敢下手术刀。一些干部用好奇的眼光观察着这位新来的县委书记，他们预感到一番大刀阔斧的改革在所难免。

"这回新平县来了一位铁腕书记，看样子，他绝对不是吃素的，大家可得小心了！"某些干部看清楚了罗崇敏的胆魄和能力，心中有所戒惧。

"罗书记既有实干精神，又有远见卓识，不是来新平混日子混资历的，听说他在江川那边干出的成绩很突出，新平这么穷，就得请能人来治。"

"那就好，他肯干活，我们就有奔头。"

"别高兴得太早，等把你那身懒骨头累散了架，再躺在地上唱赞歌不迟，哈哈哈……"

治丝而棼，决非高手；提纲挈领，事半功倍。在《三国演义》中，与卧龙孔明齐名的凤雏先生庞统出任耒阳知县，政事猬集，半日而理，令张飞心服口服，跷起大拇指赞叹不绝。这当然是小说家的想象和夸张，却也说明了一个问题，真正能干的官员做事的效率是极高的，他们的想法好，办法更灵。

在新平县，罗崇敏力主大刀阔斧的改革，什么是急务和要领？首先是确立目标：城镇化是新平县的发展方向，改变落后的面貌，营造良好的环境，建设基础设施是新平县的当务之急。"要致富，先修路"，这是硬道理。新平县的道路状况和县城的市容市貌十分糟糕，正是这种滞后的情形长期扼制着新平县的经济发展。

1996年6月7日，在研究新平大道建设方案时，某些领导干部对于倾力建设这项新平县史无前例的大工程表现出信心不足和忧心忡忡，罗崇敏颇有针对性地讲了以下这番话：

"弄清事实，分析事实，把握事实；决策事情，实施事情，反馈实情；要确保事实与思想之间的信息对称。一旦以事实为基础作出决策，就义无反顾地求取你所追求的实情目标。不要停顿，不要迟钝，不要犹豫。怀疑自己，会引起其他更多的怀疑。犹豫自己，会丢掉众多人的坚定。迟钝自己，会导致下属的麻木。这样的结果不但一事无成，还会导致众多的埋怨，甚至谩骂。"

罗崇敏的话一槌定音，他要做正确的事，先要找正确的人，他决定任命张保翔为城建局局长，这一任命立刻引起了争议。张保翔是哈尼族卡多人，长相酷似伊拉克前总统萨达姆·侯赛因，因此大家开玩笑，给他取了个"萨达姆"的外号，他的外号比本名更广为人知。罗崇敏不叫张保翔为"萨达姆"，而是叫他为"卡多王"，可以说，这个称呼中隐含了他对张保翔的激赏。张保翔是体育老师出身，罗崇敏到新平不久，就发现张保翔是个人才，胆大心细，很有能力，于是对张保翔着意培养，逼他去读函授大学，去读经济管理专业，将二十八岁的张保翔破格提拔到共青团新平县委任副书记，这时张保翔连党员都还不是。有人嘲笑罗崇敏摆了个乌龙。其后，张保翔还担任过县体委主任和平长镇党委书记，在基层受到洗礼和锻炼。

用人如用刀，确实是一门高级学问，有的刀看去光亮，却缺乏钢火，中看不中用；有的刀看去平常，只须稍加磨砺，即显示出非凡品质，吹发即断，削铁如泥；有的刀，看去笨重鲁钝，却威力无比，金庸笔下的屠龙刀即属此类。关于用人，罗崇敏有自己独特的眼光和看法，1996年11月8日，

在一次引进人才的座谈会上，他畅谈了自己的用人观：

"领导最大的本事是用人的本事。只要善于汇集众人的智慧，把各种各样的人用好，人尽其才，各尽其能，你的事业就可以兴旺发达，你的价值就可以充分实现。所谓竞争，说到底是人的竞争。谁能最大限度地应用好人的资源，谁就有了制胜的法宝。用人是立志成大事的人必须练就的本领。用人要有时空思维和实效观念。所谓高效率用人，就是要在第一时间发现人才，第一时间任用人才，第一时间获得人才的使用效益。

"用人要看品行，看能力，看业绩。领导者都喜欢有能力的人，有的下属工作能力强，办事能力强，执行能力强，用起来比较顺手。有的人能将能力转化为业绩，他能领先一个团队来做好某些事情，做出某种业绩，用起来比较得意。但这两类人小用、中用足矣，真正能大用的人还是看品行。品行端正的人，忠诚领导，忠诚事业，忠诚国家，富有激情、理性和意志力。也许从某个方面讲，他的能力较差，从短时间看，他的业绩不太显著。但从整体上看，从大处着手，未来着眼，还是用品行端正的人才能举大事，有大为。这就叫小用看能力，中用看业绩，大用看品行。"

罗崇敏"用人不疑，疑人不用"，他能够大胆提拔人才，也能够放手使用人才，妙就妙在，他独具慧眼，看人准确，失误率极低，成功率极高。

笔者在新平县城见到张保翔，这是一次愉快的见面和交谈。他的长相确实酷似伊拉克前总统萨达姆·侯赛因，单看面目，几可乱真，唯一不同之处就是他比萨达姆的身材更高，身形也更威猛，目光炯炯有神，精力十分旺盛。他忙碌了一整天，从一百多公里外匆匆赶回，竟未露半点疲态和倦容。唯一令我感觉有点意外的是，他说起话来细语轻言，慢条斯理。

"请问你是怎样当上城乡建设局局长的？"由于已到晚上十点钟，寒暄数语后，我单刀直入，切进正题。

"这个局长是罗书记'逼'我当的。起初，我对罗书记说，我干不了，我根本不是这块料，我连建筑图纸都不会看，岂不是丢人现眼，当众闹笑话？罗书记说：'你不会看图纸没关系，现在开始学，也还来得及，你主要抓组织和调动，关键的是，你要敢想敢干敢负责任。'我说，胆量我是有的，魄力我也不缺，就怕这个担子太重，我担不起。罗崇敏拍了拍我的肩膀，他信心十足地说：'卡多王，你先干起来，很快就会发现自己能行！'我被罗书记逼迫加诱导,决定硬着头皮干吧。罗书记见我接了令牌,却又神情严肃地对我说:'卡多王,当城乡建设局的局长,任重道远,这可不是儿戏,你真想干的话,就得立下军令状!'罗书记太了解我的性格了,我是那种除非不答应、答应就拼命的人,开弓没有回头箭,决不会前怕狼,后怕虎。他这么一说,等于叫我猛地喝下一瓶老白干,反倒有了豪气和豪情,我当即立下军令状,向罗书记保证干好这趟差事,要不然,就卷起铺盖回中学去当体育老师。你也能猜想得出,我这样走马上任,心里真是十五只吊桶打水,七上八下。我的自信心完全是在工作后迅速树立起来的。"

"遣将不如激将",此言不欺。"卡多王"张保翔立下军令状,干起事来果然雷厉风行。在县政府院外不远处,有人占地搭棚,经营米线,销售冰棒,既妨通行,又有碍观瞻,由于店主是一位县领导的亲戚,别人都不敢太岁头上动土。"卡多王"领命去拆除,原定三个半月,但他恩威并施,只用三个半小时就拆了。

当年,新平县城晴日满天灰,雨日遍地泥,牛马穿街走,牲畜的粪便随处可见,脏乱差现象触目惊心。县城格局狭小,拥挤不堪,居然没有绿化带,更不可思议的是,连人行道也没有,原有的人行道都被店铺占据。罗书记命令"卡多王"抓重点,"卡多王"即提出先疏通西园路和桂细路。修通西园路,主要是方便群众去县人民医院就医,以往三届政府都曾动议,做过规划,却是干打雷不下雨,因为拆迁的难度大,涉及的店铺多达五十八家,交涉起来烦难。而且三百万元的拆迁安置费,外加八十万元的建设费,也不是一笔小数目。罗书记二话不说,当即拍板。"卡多王"把这条路修通了,县城里不少人开始意识到,罗书记是动真格的,他的执政开始令人刮目相看。

桂细路也是个老大难,老百姓称它为"万里长城",往届政府已砸进去二百多万元,却只是半拉子工程。罗书记对"卡多王"的要求是:"你必须要让老百姓满意!"结果只用一个多月时间,这条路就被扯通了,老百姓多年感受行路难,看惯了政府拖拖拉拉的作风,现在终于看到了罗书记高效率的新政,还真有耳目一新之感。

新平大道是罗崇敏的大手笔。这条大道全长四点三公里,早在1993年就已规划,但扯皮的事情太多,连种树这样的小项都要县委常委会定,

因此进展缓慢得出奇。罗崇敏上任后，狠抓新平大道的建设，原定的路基是三十米宽，他认为太窄，无法满足将来的车辆对道路的要求，于是将路基扩宽二十米，达到宽度为五十米的设计标准（建成的路面实际宽度为四十四米）。拓宽就意味着要拆除更多的路边建筑物，还要占据河道、菜园和大面积的良田，绿化和配套设施也要跟上，总经费不下于二千万元。这项工程引来的非议之声很大，反对的人也很多，但罗崇敏毫不迟疑，一次性规划到位，他对大家说："好钢要用在刀刃上，两千万元确实不是一笔小数目，但新平大道就是我们新平县的刀刃，用在它身上，值得！"

这条新平大道平整宽阔，使新平县一改昔日的闭塞，与外界的联系变得通畅。许多老百姓私底下都称之为"崇敏大道"。当时的云南省李省长对新平大道（云南省境内最宽的县级公路）的建成赞赏有加，为此他特别嘉奖新平县政府二千万元。

新平大道建成后，罗崇敏又下令拓展其他六条公路，还为准高速公路大兴公路争取到立项和首笔资金二亿六千万元。现在新平县村村寨寨都通上了公路，这与当年罗崇敏的战略思想是一脉相承的。

初到新平履职时，罗崇敏发现县委家属院子里养鸡养猪成风，这让他感到既好笑又好气，县委大院里尚且是这番景象，其他地方如何可想而知。"人穷志短，马瘦毛长。"穷困的地方首先就穷在志气不高，穷在惰性太足，自暴自弃，破罐子破摔。有的村寨，农民收到上面配发的种子，转手就卖掉它们换烧酒喝，全然不操心来年的粮食没有着落，因为他们估摸准了，反正政府不可能撒手不管，那就等着吃救济。

世人有什么样的观念，就会有什么样的生活，落后的观念与贫穷的生活如影随形。《汉书·元帝纪》中早就有"安土重迁，黎民之性；骨肉相附，人情所愿也"的定论。在中国，越偏僻的地方越是如此，越贫困的地方越是这样。罗崇敏要扭转这个观念，他将易地搬迁扶贫当成一项系统工程来抓，他告诉那些不愿挪窝的农民："搬迁户，搬迁户，搬了就会富。"罗崇敏使出"乾坤大挪移"的手段，将自然灾害频发地带的农民搬到安全地带，将寒山区的农民搬到热坝区，将无房户、危房户和居住在茅草房、杈杈房、木楞房内的贫困群众搬到全县建设的三十多个安居温饱自然村。搬迁，只是系统工程的第一步，毕竟输血式的救济扶贫不可能一劳永逸，也不可能解决根本问题，何况个别地方"等、靠、要"的思想症结未消除。

有一次，罗崇敏去扬武镇的一个寨子给贫困户送温暖，大上午了，对方还在被子里伸腿睡懒觉，听说罗书记来送温暖，赶忙披衣下床。恰巧前任县委书记也姓罗，去年曾经来他家送过温暖，他睡眼惺忪，没弄清楚此罗书记非彼罗书记，接过五十元钱时，竟嘟囔了一句："不是要你不要送钱，直接送米吗？我还得多跑一趟。"他接过踏花被，一看是白色的，又皱起眉头不满意了，他说："送床黑色的多好，这白色的不经脏！"罗书记听了他这两句抱怨，又好气，又好笑，世上竟有这样的懒汉，你要帮他脱贫，容易吗？

罗崇敏拿定了主意，若要把扶贫扶到实处，就得让那些贫困户具有"造血功能"。于是，他加大科技扶贫和精神扶贫的力度，采取各种灵活的方式，以实用的技术武装贫困农户的头脑，以成功的范例激励他们的上进心，保证每户人家至少有一个"明白人"。由于贫困农户自身的"造血功能"得到加强，他们就不仅"搬得出来"，"住得下来"，而且还能"富得起来"。

罗崇敏意识到，要让农民富，既要改变单一的经济经构，还要改变农民抱残守缺的耕作方式。新平固有的经济作物只有烤烟和甘蔗，美其名为"芭蕉扇下金箍棒"，罗崇敏将县委、县政府团结在一起，确立新的发展思路："稳烟，强蔗，优粮，上果蔬，兴林畜。"后来，他又鼓励高寒山区的农民培植茶叶、核桃、楠竹，建茶厂，组成专业生产合作社，使之成为当地农村经济收入的主要增长点。

千百年来，新平的老百姓早已习惯于祖祖辈辈相传的那套耕作方式，既落后，耽误工夫，粮食产量也偏低。罗崇敏大力倡导科学种田，从选种、播种、育秧到栽秧，他都盯得很紧。为了提高效率，他在农村推广抛栽秧苗，起初老百姓不理解，不明白，内心非常抵触，罗崇敏就扎起裤筒，赤脚下田，边讲解，边示范，一招一式，像模像样，直累得两腿泥水，一身大汗。这样一来，老百姓感动了，接受了，更高的粮食产量也使他们心悦诚服，上千年的稼穑方式从此发生了改变。罗崇敏经常引用古人的一句名言——"授人以鱼，不如授人以渔"，科学的方法能带来源源不断的收益，这才是老百姓需要的无价之宝。

鲁奎山铁矿的开发也是一个显例。罗崇敏来新平履职前，此地的老

百姓坐在金山上,端着泥饭碗。罗崇敏出面游说昆明钢铁厂,让这家国企拿出五千多万元,支持地方铁矿企业的建设,开采规模为五十万吨,用卖矿的钱补偿贸易。在扬武镇,铁矿带动了整个地域的经济发展,水电通畅了,学校办起来了,集市自然形成,当地的不少农民成为了矿工,一切都被纳入到良性循环的轨道上来,形成多赢的局面。鲁奎山铁矿的经验得到了上级的充分肯定,省里面曾在扬武镇召开现场推广会。

为了移风易俗,为了刷新陈旧的观念,为了提倡一种更卫生、更健康、更勤奋、更进取的生活方式,罗崇敏指定专门的班子编辑《新平县民读本》,使机关干部和老百姓都擦净了思想中的锈迹,看清了自己的角色价值。

罗崇敏给新平县的干部带去一种全新的工作方式,他不是在文件的高山上攀登,不是在会议的大海中遨游,也不是株守在办公室里听取各方汇报,而是亲自往乡镇跑,凡事他都以自己掌握的第一手资料说话。

1997年4月13日,罗崇敏与一位省委党校的老师交谈时,对加快领导方式的变革谈了自己的观点,他对文山会海的弊端看得清楚明白:

"现在广泛应用的工作会议、上级文件、组织活动、领导批示等领导方式进行经济、政治、文化、社会、党的建设的领导,虽然这种形式从某个方面讲效率比较高,有存在的合理性,但是完全运用这样的领导方式,增加了管理和执政成本,浪费了民力、财力,还会引发不廉洁之风,不利于建设民主、法制的现代文明国家。"

正因为不断深入基层,了解下情,对于干部的勤与惰,强与弱,罗崇敏全都看在眼里,记在心里,该批评的批评,该表扬的表扬,该提拔的提拔,该降黜的降黜,使那些想干事能办事的干部在其位谋其政,使那些谋人不谋事的干部无法上下其手,更别说左右逢源。

新平县的基层干部都领教过罗崇敏的"快字诀",他吃饭比别人快,爬楼比别人快,走路比别人快,脑筋转得比别人快,看问题抓要害也比别人快。他下乡勤,每年几万公里的车程,四千多平方公里的新平县,百分之九十八的山路,一双硬脚板踏遍六乡六镇一百一十八个村寨,平均二三十天时间磨穿一双解放鞋。几乎所有村书记、村长的名字,他都一一记得,许多人惊讶他的记性好。罗崇敏的"快"字诀基于他对时间、机遇的珍视和珍惜,机不可失,时不再来,一旦错过,后悔莫及。

有道是"勤快勤快,无勤则不快"。罗崇敏的"快"字诀就是以"勤"字诀为依伴的。他用兴趣和意志力把学习、生活和工作三者集于一身,工作中有学习和生活,生活中有工作和学习,学习中也体现着工作和学习。他希望自己能够融会贯通天、地、人、事,在精神领域、学习领域和实践领域,他都有一竿子插到底的劲头。他不但喜欢从生物角度,也喜欢从人文角度去了解一个人的成功,去研究事物的运转和工作模式。他渴望成为非凡的人,但他拥有健全的理智和清醒的认识:非凡的事业都是由平凡的人做成的,非凡的事业成功后,平凡的人也就跻入非凡者的行列了。

1996年5月5日,罗崇敏前往昆明,请云南大学的教师辅导他自学的应用社会学课程。晚上八点钟到十一点钟,连上三个小时的课,然后他用一个钟头的时间做完练习作业,已到翌日凌晨。出门时,外面正在下大雨,他急着上车,没注意路面积水很深,一脚踩在水洼里,皮鞋落了难,小半截裤筒也遭了殃,身上自然被浇了个透湿。他顾不上那么多,当晚必须赶回新平,第二天早晨八点钟,他要主持召开新平县机关作风建设大会,谁都可以请假缺席,他不能请假缺席啊!没主角,还唱什么戏?岂不是要塌台吗?司机连夜开车往回赶,六个小时的车程相当艰巨,五月的夜晚,晴天夜间尚且清凉,何况是雨天?罗崇敏硬是用体温烘干了衣服。他担心司机疲劳驾驶,会打瞌睡,一路上不断说话,遇上危险路段,提醒他小心驾驶。早晨六点半,他们终于结束了长达六个小时的雨中行程,抵达新平县委大院。罗崇敏回宿舍冲了个冷水澡,然后拟就讲话提纲,时间不多一分钟不少一秒钟,正好够用。但他一夜没合眼,仍然目光炯炯,精神奕奕,没有半点疲乏和困倦,这就是长年磨练出来的功夫。

在新平县机关作风建设大会上,罗崇敏没讲一句空话、套话和不痛不痒的话,他的讲话斩钉截铁,其中有两个关键词:"时间"和"机遇"。他还特别使用了"时间腐败"这个新名词和新说法,指出其危害性:

"时间是一维的,金钱的获得是多维的。执政者的重大决策是在一定的时间和空间范围内进行的,所谓'机遇'总是以时间表现出来的,机不可失,时不再来,机遇稍纵即逝。失去重大决策的机遇,就失去了重大发展的机会。现在官僚机构重叠,衙门作风盛行,办事效率低下,是行政管

理中存在的不争事实,这种事实导致的是时间腐败。我们既要清除权力和金钱的腐败,也要防止时间的腐败。金钱腐败导致的损失还可以追回,时间腐败导致的后果无法补偿。"

罗崇敏的这番讲话振聋发聩,对某些习于怠惰的干部无异于当头棒喝,使他们猛醒回头。然而仍有人对罗崇敏的雷厉风行不能理解,他们背后议论:"堂堂县委书记何必做苦行僧?他一个人喜欢吃苦耐劳,大家都得跟着受罪!"罗崇敏对这些议论有所风闻,他常对身边的干部说:"宁肯现在劳累一点,等到退休了,再跷二郎腿看电视也不迟。"

在新平县,基层干部都知道罗崇敏有两条"飞毛腿",他往下面跑得快,跑得勤;也都知道他的两条"飞毛腿"往上面同样跑得勤,跑得快。他从不跑官,从不跑个人私利。他跑到玉溪和昆明去,全是为新平县争取资金,争取一些基础建设项目的立项。有的同行疑惑不解,为何罗崇敏的工作效率那么高?莫非他有什么魔法?因为谁都知道,在中国办事难,办大一点的事情尤其难,许多机构都要协调,民间的说法是"阎王易见,小鬼难缠",不仅行政成本高,而且效率低,各部门来回踢皮球,再玩几趟太极推手,一些事情就黄了,就胎死腹中了,就半途而废了。罗崇敏没有魔法,他也不会背一箱钞票去上下打点,他有的就是诚意和热情,毕竟人心是肉长的,久而久之,那些主管部门的领导对罗崇敏这位勤政廉政的县委书记产生了好印象,对他那张忠厚热情的包公脸(这真是妙不可言的搭配)有了好感。罗崇敏的"飞毛腿"便往往能跑出美妙的效果来,有人甚至称他为"飞毛腿导弹"。

1997年,罗崇敏决定在新平县城之外两公里处建造平甸河水库,这座斥资八千多万的中型水库若能顺利建成,既可蓄水防洪,保障人畜饮水,还可获灌溉之利,改善环境。罗崇敏的"飞毛腿"果然派上了用场,他十七次跑水利厅,有时发高烧也去昆明,他的执着精神感动了那些与之接触的领导和干部,都说,这样勤政的县委书记太难得了!于是平甸河水库的批建进度成为了奇迹,当年立项,当年论证,当年审批,当年开工,如此高效率,令邻县的县委书记钦羡不已。

然而又有几人细想过,风尘仆仆的罗崇敏经常是忍着饥饿在工作,忍着胃痛在工作。有时候,他站在山岗上眺望农家灯火,也会想念住在江川县城的家人,尤其想念一对正在茁壮成长的儿女,他们需要父亲的教导和关爱,两地相隔并非天悬地远,他却抽不出完整的时间轻轻松松地休个假,回家去享受一下天伦之乐。西汉名将霍去病曾发出豪言:"匈奴未灭,何以家为!"罗崇敏同样攒足了一把心劲,新平若不能尽快崛起,他就甘心做一位苦行僧。

多年后,著名作家、《政鉴——罗崇敏履职报告》的作者伍立杨回忆道:"我至今仍清楚地记得与罗崇敏初次见面的情景:那天,当我与人民日报社一名正在做县委书记课题研究的同志到达新平县委时,罗崇敏还在乡下没有回来,等了两三袋烟的工夫,县委办的同志告诉我们,罗书记回来了。只见一辆破旧的北京212老式吉普车悄然而至,车上副驾驶位置下来一个人,一个身材精瘦,面庞黝黑,一只裤脚卷到膝盖,上面布满泥点的中年男子站在了我的面前,他就是罗崇敏。

"经我们反复要求,次日晚上,他抽出了一点时间在他的宿舍里接待了我们。环顾他的住所,但见一套约五十平方米的旧房,里面还有'文革'时流行的木质洗脸架,上面放置一个搪瓷脸盆;一排一人多高的书架,特别抢眼,上面挤满了各类书籍,既有《辞海》、《英汉大辞典》、经史子集等工具书,也有《国富论》、《资本论》、《邓小平文选》、《鲁迅全集》、《黑格尔文集》等中外社科书籍,更多的是诸如《第三次浪潮》、《大趋势》、《曾国藩》等最新政经类书籍,其中不少书已被翻得卷了角,毛了边。除此之外,便是一张老式书桌、一把藤椅、两张板凳。对此,我感叹地说:'想不到您这个县委书记的住所竟是如此简陋。'罗崇敏坦然地说道:'广厦千万间,七尺能支身。对于我来讲,最快乐的事就是读书。住的地方只要支得下一张床、一张书桌就够了。'

"让我感动的是,第二天一大早他就来到了我们的住所。他是特地来告诉我们他要下乡去,没有时间再接受采访。他说:'现在正是烤烟移栽最佳节令,关系到老百姓一年的收成,没有事比这更重要的了。'话说得非常恳切,态度也非常谦和。我的同事感叹地说:'罗崇敏是我见过的最平易近人、最为敬业的县委书记。'

"在新平采访期间,一位素不相识的老人听说我是来采访罗崇敏书记的,便专门来到我的住所,用他朴实的语言介绍了他所了解的罗崇敏

书记。临别时,他硬是委托我捎一筐橙子给罗书记,说他家的橙子是罗书记帮助栽下的,现在成了家里的'摇钱树'了,每年有一万多元的收入。我当时就被这位老农的真情所感染了,同时也为罗崇敏书记感慨:罗崇敏如果听到老农这发自肺腑的叙述,他肯定会感到莫大的幸福。对于一名地方官员,最大的财富莫过于民众的感念了。"

伍立杨的回忆没错,一年三百六十五天,罗崇敏在乡镇调研的时间居多。罗崇敏下乡,通常都是突然袭击,事先不打电话,不通知,乡镇干部也算不准他的来踪去迹,往往会措手不及,那些平日养成的惰性和陋习因此将暴露无遗。罗崇敏发动乡村种烤烟,种得好,一亩可收入八千元,至少也有五六千元,在嘎洒镇试点,弄了一百亩地,规定在立夏头五天要栽完。经济作物受节气制约和影响,不能延期窝工。下面汇报已经种完了,罗崇敏不放心,跑去嘎洒一看,一百亩地只栽了三亩烤烟,他那张晒得黝黑的脸立刻被镇干部的谎言气得铁青。他把书记和镇长叫来,先给他们一个机会作出解释,他们说:"正在赶栽烤烟,保证误不了大事!"他们竟然统一口径,文过饰非,当面撒谎。罗崇敏把他们带到地头,事实胜于雄辩,更胜于狡辩,书记和镇长都低下了头,不愿认错也得认错。罗崇敏对他们说:"身为嘎洒镇的当家人,不讲实话,不做实事,这就是渎职!对不住,你们的工作很快就会有变动。"

回到县城,罗崇敏召开常委会,做出决定,嘎洒镇的书记和镇长同时被降职调离。说假话,玩花招,搞形式主义,罗崇敏是决不轻饶的。

1997年7月1日,香港回归,这是举国上下十分重视的庆典,不容出现纰漏和差池。罗崇敏的要求是严格的,布置得很细致,责任到人。可是由于某些干部懒散成性,责任心不强,迟至6月25日,旗杆尚未做好。罗崇敏当即做了自我批评,并且自罚六百元,然后再次责成具体负责此事的干部要认真高效地完成任务。这样一来,大家深感惭愧,从当天起就加班加点,旗杆于6月28日顺利完工,没有耽误庆典。

新平县的基层干部对罗书记的记忆力佩服有加,凡是他交待过的事情,说定要验收的日期,都像是板上钉钉,到时候,他询问某件事完成的情况,心中一本明细账,基层干部休想放烟幕弹,休想玩障眼术。"水至清则无鱼,人至察则无徒",古人推崇所谓的"难得糊涂",睁一只眼闭一只眼，这种混世哲学深入人心，做起事来，做起人来，责任心就弱了，原则性就差了。罗崇敏为官，务实求真，严于督责，严于问责，所到之处都力矫干部的混世作风。

然而，罗崇敏待人并非一味从严，也有从宽的时候，在某些方面，他甚至比绝大多数领导都放得更宽，比如对待某些下属在公开场合或在私底下发牢骚这种现象，他就看得惯，并且不觉得反感。1996年8月10日，在新平县科级干部任命大会上，他就故意跑题，讲了一番有关发牢骚的闲话，堪称妙论：

"毛主席诗词中所说的'牢骚太盛防肠断，风物长宜放眼量'，是对发牢骚太多的否定，而我觉得容忍下属发牢骚，能体现领导者宽容开放的胸怀，能使下属敢讲真话，实话，能使下属释放积怨，健康心理。我们经常说要兼容并包，人家发牢骚，也许不是针对某一个人，针对某一件事，而是上级对某件事情的处理不公，侵害了他的利益，导致他发出呐喊式的牢骚。我们应该以宽容的心态来了解发牢骚的原因，实事求是地解决其实际问题。要本着可疏不可堵，可解不可结，可散不可聚的原则和方法来对待发牢骚。"

古人有句名言："防民之口甚于防川。"舆论就是水，"水能载舟，也能覆舟"。智者开其源而导其流，适得其利；不智者塞其源而堵其流，适得其害。牢骚是舆论的一种特定形式，甚至可称之为舆论中的一种激烈形式，领导者只可疏导和化解，不可堵塞和压制。罗崇敏有见于此，公开表示对牢骚的宽容，即广开言路，使各种意见都能自由表达，理顺上下级关系，使之得到更多的润滑，尽可能减少磨擦和对立，趋于和谐。

日常生活，罗崇敏力求简单，一荤一素两碗饭，讲求的同样是一个"快"字。有一回，他单独在一家小馆子吃早餐，老板盯着他看了好几眼，不敢确定这位顾客是不是罗书记，因为老板只在电视上看到过罗崇敏的样子。要说不是他吧，这人长得确实太像罗书记了。要说是他吧，这人衣着朴素，神情淡定，独自坐在角落里静静地吃东西，没谁陪同，毫无官气和官架子，又似乎不太可能。罗崇敏结账时，老板麻起胆子问道："您是不是罗书记？"

"哪个罗书记？"

"县委的罗书记。"

"哦，你认识他？"罗崇敏微微一笑。

"你跟他长得就像是一个人。"

"我这样子，像个村支书还差不多。"

"罗书记是个好书记，我们新平要摘掉贫困县的帽子，就指望他了！"老板也觉得罗崇敏的脸晒得太黑，身子骨偏瘦，一副劳碌相，不像是做官的，就转移了话题。

"大家把自己本分内的事情做好了，新平县就能富强，光靠他一个人可不行。"罗崇敏付完账，留下这句话，从容离去。饭店老板仔细一琢磨，这话意味深长，又直觉来人还真有可能就是罗书记。

平常心即佛心，这是禅家的说法。其实，一个人无论在哪儿，无论干什么，有点平常心，都是愉悦的，也是轻松的。罗崇敏并非总是绷紧神经，像一部只会工作的恒动机。他对民生的关注，经常体现在一些小事情上，在他看来，随处留心皆学问，随时留意即民生。

有一回，他吃完晚饭，在街上散步，瞧见一位迟至暮晚尚未收摊的卖豆腐的老婆婆，便上前问长问短，问她生意好不好做，物价高不高，过日子难不难，老婆婆不知眼前的这尊活菩萨就是县委罗书记，只当他是路上的普通行人，聊了几句后，她问道："你这人好怪，又不买豆腐，问这么多闲话干什么？"

"呵呵，我是江川人，想知道你们新平人的日子过得好不好。"罗崇敏并未撒谎。

"好咧，这两年好起来，当官的肯做事了，以前县城乱七八糟，现在都变了个样子。"

"也有不满意的地方吧？"

"房子小，家里住得紧了点。"

"听说新平建了些居民小区，价钱贵不贵？"

"还是贵啊，老百姓手里的钱不多。"

这样拉家常，罗崇敏能听到真实的声音。他的模样朴实厚道，丝毫官气都没有，倒像个中学老师，普通老百姓喜欢跟他聊天。在电影、电视剧里，古代的皇帝和大官喜欢微服私访，剧情虽不错，真实性却让明眼人质疑。且不管他们穿什么样的"微服"，那种傲狠惯了的神气和态度就掩饰不了，端惯了的架子也放不下来，一说话，准露馅，因为他们身上奇缺民间的活性因子，与老百姓毫无共同之处。罗崇敏则不同，他三十多岁才从政，吃苦耐劳的日子长，浑身都是平民气息，最眼尖的陌生人也只会把他当成中学老师，所以他在哪儿都能如鱼得水，与老百姓打成一片，聊起天来，句句热忱，听不出任何官腔，因此别人愿意跟他讲实话说真话。官员想通过秘书和基层干部的"过滤嘴"听到最真实的声音是不太可能的，经过他们仔细过滤后的真话也失去了原汁原味。罗崇敏直接从民间汲取源头活水，所获得的信息才是最原始的最真实的。

当然，罗崇敏有时也会出点意外的状况，弄得大家心里直打鼓。有一回，他去考察新建的兴乡中学，起床比秘书早，六点钟就到校区转悠，看看后期的绿化做得如何，看看基础设施还有什么欠缺的地方。他时不时这里摸一下，那儿敲一下，这些异常举动，几位晨练的老师看在眼里，觉得此人形迹可疑，便上来盘问他是干什么的，为何一大早在校园里东游西荡？罗崇敏并未亮明身份，只说自己对这所新学校感到好奇，便匆匆离去了。等到开会时，那几位晨练的老师才看清楚台上讲话的县委书记罗崇敏就是早晨那位被他们撵走的"形迹可疑的人"，不禁面面相觑。

个人的力量再大，其作用也是有限的，唯有一个好的领导集体才能干出轰轰烈烈的业绩。对于这一点，罗崇敏认识很深。

晚清中兴大臣曾国藩是个颇多争议的人物，但有一点却很少异议，他素有"冰鉴"之称，行事固然手段狠辣，识人更属目光敏锐。他鉴人，不仅听其言而观其行，以事务相试，而且观察对方的诸多细节：眼光是否乱瞟乱睃，神色是否镇静自若，注意力是否高度集中，走路是否狼顾狐疑，字迹是否清晰有力，议论是否条分缕析，坐立的姿态是否稳重端正……透过这些细节，曾国藩能看清对方的才智如何、能力如何、品性如何。他鉴人的高明微妙之处，当然难学，甚至被时人和后人描写得玄之又玄，夸赞得神之又神，但有一点，是人人皆可学习的，那就是关键部门只可任用求真务实之人，凡是大言不惭者、恒心不足者、亦步亦趋者、鬼幽鬼躁者，皆当摒弃不用，以免误事、偾事和坏事。

暂且将曾氏鉴人术撇开不谈，"听其言而观其行"，"循其名而责其实"，古人总结的这两条经验是绝对济于实用的。经常会有人向罗崇敏推

荐某干部，赞誉某干部，他不会轻易表态，但他此后会留意，听他们谈工作，看他们做事情，了解他们的责任感和事业心。罗崇敏把机关干部派到乡镇去工作，就是要考验他们的吃苦精神和实干能力，平日叫得响没用，还要干得欢，干得好。实干者应有高效率，这也是罗崇敏一贯的主张。他经常要干部立下"军令状"，限期完成工程任务和经济指标。要知道，罗书记赏罚分明，验收的日期一到，没谁敢在他面前瞒天过海，偷工减料和谎报虚假数据别想蒙骗他的法眼。罗崇敏提拔北大毕业生郭健鑫为供销社主任，提拔哈尼族干部张保翔为城乡建设局长，都是基于他对年轻干部德、才、能三者的准确判断，这些干部也确实用实绩回报了他的信任。

罗崇敏把自己在江川县任职时的一些经验带到了新平县，在他的督促下，每位秘书每个季度都要将调研心得整理成一篇自由命题的调查报告，由他亲笔点评，大家非常服气，受益很大，从中学到不少有益的东西，加强了务实的精神。刚开始，秘书都非常怕他，认为他的要求太严格，相处久了，才发现罗崇敏通情达理，对于他们在工作上的一些失误和偏差，并不是一味地指责和批评，而是耐心地指导和纠正。凡是在罗崇敏身边工作过的秘书，谈到自己当年的收获，都说是得益于罗崇敏的循循善诱和谆谆教导，提高了分析问题和解决难题的能力。罗崇敏经常提点秘书们这样十四个字："胆欲大而心欲细，智欲圆而行欲方。"这是唐代名医孙思邈对良医诊病方法所做的总结，"胆大"要似起起武夫，"心细"要似绣花女工，"智圆"要似潇洒孔明，"行方"要似黑脸包公，如此才能找准病灶，以良药一举而全歼之。良医如此，即可悬壶济世，治病救人。好官如此，又何尝不是百姓之福，万民之幸！

民间谚语说："家有一老，如有一宝。"这道理放在家庭之外，也是顶用的。年轻干部有闯劲有创新精神，老干部则有取之不尽、用之不竭的丰富经验。罗崇敏很注重老干部的作用，每到一个乡镇，就问老领导是谁，必去家中慰问请益，问长问短，虚心求教，尽可能使他们发挥余热，造福乡梓。"谦受益，满招损"，许多老干部都赞扬罗崇敏的谦虚。罗崇敏的执政理念日趋成熟，也确实得益于他从善如流和永不自满。

新平理政，罗崇敏交出了一份满意的答卷，留下了一部《县城管理研究》，在得到赞美的同时，也得到上级的提拔，到玉溪市任职。在许多人眼中,罗崇敏既是一位实干家,又是一位理论家,既是一位战术家,又是一位战略家。他在新平县执政,用武之地太小,确实屈才了,他这种人才是为干大事而备的。

1996年6月27日,新细路正式通车。翌日,在新平县干部大会上,罗崇敏即兴发表了告别辞。两年多来,他为新平县的多项改革事业倾注了心血,取得了显著的成就。他感觉比以往更劳累,也感觉比以往更充实,难舍之情,惜别之意,全都溢于言表:

乡亲父老们、同事们、领导们:

正式接到地委的通知,明天早上我就要离开新平,也就是说,我在新平二年九个月的履职结束了。真是来也匆匆,去也匆匆。我为在新平理政的经历感到自豪。我在新平做成的每一件事的动力来自于你们,智慧来自于你们,我为你们给予我的评价感到诚惶诚恐。我相信,我在新平履职期间的失误,哪怕这种失误伤害了我的同事的情感,也会得到你们的谅解。我到新平履职的时间虽然短,所做的事情虽然少,但得到的感情是永远的,学到的东西是终身受用的。我虽然在新平没有一个亲戚,但现在已有二十六万亲人,我永远是忠诚于新平的儿子。我不会辜负你们的期望,继续做好我能做的一切事情。

话音刚落,台下立刻响起热烈的掌声,整整持续了两三分钟,所有人都站起身来。共事不到三年,已足以让他们全面欣赏罗崇敏的睿智、胆魄、才干、勤恳、谦逊、真诚。罗崇敏既是他们工作上的领导、事业上的搭档,也是他们心目中的表率和楷模。他们都知道一个共同的事实:罗书记有事业心,有责任感,有亲和力,新平县这两年多的变化胜过以往二十多年的变化,这种变化不仅是物质层面上的,也是精神层面上的。在此期间,许多干部都受到罗书记的深刻影响,经历了一个脱胎换骨的过程:自我评估,自我修正,自我提升,自我突破,自我超越。怠惰者变得勤奋,迷茫者找到目标,务虚者转为务实,谋人者学会谋事……

热烈的掌声既代表了他们的祝福之意和惜别之情,也代表了他们的感恩之心。

第七章　玉溪蓄势:攒足静气和底气

　　"平凡的人总是在自己心里面制造一条地平线,不平凡的人总是在自己的心中矗立起一座高峰。我希望家人、同事和朋友都在自己心中矗立起一座高峰。从高峰的底端向顶端不断攀登,不但挑战社会生命和精神生命的极限,更要挑战生存和生活的极限,使人生更丰富,更精彩,更有价值。不要为矗立于心中的高峰而怯场,不要为攀登高峰而畏惧,更不要在攀登过程中半道折返。"

——罗崇敏　1999年

　　1998年夏,罗崇敏出任中共玉溪市委第一任秘书长、市委常委,兼机关工委书记和保密委主任。由主理一县到协助市委书记管理一市数县,他的角色发生了根本的变化。

　　玉溪是高原水乡,是古滇文化之乡,是云烟之乡,在这里,罗崇敏注定可以大有作为。

　　起初,由于玉溪市委一位主要领导作风散漫,多有纵容,因此机关干部打麻将成风,K歌成风,大吃大喝成风,罗崇敏痛心地意识到,如果不尽快刹住这三股歪风,其他的改革措施势必搁浅抛锚,将无从措手。许多人都讲过这样一句话:"凡是难办的事,难解的题,只要罗崇敏出面,就不难了。"在整顿机关作风时,一般都会喋喋不休地奢谈大目标,猛摆大原则,罗崇敏却反其道而行,他特别重视细节。有一次开会,迟到者不少,罗崇敏疾言厉色地批评道:"身为国家公务员,连开会都不能准时参加,连办公桌都整理不好,连个人卫生都打扫不干净,这不仅是玉溪市委机关的耻辱,而且也是你们父母和家人的不幸!"不管是好鼓还是破鼓,都要重棰敲打,他这话讲得很重。罗崇敏铁面无私,该纠正的纠正,该处罚的处罚,不怕误解,不怕抱怨,凡事以公平、公正、公开为准则,无包庇,无偏袒,那些牢骚满腹的人自觉理亏,不敢公开发作,只得改变积习,消除积弊,以顺应新的形势要求。

罗崇敏认定,加强机关建设乃是当务之急,具体操作可分三步走:第一步是狠抓职能建设,机关干部增强职能意识,发挥自身应有的作用;第二步狠抓公务员行为规范(语言规范、写作规范、公关规范),塑造公务员良好的个人形象和集体形象;第三步是改善机关环境,构建机关文化。罗崇敏狠抓了一年,玉溪市委机关的工作环境和工作作风大有改观,服务职能和效率大有起色,受到云南省委的表扬,被评为"省级文明机关"。罗崇敏对部属要求严格,律己更严格。他从自己做起,除了开会和下乡调研外,每天晚上十一点钟前都在办公室加班。经验总是有用的,他管理秘书班子,首先健全秘书的耳目功能。他要求副秘书长每半年写一篇调研报告,由他亲笔修改;每位秘书在社会、政治、经济方面每月至少要捕捉到三条有用的信息,每人每个季度完成一篇详尽的调研报告,敷衍塞责是不可能过关的,必须要有扎扎实实的内容,要有严密的逻辑性和系统性。他与玉溪师范专科学院的骨干教师组成评委班子,以无记名投票的方式评定调研报告的优劣,优胜者获奖,劣汰者挨批评。这一招既能治标,又能治本,秘书有了压力,也就有了动力。他们加强多科目的学习,认真思考和切实研究本地的社会问题、经济问题,寻求解决的办法,在整个学习——思考——研究的过程中,提高了认识能力、分析能力和解决能力。在罗崇敏身边工作的人,起初的适应期,他们会觉得很忙、很累、很紧迫,害怕出差错,害怕挨批评,内心会感到焦虑;在随后的调整期,他们会觉得工作忙而不乱,累而不倦,紧迫而张弛有度。尽管不免出差错,但会吃一堑,长一智,不再重蹈覆辙。至于罗崇敏的批评,不管态度是严厉还是温和,都是指点迷津,直陈利弊,不听反而有些可惜,听了肯定心悦诚服,内心不再感到焦虑,而是冷静的自省;在配合默契的熟练期,他们会觉得工作忙而充实,累而舒坦,紧迫而条理分明,偶尔出差错,不待罗崇敏指出,自己就能在第一时间发现和纠正,批评则被谈心和交流取代,罗崇敏的表扬那才是他们心目中最高的奖赏,在罗崇敏身边工作被视为一件愉快的事情。久而久之,他们会发现自己在多方面受到潜移默化,已发生质变,比如更珍惜时间了,更喜欢读书了,更关注现实社会和经济生活的脉动了,爱国爱民之心更为炽热了,在一些生活习惯方面也会不知不觉地发生变化,吃饭和走路的速度更快了,懒觉睡得更少了,闲言碎语没兴趣说了,与麻将、扑克生疏了。在罗崇敏身边工作过的人都强调一点,他们不仅提高了履职的能力,也提高了自律的能力,成为一个勤勉的人、一个理智的人和一个负责任的人。

身为市委秘书长,罗崇敏抓办公室的工作,可谓驾轻就熟,最注重的依旧是服务意识。他建立有效的管理机制,责任到岗,责任到人,岗位和人挂钩,避免人浮于事。大处着眼,还须小处着手,他常说:"做得了大事的人一定能做得好小事,做不好小事的人一定做不了大事。"罗崇敏从不放过细节上的任何疏漏和缺失。市委办公楼的厕所中没放置卫生纸,冲水龙头没安装感应器,别人视为正常,没觉得有什么不妥,罗崇敏却认为这是办公室工作做得不够细致不够到位的表现,必须纠正过来。他要求办公室工作人员一律要讲普通话,讲不好的要买磁带学习,有人想不通,当面质疑道:"罗秘书长,我们又不是学校的老师,用得着学普通话吗?"

"学好普通话,走遍中国都不怕。"罗崇敏神情轻松地回答道。

"在玉溪市,我们说本地话,人人能懂啊!"

"云南是个旅游大省,四面八方的客人都会来,你讲玉溪话,他们能听得懂吗?你别只盯着眼前的方寸之地,要看得远些,视野要尽量开阔些。讲普通话能体现出良好的服务精神,能体现出对他人的尊重,你的普通话讲得好,别人不只对你个人留下良好的印象,还会对玉溪市委办公室的服务水平留下良好的印象。我一直都在学习普通话,暂时讲得不够标准没关系,不断学习就能不断提高。"罗崇敏以理服人,对方心悦诚服。

在地方事务中,信访工作最容易成为一团千头万绪的乱麻,剪不断,理还乱。有的官员擅长玩太极推手,你一推过来,我一推过去;有的官员擅长踢皮球,你踢给我,我再踢给他,他再踢给你;总之解决不了任何实际问题,也不以解决老百姓的实际问题为要务和急务。因此在一些地方,由于上访者得不到妥善的对待,致使民间的怨气郁积难排,一些本可避免的群体事件之所以激化到难以收拾的程度，即肇端于老百姓的诉求遭到官方不应有的漠视和忽略。罗崇敏对信访工作历来重视，他善于疏导舆情，广开言路，尽可能及时地回应老百姓的诉求。凡是能够尽快解决的问题，一定尽快解决，某些暂时无法解决的问题也要设法有所交待，让老百姓弄个明白。他在市委常委会上建议设立市委书记、市长接待日制度，让老百姓能与市领导有个面对面的接触，下情得以上通，上意得以下达。市领导要了解最真实的民生疾苦，接待日无疑是一个最便捷的通道。这一制度的试行大获民间好评，舆论上也得到广泛的支持，一度引起云南省委和中央信访部门的关注。后来，外地外省不少市委市政府都依葫芦画瓢。

在市委秘书长任上，罗崇敏做了几件实事。供销社的改革势在必行，但阻力很大，这种阻力并非来自外部，而是来自内部，罗崇敏摸清情况后，提着水果去拜访供销社的老主任，倾听他的反对意见，消除他的抵触情绪，心平气和地做解释、开导和说服工作，他的诚意最终打动了老主任，他的改革方案——供销社身份社会化、经营市场化、组织结构集团化、管理法制化——终于得以顺利实施。

罗崇敏素来主张领导干部要有霸气，即有大思维、大眼界、大谋略和大魄力，但他从不赞成领导干部讲霸道，他认为以权压人，以势凌人，势必激化事态，无益于解决问题，他要以理服人，以诚感人。改造玉溪市红塔区小庙街时，拆迁是个大难题。他耐心地去劝导居民，一晚上走访七八户人家，最终赢得了他们的信赖和支持，拆迁工作进行得十分顺利。身为市委秘书长，罗崇敏还不遗余力地推进玉溪各县的农业科技发展，烘烤烟叶现代化，养猪、制茶产业化；他还特别留意农产品的创新。有一次，他听说华溪镇有一位农科员将茄子与木本嫁接，获得成功，产量比原先超出两到三倍，而且质量也不错。耳听为虚，眼见为实，他亲自跑去参观，发现木本茄子个儿大，做成菜，吃起来口感也不差，便当即拍板表态，要大力推广这项种植木本茄子的新技术。此后几年间，当地果然种植了几万亩，农民的收入因此增加了许多，罗崇敏看到他们因为种茄子而脱贫，很高兴，他将这种改良后的木本茄子分别命名为"华茄一号"、"华茄二号"和"华茄三号"。

千禧年之初,罗崇敏担任玉溪市委副书记,分管纪检监察、群众团体和农村工作。群团工作,抓得实,颇有头绪,但领导一般都不太重视,视为次要,甚至不要。罗崇敏主管群团工作,常到各县调研,抓点到面。他让县妇联牵头,与信用社和农业银行合作,给贫困农户办理小额贷款(三五千元),让他们养猪、养鸡、种植烟草和果木。为什么要妇联出面?这就是罗崇敏的创意,其中有讲究。他认为农村妇女勤劳节俭,有责任心,把钱贷给她们,信用有保障。因此这样的小额贷款规定:对象贷女不贷男,贷贫不贷富,额度贷小不贷大,期限贷短不贷长。这一扶贫方案落到实处,效果上佳,使不少农户受益,银行和信用社也有赚无亏,实现了双赢。这一大胆而新颖的尝试被云南省树为典型。

共青团的工作通常是避实就虚,罗崇敏却让它虚实相生,由共青团组织牵头成立农业科学技术示范公司,每县两三个,用科学方法带动农民脱贫致富。罗崇敏的点子多,工会也有新气象,他让民营企业的工人组建工会组织,使之有话语代表和权利代表,保障民营企业工人的各项权益。通过工会开展读书活动。罗崇敏还改善了农村司法助理、调解员和科技员的待遇,每月增加十五元。这些举措促进了农村的文明进步和稳定。

罗崇敏的创新意识极强,他做任何一件事情,都努力追求最高效率和最佳效果。玉溪青少年宫的建设,自始至终,都可见出他的精明睿智和大公无私。

第一步,广泛征集方案。由百名青少年代表、家长代表和辅导员代表组成方阵,他们用文字或图形提出自己的设想,包括外观、内景、活动场所的分布和多项功能的配置等等。让三方的构思互为补充,这不仅能集思广益,优化方案,而且还能疏通民意,凝聚人心。

第二步,公开展示模型。方案出台后,模型向全社会展示,《玉溪日报》登出图案,同时发放一千多份调查表。经过几轮票选,从三十多个方案中选出三个,群众的喜爱与专家的认可达成一致。

第三步,设计单位竞标。参与竞标的设计单位有三十多家,其中四家脱颖而出,罗崇敏女儿罗丹所在的玉溪市建筑设计院亦在此列,而且方案名列前茅。尽管另外三家设计单位都挑不出前两个步骤公平、公正、公开方面的问题,但他们还是担心潜规则会在关键时刻起作用,仍然心怀疑虑，说不定"陪公主读书"，难免有些心烦意躁。然而结果公布出来，众人大吃一惊，中标的是另一家设计单位，罗丹所在的玉溪建筑设计院并未得到罗崇敏的一丁点照顾。事实胜于雄辩，各种非议戛然而止，不攻自破。

多年后，罗崇敏与笔者谈及此事，他以十分淡定的语气说："玉溪青少宫的中标方案确实美观，但不够实用；玉溪建筑设计院的方案既有历史厚重感，又很实用。当时，我心里是比较倾向和喜欢玉溪建筑设计院的方案的，但我充分尊重大家的意见。事实证明，建成后的玉溪青少年宫外表光鲜，在功能方面确实有其局限性。"

"当时，您就没有明确表态吗？"我问道。

"流言满街，办好事情更要紧，两个方案相差并不悬殊，我认为谁中标都很正常，没必要再节外生枝。"有时候顾全大局需要舍己从人。

在玉溪市委副书记任上，罗崇敏应对了两起较大的天灾，一为地震，二为冰雹。天灾不可小视，如果应对有误，就会转化为人祸，结果肯定不可收拾。

2001年7月15日，在云南省江川县发生里氏5.1级地震，震中位于江川县九溪镇河口村和李棋镇大矣资村之间，东风水库的尾端。这次地震共造成一人死亡，三十多人轻伤，数百人无家可归。这次地震发生在玉川断裂带与中营断裂带交汇处，震源浅，震感明显，造成的恐慌效果强烈。地震当天是星期日，市委书记和市长都不在市内，罗崇敏主动担起责任，组织召开紧急会议，做出三点指示：一，劝导已脱离危险的灾民不要返回住处；二，及时调集救灾帐篷；三，他带人连夜赶往震中，在第一线设立指挥部。到了江川后，他察看灾情，安抚受惊的百姓，并且让公安部门采取应急措施，维持社会正常秩序，保障群众的生命财产安全。由于处置及时得当，这次地震期间人心安戢，没有出现一桩趁火打劫的恶性事故。事后，罗崇敏精疲力竭，他已整整两天两夜没合眼。

2001年7月27日，罗崇敏得到消息，玉溪市重要的烤烟基地之一的澄江县阳宗海镇发生了严重的冰雹灾害，几千亩烤烟毁于一旦，几千户农民的收入顷刻泡汤。罗崇敏是烤烟小组的组长，灾情就是命令，他连夜赶了过去。天刚蒙蒙亮，他就去田间地头四处察看，只见许多农妇站在地里,望着狼藉不堪的烟草,痛哭号啕,眼看就要到手的数千元收入全都打了水漂,一场辛苦竟然白费了。他们看到罗书记来到灾区,就像是见到了救星,一齐围上来,七嘴八舌地问道:"罗书记,我们遭这么大的灾,政府不会见死不救吧?"

"除了保险公司赔付,政府和烟草公司管不管我们的死活?"

"让我们改种烤烟,当初这可是政府的意思,还用上了强硬的行政手段,现在大家遇上了难处,政府到底是准备出面救济,还是准备袖手旁观?"

"是啊!政府必须有个态度,要不然,我们找谁去?找老天爷算账?"

什么叫怨声载道?这就叫怨声载道。罗崇敏先让老百姓把要说的话都说了,然后才把自己的处理意见当场公布:保险公司照常理赔,玉溪市政府和烟草公司追加一部分,每亩总赔付一千七百多元,及时改种蔬菜,还可挽回一部分损失。罗崇敏的态度和处理意见适当地安抚了烟民,防止了一桩一触即发的群体事件的发生。

只要心里时刻装着老百姓,急老百姓之所急,想老百姓之所想,罗崇敏就不会找不到工作的灵感。千禧年之初,全国经济市场疲软,农产品价格低,农民栽种经济作物的兴趣不浓。罗崇敏去山东省考察学习回来,风尘仆仆,全然不顾旅途劳顿。他放下旅行包就打电话招兵买马,筹建云南农业信息网,整合多个部门的信息要素,准确捕捉市场价格,明确需求对象,为农民栽种什么、栽种多少提供可靠的参考数据。如此一来,玉溪的蔬菜、水果、花卉、烟草等大宗农产品的市场拓宽了,农民受益匪浅,政府抓农业也从此有的放矢,不再盲人骑瞎马。当年,罗崇敏率先建立农业信息网,在云南绝对是一件破天荒的事情。最古老的农业与最现代的网络信息缔结姻缘,现代农业的胎音便清晰可闻了。

有人说,读罗书记的雄文专著是一种享受;有人说,听罗书记谈天说地是一种享受;有人说,听罗书记在大会上作报告是一种享受。对于前面两种说法,我深表赞同,对于末后一种说法则将信将疑。在我的印象中,领导的报告大多是秘书操笔成稿,套话官话多,党八股气息浓厚,与大饱耳福的"享受"又怎能攀上任何"亲戚"关系?罗崇敏作报告,真还与众不同。首先说一说姿势,他是站着的,从不端坐,作报告时,也从不喝水。他认为,坐着作报告,或作报告时端起杯子喝水,是对别人的不尊重;其次说一说节奏,他讲话的速度不疾不徐,语调抑扬顿挫,感情饱满,中气十足,颇为悦耳,不显单调;再次说一说讲稿,他喜欢亲自操觚,不要秘书代笔。他不喜欢讲废话、套话、空话,更不喜欢讲大话和假话,讲稿的长度不长不短,非常适中。在讲话时,他充分调动自己的思想积累和知识储备,常有新观点、新见解、新提法接二连三地蹦出来,让人听了觉得有趣味,有启发,有收获。君若不信,那就来听听2001年4月7日他在玉溪市农村工作会议上的一段讲话吧:

"农业与人息息相关,是最早与人类相伴随的产业。它是古老的、悠久的、传统的,也是现代的、富有生机和活力的,不断发展的。农业是人的衣食之源,生命之源,也是人类家园中最重要的生物链、生态链。人类生存发展离不开农业,而农业发展取决于'天',取决于'地',更取决于人。天不助农,地不利农,人不爱农,农业就无从发展。农业与天、与地、与人同在。天灾、地患、人祸,都可能影响和危害农业。所以,农业是'三和'产业,即:天和、地和、人和的产业。淮南子刘安发明二十四节气,把农业整合于宇宙间。既然农业是'三和'产业,就必须确立人在农业发展中的主体地位……"

那些听惯了党八股的人听到这样言之有物的报告,自然而然会觉得新鲜,就像一位喝惯了白开水的人突然喝到一杯茅台酒,那劲道就是不一样。

在当下的中国社会,什么最重要?很可能人言言殊,但很多人的答案会是人际关系。没有靠山,没有贵人相助,没有人睬,没有人抬,没有人捧,相比没有本事,没有学识,没有才智,没有创造精神,情况要严重得多。因此,中国人喜欢问别人"最近在哪儿混"、"最近混得好不好",一个"混"字泄露天机。现在,有不少人改用"打拼"一词,以区别于"混",就是觉得"混"字不太正路,是在人缝里上下其手,是在人空里左右逢源,不怎么光明磊落。但"混"字在中国深入人心,想涂改它的形和色并不容易。

在民国时期,有一位被人讥为"水晶球"和"药中甘草"的大官爷,叫谭延闿,当过行政院院长和国民政府主席。这位八面玲珑的好好先生被公认为是混得最好的。有一次,谭延闿与著名律师贝元昕见面,寒暄时他照例询问对方近况如何，贝元昕的回答极其简洁，那就是："混。"谭延闿闻言大笑，赞叹道："此言绝妙！鱼龙混杂是混，鱼目混珠也是混，混之为用大矣哉！"曾国藩的人生哲学是"挺"，谭延闿的人生哲学是"混"，都是一字以蔽之。前者的"挺"近乎儒家的精进有为，难免累；后者的"混"则近乎道家的清静无为，较为轻松。这就难怪了，曾国藩是个吃苦的命，谭公子却是个享福的人，他可不愿意太委屈自己。

　　一个人无欲无求地混，接近于道家的清静无为，那可算是一种境界了，另当别论；问题是在社会上混的人，多半是直冲着"权"、"利"和"名"去的，用尽心计，耍尽花招，使尽手段，要混个出人头地，要混个人五人六，这样的人多了就会毒化社会环境，劣化人际关系。罗崇敏是实干家，是典型的"挺"字派，而不是"混"字派。他一身正气，一腔热血，只想好好地干一番利国利民的事业，不愿把心思用在邪门歪道上。有一次，他与同事交谈，语气颇为激切地说：

　　"我们应该正视一个社会现实：目前我国人际关系的质量不高。分析其原因，可能主要有几个方面：一是以官为本，权权交易，官官相护，建立权变关系；二是以钱为本，权钱交易，物欲横流，建立欲壑关系；三是以己为本，毫不利人，专门利己，建立利己关系；四是以用为本，实用主义，互夺互利，建立利用关系；五是以饰为本，乔装打扮，一面阴阳，建立猜忌关系。要提高人的关系质量，就必须加快政治体制改革，推进民主政治建设，建立诚信社会，加强法制社会建设进程……"

　　这样的社会关系对整个国家改革事业的破坏力和危害性极大，中招的官员纷纷落马，但许多腐败遗患无穷，最终遭殃的是老百姓。"苟非吾之所有，虽一毫而莫取"这样的境界对很多人都是挑战，金钱的攻势可以让许多官员丢弃盔甲，丢失阵地，但却无法逾越罗崇敏的警戒线。

　　"三年清知府，十万雪花银"，这是中国古代官场的真实写照。《晋书·列传第四十七》写到高士殷浩，其中一句话耐人寻味，有人问他："人云人之做梦，将得官而梦棺，将得财而梦粪，何也？"殷浩的解释是："官本臭腐，故将得官而梦尸；钱本粪土，故将得钱而梦秽。"他说的当然是过头话，但许多时候，也不失为一句大实话。

　　有一次，罗崇敏与几位同事在一起聊天，谈到反腐倡廉，某某贪官因

为收受巨额贿赂而东窗事发,银铛入狱。他感叹道:

"钱,没有了,生活困难;太多了,也会害人,不义之财更是害死人。君子爱财,取之有道,用之有度。有些官员,与其说他们贪婪,还不如说他们愚蠢,学学公孙休啊,就不会有这样悲惨的下场了。"

"公孙休是谁呀?"有人不知道公孙休为何方神圣,在野史稗钞和旧小说中,姓"公孙"的多属江湖奇异人物,什么公孙圣(《吴越春秋》中未卜先知的术士)、公孙胜(《水浒传》中的道士,绰号"入云龙"),均属此类。

"公孙休是春秋时期鲁国的卿相,他特别喜欢吃鱼,因此许多人投其所好,送鱼给他,但他婉言谢绝。他弟弟大惑不解,便去问他:'您不是最喜欢吃鱼吗?怎么别人送来鲜鱼,你一概不收?'公孙休的答案很高明:'正因为我好这一口,才不能接受他们的馈赠。我要是收了他们的鱼,欠下人情,就得替他们谋福利,难免违法乱纪,弄不好,就会丢官。到那时,门可罗雀,原先送鱼给我的人连影子都不见了,我自己也没了吃鱼的本钱,岂不是得不偿失?现在我不收他们的鲜鱼,俸禄足以保证我天天享口福,又何必去冒那个风险?'公孙休有大智慧,他讲的这番道理放之四海而皆准。你们想想看,那些伸手被捉的人原本有个好前程好生活,偏要贪污受贿,结果进了班房,一切全毁了,值得吗?"罗崇敏把公孙休拒鱼的故事讲得有声有色,末尾还补充了自己的认识。

"现在许多受贿的官员心存侥幸,以为自己这样做神不知鬼不觉,没有危险。送鱼容易被人发觉,送红包就要隐蔽得多。"一位同事指出拒收鲜鱼和拒收红包是两回事。

"那我再跟你们讲个东汉杨震暮夜拒金的故事。杨震学问品行极佳,当时被人誉为'关西孔子'。他任东莱太守时,昌邑县令王密前往拜访,聊得很开心。道别时,已经夜深人静,王密拿出一封金子送给恩公。杨震脸色倏然一变,皱起眉头说:'我了解你,你却不了解我,这是为什么?'王密慌忙回答:'这事没谁知道。'杨震摇摇头,不以为然:'这事天知,地知,我知,你知,怎能讲没谁知道?'听了恩师的申斥,王密拿起金子,羞愧地走了。这就是说,一个人要是有清醒的良知,就不会掩耳盗铃。"

"有时,贪婪是一种近乎疯狂的欲望,良知的防线就像是第二次世界大战之初法国那条号称固若金汤的马其诺防线,经不起贪婪的装甲部

队，一冲就一溃千里了。"有位同事指出了贪婪的强悍和良知的脆弱。

"那倒也是，英国科学巨匠牛顿就曾感慨过：'我可以计算天体运行的轨道，却无法计算人性的疯狂。'良知是一堵坚厚的城墙，但它抵不住狂轰滥炸的炮火，还是要在机制改善和体制建设上狠下功夫。只有坚牢可靠的制度才是核武器，具有足够的威慑力。"罗崇敏同样坚信，防范和惩治腐败，制度的力量大于一切。

套话、空话、大话缺乏说服力，还是多讲历史故事多展开讨论才好啊！历史故事，正面的要讲，反面的也要讲，要不然，把当代大贪官的失足落水和失手被捉的故事编成警世恒言，也能起到警示作用，但这类集结案例和评析案例的读物极为罕见，真是咄咄怪事。

孔子曾说："其身正，不令而行；其身不正，虽令不从。"意思是，如果管理者自身品行端正，堪称表率，他不用下命令，部属也会闻风而动；相反，如果管理者自身品行不端正，那么，纵然三令五申，部属也不会服从。罗崇敏的品行端方，有口皆碑，令人信服，这才是他无往而不利的法宝。

云南是烟草大省，玉溪是重要的烟草生产基地。罗崇敏在担任玉溪市委秘书长期间，手中握有计划外香烟的批字权，这使一些商人动起了心思，打起了如意算盘。在他们看来，权和钱是可以交易的，只要价格合适，就可以"互利"，就可以"双赢"，就可以皆大欢喜。

中秋节的夜晚，月色溶溶，凉风习习，罗崇敏回到家中，与亲人共度佳节。普曼玲望着罗崇敏笑道：一家人好不容易团聚了，你带头吃块月饼吧。罗崇敏想起昨天有位经销香烟的港商送来两盒月饼，他正好带了回来，便要普曼玲去打开一盒，尝尝广式月饼的风味。过了一会儿，普曼玲却把月饼盒拿了过来，她对罗崇敏说，你看这月饼怎么吃吧。居然是三万元港币！一家人都看傻了眼，谁都知道罗崇敏的脾气，他从来不收受别人的礼金，平日普曼玲连别人送来的土特产都婉言谢绝。和尚头顶的虱子明摆着，这位港商明修栈道，暗度陈仓，他用月饼盒送钱，就是希望罗崇敏能给他多批计划外的香烟。举手之劳嘛，数字上多批一个零，不是很容易吗？

他在书房踱了两圈，突然想起近日才看过的清官海瑞的故事。明朝的官员俸禄很低,若不贪污受贿,日子就没法过。海瑞在浙江淳安当知县时,穷得响丁当,菜都要自己下地种。三月不知肉味,对他而言,是再平常不过的事情。有一天,海瑞的老母亲生日,他去市场上买了两斤肉,区区小事,竟然惊动了总督胡宗宪,成为当地的要闻。海瑞死前,官至吏部侍郎,副部级的高官,却并没有阔起来,布衣已旧葛帏烂,箪瓢屡空陋室寒,大理寺少卿王用汲亲眼目睹,为之感极而泣。海瑞死后,众人凑钱下葬。朱良吊丧归来,赋诗一首:"萧条棺外无余物,冷落灵前有菜根。说与旁人浑不信,山人亲见泪如倾。"

在古代,像海瑞那样用走极端的方式做清官,不肯同流合污,代价是很高的,被人盯紧,买两斤肉,给母亲祝寿,都会有人向上面打小报告,若有贪污受贿之实,定会立刻完蛋。在当代,官员的工资并不算低,像海瑞那样经济拮据、生活窘困是不可能了,但在金钱诱惑面前犹如磐石岿然不动的人也并不多。

罗崇敏在书房里又踱了几圈,想起古人的教导,"君子慎独,不欺暗室","渴不饮盗泉,饿不食嗟来",他顿时有了主意,拿起毛笔,在那个信封上写下"饥不可食"四个字,连夜将三万元港币原封不动地退了回去。这件事令那位外商百感交集。在他看来,罗崇敏拒受礼金固然难能可贵,他所表明的"饥不可食"的态度更是令人折服。

清正廉洁无疑是官员手中最可靠的盾牌,能挡住金钱的利矢,能避免外界不良风气的侵蚀。真到了关键时刻,只有廉洁者可以笑到最后。当年,新平县地矿局副局长王炳章犯下经济案,玉溪市检察院立案侦查。他对自己行贿受贿的多宗案情供认不讳,其中他特别提到一件事情:1997年春节期间,他拿着两三万元钱、金戒指和铜火锅去给领导拜年,有人收下了,但罗书记谢绝得很干净。王炳章感叹道:"我接触过的这些干部,我只相信罗书记,也只佩服罗书记,他才是清正的领导!"常言道:"自证不明。"这话是对的。由那位身陷囹圄的行贿者来出面证明罗崇敏是清官,这无疑是超乎寻常的雄辩。

蚊、蝇、蟑螂孳生于不洁之地,贪官污吏赖以生存的土壤则是极不健全的体制,体制的漏洞越大,腐败的程度就会越高。政府缺乏严密可靠的监督机制,新闻媒体缺乏敏锐的嗅觉,民意得不到充分的伸张,失控的权

力必然走向腐败。在许多地方，一个手中握有权杖的科级干部就可以肆无忌惮地挥霍国家财产和老百姓的血汗钱，何况比科级干部更有权力的官员。中国的行政成本居高不下，其中的重头即包括了腐败的成本。有人讽刺道："越腐败越不败，越堕落越快乐。"对此现状，罗崇敏痛心疾首。

在一次调研玉溪市红塔区纪检监察工作之后，他找到了三大症结——腐、假、肿，这三大症结非猛药难治，非手术难除。

在政府治理中不断出现一些新理念，新举措，比如建设法制政府、责任政府、阳光政府、高效政府、廉洁政府等等。但从根本上讲，政府治理中要从制度上解决三个问题，即：一腐、二假、三肿。腐败问题要从体制上来解决，体制的缺陷是产生腐败的土壤和根源，要建设有利于扼制和消除腐败的经济、政治、文化、社会管理体制。说假话、做假账、干假事，欺上瞒下坑害百姓，利欲熏心造假贩假，严重危害了社会肌体，必须从体制和教育入手，进行全民的诚信训练。政府机构臃肿，扯皮内耗严重，人浮于事，文山会海，一年省部级以上召开的会议达五百多次，要消耗多少财力、物力、精力啊。几十年前提出的精兵简政收效甚微，挖文山、填会海不见效果。应下决心从体制上对政府机构消肿，降低行政成本，提高行政效益。

2001年4月6日，国务院总理朱镕基亲笔为国家会计学院题写了"不做假账"的校训，此举引起了全社会的热议。不做假账，这原本是会计人员的基本职责，如今却变成了最高境界，要由泱泱大国的总理来亲笔提醒，这岂不是发人深省，令人深思吗？许多人不免会质疑，在中国，到底有多少会计不做假账？一个"假"字所释放出来的毒烟黑雾污染了整个社会的空气。"假作真时真亦假"，许多畅销的名牌都是假货多于真货，许多知识产权都得不到应有的保护。制假、贩假和售假也许能造成"盛宴"如同流水席的假象，却会伤害国民经济的根本，种下孽因，必结恶果。官员的腐败和不作为，使弄虚作假风更为盛行，技术也更为高超。体制的漏洞成为了许多人的隐匿之所和狂欢之地。

数年后，罗崇敏对官场的贪腐成风有了更深入的思考，他的这样两段话耐人寻味。其一是："现在,很多人正处在求生存的阶段,没有真正进入到生活追求的阶段,生命的自然属性、精神属性和社会属性还没有融为一体。很少有人达到智慧人生的阶段,达到本质意义上人的生活高级阶段。包括很多领导干部,人生追求层次比较低,满足于自然人的基本需求,而不去追求社会人特别是领导人应具备的生活价值观,导致理想信念滑坡,贪污腐败之风愈演愈烈。"

其二是："有限的享受能给人以满足,并创造新的需要;无限的满足会泯灭人直接的本能,造成变态的需要。太多的关爱与呵护,饱食终日,穷奢极欲,会使人迟钝和麻木。放纵生命欲望,回到动物的低级状态,生理上的消费性满足一旦达到饱和,人的生存意义就会开始瓦解,人便颓废、空虚、麻木,甚至走向死亡。不少文明最终消失在历史的长河中,像巴比伦、罗马等主要不是毁于外部灾难,而是毁于自身的堕落。人也一样,很多腐败高官回到动物低级状态时,他的人生价值也就不复存在了。所以一个稳定文明的社会和现代文明人,要在文化约束和生命势能之间保持一定的张力。"

罗崇敏深思熟虑,对中国市场经济愈演愈烈的种种流弊洞若观火,他将这方面的见解告诉过一位北京的记者："中国选择了市场经济体制,从而融入了当今世界的主流经济体制,这是令人庆幸的。但是,中国的市场是用行政力量制造的,是在政府的恩准和退让中形成的。从计划经济到市场经济的转变过程,是财富重新分配和流动的过程。行政权力左右着财富的重新分配和流动,而这里的行政权力又缺乏民主机制的制衡。原来体制下的权力持有者及其关系密切的人,在制度变革中继续处于优势地位。他们中的有些人利用原有的权力资源,在社会财富再分配的过程中大发其财。也就是说,原本体制下'大锅饭'的掌勺者,在社会财富重新分配的过程中,有可能给自己和亲近的人碗里多捞。中国改革的特有路径,把市场经济的缺陷和计划经济的残余结合起来了。带有计划经济色彩的政府行为和扭曲的、残缺的市场相结合造成了很多社会问题。市场经济的唯利是图和'审批权力'没有制衡,很自然地造成金钱和权力的交换。行政权力为一些人创造了不正当的发财机会,利用这种不正当机会形成的暴发户,用部分收益向政府官员作回报。依靠贪官才能够暴发,

每一个贪官后面都有一批暴发户。贪官和暴发户是权力和金钱交媾下的孪生兄弟。这样就造成了制度性社会不公。制度性社会不公正暴露出社会最基本的矛盾:计划经济时代构建的上层建筑和市场化的经济基础严重不适应。所以,要推进中国经济社会的健康发展,促进和谐文明,必须深化改革,创新制度,特别是深化政治体制改革,建立法制政府,使人们都能通向社会公平正义的光明之路。"这一席话剖析入微,鞭辟入里,充满真知灼见,可见罗崇敏对体制之弊的洞察多么深刻。

2001年,罗崇敏分管玉溪市纪委的工作,他倡议:"领导干部要像崇尚科学那样崇尚监督,以保持自己的清正廉明。"这一倡议经由媒体宣传,一度产生了较大的影响。在制度建设严重滞后的情况下,在充满形形色色诱惑的环境里,身为官员,罗崇敏时刻廉洁自律,把守住身前的坚固防线。他修身立德,澹泊明志,知止不殆,无欲则刚。在某些人的心目中,罗崇敏这样的官员,不肯跟那些奸商沆瀣一气,就算笨拙;不肯在娱乐场所声色犬马,就算清苦;不肯与人拉帮结派,就算孤独。殊不知,大道不孤,大德有邻,罗崇敏内心的充实和快乐是那些人从未体验过的,也是他们根本无法想象和梦见的。他在一则同期的思想笔记中写道:

> 人的视觉一般分为平视、俯视、仰视、侧视。对世间的一切人要平视,对世间的一切事要俯视,对自然宇宙要仰视,对一切贪婪、放任和忌妒的人和事要侧视。……敢为他人不为之事,能成他人不成之业。……做自己要做的人,走自己要走的路。

有一点是笔者曾经大惑不解的,罗崇敏对于手下干部要求十分严格,然而真要是谁由于贪念发作,出了什么事情,他的痛心程度甚至超过对方的亲人。他会责成犯案的部下积极退赃,彻底交待自己的问题,也会迅速与司法机关取得联系,尽可能不抓人,尽可能免于起诉。他说,这些干部一时糊涂,而不是一世糊涂;一时犯错,而不是一世犯错。罗崇敏为他们求情的时候,内心是矛盾的。党培养一个才干过人、能力出众的优秀干部(尤其是少数民族干部)不容易,如果他只是小额的贪污受贿,法办之后,个人固然是一失足成千古恨,但对他所在的部门、所主持的工作、所拓展的事业将是一个沉重的打击,损失之大,难以估量。因此,他挽救一些年轻有为而不慎失足的干部,完全是从大局考虑,并非徇私枉法。

《老子·道德经》主张"方而不割,廉而不刿,直而不肆,光而不耀",意思是:端方而不露刃,廉洁而不伤人,正直而不恣意,光亮而不耀睛。《礼记·聘义》也持类似的观点:"君子比德于玉焉,温润而泽,仁也;缜密以栗,知也;廉而不刿,义也。"廉正而宽厚,唯仁者有此胸怀,唯义者有此观照。罗崇敏就是一个廉而不刿的官员,有人给他送红包,送礼物,他决不收受,但也决不张扬。不像有的官员为了博取廉洁之名,将对方的红包和礼物交给纪委,使之难堪,使之下不了台,使之受到处分。罗崇敏的处理方式相当巧妙,他将对方的红包夹在自己的著作中退回去,只说是送一本新书给对方,这完全是人性化的,对方内愧于心的同时,自尊无损。一旦他们了解罗崇敏的真性情真品格,也会自觉,下不为例。

《庄子·秋水》中说:"井蛙不可以语于海者,拘于虚也;夏虫不可以语于冰者,笃于时也;曲士不可以语于道者,束于教也。"时空观念不同,价值观念不同,对人生幸福的理解和要求也会大不相同。比如说,有些人宁肯脑袋空,也不肯口袋空,他们害怕物质贫匮,而不害怕精神空虚;有些人则正好相反,他们宁肯口袋空,也不肯脑袋空,在他们的心目中,智慧是第一位的。"印度之父"圣雄甘地,他对物质的需求和精神的需求趋于两极,前者是最低,后者是最高,这样的人当然是一世无几的大德之才。

在罗崇敏看来,"无知比无财更危险,用知识武装头脑比用钱物装满口袋更重要。思维决定行动,知识改变人生,能力成就未来",无知而有财,就等于小孩子拥有一大桶火药,迟早会受害。有些问题,是绝大多数官员不会去思索,也不愿去思索的,罗崇敏却要思索,而且随时随地激活自己的脑细胞,这些深入的思考给他带来莫大的愉悦。

有一次,罗崇敏看到三菱电梯的广告词——"上上下下的享受",他欣然一笑,给身边的秘书抛去一个问题:"你觉得这句广告词妙在哪里?"

"它明明是夸自家的电梯做得好,意思却相当含蓄,不张狂。"秘书的回答不算错。

"你再往深处想想,放开思维想想。"罗崇敏对秘书的回答并不满意。

"一个人要能上能下,上固欣然,下亦可喜,它似乎还暗藏了这样一

"你说得八九不离十了,可惜没能捅那层窗户纸,这句广告词应该让每个官员都看看,实际上它具有反对官本位的哲理。官员能上不能下,尸位素餐,占着茅坑不屙屎的现象一直很严重,一方面是体制造成,另一方面也是个人觉悟不够,缺乏良好的心态和正确的价值取向。有的干部德薄才疏,下课说不定是一种解脱和享受;有的干部心劳日拙,下课说不定是一种解放和享受。现在的情形弄拧了,上才是享受,下就是难受,给人一种上台金光闪闪,下台阴风惨惨的感觉,官本位实际上害得不少人像是满口虫牙嚼蚕豆,说是享受,实则难受。还不如两千多年前的孟子有觉悟。"罗崇敏深入官场堂奥,洞察官场究竟。

两千多年前,孔子对他的得意弟子颜回说过"用之则行,舍之则藏",孟子对弟子景春说得更明确:"居天下之广居,立天下之正位,行天下之大道。得志与民由之,不得志,独行其道。富贵不能淫,贫贱不能移,威武不能屈,此之谓大丈夫。"可惜世间的大丈夫少,而小算盘多,原本是上上下下的享受,却变成了只肯上不肯下的难受。

不肯亦步亦趋的人往往也不肯人云亦云。

老鼠历来是人类所嫌弃所憎恶的物种,凡是与"鼠"字相关的词语和成语悉数含有贬义,比如鼠辈、鼠疫、抱头鼠窜、鼠肚鸡肠、鼠窃狗盗、鼠目寸光。而熊猫的际遇恰恰与老鼠相反,尤其是晚近以来,它被奉为中国的国宝,得到精心的呵护和关爱。罗崇敏却认为熊猫远不如老鼠伟大。熊猫对环境、气候和食物的适应能力极差,已列入濒危物种的行列,老鼠却适应各种环境,即使是最恶劣的环境,它们也能生存和发展。广岛原子弹爆炸后,老鼠是受损最小的族群,比人类要厉害得多。罗崇敏赞赏老鼠,主要在这样几个方面:一是老鼠藐视强者,自信自强;二是老鼠谨慎行事,瞻前顾后;三是老鼠敢进粮仓,敢下茅厕;四是老鼠进退自如,避猫又戏猫;五是老鼠精诚团结,无限发展……他认为,人类应该向老鼠学习适应力和意志力。犹太人之所以了不起,就因为他们身上具有鼠的诸多优点。他甚至主张,做事要多讲一点"猫论",做人则应多讲一点"鼠论"。"事是人做的,有了'鼠论'作指导,做人做得好,做事也不会差,而且还能做大事。"

在历史上,持守"鼠论"的最强者是秦朝的丞相李斯。他年轻时,在楚国当个不起眼的芝麻官,见到衙门厕所里的老鼠吃着秽臭的食物,一只只瘦骨伶仃,每当人和狗走近,它们就会担惊受吓。李斯再到粮仓去转悠,却发现同为鼠类,仓中硕鼠饱吃好粮好粟,一只只大腹便便,既无风雨之忧,又不必担心人和狗来打搅清梦。李斯睹鼠思人,不禁感慨系之:"人类无分贤良与否,跟鼠类并无不同,关键就在于自身所处的环境和位置!"

由此一悟,李斯改弦更张,前往秦国,找到了令他心向神往的"大粮仓",不仅官至丞相,一人之下万人之上,还辅佐秦始皇完成了统一大业。

命运由什么决定?这是一个永恒的话题。上天决定论很神秘,"人各有命,富贵在天","人莫与命争","命中只有八合米,走遍天下不满升","阎王要人三更到,拖到五更都不行",这类说法很多。血缘决定论很武断,"虎父无犬子","将门出将,相门出相","龙生龙,凤生凤,老鼠的儿子会打洞",这类说法也不少。此外还有时势决定论、环境决定论和性格决定论。罗崇敏认为,"性格决定命运"的说法较为合理。

2001年6月13日,在昆明中玉酒店,他向同事罗列出十种能使命运利好的性格:

一是自信——自信人生两百年,会当击水三千里;

二是专致——弱水三千,只取一瓢;

三是从容——举轻若重,举重若轻;

四是勤勉——勤能补拙,天道酬勤;

五是谦逊——三人行,必有我师焉;

六是谨慎——三思而行,进退有度;

七是刚柔相济——方正做人,圆满做事;

八是练达——世事洞明皆学问,人情练达即文章;

九是隐忍——韬光养晦,厚积薄发;

十是宽容——宽厚待人,海纳百川。

十全十美的人在地球上是找不到的,这就引出了著名的"短板理

论",意思是,一只木桶的容量并不由长板决定,而是由最短的木板决定。这从另一个方面证明负面性格对人的命运更具决定作用,被归入短板系列的性格是:懒惰、贪婪、委琐、自卑、狂妄、狭隘、冲动、狐疑、猜忌、阴险、冷漠。

罗崇敏的性格优势非常突出,他能够不断获得成功,正是性格使然。我们不妨拿一件具体的事情来分析。他在玉溪工作期间,被抽调到云南藏区迪庆州,担任巡视组组长和干部考察组组长,除了考察和提拔干部,还要指导当地的经济建设。

迪庆州属青藏高原南延部分,横断山脉西南腹地,自然地理特征为"三山两江一坝"。"三山"即怒江山脉、云岭山脉、贡嘎山脉,纵横南北,平行并列,梅里雪山、白茫雪山、哈巴雪山耸立其间,最具风韵。"两江"即澜沧江、金沙江,自北而南贯穿全境。"一坝"即大小中甸坝子,面积共有四十多万亩。全州平均海拔三千三百八十米,是云南海拔最高、气温最低的地区。正是在迪庆这个自然条件恶劣的高寒地区,罗崇敏的性格优势得到了充分的体现:

坚强:罗崇敏体质棒,但他有"恐高症"。在超高海拔地区反应尤其明显,头痛,胸闷,恶心,失眠这"四害"日复一日地折磨他,但他决不打退堂鼓,硬是挺了下来。

坦诚:他发现迪庆州某县的县委书记和县长闹别扭,便把他们撮合在一起,有事说事,有错指错,掏心窝子说话,并且对症下药,双方受到感动,握手言和。

勤奋:除了吃饭睡觉,罗崇敏抓紧一切时间工作学习,白天劳碌奔波于外,晚间仍抱着氧气袋笔耕不辍,坚持写到凌晨两三点钟。在迪庆期间,他完成了三十万字的《现代农业管理纲论》。

亲和:深入乡村,与藏民打成一片,关心他们的生活疾苦,接触他们的宗教习俗,为迪庆州的经济发展出谋划策,深得干部群众和宗教人士的爱戴。他离开时,当地人依依不舍。他走后,省里选举人大代表,当地人还记得投票给他。

谦逊:身处那片文化、宗教、风俗、习惯、饮食、起居大不相同的藏区,罗崇敏每有疑惑,都随时随地向人请教,虚心听取各方的意见和建议,不打官腔,不摆架子,不轻下论断。

罗崇敏具备这几项性格优势(短板不短,长板够长),在身体长期不适的情况下,仍然取得了优异的成绩,深得人心,广获好评,为他今后的命运走向打造了良好的基础。

在迪庆州挂职期间,罗崇敏身边带着一本《易经》,得闲时,看上几段,失眠时,也看上几段。这部中国古代的头号宝典为他打开了一扇大门,使他对中国政治的堂奥深有窥测。2001年3月20日,他在迪庆宾馆写下了这样一段文字:

> 中国政治是智慧型政治,它源于智慧型的中华民族。《易经》蕴含了古代中国政治家的大智大慧。凡智慧都是靠觉悟,靠悟性。中国智慧型政治的秘诀和关节点就在阴阳之间,它显得很幽微。不认真的人,没有智慧的人,是很难找到政治成功的关节点的。大凡人们只知道阴的一面,或只知道阳的一面,却不知道阴和阳的结合点。要在政治舞台上有所作为,就必须学会阴阳捏拿法,把握阴和阳之间的结合点,而且要在阴中看到阳,在阳中知道阴。要见雄奇于淡远之中,要知雄守雌,知白守黑,见微知著,知著视微。要塑造高尚的政治品格,积累丰富的政治经验,把握基本的政治规律,方能出超人的政治智慧。

中国古代的政治确实是一门艰深莫测的大学问,绝非一言半语所能讲清。川中奇人李宗吾(1880—1943)极力标榜和倡导"厚黑学",其基本原理即源自传统智慧——"仁近于厚,义尽于黑",这样的总结足够冠冕堂皇。在实际操作的过程中,"厚"既可能是忍辱负重,也可能是厚颜无耻;"黑"既可能是铁面无私,也可能是心狠手辣。倘若脸皮厚如钢板,厚如城墙,自然就不怕舆论谴责,不怕法律制裁;倘若心地黑如国漆,黑如煤炭,自然就不顾家国倾覆,不顾性命断送。历朝历代的猛人和强梁都是这般巧干加蛮干,直到他们被更厉害的猛人和强梁取而代之,如此周而复始,鳄鱼潭中的鳄鱼愈益凶悍狠毒。在中国漫长的历史上,只见血流漂杵,只见泪流成河,诸多正负两面的功德全都是由那些厚黑之极的猛人

和强梁干出来的。

罗崇敏要找准政治中阴和阳的结合点,智慧确实是唯一可以抵达目的地的途径。他要"知雄守雌,知白守黑,见微知著,知著视微",则有赖于绝佳悟性的全程护卫。纸上谈兵比较容易,真要存乎一心,运乎一意,游刃有余,则是超级难事。但再难的事也得有人去做,何况罗崇敏一向认为,做难事是执政者的基本功。

第八章 "民院"革新,教育通则不痛

> "不管是执政履职,还是处人做事,心中都要有一根定海神针,要有正确的价值观和坚定的信念。任何时候都不要玷污自己的价值,不要轻易放弃自己的信念和观点,不要轻易放弃自己的方法。任何决策和决定开始总是不会被人们所理解,还会遭到反对,甚至谩骂,但只要你的信念是正确的,价值取向是合理的,最后的结果是会被理解的。胆量和气魄是由信念和价值支撑的,丧失信念和价值,失去心中的定海神针,就会失去你的存在意义。"
>
> ——罗崇敏 2002年

2001年10月的某一天,云南省委常委、省委组织部长秦光荣(现云南省省长)找罗崇敏谈话。此前,秦光荣已经先后考察过十一位副厅级干部,觉得他们都不太适合去云南省民族学院担任党委书记。突然,他脑海里蹦出一个最佳人选——罗崇敏,对这位玉溪市委副书记,他是非常了解的,学识和人品均属一流,而且有见解,有胆魄,有进取心,有创造力,热爱教育事业。秦部长决定找罗崇敏谈一谈。

"崇敏同志,你早年在江川县一中当过中学老师,教学经验丰富,后来,通过自学,你拿到了好几个文凭,这说明你对教育很有感情。这些年,你在地方上任职,抓经济建设,成绩有目共睹,抓教育,成绩同样出色。现在,组织上经过慎重考虑,想让你去担任云南民族学院的党委书记,我很想听听你的个人想法。"秦部长照例先要摸一下底。

罗崇敏凭直觉,已经预感到自己的工作会有新的变动,具体去哪儿?

去云南省民族学院担任党委书记。不少地方官员都不愿意去院校任职，院校这种地方好进不好出，仕途容易出现拐点和瓶颈，晋升之路很可能受阻。然而罗崇敏热爱教育，乃是出自真心，他对教授、学者充满敬意，大学校园一直是他魂牵梦萦的地方。

"秦部长，您是知道的，我只上过初中一年级，文化大革命中止了我的学业。后来，我当知青，当工人，当校役，当代课老师，当国家干部，一直坚持自学，我的信念就是：教育能完善人，能和谐人，能发展人。我常说，'打扫厕所都要比别人打扫得干净些'，意思就是，无论做什么，我只想做好。大学是知识的殿堂，是人才的宝库，能去那里工作，是我莫大的荣幸，也是一件开心的事情。我乐意服从组织上的安排！"

"那好，下月上旬，你就去上任吧。"秦部长对罗崇敏的回答很满意。

"没问题，等我把玉溪的工作交接完了，就去云南民族学院履职，不会耽搁的！"罗崇敏回答得很爽脆。

2001年11月10日，是罗崇敏离开玉溪前往云南民族学院上任的日子，一边是欢送，一边是欢迎，都是那么满怀热情，都是那么令人感动。捷克籍著名作家米兰·昆德拉有一部长篇小说叫做《为了告别的聚会》，充满感伤情调。人生总归是在聚散之间走一条循环之路，若积极地看待，只要经历是愉快的，记忆是美好的，就会做到聚也欣然，别也怡然。

云南民族学院始建于1951年，它座落在美丽的商山之麓、莲花池畔，与圆通山、翠湖浑然一体，毗邻云南大学和昆明理工大学，占地四百余亩，院内花木掩映，环境宜人，适合莘莘学子在此求学深造。

依照笔者的想象，罗崇敏去云南民族学院担任党委书记，绝对会比在玉溪市担任市委副书记要清省得多，但事实上又如何呢？他买来二三十本大学教育管理方面的书籍，就像演员熟读剧本一样，提前找感觉，做准备，赶紧预热自己的新角色。

在云南民族学院，新书记上任伊始，不可避免的会有人表示质疑：地方官员眼里只有经济建设，头脑里只有GDP（国内生产总值），对大学教育所知几何？隔行如隔山，莫非又是外行领导内行？他们知道，罗崇敏被誉为"孔繁森式的干部"，但大学需要的是举重若轻、四两拨千斤的智慧型领导，并不需要"霹雳火"和"拼命三郎"，他能行吗？甚至有人妄加猜测:罗崇敏只是到云南民族学院来休息一下,过渡一下,很快就会另择高枝,另谋高就。但也有不少人持乐观的想法。云南民族学院的院长是罗开云,云南民族学院的党委书记是罗崇敏,二罗思想开放,都是有改革主张的人,一定会合作得很愉快,这样一来,云南民院的好日子就在眼前了。

一次新的履职经历就是一次新的挑战,对此,罗崇敏的思想准备足够充分。那些质疑像一团团墨污摆在眼前,他有足够的自信去一一擦除;至于猜测,他到大学任职,是为了休养生息,做快活逍遥的神仙?或是把云南民族学院党委书记当成一块升官的跳板?别说他内心深处没有这样的想法,现实情况也不允许他当甩手掌柜。这些年,云南民族学院积累了许多棘手的难题,有些难题迫在眉睫,比如五十多名教师的小孩和家属的户口亟待解决,否则就会影响到他们的就业和就学。院方曾多次与附近的莲花派出所交涉,毫无进展。罗崇敏了解情况后,弄清楚了问题的症结在哪儿。他决定亲自出面。

这绝对是一个戏剧化的场面,厅级干部、云南民族学院党委书记拎着十条云烟毕恭毕敬地去拜访股所级干部、莲花派出所所长大人,把"县官不如现管"的意味渲染到了极致。所长大人神气十足,将双脚搁放在茶几上,见到罗崇敏推门进来,鼻孔里哼哼两声,爱理不理,一副很冷漠的样子。听说来人是新上任的云南民族学院党委书记,这才不慌不忙地把双脚从茶几上撤下,脸上露出一丝诡异的笑容,欠身握了一下手,叫人泡两杯茶送来。云烟笑纳了,面子挣足了,所长大人这才有了为民办事的兴趣,罗书记呢,笑脸赔够了,口水讲干了,事情才算有了眉目。在中国,办大事难,办小事也难,因为办事的成本高,办事的效率低。罗崇敏心里很窝火,但为了尽快解决云南民族学院教师的现实困难,他屈尊枉驾受点委屈就算了,懒得去计较。但他从心底为老百姓感叹,他们办起事来,岂不是更难一百倍吗?

还有一件棘手的事情。杨老师退休不久,患心脏病,她新搬的宿舍一年多不能供水,无法使用。尽管她多次投诉,几个部门却踢皮球,无人认真受理。罗崇敏上任后一个多星期,杨老师找到他,情绪异常激动,心脏病随时都有可能发作。罗书记对这件事的态度相当鲜明,他亲自出马,与昆明自来水公司交涉,经过疏通,四天之后,杨老师试着拧开快要生锈的

水龙头,竟哗哗地流出了久违的自来水。那一刻,她太开心了,不禁老泪纵横。

罗崇敏解决教师员工的生活难题,从不许空口愿,从不吞诺食言,全都落在实处。以往,云南民族学院的家属子弟很难读到重点中学,这是不少教师难以痊愈的一块心病。罗书记上任后,了解到这个情况,他主动出马,去云南大学附中和云南师范大学附中找校长商量,由云南民族学院出钱,一揽子解决了云南民族学院家属子弟进重点中学读书的难题。罗崇敏高效率的服务精神深得民院教师员工的欢心,他们视罗崇敏为贴心书记,双方一下子就拉近了感情距离。

每到一个新单位履职,罗崇敏最重视的就是调研,这次当然也不会例外。与其他大学相比较,云南民族学院自有其鲜明的"民族"特色:在全校全日制本科生中,少数民族出身的学生占87%,共有28个民族;在专任教师中,少数民族出身的占42%,有20个民族。云南民族大学是省属6所重点大学之一,是一所学科门类齐全的综合性大学,下辖17个学院、两个教学部、一个省属研究机构、一个省属研究学会、20个硕士学位授予点、39个本科专业、8个专科专业、16个高职专科专业,涵盖哲学、经济学、法学、教育学、文学、历史学、理学、工学、管理学9个学科门类,师资力量雄厚,教学与科研实力也不弱。然而,在市场经济的新浪潮强力冲击下,大学如何赢得更大的生存空间和更多的发展机遇?它们是摆在罗崇敏面前的两道课题。

学院显然不同于乡镇,知识分子比农民和工人更为敏感,自尊心也更强,罗崇敏决定以人为本。他带着校党委的组织部长,逐个逐个地去拜访老领导、老教授和拥有博士学位的中青年教师。那真是云南民族学院中一处移动的风景,令人大开眼界,大饱眼福。每天晚饭后,罗书记拎着一篮篮自掏腰包购买的水果(为此他共计花了将近四千元钱),去挨家挨户地拜访他们,看看他们的居住环境,聊聊工作和生活情况。这类拜访,有些是事先约定的,有些则是即兴敲门,对于如此善意的不速之客,那些老教授略感吃惊,但无不热诚欢迎。在融洽的气氛中,断缺不了欢声笑语,左邻右舍倍感新奇,也会前来与罗书记聊天,畅谈学校的方方面面,有什么积弊未除,有什么痼疾难治,谁的学问如何,谁的人品如何,谁的才能如何,全都尽其所知,倾其所想。罗书记因此掌握了许多真实情况。

有位博士是从新疆某大学调来的,妻子的工作悬而未决,是去是留?他的心思摇摆不定,正在犯踌躇。罗书记当即向对方表态,这件事很快就会落到实处。没过一个星期,校方果然就将那位博士的妻子安排在了后勤部门工作。有一位数学与计算机系的博士后,学术成就突出,深圳大学瞄准了他,派人过来挖墙脚,年薪二十万,还提供给他良好的治学环境。为了不让人才流失,罗书记真就拿出了当年刘备三顾茅庐的诚意,与这位博士后反复交心,既从事业的角度留人,也从感情的角度留人。对方终于被罗书记的诚意打动,婉言谢绝了深圳大学的聘书。罗书记热忱的态度和诙谐的谈吐确实感染了不少人,他广博的知识积累也能随时随处派上用场,既新颖又深刻的人生观和教育观令大家内心折服。那些当初对罗崇敏抱有疑虑的教师都意识到云南民族学院真的来了个有智慧有才能的掌舵人,他们为此感到由衷的欣慰。

法国哲学家笛卡尔尝言:"给生活做道减法。"愚人是掰苞谷的猴子,贪多务得,最终两手空空,沮丧不已;智者则有别于愚人的贪婪。美国思想家梭罗长期独自居住在风光旖旎的瓦尔登湖畔,他干农活,吃素,读书,思考,写作,偶尔会一会爱默生那样睿智绝伦的友人,物质生活颇为贫匮,精神生活极其丰美,他品尝到了内心最纯净的快乐。事实证明,梭罗的减法比愚人的加法(甚至乘法)至少要厉害一百倍。在《红楼梦》第九十一回中,宝玉向黛玉表白:"任凭弱水三千,我只取一瓢饮。"宝玉示爱时,做的同样是减法,黛玉的芳心因此大受感动。

智者深知减法之妙,所以不会去自寻烦恼。罗崇敏就具有这样的认识:"生活中只有减法才能去芜存精,删繁就简,'十'是枷锁,'一'是简爱。从减法开始,生活属于自己。……幸福不在于占有有多大,而在于体验有多深。"

在中国人的固有判断中,一个贪图生活享受的领导绝对是不可取的,也是容易与腐败和不作为结缘的。初到云南民族学院时,罗崇敏住在学校的招待所,后来搬到一间不到四十平米的住房,水电费全由自己掏腰包,不要学院负担一分一厘。他在学校食堂吃饭,不搞任何特殊化。这当然只是微不足道的小事,但罗崇敏历来注重细节。在他看来,细节上的

漏洞犹如长堤上的蚁穴，不可等闲视之。

大学的整体氛围开放活泼，教师们的表达方式尤其自由明快。罗书记出了彩，自然会有人为他击节叫好；他要是出了糗呢？一旦被教师们逮个正着，也同样会哄堂大笑。罗书记的糗就出在普通话上。他学讲普通话，已有不少年月，可是长期在方言区工作，受到方言持续的干扰和顽固的渗透，始终是南腔北调。做地方领导人，他的塑料普通话足敷所用，但在知识分子扎堆的大学里做领导，要有一口字正腔圆的普通话才能够顺利过关。罗书记上任不久，与云南民族学院的硕士研究生座谈，他的普通话荒腔走板，讲得别扭古怪，实在不够"普通"，大家偷偷发笑，窃窃私语，面面相觑。等罗书记讲完了，大家热烈鼓掌。这时有一位学生大声说："罗书记，您讲得很有激情，可惜我们听不懂！"罗崇敏当然清楚问题出在哪儿，他尴尬地笑了笑，当场向大家保证，他一定要学好普通话。

会后，一位心直口快的女教师笑眯眯地走过来，逮住罗崇敏打趣道："罗书记，你快五十岁了，学习语言的黄金季节已经一去不复返，这辈子别的事你都还能做成，想讲好普通话，只怕是没辙了！"

这位女教师的话讲得有点刻薄，听去不免刺耳，罗书记对她报以微笑，这一笑含意隽永。

大学校园里的舆论环境远比社会上要自由，也不知是哪个促狭鬼编了两句顺口溜，在云南民族学院迅速传播开来，"天不怕地不怕，就怕罗书记说普通话"，闻者无不解颐。

在这个世界上，无论你想做几件大事，还是想做几件小事，哪能被别人门缝里一眼瞧扁，牙缝里一语料定呢？罗书记的自尊心和好胜心极强，他就不信这个邪。苏老泉（苏东坡的父亲苏洵）年少时放浪不羁，二十七岁才归心于学问，致力于文章，最终卓然有成，被尊为唐宋八大家之一。普通话能有多难？五十岁能有多老？他买回普通话磁带，意犹未尽，还买回英语磁带，决心打一场攻坚战。

一个多月后，学院再次召开教师大会，罗书记上台讲话，往日古怪别扭的腔调消失无影，代之以字正腔圆。简直判若两人啊！原本嘈杂的会场顿时鸦雀无声，因为大家都感觉到了，罗书记的普通话水平已经有了质的飞跃，不仅吐字准确，出语流利，而且抑扬顿挫，节奏分明。在短暂的寂静之后,会场突然爆响热烈的掌声,经久而不息。"台上一分钟,台下十年功",这是中国戏曲演员的经验之谈,相比而言,罗崇敏这一个多月起早贪黑,勤学苦练,就超级值价了。教师们赞赏的笑容和钦佩的目光,胜过任何金奖银奖。许多年后,静夜品茶,回忆往事,如潮的掌声仍将在他的耳畔久久激荡吧。

在一个特别标举科学精神的时代,罗崇敏的心中从未降黜过人文精神的地位。他最欣赏的两位大学校长,一位是北京大学的老校长蔡元培,一位是清华大学的老校长梅贻琦。蔡元培先生在《北大一九一八年开学式演说词》中尝言:"大学为纯粹研究学问之机关,不可视为养成资格之场所,亦不可视为贩卖知识之场所。学者尤当有研究学问之兴趣,尤当养成学问家之人格。"同年,他在《〈北京大学月刊〉发刊词》中进一步阐明自己的观点:"所谓大学者,非仅为多数学生按时授课,造成一毕业生之资格而已也,实以是为共同研究学术之机关。研究也者,非徒输入欧化,而必于欧化之中为更进之发明;非徒保存国粹,而必以科学方法,揭国粹之真相。……大学者,囊括大典,网罗众家之学府也。"蔡元培先生主张"兼容并包",崇尚"思想自由"。他认为教育者的使命是要使受教育者"走出奴化状态",万不可将思想者当成有问题的神经病而加以扼杀。

上个世纪三十年代初期,清华大学校长梅贻琦发表过一个为人称道的著名论断:"所谓大学者,非谓有大楼之谓也,有大师之谓也。"抗战胜利后,西南联大无疾而终,清华大学重归旧址,梅贻琦先生在《校友通讯》中再次强调:"纵使新旧院系设备尚多欠缺,而师资必须蔚然可观,则他日校友重返故园时,勿徒注视大树又高几许,大楼又添几座,应致其仰慕于吾校大师又添几人,此大学之所以为大学,而吾清华最应致力者也。"梅贻琦先生对教授的作用十分重视,他说:"凡一校精神所在,不仅仅在建筑设备方面之增加,而实在教授之得人。……吾认为教授责任不尽在指导学生如何读书,如何研究学问。凡能引领学生做学问的教授,必能指导学生如何做人,因为求学与做人是两相关联的。凡能真诚努力做学问的,他们做人亦必不取巧,不偷懒,不作伪,故其学问事业终有成就。"在上个世纪四十年代,梅贻琦先生对通才之培养尤为致意,他在文章《大学一解》中写道:"窃以为大学期内,通专虽应兼顾,而重心所寄,应在通而

不在专,换言之,即须一反目前重视专科之倾向,方足以语于新民之效。……大学虽重要,究不为教育之全部,造就通才虽为大学应有之任务,而造就专才则固别有机构在。"

两位老校长的教育思想无疑深深地影响了罗崇敏,他曾在学院大会上说:"我们与世界名校相比,差距首先在思想和意识,在大学精神的差距。"大学精神的核心部分即科学精神和人文精神。举国关注科技发展,关注教育的产业化,他却大声疾呼,二者不可偏废,除了关注科学精神的普及,还应重视人文精神的培养,以启迪学生的心灵和智慧。他说:

"从现代大学教育理念来看,大学教育应超越具体的功利目的,追求人本身的全面发展。现在的大学教师不但追求学术权,还追求金钱和行政权,在民族大学还追求'民族自治权',他们太'辛苦'了,他们的心灵被扭曲了,所以人文教育的实施要从老师做起。"

怎么想是重要的,怎么做更为重要。罗崇敏倡导"唯真、唯勤、唯和"的校风,主张师生之间面对面地沟通和交流。通常,上午九点、十点钟,他会去教室看看,晚上十一点钟,他会去宿舍看看。笔者去云南民族大学采访时,大家对此记忆犹新。当年罗书记与云南民族学院的师生举办过多次座谈会,大家各抒己见,畅所欲言,他的教育理念犹如润物细无声的春雨,渗透众人的心田。

2002年3月15日,罗崇敏在云南民族学院学生座谈会上重点谈到高等院校的学风建设,他认为"崇真笃实"是关键。"把青年学生培养成为理想远大、热爱祖国的人,追求真理、勇于创新的人,德才兼备、全面发展的人,视野开阔、胸怀宽广的人,知行统一、脚踏实地的人",大学教育理应确立这样的目标。目标悬之高远,要收获实效和实绩并不容易。道理很简单,任何一所大学都不是太平洋中的孤岛,师生受当下社会风气的影响,受当下价值取向的左右,会在心理和精神上产生很大距离的位移。罗崇敏对症下药:"症"是莘莘学子的浮躁病,急功近利,投机取巧,拈轻怕重,好逸恶劳;"药"是"崇真笃实"。"崇真"就是要崇尚真理,崇尚真知,崇尚真诚,追求价值目标;"笃实"就是要专一志向,专志学业,专注事业,实现自身的社会价值。这样的"药"相当于六味地黄丸,也许它不能根治浮症病,但它培元固本,能够使人身体康强,产生内在的抵抗力和免疫力。

2002年3月19日,时隔四天,罗崇敏与云南民族学院的学生再次举办座谈会,主题是"弘扬中华民族精神"。这个主题很大,如果泛泛而谈,必定空洞无物,令人昏昏欲睡。罗书记言简意赅,他指出中华民族精神植根于中国的文化传统、民族性格和伦理观念之中,可概括为六个方面:一是刚健自强,二是先公后私,三是忧患自省,四是贵和上中,五是正道直行,六是求是务实。他引用了许多经典名言来支撑这六个方面:"天行健,君子以自强不息"(《周易·乾卦》),"苟日新,日日新,又日新"(商汤《盘铭》),"必先公,公则天下平"(《吕氏春秋·贵公》),"先天下之忧而忧,后天下之乐而乐"(范仲淹《岳阳楼记》),"中也者,天下之大本也;和也者,天下之达道也。致中和,天地位焉,万物育焉"(《中庸》),"君子坦荡荡,小人长戚戚"(《论语·述而》),"威武不能屈,富贵不能淫,贫贱不能移"(《孟子·滕文公下》),"知之为知之,不知为不知"(《论语·为政》)。他总结道:"上述民族精神成为古往今来千千万万中国人奋发向上、百折不挠的精神支柱,成为中国优秀文化传统的基本价值取向,这就是历史铸就的民族魂。这种民族精神具有巨大的历史震撼力和时空穿透力,其所包含的合理性的价值取向,仍闪耀着人文精神的光辉和重要的现实效应。"一位大学的党委书记对中国的传统经典如此熟稔,用其精髓来启发学生,而不是用大而无当的党八股去忽悠学生,实属难能可贵。

两天后,罗崇敏再次与云南民族学院的师生座谈,探究"学习"的要义。他指出,"学习"这个词最早见于两千多年前的古代典籍《礼记·月令》中"温风始至,蟋蟀居壁,鹰乃学习,腐草为萤"一语,"鹰乃学习"的意思是"雏鹰就反复频繁地苦练飞翔"。后来孔子强调学习能给人带来莫大的乐趣,"学而时习之,不亦说乎",仍是将"学"和"习"分开来讲,"习"是"学"的递进。为了增强说服力,他特意引用了北大老校长蒋梦麟在《西潮·新潮》中的一段话:

> 学习的"习"字解释为"鸟数数飞"。不断的学飞叫做习。"学"字含有原理的意思多,"习"字含有仿效的意思多,所以孔子说"学而时习之"。俗语通称"学习",是含有两重意义的:一面根据思想而学,一面根据仿效而习。故人类的进步是靠学与习交互而行的。

　　学是学前人的经验,习是习前人的榜样。"以身作则"是说给人家可以学习的一个榜样。"格物致知"是指示一条求学的道路,在事事物物里求知识。

　　这样的座谈会有必要开吗？很有必要。在大学里,"学习"是日常用词,但对于"学习"知其然而不知其所以然的师生并非少数,廓清"学习"的概念和涵义,可以使他们认清方向,少走弯路,避开歧途。

　　2002年4月7日,罗崇敏与云南民族大学的教师座谈,这次他在"忠诚教业"和"传承真知"之外选择了一个相对轻松的话题——"享受人生"。在原始积累近乎疯狂的时代,在拜金主义甚嚣尘上的时代,物质享受僭越精神享受,道德岌岌可危,灵魂无所托寄,人文思想枯竭,生命价值降黜。罗崇敏要强调的显然是精神享受,他说:

　　"享受什么样的人生?应该享受的是自身超凡的智慧、深刻的判断力以及令人愉悦的品位。享受自己的想象力吧,因为它是一种伟大的天赋,在想象中,我们能推理,能了解真、善、美。享受自己的才智吧,它可以为社会创造财富。享受自己的正确判断力吧,它会给自己乃至别人带来福音和高尚的行为。享受有品位的生活吧,它会让你自己和他人维护你的尊严,展示你的价值。"

　　缺乏判判力的人容易迷失方向,缺乏想象力的人多半鼠目寸光,舍弃智慧而欲寻找人生的幸福和快乐,就如同盲人骑瞎马,去寻找远方美丽的景致,不仅茫如捕风,而且十分危险。

　　六天后,罗崇敏与云南大学的研究生座谈。较之本科生,研究生的年龄更大,人生阅历和社会经验也更丰富,但身处激烈竞争的环境中,他们光有过硬的学识是不够的,还要有过硬的心理素质才行。

　　"罗书记,我想问您,一个人要拓宽自己的生存空间、生活空间和生命空间,他最需要的是什么？"一位研究生问道。

　　"这个问题提得好。许多人之所以在社会上无所作为,是因为他们缺乏自信,不敢照自己的意志去行事。没有定识,东张西望,东问西访,事事要经过他人的同意认可,才敢决定。在决定后的实施中,只要听到反对声,就戛然而止。这样的人,往往失去了正确自我评价的能力。"罗崇敏认为一个人必须有主见,自信者才能自强。如果丧失自信,缺乏意志力,不能排除外界的干扰和阻挠,你就休想成功,成功不可能由别人来为你预设。

"请问罗书记,自信算不算一种自我认定的心理暗示?"另一位研究生问道。

"也可以这么讲吧。你觉得自己是有价值的人,就会成为有价值的人;你觉得自己一无是处,就会一事无成。自信是自我评价体系中最重要的一环,它要是断裂了,这个自我评价体系就会崩盘,到那时,谁也帮不了你啊!"

"一个自信的人由奋斗到成功,过程总是艰辛的,要是他年纪轻轻就中了彩票的头等奖,省略掉了这个奋斗的过程,他算不算成功者?"有位研究生抛出了一个刁钻古怪的问题。

"一个人中了彩票,只能算幸运儿,不能算成功者。一个成功者既要为自己创造物质财富和精神财富,也要为社会创造物质财富和精神财富。一个骗子可能骗到巨额财富,同样不能算成功者,只能算犯罪分子。"罗崇敏的话音一落,研究生们立刻报以热烈的掌声。

2002年5月3日,在玉溪市国税局住宅,罗崇敏与一位朋友交谈,再次延伸这个话题,他把个人的主观能动性看得非常重要,他对这位朋友说:

"一个人,征服了自己也就征服了世界。没有人能打败你,除了你自己。一个人,一旦有了自信、自制、自尊、自悟的能力,就能真正地控制自己,也能控制外界。绝大部分的人都会有共同的人性弱点:怯弱、犹豫、敏感、冲动、懈怠、易变……面对复杂的外部世界,他们往往难以把握自己。人们经常并不是缺乏知识与才能,而是缺乏选择的自信,而一个拥有这种自信、自制力量,不受制于任何外界影响的人,也就自然地成为人们的心灵可以依赖的'领袖'。"

所有接触过罗崇敏的人都会留下深刻的印象,他热情,睿智,谦和,从容,舒展,这些特质的基础就是自信。他具有一位思想者的自信,他具有一位践行者的自信,他具有一位成功者的自信。他的自信源于底气,源于清气、静气,也源于浩然正气。

我曾在网络上看到过这样一则批评中国教育的帖子,观点十分尖

锐:"百余年来,中国为什么始终没有出现爱因斯坦式的人物?中国为什么屡屡与诺贝尔奖失之交臂?外籍华人为什么能多次成为诺奖得主?有一句话或许能解释这个原因:在中国人中,假若本来有一百个爱因斯坦那样的天才,其中五十个必被家庭教育扼杀,另外五十个又必被学校教育谋杀。牛顿因苹果砸在头上而想到万有引力,假如中国的一个小朋友也因苹果掉地而想到其他,恐怕不仅他的小伙伴会嘲笑他,他的父母和老师也会微笑着轻拍他的脑袋对他说:'傻孩子,怎么会有这种想法呢?苹果掉地,就像天在下雨一样正常。'"这位网友的话不无道理,中国的各层次的教育在长时期内体现为"模铸的悲哀",流水线上只生产整齐划一的听话的工具,却很难从中找到和谐健全、独立自在的人。教育使学生的创造力缺失,把人异化为物和物的占有者,教育的功利化和庸俗化也越来越突出。近百年来,关乎人的生活的重大发明,中国没有一项,这岂止是中国教育的惨败,对整个中华民族而言,也是巨大的损失和发人深省的课题。

冰冻三尺非一日之寒,教育改革任重而道远。罗崇敏在云南民族学院的任职期充其量只有短短的一年,这一年中,由于攻读博士学位,他还有不少时间是在中央党校度过的。但他的工作效率奇高,没少做事。他主张将云南民族学院升格为云南民族大学,省教育厅的领导都没信心,罗崇敏却只用了不到半年的时间,就促成教育部的专家组到云南民族学院来进行考评,专家组对云南民院的师资水平、学生质量和各方面的设施都很满意,同意更名。2003年4月,云南民族学院正式更名为云南民族大学,此时,罗崇敏已就任红河哈尼族彝族自治州的州委书记,但他栽活的这棵"招牌树",后人可以乘凉。千万别以为这种"招牌树"都容易栽活,此后,云南医学院费时两年,谋求更名为云南医科大学,却未能达成所愿。

"高校改革重在游戏规则的确立。"罗崇敏如是说,也如是做。时间短,他的改革举措只能算是初试锋芒,但亮出招式,仍是大刀阔斧的。在云南民族学院,他主持的改革可谓多方位、深层次,大致有以下七个方面:

其一,内部管理制度改革。大力精简机构和干部,将党办和校办合并,将组织部和人事处合并,将校党部和宣传部合并,将纪检和统战部合并。当时，罗崇敏决定将系改为学院，而且新建职业学院等新学院，此举有许多人不解和质疑："云南民族学院本身就是学院，哪有学院中套学院的？"罗崇敏解释说："将系改为学院只是先行一步，云南民族学院很快就会更名为云南民族大学。"对于罗书记的这一预见，大家不敢置信，可没过多久就变成了事实。不到五年时间，云南民族大学就由六千多名本科生上升到两万二千名，由一百多名硕士研究生上升到两千名硕士生，这是当年罗崇敏的改革规划中拟定的战略目标，也顺利实现了。

其二，招生制度改革。破除惯例，多招非少数民族学生，实行招生不降分录取。罗崇敏主张，将云南民族学院早先的办学宗旨"立足边疆，服务云南"改为"立足云南，服务全国，走向世界"，开放式办学，国际化办学，务实性办学，将规模、速度、结构、质量、效率有机地统一起来，协调发展。罗崇敏还认为，在师资条件、教学质量和资金投入相当的情况下，云南民族学院不能只招收少数民族身份的学生，不能在吸纳生源的起跑线上输给其他学校。具体的新做法是：尽量吸收那些没有报考云南民族学院却愿意调剂过来的高素质学生，尽量吸收非少数民族身份的高素质学生。照此思路招生，现在云南民族大学的非少数民族学生的比例已占到百分之五十以上。

其三，教学制度改革。"立足云南，面向西部，辐射东南亚。"以培养具有创新意识、实践能力和德智体美全面发展的各类人才为己任。淡化专业界限，扩大专业口径，强化学科结构调整。减少学时，降低学分，重在考评基础，考评能力。师生走出校园，参与社会调查，所有的处级干部分批出动，去北京、上海和东南沿海城市考察，拓宽眼界，开阔视野。

其四，后勤制度改革。把总务处改为后勤集团，建立董事会，模拟公司制，实行企业化的目标管理，严格做好成本核算，原来每年要八百万元，改革后只要四百五十万元。如此一来，学生宿舍的卫生和安全有了保障，环境绿化大为改观，食堂的饭菜也更加可口，各类投诉却锐减了七八成。为了提高学生的体质，罗崇敏提议将大学贫困生的生活补助费以牛奶券、餐券形式发放。但他万万没料到会因此发生意外事故：几名男生拿着校方发给他们的餐券去兑换了几箱啤酒，搬回宿舍，胡饮海喝，其中一名男生醉得东倒西歪，从三楼阳台失足摔到楼下，不幸死亡。这件事令罗

崇敏极为痛心,深感物质之丰难济精神之穷。

其五,人事制度改革。以前的人事改革被戏称为"全部卧倒",罗崇敏则将它纠正为"全体起立"。参加竞聘的干部,副处级以四十岁为限,正处级以四十五岁为限,超龄者只享受待遇,不占据职位。这样就进退两宜,不会产生和激化新的矛盾。罗崇敏实行的是行政干部竞争上岗,正高职称的教师可报正处,公开报名和资格审查后,实行民主测评,竞聘者的演讲和答辩同样是公开的,整个过程非常透明。在人事制度改革中,受益最大的是想干事和能干事的年轻人,其中有几位是坐火箭,从无级别的一般干部直接提拔为正处级。能者有其职,贤者居其位,有职有责有考核,能进能出能上下,一批德才兼备的年轻干部因此脱颖而出,这样的改革当然是深得人心的。

其六,分配制度改革。罗书记还改革了以往的分配制度,确立岗位和绩效挂钩的分配方案,科研成果也与奖励挂钩。他大幅度提高岗位津贴,科级干部由每人每月三百元增加到八百元,处级干部增加到每人每月一千七百六十元,专业人员同比类推。在云南,这个增长幅度相当惊人。职工的收入增加了,教师队伍稳定了,大家的凝聚力和积极性也提高了。

其七,硬件改造和办学体制改革。拓展校区才能发展,这是硬道理。旧址无余隙,必须另寻新址。当年,罗崇敏去昆明市远郊呈贡考察时,那里一片荒芜,但他看好在这里建设新校区。在"民院"本部,他在任期内建造了科技大楼、教学大楼、学生公寓和荷叶山教职工宿舍(共计五百套)。罗崇敏主张与各市州联办分校,后来事实证明,这一创意是可行的。

2002年9月28日,罗崇敏与云南民族学院王副院长交谈,王副院长说:

"罗书记,你到民院还不足一年时间,各项改革似乎都是四两拨千斤,民院的面貌已焕然一新,这也许就是举重若轻吧?"

"举重若轻?嗯,你说对了一半。其实我追求的是既举重若轻又举轻若重。在战略上举轻若重,在战术上举重若轻;在决策上举轻若重,在实施中举重若轻;在领导自身修养中举轻若重,在领导和管理下属中举重若轻;在教育孩子和亲人中举轻若重,在教育学生和同事中举重若轻;直接面对的事情举轻若重,间接面对的事情举重若轻;内化的问题举轻若重,外化的问题举重若轻;内涵的归纳举轻若重,外延的演绎举重若轻。"

"罗书记真是知轻知重,技法娴熟啊!"王副院长由衷地赞叹道。

笔者在云南民族大学采访时,组织部的马部长很动感情地说:"一个领导就是一所学校的灵魂,罗书记给当年的云南民族学院注入了精神活力和创新理念。毫无疑问,改革触动了一部分人的利益,触痛了一部分人的神经,但瞎子都能看得出,罗书记没有私心,他殚精竭虑搞改革,全是为了云南民族学院的持续发展,为全体师生员工谋福利。谁吃了豹子胆,谁又好意思向这样的领导发难?罗书记曾说:'五年以后,大家都能买富康车。'根本没用五年,许多老师就买回了比富康更高档的私家车。他在云南民族学院的改革风生水起,他的改革是成功的!"

"雁过留声,人过留名。"罗崇敏做到了。2003年初冬,云南省委组织部派人来云南民族学院听取意见,罗崇敏将前往红河哈尼族彝族自治州担任州委书记的消息迅速传开,许多人都称赞罗崇敏是教育家、改革家和实干家,许多人都感叹:"罗书记到云南民族学院来,是甘露降临啊!这么快就离开,是学校莫大的损失!"

能够得到云南民族学院同事们由衷的赞美,罗崇敏感到十分欣慰。2003年3月5日,罗崇敏在审定他的新书稿《大学修养观》时,回想起自己在云南民族学院履职期间的甘苦忧乐,他情不自禁,奋笔疾书,写下了一段肺腑之言:

当我举手向学校告别的时候,云南民族学院已成为历史,已是五十一年的历史,它已变成今日的云南民族大学。离别使我真正感到大学之情挥之不去。校园生活只有短短的一年,但近千名教职工,三十二个民族万余名学子,在我心中的情和爱是永远的。我可能不会时时留恋一年来这里发生的事和物,因为这只是一个过程,但会永远眷恋和师生员工在这里结下的情和缘,因为它是圣洁的;我的脑子里不会闪现自己面对近万名师生员工的讲话镜头,却反复回放我到教师家中、学生宿舍、教室、研究所及办公室与师生员工攀谈的画面。民族学院全体师生员工都是我的朋友,包括因为我履行岗位职责、抓改革发展和管理而影响了他们的利益而批评我的人们。真

遗憾，我虽然为民院师生员工的自身发展和自身利益的实现而尽心尽力，但时间有限，事业无限，没有做多少事就要离开民族学院。

批评是永恒的，能批评自己的人可做永久的朋友；得不到批评者往往是平庸的，得到批评者往往是不平凡的；失去朋友批评的人，可能成就不了什么事业，没有多少人生价值。当省委决定将我调离民族学院时，我想再留下一点对我批评的参考资料——《大学修养观》，虚心接受批评就在修养之中，也可以此作大学履职纪念——永远的批评纪念。当跨出校门，我才深深感到，我只带一颗心来民族学院，但带着满腔情离开民族大学。

当我审定书稿时，国务院秘书三局黄局长和教育部计划发展司牟司长分别给我打电话告知说，你所致力于做的云南民族学院更名为云南民族大学和蒙自师专升格为红河学院今天上午10时都已获批准，我感到由衷的高兴。

再见，云南民族大学——曾经陶养过我的圣殿。

一个情深义重事业心强的人要对自己眷恋和热爱的大学说"再见"，这无疑是一件艰难的事情，何况他的改革举措刚刚上马，初见成效，此时离开很可能会使他的构想和计划浅尝辄止，半途而废。但世事如棋局局新，这一局棋封盘了，还有许多局棋等着他去博弈，盘面的形势更为复杂，隐形"对手"更为强硬，他的算路必须更为精深，毕竟他已走完"勤履"之路，以跨跃式的步幅和姿态进入了"素履"的上升通道。

中　卷：素　履

"天行健,君子以自强不息。"

"地势坤,君子以厚德载物。"

——《周易》

引　言

　　红河哈尼族彝族自治州地处中国南疆,总面积32930平方公里,常住人口不少于400万。红河州的基本特征是多山区、多民族、贫困人口不少、边境线很长(与越南接壤)。主要的区位优势是生物多样、文化多元、资源丰富,北回归线横穿其间,自然资源得天独厚,蕴含着丰富的生物资源、矿产资源和旅游资源。由于地处西南边陲,长期"养在深闺人未识",外省人对红河州的了解往往一鳞半爪和掠影浮光。

　　红河州的州府设立在蒙自县。蒙自县最漂亮的地方是南湖公园,园中大树参天,浓荫匝地,瀛洲亭古色古香。据说它是清朝初期的一位将军修建的,三百多年历史尘烟使它饱经沧桑。1938年,西南联大文学院、法商学院客悬蒙自四个多月,教授和学生常来南湖岸边盘桓休憩。1939年4月,西南联大中文系教授朱自清在《新云南》第三期上发表了一篇回忆散文《蒙自杂记》,描绘蒙自的风物和联大师生的生活,饶有趣味。文中特别写到蒙自的火把节:

　　　　蒙自有个火把节,四乡是在阴历六月二十日晚上,城里是二十五晚上。那晚上城里人家都在门口烧着芦秆和树枝,一处处一堆堆熊熊的火光,围着些男男女女和小孩;孩子们手里更提着烂布浸油的火球儿晃来晃去的,跳着叫着,冷静的城顿然热闹起来。这火是光,是热,是力量,是青年。四乡地方空阔,都用一棵棵小树烧;想像着一片茫茫的大黑暗里涌起一团团的热火,火光够雄伟的。……这也许是个被除节,但暗示着生活力的伟大,是个有意义的风俗;在这抗战时期,需要鼓舞精神的时期,它的意义更是深厚。

南湖公园相当于一个风光旖旎的文化公园，其间有多座栩栩如生的雕塑，令人直觉时光交错穿梭，不免发思古之幽情。过桥米线传说中的那对恩爱夫妻，云南省科举史上独一无二的状元袁嘉谷（1872—1937），建成中国首条主权最完整民营铁路的儒商陈鹤亭（1874—1931），清代一品红顶商人王炽（1836—1903），西南联大教授闻一多（1899—1946）、朱自清（1898—1948），虽异代不同时，但他们全都在这儿昂立静坐，各得其所。南湖公园人文气息浓郁，游客置身于天光水影树荫花丛之间，快然自足，惬然自适。

2005年8月上旬，香港凤凰卫视主持人吴小莉采访红河州委书记罗崇敏，曾说过一句饶有趣味的话："许多人都以为'红河'是一家烟厂，原来它是一个地区。"然而几年之后，红河州就已名闻遐迩，惊艳国内外。"彩云之南的缩影、过桥米线的故乡、梯田文化的殿堂"，这张引人瞩目的"名片"，如同击水之石，荡起一圈圈涟漪，扩展到四面八方。

红河州并非贫困落后的代名词，它曾经是中国近代最早对外开放的地区之一。云南的第一个海关、第一个电报局、第一个邮政局、第一个外国银行、第一条民营铁路、第一个外资企业、第一个驻滇领事馆、第一个火电站等诸多"第一"都在蒙自诞生。锡都个旧是云南省的老工业摇篮，全国著名的工业重镇。解放前，个旧的产业工人多达十余万名，矿山上的妓院不少于七十家，其繁华远胜省会昆明市。云锡公司是云南最早的国有股份制公司，民间资本也很活跃。解放后，欧美许多国家对中国实行经济封锁，但锡矿出口是个特殊的例外。中国靠个旧的锡矿换取外汇。每过几个星期，周恩来总理就会亲自打电话过问锡矿的产量。上个世纪五十年代，苏联专家援华，入驻个旧的人数很多，云锡公司专门给他们建造了一个圆舞厅，其豪华程度在云南堪称第一。新时期以来，红河州的矿业依旧发达，化工、电力、建材也有了长足的发展。资源型产业在云南占比最大，云南省主管工业的官员多半出身于云锡公司，这尤其能够说明问题。

二十一世纪初，红河州的发展不可避免地遭遇到了瓶颈效应。不破不立，不改不进，怎么个破法？怎么个改法？这是一道摆在主政者面前的

大难题。"时势造英雄,英雄造时势",在一个正确的时间,在一个正确的地点,谁有魄力和能力来做一件正确的事情?"夫天不欲平治天下,如欲平治天下,舍我其谁!"这是孟轲的豪言,但他至死也未能实现自己的政治理想。罗崇敏有改革的使命在身,有时代的号角在召唤,他不用豪言壮语撑场,心气和心劲都紧控在弦索上,一触即发。

第一章 这位"掌门人"有点酷

"我是来写'通史'的,不是来写'断代史'的。"

——罗崇敏 2006年

在《论语·为政》中,孔子说:"吾十有五而志于学,三十而立,四十而不惑,五十而知天命,六十而耳顺,七十而从心所欲不逾矩。"

新世纪初,罗崇敏已届知命之年,他不仅知天命,也知地理,知人事。在这个年龄刻度上,许多人乐于守成,耽于怀旧,他却是"老骥伏枥,志在千里"。

八十多年前,孙中山先生视察岭南大学,面对莘莘学子,发表长篇演说,其中有一句颇有告诫意味的名言:"立志要做大事,不可要做大官。"罗崇敏根据自己对中国现实的深刻洞察和亲身体悟,给出的答案却不尽相同:在人治社会,官大更方便做大事,平台大,施展身手的余地也更为宽松,关键是怎样获取这个位置,怎样用好这个位置,官位与能力要相匹配。执政为民要鞠躬尽瘁,决不能言过其实。

2002年11月4日,罗崇敏在中央党校学习,晚上七点三十分左右,云南省委分管组织工作的杨副书记打电话到中央党校宿舍,开门见山地说:"罗崇敏同志,你的工作有变动,省委决定派你到红河州任州委书记,你马上回来,后天就办交接手续。"调令就是命令,罗崇敏火速返回云南民族学院,移交院务。由于他中途辍学,提前返回云南,眼看就要到手的中央党校结业证书只好忍痛割舍。

罗崇敏曾在基层历练多年,他渴望回到地方工作,喜欢那种压力持久而动力澎湃的状态。他对自己的能力充满信心,很想拥有一个合适的

平台,干一番轰轰烈烈的事业,造福一方百姓,实现个人价值。

2002年11月28日,罗崇敏离开云南民族大学党委书记的岗位,由省委组织部张金康副部长陪同,到红河州履新。罗崇敏住在个旧市9号楼803房,他刚放下行李,就立刻吩咐州委办公室主任去找寻《红河州志》,他要了解红河州的历史沿革和近些年的基本情况,还要了解此前一年红河州的经济指标和州委书记、州长的讲话。这样一忙乎,就到了凌晨三点半。往后,在八卦炉中打熬筋骨的日子可就长了。

常言道,"新官上任三把火",至少也会有一番慷慨陈词,把自己的施政纲领公之于众,争取早日营造氛围。张金康副部长在红河州干部会议上宣布了新州委书记的任职令。罗崇敏心潮起伏,他有激情,更有理性,他认真思考,应该向红河州的干部讲些什么。众所周知,中国的官场生态历来复杂,地方领导干部多半藏敛锋芒,保持低调,上任伊始,谁都不愿将自己的观点、打算和盘托出。"一年看,二年干,三年四年等着换",他们会给自己预留上升空间,以免将自己的后路堵死。然而罗崇敏一反常规,他要阐明自己的施政纲领,将个性展露出来,处处见真章。他感谢云南省委和红河州百姓对他的信任,此后躬耕红河,务必把创造性放在第一位,坚持富民强州的指向。他承诺,在任期之内,将稳步提高全州百姓的经济收入和人口素质,使他们生活在和谐、安宁的环境里,红河州的综合实力将迅速增强,上升为云南省的工业强州。

罗崇敏的就职演说控制在一刻钟之内,但已传递出丰富的信息,营造成温暖的氛围,在场的红河州干部深受鼓舞。谁不想干一番事业?谁愿意虚度年华?但要有幸遇到一个肯干事、敢干事、能干事的领头人才行啊!

应该说,这是一个特殊的时间节点:省长李嘉廷刚刚东窗事发,云南的经济正处于自由滑落的下行道,干部队伍人心不稳。至于红河州当时的经济状况,同样不容乐观,现代农业层次低,工业发展缓慢,交通瓶颈严重,社会事业发展严重滞后,思想观念较为保守,区域优势未能得到充分体现,贫困面大,低收入人口多,所幸基础还算不错,底子还算不薄。

罗崇敏认为,州委领导班子的团结一要靠制度,二要靠共同的价值取向,三要靠大家的素质,四要靠情感。在边疆少数民族地区,感情执政的作用不可低估。但罗崇敏不会将一些人争相传阅的《办公室政治》《老狐狸格言》当作指南针,他的谋略只有三个字:一个字是"真",一个字是"诚",一个字是"笃"。罗崇敏相信,不管在什么岗位,只要做真人,做真事,讲诚信,不放弃,就能够赢得广泛的信任,把绝大多数人凝聚起来,取得最大限度的成功。除此之外,其他谋略只不过是蒙人心障人眼的"戏法"而已,也许能糊弄一时,却无法糊弄一世。罗崇敏从来就不会低估上级领导和低层民众的力量和智慧。

罗崇敏不是呵欠连天的慢郎中,他是典型的急性子。上任后的第二天,他就主动去拜访刚刚卸任的州委杨书记,两人畅谈了一个钟头。他虚心请教了一些问题,收获不菲。罗崇敏还静下心来,做好案头准备。他去红河州档案馆了解红河几个重要历史阶段:一是解放初镇反、肃反时期,二是公私合营时期,三是大跃进、反右时期,四是"文革"时期,五是拨乱反正时期,六是近几届班子主政时期的文献资料。除了阅读这些尘封已久的"黄页",他还了解历届州委书记和州长的领导特点和工作方式,尤其着重研究历届州委州政府领导对一些重大事件的把控,对一些重要课题的解答。例如"沙甸事件",涉及到民族问题,当年它究竟是如何发生的?如何处理的?如何定性的?稳定无小事,罗崇敏的案头工作做得充分。

他去沙甸调研之前,认真阅读了《古兰经》,到了当地,他去阿訇家里与大人、小孩交谈,发现回民讲卫生,讲信义,对此赞不绝口。其后,他拨出三百万元专款,给沙甸回民建造清真寺和回民学校,修筑穆斯林大道,赢得了回民的高度信任和一致赞扬。罗崇敏还留意到,红河州曾是中国对越自卫还击战的前沿阵地,战时是如何服务的?战后是如何重建的?个旧是云南的老工业基地,它的历史和现状如何?应该如何发展?每到一地履职,罗崇敏都特别注意新老领导的传承,总是认真发掘前任的优点和成绩。他认为,在传承中创新,在创新中传承,乃是为政者不可或缺的品格。这一回当然也不例外,他兴味盎然地关注那些曾在红河州留下极佳口碑的官员的政绩和事迹,包括他们的趣闻轶事。

红河州第一任州长李和才是军人出身,他初次坐小车下陡坡,感觉失重的状态很好玩,便让司机掉转车头再来一次。州委书记李孟北在红河州只干了八个月,即身患癌症,不幸逝世,但老百姓至今仍铭记他,念

明他，这很不容易。当年，红河州由蒙自专区、个旧市和红河州合并而成，多个利益集团发生冲突，局面淆乱。李孟北到红河州上任，新领导班子第一次开会，他说："我来红河州，首先，要做调研；第二，要听取大家的意见；第三，调研后要召开一届干部解放思想大会。请办公室做好安排，我明天就下去转一圈。"李孟北去了金平、屏边，才一个星期时间，就有人将举报信寄到了省纪委，说他在屏边没交纳二十八元三角伙食费。当时，地方官员严格自律，吃喝风无从谈起。李孟北对此作出说明，他的伙食费由秘书代缴，在工资中扣除，并非贪吃民脂民膏，但他还是为此认了错，写了检讨。

从这桩旧事，罗崇敏感觉到，在红河州履职，可真得加倍小心，严于律己，丝毫马虎不得，大意不得。李孟北有魄力，有水平，有成绩，理论功底深厚。罗崇敏很惊讶他工作的短期高效，于是拎着一篮水果，去《云南日报》家属区，登门拜访李孟北的遗孀，渴望得知更多的详情和细节。李夫人说："孟北在《云南日报》当社长当总编时，逢年过节，发了工资，他都会把职工聚拢来，打一餐牙祭。社论基本上都是他亲笔起草，每次我为他削五支铅笔。有时，我看他愁眉苦脸的样子，就笑他写篇社论怎么会那么难，比我生孩子还难。你猜他如何回答？他说，你生孩子是肚皮里原本就有现成的馅，我这道活计可是要无中生有啊！"李孟北言谈诙谐，由此可见一斑。他抽烟很凶，每日三包烟才刚刚够，所以后来患的是肺癌。李孟北留下的遗物中有一本日记，李夫人为罗崇敏登门拜访的诚意深深感动了，将它慷慨相赠。红河州新掌门人获赠旧掌门人的日记，无疑是当天访问中的最高潮。这本日记纸页泛黄，内容简略，每日三言两语，很少有长篇大论。每件事差不多都以数据说话，比如市场上的草果多少钱一斤，烤烟什么收成，粮食什么价格。其中有一则这样写道："7月12日下午，我找金平的农民座谈，农民说栽种草果和芭蕉可以赚钱，草果每斤两毛八分钱，如果这个生产小组种上五万亩，我估算了一下，就能收获一万多元钱。"另一则日记写道："山羊出生后七天，膝盖上长毛了，就可以上山了。"整部日记无一字无来处，无一字不关注民生，真是令人感慨。罗崇敏还找到李孟北的老秘书何副局长，了解到李孟北生活俭朴，工作踏实，责任心和使命感很强。罗崇敏很敬重李孟北的人品，很赞赏他的风范，但他有信心和决心去超越这位前辈楷模。

罗崇敏到红河州履职，当务之急，就是召开第五次党代会。写好一个报告，选好一个班子，凝聚一股人气，乃是当务之急。按照惯常的官场效率，一位州委书记要摸清全盘情况，理清工作思路，少则一年，多则两年。实际上，在罗崇敏上任前，党代会的报告已经九易其稿，起草班子非常自信，视此稿"增一字则多，减一字则少"。人事方案也有了眉目，只等罗崇敏拍板定夺。

罗崇敏在州内各县市各单位马不停蹄地调研，就连学校、厂矿、医院、敬老院也都篦了一遍，他一边摸情况，一边思考，一边拿主意。一个半月后，罗崇敏回到州委办公室，已经胸有成竹，这才静下心来，仔细审读那份洋洋洒洒两万多字的党代会报告。报告的内容确实很全面，但缺乏重点，缺乏新意。罗崇敏读完后，立刻决定弃用这个稿子，另起炉灶。州委秘书长急得满头冒汗，州长急得团团转，只剩下七天时间就要开党代会了，罗书记决定此时换稿，还来得及吗？罗崇敏胸有成竹，笑着安慰他们："放心吧，大家放心，完全来得及！"果然，他操刀必割，仅用时不到七个钟头，就一气呵成，拿出了一万字的初稿。完全颠覆了原稿的思路，与原报告所定的途径、目标、任务大有出入，甚至截然不同，有人背后嘟囔道："应该保持原貌才对，怎么来了个新书记就乱了套，变得面目全非了？"大家听说罗崇敏要留出一些重要岗位，公开选拔干部，更是满头雾水，不知他葫芦里要卖什么药。

罗崇敏起草的红河州党代会报告以党的十六大精神指导定位，站在战略高度，对红河州的政治、经济、文化、教育、卫生等多方面的发展提出了近期规划和远景目标。其中，核心思想是"四化联动，梯度推进，统筹发展，富民强州"，它切合州情，最能提振士气。

"到了红河州，今后该怎么干？我有我的想法！欢迎大家客观理性地分析我执笔起草的党代会报告，它的路线方针对不对路？目标准不准确？符不符合红河州的实际情况？实践将会检验它！"多年后，罗崇敏回忆这段经历，他的话仍铿锵有力，掷地作金石声。

领导的讲话稿由秘书起草，这似乎是天经地义的事情。罗崇敏起草红河州党代会的报告并不仅此一遭，他经常亲笔起草各类文件和报告，

就算让秘书写个初稿吧,他也会删繁就简,推陈出新。最经典的一次,红河州庆时,秘书为他极其隆重地起草了长达十五页的讲话稿,他却大刀阔斧地砍削,最后只剩下三百二十七个字,其中他还添加了堪称点睛之笔的警句:"你给红河一个机会,红河就会给你一份惊喜!"罗崇敏一向崇尚大道至简,视简约为高境界。

笔者采访罗崇敏当年的秘书杨明志时,曾问他:"罗书记喜欢亲自动笔,你做他的秘书比别的州领导秘书要少写许多文字,是不是觉得省心省事愉快轻松?"杨明志微笑着摇了摇头,他说:"你以为我能偷懒吗?那你就大错特错了。我要为罗书记收集许多信息。他写东西最忌讳空洞无物。有时,我起草报告,要数易其稿,总觉得难以达到罗书记的要求,那个高度,超过我的极限!这就会很累啊!它不是精力消耗的那种疲劳,你肯定能够明白的。"

后来刘昊接替杨明志任秘书,他也证实了这一点:"罗书记要求我每天写出非常详实的工作纪录和备忘录,必须具备系统性和长远性,三天打鱼两天晒网或者抱着侥幸心理蒙混过关是绝对不行的,想都别想。"

许多干部的脸色要么是长期用高度白酒浸染出来的赭红,要么是出自办公室的纸片似的苍白,罗崇敏的脸色却是长期亲近高原阳光的黧黑,与戏剧中的包公相比,也不遑多让。他戴一副金属骨架的眼镜,怎么看都像一位村支部书记或乡镇中学校长。但你若仔细观察,就不难发现,他的目光深邃敏锐,能够直达对方的肺腑和事物的核心。罗崇敏说话时,语速舒缓,但务去陈言,见解独到,分析问题深中肯綮。他的静气,他的定力,他的智慧,使人内心油然而生亲切感和敬佩感。

红河州第五次党代会的全体代表见识到的罗崇敏就是这样一位意气风发、精力旺盛的新书记。他壮志凌云,有高歌猛进的胆魄。会后,有的代表说,聆听罗书记作报告,就像倾听著名配音演员乔榛朗诵高尔基的散文诗《海燕》,使人热血沸腾,精神仿佛过电,这是未曾有过的感受。为什么能产生这样强烈的效果呢?罗崇敏起草的党代会报告果真具有《海燕》的魔力吗?

红河州第五次党代会报告制订了"四化联动,梯度推进,统筹发展,富民强州"的战略方针。"四化"是工业化、城镇化、产业化、基础设施现代化。红河州的发达地区集中在北边的蒙自、个旧，南部各县天气炎热，较为贫困，因此要由北向南，实行经济社会统筹、城乡统筹和南北统筹，将富民作为立足点和出发点，强州先富民，穷者要变富，富者要更富。大家常说"大河无水小河干"，罗崇敏用的却是逆向思维，他认定"小河要流水，大河才有水"，从政者最不应该干的事情就是涸泽求鱼，杀鸡取卵。罗崇敏将其富民理念定调为"粮袋站起来，钱袋鼓起来，脑袋灵起来"，这样形象化的说法实实在在，使人易于领会，一听难忘。一些红河州干部接受笔者的采访时，无不强调这样一点："罗书记讲究语言艺术，他说的一些话至今仍像钉子一样钉在我的记忆里，拔都拔不掉，当然，我也从来没想过要拔掉它们。"

毛泽东曾说："干革命不是请客吃饭。"可是在当今中国，许多人都认准了这样一个游戏规则："谈业务，办事情，干工作，就必须先套近乎，请客吃饭是第一步。"在红河州，大家都清楚，要请罗书记吃饭难上加难。你请他吃饭，不是十有八九，而是百分之九十九他会婉言谢绝。工作餐，他偶尔还会通融，私人请吃，哪怕是老部下请客，他也很难赏脸光临。久而久之，大家不敢再请他吃饭喝酒吹牛，实为两得其便。有时，身边的工作人员婉劝罗书记要照顾一下某某的面子，他就会严肃地指出："这不是面子的问题，这是时间的问题！"他反感"时间腐败"，一顿饭要吃掉几个小时，有这个时间，他用于学习、思考，又能向前迈进一小步。许多人评价罗崇敏所取得的成功，都归因于他的胆识和能力，殊不知他的取胜法宝是勤奋。世间唯一值得相信的炼金术是什么？是从时间之中精心提炼出人生智慧。不静心静气地学习是不行的，不静心静气地思考也是不行的。要不然，你就无法理解，在同等长度的时间里，为何罗崇敏能写出那么多专著，为何他能干成那么多事情，而有些人却颇感"囊中羞涩"，成绩单苍白乏力？

罗崇敏既是一位精明的领导，又是一位严谨的学者，他看问题能看得更深更透，他把握情况也能把握得又细又全。下面的干部没办法糊弄他，更休想忽悠他，若想讲点稀的、假的、空的瞒天过海，侥幸过关，简直连门缝都找不到。他的记性太好了，凡是看过的关键数据，他都记得牢。要是发现基层干部的数据掺了水分，他会当面指出，对方无地自容。最恰

当的批评并不是疾言厉色,而是命中要穴,罗崇敏微笑的表情、温和的语气比大吼大叫、暴跳如雷更管用,更能让对方长记性。罗崇敏反感拖泥带水、优柔寡断和弄虚作假,他说话做事旗帜鲜明,光明磊落,他坚持什么,赞成什么,反对什么,一向态度明确,从不模棱两可。下乡调研,他发现问题,当场就会表态好或者不好,能做或者不能做,让基层干部心中有底,不用猜哑谜,兜圈子。地方出台措施后,哪些方面要坚持,哪些方面要改进,他也会表明自己的看法,毫不隐讳。

基层干部对罗崇敏的观感如何?原泸西县委书记、现昆明市委常委兼东川区委书记高德明的说法颇具代表性:"在我们基层干部的心目中,罗书记既严肃,又亲切,我们喜欢他,又敬畏他!"罗崇敏对快节奏和高效率有一种异乎寻常的痴迷。他要求基层干部做事又好又快,繁重的任务往往压得他们喘不过气来。如果他们遇到风险,工作出现偏差,他会适时地出面纠错,保护基层干部。他严爱统一,宽严相济,铁腕慈心,令高德明感受极深。

当年,屏边县委书记搞改革,大刀阔斧,雷厉风行,因此得罪了一些基层干部,有一个人不断给州委写举报信。屏边县委书记听到了风声,到州委开会时,特意找到罗书记说明情况。罗崇敏笑道:"我没怀疑你,你倒心里不安了?举报信中有多少不实之词,我还是能够分辨出来的,决不会偏听偏信。"当着这位县委书记的面,罗崇敏将一札举报信撕掉,扔进了垃圾桶。什么叫"用人不疑,疑人不用"?罗崇敏给出了标准答案。当罗崇敏离开红河后,这位县委书记却以怨报德,到处说,罗书记用举报信威吓他。

世事如棋,人心莫测,自古如此。唐代诗人白居易的《竹枝词》中有句"长恨人心不如水,等闲平地起波澜",无风起浪,大自然做不到,有些人却能轻易做到。唐代诗人雍陶在《峡中行》一诗中把话讲得更明白,"楚客莫言山势险,世人心更险于山",在现实社会中以怨报德的事情屡见不鲜,人心的险峭是任何高山峻岭都无法比拟的。罗崇敏具有超常的理解力,对于一些并不高明的小动作付之一笑。

当年,高德明去烤烟种植大县泸西县主政,碰上"双控"(控制烤烟种植面积,控制烤烟收购数量)这道关卡,政策要求十分严格,甚至堪称严厉,对农户多种的烤烟必须加以清除。然而,泸西县的农民百分之七十的收入靠烟叶。思想工作做了一火车皮,实际效果还没有一筲箕。基层干部都很为难,不执行政策不行,但农民的超控烟是他们的收入保障,如果不为他们找寻出路,就会毫无回报,白辛苦一场,将直接燃爆他们的怨气和怒气。有的干部对高德明说:"这些超控烟就像是超生的婴儿,既成事实,总不能就地灭除吧? 烟农也不会答应。"

泸西县是回民较为集中的地方,一些人到乡下低价收烟,用货车拉到省外去卖,在途中烟和车都被拦下没收了,大批烟民的情绪被点爆,他们冲击乡镇机关,打伤乡镇干部和执法人员,还把一些干部非法拘禁起来,事态迅速升级,异常严重。公安部门也有难处,不敢深度介入。他们曾经因为没收超控烟打死过人,双方有强烈的对抗情绪。为了社会稳定,为了给农民减损,泸西县委书记高德明做了一个胆大包天的决定,由县里派人出去,主动与各地烟厂联系,请他们来收购计划外多出的烟叶,解决燃眉之急。这样遮着捂着做了几次后,几十万担烟是销出去了,娄子也捅出一大个,国家烟草专卖署、省委省政府与省审计厅都派人到泸西来调查,上面的态度强硬无比,要严厉问责,处分主要领导,以起到杀一儆百的作用。在接受调查的过程中,高德明感到很灰心,认定自己的政治生命行将终结,就像一部撞中了大树的汽车,也许只得报废了。若能调回州委机关,不被开除公职,就该谢天谢地。他收拾好行李,准备回家,每天哀声叹气,悲观沮丧,吃不香,睡不着,精神濒临崩溃。高德明最想不通的地方,是自己明明为老百姓谋福利才闯了红灯,为什么就无人理解呢?他太清楚官场的生态了,平日推杯换盏,称兄道弟,大难临头时,昔日的兄弟就会变成凶敌,不仅把自己的责任推卸得干干净净,甚至落井下石,墙倒众人推。

这一回,高德明的想法大错特错了。尽管红河州委书记罗崇敏同样承担着巨大的政治风险,但他没有回避,更没有撇清。他主动向调查组说明情况,解释事情的来龙去脉,还把高德明和泸西县委县政府其他领导干部的业绩写成书面报告,交给调查组和省纪委参考。这件事情最终的处理结果出人意料:没有任何干部被"开刀问斩",主要决策者高德明也只是写了一份检讨书,并没有受到更为严厉的党纪、政纪处分,组织上还

给了他一个"戴罪立功"的机会,提拔他到昆明市任市委常委兼东川区区委书记。他因祸得福,拥有了更大的发展空间和工作平台。

笔者采访高德明时,他十分感慨,说出了一番发自肺腑的由衷之言:"罗书记有情有义有恩有德,我很感激他!我们基层干部不作为是失职,敢作为则难免会失误,若没有罗书记这样肝胆相照的领导在关键时刻挺身而出,爱护大家,保护大家,某些胆怯的干部很可能就会变成缩头乌龟,明哲保身,自求多福,什么创新、突破,都只能抛之脑后了。我经常想,罗书记已过知天命之年,但他老骥伏枥,志在千里,奋力拼搏,努力创新,榜样的力量太大了。我比他年轻,没有理由偷懒啊,更没有理由享清福,我必须做出成绩来,才对得起老领导!"

高德明所说的心里话没错,罗崇敏绝对不允许基层干部偷懒。他考察干部喜欢从细节入手,比如说,在对方的辖区内,若卫生状况糟糕,他就会批评道:"眼前的垃圾都不能打扫干净,干别的都是空的虚的。这就叫'一屋不扫,何以扫天下'!"他常对红河州的干部强调:"我们边疆地区经济落后,很大程度上是因为观念落后,精神贫穷,意志薄弱,都是习惯懒惰所致。这个世界上,除了大鱼吃小鱼,还有快鱼吃慢鱼。如果你们脑子里的那根弦松松垮垮,就只能吃别人身后的灰尘!"罗书记要求基层干部把工作做到实处,做到明处,做到细处,不能光靠磨嘴皮子吹牛忽悠了事。

在红河州上任后不久,罗崇敏就挂钩绿春县平和乡,把那里作为扶贫和改革的试点区。绿春县与越南接壤,平和乡紧邻越南孟德县,人口三万,面积460.31平方公里,相当闭塞,是个贫困地区。罗书记挂钩平和乡,立刻着手解决当地的"五难"——吃水难、行路难、上学难、用电难和看电视听广播难,同时把提高农民的人均收入当作突破口,以增收为重点,思路不是拨款扶持,而是培植产业,加快城镇化,强推普九教育,使当地的农民及早脱贫。

罗崇敏初次到平和乡调研时,当地人普遍持有怀疑态度,莫不是罗书记例行公事到穷地方做做样子?他前后去平和乡十余次,没一次是空跑,没一次是白跑。那时,还只有沙石路可走,从蒙自县到平和乡,车程不少于五个小时,跑一趟非常辛苦。2003年,罗书记为平和乡理出的脱贫思路是:建设集镇,一镇两市场。这里是绿春县唯一通向国外的陆路通道,边境有集市,中越边民在此进行贸易。当时,许多人缺乏远见,对边贸信心不足,罗书记独具超前的战略眼光,他说:"现在边贸的规模还不大,但集市建成了,规模就会上去,地利能带来人和。"

原平和乡党委书记、现红河县委常委、副县长李玉福回忆自己当年跟着罗书记打拼,依然非常动情,他说:"罗书记有一个'空瓶理论',意思是,瓶中有酒,倒出酒来,三岁小孩都能干,不算本事;要是瓶中没酒,你照样能倒出酒来,那才叫绝活。同样的道理,手头有钱办成事,三岁小孩都能干,手头没钱干成事,那才叫本领。罗书记别出心裁,确定'以地生财,以财建镇,以镇招商,以商带农'的十六字方针,琢磨出'银政合作'的妙招。说白了,就是借蛋孵鸡,引水养鱼。由罗书记出面协调,从农行贷款五百七十万元。"

罗崇敏要绿春县给平和乡开绿灯,让李玉福冒着风险征地,先修路,然后建店铺门面,建商住楼,准许经商的老板、乡村教师和机关工作人员买地建房。那笔数额不菲的货款很快就回笼了,还略有赢余。

建设一个全新的集镇,显然不是一蹴而就的事情,罗书记亲自督促,不准李玉福懈怠。2006年1月,平和的基础建设进度比预期的要慢一些,罗书记把李玉福找来,狠狠地剋了他一顿,批评李玉福干工作没有绷足劲,没有动够脑筋,责令他写出深刻的检讨。李玉福被骂得蔫头蔫脑,以为自己这回弄砸了锅,彻底没戏唱了,不免有点心灰意冷。罗崇敏及时察觉苗头,去绿春县城之前,他在车上打电话给绿春县委书记张涛,心平气和地说:"小李的检讨不用写了,他的工作干得不错,你们好好培养一下!"由此可见,罗崇敏对部下要求十分严格,但他爱护青年干部,保护他们的工作积极性,可谓恩威并施,宽严有度。

此后不久,罗崇敏对李玉福说:"我们之间定个规矩,年初由我讲话,年底由你讲话。我给你一份表格,你用数据向我汇报,就算你不吭一声,我也能一目了然。"这倒是很新鲜,李玉福长舒了一口气,暗下决心,不能再辜负罗书记的信任。

在平和乡,原先的集镇不足一平方公里,现在翻倍了,人口也是原先的两倍多,原来只有一所小学,一支边防部队,现在移民一百多户,有市

场,有街道,有机关,还有一所一流的中学。平日由部队打扫卫生,比紧邻的越南孟德县城漂亮得多。"空瓶理论"造就了"平和模式",五百七十万元就像是酿酒的酒娘,它拉动各项需求,人流、物流、资金流,总计产生了两三千万元的效应。这个集镇用了不到四年的时间就建成了,盖办公楼只花了九个月。正如罗崇敏所言,没钱干成事,才是真本领,才是硬功夫。"平和模式"是再好不过的试验品,绿春县委、县政府在这里召开了以学习"平和模式"为核心内容的集镇建设现场会,许多苦于无钱办事的基层干部大受启发,茅塞顿开。金平县委书记罗家强先后三次带五套班子来学习平和经验,每一次都有收获。几年后,李玉福仍一再重复罗书记的语录:"做工作是没有条件可讲的!"说这句话的时候,他笑容可掬,想当年,应该不会如此轻松。

到红河州履职之初,罗崇敏就着手整顿州委机关的工作作风,所有干部职工一律挂牌上岗,上班期间,不许做与本职工作无关的事情,不许玩电游,不许扯闲谈,不许晃来晃去。罗书记注重细节,时不时他会抽空看看机关干部的办公桌是否凌乱,是否干净,是否案无留牍。机关工作人员的着装也要庄重,在办公室不许穿短裤和拖鞋。罗崇敏对干部拖拖沓沓的工作作风非常反感,批评起来毫不留情。

红河州委党校外有一块广告招贴布被风吹破,多日无人理睬,罗崇敏批评道:"这么漂亮的党校,飘着一块刺眼的破布,像什么样子!"他看到州政府对面的妇科医院立起了一块又大又红的广告牌,叫医院尽快撤下,他讲了三点理由:"一,党委政府门前,刺眼大字,是对心理健康的冲击;二,医院房子那么小,字体那么大,不协调;三,医院应该多用绿色和蓝色,红色会刺激病人,使他们焦躁不安。"有人显然不认同上述说法:"立这块广告牌又没违犯法律法规,罗书记凭什么干涉?开始不说,建起来又要拆,这是花了几万块钱才立起来的。"广告牌最终被拿下了。罗书记的态度相当强硬:"广告牌必须撤下,政府补钱也要撤,这是管理失误。向医院作个解释,这是大家的城市,城市规划的基本要求必须遵守。"红河州委大院内悬挂的国旗颜色泛白了,没有及时更换,他把州委秘书长杨为民叫来,指给对方看。他要求红河州的干部对待本职工作必须极端负责任,不可懈怠和消极。

大处着眼，小处着手，许多干部都领教到罗崇敏管理方式的厉害。他让你小处都不敢疏忽大意，对于踩线犯规，他绝不会姑息纵容，至于大处，谁还有瞒天过海的胆量和本事呢？罗书记的主意不会只停留在想法上，他的指示不会只停留在说法上，他的做法呢？只有八个字可以形容，那就是：言出必行，雷厉风行。哪怕是一件在别人看来不起眼的小事，他也不允许拖泥带水。

在一座城市，官员要体察民情，根本不用微服私访那么神秘兮兮，只要找的哥聊一聊，他们的信息量就足够官员吃几顿"饱饭"。问题是，官员都乘自己的官车，谁会去乘坐出租车呢？凡事必有例外，罗崇敏就时不时打的出行，与司机随兴聊天。有一次，一位的哥告诉他，城里有些地段路灯坏了，根本没人管。南湖的红灯被树枝遮挡住，是个安全隐患，也无人过问。罗崇敏当即给城建局长打电话，要他从速处理。还有一次，他看到街边的电线杆被汽车撞歪了，摇摇欲坠，岌岌可危，他也立刻打电话给城建局长，要他尽快派人赶到现场，别让倾斜的电线杆砸伤了行人。笔者去红河州采访，在南湖公园附近，与一位的士司机聊天，就亲耳听到他说："罗书记走了，有些人肯定关起门来偷着乐，我们老百姓就希望多几个罗书记这样勤政爱民的好官！"

2005年，一位七十七岁的退休老人姒振理写信给罗书记，说是红河广场有一堵围墙属于施工遗留，与周边的环境很不协调。这封信的措辞明显带有火气："这堵围墙不拆除，老百姓出行不方便，还影响市容市貌的美观，我多次反映情况，某些职能部门就是不理不睬不作为，他们对老姓的困难视而不见，对老百姓的呼声充耳不闻！若不是万般无奈，万不得已，我是绝不会给您写这封信的！"罗书记读完退休老人姒振理的来信，内心深感不安。他带着有关部门的领导亲自去姒家登门道歉，并且马上责令施工单位派人拆除围墙。这件事，令姒振理老人印象深刻，他说："罗书记确实为我们老百姓着想，只要与民生相关，再小的事，在他心目中也是大事！"

2006年，罗崇敏提出方案：对红河州六十岁以上的老人实行五种收费全额减免。逛公园，坐公共汽车，入图书馆，上公共厕所，进老年人活动中心，不用再花一分钱。真正做到了"老有所养，老有所乐"。姒振理联合

个旧市老年人书画协会创作了一幅大尺寸的国画《雄鹰展翅》，画面上的内容是：一只雄鹰振翅翱翔在高空，一览众山小。罗崇敏接过姒老的画卷时，眼眶濡湿了，他说："我们只是干了政府应该干的事情，老百姓这么淳朴，我们不能愧对他们啊！"但罗崇敏严于律己，他认为这幅《雄鹰展翅》太高调，太溢美，他不敢当，也不能收，要秘书悄悄地把画退回去，向姒振理老人说明情况。罗崇敏不愿脱离大地，不愿脱离群众，不愿突出个人，这就是他退还那幅国画的真实理由。

诸葛亮是公认的东方智圣，他"鞠躬尽瘁，死而后已"，后人看到的是他的忠诚，其实这八个字中也包含了他的劳累。诸葛亮操心极重，事无巨细，务必躬亲，如此辛劳，是他乐意的吗？有些事，他不管，就不放心，天下无小事，件件都重要。罗崇敏的操心也很重，有些事情，既不在台面上，也不在议事日程中，他想到了，他看到了，就亲自过问。

事在人为，美政都是由肯做事能做事的官员做出来的。苏东坡在杭州任知州时，拒开八丈沟以防颍州被淮水倒灌，他还疏浚西湖的蓄洪泄洪通道，使颍州通往淮水的航运获得极大的便利，并用挖出的淤泥在西湖之畔筑起一道长堤，后人称之为"苏堤"，以纪念苏东坡。"苏堤春晓"是杭州西湖的著名景点，至今仍令人流连忘返。

罗崇敏是追求政绩的官员，苏东坡疏浚西湖、修筑长堤对他启发很大，蒙自没有西湖，但有南湖，他同样有事情可做。南湖公园是红河州的一块风水宝地，驻军、学校、医院、干休所，甚至看守所，或盘踞在园中，或紧贴在它的周围，布局之混乱，令人啧舌，谁若想理清这团乱麻，非三头六臂不可。

有一天，罗崇敏与州委秘书长杨为民、秘书杨明志乘车经过南湖公园，他要司机停车。大家都觉得奇怪，罗书记今天怎么有了闲情逸致，要逛公园了？他们满心疑惑，陪罗书记往南湖公园走去。很快，他们就发现，罗书记对亭台楼阁、碧波绿柳正眼都没瞧，两眼凝视着毗邻南湖公园的红河卫校那个方向，双眉紧蹙，似乎正在思索着什么。突然，他回过头来，问大家："你们说，红河卫校的这道围墙是否多余？"

"不多余吧，卫校女生多，安全第一。读书也需要安静，与公园连成一体,太吵闹了,只怕学生受影响,他们会利用这个环境谈恋爱。"杨为民是主留派。

"我觉得连成一体好,学生可以利用优美的环境读书健身,再说,这道围墙杀风景,使南湖公园显得不够大气和开放。"杨明志是主拆派。

罗崇敏向来鼓励身边的工作人员畅所欲言,充分表达个人意见,连司机也有发言权,他不搞一言堂。这一回,当然也不例外,大家都表明了自己的看法。有趣的是,反对拆围墙的杨为民和赞同拆围墙的杨明志都是为学生的身心健康和读书学习考虑,双方的意见却是针尖对麦芒。大家争论完了,一齐望着罗书记,这时他紧蹙的眉头已经舒展开来,但并没有当场表态,只交代了一句:"把卫校的校长和公园管理处的负责人召集起来开个会吧。"

杨秘书长召集州监察局局长、组织部长,找南湖公园管理处主任和红河卫校校长谈话,公园方面无可无不可,而卫校陈校长态度坚决,要保留围墙。他最站得住脚的理由果然是为女生的安全考虑,担心歹人夜间潜入女生宿舍,再就是,一旦打通围墙,学生有了这么好玩好耍的地方,学习上就会分散注意力。双方谈不进油盐,罗书记就亲自开导陈校长:

"整个社会开放程度很高,这是任何围墙都隔绝不了的,卫校能够天天都把学生关小鸟一样关在围墙里面吗?读死书没出息,封闭式管理也不能使学生身心健康,校园能够与美景融为一体,有什么坏处?让学生在公园里读书、散步、聊天,与美景朝夕相伴,有什么坏处?一道围墙成不了天堑,保障不了学生的安全,应该说,培养学生的安全意识比再砌一百道这样的围墙顶用得多!"

卫校陈校长见罗书记主意已决,他灵机一动,同意拆除红砖围墙,但要代之以铁栅栏。罗书记笑道,那不是换汤不换药吗?还要多费本钱和工钱,没这个必要。

然而,凡事决定易,执行难。红河卫校陈校长采用缓兵之计,硬着头皮往后拖。老实说,他抱有侥幸心理,以为罗书记日理万机,这样芝麻绿豆大的事情转背就可能忘记了。然而,罗崇敏的记性极佳,他让秘书杨明志打电话给陈校长,要他到州委办公室来一趟。

"围墙怎么还没拆?"罗书记也不寒暄,开门见山,单刀直入。

"罗书记,我左想右想,还是觉得……"校长仍然一根筋。

"这样好不好?你要当校长就不要围墙,你要围墙就不要当校长。随便你怎样选择都行,但今天必须明确答复,两个月之内必须拆除干净。"罗书记的声音并不严厉,但他的话重过千斤,校长的脸色顿时由酱红变成灰白。

红河卫校的围墙限期拆除了,卫校学生欢呼雀跃,如鸟投林,昔日要绕一大圈的冤枉路不用再绕了,公园成为了校园的延伸,他们是最大的受益者。然而,有些老师忧心忡忡,甚至感到别扭和抵触,他们认为罗书记粗暴干涉了红河卫校的自主权。一位卫校老师发短信给罗书记,愤怒溢于言表:"罗书记:你不懂红河教育!不懂学校管理!你根本不为学生的安全着想!"罗崇敏的回复只有语气平和的八个字:"时间会证明一切的。"

事实果然雄辩地证明,那道围墙拆对了,不仅南湖公园更美观更开放,红河卫校女生的安全也没有受到比以往更多的威胁,见效极快的倒是学生身心愉悦,精神面貌焕然一新。

笔者曾与红河卫校一位教师谈及这段数年前的趣史,问他红河卫校的教师对罗书记的误解是否已经冰消雪释,他颇为感慨地说:"我们是惯性思维,罗书记是超前眼光,这一点,我们早已心服口服!"

为红河州府的形象考虑,搬迁南湖公园边的看守所势在必行,但这绝对不是一件容易的事情,看守所要地,要一千万元补偿金。罗崇敏找来蒙自县委书记范华平,让他主抓这件事。范华平试探着问道:"搬迁看守所,州里打算出多少钱?"罗崇敏回答他,一分钱也不出。范华平皱眉说:"没钱,我怎么搬得动它?"罗崇敏立刻用上了激将法:"州里有这笔钱,我还要你县委书记出面抓什么?我一个电话就搞定了,州里没钱才找你。"范华平恍然大悟,尽管心里没底,他还是领取将令赶紧设法去办。

真正的难题是在蒙自军分区这一块,南湖公园边的营房尽管破旧了,但他们喜欢这里的大环境,不愿意搬走。州长去跟朱司令商谈过,没有谈妥。罗崇敏又能拿出什么绝招?

2005年建军节,罗崇敏带领州委四套班子去慰问,开了一个座谈会。罗崇敏破例喝白酒,喝到七分醉意时,他坦承自己今天摆的是"鸿门宴",

吃了这顿饭，他要给蒙自军分区改建兵营，从南湖边上挪出去。当时，朱司令兴之所至，即席答应了。翌日酒醒，朱司令心生悔意，想要翻盘，罗崇敏却抢先一步，以蒙自军分区第一政委的身份主持召开了蒙自军分区党委会议，将这件事情明文决定下来。

南湖公园边上有一座几十年堆积而成的垃圾山，要清除它，工程量之大可想而知，罗崇敏委派主管城建的陈副州长主抓这项棘手的工作，由蒙自县有关部门配合。罗崇敏的命令很简单，也很强硬："什么时候清完垃圾，你就什么时候回州里办公！"谁都知道，罗书记交代要办的事，根本不容许打折扣、拖工期。

清除垃圾难度大，比起拆除厂房的难度来，又不可同日而语。从中作梗的人可不少，他们有的静坐，有的写告状信到中纪委。那时候正值湖南郴州嘉禾拆迁在全国闹出很大的负面效应，"你要让我难受一阵子，我要让你难过一辈子"的拆迁口号遭到千万网民的口诛笔伐。云南省纪委到蒙自调查后，认为罗崇敏改造南湖公园的做法是正确的，拆迁过程中并没有逾越法律法规，未曾侵犯工厂和工人的正当权益。

南湖公园终于以新颜新貌新气象迎接八方游客，昔日束缚它的绳索、桎梏它的镣铐都被一一解脱了。如今，选一个惠风和畅的日子，我们徜徉在景色如画的南湖公园里，瞻仰那些名人铜像，歇足那些水榭山亭，抚摸那些怪石嘉木，只觉心旷神怡。当初的改造过程已成为了口口流传的故事，罗崇敏的口碑是肯定不会倒下的。

一个领导如果全身心陷入纷繁的事务而难以自拔，就很难有大出息和大成就。身为"领队"，比办事能力更重要的是指导思想，事务可以交下属办，点子也可以让下属出，但思路要由领队定，主意要由领队拿。

2006年7月15日，罗崇敏在红河州农村工作会议上讲话，他的这段发言不可忽略："一个民族、一个家庭的物质贫困都是不良的观念、思想、习惯、环境养成的结果。世间的大部分贫困都是由懒惰造成的。懒惰与浪费是孪生兄弟，懒惰的人常常是浪费的人，浪费的人也一定是懒惰的人。在世界上，造物主为每个人都预备了富裕的结局，争取这样的人生结局是天赋的权力。只要我们摆脱精神上的贫困、思想上的贫困、习惯上的贫困，我们就能运用这种权力脱离贫困的境地。"

这不是空话、套话和废话，这是对症下药的良言，直指病灶，丝毫没有讳疾忌医的意思。他多次告诫红河州的干部，与其怨天尤人，抱怨这方面的条件欠缺，那方面的困难重重，还不如做些扎扎实实的工作，先把自己身上的那根懒筋给剔除了，看看老天爷是不是厚待勤劳的人和智慧的人。想好就做，做好才有，不做没有，这个道理太浅显了。有些榆木脑瓜，仍要罗书记时常用重棰去敲打才行。

　　地方官员要使老百姓快速积累物质财富，真正实现精神价值，心情愉快，生活幸福，"钱袋子鼓起来"肯定是第一前提。培养产业，振兴实业，开辟生财之道，则无疑是唯一途径。罗崇敏在红河州主政共五年时间，各项经济指标全都是以百分之一百以上大幅度跨越式增长。资源招商，服务招商，政策招商，信息招商，团队招商，在全面招商引资的大背景下，他还在红河州挖掘潜力，开辟财源，发动农民培养产业。

　　新世纪以来，元阳县的哈尼梯田成为了旅游热点，许多摄影家不远千里万里，跑来拍照。哈尼梯田依山垦殖，大的梯田有一亩左右，小的梯田则形同巴掌蒲扇。有一个笑话流传已久，某大哥扛锄上山，半天时间就开垦出十八块梯田。天晚了，他准备收工回家，反复点数了好几遍，却只有十七块。他纳闷了，还有一块梯田躲哪儿去了。他左想右想不明白，直到拿起自己的草帽，才找到那块失地。他乐不可支地骂道："狗日的，你原来躲在这里！"

　　元阳的哈尼梯田每年只种一季庄稼，秋冬两季蓄水养田，不种任何农作物，闲置在那儿，长年如此，已成定式。作为风景，它们固然美不胜收，作为农田，地利却是未尽其用。罗崇敏到元阳调研过几次后，把当地的县领导、乡镇领导聚拢在一起，对大家说："哈尼梯田闲着能成为美景，却变不出真金白银，太浪费了！我们要将哈尼梯田从摄影家的镜头下解放出来，不能再让它们白天装太阳，晚上装月亮了。大家开动脑筋，想想办法，除了旅游开发，还要培养产业，在梯田里种些经济作物，比如说水芋，梯田里就适合栽种，此外，还可以养鱼。"在高山梯田里种水芋还可以勉强想到，至于养鱼，罗书记的点子真够新鲜的，简直匪夷所思。在场的干部既感到兴奋，又不免感到有点惭愧，这样的金点子，怎么自己就从未动脑筋想过呢？说干就干，养鱼和种植经济作物双管齐下，每亩都多出几百元进项，农民的收入当年就翻了一番。

笔者去元阳县参观过哈尼梯田，去的时候正值深秋，遥遥眺望，那些形状各异、大小不一的高山梯田确实就像一块巨大的水晶碎成无数片断，撒满山坡，折射出奇光异彩，从不同的角度可以见到不同的景象。同行的冯开贵告诉我，那些大大小小的"水晶"里养着鱼，都是罗书记当年的金点子兑了现，至今仍然惠及千家万户。我站在山头，吹着微凉的山风，心中不禁暗自感叹道："一位心里时刻琢磨着老百姓生计的官员，时间不可能忘记他，老百姓不可能忘记他，这些形似水晶的梯田也不可能忘记他！"

有人说："官员我见得多了，但像罗书记那样辛苦的厅官，我还真没见过。别的我不担心，就担心他的身体吃不消。一条铁汉子，也经不起长年累月的打磨。"

2004年11月6日，罗崇敏在河口县调研，早晨起来冲澡，突然发现头发脱落得很厉害，把浴盆底都覆盖了薄薄一层。他让秘书杨明志来看，杨明志着实吓了一大跳。罗崇敏的头发原本是乌黑茂密的，才几天工夫，就变得有些稀疏了。吃早饭时，罗崇敏打电话给省中医学院的院长，对方建议他回蒙自后赶紧去医院检查，掉发的病因可能是由于他长期思虑过勤，休息过少，用脑过度，致使脑部交感神经功能紊乱。这样的的病症，在民间俗称"鬼剃头"。此后数日，早上洗澡时，罗崇敏都会留意自己头上又掉下了多少根青丝。由于头发流失的速度太快，他生平第一次开始珍视它们，并且感觉到岁月的沧桑。后来，头发差不多掉光了，罗崇敏只好戴假发。2005年春天，为了开发个旧正长岩结晶体金属矿，罗崇敏带团到俄罗斯考察学习，观看演出时，他把假发取下，放在座位边，散场后却忘记带走，这个小小的乌龙让他颇感不便。第二天，罗崇敏只好光着脑袋硬着头皮主持工作，这个意外使宾主双方面面相觑，忍俊不禁。中俄双方的友好气氛反倒更加和谐更加活跃了。

2007年12月1日上午七点三十分，罗崇敏突然感到腹部有强烈的痛觉，他以为是肠炎，服用了三次黄连素都不见疗效，便怀疑腹痛是其他的急性腹部疾症。直到上午十一点，他与滇南中心医院联系，经彭旭光医生初诊为急性阑尾炎，住院全面检查确诊后，下午三点四十分，他被推进手

术室。

起初，主刀医生怕罗书记心理上难以接受手术治疗，但事实正好相反，医生注射麻醉剂后，罗崇敏仍在谈着工作和生活中的趣事，直到麻药完全生效，他被"醉"倒在手术台上。周遭是那么宁静。医生说，半小时后手术就结束了，但罗书记还在睡，还在享受着久违的宁静和轻松。

一直到次日凌晨三点半，罗崇敏才悠悠醒来，看到一名护士守在他身边，于是微笑着对她说："你辛苦啦，吃饭了没有？"护士嫣然一笑，脸都红了，她回答道："不辛苦，早吃了，谢谢书记！"罗崇敏环顾特护病房，对护士说："请把我当成你们的常规病人看待，按常规程序护理就行了。"他看了看时间，才知是深夜，他说："我怎么会一觉睡上这么久呢？"护士为他揭开谜底："医生给您施的是全身麻醉。"难怪会如此宁谧，这是他未曾体验过的大寂静。平日在宾馆，在办公室，独自一人读书时，他也从未感到过寂静如此紧密地包裹自己。脑子得到充分的休息后，同样会如饥似渴，罗崇敏进医院动手术也没忘记带上书籍，《张之洞》、《创新思维训练》、《思维花朵》，他顺手拿来就读。"罗书记，您刚动完手术不久，要好好休息呢！"护士的话语中满是关切。"对于我来说。读书就是最积极的休息。"看了一个多小时书，罗崇敏感觉眼睛有点胀，他放下书本，理清思路，屈指算来，本星期还有八件事情要做：一是为云南过桥米线协会成立题词，参加成立大会；二是主持召开外来求业者和创业者座谈会；三是主持召开学生座谈会；四是调研红河新闻中心、红河大剧院等五项文化建筑建设情况；五是考察蒙自现代农业试点；六是了解昆河高速公路蒙自至河口段建设情况；七是修改《红河意象》、《本质和方法的领导》书稿；八是准备向省委请假，不去昆明参加省委中心组学习和省委全会（因身体还不适应坐长途车参加会议）。想到这些事，罗崇敏顿然一悟，宁静致远真是没错啊！任何时候都不应荒芜事业心。宁静并未使他懈怠，反而使他蓄势待发，雄心万丈。

在世间各种力量的大比拼中，也许人类的精神力量是最不可估量的。手术后十多个小时，罗崇敏就下床活动，四十八小时后，他就习惯性地回到他的办公室。他要集聚起有限的体能，在有限的履职时间里，给无限的事业注入源源不竭的生机。他照例写下了阑尾手术后的感想："健康和幸福从根本意义上讲是一种心理感受,以乐观的心态和向上的状态对待健康,对待生活,对待幸福,既可以消除身体疾病,也可以排除生活困难,更可以提升健康水平和幸福指数。"

五年履职,一朝卸任,罗崇敏究竟是感到欣慰,感到轻松,还是感到意犹未尽,情犹未了?可能这四者兼而有之吧。他做了他该做的事情,他做了他想做的事情,他做了他能做的事情。有人褒扬,有人贬抑,这太正常了。他乐意做有争议的事,也乐意做有争议的人。如果一位领导主政一地长达五年,居然毫无争议,这绝对不能说明他德高望重,只能说明他陷入了平庸的泥沼,没有采取大刀阔斧的措施,改革家的成色太差。

2007年12月21日下午三时整,二百余名干部整整齐齐地坐在红河州委大会议室,气氛有些超乎寻常的严肃和凝重。大会伊始,省委组织部领导宣布了省委关于罗崇敏书记的调任决定。罗崇敏淡定自如,面带微笑。许多人都露出了依依惜别的表情,当然也有少数人暗地里长舒了一口热气。

罗崇敏心潮起伏,此时此刻的心情,以往他已多次体验,从赴任到离任,再从离任到赴任,一路上总是心情急切地走来,依依不舍地离去。但是每一次的来和去,感觉上都会有微妙的不同。他在红河州施展的身手是在其他地方未曾施展过的,他在红河州所做的探索也是在其他地方未曾做过的。罗崇敏在红河州执政的时间之长,改革的力度之大,投入的心血之多,寄予的希望之厚,都是他以往的从政经历所无法比拟的。

聚散有缘,离合有数,罗崇敏用尽可能平稳的语气告别红河,告别与自己朝夕相处五年之久的同事,大家都在这番临别告语中体会到他的深情厚谊:

> 各位同事、朋友们,我和大家共同肩负的全面推进红河发展的使命和励精图治的成果已成为历史的记忆。我们共同缔结的纯洁而浓厚的情谊已成为美好回忆。我为有红河州履职的经历而自豪和骄傲。
>
> 任何一位领导干部、任何一个领导集体在同一个岗位履职的时间总是有限的,但事业的发展是无限的。红河州的历史今天下午又

翻开了新的一页。让我们共同祝愿红河的明天更美好。

我只带着一颗心来到红河，却带着满腔的情离开红河。我在红河虽然没有一个亲戚，却有四百三十多万亲人。是你们给予我履职的爱心、信心、毅力和智慧，我永远不会忘记你们。

我衷心祝愿红河兴盛发达，衷心祝福各族人民幸福安康！

话不在多，有诚则鸣。听了罗书记的告别词，大家热烈鼓掌，连那些在罗书记手下因偷懒挨骂心存怨诽的人也完全忘记了他们曾经的不爽。一位领导的人格魅力能使部属捐弃成见，抛开偏见，泯除歧见，这功力就非同寻常了。在红河州履职五年，罗崇敏爱严并举，和谐共振，强势高效，使这片热土成为了中国大媒体上经常闪耀光彩的名字，引起世人的瞩目。罗崇敏做了他该做的一切，超额的部分就是他的政绩，即使昧心而论，捂目而谈，这些政绩也是不可抹杀的。

当天晚上，罗崇敏在自己的办公室里写下了这样一段感悟之词，也算是另类的总结吧：

> 以不变的个性应万变之时事，以不变的品质应万变之潮流，这才是有作为、举大事者的风骨和方略。一个人失去自我是最大的悲哀，一个人"卓立"于社会往往是不幸的。古人说："居天下之广居，立天下之正位，行天下之大道。得志，与民由之；不得志，独行其道。"但得志与不得志是相对的，不得志独行其道，大抵是行不通的。能左右天下者，必先能左右自己。古人云："大其心，容天下之物；虚其心，受天下之善；平其心，论天下之事；潜其心，观天下之理；定其心，应天下之变。"我们要始于"大其心"，终于"定其心"，才能立其身，举其事。

罗崇敏给了红河州一个美好的未来，红河州也给了罗崇敏一番透彻的憬悟，双方谁也没有亏欠谁，谁也没有薄待谁。人生有多少个闪光的五年？罗崇敏的睿智、才能和勇气就需要这样一个五年去熔冶和锻造，最终铸成大器。

在常人的眼中，时间比一头蜗牛爬得还要慢；在实干家的手里，时间比一把细沙流失得更快,转眼之间,五度春秋就成为了一段往事。这段往事不乏悬念,不乏精彩,不乏风生水起,惊心动魄。

2007年12月26日,这是罗崇敏在红河州履职完毕后的第五天,他在玉溪市国税局家中,坐在书桌前,陷入了沉思。五年来,在红河州履职的一幕又一幕在罗崇敏大脑中放电影,连串的蒙太奇镜头疾速闪现。他拿起笔来,决定把这五年的工作梳理出清晰的眉目,他习惯于心中有底,笔下有数。蓦然间,他捕捉住一个古雅的词语"素履"。这个词出自《易·履卦》:"初九:素履往,无咎。象曰:素履之往,独行愿也。"三国时期的经学家王弼的注解是:"履道恶华,故素乃无咎。"现代学者高亨的注解是:"素,白色无文彩。履,鞋也。'素履往'比喻人以朴素坦白之态度行事,此自无咎。"后用"素履"一词比喻质朴无华、清白自守的处世态度。罗崇敏喜欢这个词,将它与红河连在一起,更有雪白梅红的色彩之美和品格之美。他决定用"素履红河"四字来概括自己在州委书记任上的五年履职。灵感一旦现身,他思如泉涌,文如风行,笔下没有一秒钟的停顿:

素履红河的基本理念:产业富州、机制兴州、素质强州;促进发展方式、生活方式和社会管理方式的根本转变;提高人的社会化、物的产业化、体制的活性化程度。

素履红河的基本方略:"四化联动(农业产业化、新型工业化、城镇化和基础设施现代化联动发展),梯度推进,统筹发展,富民强州。

素履红河的基本任务:经济产业建设、城乡统筹建设、基础网络建设、社会事业建设、和谐环境建设、体制机制建设、人本工程建设、领导班子建设。

素履红河的基本方式:凝内聚外,整体建设,联动发展。

素履红河的基本精神:诚实务实,开放兼容,敢为人先,奔腾图强。

素履红河的基本形象:唯真,唯勤,唯和,唯廉。

素履红河的基本价值:为文明古老的红河增添青春活力;为红河民众谋取根本利益;千方百计为民众多办几件事情,为红河州委书记这个抽象的职名填进实在内容;力所能及地为中华民族增光添彩。

有一句民谚专门描摹官员的心理状态："一年看,二年干,三年四年等着换。"罗崇敏却打破了这个"规律",他不仅进入角色奇快,而且他在红河州扎扎实实干了五年。

　　清朝末年,安徽奇人陈澹然在奏疏《寤言二·迁都建藩议》中写道:"自古不谋万世者,不足谋一时;不谋全局者,不足谋一域。"这句话,被中国近现代许多战略家视为至理名言。罗崇敏的理解十分深透,他曾公开表示:"我要以治国的理念治理红河州。"这绝对不是大言不惭,也不是狂言不逊,这是他审时度势后发出的心声。罗崇敏说到了,也做到了,这位红河州的"掌门人"确实身手不凡。

第二章 "五紧路"上的奔波

"在信息时代,领导者调研公务,不要把'走马观花'视为大忌,其实真正以务实的态度和追求效率的精神来进行调研活动,该走马观花就走马观花,该下马看花就下马看花,该驻马赏花就驻马赏花。'花'者,民众也。'花'者,实情也。'花'者,解决实际问题也。亲民不一定近民,近民不一定亲民。领导的亲民体现在真情实感上,体现在真心实意上。"

——罗崇敏 2007年

有人说,罗崇敏是典型的"调研狂"。调研是当代中国官员的常课,"调研狂"却是一个与绝大多数当代中国官员无缘无分的光荣称号。在红河州,他专挑红河、元阳作为首发,这两个穷困县以往都是爹不睬娘不疼的。但嫌贫爱富绝对不是罗崇敏的性格。他不喝酒,只用简单的工作餐,这是惯例,但地方官员已经预备了丰盛的酒席。个别县领导喝高了,一副牛气冲天的样子,把胸脯拍得山响,向罗书记表白忠心:"以后,兄弟跟着罗书记好好干,你要我向东,我决不向西!上刀山,下火海,如履平地!冲锋陷阵,义无反顾!"和盘托出的是一大堆空话、套话、假话、废话、胡话和自说自话,比酒菜还要齐整得多,可是没等他醒过神来,罗书记已经吃饭走人。这样的效果他始料未及,酒劲顿时醒了七八分,不禁懊丧地说:"看情形,新书记有点不对路,既不喝酒,又不跟我们称兄道弟,以后的日子难说啦!"

只用十一天时间,罗崇敏就跑遍了红河州的十三个县,有人说他走马观花,殊不知,罗崇敏脑子灵活,目光敏锐,他只要看看山上种植的果

木和家中饲养的牲畜,就知道当地的经济状况和农民的收入水平。凌晨三点,别人在黑甜乡中深入梦境,他却还在山间赶路,从低海拔地带乘车到高海拔地带,再从高海拔地带乘车到中海拔地带。一个星期后,由于耳压变化过于频繁,幅度起伏过大,他患上了中耳炎。罗崇敏下乡调研,往往以密如雨点的提问取代疏如渔网的汇报,他根本不借助对方的材料,提问时点多面宽,那些长期习惯于避实就虚、避重就轻、避难就易的干部个个疲于招架。

罗崇敏向基层干部提出一揽子问题:"现在老百姓最留意最关心的几件事是什么?""你认为我们基层干部履职的成效如何,还有多少改进的余地?""农民增加经济收入的渠道有哪些?""本地的治安状况和民族关系怎么样?""你们希望州委州政府重点帮助基层解决哪些难题?"罗崇敏反感那种端着茶杯、叼着香烟、拎着公文包摆谱装样走过场式的调研。他从不带公文包,钢笔和笔记本也不是标配的"附件",下面的干部感到很新奇,也很惊讶。罗崇敏说:"你们不知道我的习惯,我喜欢用脑记,而不习惯用笔记。我做领导工作到现在,没有用过公文包,没有什么可装的。"秘书提醒过罗书记:"至少要带个水杯,乡下不卫生。"罗崇敏不以为然:"如果农民的生活方式真的不卫生,我们就应该去改变他们,而不是嫌弃他们!"

经过一个多月的调研,罗崇敏终于在全州干部会议上发飙。他讲话时,语气很重,直震得某些官员头皮发麻:"大家要弄清楚状况,领导干部是人民的公仆,不是解放前的土司、头人!"他冷峻的目光扫视全场,不少人受到震慑,自然而然地低下了头。

以往,官员习惯于懒散,日上三竿还在黑甜乡里做清秋大梦;现在,他们猛然发现工作节奏变得飞快了,掌控节奏的魔力棒已经不在自己手中。杨为民曾任红河州委秘书长,他的回忆颇能说明问题:"一天下午下班前,两个部门领导打电话过来,问通知是不是发错了。这天下午州委办公室发出三个通知:第二天早上开一个干部大会,一个卫生改革座谈会,还安排干部去植树。他们不敢相信,一上午能干完三件事。但通知的确没有发错。我说,兄弟,罗书记就是这样安排的。电话那头传来叹息声。"

在杨为民眼中,罗书记出身于农村,三十多岁才走上从政的道路,他追赶时间的步子比谁都要快捷,他来势迅猛,已经镇住红河州的官员。不管他们愿不愿奔,能不能跑,都得跟着罗书记一块儿疾行。

罗崇敏的工作方式与众不同,他开会的时候少,务实的时候多。看到牛羊在街道上大摇大摆,横行无忌,他会在现场叫来县委书记,让他指挥驱牛赶羊;在乡下看到村民不漱口不洗脸,他下令给每个农民发放牙刷、香皂和毛巾;顶着"乱摊派"的骂声,他让全州各部门分摊建造村卫生所、村厕所的指标;他在《红河日报》头版开辟曝光栏,曝光卫生改革推行不力的基层干部名单……

在二十一世纪,西装革履,领带光鲜,头发焗油打摩丝,腕口腋下喷点古龙香水,如此洋气的官员已不在少数。某家省级卫视台曾直播一位"封疆大吏"去抗洪抢险第一线看望官兵和群众,他身穿名牌西装,洁白得有些炫目和刺眼,他的镜头感良好,手挥目送,不比金鸡奖的演员演技差,然而西服摩登,皮鞋锃亮,这样的着装参加舞会和酒会不错,去剪彩也行,在救灾现场露面则极不协调。很快,就有网友发帖飞砖,质问那位比好莱坞影星伊斯特伍德和肖恩·康纳利更帅气的"老帅哥"是不是演错了角色,走错了摄影棚?我们甭提这么典型的例子了,官员有一个高档旅行包或旅行推车,应该属于正常情况。可是罗崇敏去县市乡镇调研,行李极其简单,用纸袋或塑料袋装一两件换洗衣服,带上充电器和一两本书,就算齐全了。别人觉得这样子几近于寒酸,罗崇敏图的却是清省和方便。

在红河州,罗崇敏下乡调研,经常走简易公路,有些地段路况极其糟糕,坑坑洼洼的,车子颠簸不停,他苦中作乐,给这种公路取了个有趣的诨名——"五紧公路"。何谓"五紧"?"手要抓紧,背要靠紧,眼要盯紧,脚要蹬紧,神经要绷紧"。吉普车的后箱里放着锄头和铲子,有时他们要下来推车,挖土,搬石头。云南山多,地质灾害频发,一碰上大雨天,就容易出现险情,山洪和滑坡的概率较高,不能不防。只要罗崇敏觉得有必要,大雨天根本拦不住他下乡调研的脚步。工作人员为罗书记的安全考虑,劝他改期,他会生气:"我们又不是下乡走亲戚,越是这种大雨天,我们越应该下去!"有一回,从蛮耗到河口的路基因修建高速公路被刨出大坑,汽车堵塞了十几个小时,已堵成一条钢铁长龙。罗崇敏带领工作人员搬石头填平坑洼,河口县委书记闻讯赶来,当场作出检讨。

还有一次，罗崇敏下乡调研，天下着大雨，前面的道路已被山洪冲断，他看见路上停有七车香蕉，上前一问，才知耽搁了一天多。司机愁眉苦脸，已焦急得不行。罗崇敏立刻打电话，叫人过来赶修公路，以解蕉农的燃眉之急。

调研的好处很多，不用细说，大家也都明白，最直接的功效是，与基层干部近距离接触，很容易看清楚他们德、才、能、绩四方面的成色。罗崇敏喜欢实干家，欣赏有才能的人，讨厌夸夸其谈、华而不实的干部。

2005年5月24日，罗崇敏到弥勒县调研，下乡时，他与县委书记、县长闲谈，其中有这样一段话："'讷于言，而敏于行。''谁终将声震人间，必长久深自缄默；谁终将点燃闪电，必长久如云漂泊。'这些是中国圣人和外国大师的人生真谛和传世名言。组织考察干部和人世间的交往一样，都不能只看他说什么，还要看他要做什么，更要看他做了什么；也不能只看他已经做了什么，还要看他正在做什么，更要分析他还要做什么。为什么说'古来圣贤皆寂寞'？因为寂寞能涵养知识，能点燃智慧；寂寞能使人独醒，使人独清；寂寞能练达人情，洞明世事。"罗崇敏不怕寂寞，别人喜欢在觥筹交错的酒桌边热闹，他偏偏喜欢穷乡僻壤的清静寂寥。清静寂寥不会使他酒酣耳热，更不会使他忘乎所以，只会使他的事业心永不困倦，使他的责任心时刻警醒。

2005年11月19日，在开远市调研时，罗崇敏对当地干部说："我们不可能把事情做成'花'，但我们要力求把事情做成'树'。人人都喜欢花，个个都称赞花，但鲜花盛开的时间有限，甚至是昙花一现，风靡一时。有的事情不要求取一时的认可和赞同，不要跟风追风。树不可能人人都会喜欢和称赞，但树的生命力强，能适应复杂的自然环境，经得起历史的检验，具有良好的传承品格。从这个意义上讲，对想把自己做成'花'的人要警惕，这往往是投机而平庸，八面玲珑而不做实事的人，因为他始终认为自己是'花'，人人喜欢他，他也想把他要做的事做成'花'，人人去称赞它。所以我只求把自己要做的事做成'树'。"罗崇敏不做"花"，只做"树"，也希望红河州的干部能踏踏实实地朝着这个目标去努力。对少数人来说，这是他们难以完成的任务，做"树"确有其用处，做"花"确有其好处，他们的抉择既是价值层面上的，也是理想层面上的。熊掌和鲍鱼能够兼得吗？"花"和"树"能够兼做吗？答案因人而异。

领导下去调研，弄好了，是利民；弄不好，就是扰民。罗崇敏下乡调研，一般都是四个人，一辆车，从不搞警车开道。下面有人按以往的惯例弄了，必定挨一顿批评。"茶未凉，人已走"，这六个字最能准确形容罗崇敏的调研节奏之快。一天之内，他最多能跑三四个县，有的县相隔几小时车程，这个赶路的速度有点像是哪吒脚踏风火轮，快得令人咋舌。有时，因为第二天上午的活动已经预先安排，凌晨四点他们还在风雨兼程。一次，他们从蒙自出发，仿佛参加极限运动，三十六小时之内，罗崇敏调研了屏边、金平、绿春、元阳、石屏五个县。司机忍不住开玩笑说："这么苦练下去，我去参加世界上最艰苦的达喀尔汽车拉力赛也够资格了，说不定还能拿个好名次！"确实难为他了，在山区行车，司机既要留意前方，还要注意侧上方，以防石头从山顶山腰突然滚下来。

罗崇敏下乡调研，节奏飞快，他把喝茶、寒暄、吹牛这些平日必不可少的中间环节一概省减，采取最直接最快捷的提问方式，掌握情况就行，解决问题就走，不喝酒，不打牌，不泡温泉，不吃烧烤，不看少数民族歌舞表演，不唱卡拉OK，不收受任何土特产。吃饭时，他也要听汇报，有时秘书还没吃完饭，罗书记就已经起身。罗崇敏调研时，喜欢到处转转，到处看看，广泛接触当地老百姓。他走路的速度奇快，随行人员注意力稍微不集中，就跟不上他的步调。刚开始，许多干部都不适应这样的工作方式和工作节奏，尤其是在生活节奏和工作节奏普遍缓慢的红河州，像罗书记这样的"神行太保"，他们还是头一回见识。其实，下面的干部很喜欢罗书记来调研，既能解决问题，又清心省力，还不用为安排娱乐节目伤透脑筋。他们都清楚，罗书记忙完公务，有多余的时间，全都会用来读书思考，根本不要别人陪他。

在红河州，罗崇敏每天起得早，睡得晚，实干加苦干。天亮不久，他就到了办公室，处理公务，然后出门调研，天黑了才回机关，一天工作十几个小时。能够不开的会尽量不开，他认为开会的直接成本和间接成本太高。真正要解决问题，就得先摸清情况，一年之内，他跑遍了全州一百四十五个乡镇，这样的干劲，以前的州领导无人能够望其项背。

2005年，为了协调越南的铁矿（"红钢"百分之七十的铁矿石来自越

南的老街和莱州），罗书记从奠边府到莱州省签订协议，然后马不停蹄，从马路塘口岸到金平县高级中学听取汇报。吃完晚饭，又花四个小时车程赶到河口，为的是翌日一早就能与河口高级中学的师生交流，上午还要赶到屏边调研，下午即回蒙自。这样连轴转，年轻人都吃不消，受不了。有人对罗书记快节奏、高频率、高效率的工作作风产生误解，甚至暗暗地产生抵触情绪，但久而久之，他们要么是惭愧了，要么是感动了，误解冰消雪融，反过来钦佩罗书记的事业心，敬慕他的生命力。

身处竞争时代，抱残守缺毫无前途。罗崇敏为了使红河州又好又快地发展，缩短与先进地区的差距，他决定改变落后的观念，抛开机械的教条。他认识到，红河州的区位优势被削弱，主要是干部的观念严重滞后，要刷新他们的创造精神，要唤起他们的突破勇气，首先就必须开阔他们的眼界，与最先进的现代观念实现无缝对接。

"民族有区别，智慧无省界，无国界。"罗崇敏注重对外开放，每年他都会组团，率领一批红河州的干部到沿海发达地区或周边国家去考察，到上海、广州、香港、苏州、杭州、重庆等地去招商引资，使红河州的干部与最前沿最现代化的发展观念达成无阻隔的亲密接触。这种做法与他积极倡导的"边疆要有中心意识，边境要有城镇意识"的主张非常吻合。他让大家从比较中找准差距，理清思路。每次回来，对于所见所闻所思所感，罗崇敏都要秘书杨明志整理出有分量的考察报告。2004年去台湾写了一万七千字，2006年到非洲津巴布韦写了三万六千字，此外，前往西藏和甘肃也分别写了一万多字，这些考察报告有问题，有思考，有看法，《红河州情》将它们印行出来，下发到各市县，让大家学习、借鉴。其他县委领导也要写，相互交流，这样做，干部得到了锻炼，罗崇敏也掌握了更丰富的信息量。

许多跟罗崇敏初次打交道的人都会先入为主地认定他是从中央机关空降到云南的干部。经常有人询问罗崇敏一个相同的问题："罗书记，你是哪儿人？"罗崇敏如实相告：我是土生土长的云南人。对方立刻面露惊讶之色，潜台词无非是：观念这么超前的官员怎么可能是云南人呢？这就比较有趣了，它间接地反映出外界对云南本地人存在根深蒂固的成见，那就是云南人思想保守，观念落后，眼界不宽，阅历有限。罗崇敏一举打破了他们的成见，所以他们感到有些吃惊。

每次考察前，罗崇敏都要备课，了解当地的历史地理和民风民俗，把功课做得扎扎实实，尽可能知己知彼。因此他与对方聊起来，无论哪个话题，都能对点对路，真正做到宾主尽欢，事半功倍。通过走出去，引进来，扩大开放度，增强影响力，红河州的神秘面纱被众手撩开，这颗南疆明珠惊艳八方，令人啧啧赞赏。在人民大会堂举办红河论坛，在蒙自举办"中国电影百年"红河州系列活动，将红河奔牛篮球队推向CBA赛场……让中国知道红河州，让世界知道红河州，罗崇敏实现了他的愿望，兑现了他的承诺。

绘画、作文、吟诗、谱曲需要灵感，调研也同样需要灵感。不说别的，就说罗崇敏乘坐窄轨老火车从蒙自出发前往河口的那一趟，一百九十公里的行程，消消停停走了十个小时。罗书记是大忙人，大飞人，怎么突然有了闲情逸致乘坐老掉牙的窄轨火车逛峡谷？原来是他要考察这个化腐朽为神奇的旅游开发项目。在这条线路上，游客可以欣赏热带雨林风光，接触少数民族风情。随行人员坐在闷罐车里，汗湿的衣服前胸贴后背，热得抓狂，根本无心观景，甚至没劲聊天。罗崇敏却兴致盎然，边看边想，边想边说。后来，他与孟家宗合作长篇小说和剧本《天下一碗》，建造这条窄轨铁路成为了男主人公程华强实业兴国的人生理想，其灵感的发端大约就源自于这次考察吧。

应该说，罗崇敏最喜欢的调研是那些实实在在能够结出善果、造福百姓的调研，至于那些流于形式的调研活动，很难跟他挨上边际，扯上关系。在蒙自县鸣鹫镇，有一位土专家长期实践种子改良栽培，把北方的大白菜成功引进到该镇，令人刮目相看。2005年，红河州表彰农村土专家，此人参加了会议，并且即席发言。罗书记了解到对方二十多年从事种子改良，用力极勤，用心极苦，不禁为之动容。会上，罗书记问他最近有什么创新项目，这位土专家说，他正在改良桃种，有两亩试验地。过了一段时间，罗书记带人悄悄地去参观，非常看好这个改良项目，当即私人资助五百元，并且让县科技局出资扶持。2007年5月，创新品种的鲜桃成熟，八两左右一个，色泽鲜艳，味道香甜。这位土专家带人敲锣打鼓，将十公斤新桃送到红河州委给罗书记尝鲜，罗书记尝过新桃后，觉得色香味齐全，很

高兴，亲自命名它为"蒙自红"。在罗崇敏任期内，差不多每年开一次农村土专家表彰会，一连开了四次，每次他都参加，与土专家交谈，评估项目，给予资助，定点定人，一一落到实处。

每到一地，罗崇敏对基层的经验和实践（正反两面的）比较敏感，对耳闻目见的事情非常细心，工作灵感甚至来源于一饭一蔬之间。他在红河履职时，多次在乡下见到男女去野外树林中解手，就决定在全州建造农村公厕。他在建水县某乡吃到一种个头很大的芋头，觉得味道甘美，丝毫不逊色于广西槟榔芋，当地干部告诉他，这种芋头虽然好吃，销路却并不好。罗崇敏认为，市场要去培育和拓展才会好起来。他重奖二十万元，让农民大面积种植，两年种了两万亩，市场销路果然畅通了，这种由罗崇敏亲自命名的"建水芋"使不少农民踏上了致富之路。

有春温，就会有秋肃，罗崇敏调研，也会使一些行为不端、绩效太差的基层干部风声鹤唳，草木皆兵，害怕得直哆嗦。有一次，罗崇敏到红河县调研，得知某村的村支书为人霸道，竟在村卫生所旁盖餐馆，不仅污染环境，还占用卫生所的地方。罗崇敏听说此事后，立刻命令县委书记："明天你派人把那家餐馆拆掉，再来向我汇报工作！"眼中进灰必须迅速清除，肉中陷刺必须立刻拔掉，罗崇敏遇到这类事情，绝不会缓一缓，更不会拖一拖。

为调研而调研，是一些官员的消遣和娱乐，但罗崇敏永远都不会视调研为游戏。在他看来，调研只是手段，决策才是目的，所以你千万别以为他只争朝夕、疾风闪电式的调研工作纯粹是走一走过场，他出手如电，从未露出过迟缓的迹象。

在红河主政之初，罗书记就发现蒙自丰富的稀金属矿产资源正遭到破坏性开发，效率低，浪费大，管理混乱不堪，一些小矿之间经常会产生龃龉和磨擦，影响社会治安和稳定。经过调研后，罗崇敏认定，要合理整合资源，高效开采蒙自的稀金属矿产，就必须引进一家外省的大企业，用上更好的设备、技术和管理方式，这才是长久之计。为此他多方了解，反复权衡，将一家广西的私营企业引进来。一方面他给当地老百姓做说服工作，另一方面他让州政府给这家广西的私营企业提供两亿元资金担保，使之成为全国最大规模的铟加工基地。如今效益彰显，每年创利税两亿元，成为了蒙自的利税大户。

锡都隧道在红河人眼中永远是一个谜团工程，由于地质结构复杂，工程难度大，技术难以攻关，资金无法组织，这个看似无解的难题就像历史使命一般最终交到罗崇敏的手中。通过多次调研，罗崇敏发现，五十年前，苏联专家就绘制了锡都隧道的图纸，由于种种原因，这张图纸竟然沦为尘封的文物，在档案袋中呼呼闷睡了半个世纪。他把五十年前的图纸找出来，请工程专家来论证和会诊，找准病灶，订好"治疗方案"，筹集资金，多管齐下。这条五十年未能打通的老大难隧道，最终硬是在罗崇敏的任期内竣工通车了。

许多人佩服罗崇敏有勇气，固然佩服他拼命吃"河豚"，更佩服他吃了"河豚"，有益无害。这世界上敢于尝试敢于冒险的人本就不多，尝试之后冒险之后还能稳操胜算的人更是凤毛麟角，罗崇敏就是这样少之又少的"幸运儿"。

凡是看准要做的事，罗崇敏有条件要干，没有条件创造条件他也要干。最能说明问题的是他在红河州"顶风作案"，创办工业园。当年，国务院已明令地方不许以任何名目再搞工业园区，因此红河"产业富州"的宏大愿景被一道厚厚的政策壁垒阻挡住了。云南省委省政府很清楚红河州委州政府的规划，原本也是支持的，但大闸要关闭，不可能给罗崇敏另开方便之门。"不能建"和"不准建"，这就是军令，是高压线，莫非罗崇敏也敢违抗，也敢碰触？他反复思忖，若不办工业园区，"产业富州"就是一句空谈，红河的发展和腾飞就会延迟许多年。他反复权衡，个人丢乌纱帽事小，红河断送前途事大。在一片反对声中，罗崇敏所主张的五十六平方公里的一园四区规划出台了，四区由冶金、化工、服务业和生物产业构成。罗崇敏亲自出马，协调土地、资金。许多企业闻风而进，"云锡"、"云铝"、"云铜"、云南建工集团都入驻园区，谋求新的发展。只七个月时间，报名进园的企业多达七十二家，投资二十四亿元。

罗崇敏打出的"擦边球"奇妙无比，毕竟边疆有边疆的特殊性，只要这件事他确实看准了，做对了，预期的冰霜也不会降临在有为者的头顶。说侥幸，这其实不是侥幸，也不是赌博，而是超前超常的预判力，它一再赋予了罗崇敏履职的灵感。

许多人赞赏罗崇敏的魄力，认为他敢于铁腕治红河，能够力排众议，用雄辩的事实说服大家，征服众人。殊不知，这样的魄力是需要底气的，他的底气就源于理性思考和科学论证，这正是他惯用而又屡试不爽的利器。那些只知刚愎自用、一意孤行的地方长官，若单单指望命运女神的频频青睐和眷顾，就根本无法窥其堂奥。

红河钢铁有限公司始建于2003年初，罗崇敏到红河州履职后，多次前往调研。他认识到云南的钢铁企业偏弱，除开昆明钢铁有限公司实力较强外，其他的钢企规模太小，仍留下很大的发展空间。2006年到2007年，中央实行经济调控，防止发展过热。在紧缩银根的大形势之下，罗崇敏并没有跟着指挥棒唯命是从，他认为："红河州与越南接壤，1989年这里还是打仗的地方。红河州的经济发展不是过热，而是过冷！"

当年，投资上百亿的江苏铁本钢厂被勒令下马，其董事长戴国芳受到严厉查处，"铁本事件"震惊海内外，加之全国钢铁过剩，新钢厂立项难，谁也不敢选在这个节骨眼上轻举妄动。罗崇敏却独具战略眼光，全国的基础建设盘子巨大，钢铁的需求量有增无减。表面看去，投建红河钢铁有限公司是顶风上马，实则是打了个提前量。在红河州建大型钢铁企业，既有内因，也有外因，紧邻的越南只出产铁矿石，却不出产煤炭，红河钢铁有限公司可以盯紧越南市场，实现双赢。毕竟政策是一道铁闸，对这个立项，云南省发改委不敢报，国家发改委也不肯批，事情就这样暂时搁浅了。红河州委开常委会，研究应对方案时，顺势停？顶风干？意见的天平发生了倾斜，三分之二的常委主张等等再说，先避避风头，只有三名常委坚决要干。罗崇敏大胆拍板，干，出了差池，风险由他来承担。有人私底下预言，罗崇敏在仕途上的拐点很快就会出现，他很难挺过这一关。

山雨欲来风满楼，有人将举报信写给中央电视台的"焦点访谈"，该栏目闻风而动，立刻派出记者，意在曝光红河州的"顶风作案"。他们通过明察暗访，认定这是第二个"铁本事件"的活标本，为此拍摄了好几盒资料带。巧就巧在此时出现了一个大家意想不到的插曲，央视记者拍完带子后，住在蒙自的武装宾馆，结果夜间失窃，除了财物有损，几盒录像带也被悉数偷走。中央台要求彻查此事，怀疑红河州的领导暗中插手，目的是销毁证据。罗崇敏未作任何申辩，他命令蒙自公安局限期三天破案，

"还红河州委州政府一个清白，保住企业的命脉"。三天内，此案水落石出，小偷被抓到，录像带也被追缴回来。

红河钢铁厂究竟是下马还是上马？是停建还是续建？在重重压力下，红河州政府"断臂"自保。当时，罗崇敏正在北京学习，得悉"红钢"停建一事后，他风风火火赶回蒙自，去厂区与企业职工座谈。他神情严肃，郑重表态："我与这个企业同在，我与大家同行！"现场顿时欢声雷动，有的人把巴掌都拍痛了。罗崇敏到工地上与工人同吃同住，到昆明去向省委省政府领导汇报解释，他还给主管工业的国务院副总理曾培炎写信，仔细阐述续建"红钢"的理由。曾培炎副总理指示云南省要妥善处理"红钢"项目。"红钢"终于绝处逢生，不但没有停建，还加快了建设步伐。

罗崇敏胸有成竹，"红钢"与"昆钢"实行战略合作是一步好棋，将"昆钢"的冷轧、热轧生产线都搬过来，进行必要的技术改造，从最初的年产一百万吨提升到五百万吨。事实雄辩地证明，罗崇敏没有看走眼。由于各项基础建设齐头并进，钢铁的需求量与日俱增，"红钢"成为了红河州的龙头企业，它生产的线材和板材质量上乘，深受客户青睐。

从2003年到2008年，铁矿石的价格逐年猛涨，"红钢"的铁矿石原料主要依赖进口，缺陷暴露无遗。于是罗崇敏亲自挂帅，与"昆钢"董事长结伴前往越南贵沙铁矿签订长期协议，避免了日本人前来挖墙脚。起初，对方要求对等地位（省与省）的交往，罗崇敏巧妙地使用外交渠道解决了这个问题。如果红河州只进口越南的铁矿石，这是不对等的单边贸易，无法制衡对方。罗崇敏又亲自出面沟通云南省电力局，给越南边境省份供电，双边贸易因此达成。此举无疑是双赢，双方都获益，也能很好地制约对方。

红河钢厂建成后，废水、废料、废气如何处理成为了大难题，当地老百姓多次闹事，不断上访，令人头疼。罗崇敏让厂方立下军令状，一年之内解决工业污染。于是，"红钢"总共斥资六百多万元购置先进设备，回收金属烟尘，建成一座大型污水处理厂，为整个工业园区服务，日处理工业污水一万五千吨。从福建引进一家建筑公司，用工业废渣生产地板砖。这样一来，不仅"红钢"，整个工业园区都达到了环保指标。

"边疆要有中心意识，边境要有城镇意识"，红河州相对于越南而言

无疑是中心,罗崇敏以治理国家的理念治理红河州,他鼓励越南的学生到红河学院来留学。迄至2008年,红河学院已有五百七十四名越南留学生。河口对面是老街省,罗崇敏注重边境贸易,用经贸往来推进两国的友好关系,以区域层面的合作推动国家层面的合作。这都是他经过深入调研之后取得的成果。

罗崇敏不怒而威,凡事讲求效率,节奏奇快。他喜欢在鸡毛小店吃饭,三扒两嚼就完事,从不开黄色玩笑,从不讲荤段子,与其他领导一同就餐,他吃得比平日更快,他知道,他在场,别人不自由,他离席了,大家都自在。调研时,他不讲空话、套话、废话,只讲要点、重点、难点,解决问题就走。罗崇敏的记性之好非比寻常,对此红河州的基层干部印象极深,凡是罗书记交代过的事,限时限刻必须完成,说不定哪天他就会回过头来督查。谁要是表了态,立了军令状,却把它们当成儿戏,想要糊弄过关,必定会遭到罗书记的严厉批评。罗崇敏到某地调研,并非提前数日就通知,而是在前往某地的路上打电话,往往一个小时还不到,他就仿佛从天而降,下面的干部措手不及,想作假都作不成,想玩花样也玩不出。

2005年,医改前,罗崇敏去屏边人民医院调研,常务副院长杨某居然回答不出医院住院部有多少个床位,也不清楚一年的门诊量,差不多一问三不知。罗书记很生气,事后严厉批评屏边县委书记怎么任用这种不敬业不称职的干部。

有些领导工作压力大,下乡调研,正是放松筋骨的好机会。他们不调不研或调而不研,既无缜密的计划,也无明确的目标。烟筒一抽,白酒一喝,烧烤一吃,牌局一开,一天光景就闲悠悠乐悠悠荡悠悠了。党员开民主生活会,大家给罗崇敏提得最多的意见是"过高,过快,过严"。罗崇敏每年都要为此违心地作一番"检讨"。连家人都说他:"你不会开玩笑,太严肃了。"

调研是否具有价值和意义,就要看调研者取得的实效和实绩如何。金平县勐那乡那兰村是一个傣族村,非常富裕,香蕉和橡胶出产丰富,人均收入将近十万元。这里有一个怪现象,小孩子都不爱读书,不少小学生辍学,初中毕业生不多。他们认为读书无用,满足于衣食无忧。罗崇敏了解到这个情况后,专门带去技术人员,帮助当地果农将普通土蕉改造成市价更高的皇后蕉。没过多久,科技的价值彰显出来,一斤皇后蕉抵得上二十斤土蕉,当地果农心服口服。罗崇敏在那兰村开办图书阅览室、老年人活动中心,修建篮球场,村里的孩子重又被父母送回学校,厌学者和辍学者也越来越少。

出去调研,罗崇敏从来都是有备而往。他带着想法和问题下去,向工业、农业、电力等部门的领导提问,非常专业,不讲外行话,不讲过头话,更不会闹出大笑话。他去烟厂、锡厂探讨科技发展,与他们说的句句都是内行话。与电讯公司谈发展,对方还以为他学过IT。与煤化工、磷化工的工程师谈新能源,同样头头是道。他下乡调研烤烟,一看烟叶就知道品种,它是红花大金元,它是G28,它是K326,一认一个准,从未走过眼。农民怕官,对官员通常是敬而远之,但罗书记去了,他们个个有说有笑,话题围绕着怎样采选良种良法养猪,稻种究竟用河系好还是用滇系好,都有一番热烈的交流。他们之间没有障碍,没有隔膜,没有戒备。罗崇敏在哪行就是哪行的专家,这绝对不是临时抱佛脚能够轻易做到的,与他平日的积学精思大有关系。罗崇敏喜欢搜集信息和资料,凡事都要做到心中有底,心中有数,诚可谓有备无患,不打无准备之战。每次他到北京开会或出差,必抽空去王府井书店,一买就是几十本书。别的领导带回大包小包的特产,他却是孔夫子搬家——只有书。除了买书,罗崇敏还喜欢逛博物馆,他常常感叹:"不到博物馆不知人生之短,不到书店不知学问之浅!"

罗崇敏出差如打仗,永远都闲不住。有一次,他带团到广东考察,走了好几个地方,时间抠得很紧。晚上十点多钟,才在宾馆安顿下来,大家都觉得很劳累。稍稍洗漱之后,罗崇敏却提议去看看市政建设和广场文化。有人面露难色,对他说:"罗书记,还是明天去看吧?"罗崇敏说:"你不能让我在宾馆里没事干,我会闲出病来!"

皇天不负有心人。罗书记就是个有心人,在外地考察,他总在寻求与对方合作的机会,要的是互利和双赢。2003年,他带队到广州市考察,询问黄埔区的区委书记,在他的辖区内,哪家企业实力最强?对方介绍了广东水电二局,专门从事江河流域的开发设计。一问一答之间,罗书记立刻想起红河州的水电开发仍旧悬而未决。事不宜迟,他专程前往广东水电

二局,造访董事长黄迪领,介绍红河州的水利情况。红河境内总共有四条江河——红河、李仙江、南盘江、藤条江,水利资源丰富。他竭诚欢迎广东水电二局去红河州合作开发,"你发财,我发展",真正实现双赢的绩效。谈了半个小时,黄迪领牛气烘烘,嘻嘻哈哈,未置可否。

一个月后,罗崇敏让有关部门做好了两套开发方案,一套是广东水电二局全盘投资开发红河州的四条江河,另一套是广东水电二局有选择地投资开发。罗崇敏带领红河州发改委的主要领导和工作人员,再次去广东水电二局造访董事长黄迪领。这一回,对方被他的诚意彻底打动了,收下方案,并且保证会仔细研究,认真对待。

两个月后,广东水电二局派来了一个总经理带队的考察组,罗崇敏全程陪同。此后,罗崇敏又与广东水电二局两次切磋和商榷,董事长黄迪领被罗书记完全说服,他亲自去了一趟红河州。一旦真菩萨现了身,露了面,事情自然就眉清目秀了,一切困难都迎刃而解。红河州的梯级开发率先上马,共建造五座水电站,南山电站装机容量为30万千瓦,头一年就上交利税1.8亿元。马堵山电站也建成投产。李仙江电站则由华为电力集团有限公司设计建造,装机容量为30万千瓦。

2004年6月26日凌晨,建水县暴雨成灾,发生多年罕见的特大洪灾,造成人员伤亡。四时至六时,短短两小时内,建水县的降雨量就高达93.3毫米,造成1000多间房屋倒塌,2500亩农田被淹,1人死亡,2人失踪,18人受伤,3200多人受灾。一大早,罗崇敏就赶到救灾现场指挥建水县委、县政府抗洪抢险:千方百计营救被困群众,确保群众生命安全;千方百计疏散群众,使群众及时避险;做好水库堤坝的监测和排险工作;保障灾民的吃饭、饮水安全及疫情预防;做好生产自救和农资供应工作。他还深入到受灾农户家中、田间地头和水库坝塘,察看灾情、慰问群众,鼓励群众团结一心,共渡难关,抗洪抢险,重建家园。西庄镇金华寺村一位姓张的受灾老村干部说:"看到罗书记,我们就对抗洪抢险、重建家园和生产自救充满了信心。"时隔多年,村民仍保留着当时罗崇敏现场指挥抗洪抢险的照片,仍然念念不忘罗书记与他们结下的生死情。

2005年6月份,由于连日暴雨,南山电站在建造过程中突然垮坝,罗书记闻讯之后,于凌晨一点赶赴现场,调集武警部队战士,紧急抢险。在红河梯级开发期间,罗书记到工地调研不下十次。随着接触增多,了解加深,广东水电二局董事长黄迪领对罗崇敏十分钦佩,他说:"罗书记,你是边疆落后地区的领导,但你重商的理念和亲商的意识却比沿海发达地区的领导还要强啊!"

2007年6月13日,罗崇敏正在北京出差,接到云南省主管工业的副省长的电话:"省属的开远小龙潭煤矿的扩建工程出了状况,由于当地群众对搬迁补偿不予接受,开工时间一再延迟,每天有两百多人在现场静坐,无法正常施工,严重影响了我省能源建设和一批工业项目。希望罗书记重视和解决这个问题。"罗崇敏接完电话,马上赶回红河州部署安排,他作出四点指示:第一,要千方百计保护好农民群众的利益,依政策适当增加补偿费;第二,组织强有力的工作组深入到农民群众中做工作;第三,加强警力,不与民众产生正面冲突,避免事态扩大;第四,采取有力措施,七天内必须使工程全面开工建设。罗崇敏亲自深入到农民群众中做思想工作,大家看到罗崇敏就仿佛吃下了定心丸,一个农村老党员说:"看到罗书记来了,我们就放心了,他是说话算话的,他是替我们老百姓做主的,我们不要再阻碍施工了。"措施正确加人格魅力,这就是罗崇敏的制胜法宝。

2007年10月2日,罗崇敏在红河州屏边县调研,与干部座谈时,他将自己对快捷调研的认识和理解畅述出来,与大家分享。他说:

"在信息时代,领导者调研公务,不要把'走马观花'视为大忌,其实真正以务实的态度和追求效率的精神来进行调研活动,该走马观花就走马观花,该下马看花就下马看花,该驻马赏花就驻马赏花。'花'者,民众也。'花'者,实情也。'花'者,解决实际问题也。亲民不一定近民,近民不一定亲民。领导的亲民体现在真情实感上,体现在真心实意上。很多文明发达国家的领导者,不会天天想着到乡镇、到基层去'看民、亲民',而是在领导决策和管理中来体现亲民、爱民。能在马上知道民众疾苦,了解工作实情,何必要'下马'呢?该'下马'时就不能'走马','下马'若不能了解到实情,就必须'驻马'。调研活动是发现问题、研究问题、解决问题的行动过程。应转变调研的思维

方式，珍惜时间，注重效率。那些到基层调研无端地消耗很多时间去闲聊、吃饭、喝酒、打牌，甚至上烧烤摊、进歌舞厅的调研行为，表面上看是深入实际，是与当地干部群众打成一片，实际上是作秀扰民，是对群众的愚弄，是对职务的亵渎，是对自身形象的污秽。"

罗崇敏至今不会打"双抠"，这简直不可思议，令人难以置信，以他的高智商，怎么可能玩不会这种雕虫小技？摆明了，非不能也，是不为也，是不愿也。有一位上级领导自信名师出高徒，他毫不吹嘘地说他只要用半个晚上就能教会罗崇敏打双抠，将他正式收编为核心牌友，可是罗崇敏坐在牌桌前心不在焉，魂不守舍，老是出错牌。那位上级领导喟然感叹道："老罗，你真不是这块料，你还是趁早去忙你的吧！"罗崇敏闻言，如逢大赦，乐颠颠地走出了那间烟雾缭绕的宾馆房间。

第三章　口令："关起门来干"

　　"快鱼不但可以吃慢鱼,还可以吃大鱼。我们不但要消除金钱和权力上的腐败,还要克服时间上的腐败。宇宙的空间是无限的,领导干部履职的时间是有限的,要珍惜有限的履职空间,精益求精地把职责范围内的事情做好做美。空谈误国,实干兴邦。要注重实效,以实正名,正名求实,先实后名,名副其实。反对名不副实,沽名钓誉,华而不实,哗众取宠。"

——罗崇敏　2004年

　　"笑骂从汝,好官须我为之",这句话是北宋奸臣邓绾最著名的官场心得。无限政府体制对于官员的约束力不强,官本位的唯一追求(也是最高追求)就是当官,巧取肥缺,安享高位,至于"官应该如何从正途得来"和"怎样当有德有为之官"这两个问题,却不在某些官员通盘考虑的范围之内。这显然与组织部门选拔和管理干部的方式方法不够科学有关。某些干部的惰性、贪性太重,喝起白酒来牛气冲天,收起红包来出手如电,干起事业来却气息奄奄。这样的干部,谁能指望他们权为民所用,利为民所谋,情为民所系?罗崇敏向来以身作则,垂范于人,他采用的是四维坐标:严格要求,精心培养,大胆使用,真诚关爱。在工作中,他的认真和严格是出了名的,领导干部开会必须守时,谁要是迟到,他就去坐专设的"迟到席"。众目睽睽之下,肯定如坐针毡,比古代官员迟到了屁股挨板子不会强得太多。从细处给予警示,收效并不细微。

　　相比东南沿海发达地区,红河州是南部边疆少数民族落后地区,各项改革举措至少慢半拍。罗崇敏的改革举措却偏要快一拍,二者形成极

大的反差。有一次,他到昆明开会,一位上级领导半开玩笑半认真地说:"老罗,你能不能放慢一下脚步?要不然,就不是我们领导你,而是你领导我们了。"然而无论如何罗崇敏也不肯放慢节奏,他脑袋里的那根弦绷得很紧。一些懒散的干部被他批评得心惊肉跳,体无完肤。不管他们是破鼓,还是响鼓,罗崇敏一律用重锤猛敲。机不可失,时不我待,罗崇敏在红河州强势推进改革,分秒必争。他难免会有焦虑的时候,红河州各级领导班子中都有人观念拧巴着,对不上劲,跟不上趟。因此改革全州人事制度,干部年轻化势在必行。

干部选拔制度的改革可谓牵一发而动全身,罗崇敏将一些重要岗位:州委、州政府的副秘书长,州纪委副书记等拿出来,由一百余名年轻干部竞争上岗,其中有当年刚考上公务员就提拔为副科级的,也有等待升迁的老处长被撸下的,这"一刀"在红河州干部队伍中切下去,立刻有人叫好,也有人喊痛。叫好的人认为这回人事制度改革并非虚晃一枪,确实动了真格的;喊痛的人则指责罗崇敏违反干部选拔条例,一意孤行。"五十五岁以上的干部不再担任县处级领导的实职"这一条,激起了一些老干部的抵触情绪。红河州大,县多,干到县处级不容易,熬到五十五岁,正该是苦媳妇变成婆婆的时候。罗崇敏划定这道红线,许多人立刻就有"见光死"的感觉。罗崇敏此举得罪了不少人,告状信像雪片样飞向昆明,飞向省纪委。他畏缩了吗?没有。他忌惮了吗?也没有。这"一刀"真正切到了位。

红河州百名年轻干部下乡挂职锻炼,是一个不小的动作。与大家合影前,罗崇敏为他们打气鼓劲:"社会为个人发展提供的机会是有限的。社会为个人发展提供机会的根本意义是不断推动社会的发展!"在这些年轻干部中,就有刘昊,两年后他成为了罗崇敏的秘书。对于这句话,他铭记于心,多年后,仍能一字不差地复述出来。

对于青年干部,罗崇敏最看重的三点是:他们爱不爱学习?他们对事业忠不忠诚?他们为人稳不稳重?他随时都在留意,有的青年干部被破格提拔后,才知道罗书记已观察自己一段时间了。

2005年11月22日,罗崇敏在"中国民族发展·红河论坛"上发表演讲,提出"民族问题归根结底是发展问题"的论点。他认为,少数民族地区较之中心地区和东部沿海地区,长期存在着三大发展差距,即经济发展差距、人类发展差距和社会发展差距。要缩小这三大差距,就应选择"五转变"的战略。第一,转变发展思维,促进以物为本的发展思维向以人为本转变;第二,转变发展方式,促进经济社会发展规模、速度、质量、结构、环境、效益的有机统一;第三,转变发展机制,机制兴州,提高行政效率,降低行政成本,加快行政管理体制、教育和医疗卫生为重点的事业单位改革,实现事业单位人员身份社会化,资产明晰化,管理法制化,深化国有企业改革,大力发展非公有制经济,深化投资融资体制改革,提高资金与资本运营水平,深化农村改革,促进农村生产要素的依法自由流动,深化户籍制度改革,推进公民自由迁徙;第四,转变发展要素集聚方式,形成新的增长和发展极;第五,转变社会管理方式。

"产业富州"是当务之急,也是重中之重。产业之中,工业无疑占有较大的份额。当时,州的人大报告上明文提出要把红河州建成农业大州。罗崇敏力排众议,认为这个提法不妥,工业强州才是出路。他说,红河的农业发展要靠工业发展去增加投入,否则就是无源之水,无本之木,以工业反哺农业,农业才能升级为现代农业。他定调又快又准,毫不含糊,把一些工业干部派到农业县去当副县长,即体现了他的总思路。

经过几番思忖和琢磨,罗崇敏在工业富州的基础上提出了产业富州的大架构,其内涵更为丰富,提法也更为科学,因而引起了广泛的共鸣。"依托大自然办新工业,扶持大企业上大项目,依靠大项目争高速度",对于主管工业的副州长苏维凡的这个思路,罗崇敏欣然首肯。有些人头脑发热,盲目跟风,主张弄汽车,弄电脑,罗崇敏和苏维凡则主张扶持投入小、产出高、消耗低、污染小的新兴工业,瞄准矿产资源丰富的区域优势,改造冶炼技术手段,引进新企业和新设备,拿下大项目,不再小打小闹,把六矿二厂整合给云锡公司,整合之后,云锡公司的总产值由十多个亿猛增至一百多个亿。红河州委州政府主动出击,到钢铁、冶金、煤化集团去走访,扶持大企业上大项目。淘汰落后产能,加快设备和技术更新,引入澳斯墨特炉(冶炼炉)。红河州政府与十多家大企业签订战略合作协议,热忱欢迎大企业到红河来发展。当然,并非事事顺心惬意,罗崇敏也受到过冷遇,省冶金集团的老总就曾一度认为红河州没有干事的环境,

用"以后再说"相敷衍,但经过多次接触后,罗崇敏的胆魄和能力打动了对方,使之消除顾虑,答应前往红河州调研。后来,省冶金集团在红河的投资堪称大手笔,累计高达一百个亿。大企业带动小企业,整个经济就活色生香了。大项目带动高速度、高效益,也提升了红河州的形象。

有的领导遇到重大决策时,左看看右瞧瞧,瞻前顾后,自家造屋,谋于道人,貌似民主,其实是缺乏主见。罗崇敏相当果断,凡是他看准了的事情,迅速拍板,全力以赴,大胆尝试,从不贻误战机。多年后,主管工业的副州长苏维凡回忆往事,仍动情地感叹道:"我们跟着罗书记干,特别有奔头!"

罗崇敏主张将产业建设放在第一位,通过三至五年的努力,使产业收入达千亿。他说:"人类社会的发展即将自然资源、人文资源和人力资源转化为物质财富和精神财富。产业包括工业、农业、现代服务业、科技产业、信息产业、能源产业、文化产业、基础产业,这是一盘棋,要通盘考虑,每一颗棋子的子力都不可忽略,走一步要看三步,苦干还得加巧干。"

红河州委州政府将三个关键产业视为重中之重,工业方面主要是抓两烟、冶金和生物化工,农业方面主要是抓特色种植业、养殖业、果蔬和冬季农业开发,基础产业方面主要是抓道路建设和能源开发。罗崇敏的工作方式一如既往,到生产第一线去了解情况,然后做出决断。他抓两烟,亲赴红河烟厂,与邱健康厂长商讨方案,共同描绘出红河烟厂的发展蓝图,具体是"三个两百万",即生产烤烟两百万担、卷烟两百万箱、土地轮作两百万亩。

罗书记与邱厂长一见如故,两人就卷烟规模、结构战略、烟叶质量战略、市场管理战略进行了深入广泛的探讨。邱厂长头一次接触到如此懂行识门道的州委书记,更加畅所欲言,把自己的思路讲出来,把企业的瓶颈也亮出来,他们一同想办法,找出路。那天中午,罗书记破例喝了半斤白酒,他开心惬意啊!回到州委办公室后,他心潮澎湃,文思泉涌,稍作梳理,即撰成一篇《红河两烟战略选择》(后来发表在《中国烟草》杂志上)。文章的主旨既具有战略思想的高度,又具有战术素养的精度。这种深谋远虑、实获我心的领导最受企业家敬重和爱戴。

当时,亚洲经济危机对地处个旧市的云锡公司冲击很大。这家大型国有企业共有十多万职工,其中有一万多名职工准备上街游行,罗书记亲临现场排难解纷,与职工代表面对面交谈,化解他们的对立情绪,消弭他们的忧虑心理,使行将恶化的局面得到了有效的控制。云锡公司的分厂要修路,罗书记立刻指示有关部门出马,只用三个月时间就修成通车了。

有一天晚上八点多,罗崇敏到个旧市机械厂去调研,与李厂长聊了两个多钟头。这家工厂早已名存实亡,只剩下一些陈旧的设备和厂房。罗崇敏主张改制,但要保护好职工的利益,听取他们的诉求,妥善安置,足额发放补偿金。此前,厂方怕职工闹事,一直拖而未办。罗崇敏吩咐李厂长召集二十多名职工代表商谈方案,在原先的基础上将补偿金提高一个档次,问题就迎刃而解了。

产业要发展,必须解除旧的经济体制的羁绊,以新的经济体制取而代之,罗崇敏在这方面下足了干劲,铆足了心思。红河州百分之九十以上的国营企业改制为民营企业,充分提高了非公企业市场化发展的水平,这个力度异常之大,非铁腕而莫办。

在改制过程中,一些濒临倒闭的企业重获生机。个旧化工厂久已拉闸停产,厂区内杂草丛生,荒无人烟,形同废弃的仓库。罗崇敏拎了水果去那儿,与老工人谈,与老厂长谈。他对老工业基地的感情溢于言表,深深感动了大家。昔日的心劲一旦找回,机制一旦创新,个旧化工厂很快就起死回生。

电力是工业的命脉,也是生活质量的保障,罗崇敏打破传统观念和格局,在红河州南边建设了十多处水电站,那兰电站,元阳电站,马斗山电站,泸溪电站……加快了红河州的工业发展,实体经济的态势越来越好,红河州的经济有了更多的增长点。

工业的发展速度上来了,农业也要有效跟进。罗崇敏抓农业,对辖区的特点了然于胸,他根据各个县区的自然环境和气候的差异,因地制宜,给基层干部灌输现代农业的理念。比如说,在弥勒种葡萄,在建水种芋头,在蒙自种枇杷、枣子和石榴,规模不小(至少上万亩),效果很棒。有一次,罗崇敏与"云南红"的老总商量如何利用弥勒的葡萄资源酿酒,两人一拍即合。老百姓重情重义,逢年过节时,都会有人送水果到州委州政

府,芋头则是一麻袋一麻袋地送,那份实诚真叫沉甸甸的。

有人说,罗书记来到红河后,冬季农业开发上了好几个台阶。利用闲置的土地资源和水利资源来发展农业,同时注重市场的需求,弄得好,当然皆大欢喜;弄不好呢? 农民就会把农产品挑到县委县政府和州委州政府来,给官员难堪。罗崇敏找到厂家来消化农产品,保护农民的生产积极性,小米辣加工厂很好地解决了配套供应,就十分成功。

罗崇敏到红河州上任时,农民人均年收入一千六百多元,他调离时,农民人均年收入已达三千多元,扎扎实实翻了一番。

"四化联动"的重中之重是城市化的推进。单从表面来看,城市化的主旨似乎是扩大城市的容量,实则它是城市文明的锐意推进,农民"洗脚进城易,洗脑进城难",要加快城市基础设施的建设,加快城市现代化管理的进程,加快城市文化的发展,加快城市资源的整合,四者共振,才能使城市化落到实处。

早在2000年,罗崇敏时任玉溪市委副书记,他去个旧参加"民营企业组建工会"的会议,发现蒙自的坝子很大,就不禁感慨道:"假若有一天我到红河州当书记,一定要将州委州政府搬到蒙自来。"两年后,罗崇敏真就成为了红河州委书记,他履行诺言,决定将蒙自建设为面积六十平方公里、人口一百二十万的滇南中心城市。

2002年的蒙自是怎样的景况? 整座县城只有一处红绿灯,开个玩笑,与人相约,只要说"我在红绿灯下等你",对方就能瞬间定位,比GPS(全球定位系统)更灵敏更准确。猪牛满街走,"老母猪饿,蚊子饿",都是公认的现状,不争的事实。罗崇敏抓蒙自的建设规划,事无巨细,都要细看精审,不遗漏任何一个环节。抓五十个乡镇的示范建设,抓市民素质的提高,他都盯得很紧。

蒙自行政中心竣工后不久,美国之音就有报道称:"在中国西南边陲,有一座像美国白宫的建筑……"其实,应该多加几个惊叹号才对,超前的眼光、超前的启动、超前的实施,人们可能会有一段时间的质疑和困惑,但终有一天,人们发现地价涨成了天价,就不得不承认,罗崇敏这样做是对的。

"最大的'浪费'就是最大的节约!"这句话着实耐人咀嚼,也耐人寻味。

"素质强州"的工作要落在实处并非易事。罗崇敏认为,一个州的强弱,不是由它拥有的资源、人口、疆域、民族决定,而是由升斗小民的素质决定。因此他要把提高人口素质作为出发点和落脚点,以人为本,以民众为主体,重视教育以增强人的智能和心能,重视卫生体育以增强人的体能,这"三能"决定人的综合素质。罗崇敏下去调研,最喜欢去学校和医院,他到红河州履职十一天就走访了个旧一中、蒙自中学、个旧市医院。他去学校,经常选在学生上晚自习时,与师生交流。他深切地认识到,红河州与发达地区最大的差距是观念的差距,最大的滞后是教育的滞后,他极力促成蒙自师专更名为红河学院(由四千多名专科生骤增至一万多名本科生),大力推进九年制义务教育的普及,三年内建成了一百二十多所学校,实行了由政府买单的农村中小学特岗教师招聘制,还建成了一百所幼儿园,使红河州百分之七十的乡下孩子接受早期教育。所有这些举措都得到了教育部的充分肯定,有些先进经验此后还在全国推广。

红河州是哈尼族和彝族的主要聚居地,教育上一直存在着教师数量不足,校舍不足,贫困学生比例相对较大等历史遗留问题,高中阶段入学率仅有百分之二十九,这对高层次人才的培养颇为不利。罗崇敏主政后,在全州范围内积极实施教育综合改革。2005年,红河州组织实施"1650"工程,即用三年时间新建扩建十六所高中和职高,使高中阶段毛入学率达到百分之五十的系统教育工程。"1650"工程规划预计总投资不少于十三亿元,在一个相对贫困落后的地区,这样的巨额投入是相当可观的大手笔。三年后,实际建成的高级中学多达十八所。

个旧市有一座老阴山,还有一座老阳山,山上有一座镇阴塔。为了建设个旧一中新校区,罗崇敏亲自出面,与云锡公司协调,请该公司让出老阳山的南麓。他踏勘了五个地方,最终看中此处。即使是州委书记亲自出马,要云锡公司为教育事业忍痛割舍大块用地,事情也没有那么简单容易,罗崇敏先后七次找云锡公司的老总肖建明协商,有时要等对方开完会才能见面,一等就是两三个小时。最终,肖建明被罗书记关心教育、事必躬亲的诚意感动了。他爽快地让出老阳山南麓的地块给个旧一中。这

块地灌木丛生。罗崇敏非常谨细,从下面爬上山,认真察看地形地貌,担心会发生山体滑坡之类的地质灾害,他让个旧市政府出面,由省地探局拿出完整的地质报告。

2006年,个旧一中新校区顺利建成。在一年半的建设期内,罗书记不下五次来到校区考察工程进度。他要求校舍的立面要有美感,功能要适合教学,内部环境要有利于学生的身心健康和成长。有人说:"建筑是遗憾的艺术。"罗崇敏却要求"少留遗憾,多留遗产"。他为个旧一中亲题"为国储才"四字校训。校园文化建设,在别人心目中只是小事,在罗书记的心目中却是大事。他亲自过问,定下基调,校园内应多宣传中外文化名人的成才轨迹,不许张贴处罚学生的通告,不许张贴口号标语,务必将人文精神放在首位。

2007年高考前夕,罗崇敏召集个旧一中的应届毕业生座谈,要他们别太紧张,以平常心应对人生的首堂大考。高考之后,他不准校方大张旗鼓地宣传高考状元,一味地突出尖子生,应正确看待整体教育质量和升学率。红河卷烟厂弄了个"红烟奖",专门颁给红河州高考成绩列前十名的学生,罗崇敏年年受邀,却从来都没去颁过奖。对此,个旧一中的校长金志敏坚持自己的不同看法和意见。他写信与罗书记辩论,罗书记回信说服了金校长。任何时候,罗崇敏对待读书人都是彬彬有礼,他不喜欢以权压服对方,只喜欢以德悦服对方,以理说服对方。

红河县于1950年建县,1957年隶属红河州,地处横断山脉纵谷区的南缘和哀牢山余脉地区,境内群山起伏,河谷狭窄,地势中部高,南北低。整个区域除北部红河谷地有几个面积狭小的河谷冲积小盆地外,百分之九十六以上的面积为山地,一般海拔在一千米到两千米之间,立体气候较为明显,有"一山分四季,十里不同天"之说。令人惊讶的是,当初居然遍寻不着一个较为平整的地块建设县城,只好削平一座山头,将县府设在高高的山顶。

当地有一个经典笑话:一位农民到县城赶集,稍不留神,南瓜滚下山去,他上午九点钟下山去捡,下午四点才回到摊位上。现实的情形如何?红河县迤萨中学建在山巅,学生上体育课,篮球掉下山去,确实要半天时间才能捡回。这所中学于2007年9月实行初高中分离办学,新校区273亩,投入基建资金4676万元，建筑面积达21696平方米，36个教学班，1650名学生，101名教师。当初，为了解决贫困学生就读的难题，罗崇敏批准学校采取变通的方式吸纳社会资助，比如"宣明会"这样的教会慈善机构，允许对方资助贫困学生伙食费，原则是"资助进校，资料不进校"。

笔者在红河州参观了三所1650工程的学校，校舍焕然一新，环境普遍幽静，基本设施齐全，与内地的中学相比，也不遑多让。这无疑是德政工程，培养人才并不逊色于GDP增长。重庆市委书记薄熙来近日对记者说："地方官员只抓GDP，没出息。"十年树木，百年树人，素质强州要见效，也许不如GDP增长那样明显快捷，但它能够使一个贫困地区真正实现"咸鱼翻身"的梦想。

要改变人们的某些观念，就必须改变他们的某些习惯。罗崇敏抓大不放小，他能从大处着眼，也能从小处着手。经过深入细致的调研，他发现红河州的卫生状况不是一般糟糕，而是特别糟糕：许多人腰缠万贯，却邋邋遢遢，不知道漱口刷牙；许多人衣食无忧，却蓬头垢面，不喜欢洗澡洗脸；家中四世同堂，却只在乎进口不在乎出口，居然没有一个像样的茅厕；牲口半野生放养或在楼下圈养，人在楼上居住，夏天臭气熏天，蚊蝇如麻……这确实让人大跌眼镜。

罗崇敏对基层干部说："从卫生习惯入手，能够改变一个人的观念。他不刷牙，你就要教他刷牙；他不爱干净，你就要教他爱干净；他不用厕所，你就要教他用厕所。"罗崇敏大力推进乡村卫生行动，实实在在改变了许多人的落后观念，拉近了他们与现代文明之间的距离。当人们习惯于洗脸刷牙爱整洁，习惯于人畜分居灭害虫，习惯于入厕积粪建沼池，农村的变化就不会只局限于卫生状况的单向改进，包括他们的生活观念和生活方式也都被逐一颠覆了，修正了。

2006年，红河州全面实行农村卫生计划，改变卫生观念，改善卫生环境，加快乡镇卫生院的建设，建成一千个卫生所和一万所城乡公厕。值得一提的是，罗崇敏下令在全州实行城乡环境卫生大整治，他让有关部门制订切实可行的方案，安排工作组、督导组下去，末位诫勉谈话、通报三次，再不到位就调整相关领导的职位。由巡视员和副巡视员组成检查团

下到乡镇去检查卫生状况，街面上不能有浓痰和纸屑，厕所里不能多于五只苍蝇，蹲坑里不能多于三条蛆虫，农家菜园里不能有白色垃圾。如果不达标，有关领导述职时就会挨批评，年度考核就会留纪录。这种检查令基层干部手心捏一把冷汗。常言道："上有政策，下有对策。"一方面，总有眼线提前向某些基层干部透露消息；另一方面，某些基层干部也确实懂事，主动给检查团成员送礼品，房间里放上五包好烟，至于水果之类更是堆成小山，不在话下。林业部门来的巡视员由林业局的局长人盯人，商业部门来的巡视员由商业局长人盯人……地方上，接待费这一项决不吝惜。这样一来，卫生检查弄虚作假，有名无实。天下没有不透风的墙，罗崇敏很快就听到了风声，察觉了弊端和猫腻，他另出奇招，让《红河日报》的记者组成暗访组，突击检查一些县城和乡镇。神龙见首不见尾，记者来去如风，不打任何招呼，他们把核实的检查结果公布出来，文字结合图片，证据确凿无疑。由于暗访组的执行力度大，无情面可讲，无后门可钻，基层干部的压力骤然增大，工作方式和工作作风随之发生了质的转变。

至今，罗崇敏移风易俗的成效日益彰显，一些农民对罗书记的恩德念念不忘，他们表达的方式非常有趣，"到罗崇敏卫生所去看个病"，"到罗崇敏厕所去撒泡尿"，在这样的说法里，自然而然包含着一种绵长的亲切意味。

从遗传学角度讲，一个民族的健康取决于全体妇女的健康。据红河州有关资料显示，农村妇女百分之八十五点七患有不同类型和程度的妇科疾病，其中，有百分之八十九以上患有子宫疾病。她们忍受着病魔带来的痛苦，提高生活质量便只是一句空谈。2007年7月，罗崇敏率团到重庆市考察海扶公司生产的海扶牌超声聚焦刀。先进的理念、创新的实践、医工的融合、完善的设计和系统的优化使海扶牌超声聚焦刀真正成为世界上首台体外非侵入性高强度聚焦超声肿瘤治疗系统。它的研制及其临床应用，使肿瘤的局部治疗从有创的外科手术或介入治疗跨入非侵入性治疗这一最前沿的领域。据了解，用海扶牌超声聚焦刀治疗妇女生殖系统疾病效果甚佳。罗崇敏发动两千余名妇女参加海扶牌超声聚焦刀治疗妇女生殖系统疾病的报告会，有的部门不太理解。罗崇敏一再呼吁要重视妇女生殖保健，并要求红河各有关医院引进海扶牌超声聚焦刀，尽心尽力为妇女的健康服务。当罗崇敏离开红河州一年后,他高兴地看到红河州的各大医院已经引进多台海扶牌超声聚焦刀,数万名妇女获得治疗,终身受益。

改变乡镇的卫生条件和卫生状况只是表层次的,更深层次的改革则是医疗卫生体制改革。在罗崇敏的全盘改革中,医改是争议最大的改革之一。他的思路和方向很明确:官退民进,用市场运作逻辑刺激资源整合,盘活效益。

弥勒县人民医院是全州改革的试点单位,它的名称改为"弥勒县有限责任医院",由全部职工持股。弥勒试点一年后,全州二十三所县级以上医院只有四所仍为国有独资。

全州医务人员的身份由"单位人"变为"社会人";医院不再按编制招人,而是根据实际需求聘用。许多人早已习惯于做"单位人",对于"身份"的改变充满了疑虑。

弥勒医院一名外科医生说:"刚开始,我们的脑筋还转不过弯来,什么叫'社会人'?一位县领导打了个比方,社会人就像美国总统,他不想干了就得辞职,下台后立马得搬出白宫,到别处凉快去,爱干吗干吗。"绝大多数人最关心的是经济收入的升降,改革后,"个人努力和贡献的大小决定收入的多少",积极性很容易被调动起来。"单位人"转变为"社会人"乃是大势所趋,国家公务员将来都要变为"社会人"。自由总比不自由好,这可不是什么阿Q精神。

医改之后,有目共睹的事实是,大家的月薪确实提高了,但社保体系为"社会人"提供的退休金远低于有国家保障的"单位人"。改革前,弥勒县人民医院院长享受副处级待遇,退休后每月工资仍有三千多元。改革后,按照现行政策退休,他的退休金将"缩水"为一千多元。世界上没有无解的难题。弥勒县有限责任医院董事长向全体员工作出承诺,老人老办法,新人新办法,退休后"单位人"与"社会人"之间待遇的差额,由医院承担,从而赢得了民心,保住了改革的成果,但他也开始揪心于医院的效益与"非营利性质"之间的平衡。

罗崇敏离任之后,这项改革就被搁置了,甚至反弹回原状。建水县一名退休医生说:"怎么改都好,就是别碰大家的身份,除非你把国家主

席的身份也置换为'社会人'了,那我们没话说。"他的这一看法颇具代表性。

改革遇到阻力是因为它与大系统的"对接"出现了卡壳。个旧市一名官员认为,卫生体制改革难以推行下去,并不完全是因为资金匮乏所致,而是大环境与小环境不协调。红河州改革了,别的地方呢?仍是大锅饭,吃得喷喷香。两相比较,许多人心理就失去平衡了,抵触改革的情绪就发散开来,蔓延开来。大系统不改革,局部提前改革了,二者对接不上,矛盾就公开化了。

因循守旧注定是烂路一条,是黑路一条,罗崇敏看重的是医改本身的价值。他说:"改革有受益者,就会有受损者,我们不能光听反对的声音,更要看改革的大方向是否正确"。

2006年10月5日,罗崇敏与红河州卫生局领导交谈,他说:"我国的医疗服务市场化程度如何?我认为,是缺乏市场。发达国家医疗服务市场化的经验主要有四条:一是建立广泛覆盖的医疗保险制度,通过保险方监管,缓解诱导需求问题;二是医疗服务行业平等地向私人开放,让合格的投资人自愿进入市场;三是医务人员作为自由职业者自由流动;四是对医疗服务行业进行系统的法制管理,特别是对药品的生产使用管理。以这四条来对照,我国的医疗服务还缺乏市场化,或者说市场化程度很低,有的连基本的市场化原则也没有遵循。政府在医疗服务提供领域的越位和在医疗保险制度的缺位,造成了一个充满缺陷的医疗市场。医疗服务资源总量小、结构不合理、质量不高的问题非常突出。医疗机构的准入制对私人投资者实行了歧视性政策;许多政策限制了医务人员的流动,医务人员不是'社会人',而是'单位人';医疗服务存在医患两者之间严重的信息不对称,患者需要的没有满足,患者不需要的却不断提供。正因为这样,中国看病难、看病贵的问题普遍存在也就不足为奇了。因此,提高医疗服务市场化程度是解决看病难、看病贵问题的重要途径。"

在中国,凡事知易而行难,那些盘根错节、利益链环环相扣的问题尤其难办。改革就是要动某些人的"奶酪",他们会心甘情愿吗?他们会拱手相让吗?

2006年12月17日,罗崇敏提起钢笔,铺开信纸,给国务院副总理吴仪

写信,对中国卫生体制改革提出了自己的建议,其要点是:

　　　　根据中国人口多、底子薄的国情,应打破城乡人口二元结构,促进城乡一体化发展,实施基础性、广覆盖的医疗保险制度。"文革"时期的农村合作医疗和现在的"新农合",以及城市的基本医疗保障等政策的实施,有其历史合理性。随着经济的发展和社会的文明进步,实施促进公民待遇平等的城乡一致的基础性、广覆盖的医疗保险制度势在必行。不能再人为地把城市与乡村的医疗保险等级化、阶层化,造成事实上的公民待遇不平等,这样不利于构建和谐社会。

　　　　中国卫生体制改革应坚持以人为本的公平性、公益性、市场性的原则。所谓公平性,是指公共卫生服务和卫生政策的制定要体现社会公平性,比如人人享有卫生保健,个个获得医疗保险,公立医院、私立医院平等竞争,公平合理配置卫生资源。要坚守医疗卫生的公益性特点,政府认真履行依法主导医疗卫生的职责。深化改革,培育卫生资源市场,提高医疗卫生的市场化程度。对公立医院进行人员身份社会化、收入分配绩效化、医疗管理法制化的改革,进一步理顺政府和医院的关系,进一步理顺医院内部的管理关系,提高公共卫生和医疗卫生资源使用效益。

　　吴仪副总理收到这封来信后,百忙之中,指示云南省政府领导关注和支持云南红河州卫生体制改革的经验,省政府领导及时从资金上(拨款四千万元)和政策指导上给予了红河州很大的支持。

　　2009年4月,国务院医疗卫生改革的新举措有百分之七十的内容与三年前红河州医疗卫生改革的举措相吻合,由此可见罗崇敏改革具有很强的前瞻性。他的改革是合乎理性的,并不是刚愎自用,任意胡为。

　　文化体制改革的难度丝毫不亚于卫生体制改革,其对接困境甚至有过之而无不及。正是在这一项目上,罗崇敏的改革比其他改革官员走得更远。他把区域内文化传播和媒体传播整合起来,组建了红河奥林匹克集团、红河饮食集团、红河演艺集团。他认为,凡是符合社会发展方向的

事业,不应该迟做,而应该早做,"螃蟹就摆在这里,总得有人先吃!"。

2006年,罗崇敏沿着市场化的思路,将《红河日报》社、红河电视台、红河电台合并为红河传媒集团,集团所有员工的身份都由"单位人"置换为"社会人",完全采用公司化运作。至于宣传导向,仍由州委宣传部全面监管。

红办发(2006)77号文件规定:红河传媒集团为事业单位整体转制的州属新闻文化企业,承担公益性文化事业的社会责任,按现代企业制度的要求,规范组建和运作。改革坚持的原则是:不使一人下岗,不减少职工的总量收入,不减少财政的投入,不遗留职工社会保障制度等方面的后顾之忧,不削弱党委、政府对传媒事业的监管力度。由此,红河州在全省率先开启了意识形态单位企业化的先河。而当时中央的14号文件明确规定:党报党刊等意识形态单位必须是事业体制不变,国家重点扶持。

一开始,就有人质疑:州委决策出错,主要是用官失误。州委宣传部副部长王丽萍是改革方案制定者之一,是"裁判",却兼任红河传媒集团董事长、党委书记,又称红河传媒集团总裁。这是"官商不分","有两个公章",她既当裁判员又当运动员。但中国式的改革总归是"戴着镣铐跳舞",不可能改得面目全非,尤其是新闻传媒,作为党的喉舌,全面放开是不可能的。由一位州委宣传部的副部长来兼任红河传媒集团的负责人,在政治导向上不会出问题,这一保障不可丢。罗崇敏的改革思路超前,这并不意味着他就任意漠视甚至无视党性原则的存在。

红河州委宣传部副部长王丽萍充分感受到了"罗崇敏速度"带来的巨大压力。她从接到兼任集团总裁的通知到筹办集团剪彩活动,只有两天的准备时间。在两天内,她必须租好集团的办公场地,购置办公用品,弄好内部装潢,联系媒体,布置剪彩会场。一件都不能拉下,一件都不能延迟。

王丽萍总裁通宵赶工,白天她到州工商局申请将集团注册为企业时,却被告知,三家媒体必须注销原来的事业代码,方可注册,国内其他传媒集团都没有这样彻底地干过,全都是事业单位企业管理。

这道坎,王丽萍迈不过去,她立刻向罗书记汇报。罗崇敏很不理解,为什么人家可以叫传媒集团,红河州就不行?王丽萍总裁说:"那是因为人家实行事业单位企业管理,你的改革思路却要求完全企业化。"王丽萍总裁提议,工商注册干脆免了,其他传媒集团不改性质,照样可以充分市场化。

罗崇敏不同意。一方面,他要求程序合法,手续合法;另一方面,他有自己的考量,传媒集团成为企业,向外发展空间更大,"要改,就从体制上一步到位地改!"于是,极有趣的一幕发生了,州委书记亲自出马,"逼迫"工商局局长"特事特办",快速办妥红河传媒集团的工商注册。

在中国,新闻媒体完全成为企业,行不行呢?传媒集团的一位高层说:"我卖一辆二手车,还要向国资委汇报,我这算什么企业呢?这点是罗书记怎么改也改不了的规定。"但他也承认传媒改革在一定程度上取得了成功,"现在我们推出了都市报,这在没有成立集团前是不可能做到的。去年的收入增加了百分之三十五,而2006年只有百分之六。"

"单位人"转变成"社会人"后,红河传媒集团的员工可以在不同媒体之间自由"转会"。他们的发展空间更大了,更自由了,更有奔头了。

王丽萍说:"大家都只能变通办理,随机应对,我也还保留着两套公章。在台面上,我是州委宣传部副部长,红河传媒集团总裁;在洽谈业务时,我是日报、电台、电视台的法定代表人。这听起来有点怪,但实在没有更恰当的叫法,罗书记的想法太新,新得让人来不及命名。罗书记想的是大步往前走,一步到位,用产业来养活自己,发展自己。"

然而对接的困难再次凸显。红河传媒集团的一名副总裁被调往昆明,在办理手续时遇到麻烦。由于他的公务员身份已经归零,因此不得不从县、州到省委组织部、宣传部、人事部逐级上报材料,奔波了三个多月,可以说是在八卦迷魂阵中转昏了头。

红河传媒集团的改革具有标杆作用,罗崇敏的探索是值得肯定的。嗣后,在云南省,德宏州紧紧追随红河州的后尘,成立了德宏传媒集团,其运作模式大同小异。在外省,广州市、成都市、牡丹江市等地都仿照红河模式进行改革。2009年底,中央的文件也体现了红河改革的模式。

早在1995年4月10日,罗崇敏还在新平县任县委书记时,他就已注意到农民工的身份和待遇等问题,与玉溪地区专署一位分管农业的副专员

谈到这个话题时,他说:"农民工既栖息农村,又栖息城市;既依托土地,又依托企业,具有突出的流民特性,是一个反流性强的不稳定社会群体。发挥他们的社会群体主体性,发展、实现和保护好他们的利益,首要的是要建立公民自由迁徙的户籍制度,要实行城乡一体的低标准、广覆盖、众受益的社会保障制度。要从法律上和政策上取消歧视性的'农民工'之说,从彻底消除城乡二元结构着手,促进城乡统筹发展。"

2000年9月3日,在玉溪市委常委会议室讨论农村工作时,罗崇敏的发言特别着重于户籍制,他说:"我国现行的城乡户籍制度在世界上是绝无仅有的,即使有恐怕也没有像中国这样持续几十年。城乡户籍二元制给我国的政治、经济、文化的发展和人的全面发展带来了十分严重的历史后果。农与非农的人口'职业身份',使人生下来就是不平等的,特别是人权的不平等和人格的不平等。改革开放以前,非农人口可安排工作;农业人口只有上了中专和大学才能安排工作;一戴上农民的帽子,就低人一等。这纯粹是一种社会歧视,怎么与国际接轨? 城乡分割的二元制度,严重阻碍了我国生产力的发展,严重制约了社会政治的进步,严重损害了农村民众的利益。尽管这些年户籍制度的改革已提上中央和地方政府的议事日程,但步履维艰,效果甚微。中国户籍制度改革这一关应该是很容易闯过的,主要是不想闯。我们国家有强大的政治领导,有庞大的社会管理机构,怎么就改不了? 其实,户籍制度的改革只不过是一种历史回归,关键是要实现城乡统一的户籍管理制度,保障公民迁徙自由的权利。"

2001年4月7日,罗崇敏在玉溪市农村工作会议上提出农民问题是"三农"问题的中心问题,农民是农业的主体,是农村的主人。"从根本上说,农业、农村问题都是农民的问题。……解决农民问题要唤醒社会理解农民,自觉尊重农民,重视、引导和发挥农民的作用,千方百计提高农民的素质,全面塑造农民的新型人格,使农民有其利、享其权、受其教。促进农民身份的职业化、知识化和现代化,千方百计增加农民收入,使他们享受国民待遇,提高农民素质。……天不助农,地不利农,人不爱农,农业就无从发展。"

以上的这些例证都说明同一个问题:改革户籍制度并非罗崇敏一时

兴起,心血来潮,这个想法他萦怀已久,酝酿已久,只待制订具体的方案,只待认真落实。在中国,城乡差距之大,简直如隔霄壤;居民与农民身份差别之明显,简直判若云泥。对此,罗崇敏自有其痛切的感受,他说过这样一番话:

> "我是地地道道的农村孩子。一个农村身份,一个城市居民身份,就把他一生模式化了。农村的孩子要到城市里面来,进工厂,第一是要读书,第二是要参军,第三是靠走后门,有亲戚才出得来。一个户口就把人的身份定位了。改革到今天了,打破人口流动的壁垒,促进人力资源的合理流动,建立人力资源强国,必须要继续深化户籍制度改革,实施公民自由迁徙。自由迁徙可以逐步来,从地区逐步走向全国。在一个省份内完全可以做,但是做还要经济支撑,就必须要实行平等的国民待遇,我觉得势在必行。"

公民迁徙自由是最基本的人权。2000年,中国国务院总理朱镕基正式签署了《世界人权宣言》。1954年前的《中华人民共和国宪法》中早已明文确定"公民有选择居住地的自由"。后来,由于政治上的考虑,公民迁徙自由不再提,也不方便提。但改革开放要使人,无论他们是农民还是居民,获得最大限度的发展,被束缚的身份显然要松绑才行。

罗崇敏的户籍制度改革在全国都是领先的,尽管此前曾有若干专家在全国人代会上提出过,也有一些小地方试验过,但中央从来没有部署过。罗崇敏认为这项改革是深得民心的,也是社会发展的必然趋势,可行,可操作,可推进。确定方案之前,他先做了几个月的调研,在互联网上查看各国的户籍管理制度,也包括了解中华人民共和国建国后户籍管理的方方面面。州委常委会多次讨论,征求了人大代表、政协委员和民主党派的意见,多数人赞成改革,少数人抱有疑虑。他们主要担心的是,没有上级的指示和文件作为依据,许多困难无法克服。

要打破二元制,变成一元制,消除农民与居民的身份差别,确实有不少路障。比如说计划生育,农民可生二胎,城镇居民却只能生一胎,超生的话,城镇居民有可能被开除公职。解决的办法是,以参加第二轮签订的

土地承包合同的承包证为准,凡是从事农业劳动的居民也可享受计划生育生二胎。再比如上学问题,矛盾也很突出,由于教育经费分级管理和负责,农民子弟到城镇上学,要交纳寄读费、暂住费等费用,州政府若一视同仁,平等对待,取消这些杂费,州财政就要多支出几千万元。解决办法是分级负责,这笔钱不收,教育照办。罗书记形象地说:"多添几双筷子,多添几个碗吃饭,又有什么关系?"此外,五保户、特困户要享受城市低保,民政部门也很头疼。红河州有五个国家级贫困县,有两个省级贫困县,单是开支这笔低保费用,就有几个亿的资金缺口。解决办法是:属于城镇的按原标准执行,从乡下迁至城镇的一视同仁,在农村的遵照原先的政策。蒙自军分区提出,当兵的怎么办?改革前,城市兵须高中以上文化水平,复员后一次性补助,让其自主择业,农村兵则是哪里来哪里去。改革后,签过第二次承包合同的农民当兵只须达到初中以上文化水平,复员后,与城市兵的待遇不相上下。

凡是自由迁徙到城市的农民都享受城市居民的同等待遇,这个大前提让不少人忧心忡忡。有人说:"罗书记,你再干下去,那些农民都跑到城里来,搭个帐篷,专领低保,怎么招架得住?国外出现过大量农业人口涌入城市的现象。"有人说:"农民进入城市不能不设门槛,必须要有固定的住处、稳定的职业和可靠的收入来源。"事实上,由于州委州政府刚从个旧迁来蒙自不久,许多州里的领导在蒙自都没有固定的住所,城市里许多下岗职工也没有稳定的职业和可靠的生活来源。罗崇敏说:"我们要了解中国人'安土重迁'的文化心理和传统观念,这是农耕民族最根本的精神。在工业化之前,作为农耕民族,日本人也是'一所悬命',也是用自己的生命保护一块土地。农民若没有一定的经济实力和扎实有用的技能,是不会轻易迁徙的。在中国,最老实最听话最爱面子的是农民,他们跑到城里来风餐露宿,领一百多元低保,得不偿失,他们才不会干这种傻事。"州委会上,大家辩论得很激烈,把该想到的困难都想到了,把该摆出来的问题都摆出来了,罗书记仍然是明知山有虎,偏向虎山行,一点也不犯怵,一点也不退缩,果断拍板,坚决推进。

实行一元化的户籍管理,实行自由迁徙的户籍改革,不单纯是一个制度的更改,还需要资金的投入和保障。红河州委政策研究室论证后认为，此项改革涉及到的社保、医保、低保、计划生育政策等配套措施，若齐头并进，每年需要投入二十亿元。当年，红河州财政年收入九十六亿元，可以由地方自由支配的金额不足二十亿元。

罗书记看到了数据之外的一些东西，看得更细致更全面，他说："我不同意静态的算账，怎么会需要二十亿呢？关键在于机制设计，不能光是政府财政掏钱。比如，孩子读书，迁到城市后享受城市待遇，你本人也要交钱。"后来政府基本没有拨款，就实施了这项改革。对此，《中国公安报》头版头条以大篇幅作了报道。

红河州将城乡户籍改为一元制后，国家也在两年后普遍推进。原先农村户口的子弟不能直接报考技工学校，现在可以考了；原先回乡务农的子弟不算工龄，现在可以算了；原先的交通法规规定受害和遭遇车祸的城市居民与乡下农民同命不同价，赔偿额度相差悬殊，现在一视同仁，按照受害者居住地的生活标准乘以若干倍。这些都作出了根本性的改变。

红河州改革户籍制的新闻发布会由红河州委副书记、政法委书记张智泽答记者问，他说："若没有罗书记的胆魄和超前意识，这项顺乎民心民意、顺乎历史发展进程的改革，在红河州是无法办成的！"

2006年，全州人口流动了一万多户，次年有所回落。罗崇敏调离红河州后，这项改革就成为了半拉子工程，基本上有名无实了。从弥勒农村迁居到建水县的李翠苗现在就有些后悔，在城里，她生活、看病、住房的成本比在农村高得多，但在福利上，她还是一个农村人。2010年，她打算把孩子留在建水上学，自己回家继续务农。她的丈夫曾经专门找过州民政局交涉，要求办理城市低保。对方答复，"这不是一天两天能办成的事。"其实更准确的潜台词是：这不是一年两年能办成的事。

有人说："罗崇敏五年多的七项改革中，比较适合红河州这个土壤而不是过于超前的就属户籍制度改革。"在中国，尽管城市居民对农民的歧视无所不在，至少在红河州这个地方，城市对农村的歧视已不像外地那么明显了。

事隔两年多，罗崇敏谈到公民的自由迁徙，谈到户籍制度改革，他的回忆依然十分鲜活：

"当时我在红河州力推公民迁徙自由,放开户口限制。我始终坚信,人都会审视自己的条件来选择自己的居住地,在一个省的范围内完全可以实施公民迁徙自由。我们不要拟定他有没有居住条件,他没有居住条件怎么能在那儿?当时我就开玩笑,我是一个州委书记,现在调我去北京工作,我会去吗?必须要有一定的条件才会去。'裸官'尚且难为,何况'裸民'呢?

"户籍制度的改革,我想应该大胆提出,在一定范围内公民迁徙自由,这是其一;

"第二,公民迁徙自由的核心的是公民待遇平等。我在红河州做这个事情,他们问我:'这需要多少钱?'又说:'以后搞不好会乱。'事实上,实践了两三年,很平稳。第一,不花多少钱。第二,没有出现多少乱子。当时城市迁到农村的有一万多户,农村迁到城市里的有两万多户。

"现在关键问题是我们的社会保障制度在公民平等待遇方面的改革任务很重,只要社会保障制度跟上,包括计划生育、《兵役法》贯彻以及低保、医保实施低标准、广覆盖、众受益、一视同仁的保障体制,不分城市、农村,不分公务员、企业人士,不分什么农民工也不分什么城市工,统一一个标准。在这个基础之上,根据个人职业、领域的不同,设置不同的标准,就有利于促进经济二元结构、人口二元结构的改变,促进城乡一体化,促进区域之间、城乡之间的统筹发展。"

笔者在网络上搜索红河州户籍制度改革的现状时,恰巧看到一位网友的帖子,他对红河州的变化赞美有加,其中就涉及到了公民的自由迁徙:

"我2003年到红河投资,在红河五年时间里,目睹了红河的巨大变化,特别是当地官员思想上的变化。这里路宽了,城市变漂亮了,基础设施变得更完善了,学校也修得与内地先进地区一样了,甚至更好。但在2007年前,这一切对我来说只是人家的,因为我是外地人。当时我要迁户口到红河太难了。2007年8月份,我听说罗崇敏在红河推行户籍制度改革,只要在红河州有正当职业就可以迁户口,不管你是外省人还是农村人,于是我抱着试试看的心情将户口从福建农村迁到了州府蒙自,没想到十天时间就拿到了户口簿、身份证,成为了红河人。我非常奇怪,问这次为什么这么快,而且不要交加快费?办户籍手续的民警说,罗书记对这事很重视,部门拖拉就要问责部门领导。从这件事上我感到了罗的铁腕。红河确实需要这样的铁腕人物。罗离开之后,一切又回到了从前,干部又开始故伎重演了。听说有些当官的对罗的离任感到非常快活,但我们底层老百姓却恰恰相反,走了一个好领导,我们很怀念他。”

民主是一种普遍的诉求,居委会和村一级的直选,在全国许多地方都曾推行。2001年罗崇敏长期关注基层直选,他任玉溪市委副书记时,曾在二百多个村实行过村支书直选,效果不错,但止步于试点。乡镇这一级的直选同样有人吃过“螃蟹”。1998年,四川遂宁、眉山就已首开正副乡长直选先河,但这种小范围的试点,实效有限。2002年,党的十六大报告即提出:“扩大基层民主,是发展社会主义民主的基础性工作”。罗崇敏分析,中央要召开十六届四中全会,其中的重中之重是提高党的执政能力,这就必须自下而上地推进民主政治发展。公民的选举权、监督权一定要在一个较大的区域内完成共振。罗崇敏渴望再试验一次,相距1998年,已过去五年了,中央也明确了基层民主发展的大方向,这次他要是试验成功,说不定能够成为第二个小岗村。

当使命感和责任感(国家责任、社会责任)集于一身时,罗崇敏的内心只有一个信念:“做不了国家的功臣,也要做国家的忠臣!”

罗崇敏在石屏县和泸溪县做过调研后,起草了缜密可行的方案,请州人大、政协、州政府看,提到常委会上讨论。罗崇敏的发言实际上就是动员词:“我们只做不说,为国为党做这项改革,探索路子,积累经验。它与宪法和党章确实有一些抵牾的地方,但宪法和党章同样有待于修改和完善。新时期的大改革是由小岗村发轫的,只要坚持正确的价值取向,发展至上、民主至上、和谐至上、效益至上的倾向绝对不会是错误的!”

常委会上有不同的看法,有些领导的思想仍然转不过弯来,而他们的风险意识很强,主张等待时机更成熟的时候再运作,可以事半功倍。罗崇敏当即表态:“这件事不能拖,要是弄砸了,我来承担主要责任!”他强

调,事情拖不起,时间耗不起,我们先干起来。该冒的风险要敢冒,任何改革都不可能四平八稳,也许要摸着石头过河,也许要过独木桥。有的干部提出谨慎的建议,先在一两个乡镇做试验,这样才好操控。罗崇敏坚决反对,他说:"要推就推一个县,推一两个乡镇,有什么说服力?"建国以来最大规模的乡镇长直选因此一槌定音,改革小组的组长就是罗崇敏。

调研和论证还是必要的。几个月后,石屏县被确定为试验目标区。方案出台前,有人善意地提醒罗崇敏,要不要先跟上面汇报一下?这样的知会是组织纪律性所要求的。罗崇敏说:"一汇报估计就弄不成了,先干再说!"

2004年3月,石屏县乡镇长直选悄然启动。参与者在获得二十人以上联名举荐后即可获得候选人资格,随即要到各村演讲。大桥乡候选人张鹏和竞争对手很快发现,他们事前精心准备的讲稿根本派不上用场,村民竞相提出的问题全都切乎实际:通村的水泥路啥时能修好?缺水问题怎么解决?……被问得目瞪口呆或企图用钱铺路的候选人相继出局,到正式投票时,只剩下张鹏和另外一名竞争者还"活着"。

大桥乡大桥中心小学投票的景象非常可观。在十几只大灯泡照耀下,四千多名村民集中在一所学校的操坪,人群中有被儿子背着来的老人,还有目不识丁的妇女,她们央求别人代填心目中认可的候选者之后,还四处核实"填得对不对"。任何时候,我们都不能低估老百姓对改革的期盼,那种热烈的程度,那种急切的劲头,简直超乎寻常想象。事后统计,全县居民投票率高达百分之八十七点六。民主不是走过场,不是玩把戏,是一种看得见、触得着的氛围,是与民生、民心无缝对接的权利。事实证明,通过这种民主途径选拔上来的干部,公众形象好,能力强,能够更自觉更高效地履职。

出人意料的是,罗崇敏没去投票现场。他严令封锁石屏县直选乡镇长的消息,只有州内媒体可以拍摄照片,作为资料存档,一律不得公开报道。试验就是试验,科学家不会轻率地将自己初次试验的数据公之于众,改革家也不会急于让外界了解自己的所作所为。这很好理解,罗崇敏并不是借民主直选作秀,他对轰动效应不感兴趣。

直选的透明度很高,当晚投票,彻夜唱票,现场宣布张鹏与其他八位候选人当选。然而在村民自发举办的联欢会中,新乡长、新镇长没有露面,更没人在获胜之夜发表激昂慷慨的"就职演说"。这也是罗崇敏的要求——选举规则和程序由县人大表决通过,选举结果也须由人大确认。

降低风险的"缓冲阀"一个也不能少。罗崇敏心知肚明,按照宪法规定,各级政府的领导由相应的人民代表大会选举产生,这是一条不可逾越的铁律。他说:"如果这次直选得到中央认可,从上往下推,我们的实践就起到了推动选举法修改的作用。"

罗崇敏有理由设想得更为美妙,石屏乡镇长直选成功,就推行全州乡镇长直选,最终推行正副县长直选。他说:"县长也是基层官员,我想彻底检验基层民主的可行性。"

直选后两个月,罗崇敏正在乡下调研,突然接到州委组织部打来的电话,让他"最好回来一下,中央有关领导来调研了"。这就对了,上面没人过问才不正常。有人顾虑,来者不善吧?罗崇敏说:"我们又不是干了什么违反党纪国法的事,怕什么?"来的是中组部、全国人大政研室的领导,他们和颜悦色,并没有气势汹汹。他们仔细询问了石屏直选的具体过程和罗崇敏对基层民主的看法,罗崇敏实话实说:"我认为石屏直选是成功的,扩大基层民主是可行的。"

"钦差大臣"没有明确表态。此后,党的十六届四中全会要召开了,新华社云南分社的田社长要写一组内参文章,他带着记者深入石屏和泸溪选区,采访了选民、当选者和老干部,一定要见罗崇敏。罗书记从绿春赶回,谈了一个多小时,算是谈开了,也讲透了。他说:"我这个人比较'笃行',看准了的事会千方百计排除困难去做。就'直推直选'来说,取得了成功、探索了规律无疑是大好事,但即使是失败了,也只是红河州的局部工作,所以我敢下这个决心。"由田舒斌社长主笔的文章名为《要改革,就别怕风险》,有趣的是他在文章结尾处写到罗崇敏临事而惧,也曾有过"三怕":"一是怕新闻炒作。罗崇敏说,我们不是怕权威新闻机构的正常报道,有什么工作上的看法我们还可以互相讨论,主要是怕一些媒体不负责任、不准确的报道引起上级、外界误会,歪曲我们的改革意图。二是具体的制度创新方面有些顾虑。总体上说,'直推直选'与党中央的要求和宪法的规定是一致的,但在一些方法和规定上还是有突破和变化。三

是试点县在少数民族地区,担心出现宗族势力渗透等情况,导致社会稳定问题。"所幸这三方面都没有出现任何纰漏。这篇文章在《半月谈》2004年第21期发表后,引起热议,新华网、人民网、搜狐网都作了重点推介。美国的卡特研究中心和日本的《朝日新闻》均来电约访,他们误认为石屏、泸溪直选是党和国家搞的试点,是今后中国政治体制改革的方向。

在直选中胜出的乡长和镇长如期上任,大家对他们寄予厚望,但他们的成绩单并没有预计的那么出色。罗崇敏对此的解释是:"这几个人对当地的经济发展所起的作用,不如想象中那么明显。因为在他们之上还有乡党委书记,书记不点头,主意还是主意。"一位熟悉当地政情和民情的人士发表了自己的看法:"经济类的改革更容易立竿见影,政改方面的尝试受到的制约更多。如果没有配套,上面不给正式授权,效果就会大打折扣,后续的改革也会难以为继。乡镇长直选只有与定期选举、周期淘汰相结合,才能影响深远,成效卓著。只搞一次,就不太可能显现出民选的作用来。"

嗣后,中组部邀请罗崇敏去北京座谈,关于基层党委班子直选的问题,这次双推直选确实引起了中央领导的高度重视。这是一个不争的事实,自下而上的改革可施展的空间已越来越狭小,基层对自上而下的改革越来越倚重。在短时期内,这个局面或许很难有根本性的改变。

2006年10月11日,罗崇敏学习中央领导在关于红河州推行乡镇党委班子和乡镇长直选报告上的批示后,动笔记录了自己的真实感想:"我离不开沧海,我离不开田野。我知道我从哪里来,到哪里去。我的起点在哪里?我的目标在哪里?我在起点和目标中间走过!凡走过的我不会遗憾!几十年后,人们不会说我做的是蠢事就行了。倍加珍视自身存在的价值,必须临近致远。面临自己、环境,面临现实,致远他人,致远社会,致远未来!我要为每一天、每个时期、每个月、每一年,甚至我的一生确立目标。更远的目标,不会让我望而生畏,但实现目标的过程会使我受挫。越挫越奋,是我在过程中的唯一选择。高远的目标使我'取法乎上,得乎其中',目标不高,使我'取法乎中,得乎其下'。没有目标,就无收获。我不但是沧海一粟,还是粮仓一粒,我不愿被放进粮袋,成为面粉或面包,我愿播种田野,发芽,开花,结实。"

从这段发乎至情的心语中,我们能略略感觉到一点惆怅,但更多的是罗崇敏性格的执拗、心态的积极、志趣的高尚和襟怀的坦荡。

改革开放以来,有一句话早已尽人皆知,那就是"要致富,先修路",路通则财通,已成为国民的共识。中国最大的变化确实也在这方面,高速铁路、高速公路和高等级公路发展之快,令人啧舌不已。改革官员在体制上动脑筋下工夫的同时,几乎没有不修路的。罗崇敏当然也不例外。他在新平履职时,修了新平大道。他在红河履职时,则修了建水大道和红河大道。后者造价八亿多元,是他的大手笔。

"先有建水,后有昆明"是一句流传甚广的老话,可见建水的历史之悠久,地理位置之重要。红河州将建水大道改造建设工程列为重点实施的项目,无疑是明智之举。2005年9月正式动工,把原来不够宽敞的国道323线(环城路)改为能适应现代交通需求的通道,该工程总投资1.3亿元,全程总长5公里多,由8车道和6车道两段组成,其中8车道长为480米,6车道长为4.847公里。修这条路,罗崇敏亲往督战,有人质疑这种"超前"是"浪费",有人主张"撒胡椒面",他却坚决要求整个工程必须做到三十年不落后。

建水大道竣工后,罗崇敏提出新的要求,作出新的指示:与大道配套,把周边的农民带动起来,把许多藕塘弄成景观,修一个大湖(临安湖),用于防洪蓄洪。罗崇敏告诉建水县的干部为什么干和怎样干,大家齐了心。征地,补偿农民,每个步骤都尽可能做得合情合理合法,这些事情做成了,不仅建水大道旁的景观令人眼前一亮,干部的能力和素质也得到了明显的提升。

2007年大年三十,罗崇敏从蒙自到江川,途经建水,他坐车到县城里转悠了一圈,发现街道脏乱差,马粪触目可见,垃圾臭气熏人,广告牌东倒西歪,没有过节的气氛。市容市貌如此不堪,消防安全怎样?他打了个电话给建水县委王书记,后者刚喝第二杯酒,放下酒杯就赶了回来,急忙部署。此后,罗崇敏派陈副州长带领督导小组负责建水的整顿,建水借此契机,订立了《文明市民公约》。

建水驻军多,军民关系融洽无间,地方为部队提供力所能及的各种

生活便利(小孩的入学、入托),部队则帮助地方灭火、抗旱、防洪、送水、修路、建卫生所,甚至无偿地腾出营房做学校。迄至2008年,建水县连续六次被解放军总政治部、国家民政部联合授予"全国双拥模范县"的荣誉称号,在西南地区绝对是独此一家。

由于建水县的驻军多,这一战略要地的国家安全敏感度高,罗崇敏自然也从未放松过警惕。

2007年4月,他打电话给建水县委卢书记:"在官厅镇,有一个台湾商人捐资三十万元修建了一所学校,你们赶紧去核实一下这里面是不是有问题。"不查不知道,一查吓一跳,那名假冒台商果然拍摄了不少地面军事目标,再晚几天,他就将溜之大吉了。

当年,从昆明到个旧鸡街,二百多公里高速,小车跑两个小时就能到,从鸡街到蒙自仅有五十公里,却要磨蹭两个多小时,可见路有多烂。修出一条连接蒙自县、个旧市和开元市的红河大道就成了当务之急。起初报的是高速路,由于中央加强宏观调控,贷款甚难。算一笔细账,补偿加施工,预算高达一百多亿元。由于财力不足,资金短缺,红河大道就只好修成过境公路。罗崇敏一向主张基础建设应该"花明天的钱,做明天的事"。这条红河大道,他认为应修一百米宽,双向八车道,一次性投入,一次性建成。州委州政府的领导意见不太统一,有人不赞成把这条路修得比飞机跑道还要宽,认为这样做太脱离红河的实际了,红河总共有几部车?罗崇敏说:"这事要看长远,家有梧桐树,引得凤凰来。我们先把基础工程做好,国家就会来投资。"也有人提议先修一半,还有人主张三年建一段(十公里),九年完工。罗崇敏认为这些都是"小农意识","红河大道、文化广场是要花很多钱,但可以用五十年、一百年,考虑到物价上涨等因素,绝对比以后修修补补、拆了又建要划算得多!"当然,罗书记还是作出了适当的妥协,路基由一百米宽"瘦身"为八十米宽。

2005年,红河大道如期动工。这条路共修了一年多,每个季度,罗崇敏都会亲临施工现场督办一次,发现问题,解决困难。然而,好事多磨,红河大道修成后,由于过境公路是全开放的,通车两个月,过往车辆就轧死了七八个农民,《云南法制报》为此刊发了专题报道——《红河州有一条死亡大道》。罗崇敏立刻下令整改,将红河大道按城市通道来建设,安装路灯和红绿灯,设置隔离区,绿化带的树种全部由罗崇敏亲自选定,共分五个层次。

2006年春节前,罗崇敏到蚂蟥塘视察,把建设局王局长叫来,提出要求:"大年夜必须亮灯,否则,我到工地上陪你过除夕。"到了除夕那天傍晚,灯还没亮,直到十九点,电话终于来了,整条红河大道的灯全亮了,罗书记这才心满意足地上车回江川过年。

这条被网友拍摄上传网络的超级大道灯火辉煌,宛如一条鳞甲闪亮的巨龙。

一位网友在《"奇官"罗崇敏》一文后跟帖说:

"前不久出差,途经红河大道,路面宽广,视野开阔,车行平稳、高速,长期蜗居昆明,饱受堵塞之苦的那颗憋屈的心也畅快许多。当我发现这么宽的路上车流量很少时,有点儿纳闷,就问同行的老同志:'这么少的车流量,有必要修这么宽的路么?这么做是不是有点浪费资源啊?'老同志回答:'你看看昆明的路,刚修起来的时候感觉还算宽,现在呢,堵得不行,只有改造,于是就今天挖,明天填,折腾来折腾去,浪费了不少纳税人的钱。城市的规划和配套设施一定要有前瞻性,有时候最大的节约就是最大的浪费啊!'我恍然大悟,对修建这条路的人也佩服不已:在修建这样一条路的过程中,他们要克服多少困难,顶住多少压力和非议啊!"

这位网友说的没错,有时候,最大的节约就是最大的浪费。上个世纪三十年代,美国纽约到华盛顿这段二百多公里的高等级公路,设计的就是极为超前的十二车道,那时的汽车不多,似乎有点宽而无当,随着工业化的进步,汽车的激增,这十二车道放在八十年后的今天,仍然不落后。主政者心里若想的是百年大计,就不会反复折腾,浪费纳税人的血汗钱了。想当初,有人状告红河州委州政府侵占良田修红河大道,罗崇敏不乱方寸,毅然决策将个旧、开元、蒙自打造成城市群,使之环环相扣,形成半小时经济圈。这件事,如果当时不做后来再做,地价翻了几十倍,成本多高?这笔账还是容易算清楚的。

特别值得一提的还有泛亚铁路东线的建设，昆明——玉溪——蒙自——河口——河内——新加坡——马来西亚，这条国际铁路早在2003年即开始酝酿，2007年5月破土动工。"云南十八怪"中有这样一怪——"铁路不通国内通国外"，说的就是中国近代史上由法国人修建的西南地区最早的米轨铁路——滇越铁路。泛亚铁路的战略地位高，经济价值高。它的总部设在哪儿，毫无疑问，哪儿就会成为物流集散地，军地两用的编组站将极大地促进当地的经济发展。因此昆明、玉溪和红河的竞争非常激烈。为了提升蒙自的竞争力，罗崇敏未雨绸缪，做足了准备，先是让红河发改局拟就了一份泛亚铁路蒙自——河口段设计施工规划，交给铁道部，然后充分论证将总部设在蒙自的必要性和可行性。历史上，滇越铁路的总部曾设在蒙自，但仅有这个理由是不够的，罗崇敏注重现实的投入，他无偿地划拨土地，把优惠价的住房卖给铁路职工，还有许多便利措施，铁道部和交通部的部长都来调研了，感到很满意，最终由省政府拍板，将泛亚铁路的总部设在了蒙自。

如果说罗崇敏力主修建的红河大道不乏争议，那么同样是他力主修建的文化广场则颇遭诟病。在一个经济相对比较落后的边远地区建造美轮美奂的罗马式建筑，意欲给后人留下一笔宝贵的物质遗产和精神遗产，出发点很好，但却不容易被理解。最终，他的愿望未能得到众人的理解，这是非常令人遗憾的事情。

2004年12月23日，在红河州委办公室，罗崇敏写道："一个单体建筑，或者一个建筑群都必须充分发挥出三个功能：一是实用价值功能，二是立面审美功能，三是空间环境功能。"文化广场在这三个方面都做得很好，却得不到应有的认同，这又是为什么？

蒙自是农业县，在罗崇敏履职红河前，一直缺乏大型公共文化设施，没有供大众休闲娱乐的地方。罗书记提出"产业富州，机制兴州，素质强州"十二字方针，其中"素质强州"就是要提高公民的文化修养。

罗崇敏离任时，红河文化广场的主体工程已经完成百分之七十多。然而笔者2009年7月寻访至此，后期工程仍未竣工，设施仍未启用，莫非真是人走茶凉、人离政息吗？笔者感到困惑，罗崇敏也感到无奈。

红河文化广场矗立在荒草地上，建筑群具有罗马古城般的宏伟壮观，造价高达五亿多元，原定于2008年开门迎客，可是罗崇敏被调离红河后，文化广场的扫尾工程就理所当然地被搁置下来，一直拖到现在，仍然被脚手架和吊车包围。空空荡荡的广场，唯一的用途就是浪漫的年轻人用它当宏大壮观的背景，拍摄婚纱照，不用出国，就尽得洋气，何乐而不为？

在感情上，当地人对欧式风格的建筑群还很隔膜，甚至抵触，缺乏起码的认同感。由于蒙自是农业县，当年的人均收入不到三千元，这些建筑与当地人的收入并不匹配。一些老百姓认为这些洋玩艺儿就算建成了，经营起来，档次相当高，普通老百姓也消费不起，只能望洋兴叹。还有一种声音则直接针对罗崇敏："他牛气，霸气，要造一个他喜欢的东西，衬托他自己。政绩会有，炫耀也是有的！"

2009年2月15日，东方宽频"七分之一"栏目的主持人张滟滟问罗崇敏这个文化广场是否太超前时，罗崇敏明确地回答她："确实是超前，也应该超前，如果不超前，就是浪费纳税人的金钱！"

从"又快又好发展"到"又好又快发展"，表面看去，只是个词序的简单变化，实际上这是侧重点的变化，它折射出一种发展理念的嬗变。"好字诀"和"快字经"是每个官员都要日日念诵的，但怎样处理"好"和"快"的关系？罗崇敏以其实践，给出了独到的诠释。

强调"好"，是否意味着要被迫牺牲速度呢？红河州委、州政府不这样看。相反，州委书记罗崇敏在全州经济工作大会上强调：国家继续实行严格的宏观调控政策，省委要求"好"字当头，要求严了，这恰恰是发展的难得机遇。在新形势下，靠拼资源、拼能耗的旧发展模式已经落后。强调"好"，正可促使红河州及早完成从粗放增长到集约增长的转变，这本身就包含着高效、高增长的内容。如果真能做到"好"，又何愁不会"快"呢？

蒙自矿冶公司的迅猛发展为罗崇敏的话作出了生动的注解。该公司总经理黎维中接手这家长期经营不善的企业时，发现它已经资不抵债。罗崇敏上任不久，就去矿山调研，感觉这家公司的家底子不够厚实，但他对总经理黎维中带来的由五位博士组成的核心技术团队印象极佳。蒙自矿冶公司是"中南大学实验基地"之一，依托于这所在国内以矿冶专业著名的大学，无疑是它显而易见的利好。黎维中文质彬彬，但精明强干，很

有魄力。他向罗书记介绍了铟矿的优势和前景,作为稀土矿,铟可以用来生产液晶屏、光电玻璃,应用于国防,则是生产导弹和隐形飞机的材料,全世界年产八百吨,蒙自矿冶公司弄好了,即有年产二百吨的能力。

罗崇敏是干大事的人,他也欣赏干大事的人,他与黎维中一见如故,相谈甚欢。临别时,他对黎维中说:"蒙自矿业公司要是遇到什么困难,你就直接来找我,我一定帮你解决,决不食言!"

2005年,蒙自矿业公司的资金链行将断裂,黎维中心急如焚,他蓦然想起罗书记当初所作的那句郑重的承诺,就径直去红河州委找这位当家人求援,心里却是十五只吊桶打水,七上八下。罗书记果然言出有信,由于一亿五千万元的贷款额度过于巨大,银行方面要求州政府出面担保,这样做罗崇敏要冒极大的经济风险和政治风险,但为了救活这家大型矿企,他豁出去了。事后证明,罗崇敏勇于冒险的决策是绝对英明的。蒙自矿冶公司及时得到输血,被救活了,蒙自的经济也呈现出勃勃生机。地方政府的官员喜欢对企业家讲"你发财,我发展",其实大谬不然,企业家发财了,地方政府的财税收入便会随之大幅度提升。2009年,蒙自矿冶有限责任公司纳税两亿五千多万元,比全县其他企业纳税的总和还要多。

2010年7月初,笔者采访蒙自矿冶有限责任公司总经理黎维中,回忆往事,令他百感交集:"民营企业被人戏称为野鸡,没人养你,纯野生状态。一旦你肥了,飞不动了,猎人、猎狗都盯着你,连上山拾柴的老太婆也能将你手到擒来。办民营企业到底有多难?我给你举一个最小的例子吧。蒙自矿冶公司五十吨大卡车不小心压到了当地农民晒在公路上的牛粪饼,就被整整堵了两天,这个经济损失账该怎么算啊!幸运的是,罗书记对待民营企业一直呵护有加,我们遇到过一些狮子大开口的吸金对手,个个来头不细,若没有他出面多方协调和严加制止,企业发展就将举步维艰,甚至难以为继。"他还说:"以前,蒙自矿冶公司跟在人家屁股后面搞矿产品的粗加工,只赚辛苦钱。现在我们掌握了精加工的核心提炼技术,生产成本下降了,利润却上升了。这一降一升,企业的'加速度'发展就成为了事实。当初若没有罗书记保驾护航,所有这一切都是无法想象的。"

2006年4月,在"全省妇联新农村建功立业现场会"上,蒙自县的一位领导向参观者介绍新安所镇一村的农民人均纯收入可达三千四百元。旁边看热闹的几位当地农民立即打断了这位领导的话:"我们村家家户户都有几亩石榴园、枣园,每亩收入一两万块,怎么统计数字会这么低?"县领导再三解释具体的统计方法,最终也没能说服他们。

老百姓嫌政府把他们的实际收入统计低了,这种现象倒是罕见。它足以说明,老百姓充分肯定红河州主政者极力倡导的"富民强州"发展战略。

短短两三年时间,红河州建成了30万口沼气池,购入了2万多台农机,发展了200多个冷库……全州居民储蓄存款达203亿元,其中百分之六十是农民的。这些钱既保证了今后的再生产,也保证了消费和商贸的繁荣。藏富于民的发展,后劲无穷,这才是真正的"好"。

2006年,红河州财政总收入为90.69亿元,名列全省第三位,这是罗崇敏看重的,但他更看重农民手中掌握了实实在在的财富。"粮袋子立起来,钱袋子鼓起来,脑袋子灵起来",红河州的"硬实力"和"软实力"都因此强起来。

2007年10月18日,红河哈尼族彝族自治州距建州五十周年华诞只差十天,十七大代表、中共红河州州委书记罗崇敏走进中央人民广播电台演播厅,向全国听众讲述了"红河模式"的内涵,勾勒了红河州的发展前景。

他说,红河州今天的变化,既是历史的积淀,也是励精图治的结果。"我们在全国率先推行了比较彻底的户籍制度改革,实行公民迁徙自由。如果外地人愿在红河落户,就可以平等地享受当地公民待遇。比如说孩子读书,不用多交一分钱。另外,外地的老年人也能在红河州免费乘坐公共汽车。"

2006年,红河州GDP总量达到360多个亿,财政收入达到100多个亿;第二产业的发展速度比较快,占整个GDP的百分之五十;组建红河传媒集团、盐业集团、饮食集团、奔牛公司,故事片《花腰新娘》《诺玛的十七岁》和纪录片《红河》都获得过中国电影界的最高奖——华表奖。罗崇敏直观地诠释"红河模式",给全国听众道出了一个个惊喜。

红河州的发展,是以人为本、富民强州的理念使然;是求真务实、开

放兼容、敢为人先、奋发图强的"红河精神"使然。作为"火车头",罗崇敏功不可没。

在红河施政五年,罗崇敏反复叮嘱属下"关起门来干",不事声张,不事宣扬,在经济、政治、社会、文化各个领域全面动刀。也许其他改革官员尝试过其中的一项或几项,但像他那样把如此众多的改革集于一身,几乎没有。罗崇敏也多次强调自己与其他改革官员不同:"我是全盘地改、系统地改。"有人认为,他的"全盘改"只是在红河州建立了一个乌托邦。一些举措革故鼎新,立竿见影,另一些举措则陷于"下改上不改"的系统不对接中,在他离任后已开始蜕变。有人笑他"政治幼稚"——下改上不改,改了也白改。但罗崇敏从不后悔自己的"过犹不及的过激之举"。人生能有几回搏? 在他身上,你看不到政客对权位利益的斤斤计虑。

"从我身上,你能看到一个中国地方官员推行自下而上、触及体制的改革,能走多远。"

与其说罗崇敏拿红河州做了一回改革试验,还不如说他拿自己做了一回改革的"试剂",他的成败得失可供他人借鉴,可供上峰参照,这个价值是无论如何也无法抹杀的。

第四章　改革家是民族的脊梁

　　"改革是人类走向文明的台阶。社会不会停顿改革的呼唤。改革者是民族的脊梁,人类历史上镌刻的耀眼姓名历来是改革者。……要包容改革者。改革者是时代的精英,是未来的先觉。文明的社会和高素质的公民,最能包容改革者。对改革者的迫害,是统治者和一个国家、一个民族的悲哀。"

——罗崇敏　2008年

　　中国古代的王国和王朝只要不是刚挂招牌开店大庆,占据要津的就必然是保守势力和既得利益集团,他们求稳不求变,若要在政治上改弦易辙,必有其内因和外因产生剧烈的化学作用。谁要是轻举妄动,试图改变国人的思维定式和行为习惯,削减某个巨无霸的权势和财源,轻则丢官,重则丧命。革故鼎新,除残去秽,结怨之深,阻力之大,后果洵属可想而知。官场求的是稳,讲的是混,安常守故者多,锐意变革者少,谁要是不按常理出牌,就会被当成异数,旧规则的维护者将共讨之,甚至共诛之。毫无疑问,变法是政治冰面上的高难度旋转动作,是"后外点冰四周跳"。在国家积贫积弱时,不变法则其亡也速;变法呢? 动的可是"开颅"、"换肾"和"心脏搭桥"的危险手术,肯定会产生百分之百的惊悚效果。由于触及面广,反对者多,敌视者众,唯有决断力极强的铁腕改革家才敢冒着脑袋搬家的风险,毅然拿起手术刀,走向手术台。

　　历史上,"安于故俗,溺于旧闻"和"安其所习,毁所不见"是定式,"不破不立,不断不续"是变调,锐意改革属于特殊变招和非常举措,来自外部的强力推动固然必不可少,但内在的迫切需求才是至关紧要的。改革

家不可能独行其是，他必然与当朝君王的关系十分融洽。君王怀大志，改革家抱雄才，正如一个人手里抓着鞘，另一个人掌中握着刀，二者志趣相投，于是一拍即合。齐桓公与管仲、郑简公与子产、魏文侯与李悝、楚悼王与吴起、秦孝公与商鞅、汉景帝与晁错、宋神宗与王安石，莫不如此。这种君臣之间捆绑式的合作关系多半还算美满，问题就在于这种关系每每受君王的寿命所限，君王死了，变法者顿失凭依，就会裸露于狼群之中，只剩下死路一条，鲜有例外。吴起人死而法灭，是莫大的不幸；王安石人存而政息，眼睁睁地看着自己制定的新法被肢解被废除，那是无量的悲哀；至于商鞅，他是变法者中的成功者，也是蒙冤者，他的改革使秦国强大，却将自己送上了绝路，遭受五马分尸（车裂）的酷刑，死无葬身之地。

古代改革家的命运完全攥在君王的手中。君臣相得，则言听计从；君臣相失，则祸从天降。在国君当中，昏君或暴君的概率高于百分之九十五，明君和贤君的概率低于百分之五，改革家的命运如何？还用细问吗？即便是汉景帝那样开创过汉朝"文景之治"的明君，一旦以吴王刘濞为首的七国诸侯王联合叛乱，打着"清君侧"的幌子，剑指首都长安，他明知其中藏有诡诈，仍将自己最欣赏最信任最倚重的"智囊"晁错当成一根废柴劈掉。汉景帝打的如意算盘是：虽无法用晁错的冤头弭解兵祸，却可以令叛军彻底理亏，再也找不到叛乱的借口。晁错提出削藩大计，为刘姓皇室的长治久安着想，到头来却被汉景帝当成猪仔卖掉，当作抹布扔掉，那种吊诡、荒诞和凄绝怎能不令人寒心？

中国当代改革派官员的命运如何？这个问题显然比上一个问题——"中国古代改革派官员的命运如何"——更加吸引眼球。改革在任何时候都是艰难的，都有不小的风险，这一点，古今一致。改革永远只是少数胆魄过人、见识超凡的官员所采取的感性冲动和理性选择，这一点古今并无大异。但他们的遭遇和命运不可能雷同。当代改革官员再也不会有掉脑袋甚至诛夷九族的危险，但他们的升黜与政绩好赖的关联也并不像我们想象的那么紧密。以前说"人走茶凉，人亡政息"，现在根本不等"人亡"，人一走，不仅茶凉，政也就息了。中国的某些改革往往沦为周而复始的"原点游戏"（民间称之为"鬼打墙"），绕来绕去仍在老地方，这确实太发人深省了。

2010年第1期的《凤凰周刊》描述了十位中国当代改革家——张楚、刘日、吕日周、陈光、张锦明、宋亚平、王晓桦、罗崇敏、仇和、郭宝成的仕途命运和官场境况,勾勒出当下中国地方政改的生态图。被废黜的改革者似乎难逃宿命,扯起改革的大旗越早,所处的地区越落后,改革者越具悲剧性。原内蒙古卓资县县长张楚,原河北无极县县委书记刘日,原长治市市委书记吕日周就是代表人物。他们擅闯禁地,逾越雷区,伤痕累累,背影茕茕,结局令人唏嘘再四。

1982年,内蒙古卓资县穷得讨饭成风,县长张楚上任伊始,立刻用猛药治痼疾:把商业部门、粮站、供销社、食品店等国营单位由政府统管一律改为由个人承包,一举推向市场。伤筋动骨的大手术不止一个,他还大幅度削减卓资县党政机构,由原来的五十个紧缩为九个,六分之五的机构被当成附赘悬疣切除了。公务人员由七百多人精简至不足四百人,只及原先的一半。县级干部福利待遇实行统一的货币化管理,政府部门不养小车,改为给使用小车的干部发钱。经过一番手术,卓资县成为全国独一无二的财政收入上升而费用支出下降的县。

张楚的"外科手术"动在卓资县的心脏部位,虽有震荡,却并无大碍,这让时任原平县县委书记的吕日周大受启发,也大受鼓舞。1984年,吕日周带队到卓资县取经。谈到压力时,张楚对吕日周意味深长地说:"关键不是我本人的承受力如何,而是旧体制的承受力如何。"张楚这位从北京来的"空降兵",在卓资县根基不牢,人脉不旺,他的单兵突进终于遭到了集团阻击。张楚孤立无援,铩羽而归,他的改革成果片瓦无存。

1985年,刘日出任无极县县委书记,年仅三十七岁。1990年,著名作家王宏甲的长篇报告文学《无极之路》使刘日的声誉"如日中天"。1991年,中共河北省委发文称赞刘日是"焦裕禄式的干部"。人怕出名猪怕壮,刘日突然发现自己异常孤立,许多人都站到了他的对立面,形成一股强大的阻碍力。此后,他在仕途上多年遭遇"鬼打墙",就算中央一度建议河北重用刘日,他的处境也毫无改观,长期陷在河北行政学院简陋的办公室里,给学员讲课,撰写改革建议,这与他的初衷和夙愿已相距十万八千里。

1983年,吕日周被破格提拔到山西省唯一的改革试点县(原平县)担

任县委书记。他的改革实践一度用"政府搭台,群众唱戏"这个原创说法概括,风靡一时,全国皆知。后来的"经济搭台,文化唱戏"之类的说法都是按前者的模子克隆出来的。三年后,吕日周使穷困的原平县财政收入大幅度"膨胀",竟相当于周边十二个县财政收入的总和。好景不长,有人挑拨离间,地委主要领导派出庞大的调查组调查吕日周的经济问题。1989年,吕日周担任朔州首任市长,却在当选市长的八个月后被离奇免职,调回省城,到省体制改革办上班,一呆就是十年。2000年,吕日周东山再起,出任长治市市委书记,掀起舆论监督风暴。但外部的阻力越来越大,吕日周艰于应对,身心俱疲,他在任只干了三年,就"升迁"为省政协副主席。痛定思痛,痛何如哉?此后数年,吕日周全力开辟"第二战场",他行程三十万公里,风尘仆仆,在全国各地巡回演说。如今,吕日周是山西改革创新研究会会长,重点研究改革创新案例已成为他聊以自慰的工作。

对国企实行"卖光"式和"送光"式改革的山东官员陈光,被人谑称为"陈卖光"和"陈送光",他这种一反常规的做法曾得到国务院总理朱镕基的支持和肯定。这位"国企产权制度改革第一官"现在已经趋于沉寂,是因为他眼花体衰而意志消沉了吗?陈光的座右铭"越艰苦的人生越精彩,越困难的事业越壮丽"却暗示我们另有隐因。也许在他十年来所记的二十八本笔记中藏有答案,只是目前不宜公开吧。

2002年,张锦明就任雅安市委常委、组织部长,她的民主试验从遂宁的乡镇长直选上升到雅安的党代表、党委书记的直选。在雅安六年,张锦明尝试的改革涉及到国家权力体系中的政府、政协、人大和党委,点多而面宽。尽管她具有女性以柔克刚的推行手法,遇到的阻力和争议仍无所不在,其强度与日俱增,足以逼迫她退却。体现党内决策权、监督权、执行权分离的党代会监督委员会在雨城区运行三年后已悄然取消。现在,张锦明坦承自己"已过了做梦的年龄",闲暇时去参加"爱心世界"小组活动,力所能及地做些帮助儿童读书之类的事情,已成为她新的快乐之源。

此外,河北省大名县委书记王晓桦主张透明用人,透明办公;陕西省神木县委书记郭宝成先于东部发达地区,在全县实施学生十二年制免费教育,实行全民免费医疗。他们的执政思路均以利民为主题,成败尚在未定之天。

细数这些基层改革者，唯有昆明市委书记仇和升迁到了省委常委的位置。也许有人会说，"他更幸运"，其实不然，仇和自有仇和的苦恼。社会对他的评价始终趋向两极：清官或者酷吏。仇和到昆明上任不久，"全民经商"、"侵犯个人隐私问题"、"不符合《劳动法》"、"强逼拆迁"、"卖医院"、"卖学校"、"富民县一号文件"、"瞌睡门事件"、"城中村改造"、"女宣传部长不敢穿高跟鞋"、"昆明的改革是在搞'人治'"，诸多争议铺天盖地，逼迫仇和变招，积极与媒体正面沟通。2009年11月17日，仇和登上"云岭大讲坛"。针对舆论的批评——昆明在搞"大跃进"，仇和耐心作出解释：如果没有把握，谁也不会拿一座几百万人口的大城市搞试验。对于"卖医院"、"卖学校"的指责，仇和也作出正面回应：他从来没有做过类似的事情。

现存的体制缺陷异常明显：改革者总是孤立无援，各自为战，他们只能单独面对各种压力和质疑；他们有改革，却缺乏官方的评估；他们有争议，却缺乏官方的结论；他们有认可，却缺乏官方的肯定。谁为他们喝彩、正名、助威呢？是昔日的同袍吕日周，还是更能影响视听的先锋媒体？总之，声音太微弱了，至于效果，大家心中有数。

稍稍具备常识的人都知道："穷则变，变则通，通则久。"天底下唯一不变的东西就是"变"。改革势在必行，犹如箭在弦上，不得不发，但面对复杂的病况，也不是所有手中操有手术刀的"医生"都可以贸然割治的。官员"改革"确实就像医家行医，仅仅具备资格显然不够，还必须具备仁心仁术才行。在官场，求稳压倒思变，在众人的眼中，罗崇敏绝对不是求稳的官员，"其行，挑战尺度；其思，超于常道；其政，频现奇观"，他对自下而上的改革有着持久不衰的激情和干劲。

罗崇敏是一位捕捉风向的改革者。他坚持的是国家意志，坚守的是民众立场，坚信的是发展的硬道理，他的雄心体现在为国家长远的改革做一些先行的探索，因此他并不囿于单兵突进的"霰弹战术"，这种战术尽管有声有色，能产生炫目的效果，却不能从实质上改变整个体制。在改革的实际操作方面，罗崇敏特别注重方式方法，各项改革之前，他都会广泛听取意见，把调研工作做足。在卫生体制改革的过程中，他直接去医院

调研三十七次，与职工面对面接触。他充分估计困难，推进改革的步伐异常稳健，尽管也会遭遇到各种阻力，但从未产生社会动荡，从未激化社会矛盾。在罗崇敏的身上，充分体现出创新的品格、批判的思维、务实的作风和系统的方法。

从2004年至2007年，罗崇敏筹划着一个系统性的地方改革试验，陆续出台了涉及政治、经济、社会、文化的七项改革，其中包括推动国企市场化；改革干部人事制度，在石屏县推行乡镇长民主直选；改革户籍制度，允许农民自由迁徙；改革文化体制，将新闻传媒单位改为企业；改革医疗卫生体制，将大多数医院整体转制，全州医疗卫生系统人员社会化；改革教育体制，完成1650工程，以五万到十五万年薪公选招聘蒙自县三十三所中小学校长等。

细究这些改革举措，并非强上马和硬开弓，大多有其由头，是顺势而为。例如教育体制改革和文化体制改革，它们就肇端于红河州被云南省列为试点城区之一。罗崇敏是一位精明强干的"猎人"，一旦机会露面，他就闪电出手。

红河州被列为云南教育改革试点后不到一个月，罗崇敏就起草下发了试点工作实施方案和六个配套文件。

一位精明强干的"猎人"不仅要与时间赛跑，还要与反对者赛跑，必须跑在他们的前面，才有说服力。成绩才是硬道理。从2004年到2007年，红河的"奇观"一个接一个，在偏僻的边陲地区，如此密集的改革举措引起了外界的好奇和关注。

张智泽原任红河州委副书记、政法委书记，现任省农业厅副厅长，他是罗崇敏在红河州厉行改革的重要搭档之一。他告诉笔者："罗书记是一个好书记！他很有思想，很有魄力，也很有办法。在红河州那边推行改革的面很宽，要突破传统的壁垒，要打破旧有的机制，决不是一般人想象的那么轻而易举。罗书记做事有魄力，但不会盲目冲动，草率从事。当时在州委州政府的领导班子中，大多数人都积极更新自己的观念，支持他的改革举措。外界通常只看到罗书记的大刀阔斧，没有看到他的深思熟虑和深谋远虑。改革者不太可能突破上面的'冻土层'，罗书记引领我们实行的是自下而上的改革，这样干，确实成本更高，风险也更大。但类似的改革总得要有人去大胆尝试才行。不管怎么样说,它都能给将来自上而下的改革积累和提供一些宝贵的经验教训。"

诚然,红河州的每一处奇观都隐含或显现出罗崇敏的强力意志。尽管他无意扮演强权者的角色,但他从不避讳"人治"。他认为,在西部地区,地方官员必须更强势,更精英,更善于综合运用人治、法治与文治,打造出一个高效的"三明治"政府。离开红河州后,罗崇敏曾向《南方周末》的记者潘晓凌交底:"西部发展需要'强政府'而不是'大政府'。如果没有一个强有力的政府,要缩短中东西部的差距,很难。"他还说:"我们的改革一直坚持三个取向:市场取向,发展至上;民主取向,人心至上;和谐取向,稳定至上。改革成功应是人治、法治、文治的有机统一。人治是基础,法治是关键,文治是核心。人治是坚持以人为本,充分发挥精英团体的作用;法治是制度的设计与施行;文治是坚守人文精神和传承品格。"

说到地方官员必须更强势,更精英,更善于综合运用人治、法治与文治,打造出一个高效的"三明治"政府,我觉得,在这里作一下横向比较是有必要的, 也一定能够别开生面。美国第一位华裔州长骆家辉出生于1950年1月,罗崇敏出生于1952年12月,两人的年龄仅相差三岁,而且都出生于清贫的家庭。1993年,骆家辉赢得竞选,获任华盛顿州金县县长;1995年,罗崇敏赢得信任,获任云南省新平县县委书记。1997年,骆家辉宣誓就任华盛顿州州长,三年后连任;2002年,罗崇敏就任中共红河州委书记,共任职五年。他们的这段履职经历有着惊人的相似之处。由于国情不同,体制不同,骆家辉在仕途上后劲十足,2009年出任奥巴马政府商务部长。2011年3月,奥巴马提名他为美国驻华大使。2007年后,罗崇敏则为他钟情已久的教育事业倾注心力,担任云南教育厅长。他们都是绵里藏针、柔中带刚的性格,执政理念和执政风格也很相近。曾有舆论批评骆家辉是"温和的民主党人",但他并不完全认同这一点,他对记者说:"我在有些场合可以非常强硬,而在有些场合则比较温和。这要视具体情况而定。应对一些重大危机时,比如地震,我曾经非常强硬,能够立即表现出果断坚决。在美国西部地区,我们曾经遭遇过一次能源危机,我当时在公开场合严厉地批评了布什总统的政策。当我们发现美国医疗部门没有公平对待华盛顿州时,我们甚至起诉了他们。我对本州岛立法机构或国会

的提案使用否决权,次数之多也是创记录的。我在很多问题上都与本州岛国会或立法机构持不同意见,我使用我的权利来取消经他们通过的某些法律。"骆家辉还曾裁掉华盛顿州一千多名公务员,精简机构,紧缩开支。温和并不意味着软弱,刚强并不意味着粗暴,骆家辉和罗崇敏的执政风格都是刚柔相济的。

在许多场合,罗崇敏都鼓励大家发出"不同的声音",在不改变基本思路的前提下,他虚怀若谷。在红河州委常委班子专题民主生活会上,他要求大家坦诚相见,开展批评和自我批评,汇合干部、群众提出的意见和建议,制订更具针对性的整改方案。他说,空谈误国,实干兴州。"各级领导班子要大力弘扬求真务实精神,大兴求真务实之风。我州是一个基础型、资源型、成长型的边疆少数民族自治州,还处在全方位打基础的阶段。各级领导干部要树立励精图治、埋头苦干的作风,实实在在地履行好各自的职责。要教育领导干部珍惜领导岗位,充分利用人民赋予的权力,实实在在地做加快红河发展、实惠人民群众的实事。"

在某些保守者和挑剔者的心目中,改革家的群体由这样两拨人构成:一拨是不着边际的梦想家,另一拨是无视实际的盲干家。前者想建乌托邦,后者想造伊甸园。结果呢? 只不过是瞎折腾一番,弄出来的东西四不像。

罗崇敏始终否认自己在建造乌托邦和伊甸园。他说:"改革不超前,不创新,算什么改革?"他的施政个性鲜明,专门盯住最敏感的区域大动手术。起初,当地官员私下议论:"罗书记是不是想剑走偏锋,铆足劲搏一把政治前途?"但接下来发生的一切让他们越来越看不明白,越来越找不到合情合理的解释:"如果罗书记要搏上位,收效最快又最好的办法是,掀起一场'改革风暴',放出烟幕弹,找来媒体配合,见好就收场,没必要真刀真枪地干,更没有必要没休没止地折腾。"他们终于意识到罗书记不是作秀,不是赌博,他是动真格的。

无论赞同还是反对罗崇敏改革的人都能交集在同一个观点上:"他干了本不是一个州委书记非干不可的事情。"

改革官员不应该是为改革而改革,不应该瞎折腾。什么是瞎折腾?一言以蔽之:"以改革改革改革。"这句短语很像绕口令,但它的意思一点也不绕:每一任领导都要改革,最便捷的改革什么?就是颠覆上一任的改革举措,以否定前任的方式来证明自己。按理说,改革者不应该抛开前任遗留的包袱,不应该将前任修好的路基挖掉重修,不应该满门心思只谋求GDP的增长,要知道,许多政绩都不是简单的数据可以体现出来的,比如某些地方的旧城改造,强拆强迁,老百姓的冤屈和痛苦在数据上能够有所体现吗?"改革"一旦成为官员意识中的"政治正确",其后果不堪设想,因为有些改革是伪改革:以改革之名,行中饱私囊之实;以改革之名,行扰民、虐民和残民之实。"为改革而改革"的伪改革者在中国越有市场,真正的改革家所遭遇的尴尬和艰难就越大,这就叫"假作真时真亦假,无为有处有还无"。

面对很难令人满意的现实,我们不可能变成鸵鸟,遇到危险,就将脑袋埋入沙中。有志于改革的官员必须考虑以下四个问题:第一,老百姓需要怎样的改革?第二,改革要达成什么目的?第三,改革需要哪些主观条件和客观条件?第四,改革要选择何种避虚就实的途径?这些问题不理出头绪,改革官员就会盲人骑瞎马,夜半临深池。

当年,邓小平主张"摸石头过河",可谓言简而意深。改革实践是一种探索,冒险是必要的,稳健也是必要的,若害怕水深浪恶就不可能过河,不摸准石头站稳脚跟就会被河水淹没。如何把握冒险的度和稳健的度?这是摆在每个改革官员面前的一道多解的难题,解得好就能成功,解不好必然失败。改革成功则惠及百姓,改革失败呢?则殃及万民。

真正的改革应该是一个系统性工程,小打小闹其实算不上改革。多年来,大量的改革试验证明:某些花样翻新的改革只是主政者依靠手中不受严格监督的行政权力大肆"折腾",目的在于显示个人威权,谋求个人政绩,追逐荣名厚利,归根结底是冲着乌纱帽去的。他们的"改革经验"通常是大而不当的泡沫,不可复制,不可普及,缺乏借鉴价值。自下而上的改革最容易变成高成本、高代价、纯现象的折腾。很多人对罗崇敏的全盘的改革、系统的改革充满疑虑,正是基于以上的认识。

对于外界的种种质疑,罗崇敏心中有数。他曾对新华社记者李自良说:

"我始终坚信唯有制度可以兴国，改革是不可逆转的历史潮流，改革者是民族的骄傲，改革本身蕴含着挑战，蕴含着困难，蕴含着压力，蕴含着风险。作为一个有责任心、事业感、良心、党性的领导干部，应该面对挑战，应该富有责任心和责任感，应该变压力为动力，应该勇于面对风险，化险为夷。因为改革涉及利益的再分配和权力的调整，而且会遇到有些不理解的人，从不同的角度来理解你，更可怕的是，甚至有别有用心的人来伤害你。现在各种媒体的管理没有完全走上法制轨道，有些甚至别有用心，出于个人狭隘私利的心态对待你，无中生有的伤害你。这我都知道。但是我觉得，只要你心中有真理，心中有定海神针，你有自己的追求，随着社会的进步，历史会来评价，人民会来评说。

"我始终认为，一个人在一个岗位从事什么职业，是一个偶然的选择，但这个岗位所要承担的责任和推进的事业，是一种必然。你怎样把偶然的选择和必然的事业有机地结合起来，这就需要有危机意识和紧迫感。人生短暂，我们想做的事情很多，能做的事情很少，能做成的事情就更少。我信奉这句话：担当生前事，何计身后评。你把该做的事情做了，就行了。这要回到刚才说的生命观、生存观和生活观上来理解。人生就是个过程，我们要珍惜。做事的时间就那么几年，如果瞻前顾后，患得患失，畏首畏尾，甚至还无事生非，指责做事的人，这就不可思议了。

"但我相信，从中央到我们省，都有很好的改革环境，社会也很包容改革，也是支持改革的，所以我们要坚定不移地推进。但我要特别说明的是，大家一谈到我，好像就是改革改革。其实我追求的是科学发展，是人的全面发展，改革只是一个手段。最终需要推进各项事业的发展，确保各方面的和谐共振、科学发展，这是我和我的同事追求的目标。"

外界凭什么去准确了解某个改革家的成色如何？眼光、见解、抱负和魄力是很好的标尺：如果他看问题只能看到片面，看不清全貌；如果他抓工作只能抓到端绪，抓不准规律；如果他办事情只能办到半截，办不成整体,这种螺蛳壳里做道场的官员就算不上真正的改革家。罗崇敏以治国的理念治理红河州,他的眼光、见解、抱负和魄力,全都高出水准线很远。

一旦进入事务,罗崇敏就是一位实干家;一旦跳出事务,罗崇敏就是一位思想家。实干家+思想家=改革家,这才是正确答案。

2008年11月7日,《人民日报》记者采访罗崇敏,面对一位在全国赫赫有名的改革人物,记者最感兴趣的是这位弄潮儿如何看待改革。罗崇敏深刻的认识和独到的见解肯定能够启迪世人。他的回答确实道出了铿锵心声:

改革是人类走向文明的台阶。社会不会停顿改革的呼唤。改革者是民族的脊梁,人类历史上镌刻的耀眼姓名是改革者。

社会唯一不变的就是"变"。改革的本质就是"变",由"变"而产生"新",催生新体制、新事物。

改革给人类社会带来民主、法治和自由。

改革是回归。从违背规律走向规律;从违反科学走向科学;从神性走向人性;从文明野蛮走向文明自然。

"革,不震,吉。"这是《易经》革卦中的话。只要是不产生社会大震动的改革都应该是成功的。

制度兴国。执政者或统治者的神圣职能是制度设计和安排。改革的直接目标指向是建立新的制度和体制。改革者先进的思想旗帜,如果没有改革后建立的制度来体现,是没有多大的意义的。

设计和推动改革的是精英人物,不是人民大众。实施改革的主体是人民大众,得不到人民大众广泛支持的改革,是不会成功的。

改革的本质是权力和利益的调整。改革的价值取向是实现发展和保护绝大多数人的利益。

要包容改革者。改革者是时代的精英,是未来的先觉。文明的社会和高素质的公民,最能包容改革者。对改革者的迫害,是统治者和一个国家、一个民族的悲哀。

2009年1月15日,《南方周末》发出《对话罗崇敏:自下而上改是高成本的改革》一文。从这篇文章中,我们可以了解到罗崇敏在红河州施政改

革的清晰思路，他对改革成败的认识，他对改革艰难的体味，他对改革事业的思考，情见于词句，理透于言语。这篇对话绝对值得全文照录：

南方周末（以下简称南）：你推行的改革涉及各个领域，它们有没有一些共同的取向？

罗崇敏（以下简称罗）：我改革一直坚持三个取向，一、市场效益至上；二、民主价值至上，大力推进民主政治建设；三、和谐、人心至上，改革要有利于人的发展和社会的稳定，这样才能得民心。

南：你觉得现在官员的改革空间大不大？

罗：州（市）级官员的改革条件有限，省级官员的改革空间就要大得多。比如户籍制度改革，实现居民迁徙自由，最理想的状态是在省级范围内推进。这样经济调控力量比较强，人口流动的空间比较大。云南人口4615万，面积33万平方公里，相当于欧洲两三个国家，改革效果更明显。

全面改革，成本低、矛盾小、效益高。尤其中观和微观的改革，更要重视它的整体性。我在红河推行人事制度改革，遇到身份社会化，就遇到不同步改革造成的与政策不对接的矛盾。

南：但即使是省级官员，也存在"下改上不改"的困境。

罗：确实是。自下而上改是高成本的改革。改本来就意味着不稳定、制造矛盾；改革效益不高，触及的利益群体反弹。我在红河推行"单位人"身份置换，有人说我制造新的不公平。我没法彻底追求公平，身份要彻底置换，必须从最高层开始置换。

南：所以，有人觉得你出力不讨好，下改上不改，改了也白改。

罗：没有白改！好多记者问过我，你自认为是不是个成功的官员？我说我回答不了，也不是现在能回答的。我留给社会、人民和历史评价，这个评价可能要到我去世以后。

南：力主改革的官员似乎都是个性官员。

罗：改革的设计者必须是精英，推动者是人民大众。必须要把这两者统一起来。领导者必须要经过三个阶段：尊严、威严、戒严。尊严是指初到地方，你要用你的能力、人品来赢取大家的信任；威严是通过一段时间的工作,你开始能够驾驭全局,对局面有掌控能力;戒严是指改革之后,你要保证在你任期内,将改革付诸实施,让人民看到改革的成果和希望。不要自己乱自己,既然提出,就要稳固地走。到第三阶段,最需要严格要求自己,甚至封闭自己,比如不要炒作自己。成功留给历史评价,而不是自己来评。

这些是不是就是你说的"个性"。

南:你的上级怎么看你的施政主张?你有感到过压力么?

罗:据我平时观察,上面总体上是认可的。我到省上开会,有人会半开玩笑地说,"改革家来了"。

但我的确不是一帆风顺的。但我心定,我最恨半途而废。

我们要对改革者宽容,即使他失败了。如果不宽容,那是民族的悲哀。我的上级对我的改革是足够宽容的,不然我也做不了那么多事。

南:红河有的官员为你打抱不平,认为你在仕途上可以走得更远……

罗:我在红河的改革目标没有完全实现,我有自己的抱负。但我做官的大小,是组织的事情;我的抱负的大小,是自己的事情;我能做的事情的大小,是我和组织共同的结果。

尽管我起步太晚,但我37岁做红河州江川县办公室秘书,39岁做副县长,之后是县长、县委副书记、市委副书记……平均两年半升一级。当官和做事并不矛盾,官大一些可以多做一些事,还可以多做大事。

南:我注意到你任江川县副县长时,就曾主持过县旅游局公开选拔干部,你有没有关注过,每个你任职过的地方,能否保留你在任期间的改革成果?

罗:我说了,我想做前无古人的事,但我控制不了后来者。中国的历史是一部断裂史,人们不喜欢传承,更喜欢否定别人来证明自己。作为一个领导人,应该有被否定的胸怀,辩证的否定是事物前进的动力。不要怕后来者的否定,把自己能做的事情做了就行了。所以我离开一个地方,就不再关注那个地方,这已经成为我的习惯。

南:这种"断裂"难道就一点办法都没有?

罗:有,把改革成功经验纳入法律、政策,使之成为常态,散兵游勇式的突破走不远。但我说了,这不是我一个地方官员能做的。

2009年3月9日上午,身为全国人大代表,罗崇敏做客正义网、腾讯网两会访谈室,记者晓虹提了多个问题,最后一个问题是:"您一直给人一种感觉,您是一个思想特别超前的官员,是一个'改革书记',您累不累?"罗崇敏的回答满是轻松:"我很愉快,到目前为止,我认为我的心理和生理是健康的,为什么呢?一旦你学习思考研究了以后,你会产生一种冲动,当然这种冲动是一种理性。产生这种冲动以后,你就有这种需要、需求去做,做了以后你就感觉一种快慰,我把这个事情做了,所以感到很愉快。但有时候也会感到不愉快,比如你做了这些事情,由于对个别人,包括干部选拔政策,个别人丢了官帽,他自己的利益没有得到,他会恶意中伤你,甚至于谩骂一下,这个时候还是不愉快的。但是不愉快是过眼烟云,不要计较,你为什么要做事?为什么要改革?想想还是值得的。有时候,也有同事问我这样的问题:你到底苦不苦?我说到目前为止,没有累过,没有忙过。为什么呢?现在我们一套班子那么多领导,你还忙什么?还累什么?其实累的是我的助手们、同事们,他们非常辛苦,非常累。……我脸上的光是他们辛劳的结果折射过来的。你看我又黑又瘦,但是他们的光折射过来了,使我始终保持一个良好的精神状态,要是我能发出点光来,是人家的光折射过来。在事业上我首先要感谢的是我的同事,在生活里我感谢家人、感谢朋友。我要感谢政府,感谢群众,我要感谢社会,感谢时代。如果我遇不到这个时代,就不可以做这些事情,就不可能实现人生的这些价值。"

罗崇敏的这番回答令人感叹:一位在外人眼中十分强势的改革家,原来他并不是一位苦行僧,并没有一张苦瓜脸,他是如此谦和,如此快乐,谈笑风生,诙谐幽默。当他说"到目前为止,(我)没有累过,没有忙过"时,主持人也忍俊不禁了。

对于改革中所遭遇的阻力,罗崇敏向来不喜欢主动谈及,但记者对这个问题兴趣浓厚,总是逮住不放。2010年3月7日,在全国人代会期间,罗崇敏接受中国广播网的采访。主持人问道:"像您这样大刀阔斧的改革派官员在推行一些措施时会不会遇到一些阻力?您认为这些阻力主要是来自于个人还是体制上的？"

罗崇敏的回答很干脆："我认为，在改革过程中确实有阻力，来自于三方面：一个是观念上的阻力；第二是体制方面的阻力，我们有些改革和国家现行的宏观政策不匹配，产生了冲突；第三方面的阻力是来自于一些误解，一些有损于人格的言论，但我觉得这些不是主流。至于国家层面的，我们通过基层改革来推动国家层面的改革，通过地方的改革实践来促进国家层面的改革。另外一条路，通过国家的宏观设计提出改革的方向、方针来促进之后的改革，两条路都可以走。当年的小岗村改革不就是从基层点上突破的吗？"

对于自下而上的改革，罗崇敏仍情有独钟。他改革的勇气和力量来自哪里，他坦言："来自于一种信念与责任。"罗崇敏在谈到责任时，喜欢引用"担当身前事，何惧身后评"这句名言。对于外界的争议，罗崇敏认为：不要畏首畏尾，墨守成规，要做有争议的大事，做有争议的大人。古君子尝言："不患无位，只患无为。"罗崇敏得之。

诚然，改革是时代的方向，改革者是民族的脊梁，所幸罗崇敏身处一个包容的时代，他也承认"各方面对一位改革者的命运是很关照的"，他的改革能够一以贯之，客观地说，这固然是他的信念所致，但上级领导对他的爱护也是不可或缺的。

也就是这样一种坚定的信念，使他在参与《中共中央关于深化农村改革发展若干重大问题的决定》征求意见会后，提笔给胡锦涛总书记写信，提出了他对《决定》的修改意见。全文录下：

尊敬的胡锦涛总书记：

我长期在基层从事农业农村工作，从一个基层干部和党代表的责任出发，受农业、农村、农民的情感驱使，对《决定》（稿本）提一点修改意见。

《决定》在改革开放三十年后作出，无疑对促进农村改革发展应有着现实的重要意义和深远的历史意义。所以，建议《决定》应以科学发展观为指导，紧紧围绕建设社会主义新农村作出新的体制机制的安排，促进农村发展理念、农村生产方式、农民生活方式和农村管

理方式的转变。《决定》应在农村科学发展的体制机制创新上有新的突破，主要应包括以下几个方面。

一是建立有序推进农民迁徙自由的体制，从根本上打破城乡二元结构。因为农村农业发展的主体是农民。只有打破人口的二元结构，才能打破经济的二元结构、文化的二元结构和社会的二元结构。"农民工"的提法不要在文稿里面出现。

二是建立健全包括农民在内的城乡居民平等的基本的低标准的社会保障制度，促进社会公平。如鉴于国家和地方财政承受能力的限制，可采取低标准、广覆盖的城乡居民基本医疗保障体制等。不要人为地从政策和体制上把农民和城镇居民的社会保障阶层化。

三是建立健全扶持现代农业的体制机制。应围绕发展集约型农业、节约型农业、生态型农业、设施型农业、外向型农业提出相应的机制保障措施，提高现代农业水平。

四是建立推进农民生活方式转变的体制机制。围绕培养农民的文明生活行为、文明消费模式、乡村文明习俗、乡村文明环境等方面建立健全体制机制，不断提高农民的生活水平和生活质量。

五是建立健全促进农村民主、依法、科学管理的体制。比如，在村委会直接选举的基础上，创新乡镇直选的体制，推进乡镇党委班子党内直选和乡镇长选民直选等。

六是在州、市、县实施农口大部委制改革。农、林、牧、水等涉农部门合并成农业委员会，以利于整合政府资源、社会资源和管理资源，降低农业、农村发展和管理的成本，提高投资效益、管理效益和农业综合效益。

这样《决定》的重要现实意义和历史意义可能会得到更充分的体现。

敬祝总书记政祺安康！

中共云南省委高校工委书记
云南省教育厅厅长　罗崇敏
2008年8月19日

十一天后，也就是2008年的8月30日上午，罗崇敏在云南师范大学文理学院调研时，突然接到一个显示为000000的电话，罗崇敏感到很陌生，两次未接。当第三次铃声响起时，罗崇敏接了。原来是中共中央书记处书记、中央办公厅主任令计划的秘书打来的，他说："你是罗厅长吗？主任找你。""是的，哪一位主任？"另一个声音接着说："我是令计划，你的来信首长收到了，感谢你！你提的意见我们已经按要求转送十七届三中全会文件起草组，他们会认真研究吸收你的意见。"12月12日，令计划主任得知罗崇敏到北京开高校思想政治工作会，特意安排请罗崇敏在京西宾馆餐叙。当我们三番五次向罗崇敏请求看给总书记的信的原稿时，罗崇敏不同意，后是在教育厅办公室偶尔看到书信稿件，罗崇敏才不得不把此件给我们。我们好奇地问罗崇敏为什么要写信给总书记时，他却淡定地说："我无非就是尽了一个党员、一个公民的职责而已。"

第五章　有特质就难免会有争议

> "做人要做有争议的大人，做事要做有争议的大事。……纵观历史人物和历史事件，争论越多，研究就越深入，研究越深入就说明它的价值越大，生命力越强。……勇于做有争议的人，善于做有争议的事，在争议面前不能患得患失，担当身前事，何计身后评。做人做事都要追求过程的精彩和结果的意义。"
>
> ——罗崇敏　2007年

一位熟悉云南官场生态的局内人分析罗崇敏的从政轨迹及升迁速度，有过这样一番恰如其分的表述："他是一个富有争议的官员，一个充满理想主义精神的官员，一个没有可复制性的官员。从他的身上，可以看出力主改革的地方官员在中国官场的生存空间狭小，命运难料。但显然，他绝不算是一个悲剧性的官员。"这位知情者认为，罗崇敏的改革在"破"的方面下足了工夫，但由于他在红河州履职的时间太短，只有短短五年，他的改革在"立"的方面有得有失。一些好的成果未能得到巩固，有点像是一场未完成的科学试验，一次待评估的军事演习。在他看来，罗崇敏的改革在下面固然饱受争议和非议，但他相当幸运，并未遭到上峰的强行打压，这也直接反映出云南的改革环境不错，罗崇敏与仇和双星闪耀绝非偶然。

2007年2月16日，罗崇敏在北京与香港凤凰卫视资讯台副台长兼新闻主播吴小莉交谈："人，都是一定时空范围内的存在物。人是社会关系的总和。人最可贵的基质是适应。什么样的环境都能适应的人，是有作为的人。创造的前提是适应。要改变环境,首先要改变自己的心态。环境的好坏,是自己心灵的感应而已。临近才能致远,面对现实才能着眼未来。不要埋怨现实,不要埋怨环境,要以积极的心态超越现实,创造环境。不要有逃避的心理,不要天真地认为,自己可以拔着头发离开地球,进入世外桃源。任何地方,任何领域,任何环境都会面临着相同的问题和相同的矛盾。勇于正视问题和矛盾,是走向成功的基础。"

凡是接触过罗崇敏的人都会得出这样的判断:这是一位性格坚忍不拔的官员,这是一位斗志屹立不倒的勇士,这是一位头脑敏锐不钝的智者,他追梦的步伐飞快,无论别人是褒是贬,是夸是骂,他都不会减速,更不会驻足。他不会因为别人的好评而沾沾自喜,也不会因为别人的非议而郁郁寡欢。"弄潮儿向涛头立,手把红旗旗不湿",这两句诗就是改革家罗崇敏的真实写照。

罗崇敏认为,执政党的根本作用不在于创造财富,而在于建立制度。中国的改革开放即得益于制度设计。身为红河州书记,他自觉必须向历史负责,在制度设计上有所作为,使之有利于各方面的工作,并且更具创造性。在全国区域范围内,全面推进各项改革的,唯有罗崇敏一人。其他的改革者往往只是侧重于一两个方面,抓住一点,不及其余。罗崇敏的改革曾惊动中央领导。他的改革过于超前,争议也因此蜂起。

起初,争议只在一些小地方。红河广场上的铜牛象征公仆心、民族志、红河魂,周边栽种的小叶榕、董棕等树种,全是罗崇敏亲自选定的。常言道:"前人栽树,后人乘凉。"罗崇敏仍要挨骂,有人说这些树不应该栽这么大,有人说这些树不应该栽在这个地方。蒙自是州府所在地,城市的主体建筑为浅色调,这也是罗崇敏接受专家的意见,亲自敲定的,主要考虑到红河州的天气比较炎热,浅色调显得更为清凉。对此不满的人也站出来讲怪话,说州府蒙自太素净太冷清了,显得不繁华不热闹,这笔账当然也要归结到罗崇敏头上。

后来,争议升级,罗崇敏的各项改革都成为了标靶,矢如猬集,弹如雨下。有的改革项目,比如文化体制改革和卫生体制改革被个别人攻击得一无是处。干部队伍中总有一些人自己不肯作为,不能作为,还要忌妒和妨碍别人大有作为。由于有的干部失职渎职,州委作出免职处分的决

定,他就积怨在心,暗地里以匿名信和匿名网帖恶意攻击,以泄私愤。有的人还别出心裁,编出顺口溜来形容罗崇敏的强势和霸道:"他打个喷嚏红河会下雨,他打个哈欠红河会黑天,他跺一跺脚红河会地震!"他们以小人之心度君子之腹,猜疑罗崇敏进行多项改革的目的,是要获取更大的政绩,谋取更高的官职,捞取更充分的政治资本和个人利益。罗崇敏坦然面对这些猜疑和诋毁,他说:"我是为老百姓做事的,做更大的官,也是为了做更多的事!"他光明磊落,表明自己的价值观,从来就没想过要藏藏掖掖和遮遮掩掩。

2007年2月17日,罗崇敏参加全国人代会时,随笔记下了自己的内心感触和破解非议的良方:"在现实生活中,做事越多、越成功的人受到的批评或谤言也越多。只有那些什么都不做的人或者是尸位素餐的人才能免除别人的批评或诽谤。真正的勇气是秉持自己的信念,不管别人怎么说。'水能载舟,亦可覆舟。'船不破,舟不沉。只要船不破损,水就不能渗进船舱,船也不会沉没。请记住,只要确定你是对的,就坚持你的信念,无怨无悔,千万不要让那些不公正的批评干扰自己,消解自己的信念,弱化自己的意志。我们不可能阻止别人对自己做任何不公正的批评甚至谩骂,但我们完全可以决定是否让自己受到不公正批评的干扰。"他们挖了害人坑,你不往下面跳。他们布了绊马索,你不往上面撞。计不得逞,则其计无效;谋不得行,则其谋无功。你若在乎他们的所议所论和所作所为,因而郁闷,愤怒,怅惘,忧伤,沮丧,势必自乱阵脚,自毁长城,使亲者痛而仇者快。久而久之,那些想用唾沫淹死罗崇敏的"高手"们,只好自叹黔驴技穷。

许多红河本地的知情人褒赞改革,字里行间蕴含着真情实感,他们不只是称道罗崇敏一个人,还表扬了红河州领导班子中的其他成员。一个有凝聚力的集体为多数人所认可,这是一件令人欣慰的事情:

"许多游客、访问者、考察者到了红河州府蒙自,无一不赞叹这座城市的恢弘与典雅,看红河广场夕阳下成千上万驻足欣赏美丽景色的人们,瞧红河大道、个屯大道穿梭不息的各式车辆,观掩映在万绿浓荫中如隐如现的富丽堂皇的欧式民居庭院,赏瀛洲男女老少怡然自得的和谐幸福生活。任何讲解都难以让人相信,这一切是在短短的五六年的时间里像变魔术般地发生的。就让民心与历史为罗崇敏、白保兴、白成亮、杨福生、段登陆等一班红河梦想成就者立一座不倒的丰碑吧。"

在网络上力挺罗崇敏的网友始终不在少数,有位与罗崇敏素昧平生的老人甚至真名发帖专门驳斥那些匿名发帖者的不实之词,外界一度误会他是罗崇敏的死党。应该说,有些帖子颇具理性色彩,概括得相当到位。若非对社会现实和红河州情了解较为透彻者,不可能有这样一番议论:

> "罗崇敏一班人的施政理念直接冲击了当前政坛上的十一大不良倾向:一是回避矛盾,不要原则的好人主义;二是任人唯亲,团伙利益至上的帮派主义;三是不求有功,但求无过的官僚主义;四是酒肉之交,江湖意气的游侠主义;五是制造矛盾,混水摸鱼的斗争主义;六是不讲人格,吹牛拍马的奴才主义;七是照本宣科,不动脑筋的八股主义;八是不讲学习,低级趣味的庸俗主义;九是怀疑高尚,嘲弄理想的世故主义;十是被动执行,放弃主动的惰政主义;十一是害怕风险,不敢创新的自保主义。"

2007年11月3日,罗崇敏在网上看到有人发帖子攻击和诋毁红河州文化和卫生体制改革后,写下了自己的感触:"举大事者要保持豪情和意志力。豪情是非凡禀赋,豪情诞生宽广的胸襟;豪情行动在慷慨之中;豪情引导人们脱离困窘的处境;豪情彰显大德大志和公平正义。要使豪情永存,必须有坚强的意志力,凡事要一以贯之,哪怕是挫折迭起,权位多变,但所追求的目标始终一贯,历练的情感始终一贯。有胆气和骨气才有精气,精气使你的精神永远不颓废,最后的成功会属于自己。"

罗崇敏把自己的心态摆得很平,面对争议,他反复声称:"我不在乎别人怎么看我,重要的是在其位,就要竭力谋其事。"他真正做到了"是非审之于己,毁誉听之于人,得失安之于数"。外界的种种非议就像一块高密度的磨刀石,能够砥砺他的刀锋,使他的胆气和骨气凝聚成精气。

一个人取得成功,理应感谢两类人,一类是亲友,另一类是对手。亲友的支持和鼓励自不待言。潜在的对手和显在的对手所施加的不间断不

衰减的压力可以提升动力，所施加的不公平不公正的待遇可以激发豪情。一旦动力澎湃，豪情卓异，又何患事业不会"如日之升，如月之恒"？所以说，没有争议的人算不上真正的成功者，没有对手的人算不上真正的成功者，无法通过大棒和恶骂之阵的人也算不上真正的成功者。

美国总统林肯和富兰克林·罗斯福，现在都是全球口碑极佳的人物。可是回首当年，林肯颁布的废奴令曾引发了美国历史上独一无二的内战——南北战争，争议竟上升为武力对抗。事实证明，林肯废除黑奴制，是人道之举，是进步之举。富兰克林·罗斯福实施新政，起初同样遭到政敌无休无止的恶攻，国内频频出现抗议浪潮，但正是罗斯福实施的强势新政将美国从上个世纪三十年代末经济大萧条的漩涡中拔救出来。

唯有时间能澄清事实，唯有时间能平息争议。这也是罗崇敏反复强调的一点：将来总有一天，对他的改革会有一个公正客观的评价。现在众口嚣嚣，言人人殊，还没有合适的评价标尺和舆论氛围。

特立独行的成功者，争议和对手必将伴随他一生。通常情况下，亲友成全他的部分只占到三分之一，对手成全他的部分反而要占到三分之二。感谢那些妨害过、损害过和伤害过自己的对手吧，这才是智者的独到智慧。

唐代大诗人白居易写过一首《洞中蝙蝠》："千年鼠化白蝙蝠，黑洞深藏避网罗。远害全身诚得计，一生幽暗又如何？"谁愿意做这样一只白蝙蝠呢？深藏在黑洞里，尽管可以因此躲避网罗，全身远祸，但一生都处于幽暗之中，生命毫无亮色。

罗崇敏平素主张"做事要做有争议的事，做人要做有争议的人"，这绝对不是虚晃一枪。

在中国近代史上最具影响力的人物是谁？是曾国藩。在中国近代史上最具争议性的人物是谁？也是曾国藩。生前身后，曾国藩被一部分人褒赞为"中兴名臣"、"血诚儒者"、"百代宗师"、"天地之完人"，也被另一部分人贬斥为"清王朝的走狗"、"汉奸"、"卖国贼"、"封建卫道士"、"伪君子"、"刽子手"和"厚黑教教父"。他镇压过太平天国起义，此事至今没有定评，有些人称道他剿灭了邪教组织，保全了中华文化的根基，纾除了东南万民的浩劫，也有些人咒骂他是满清王朝豢养的心狠手辣的鹰犬，专门屠戮汉族同胞，用不计其量的鲜血染红自己的顶戴，因此送给他一个烙印般的恶谥——"曾剃头"。尽管历史学家各执一词，但谁也不能否认，曾国藩，这位同时受到过毛泽东和蒋介石推崇的晚清柱石名臣，是中国近代化进程中举足轻重、不可或缺的人物。

2008年8月19日，罗崇敏在北京开完会，他灵机一动，决定飞赴长沙，去实现自己的夙愿。当天上午，他抵达星城后，立即包租一部的士，驱车二百多公里，直奔湖南双峰县荷叶镇曾国藩故居——富厚堂。

游览曾国藩故居，罗崇敏不禁有三叹：一叹旧式建筑之美，虽经一百余年风雨剥蚀，精气神仍内敛而未散，庄子说，"朴素乃为天下之大美"，诚然；二叹曾国藩位极人臣，却始终视读书为士人之根本，家藏图书三十万册，子弟个个好学，妇女个个勤俭，百余年家风传续不绝，余泽五世未斩；三叹曾国藩备历艰辛，平定东南，暮年忐忑焦虑，少有闲逸之时，富厚堂虽好，可他并没有享用一日，就在两江总督任上殂谢宾天了。

罗崇敏推崇曾国藩，主要在以下四个方面：一是曾国藩有担当，在河决鱼烂之时，这位热孝在身的文职官员以天下苍生为念，敢挺身而出练勇带兵；二是曾国藩崇尚"三不朽"，"太上立德，其次立功，其次立言"，这"三立"在曾国藩身上达到了完美和谐的统一；三是曾国藩异常勤俭，恒以奢侈为戒；四是曾国藩家教极严，且代代传承。

一生之计在于勤，曾国藩功勋盖世而著作等身，光是那些日记和书信，要在倥偬辗转之中，万机百务之余，年年写月月写日日写，相当不容易。曾国藩有早起的习惯，他常用开玩笑的语气提醒别人"早起三日当一工"。他恪守的八字家规"考、宝、早、扫、书、蔬、鱼、猪"中第三项就是早起。他带兵期间，天还未亮就起床，明炮一响，布席开餐。恋枕贪睡的幕僚以此为苦，但他习以为常。罗崇敏佩服曾国藩精勤不懈，他本人也是精勤不懈的官员，除了不间断的改革，他总共写了二十多部著作，这令许多专业学者都感到不可思议。

罗崇敏勤勉俭朴，均不逊色于曾国藩。他女儿罗丹出嫁，儿子罗亭成婚，他一视同仁，送给他们的礼物都是一对花瓶（愿他们的生活像鲜花一样美丽）和一部电脑（愿他们与时俱进）。若论价格，这两件礼物接近曾国藩嫁女的奁资"一律为二百两银子"之数；若论价值，则超出多多。罗崇敏

家教之严与曾国藩有得一比，儿女都有出息，都有教养，即为明证。

罗崇敏推崇曾国藩这位极具争议性的近代人物，他敢做有争议的事，敢做有争议的人，自有其思想根源。罗崇敏勤俭朴实，将"立德、立功、立言"视为自己的人生目标，乐意奖掖人才，提携后进，爱护部属……这些优点正是曾国藩所具备的。榜样的力量无穷无尽，你欣赏谁，推崇谁，就会接近于谁，这种精神上的契合能够超越时空的阻隔。罗崇敏去参观曾国藩的故居，就是渴望进入到那种气场之中，去沐浴先贤的精神化雨。

罗崇敏曾说："这一代人的担子，不能推给下一代人去挑。作为一个改革者，必须要有历史责任感，既要有激情，更要有理性，顺势而谋，看准了方向，就坚定不移地走。改革有时候是一发不可收拾，决定了以后要改到底，改了以后，最后它的评价我认为是短暂的，但是它的价值是永恒的。人们对你的评价是暂时的，有些评价是过眼烟云，但它的价值到底怎么样，这个价值有正价值，有负价值，那个是历史的评价。哪怕是在改革中，某些方面失误了，它留下的也是经验，后来者借鉴以后再推进改革，它也有价值。"正是基于这样一种认识，罗崇敏不介意外界对他的各种评议，真正达到了"不以物喜，不以己悲"的境界。

林子大了，什么鸟都有，网民中更是鱼龙混杂，良莠不齐。有一位头脑冷静的网友对罗崇敏的改革作出了相对客观的评价："在社会主义法制不健全的情况下，我们确实需要像罗崇敏这样有思想有头脑有冲劲的领导，但中国太大，要想使自己的国家持续又好又快发展，个人的力量好像是单薄了点儿，它终究要靠法制，逐渐形成一整套切实可行的制度才行。而制度的完善，又恰恰需要罗崇敏等这样一批敢于冲锋在改革前沿的指挥者去勇踏地雷阵，告诉后人什么是对，什么是错。对了，慢慢积累，形成法规制度。错了，汲取教训，系统总结，重新开始。"另一位网友附议道："一个人的力量还是单薄的，但是如果形成这样一种制度，大家理应如此，官员们都正直，一心为民，国家强大指日可待啊。"

2009年1月6日，罗崇敏与云南电视台新闻主播交谈，对方问他，一个改革家应该如何消化外界对自己的种种攻击和责难？罗崇敏从容地回答道："在事业上，我们总会遇到他人不公正地对待自己；在家庭中，也会遇到亲人误解自己；甚至在爱情上，会遇到对方无情地抛弃自己。遇到这样的事情，首先自己要作出理性的判断，正视他人的错误，但不要苛求他人完全改正错误，求得他人的理解。坚守自己心中的本真，不去过多地考量别人的错误，不要在乞求他人对自己的理解中消耗过多的时间和精力，要从被动地适应他人中解脱出来，否则你就是在用别人的错误来惩罚自己，最后被伤害的或者失去的是自己而不是别人。"

这番话非常睿智，足见罗崇敏的抗击打能力和抗压、解压能力确有过人之处。"不用别人的错误来惩罚自己"，这是心理疗救的头条法则，许多人遭遇巨大的心理危机，积忧成疾，积愤成疾，甚至弄成癌症，都是因为他们陷身于别人设置的"牢笼"之中，找不到适当的突破口。

2009年2月15日，即《"奇官"罗崇敏》一文在《南方周末》发表后一个月整，上海东方宽频"七分之一"栏目的主持人张滟滟采访罗崇敏。谈到他的改革举措屡屡被人称为"超前"，罗崇敏说："作为领导干部，要有历史责任感，做一些探索，特别是在改革开放的年代。现实的改革是面对未来的，必须要引领。我不追求现实同志的认可，我追求的是一种历史的评价，可能过几年，再过几年，甚至要到我去世后。"罗崇敏在红河强势推行多项改革，一直饱受争议，但他从未止步不前。"可能我的改革触及到个别人的官位，触及到个别人发财的机会，他们要表示反对，我会理性地对待这种情绪。"

心中有真北，不怕鬼打墙。当罗崇敏遭遇到外界的烦扰时，他的自我调节能力超强。"在蒙自吃一碗过桥米线是饱，在建水吃一碗过桥米线也是饱"，如此平实的话语中，蕴藏着一份常人不易具备的淡定。他喜欢把自己的所作所为放在国家价值和社会价值的"磅秤"上去衡量，与那些飞溅的唾沫星子相比，究竟孰重孰轻，他心中有数。"一位有信念的领导决不会试图拔着自己的头发离开地球，他的双脚会站稳在大地之上"，罗崇敏愈挫愈奋，不仅仅是其性格使然，也有智慧居间作用。

身为州官，一方诸侯，可以支配的公权力不小，要洁身自爱，谈何容易。且不说云南楚雄州委副书记、州长杨红卫因为吸毒东窗事发，锒铛入狱，杭州市副市长许迈永（诨名"许三多"）因为受贿过亿被判处死刑，就是放在司法监督和舆论监督均极为严密的美利坚合众国，纽约州前州长斯皮策和加尼福利亚州前州长施瓦辛格均触到"性丑闻"的高压电网，弄

得沸沸扬扬,断送了政治生命。对此,我们只能感叹,每个人都有弱点,官员的人性弱点甚至可以被放大百倍、千倍,因为"权力导致腐败,绝对的权力导致绝对的腐败"。罗崇敏的争议源自于他的种种改革举措太过超前,并不源自于他的私德和公义有何亏欠。这样说来,他的特质才真是一位改革家的特质:棘地荆天他要奋发进取,披荆斩棘他也要奋发进取。

诚然,混官易,腐官乐,为好官难,为奇官难上加难。官场常景就是如此。罗崇敏说:"我要做一个有价值的人,有价值的人才是幸福的人,有作为的官员才是有价值的官员! 以己之昏昏不可能使人昭昭,只有以己之昭昭才能使人昭昭。"

他这样做,很给力,也很到位,不仅因为他作风正派,能力突出,还因为他具备高超的领导艺术。2011年11月13日,我们看到罗崇敏发布的一段微博:

创 新 人 礼 赞

向改革创新的人们致敬!

你们我行我素,桀骜不驯,惹是生非,方中生圆。

你们多视角看事物,不墨守成规,不安于现状。

我们可以借鉴他们,否定他们,颂扬他们,

甚至孤立他们,诋毁他们,但一定不能漠视他们。

因为他们改变了人和事物,让人类向前迈进一步或几步。

你们在别人眼里是疯子或怪物,在我们心中却是精英或天才。

因为你们虽然没有改变自己,却改变了世界。

这也许是罗崇敏为什么对改革创新意志坚定、从不放弃的内心表白。

第六章　领导艺术超越政治权术

> "未来领导不属于有权人和有钱人,而是属于有心人。"
>
> ——罗崇敏　2007年

在高明的领导人那儿,妙用统辖权力和组织才能使部属和衷共济,是令人赏心悦目的领导艺术;在狡黠的政客那儿,巧借公权蒙上欺下,换日偷天,则是令人寒心切齿的政治权术。"艺术"与"权术"仅有一字之差,二者相去何止十万八千里之遥!领导艺术是真诚的,政治权术则是虚伪的;领导艺术是美善的,政治权术则是丑恶的;领导艺术充满了火热的人文情怀,政治权术只具备冰冷的工具理性;领导艺术的主旨是使人获得发展和提升,获取快乐和幸福,政治权术的主旨是使人遭到奴役和控制,感到痛苦和不幸;领导艺术使多数人受惠,政治权术使少数人获益;领导艺术能引来春之生机,政治权术只能招致冬之死寂;领导艺术有想象的空间,有神秘感,有亲和力,政治权术只有刀口般的战栗、深渊般的恐惧、狼眼般的狰狞、鳄吻般的凶险和毒品般的蛊害。世间的政客多如过河之鲫,政治家少如凤毛麟角;喜欢玩弄权术、手腕的官员多如牛毛树叶,乐意将真诚、善良和盘托出的官员则少如美玉钻石。这是没有办法的事情。

罗崇敏喜欢阅读理查德·尼克松的《领导者》,喜欢阅读《圣经》,喜欢阅读《易经》,乾卦中的卦辞"天行健,君子以自强不息"和坤卦中的卦辞"地势坤,君子以厚德载物"对他影响至深。他曾说:"一个有追求有能耐的领导人,在岗位上,完全可以做前无古人的事情,但不太可能做后无来者的事。毕竟历史是发展的,时代是进步的。"罗崇敏追求"敬德保民"、"唯德是辅"的政治境界,对《周易·临卦》的五种领导艺术手法颇为心仪:

"甘临"是给人民以实惠；"至临"是办事办得极好，政府以诚信对待百姓，使人民安居乐业；"知临"是知能任贤，不让奸宄当道；"敦临"是办事兢兢业业，老老实实，不愚弄百姓，也不鱼肉百姓；"咸临"是对上下、内外、左右心灵感应，加强凝聚力，激活创造力，使社会的公共管理机制充满生机和活力。

罗崇敏认为：一位好的领导人必备兴趣、激情、理性和意志力。在履职期间，"要有雄鹰般的勇敢和猫头鹰般的睿智"。在黑暗中要看得清方向，要有敬业精神和职业道德，当然，绝对不可短缺人格魅力。

罗崇敏曾对笔者说："我成就不了领袖之伟业，但我可以做引领之事业！我们不可能都有领袖之地位，但我们都应该有为人之尊严！"一个事业心极强的领导强调尊严，是大家都不可忽略的"为人之尊严"，这就是标举了领导艺术，而非政治权术。新世纪以来的十年间，罗崇敏一直在行政岗位上履职，一直在思考如何做一位素质优异、胆识非凡的领导人；如何做一位造福百姓、泽被后世的领导人；如何做一位临危不乱、处变不惊的领导人；如何做一位坐可论道、行可济世的领导人；如何做一位推陈出新、化腐朽为神奇的领导人；如何做一位情可悦服人、理可信服人的领导人。他常常将片断的思考记录下来，这些短则寥寥数语、长也不过五百字左右的随笔源于深刻的体悟，可谓"语不惊人死不休"，那些志在做一名好官、做一名清官、做一名贤官、做一名奇官的人，或者志在做一位优秀公民的人，不难从中获取教益，得到借鉴。

2001年1月16日，罗崇敏在家中这样写道：

> "人非草木，孰能无情。领导要以肝胆相照以示真情，雪中送炭使人领情，真施恩惠让人动情。天下无难事，情能动人心。纵有千变万化，我自'情'然不动。坚信只要你付出的是真情实意，定会收获果实累累。用真情赢得人心，要与下属风雨同舟，有福同享，有难独当。与下属保持公正的同等距离，不以小恩小惠顾此失彼，不以雕虫小技骗取人心。真情既表现在细微之处，亦表现在宏伟之中。应该诚实守信地从下属所需要的每一件小事做起，真正表现出领导者的至诚之心、关爱之心、慈仁之心、公正之心。"

这段话中的关键词是一个"情"字。早在两千多年前,孟子曾对齐宣王讲过这样一席至理名言:"君之视臣如手足,则臣视君如腹心;君之视臣如犬马,则臣视君如国人;君之视臣如土芥,则臣视君如寇仇。"他讲的是君臣关系,其实又何止于君臣关系呢?人心都是肉长的,领导人能以真情对待下属,下属也必以真情还报上司,以真心兑换真心,以真情兑换真情,谁都不会蚀本,谁都不会亏空。世间唯有感情是不竭如江海的,也唯有感动能刻骨铭心。如果一个领导人想要感召下属,使他们凝聚在自己的麾下,进退如一,忠诚不贰,却又冷面冷心,无情无义,那他就太高估自己下属的耐性和耐力了,太高估他们的智商和情商了。许多领导人并非没有能力,也并非没有魄力,却弄得众叛亲离,就是因为他们太冷酷无情了,把下属当成过河卒子使用,甚至把他们当成炮灰使用,因此引起了下属极大的反感和叛逆情绪。

2001年4月11日,罗崇敏在玉溪市委办公室这样写道:

> "领导是人不是神,对于自己根本没有能力办到的事情,完全不必做出虚情假意的许诺,许愿不可随意为之,信口开河。有几分把握就实事求是地说几分,这样可以给自己留有进退的余地。但是,一旦许诺,则必须按照你说的去做。领导为人处事,应当言而有信,行而有果。恪守承诺是维护领导权威的法宝。不要把话说得太满,办事要留有余地,但也不能表现出不费劲就可以实现你的许诺,不高的期望值难以激励士气。一旦许诺了,就绝不能失信。为了许诺的实现,哪怕是再大的困难,都要千方百计克服,哪怕是再大的风险,都要想法排除。"

这段话中的关键词是一个"信"字。人无信不立,何况是领导干部。空口许愿,食言自肥,只会使人失望,使人难过,更使人气愤。那位烽火戏诸侯的周幽王被犬戎的刀片子端掉了吃饭的家伙,当是极端之例。没有诚信,一位领导人的威望只会建筑在流沙之上,迟早会垮塌。

2001年4月12日,罗崇敏在玉溪市国税局家中这样写道:

"领导的魅力来自于自身的人格、情趣和智能,是领导重要的无形资产。人格魅力体现在为人的光明磊落、刚正不阿和善良真诚;情趣魅力表现在高品位的生活方式和高雅的兴趣爱好,也表现在服饰、举止、语言等外在形象;智能魅力表现在知识广博、学养深厚,用人能力、决策能力、运作能力出类拔萃。唐朝时期任用官吏的原则是在考核合格后,还必须具备身、言、书、判四个条件才能在朝任官。'身'是指身体的条件,'言'指谈吐,'书'指文笔,'判'指判断力,可见历史上选用官吏高度重视领导者个人的魅力。"

这段话的关键词是"魅力"二字。领导者若没有人格上的魅力,没有才智上的魅力,没有大将风度,就不可能使下属心悦诚服,也不可能归戢人心,办大事,成大功。身为领导,最忌讳言谈举止委琐,情趣品味低俗,观人则薰莸不辨,办事则主次不分。一位没有能力和魄力的领导者注定是"白衣秀士王伦",是彻头彻尾的失败者,是大家心目中缺斤少两的角色。

2002年4月17日,罗崇敏在玉溪市委办公室和下属座谈:

"领导者的追求是下属积极的服从和内心的响应,不能被表面的支持声所迷惑,更不能为表面的喝彩声所陶醉。要明鉴下属的真实心理,不要追求下级一味的服从。要了解下属不服从的原因,反思领导者决策的合理性。消极的服从是暂时的,是机械的,是被动的,是没有生命力的。消极的服从不如积极的反对。积极的反对是以负责的精神,积极的心态,向上的品格提出反对的观点或意见,是富于生机和活力的,甚至是富有创造性的。把问题摆到桌面上进行争论,善于听取和采纳积极的反对意见,变被动服从为主动服从,变反对为支持,这样我们才能将决策的事情进行到底。"

这段话的关键词是"服从"和"反对"。真正高明的领导并不强求下属无条件地服从,而是让他们畅所欲言,将反对意见及时而且足量地表述出来。双方不怕有争论，也不怕有分歧，只怕有隔阂，只怕有误会，只怕有芥蒂。如果沟通得当，就很可能从最强的反对者那儿得到鼎力的支持。如果下属全是应声虫、马屁精和风向鸡，这个领导人的所谓"君临天下"就非常可笑了，简直就像蚂蚁国的国王。那种"大"其实是小，那种"威风"其实是滑稽。

2001年4月18日，罗崇敏在新平县下乡时写下这样一段话：

> "孔子说过：'临之以庄，则敬。'就是说，领导要与下属保持一定的距离，给下属一个庄重的面孔，这样才可以获得他们的尊敬。领导与下属保持距离，有一些特殊的功能作用：如可以避免下属之间的忌妒和紧张；可以减少下属对自己的恭维、奉承、送礼、行贿等行为；可以避免用人的不公和干扰；可以树立并维护领导的权威。所谓'近则庸，疏则威'。我们经常讲'和下属团结一心，亲如兄弟'，这是不现实的，甚至是可笑的，哪怕是弟兄也有矛盾。领导和下属本身就存在上下级关系，存在领导和被领导的关系，不要用一些华丽的词藻来欺骗自我和下属，只要在心里对下属有平等的至诚至爱之心就够了。"

这段话的关键词是"距离"。这个距离既是审美距离，也是外交距离。领导者要建立威信，就不宜与下属过于亲昵。法国总统戴高乐曾说："最重要的是，没有神秘感就不可能有威信，因为对一个人太熟悉了就会产生轻蔑之感。一切宗教都有神龛，而任何人在他贴身仆人的眼中都不是一个英雄。"这话太经典了，那些与下属动辄称兄道弟、推杯换盏，甚至与下属彼此亲热"问候"对方母亲的领导者真该好好思量，你的威信是否已在零距离交往中消解殆尽了。

2002年2月3日，罗崇敏在玉溪家中读《孙子兵法》，写下这样的感受：

> "激发士气，尽量挖掘下属的潜能，有多种方式，需要领导对下属的了解，更需要领导自身的智谋，多领悟管理下属的技巧，必定会在一些非常时刻想出一些激发下属潜能的高招，这样，危难时可安

然渡过难关,在形势有利时则可创出惊人的业绩。一个善意的欺骗,往往比诚实的忠告效果好得多,可以激发下属的士气,发挥他们的潜能,使形势转危为安,事业蓬勃发展。领导在略施小计时,要注意隐藏自己的真实意图,以假当真,不可让下属轻易洞悉自己的想法,否则就达不到激发士气的效果;更不可让他们产生一种受欺骗的感觉,这之中的技巧更要多加体会。曹操的'望梅止渴',拿破仑的'抛出金币',正是领导者在关键时刻利用智慧激励士气的典范。"

这段话的关键词是"激励"。领导要激励下属的士气,一个善意的谎言比诚实的忠告更好。这种方法用得巧妙的话,可收奇效,但只可偶尔一试,不可常用。以曹操的望梅止渴为例,适时适地撒一次谎,口渴的士兵可以舌底生津。下次若重施故伎,就很难灵验,甚至适得其反。这种方法看似简单,其实对创意要求很高。

2002年5月16日,罗崇敏在玉溪市委办公室与秘书长交谈,强调主要领导者要有点霸气,但绝不能霸道,他说:

"主要领导的霸气表现为有大气、大战略、大思路、大决策。主要领导要有宽广的胸怀才能涵养大气,要有广博的知识才能出大战略,要有聚集智慧的能力才能出大思路,要有无私无畏的魄力才能作大决策。当断不断,反受其乱;当断则断,机遇无限。主要领导者的智慧集中表现在大决策上,上至国家元首,下至基层主要领导在民主、法制的基础上进行决策,要有力排众议的霸气。有霸气,有王道,但不能霸道,不能'天下老子第一',什么都是本人说了算,不听民声,不解民意,不纳民谏,一意孤行,把单位、部门搞成家天下,以庸俗的家长作风来管理团体。主要领导的霸道行为是自掘坟墓的行为,是自我消亡的行为。"

这段话的关键词是"霸气"。领导器局之大小直接决定其成就之大小,领导气性之强弱直接决定其能力之强弱。领导者无霸气则无法驾驭全局,难以成就大事,不能建立奇功。西方谚语说:"一头狮子带领一群绵羊,胜过一头绵羊带领一群狮子。"中国俗语说:"兵熊熊一个,将熊熊一窝。"都是相同的意思。但凡事过犹不及,领导者霸气过了头,就会变成霸道;领导者过分强势,目空一切,则会变成暴君和独裁者,得不到下属的广泛支持和忠诚拥戴,最终沦为众叛亲离的孤家寡人。有人说,比大地宽阔的是海洋,比海洋宽阔的是天空,比天空宽阔的是人的胸怀。有霸气的领导还得要辅之以包容万有的胸怀才行。

2003年4月27日,罗崇敏在红河州个旧住宅与同事交谈:

> "作为领导,任何时候都不能怕扮'黑脸',否则只能左右为难,处处被动,里外不是人,最终将一事无成。还是我经常讲的一句话,'奖要奖得心动,罚要罚得心痛'。一个团体需要的是一团正气,而不是所谓'一团和气'。"

这段话的关键词是"黑脸"。包公(包拯)是中国历史舞台上最典型的"黑脸",他身上多的是正气,少的是"和气",但他深得人心。包公判案不徇私,连皇亲国戚也敢开刀问斩。中国观众看《铡美案》时,几乎人人拍手称快。敢于扮"黑脸"的领导若秉持公心,任贤能,黜宵小,赏罚分明,他的威信肯定不会低,他的凝聚力绝对不会小。包公的团队就是最高效最齐心的团队。

2004年5月5日,罗崇敏在红河州公安工作会议上发言,谈及马加爵案:

> "我不主张领导干部动不动作批示,打乱政府的管理秩序。一个学校发生一起杀人案,上级首长一道批示,限期抓获嫌疑人,投入百多万警力,花销十几亿金钱,结果不是公安发现犯罪嫌疑人,而是一个骑摩托车的公民发现正在垃圾桶里找食物的犯罪嫌疑人,报案后被抓获。一道批示产生这么大的'社会交易成本',令人费解。一个管理体制健全的国家,管理方式成熟的国家,应该是依法行政,不应该依批示行政。"

这段话的关键词是"批示"。中国的行政成本之高若非全球第一，也当在前三名之列。机构臃肿，人浮于事固然是一大原因，领导的批示扰乱正常的行政程序，也是一大原因。领导交办的事情，违法违规也得办，这样的游戏规则，让下属有苦难言，有法难依，行政成本居高不下，人治色彩浓得化不开，造成一连串的社会弊端。罗崇敏的话直指病灶。"小智治事，睿智治法"，一位优秀的领导是不会左批示右批示直批得手指头抽筋的，他会严格要求下属在法律法规的框架内做好自己的本职工作。

　　2004年11月12日，罗崇敏在红河州委办公室写道：

　　"到处听说领导干部忙。他们忙些什么？现代文明政府是有限政府，人民授予的权力不是无限的；官僚机构冗员很多，人多事少，一个县级领导班子成员达三十多个；我们的祖先早就提出过'无为而无不为'的领导方略。他们还忙什么？忙建设无限政府，扩大权力范围；忙揽权营己，制造内耗；忙沽名钓誉，作秀诱眼；忙八面玲珑，四周'烧香'；忙吃喝玩乐，甚至吃喝嫖赌；忙越权施令，事无巨细。一个成熟的领导者，在现实的领导体制中，不要用'忙'来标榜自己的为官之道和履政形象。我们要勤，不要忙，要勤政，不要忙政，忙则生乱，忙则生躁。我们要做富有理性的干部，多学习，多研究，多实践。理性为政，无为而治。"

　　这段话的关键词是"忙"。在中国，许多官员的口头禅就是三字经——"我很忙"。但仔细观察，不少官员的"忙"非常可疑：他们忙于文山会海，不见明显的效率；他们忙于勾心斗角，忙于争权夺利；忙于饮酒征色，倒真是忙得恨无分身之术；有的贪腐者忙于收红包，忙于与众位二奶周旋。"忙"和"乱"是一对难兄难弟，所以说"手忙脚乱"，忙得七颠八倒的人，治丝而棼，你根本别指望他们能忙出个什么正经名堂，忙出个什么新气象和新局面。与忙政相反的是勤政，这才是罗崇敏所提倡的，勤则敬业，勤则养德，勤则修身，天道酬勤，勤者不会白干。

　　2004年12月16日，罗崇敏在开远与41师官兵座谈时说：

"我们不要老是想战胜别人,应该去想怎样不被别人战胜。要不被别人战胜,首先要战胜自己。我认为这是我们国家新军事变革中应该确立的基本理念,中国不是军事强国,我们的国防建设和国家安全战略要立足于不被别人战胜,要立足于战胜我们自己,加强国防建设,加强部队建设。现在,部队建设有一种不好的现象:一抓安全,二抓训练,千方百计去防止部队出安全事故,而忽视部队的严格训练。部队的安全是在训练中实现的,但不可能在安全里面打造精兵强将。部队内部出了点安全事故,就非常紧张,罢免一批军官,搞得带兵的人小心谨慎,新兵训练很少使用真枪实弹,有的部队几年没有打过几次靶,远途训练也很少搞,这样能训练出本领过硬的部队吗?我还是主张部队建设要一抓训练,二抓设施,三抓安全。"

　　这段话的关键词是"战胜自己"。中国古人早就留下哲训:"自知者明,自胜者强。"古希腊大思想家苏格拉底也曾教导世人:"认识你自己。"只想去战胜敌手,却不想战胜自己,这样的军队能成为常胜之师和钢铁长城吗?

　　红河这地方自古就是屯兵的重地,是中国南疆的军事要塞,罗崇敏任红河州委书记的同时,还兼任蒙自军分区的第一政委。他一直羡慕部队生活,最遗憾的是自己没有当过兵。他经常深入到边境哨所,看望官兵,与战士们同吃同住。绿春有一个哨点在崇山峻岭之上,在深山老林之中,闪电曾击伤过三名战士。罗崇敏听说此事后,立刻安排专业人员去安装避雷针,还克服一切困难,为这个哨所修了公路,接了自来水,通了电。

　　红河州的边境线长达八百四十八公里,边境驻军较多,罗崇敏深感职责重大。他虽然是文职官员,却酷爱阅读中国古代兵法和西方军事理论,孙武的《孙子兵法》和克劳塞维茨的《战争论》,这两部东西方的"军事圣经"是罗崇敏的精读书。克氏的著名论断——"战争无非是政治通过另一种手段的继续",曾使罗崇敏为之折服。罗崇敏主张部队训练不要过分顾虑安全,否则就会降低训练水准,影响训练质量。现在过分注重安全,一旦实战,就会造成更大的伤亡,这种辩证关系必须认清。战胜自己的目的是为了超越自己,突破极限,其重要性不可低估。

有一次,罗崇敏到省军区述职,散会后,成都军区的政委微笑着走过来,主动问了他三个问题:"你原来在哪个部队?毕业于哪所军校?进没进过国防大学?"罗崇敏满面春风,如实相告:"我当过兵,只不过是红小兵,连红卫兵都没有当过,民兵更没有资格。"对方很惊讶:"你怎么说的全是些内行话!"

罗崇敏充分发挥党管武装的作用,支持军队提高军事素质,主张实弹练习,强化民兵和预备役人员的培训,内心时刻绷紧国防意识那根弦,努力杜绝那种"把训练变成训话,把打仗变成打杂,把战场变成官场"的负面现象。实至而名归,这就不奇怪了。2006年,罗崇敏被评为"全国关心国防十佳新闻人物",成都军区国防动员委员会表彰他为"党管武装好书记"。

更可贵的是,罗崇敏将军事理论化为领导艺术,他说:"孙子兵法同于执政。孙子兵法很讲战略、战术,为政、履职过程中必须有战略思想、战术举措,为政者首先是一个思想者,然后是一个实践者,再提升为一个探索者。执政时要从战略上进行谋划,提出地方的发展思路。真正的领导是发现人和事物本质并用合理方法适时解决问题的思维和行为过程。具体到工作方法、思想方法,根据不同的实际情况就要提出不同的思想,变成行动,这就是战术。把国家的大政方针与地方的具体发展如何很好地结合起来,这是很难的,需要知识积累。"罗崇敏提出,领导干部的"四唯"信仰品格直接决定着领导干部的履职能力、履职水平、履职成效和履职形象。从政,罗崇敏始终坚持唯真、唯勤、唯和、唯廉。在他看来,"唯真"是履职之本,执政履职只有把握规律性,发挥能动性,富于创造性,才能做到真实履职、科学履职、效能履职;"唯勤"是履职之基,领导干部要把勤政为民作为一种品格、一种境界、一种美德,勤于学习,勤于思考,勤于实践;唯和是履职之道,领导干部要劳谦谨和,和合履职,和谐共振,和人、和事、和天、和地,优化履职环境,增强履职合力;"唯廉"是履职之要,领导干部要崇尚廉政,廉洁自律,秉公履职,一旦丧失清正廉洁这个必要条件,也就失去了履职的资格和空间。这一切都是要归结到执政为民的大主题上去。在一次全州干部大会上,他饱含真情地引用郑板桥的《竹》诗:"衙斋卧听萧萧竹,疑是人间疾苦声。些小吾曹州县吏,一枝一叶总关情",

表达他对民生疾苦的深切关注。

2005年1月7日,罗崇敏在红河州委办公室与下属交谈,他说:

> "'一勤天下无难事,百忍堂中有泰和。'乍一听,好像是家庭古训,实则为治国时训。天道酬勤,勤能补拙,勤能齐家,勤能立业。领导干部要勤奋学习,勤于思考,勤于实践,勤于探索,勤政务实。忍能生智,忍能生和,忍能生勇,小不忍则乱大谋。领导干部要修养忍性,以忍养静,沉着冷静,韬光养晦;以忍养和,和众归一,合众履职;以忍养韧,坚定信念,坚忍不拔。既要勤政合众,又要合众勤政,才能执好政,履好职。"

这段话的关键词是"勤"和"忍"。领导的勤奋或怠惰直接影响到下属的行为,领导的忍耐或冲动也直接影响到下属的情绪。勤能产生动力,忍能涵养静气,缺乏动力则事业难以推进,缺乏静气则事业无法成功。二者互为表里,互为帮衬,犹如硬币的正反两面。

2005年4月13日,罗崇敏在个旧调研时与市委书记、市长座谈时说:

> "现在的问题不是下级越上级的权,而是上级越下级的权,凡事大包大揽,分管领导越俎代庖,取代部门权力,窒息了下属的积极性和创造性,所以要高度重视和解决好上越下权的问题。'人往高处走'是一种境界,'水往低处流'是一种胸怀。领导干部要上善若水,虚怀若谷,海纳百川。"

这段话的关键词是"越权"。上级越下级的权有三大弊端:一是领导管得太宽,下属无所适从,凡事具有依赖性,缺少责任心;二是领导管得太细,就会将主次、轻重、缓急混淆和颠倒,抓到芝麻,丢掉西瓜;三是领导管得太多,被各种事务包围,深陷其中,就会力不从心,疲惫不堪。诸葛亮的才智尽人皆知,但他晚年越俎代庖,事无巨细,务必躬亲,不仅弱化了下属的能力,而且折损了自己的阳寿。他东西吃得很少,可是军士受罚二十军棍以上,就要亲自核准,食少而事烦。他的对手司马懿听蜀国的使

者透露这个情况后,顿时就宽心了许多,感叹道:"他还能活多久呢?"三国鼎立,蜀国先亡。诸葛亮那样高明的领导,越下级的权尚且贻下后患和恶果,更不用说其他人了。

2005年5月3日,罗崇敏在红河州委办公室与秘书长杨为民交谈:

"党和人民授予我们领导干部的是职位权,而领导干部在实施领导活动过程中,还必须具备统御权,统御权的获得主要取决于领导者的人格魅力。《大学》中,所谓'正心、诚意、格物、致知、修身、齐家、治国、平天下'的八德目,把人的品格修养与治理国家融为一体,这也就是儒家的德政准则。大凡下级和人民群众是尊重你的品格,不是尊重你的职位;假如是尊重你的职位,也只是想利用你的职位权做事而已。文化养心,虚静铸品,事业壮志。领导干部要加强文化修养,淡泊明志,增强事业心和责任感。一起履职共事,犹如'俯仰一世'。领导干部之间要善于维护履职形象,要'扬善于公堂,规过于私室',交心于平时,沟通中做事。领导与被领导之间,官与民之间,在人格上是平等的,要尊重别人的人格。领导干部高尚的人格蕴含在一个字里。"

这段话的关键词是隐含的。罗崇敏含而未吐,他停了下来,这倒不是故弄玄虚,而是口渴了,他端起茶杯,喝了两口茶,然后笑着问杨秘书长,"你知道那个字是什么字吗?"杨秘书长说:"我正在想呢,还没想出来。""那我告诉你吧,就是'爱'。履职要富有爱心,爱国家,爱民族,爱党,爱同事,爱事业,爱岗位;体现在一个字上,就是'和',和者,大智大勇也。与天斗其悲无穷,与地斗其悲无穷,与人斗其悲无穷。履职要和人、和事、和天、和地,创造和谐的履职环境。领导干部具有高尚的品格情操,自强不息的意志力,劳谦谨和的修养,敏捷干练的为政风格,才能赢得他人的尊重,赢得下级的敬重,才能不怒而威,才能使你的领导集体成为'盛心之家'。这可能就是古人所说的'得民心者得天下'之要义。"由于日常接触多,杨为民对罗书记的了解要超过其他同事。罗书记是一位雷厉风行的实践家和实干家,但他坐而论道时,同样使人如沐春风。

2005年8月13日,罗崇敏在红河州委党校干部培训班上讲话:

"一个人纵然有很多的知识,他可能是学者,但不是一个真正意义上的领导干部。一个合格的领导干部必须把知识转化成能力,才可能履行领导职能。我们现在提出要建设学习型社会,但最终目标要建设能力型社会。只有具备改造人类、和谐自然的能力,才能创造社会财富,推动历史进步。领导干部要具备的能力要素很多,但一个成功的领导者起码要具备这样一些能力:一是统揽全局的能力。善于运用行政手段、法律手段、经济手段、文化手段和精神手段统揽局势。二是科学决策的能力。善于集思广益,权衡利弊,试点探索,沙里淘金,刀斩乱麻。三是运用权力的能力。公正用权,规范授权,民主探权。四是选人用人的权力。以才履职,以能兴政,公正选人,以能用人。五是协调沟通的能力。协调各方,沟通上下,形成合力,消除阻力,避免内耗。六是宣传感召的能力。了解民思,把握舆情,理顺情绪,形象感召,培养爱心,激发热情。七是处理危机的能力。迅速控制事态,准确找到症结,果断解决问题,及时发布信息。八是博学思辨的能力。要提高学习能力,善于运用科学的学习方法学习市场经济知识、社会科学知识、法律历史知识、科学现代管理知识,慎思明辨,提高政治敏锐性、经济敏锐性和文化敏锐性。"

这段话的关键词是"能力"。罗崇敏历来主张领导干部既要做振翅报晓的"雄鸡",更要做飞翔黄昏的"猫头鹰"。衡量一位官员究竟是"守摊子官员"、"折腾官员",还是名副其实的"改革官员",最恰当的标尺就是能力。并非每一名官员都能在改革方面大展宏猷。动力决定汽车的质量,能力决定官员的政绩。

2005年9月5日,罗崇敏在红河州委办公室与下属交谈:

"我认为,领导者的领导艺术有三要素,即:眼光、胸怀和意志。成功的领导者应该具备眼光、胸怀、意志力三个要素。有眼光,就是对人对事一要看得远,二要看得准。看人要看潜质和潜力,看事要看

趋势和看未来;看人要看本质和特点,用其真实和长处;看事要看规律和存在,要用动态的思维分析事物。有胸怀,就是要有很大的包容性,大海成其为大海,就在于它居下位,它能海涵涓涓细流,甚至万顷泥沙。做大事的领导者的胸怀往往是由不理解甚至是冤枉、诬陷所撑大的。领导者要相信你的下属某个方面比你强,要有团队精神。唐僧是一个好队长,他带领的团队是一个凝聚而富有活力的集体。唐僧的目标就是坚定不移取回'真经',围绕这个目标充分发挥孙悟空、猪八戒和沙僧的优势和作用。正是这种团队精神使唐僧的目标实现了。有意志力,就是要坚定信念和目标,意志力使历史上的伟人和大家实现了目标;历史上的许多人物因意志力薄弱而功亏一篑,留下人类历史的遗憾和本人的遗恨。领导者要有坚强的意志力,要有笃行于信念和目标的风范,不管遇到什么困难和风险都要勇于正视,善于坚挺和化解。"

这段话的关键词是"眼光"、"胸怀"和"意志力"。出色的团队领导要有锐利的目光,能够洞察先机,能看清局势,能识别人才;要有恢弘的雅量,"宰相肚里能撑船",能容天下难容之事,能化天下难化之物;要有意志力,能从刀尖上走过去,能从火海里踏过去,能经历九九八十一劫难,才能取得真经。

2006年3月15日,罗崇敏于江川县抚仙湖孤山岛写下随想:

"真诚地赞赏别人,这应该是协调人际关系最有效的办法,也是自身谦逊美德的重要表达方式。美国著名的心理学家和人际关系学家卡耐基说过:'人性中最深切的禀质,是被人欣赏的渴望。'每个人都喜欢人家的赞美,不论是伟人还是凡人。使一个人发挥最大能力的方法是赞赏和鼓励。真诚的赞扬可以收到意想不到的效果,真诚的赞扬会增加自己的磁性,会把上级和同事、家人和朋友都吸引到你的身边。真心实意地称赞别人是一个领导者待人和实现真正领导的秘诀。但我们现在要注意的是,不要把对上司的恭维和奉承当作赞赏,不要把对下属言不由衷的工具性表扬当作赞赏,我们需要的是真心实意的赞赏别人,求真务实地看待自己。"

这段话的关键词是"赞赏"。高明的领导能及时发现下属的优点,恰如其分地赞赏他们,这样的精神激励甚至超过物质奖励的作用。领导若只知批评下属,将他们批得体无完肤,骂得狗血淋头,来显示自己的高明和威信,效果将适得其反。站在父母的角度来说,"好孩子多半是夸大的"。站在领导的角度来看,好下属又何尝是骂成的?不懂得欣赏别人长处的人,情商明显偏低,而一位高明的领导则既具备高智商,也具备高情商。

2006年5月,罗崇敏在红河州科级以上干部反腐倡廉大会上说:"如果一个领导随意安插亲信,收受钱财,这两件事肯定会成为两根套在脖子上的绞索,迟早会绞死自己。"他还扳着指头给每一位领导干部细算"三笔账"——政治账、经济账和法纪账。他告诫同事们要牢记"三知":知足常乐、知途奋蹄、知恩图报。罗崇敏说,这"三笔账",每个领导干部只要真的算清楚想明白了,就会增强抵御腐败侵蚀的能力。他说,红河正处在全方位打基础、各领域搞开发的时期,我们要在重商、安商、亲商的同时,慎独、慎初、慎微,做到两袖清风,"君子之交淡如水"。如此实打实直抵胸膈的发言,很动人,也很提气提神。

罗崇敏给部下约法三章:一是不能打他的牌子干私事;二是下去调研的时候,不许收受红包和土特产;三是不准向他推荐或褒贬某个干部。出去开会或调研,罗崇敏上车前总记得看一下后备箱,若有礼品,他就让秘书当即退回去。即便是烟草公司开会,台面上发放香烟和红包,他和秘书从来不拿。公务时,有些不得不收的礼品,他全都交给州委办。唯有一次是个例外,凤凰卫视资讯台副台长、主播吴小莉采访罗崇敏之后,送给他一件礼物,特别强调这是私人赠品,于是他欣然收下了。

最典型的例子是:罗崇敏的女儿罗丹和儿子罗亭结婚,他只宴请了双方的亲戚,至于领导、同事、朋友一个都没请,一分钱的礼金都没收。有人感到不理解,暗地里嘀咕:"你罗崇敏平日清廉归清廉,儿女结婚这么大的事,风光热闹一下有什么关系?收礼金也是人之常情,不算索贿受贿啊!何必撇得这么清楚?'水至清则无鱼,人至察则无徒'啊!"殊不知,罗

崇敏信奉的是苏东坡的"苟非吾之所有,虽一毫而莫取"的升级版教言。他对笔者说:"像我这样的州官,真要是放开手脚给儿女操办婚事,少说也能收到几十万元礼金,但我一文不纳,我认为,用这个名目收钱,会玷污自己孩子圣洁的婚礼!"

2006年8月5日,罗崇敏与红河学院艺术系教师教谈:

> "人要有点风度。风度是心灵的外现,优雅的举止胜过优美的身材,高雅的举止是最好的艺术作品,它比任何雕塑和名画都更让人赏心悦目,心旷神怡。友善的言行、得体的举止、优雅的风度都应该是走进他人心灵的通行证,优雅的行为方式一旦与机敏结合起来,就会产生巨大的力量。真正优雅的举止、潇洒的风度是不可能伪装的,它是一种内质外现,是一种自然体征和自然心灵的融合。男性对女性的爱慕或女性对男性的追恋,源自于对方的风度,而不是源自于对方的能力。人对人的好感,不是源自于他的智慧,而是源自于他的风度。"

这段话的关键词是"风度"。许多人以为风度是外在的,是可以摹仿的,其实不然。风度是由心灵向外表焕发的,是综合素质的显现。谈吐不俗,举止得体,笑容可掬,目光祥和,这样的领导正是下属所心仪的,他将能不怒而威,不令而行。

2007年2月13日,在红河州委办公室,罗崇敏写道:

> "为政者,最忌讳的是接收无端的外在和内在的语言和行为的干扰。坚守自己心中的真白,培养和保卫自己健康的心灵,是领导者政治素质、心理素质、能力素质的基本要求,不要怀疑自己的决策,更不能因外在干扰而放弃正确决策的实施。对于唯利是图、无事生非、忌妒生怨、唯恐天下不乱的人,要不屑一顾。否则,不是别人困扰你,而是自己困扰自己;不是别人毁自己,而是自己毁自己。"

这段话的关键词是"干扰"。高明的领导要像电台一样,抗干扰能力强,波段才能清晰,传输的信息才不会失真。练武之人,挨打是必学功课,有的挨打功练起来,甚至带有自虐倾向。吃人一拳,还人一拳,比的就是抗击打能力,谁弱谁输,谁强谁胜。身为领导,外在的干扰很多,被攻讦被谩骂甚至被举报,都是家常便饭,如果转为内在的困扰,自怨自艾,自暴自弃,自乱阵脚,就会自己打倒自己,一败涂地。近年来,官员自杀的现象愈演愈烈,就是因为一些官员的抗击打能力和抗干扰能力偏弱所致。

2007年10月13日,在蒙自县红竺园家中,罗崇敏写道:

> "领导要追求精英的境界和平民的生活。既是学习者、思想者,也是工作者、生活者。和平常人一样,会说、会做、会写、会学,会追求生活,会追求事业。一个口若悬河,滔滔不绝,思维缜密的领导,需要舌根后有智慧的源泉注入。一个有胆有识、果断机敏,稳健行动的领导,需要身体内能力素养的支撑。一个选择了平民生活方式的领导,才有时间和精力去追求精英的思想境界,才能在大众面前赢得尊严。"

这段话的关键词是"境界"。像罗崇敏这样想过平民生活也能过平民生活的领导是不多的,许多官员养尊处优,贪慕虚荣,爱出风头,台上人五人六,台下趾高气扬,似乎生怕别人不知道他是个凌驾于平民之上的"官"。这种人与精英境界毫不沾边,毫不搭界,因为他们缺的不是孔雀的派头,不是白鹤的姿态,他们缺的是智慧。真正的智者会将自己的位置放得很平很平,甚至很低很低,那种快惬,那种舒坦,许多官员夜里做梦都梦不见。

2008年9月30日,罗崇敏在财经大学专家楼写道:

> "领导者能低下头明察下属的聪明才智,弯下腰抬起人才,才更显自己的尊严和伟岸。恰恰相反,现在很多领导人自以为是,俯视众生,武大郎开店,窥视他人的弱点,不希望他人和自己并肩,更不希望超越自己。他的'昂首挺胸'实际上是一种权力虚弱、能力薄弱和爱心淡薄的表现。"

这段话的关键词是"武大郎开店"。最好的状态理应是"强将手下无弱兵"。如果将军在自己的部属中发现了"将苗子"，他应该高兴才对。拿破仑说："不想当将军的士兵不是好士兵。"罗崇敏则从另一个侧面告诉我们：不愿提携人才的领导不算好领导。可谓异曲同工。

2008年9月30日，罗崇敏在云南省教育厅办公室写道：

　　"领导者必须意识到在整个领导过程中最重要的人并不是你，而是你的团队，而是你的下属。只有当领导者不自恋，不过分关注自我需要的时候，才能帮助自己身边的人成长，实现身边人的利益，毫不犹豫地负起社会责任。我在克服自己控制一切欲望的过程中，发现人们就喜欢与自己一起共事。当我意识到得到授权的下属会喷发出无限潜力的时候，我的领导之路就会越走越宽。当我感觉到我在用心领导的时候，我就显出自己的施然和超然。我不求取我的下属感恩，因为我是在利用公权授予他们职位，使他们得到利益。但我还是希望我的下属知道我在用心对待他们，即便有为失去蝇头小利而怀恨我的人，因为我不想伤害任何人，我不会因为我的清廉而伤害别人，也不会因我身上的光环而刺激他人的眼睛。"

这段话的关键词是"团队"。领导若能消除自恋情结，以事业为重，做到团队至上，则人心凝聚，活力骤增，无往而不利。身为领导，拥有这样的团队，成就感非比寻常，他的光环也不会刺痛他人的眼睛，因为他并没有刻意拔高自己，突出自己，炫耀自己。

2008年10月11日，罗崇敏与教育厅一位同事交谈：

　　"领导者权力大小并不决定威信高低，决定领导者威信的是自身的品格和能力。为政品格包括政治品格和道德品质。公生明，廉生威，谦虚更易赢人心。领导者要秉公用人，公道办事，奖惩分明，严于律己，言行一致，表里如一。要重情、重信、重义，以情取威，以信树威，以义赢威。要谦虚谨慎，'愈成熟的稻穗愈往下垂'，礼贤下士，弯下自己的腰，去抬起人才，努力把你的下属培养成领导。领导不可能是全才，但应是通才，知识要广博，能力要深厚。政治、经济、文化、社会等各个方面的知识都要学习，在实践中不断提高自己的决策能力、执行能力、组织能力、指挥能力、协调能力、创造能力、交际能力、语言能力等。才华横溢的领导容易使人产生一种信赖感和安全感。一个思想深刻、知识丰富、水平很高的领导，一定能赢得下属的敬重。"

这段话的关键词是"威信"。领导的威信不是谁能捧得出来的，也不是谁能抬得出来的，必须靠厚德至诚和真才实学去悦服下属，去征服下属。仅凭铁腕去慑服下属，凭强权去压服下属，是不可能树立起威信的。在战场上，一位草包将军不可能有威信，一位常败将军不可能有威信，一位逃跑将军不可能有威信，是相同的道理。厚德和实力才是硬道理。罗崇敏在任何岗位上履职，其威信都能不树而立，就是因为他公正廉明，各方面的能力都很突出。而且注重团队精神，爱惜人才，奖掖人才，一切为了事业，一切为了国家，自然而然就赢得了下属的尊敬。

2009年初，团中央《中华儿女》杂志的记者余玮采访罗崇敏，问他所做的一切是不是为了追求政绩，他直言不讳，铿锵作答："一定要政绩，领导如果不要政绩是对组织的不负责，对人民的不负责，也是对自己的不负责，必须要政绩，但是这个政绩一定是要为人民群众谋利的政绩，而不是为个人牟利的所谓'政绩'。"他说，做官就得做出样子，做出政绩，既不能做昏官，也不能做庸官。

罗崇敏说："我喜欢抓大又抓小，但不抓不大不小。人在不同岗位上要善于从小事做起，不扫一屋，何以扫天下？伟大的事情都是平凡的人做出来的。做任何事情你只要追求极致，只要用爱心、用信心、用专一之心去做，一般都会有高人一筹的结果。扫厕所比别人扫得干净，在同行里你就比别人行，你就是人才。"

罗崇敏强调"和谐"，靠的是事业心凝聚干部，而不是靠美酒香烟、大鱼大肉、江湖义气和封官许愿凝聚人心，他说："与天斗，其害无穷；与地斗，其害无穷；与人斗，其害无穷。干事业，要的是合力，要的是齐心；用力

要用在正途上，用心要用在正事上。什么是正途和正事？'权为民所用，情为民所系，利为民所谋'就是正途和正事。"中国古代士子德才兼备即够，但罗崇敏提出，对现代领导和管理者的素质要求应是"德、识、才、学、行"统一，缺一不可。这无疑是一个高标准。有的领导只有酒德，有的领导只有赌才，那就太偏门了，甚至太邪门了。罗崇敏的部属唯其马首是瞻，敬佩的就是他的公正廉明，这种无害人之心、能成人之美的领导，一生能遇着，既是运气，也是福气。

罗崇敏认为，机不可失，时不再来，每个领导干部都应该有机遇意识，挑战意识，效率意识，不管改革到什么程度，都要具备这三种意识。关于改革的速度和质量，他说，能够走快一点，何不走快一点呢，划得着慢下来吗？慢就会失去很多机遇，把远和快对立起来是错误的，把速度和质量对立起来也是错误的。一个理性的领导者应该在大和好、速度和质量、远和快之间，找到一个有机的结合点。这就反映出一个领导干部的成熟度和思维层次。

第七章　万米高空上的思索

　　"站立的人,靠大度、广度、进度和深度。要有胸怀,才能海纳百川;要有广博的学养,才能明智慎思,深谋远虑;要与时俱进,才能更新自己,高瞻远瞩;要有自己的尊严,就要有深厚的学养和品格;要实现领导和主宰事物,就要使人知道你的大度、广度和进度,而不知道你的深度。"

——罗崇敏　2006年

　　北宋文豪苏东坡有一首诗写给胞弟苏辙,题为《和子由渑池怀古》,前四句是这样的:"人生到处知何似?应似飞鸿踏雪泥。泥上偶然留指爪,鸿飞那复计东西?"苏东坡是豪放派诗人和词家的代表,这并不等于说他内心就没有悲情愁绪。细想来,人生留下的痕迹确实有限,就像飞鸿在雪地上偶然留下的爪印,唯一可预料的事情是,这些浅浅的爪印必然会很快消失。苏东坡千古风流,他的事迹已多半成疑,唯有他的诗文书画长留人间,他的思想精神绵绵不绝地影响后人。

　　改革官员罗崇敏的诸多改革成果也遭到了被涂改被遮蔽被贬低被忽略的必然命运,将来的人欣赏他,记住他,不必去蒙自寻访他主持建造的红河文化广场上古罗马风格的建筑群,只须从他的思想中吸取养分,接受启迪,获得教益。客观地说,他立德、立言的价值要超过立功的价值。某些改革举措就算他现在不做,将来很可能会有人做,但某些思考是他的独得之秘,他若不曾捕捉住头脑中的灵光闪现,就会永付阙如。当然,话可以这样讲,又不可以完全这样讲,他若不是一位改革家,许多思想就会成为无本之木和无源之水,正因为他知行合一,才有了这些思想的片

断,散发思考的魅力与价值。

2009年4月23日,世界读书日,温家宝参观商务印书馆和国家图书馆时,发表了一席感言:"书籍是人类智慧的结晶。读书决定一个人的修养和境界,关系一个民族的素质和力量,影响一个国家的前途和命运。一个不读书的人、不读书的民族,是没有希望的。"这个时代,拜金主义甚嚣尘上,许多人只有点数钞票的激情,缺乏浏览书籍的兴趣,这是非常庸俗而又危险的状况,个人素质和民族素质一旦骤然下降,甚至猛然沉陷,其严重后果就不是任何高居不下的GDP能够挽救其万一的了。诚然,一个民族的阅读史是其成长史中非常重要的一章,泱泱大国的总理如此语重心长地谈及读书的重要性,这记警钟应该让许多沉湎于金钱迷梦而难以自拔的人幡然醒悟才对。

法国哲人伏尔泰曾说:"充实的工作能赶走三个魔鬼:无聊、堕落和贫穷。"显而易见,这位大思想家的工作很大一部分就是思考和写作,二者水乳交融,密不可分。

多年来,罗崇敏发奋学习,认真思考,总是把别人品茶、饮酒、打牌、看电影、逛商店、喝咖啡、呼朋唤友摆龙门阵的时间用来读书充电,日常工作占据了大量精力,但他依然博览群书,著作一部接一部。原红河州委副书记、政法委书记、现云南省农业厅副厅长张智泽告诉笔者:"罗书记是个工作狂,也是个学习狂。他学识渊博是天道酬勤。有时,我在楼梯口碰见他,他手中也捧着一本书。他从不睡午觉,晚上也睡得晚,我曾劝他说,这样透支生命可不好,人不像猫有九条命。你猜他说什么?他说:'精力这东西很奇怪,与金钱完全不同,越透支它就越多,就像刀,越磨越锋利,越磨越亮。'罗书记的专著乃是呕心沥血之作,全部出自他本人之手,没有谁为他捉刀,没有谁为他代笔。他的工作受益于学习,他的学习也受益于工作。你仔细看看他的那些专著,没有空论,没有杜撰,数据实实在在,经验实实在在,思考实实在在,这样的理论才有指导价值。不像某些大学教授的高头讲章,只中看不中用,简直就是空中楼阁。"

罗崇敏无论在什么岗位上履职,均注重"三位一体"的形象塑造,即:学士形象,勤学好问;谋士形象,审时度势;干事形象,求真务实。罗崇敏不记日记,但他随时随地把所思所念所感记录下来,卫生间里都放着纸和笔,一旦有新的想法,片羽吉光,立刻将它定型。

红河州不少干部至今仍津津乐道罗崇敏的讲话风格,他们说:"听罗书记讲话保准不会打瞌睡,他每次讲话都有不少新观点,能使人长知识,开眼界,提心气。"这些新观点不可能从天而降,都是罗崇敏不断思考所得,日积月累而来。

每到一地,别的领导可能对美食美景更感兴趣,罗崇敏则对当地的风土人情、奇闻轶事、历史掌故更感兴趣。他尤其喜欢与那些具有独立见解的专家、学者交朋友,他常说:"你要是常跟聪明人打交道,自己也会变得聪明。"学问学问,一半是学,一半是问。罗崇敏不仅好学,而且不耻下问,平日碰上眼生的字,他就会向部下请教它的读音和意思。有时,罗书记念了白字,别人从旁纠正了,他非但不着恼,还很感激,称对方为自己的"一字师"。这方面,他的故事最好由他自己来讲:

"那是1959年9月20日上午,老师教到小学一年级语文第二课的时候,课文有大、小、多、少、上、下、来、去的内容,我认识了一个终身受用的'大'字,而且反复练习这个字。1962年10月的某一天上午,我父亲拿出《云南日报》刊登的他写的一篇通讯给我读,我不会读燃料的'燃',是父亲教会了我一个终身受用而有趣的'燃'字,在快乐中燃烧自己吧!1981年5月9日晚8点左右,江川第一中学的龙永伦老师在我的宿舍朗读我的书法作品时纠正了'眺'的读音(我读成了zhào),使我大半生能在困境中远眺自己。2002年6月28日,我在云南民族学院2002届学生毕业典礼上讲话时,把莘莘学子读成xīn xīn学子了,但遗憾的是我离开民族大学两年后,也就是2005年8月的某一天,马丽娟副院长到红河看望我时才用开玩笑的方式来纠正了这个读音。我问她当时怎么不纠正,她说:'当时你是我的直接领导,我怎么敢纠正?'这可能是我在大学工作的失误吧,不然他们怎么会用这样的方式来对待我的错误。当然,也正是这样亡羊补牢的纠正,使我大半生能深刻理解'学无止境'的道理……我一生都处在识字的过程中。"

多年前，马丽娟担任云南民族学院副院长，做成的第一件事就令人印象深刻。她提议由校方与交警部门协调，在校门前的马路设立红绿灯，以保护学生的生命安全。这位回族女性心直口快，做罗崇敏的"一字师"倒是一点也不奇怪。

2006年4月13日，罗崇敏在红河州委办公室写道："读书，对真正爱读书的人而言，是一种生活常态，是一种生命的自然节律，就好像人呼吸空气一样。一旦把读书沦为作秀，则不足观也。'腹有诗书气自华'，'地瘦栽柳柏，家贫子读书'。作为一个有着悠久读书传统的国家，中国人历来是以读书为荣的。如今，物质财富丰富了，生活宽裕了，社会进步了，读书不再是少数人的专利，而是每个公民的平等权。读书寻常事，读书人遍地皆是，这当然值得欣慰。但是，时下有一种作秀式的读书，实在不敢恭维。有的暴发户，重金装修书宅，四墙书架上是名著精装本，书桌上是豪华大部头，有的则干脆以名著糊墙，乍一看，大有儒商风度。更可悲的是，有的领导干部装修办公室时，也是高价四壁装修和放置书柜，由办公室将经济、政治、文化、社会等各方面的书籍购置存放，乍一看，大有儒将风度。这种读书架势，够壮观了吧？但熟知内情的人一看就知道，主人根本没有读书。书架上的书全套全新，没有一个手指印，装饰领导门面而已，这样玷污书本和亵渎知识的行为，该休矣。"

通常说"乱世怪象多"，其实，和平时期怪象也不少。读书是个人化的事情，居然也会有人作秀和演戏。不读书的岂止是某些假儒商和假儒将，就连一些与书籍距离最近的文人也不读书，而且洋洋得意地公开宣称："我能够写书，还何必读书？要读，也只读我自己写的书！"结果招来冷嘲热骂，自取其辱，自讨没趣。读书事小，可以见大。一个人的素质如何，书籍是面镜子，常人难遁其形。《庄子·养生主》中有一句名言："吾生也有涯，而知也无涯，以有涯随无涯，殆已。"庄周先生主张不读书，不求知，但他自己却偏偏是个读书求知的大智者，这就有点哄人了。试想，一个长年吃肉的人告诉你嚼菜根更营养，你信不信他？

罗崇敏不是一个死读书的人，也不是一个读死书的人。他读书能化，能用，能吸其精华，弃其糟粕。闲暇时，他与下属交谈，很多时候都是谈他对人生各方面的感悟。每次谈过之后，他都会择其要点记录下来，这样集腋成裘,久而久之,蔚为大观。

2003年7月3日,罗崇敏与下属交谈时,谈到习惯,作了一番精辟的论述:

"'没有什么比习惯的力量更强大',这是古罗马著名诗人奥维德的惊世名言。俄国教育家乌申斯基说得更为形象:良好的习惯乃是人在神经系统中存放的道德资本,这个资本不断地增值,而人在其整个一生中就享受着它的利息。毫无疑问,人就是一种习惯性的动物。无论我们是否愿意,习惯总是无孔不入,渗透到我们生活的方方面面。然而,很少有人能够意识到,习惯的影响力竟如此之大。一个人的失败由习惯导致,一个人的成功也由习惯导致。良好的习惯使人走向成功,走向幸福;不好的习惯导致一个人的失败甚至颓废。我们需要养成的应是快乐习惯、学习习惯、宽容习惯、坚定习惯、统筹习惯、创造习惯、成功习惯。要快乐地面对每一天,面对每一人,面对每一事;要培养学习兴趣,养成终身学习的习惯;要有宽容的心地,善良的胸怀;要养成战胜一切困难的意志力,有自我坚定信念的习惯;要善于整合自己的时间,整合他人的力量,提高生活和工作效能;习惯于创造性的工作,不断进取,追求进步,追求成功。通过努力没有达到成功目的不懊悔,没有争取达不到目的终生遗憾。个人的习惯可以决定人的一生命运,民众的习惯决定一个国家、一个民族的命运。"

长寿者无非是习惯好。成功者也无非是习惯好。习惯良好的人,其生存质量、生活质量和生命质量远高于那些习惯不好的人,这早已为无数先例所证明。罗崇敏将习惯提升到这么高的位置,就是希望那些钻研成功学的人能够纠正坏习惯,养成好习惯,培元固本,而不要舍本逐末。

2004年12月21日,罗崇敏在红河州委办公室中写道:"我深切体会到一个民族的落后,从根本上讲不是物质的匮乏,而是精神的平庸,人格的苍白,灵魂的空虚,性格的懦弱,心理的疲弱,身体的懒惰。在继承发扬中华民族优秀传统文化的同时,还应该放下大国的架子,汲取人类文明成

果,学习英国人慎思明辨的励志精神,学习德国人精益求精的立业精神,学习犹太人绞尽脑汁的创造精神,学习日本人自强不息的敬业精神,学习美国人敢想敢为的冒险精神。"

一个民族要腾飞,要转弱为强,要后来居上,学习其他民族的长处太有必要了。唐朝时,日本是积贫积弱的蕞尔岛国,派了不少遣唐使到中国来学习先进文化。千余年后,中国许多优秀的传统早已宣告绝绪,在日本却依然完好地保存下来,包括武士道,包括禅宗,包括茶道和花道。到了上个世纪三十年代,险些酿成反噬的奇祸,这个教训,对中华民族来说,太惨痛了,理应世世毋忘。封闭自己,禁锢自己,甚至愚不可及地弱化自己,中国人曾这样反复做过许多回,尝到的总是挨打的滋味、屈辱的滋味和生不如死的滋味。只有俯首低心学习别人的长处,学习别人的优点,中华民族才能真正跻身于世界优秀民族之林。

罗崇敏思考的都是大题目,或者是由小见大的题目。他的思考有时是在一饭一蔬之间,有时是在阒静无人的夜里,有时是在片刻的闲暇之余,有时是在谈话时偶然触启机括。由于公务繁忙,他经常要去京、沪、深、广、渝等地开会或出差,在万米高空的航程上,他同样会习惯性地拿出笔来,记下那些源于大脑和内心的片言只语。

2005年1月2日,在北京飞往昆明的国际航空1431航班上,罗崇敏放下小桌板,找空姐要了一张白纸,他略加思忖,便奋笔疾书:

"领导干部要树立四维立体形象——思真、品纯、心爱、法妙。要崇尚真理,探索真理,善于思辨,把握规律,崇真务实,发现和尊重客观存在;要以德立身,以品铸业,修炼和持守高尚的情操,要以人为本,以爱昭人,培养和放射诚爱之心;要善集众法,把握妙机,游刃有余,善用领导艺术和领导方法。这只不过是对古人提出的'志于道,据于德,依于仁,游于艺'的诠释和应用而已。当然,领导干部要树立这样的立体形象还是比较困难的,因为除了自身原因外,还需要有文化环境和制度环境,比如,还要有诚信文化环境的建设和公正制度的安排。但树立领导干部思维立体形象应该是每一位有良知、有素养、有责任的领导干部的目标。"

孔子说"君子不器",主张为政者要具备通才,领导干部若能好学精思,博观约取,又何愁不能提高自己的素质和境界?又何患事业无成,功德难圆?领导干部怕就怕沾染了官场的诸多不良习气,安于浑浊,甚至甘于堕落。罗崇敏把"正心、诚意、格物、致知"的功夫看得很紧要,时刻修炼自己,他的成功又岂是偶然的?

2005年1月12日,在北京至昆明的国航班机上,罗崇敏写道:

> "中国人向来不缺乏智慧,但需要增添理性,去除浮躁。温家宝总理到美国访问演讲时说,中华民族很智慧。一点不错。但有智慧而无理性法则,就会成为草原上狂奔的野牛。气壮如牛,国殇难免。中国人的智慧更偏向于人生感悟,对自然、社会常处于依违之间,依则太乡愿,违则太狂狷,中庸则往往沦为世故。奇缺的是科学思维,是吸取历史教训的能力。意气用事,终与智慧分道扬镳,国殇难免,往往是重蹈覆辙。
>
> "人应该乐于接受变化。世间唯一不变的就是变化,应该树立正确的时空观,时间是一维的,而空间是无限的。要愉快地接受每一天的变化,乐于接受变化会使你增加智慧,增强信心,增添坚韧,会使你的生活充满阳光,所以不但要接受变化,还要拥抱变化,在变化中体现人生的全部价值。"

一个人害怕变化是心智不成熟的表现。有的人怕变形,有的人怕变卦,有的人怕变法,有的人怕变态,而怕变和拒变都是无效的,人只能顺变和应变。犹如导引激流,使之成为航道,成为电力,成为风景。

2006年10月27日,罗崇敏在北京飞往昆明的航班上写道:

> "人不但要有追求真理的坚定意志,还要有追求功利的勤奋精神。真理追求是人生奋斗的不竭动力,功利实现是现实生活中的真理体现,也是个人价值在追求真理过程中的阶段目标。一个具有自觉意识的人是能够理性面对现实功利的人。建功立业,体现自身价

值利益,与实现和发展社会利益是一致的。我们不应该把追求真理与实现功利对立起来,在这个结合点上犹太人是做得最好的。让真理追求伴随一生,让功利追求伴随一天。把真理追求与功利实现寓于爱的价值之中,爱真理,爱事业,爱生活,爱他人,爱自己,使人生富有青春的活力,让人生价值更具时代性和生命力。"

这是一则非常精辟的思想随笔。两千多年前,孟子晋见梁惠王,梁惠王问了他一个简单的问题:"叟,不远千里而来,亦将有以利吾国乎?"孟子的回答是:"王,何必曰利,亦有仁义而已矣。王曰'何以利吾国',大夫曰'何以利吾家',士庶人曰'何以利吾身',上下交征利而国危矣。……苟为后义而先利,不多不餍。未有仁而遗其亲者也,未有义而后其君者也。王亦曰仁义而已矣,何必曰利!"中国人的"义利之辩"争论了两千多年,两派耗干口水几万吨,争得枯骨杇了数十茬,也没个结果。先利后义?先义后利?两派都是一根筋,认为义利是抵触的,是彼先此后的,甚至是你死我活的,就没想过义与利完全可以并行不悖,双赢不败,鲍鱼与熊掌完全可以兼得。罗崇敏举了一个很好的例子,犹太人就是将"义"和"利"处理得最好的民族,他们既是追求功利、最为富有的民族,又是追求科学精神和人文情怀最不遗余力的民族。"让真理追求伴随一生,让功利追求伴随一天",罗崇敏的这句话可以作为座右铭。

2007年7月17日,在深圳飞往昆明的班机上,罗崇敏对同事说:

"人的生活是一元的。我们生活在原则和事实的一元化环境中,既离不开理性主义的指导,更离不开现实主义的驱动。当你抬头望天的时候,必须双脚立地。所以我主张的生活方式应该是前面的手拿着书,后面的包装点钱。书可以昭示未来,可赚钱;钱可买书,实践未来。我喜欢学院专家,但我愿做野外学者,既理性又现实的生活是丰富而多彩的,是富有生机和活力的。"

改革家应该是理想主义者和现实主义者的复合体。如果改革家只抱有狂热的理想主义,他就会丧失理智,与现实扞格不入,害人误己,贻患无穷；如果改革家只抱有冷静的现实主义，他就会贴地而飞，失去远大的目标，难成大器，难成大事。罗崇敏喜欢做野外学者，就是要保全理想和现实的活力，像一棵长在山中的大树，树根深深地扎于泥土，树冠高高地碰触云天。

2008年9月24日，在北京飞往昆明的班机上，罗崇敏写道：

> "'真'是静态中的美，'善'是动态中的美，'诚'是心灵中的美。自然之美在于真，行为之美在于善，人之美在于心，心之美在于诚。表现自然之美的任何力作都在于反映自然的真实，表现人的行为之美在于善良，表现人之美的真谛在于心之诚。对自然、社会、人和事物的美的追求各有不同，但观察和判断美的价值标准应该是趋同的，正因为这样，社会才会和谐，才会文明进步。"

这样的审美观，其本身就是动静皆宜的。世间所有的罪恶有一个总源头，那就是"假"。现实中的地沟油、三鹿奶粉、虚假广告、求援骗局、消费提醒、一响电话、中奖陷阱、盗版影碟、豆腐渣工程……哪一个不是"假"字作祟？人若丧失了"善"和"诚"，虽能获利一时，却是以践踏法律、折损良知为代价，想要活得心安理得、自在快活是很难的。现实社会中确实有一些怙恶不悛的人成为了幸运的漏网之鱼，倘若你以他们为榜样，就得祈求好运和高"中奖率"，否则的话，还是管理好自己的欲望，以那些蹲大狱赴黄泉的罪犯为反面教材，更能获益良多。

2008年10月2日，在昆明飞往深圳的班机上，罗崇敏写道：

> "一切美德的最大魅力就在于它最大限度地满足日常生活的需求。超出一般人水平的，哪怕是最高尚的美德，也不过是充满诱惑力的东西而已，或陷阱而已。以英雄的品德为基础的人类制度，必定会有一个脆弱的上层建筑，或者脆弱的意识形态。我们老是喜欢树立高、大、全的英雄形象，开展学这个、学那个的大规模学习教育活动，其实靠这样的宣传教育活动树立的旗帜和典型大多是插在沙滩上的，它经不起风吹浪打，更经不起历史的检验。"

这番话可谓针砭时弊，发人深省。半个多世纪以来，中国究竟树立了多少高、大、全的英雄形象？恐怕没人能细数得过来，学来学去，全民的道德水准和精神境界提高了几毫米呢？大家心中有数。《雷锋日记》那样的光辉篇章居然是雷锋牺牲后由一个写作班子集体创作的产物，这个真相让人啼笑皆非。真、善、美，幸福人生的三元素，互为表里，互为支撑，三足鼎立，如果"真"被抹杀了，"善"和"美"还能站得住脚吗？有时，用心良好，用心良苦，效果却不济，就是这个道理。

2009年1月1日，在昆明飞往三亚的班机上，罗崇敏写道：

> "教育是教育主体和客体互动，使受教育者做真人，做真事，追求真理，求取真知的社会活动过程；是培养人具有真爱、大爱、至爱之心的社会活动过程；教育者的最终价值是使人成其为'人'，使个体人成为社会人，使人全面发展，使人幸福生活。"

教育长期成为培养工具的流水线，这种局面是到发生改变的时候了。罗崇敏的教育理念，是以受教育者的利益为最高利益的，是以受教育者的发展和提升为最高目标的。他抛弃了教育的"工具流水线"。他的各项改革，都是瞄准了人与幸福生活之间的开阔地带，使人不至于迷途，不至于走更多的岔道和弯道。

2009年1月6日，罗崇敏在成都飞往昆明的班机上写道：

> "人和事物的复杂与简单是自身的一种感受。我经常听到人们说某单位某部门'水很深'，人事关系复杂。或者说某件事情很复杂，无法应对。其实，人和事的本质都是简单，是应对人和事的人搞复杂了。对待和处理任何人和事，最简单的办法就是真实真诚、公平公正、依规依法。人们对任何人和事都有自己的本真向度，围绕这个本真向度，运用多种方法来分析问题，解决问题，就比较容易把复杂的问题简单化了。解决再简单的问题都要有真实的情感和浓厚的兴趣，否则，对任何问题都处理不好。为什么事关民生的许多具体而简

单的事情会处理不好?就是因为没有对民众的真诚情感和解决民生事业的浓厚兴趣。为什么有的单位'庙小妖风大'?就是因为主要领导或者是领导班子成员真诚、公正和规约缺失,简单问题复杂化,精神向度偏离和文化价值流失。"

诚然,能化繁为简的人是天才,是智者,是优秀的掌门人;反之,变简单为复杂的人是蠢才,是傻瓜,是昏庸的掌门人。"庙小妖风大"的单位,在中国比比皆是,除了内耗、内斗、内讧,就没有几人把心思用在事业上,最终的结果往往是多败,甚至是完败。

罗崇敏一直反对个人崇拜,他用科学精神抵制迷信思想。2000年9月7日,他在玉溪市委办公室写道:"不到太平洋不知道自己之小,不到博物馆不知人生之短。任何时候都不要把人想象得那么伟大。称之为伟人的人也只是沧海之一粟,称之为圣人的人也只是'俯仰一世'。切忌迷信任何人和事,要热爱人生,珍惜人生,奋斗人生,享受人生,实现人生价值。我们虽然不可能做后无来者之事,但完全应该创前无古人之业。"2004年11月12日,他的思想笔记中再次涉及这个话题,并有所深化:"无论什么人,一旦近看就会变小。皇帝、国王、领袖、总统概莫能外。我时时感到自己比别人渺小,这可能是我过分了解自己的缘故。也算是自知之明吧。宗教里所塑造的神之所以伟大,就是因为任何人都无法接近,无法认识他。为什么皇帝国王、领袖总统英明?是因为接近他们的人太少太少,或者是接近的时间太短太短,让不能接近他们的人给神化了。一个有作为、有建树的人,把自己看小一点是必然的,但不要把未知的人看得太大。"

世间有一个不易为常人所理解的矛盾律:人五人六的人其实不三不四;趾高气扬的人其实乏善可陈;貌似伟大的人其实卑微,比如某些皇帝;貌似卑微的人其实伟大,比如某些思想家。尽可能把自己看得小一点,小如沧海一粟,才能看清自身的微细、脆弱和孤单,才可望做大做强为一粒珍珠或一颗钻石。纳芥子于须弥算不了本事,纳须弥于芥子才算得上功夫。神化他人是愚昧的,神化自己也同样是愚蠢的。

在当代中国官场,不乏附庸风雅的官员。某省有位市长诗人写诗比写信还多,出诗集若干,可全都是分行白话,诗味寡淡,有人酷评:"没一

句是聪明的。"有一次,他在诗友聚会时仗着酒兴豪言:"本省的市长诗人就只有我一个!"有位诗人觉得这话不实,便抬杠道:"据我所知,除了您,还有某某和某某,也是本省的市长诗人。"结果这位市长怫然不悦,一语道破真相:"某某和某某是县级市的市长,跟我没法比!"此言一出,满席喷饭。当然啦,他骨子里庸俗的官本位思想也浮出了水面。像罗崇敏这样爱好文学艺术而又懂得文学艺术的州委书记是很少见的。试以2007年7、8月间为例,他与大学教师频密地接触,所谈的话题全都与文学艺术相关联:

2007年7月28日,罗崇敏在红河州委办公室撰写《关于文学实用价值的思辨》,三千多字,一挥而就。此文由《文艺争鸣》和《校园文学》评选为"2007年度百篇最具新意的文艺理论作品"之一。

2007年8月8日,罗崇敏与红河学院艺术系的教师畅谈小说创作。

2007年8月17日,罗崇敏与云南大学文学院老师交谈的话题是"作家的能力决定着作品的生命力"。谈话中,他对作家的审美感受能力、思想发掘能力和创作技巧能力概括得相当到位。

2007年8月21日,罗崇敏与红河学院和文学院老师座谈文学作品欣赏,他说:"优秀的文学作品一般都有言外之意,题外之旨,弦外之音。文字传达给读者的字面意义几乎没有差别,为什么不同的鉴赏者会有不同的理解呢?原因是不同的欣赏者面对文字叙述有着不同的心理体验。"这番话显然是内行话。受岳父普文治的影响,罗崇敏对中国书法和绘画也颇有心得,颇有见地。他曾与严熙坤教授谈中国画的欣赏:"对中国画的欣赏要从天人合一、形象偶合的高度,通过心灵感应而产生读者与作者的共鸣,从而得到美的享受和人文教育。"他为《普文治书画作品集》(2001年,人民美术出版社)作序,如是说:"他的绘画非常注重意境、气韵、格调等中国民族绘画的价值标准。其作品给人既神韵流动、生机盎然,又恬静典雅、豪放奇崛的感觉,溢流着内在的精神美。他的花鸟清新俊健,朝气蓬勃;他的山水古朴苍润,传神寓意。他潜心创作道德、修养、境界、情感、艺术气质与技术和谐统一的、具有永久价值的作品。构图严谨,'知白守黑',虚实有度,藏露相宜,刚柔并济,颇具辩证思维灵性。用墨枯湿浓淡都不乏其浓厚传统功力,泼墨元气淋漓,淡墨恬逸厚重,焦墨秋实春华。用色正原,繁简得当,古艳淡雅,清超绝俗。"若起普文治先生于九泉之下,对此佳评亦当欣然认可。

2008年下半年,罗崇敏对音乐的兴趣骤然变得异常浓厚,9月13日他与云南艺术学院领导和教师座谈时说:"音乐是人生不可缺少的贴心良伴,音乐可以舒缓身心的紧张,使人放松,音乐可以消除心中的烦恼,诱导睡眠。虽然仅凭音乐不能治愈疾病,但是音乐疗法和现代医学疗法并用,却有相辅相成的效果。音乐没有国界,没有族界,甚至没有生物界,具有跨时空推进国家、民族乃至世界和谐的功能,促进人与社会、与自然的和谐共鸣。"

2008年11月13日, 罗崇敏与云南艺术学院音乐系陈劲松教授交谈,他谈到许多科学家具有精深的音乐修养,并且从中获益匪浅:"18世纪大数学家拉格朗日,在意大利的圣保罗教堂聆听圣乐时,萌发了求积分积值的变分法念头;英国化学家纽兰兹受音阶启示而发现了原子递增的规律;20世纪两位物理学巨匠,'相对论'的开拓者爱因斯坦和'量子论'的开创者普朗克的小提琴与钢琴二重奏已成为科学界的美谈。爱因斯坦一直认为,科学和艺术是相通的,是相互补充的,两者均以丰富的想象力为心理背景,共同追求和谐之美。倘若没有胜似诗人的想象力,爱因斯坦又怎能以惊人的洞察力阐明相对论原理呢?实际上,他一再强调:想象力比知识更重要,因为知识是有限的,而想象力概括着世界上的一切,推动着人类的进步,并且是知识进化的源泉。"

同一天,他与云南艺术学院音乐系其他师生交谈时,引用叔本华的名言"一切艺术都希望达到音乐的状态",再次强调音乐作为"心灵的形式",具在极其独特的作用:"贝多芬说过:音乐是比一切智慧和哲学更崇高的一种启示。通过韵,我们可以感受到什么是希腊人所说的'数的和谐',音乐带领我们直达生命之盛衰枯荣,人生之风云变幻,音乐是我们沉思宇宙和认识人生的最好媒介。……真正的音乐,其节奏形式并不是刻意设计的产物,而是我们能够听到,并能用心灵去把握的情感节奏本身。通过音乐,艺术的形式可落实到韵律感和节奏感。在诸多视觉艺术中,人们首先注意到建筑与音乐的联系。18世纪德国哲学家谢林说:'建筑是凝固的音乐。'随后,音乐家赫普德曼又说:'音乐是流动的建筑。'"

有人说：罗崇敏是难得一见的大通家，讲什么都能讲得出道道，都能讲到位，就是专家听了，也会觉得他是内行。他的这种本事得益于兴趣的推动，他不是附庸风雅，而是真心喜欢，涉猎甚广，触类旁通，拿出了他当年在江川水泥厂当工人时对任何一个工种都要钻通的劲头。

2009年下半年，罗崇敏不畏烦难，开始学习钢琴。"纸上得来终觉浅，绝知此事要躬行"，他对一种事物的热爱，永远都不会只停留在书本上。

说来有趣，罗崇敏到红河履职后，多次听人讲述过桥米线的轶事，它们有鼻子有眼睛，令人捧腹，比如下面这两则，就令人喷饭：

当年，北洋大臣李鸿章出访法国，正值炎天暑热，对方拿来冰棍给他解渴。李大人从未吃过洋冷饮，只见它红色外表冒着雾气，以为是温热的，一大口咬下去，结果冰得牙齿直打架，一口吐了出来，引得法国人哈哈大笑。李鸿章自觉受辱，存心要报复洋鬼子。当法方回访中国时，这位北洋大臣请对方吃过桥米线。当一碗汤端上来的时候，上面漂着一层红红的油辣子，微微冒着雾气。对方以为是冷饮，端起碗来猛喝一大口，结果烫得满嘴是泡，把汤一口喷出来。这回法国人狼狈不堪，就轮到中国人哈哈大笑了。

另一个故事则发生在蒙自本土，说的是当年有一位爱好美食的法国人乘火车到蒙自，专门要品尝过桥米线，于是找到一位当地的文化人请教吃法。他万万没想到，这位文化人对法国人并不欢迎，碍于礼貌，将其领到餐馆，用筷子将作料等下进热汤后说，要真正品味过桥米线须如此这般。于是，他夹起长长的米线，举过头顶，绕脖三圈，然后优雅地放入嘴里。法国人笨拙地挑起米线，环绕脖子，好不容易绕到脖颈后面，未夹紧的米线顺着领口滑到脊背上，他被烫得嗷嗷怪叫好大声，餐馆中的食客见状狂笑不已。

罗崇敏的创作《天下一碗》的灵感是怎么产生的？他说："有一次吃小锅米线时，我突然有了一些灵感，于是马上构思，并写下了提纲。"他还说："何谓'天下一碗'，就是这一碗装着历史变迁，这一碗装着中华民族的兴衰荣辱，这一碗装了人生的辛酸苦辣。民以食为天，这一碗里面因为一个食而酝酿了很多矛盾，很多矛盾在这一个碗里撞击，但是在撞击过程中呢就彼此产生了一个矛盾的对立统一，最后追求一种境界就是以人为本的和谐。所以我就构思了这个电视剧,你不了解红河州,不了解过桥米线,你就体会不了这个主题。"

罗崇敏的脑子里不断蹦出创作灵感,有时在飞机上也琢磨着过桥米线这个题材。2004年,他与红河州文联主席孟家宗联手创作纯正"滇味"的电视连续剧《天下一碗》的剧本(同名长篇小说《天下一碗》随后由人民文学出版社出版,印数达五万册)。2006年,此剧由央视传媒公司制作。此剧的主题歌由三宝作曲,歌词意深趣足,值得细细玩味:

> 国事家事天下事事事相关,
> 民生民意民为本以食为天;
> 鸡汤鱼汤鲜肉汤百味齐全,
> 苦味甜味辛辣味都在一碗;
> 食圣酒仙谁尝出个中滋味,
> 齐家治国平天下如烹小鲜;
> 旧怨新恨了不断人间冷暖,
> 看风流绝代,品天下一碗。

2005年6月30日上午,在电视连续剧《天下一碗》拍摄研讨会上,孟家宗说:"《天下一碗》装的不仅是过桥米线,它更多装的是民众的酸甜苦辣,做的是天下兴衰的文章。该剧用现代人的眼光看待历史,深入刻画了在我国近代史上多元文化相互碰撞最为激烈的滇南地区。这部电视剧将成为贯穿滇南文化近代史的一幅画卷。"

罗崇敏说:"剧本定名为《天下一碗》是经过我们深思熟虑的。'天下'是天下人的天下,'一碗'是天下人的一碗。片名以中华民族的'和'文化为主题,从本质上来说,把中华民族的精神融入到了一碗米线中,也通过这碗米线反映了民族文化的主体。曾经有人提议把片名改成《天下第一碗》,我认为如果加上'第一'就使得这部片子的定位带有了局限性,而《天下一碗》则留给人们更多的联想空间。这个剧本把进步文化融入了老百姓的故事里,通过小人物反映出中华民族的精神和脊梁,足以震撼每个人的灵魂。"

导演阎秀清说:"遇到这么好的剧本是我的荣幸!看完这个剧本后,我马上就联想到了《勇敢的心》、《辛德勒的名单》这样的好莱坞巨制。剧本传递给我的情感令我震撼。拿着剧本,一种强烈的使命感和责任感激起了我创作的冲动。第二天,我就迫不及待地去找央视领导审批。没想到从中央电视台影视部立项到上报国家广电总局审批都十分顺利地通过了。作为导演,我有信心把《天下一碗》拍成一部震惊全国的大片。能遇到这么好的剧本真是我的荣幸,希望通过该片把整个红河的历史文化,推向全国。"

2008年11月27日,罗崇敏与云南白药集团董事长、书记及红河文联主席孟家宗交谈,把电视连续剧《白药魂——曲焕章》的构想和盘托出:"以云南白药发展历史为主线,通过揭示曲焕章创制白药的艰辛历程和执着精神,展示曲焕章爱国济民的崇高境界和人文情怀,彰显云南白药养志健体的神奇功效,弘扬中医药优秀文化传统,再现中华民族20世纪初悲壮的历史画卷。"不用说,这部电视连续剧同样值得观众期待。

在红河州履职期间,罗崇敏不仅为红河做了许多实事,而且为红河写了一首歌词《红河人》。这首歌词,著名作曲家闫肃曾见到,他是这样夸赞的:"好,歌词很好,一看就知道,这个作者的文学根底深厚,而且胸怀宽广!"

天上的日月星辰,
日月星辰在看着我们。
山中的春风林涛,
春风林涛在唱着我们。
红河的道道银浪在荡着我们。
红河人,红河人,至诚至爱的红河人。
红河人,红河人,至诚至爱的红河人!

祖先的明亮双眼,
明亮双眼在望着我们。
时代的浩荡春潮,

浩荡春潮在弄着我们。

梯田的副副肩膀在扛着我们。

红河人,红河人,唯真唯实的红河人。

红河人,红河人,唯真唯实的红河人!

神州的千山万水,

千山万水在盼着我们。

火把的片片光明,

片片光明在照着我们。

未来的美好家园居住着我们。

红河人,红河人,自信自强的红河人。

红河人,红河人,自信自强的红河人!

这首《红河人》由孟庆云谱曲,歌曲的旋律充分体现了歌词的精神,豪气冲天,豪情盖天,听了确实能令人热血沸腾。

有人说:请省领导吃饭都不如请罗书记难。谁能比罗崇敏做得更彻底呢?他能做到儿女结婚不收礼,生病住院不收礼,逢年过节不收礼,生日不收礼。别人办喜酒寿酒请他,他会送上礼金,但人不到场。领导宴请他婉言谢绝,下属宴请他也婉言谢绝,别人以为他冷漠,其实是他把时间看得跟生命一样重要。他要集聚尽可能多的时间来学习和思考,不愿意将时间浪费在宴请吃喝上,更别说打牌、吹牛、唱卡拉OK了。

罗崇敏好学精思,影响了他身边的许多人,直接推动下属更勤奋地学习和思考,要学什么?要思考什么?都要心里有谱,必须未雨绸缪,不能临渴掘井。罗书记太在行了,他们害怕自己被他轻易问倒,担心自己的回答不搭调不靠谱。罗崇敏看到了特别有益的好书,会在第一时间将它们推荐给下属。他曾公开要求每个处级干部购买卡耐基的《细节决定成败》,他认为这本书极具指导价值。

有道是"近水楼台先得月,向阳花木易为春",受罗崇敏影响最大的显然是他的秘书。杨明志现任云南个旧市副市长,他担任罗崇敏的秘书长达四年,他告诉笔者一句心里话:"做罗书记的秘书,虽然感觉异常辛

苦,但很痛快,那是干事业的最单纯的快乐!"罗崇敏两次让杨明志出任别的职务,杨明志都不肯离开。他觉得跟随罗书记可以学到很多在别处交纳高额学费都学不到的宝贵的东西。笔者采访杨明志时,他动情地说:"那几年,确实是我迄今为止过得最充实的几年,也是我读书思考最勤奋的几年,完全可以这么说,有了这几年罗书记的言传身教,我绝对不会辜负自己的一生!"

平日,罗崇敏经常问秘书和工作人员一些问题,除了实际事务,也会涉及书本知识。有一次,在北京开会,他带着杨明志瞅空去参观故宫博物院,太和殿的匾额是"建极绥猷"四字,罗崇敏问杨明志这四个字是什么意思,杨明志回答不出,但他留了个心眼,回宾馆后,即上网用百度搜索引擎找到正确答案,告诉罗崇敏"建极绥猷"的意思是"天子上对皇天、下对庶民的双重神圣使命,既须承天而建立法则,又要抚民而顺应大道"。罗崇敏当即表扬杨明志的这种求知态度。杨明志是学农出身,以往对文史知识知之不多,这件事确实刺激了他,从此他经常买书来读,狠狠地恶补一番。每逢州领导开会,其他秘书看报聊天,杨秘书则捧书阅读,他说,这都是受罗书记的影响所致。

2009年6月初,罗崇敏接受《中国教育报》记者却咏梅采访。记者问他:"最近一项调查显示,六成以上干部'没有时间'读书。对此您如何看待?"罗崇敏回答道:"一个人,特别是领导干部,他既是个实践者,更应该是一个思想者。所以领导干部平时更应该注意思考和研究一些问题。我始终认为,学习、工作和生活并没有明显的界限,所以有时候我的工作就是学习,生活就是工作。……有些人见面时常问我:'这些年混得怎么样?'我听了就不舒服。也有很多人说:'唉,你太累、太辛苦了。'我听了也不舒服。我除了生病时会感到累,其他时候都不会觉得累和苦。作为领导干部,如果你总觉得自己'忙、苦、累',觉得自己没时间读书和学习,那只能说明:第一,你的能力有问题;第二,你的方法有问题;第三,你的知识结构有问题。作为领导干部,你的工作应该是快乐的工作,你的学习应该是快乐的学习。要说有时候累,当不被理解甚至被攻击谩骂的时候,确实会有一种心累的感觉,但这只是一瞬间的事情,不要太在意。"他还说:"我不认为捧着书本才叫学习、把书摆在桌子上才叫读书,我经常把原来学过、书本上看过的东西从脑子里'抽'出来进行回忆和思考,我会记住它们的核心内容。不管在什么地方,我不会刻意地写日记,写长篇大论,我就是把它记录下来,包括在卫生间,我一般都会放着书和笔,看到好的我就会记录下来,这样就形成了我平时带有日记性的积累,我喜欢边看书边和现实生活联系起来思考。"

用读书和思考涵养静气,寻求真理,再用实践去检验它们,校正它们。罗崇敏一直都是这么干的。出色的改革官员,自有其迥异常人的性情,也自有其超脱俗务的能力:他们既不会乐意充当空头理论家,也不会甘心沦为浩繁事务的奴隶,而要留下自己优秀的作品,去滋养大众的心灵。

第八章　双面绣：爱与感恩

"任何一个人的成长发展都离不开别人的支持帮助，离不开社会关心关爱，要培养爱心和感恩之心，感恩是做人的基本道德，是成事的重要动力，要知道感恩社会，感恩时代，感恩自然，报答国家，报答父母，报答一切关心培养和支持过自己的人。"

——罗崇敏　2006年

有一个现象令人百思不得其解，换位思考一番，却又恍然大悟，这个现象是：老百姓觉得罗崇敏性情温厚和蔼，罗崇敏的下属却对他心存敬畏。之所以如此，是因为罗崇敏的执政理念和履职方法直指官心民心。他爱民亲民，决不允许身边的庸官尸位素餐，浑官胡作非为，贪官鱼肉百姓。因此之故，千里马不待扬鞭自奋蹄，驽马、劣马也知所报效。

"我对大家的爱是博爱。"这话原汁原味。

我们该如何理解罗崇敏所表述的意思呢？他大力促使身边的人成材和成才，这是不是一种爱？他大力促使身边的人创造和实现自己的价值，这是不是一种爱？他大力促使身边的人为国家繁荣、社会进步、文明昌盛做出应有的贡献，这是不是一种爱？这些当然都是爱，是大爱，是博爱，它超乎寻常感情之上，不能够领会其深意的人是可悲的。

在人间众多的情愫中，罗崇敏标举母爱为至爱，因为它最无私，最彻底，最完全。

拿破仑曾说："推动摇篮的手就是推动世界的手。"罗崇敏从母亲那儿继承了勤劳、质朴，敦厚、善良等宝贵的品质，并且用它们铸就了高贵的心灵。他多次赞美母爱,主张在现实生活中将母爱延伸开来,消除血缘的自私和狭隘。孩子不仅要尊重自己的母亲,也应尊重别人的母亲;母亲不仅要爱护自己的孩子,也应爱护别人的孩子。如果全社会能做到"老吾老以及人之老,幼吾幼以及人之幼",伟大的母爱就能如影随形,给人类带来无穷的福祉。

2001年3月8日,罗崇敏在玉溪市妇联举行的三八妇女节座谈会上谈到自己的母亲,他得出一个既惊人又合理的结论:"真正阳刚的是女人。"他说:"我的母亲虽然是农村妇女,目不识丁,却是我一生中喜欢读的书。她遭受多次政治上的劫难,但从不对我讲起她的遭遇,我没有看见过我的母亲掉过一滴泪,也没有听见过她在病痛中的呻吟声,她内心的坚强,是我的父亲和我本人难以理解的。由于受儒道文化的影响,特别是受'太极'思维的影响,人们始终认为男为阳女为阴,男为乾女为坤,评价男女的基本标准是男人有阳刚之气,女人有阴柔之美。在我看来,真正阳刚的是女人。因为女人比男人更有坚韧的意志力,更有男人不可想象的忍耐特性;因为女人比男人对爱情更为坚贞,更富有爱心;因为女人为人的生产和再生产,为人类社会文明的传承,比男人付出的多,贡献得多;因为在对真理目标的追求中,女人比男人更执着;在面对恐怖和黑暗时,男性容易逃避,女人则显得更为坚贞;凡是男性中的伟大人物相貌都似母亲。"

迄今为止,罗崇敏已经几度诀别亲人。母亲朱水凤去世,令他痛心疾首,伤心欲绝。老人刚生病时,罗崇敏在澳大利亚商谈矿产资源合作的事情,江川县人民医院的张院长致电相告,罗母患急性阑尾炎,已做完切除手术,手术效果不尽如人意,已造成腹腔感染。罗崇敏回国后,赶赴江川县人民医院探视,病情似无大碍,就匆忙返回了红河。仅过几天,他去昆明开会,再次到江川人民医院探视时,发现母亲面容憔悴,精神委顿,声音微弱。心知不妙,赶紧将她转往玉溪市一家大医院,亡羊补牢,实施第二次手术,由于此前延误的时间太长,罗母体质虚弱,术后七八天,老人就溘然长逝了。"我十分后悔,没有尽到孝道。凭我的位置,完全有能力为母亲找一家好医院治病,没有想到她老人家因为一个原本普通的小病被误诊,造成我终生的悔疚。当时,由于工作太忙,我没有顾及到,也没有意识到,这世上哪有后悔药可吃啊!"罗崇敏追忆往事,依然泪光莹莹。

2007年2月28日,罗崇敏在江川县星龙苑家中奋笔疾书,为悼念母亲的纪录片撰写解说词《告别母亲》。这篇解说词情真意切,感人至深,最后一句定位极准:"她虽然不识字,但她是我们,不,是世人,永远喜欢读的一本书。"

母亲去世后三天,罗崇敏即返回红河州履职。他穿一套黑色西装,系一根黑色领带,把悲痛深深地埋藏在心中。当时,他发烧到三十九度,仍开会做了一个报告,会后一度高烧至四十一度,再也支撑不住,病倒住院,身心交瘁。罗崇敏的母亲朱水凤去世后,他的父亲罗高原提出做一块大理石墓碑,由罗丹设计,摊开如一本书的形状,上面除了镌刻朱水凤老人的生卒年月日,还镌刻着这样一句话:"我们的母亲不识字,但她是我们永远喜欢读的一本书。"

2008年底,罗崇敏接受上海东方卫视的采访,在节目中,谈到母亲对他的影响,谈到母亲不幸去世,他情不自禁,在镜头前潸然泪下。这位不识字的母亲勤劳淳朴,善良坚强,她是罗崇敏最爱读的一部大书,她以言传身教指导罗崇敏堂堂正正地做人,她真是一位了不起的母亲!

从宏观上看,一位优秀的教育家能治理一所学校,能提升一省一国的教育品质,甚至能影响几代人的成长;从微观上来看,一位优秀的教育家,首先必须要能够教育好自己的子女,否则就只能算是空头"教育家",毫无说服力。罗崇敏既是一位改革官员,也是一位教育家。他对子女的呵护和培养即透射出其教育理念的闪光点。

罗崇敏有两个孩子:女儿罗丹,儿子罗亭。罗丹五岁上小学,她成绩好,跳了一级,十岁就小学毕业。在家中,罗崇敏既是慈父,又是严父,他把民主作风和平等气氛导入家庭,对待孩子,言传身教,相辅相成。在言传方面,他主要是教他们如何积累知识,如何巩固知识,如何运用知识;在身教方面,则是教他们做人要朴素、诚实、正直、勤劳。罗丹就曾对笔者讲过这样的话:"从小到大,我看到爸爸那么好学,就会有压力,也会有动力!"罗崇敏尊重子女的人格,但他从不溺爱他们,两姐弟也确实懂事,学习之余,主动帮助母亲做些力所能及的家务。罗崇敏引导子女接触文艺,培养广泛的兴趣,画画,背唐诗,练毛笔字,学电子琴,养成良好的习惯,追求健康的生活,避免庸俗化。罗崇敏喜欢晨练,他也会把孩子叫起来去跑步,告诉他们,一个人要身体强健,最好是"晨吸大地之精气,晚沐星月之洁光"。有一次,罗丹问父亲,中学生最应该记住的一句格言是什么?罗崇敏沉吟片刻,拿起笔来,写在纸上,总共十四个字:"有关家国书常读,无益身心事莫为。"

从政之后,罗崇敏成了大忙人,再忙,他也会抽出时间,给儿女写信,教导他们求学和做人,言之谆谆,诲之不倦。有时,他给罗丹发短信,只有几个字,比如"要吃水果",关爱之情令女儿感铭于心。罗崇敏有工作上的烦恼,从不带回家,不愿让负面情绪影响家庭和谐的气场和气氛。

罗崇敏认为,世间的绝大多数爱都以"合众"为追求目标,但父母对子女的爱应该是一个例外,必须让他们尽早离开父母,塑造独立人格。父母之爱的成功体现于何处?子女成为独立自主的个体。他们离开父母双亲,能够生活得更快乐更幸福,这种独立自主越早越好。

罗亭十一岁时,学校放暑假,罗崇敏把他送到自己的出生地江川县侯家沟大渔村老宅住了十天,让他在那儿学习、劳动和生活,感受祖父母曾使用过的家具,熟悉父母亲曾生活过的环境。他对儿子说:"一个人,不管他有多大出息,都不能忘本!不能忘记自己生命的根源!"罗亭刚上初中一年级那会儿,快过年了,罗崇敏教他写春联,然后拿到街上去卖,借此锻炼他的能力,罗亭记忆犹新。

罗亭十五岁时,罗崇敏任江川县委副书记,兼政法委书记和县委党校校长,他将儿子隐姓埋名送到江川三街坡头红砖厂做小工一个月,让他亲身体验农民工的艰苦生活,后来罗亭把自己辛苦赚到的五十六元工钱全额捐献给了希望工程。

2002年2月,罗崇敏将儿子送到玉溪武警中队新兵连训练一个月。同年7月,在罗亭出国留学之前,罗崇敏还将儿子送往玉溪市公安局红塔区分局刑侦大队跟踪侦查破案一个月时间,随后又将儿子送到红塔集团实习一个月。这些安排都体现了罗崇敏非同寻常的父爱,他尽可能给儿子提供磨练的机会,磨去身上的骄、娇二气,练出好身体和过硬的心理素质。他还培养儿子的兴趣、信念、能力和毅力,使之终身受益匪浅。

罗崇敏的言传身教尽收全效,罗丹和罗亭受其影响,从小就好学、慎思、力行。罗丹毕业于云南工业大学,是为数不多的双优生,是建筑设计

方面的优秀人才,现为玉溪市建筑设计院院长。罗亭毕业于中山大学,同样学有所成。

2002年8月11日,罗亭赴美留学,入新泽西州立大学攻读硕士学位。此时,罗崇敏在云南民族学院忙于改革,难以脱身。一天前,他已经写好了一封长信托人带给儿子,将一箱书籍送给罗亭做礼物,其中有"四书""五经",他叮嘱儿子在大洋彼岸也要学习祖国的传统文化,不能数典忘祖。他的这封信不仅洋溢着舐犊之情,还凸显出大写的父爱,对儿子的教诲涉及面很宽,如何尚志冶趣,如何铸品养德,如何力学笃行,如何强身健体,如何处世为人,如何博爱兼济,如何明辨慎思,全都有十分明确的指导,可谓循循善诱。

教育的最大功用就是要使受教育者成为身心和谐、智虑周全的人,如果不是这样,仅以灌输知识为急务,则偏离了正轨,只能培养出有用的工具。罗崇敏大写的父爱即体现于此,他希望儿子拥有美德,拥有智慧,拥有健康,拥有热爱,身心能够和谐地发展。许多家长都不希望自己的孩子个性太鲜明,罗崇敏却希望自己的儿女个性鲜明突出,他说:

"有个性别人才瞧得起,没个性就注定平庸。成功者的独特之处都是个性成全的!"

2005年2月27日,罗崇敏与家人聊天,话题是男女双方都要承担起婚姻的责任,他说:"无论是从物质、精神或是道德的角度看待教育,如果没有婚姻教育就是不完整的教育。那些没有结过婚的人永远也不会接受彻底的和完全的教育。因此,我们应当把婚姻看做是一所一生的学校,无论这所学校所产生的效果是好是坏,只要接受的教育得当,它自然会有存在的价值。婚姻是幸福的,但婚姻是有后果的,对后果的责任男女双方都应承担。结婚标志着爱情的升华,真正的爱情是需要理性和意志力拼搏的,这样的爱情所产生的婚姻是幸福的,但形成婚姻后时间不长,爱情要转化为亲情,生儿育女,养老侍小,斩不断的亲缘关系蕴涵着浓浓亲情,这个时候婚姻就变成一种责任,既是家庭责任,又是社会责任。我提倡早婚,但不轻易做出婚姻的许诺;提倡婚姻男女双方情趣、性格相投,但性格的差异并不否定婚姻的幸福;我反对独身,更反对离异,因为这样的人生是不完整的。特别是有了孩子的离异是对家庭、对社会的不负责任。切记住，婚姻一旦发生便是一生无法改变的存在，哪怕你选择离异也不能否定这缘分的存在。"

2005年9月9日，在罗丹和元俊的结婚典礼上，罗崇敏喜气洋洋，他的致辞言简意赅而饱含深情：

"孩子完婚是家庭之大喜，是家庭之幸福。感谢孩子们给我们带来幸福！感谢亲人们、朋友们前来贺喜！今天深深地感到我们给予孩子的太少，孩子给我们的很多，你们健康成长，幸福生活，追求事业，给我们带来了莫大的欣慰。你们感情笃深，爱情真挚，结为夫妻，是你们的福分，也是父母的荣幸，我们深表祝贺！作为父母，没有送你们新婚大礼，但请你们相信，我们给你们的永远是爱心。今天送你们一对花瓶和一部电脑，只是希望你们平实而和谐地生活，历练和智慧人生。今天以父母的名义请来的都是亲戚而没有朋友，而且不收任何礼金、礼物，请你们能够理解，我们不是没有朋友，而是因为怕世俗的尚礼之风玷污了你们婚庆的圣洁。祝福孩子们婚姻幸福美满！感谢我的亲家们为我们培养了一个好孩子！感谢亲人们和嘉宾们对我们全家的关心！"

爱与感恩就这样水乳交融，化为琼浆玉液，令人醺醺欲醉，令人飘飘欲仙。"深于情，通于理，明于事，达于道"，这是人生境界，也是人生幸福。

2006年9月份，临近中秋节，罗崇敏去西安出差，在宾馆安顿下来，吃完晚饭，他带着秘书杨明志，拎着两盒月饼，去拜访准亲家——罗亭未来的岳父、岳母。准亲家是铁路上的普通职工，他们头一次听说罗崇敏是云南省红河州的州长，很惊讶，咋就没听罗亭讲起过呢？他们聊了一会儿天，罗崇敏听说小张（罗亭的未婚妻）的姥姥已住院治疗，就与准亲家一起去看望老人。在路上，小张的父亲开玩笑道："有句老话我还记得，'只准州官放火，不许百姓点灯'，想不到你这么有人情味！"哈哈，罗崇敏当即被这句话逗乐了，他说："州官各不相同，有放火的，自然也有不放火的。"

2007年7月6日，罗崇敏出差，住在北京中协宾馆，此时，罗亭已学成归国，在北京一家公司就职。他去看望父亲，由于近期工作上有些不顺，不免心事重重。罗崇敏满怀舐犊之情，但他对罗亭的生活情况问得不多，主要关心他的事业是否已上轨道，罗亭表示还有几头"拦路虎"有待驱

除,但愿能够尽快打开局面。罗崇敏听了罗亭的回答,稍微皱了一下眉头,但他很快就用明朗的话语开导罗亭:"你随时随地要有自我效能感,相信自己能把面临的事情做好。世上没有什么不可能,认为自己不成的人,一辈子一事无成。你要坚信:我虽然笨,但我可以做成这件事;我虽然丑,但我可以做成这件事;我虽然穷,但我可以做成这件事;我虽然身份卑微,我可以做成这件事。相信自己很牛的人,其实不一定牛,相信自己能做到的事,一般都能做到。要谦虚谨慎,但不要妄自菲薄。"听了父亲的这番开导,罗亭心中顿时豁然开朗。

以《论语心得》一书红遍全国的于丹教授见过罗亭,曾由衷地夸赞道:"我很少见过这么纯净这么有教养的男生!"这话从阅人无数的于丹教授的口中讲出,评价可不低。

2008年10月3日,罗亭与张欣在玉溪举办婚礼的前夕,罗崇敏专门找时间与儿子谈心。当天夜里,他把这次交谈整理为一则随笔:

"一面是苍茫的太空,浩瀚的大海,无垠的旷野,一面是纷繁的世界,复杂的社会,滚滚红尘,作为这天与地之间小不丁点儿的个体,人又应该怎样去坦然面对,去自在接受?认识亲情吧!珍爱亲情吧!亲情就是有血缘关系的亲人之间的最直接最原始的亲密感情。十月怀胎娘辛苦,母子牵挂心连心。亲情伴你一生,无论何时,无论何地,亲情都在背后不计代价地给你永远的支持。儿女以父母的尊贵为骄傲,父母望子成龙,望女成凤,以儿女的成就为荣。父母一生的财产,在生之时便都是尽儿女所用,而一生用过之后还不都留给了自己的子女。血浓于水的亲情给我们带来莫大的幸福。我经常讲:孩子是最大的希望,家庭是最大的幸福。这不光是对中国传统伦理的继承,还是现代社会文明的光道。"

翌日,罗崇敏在罗亭和张欣的婚礼上致辞,这是做父亲的天然权利,也是做父亲的天然幸福。他用十分愉悦的语气说:

"三年前的金秋时节,我的女儿罗丹嫁给了英俊优秀的小伙子,今天我的儿子罗亭又娶回了秀外慧中的小姑娘。因孩子们收获了理想的爱情,使我们收获了家庭的幸福,感谢孩子们。作为父母,只能送你们一对花瓶和一部电脑,你们不会感到失望吧!因为这象征着你们的生活方式和你们的智慧追求。你们和我们一样,不可能追求到完美的生活,但完全可以走过完整的富有人生价值的生活旅程。学习、工作、生活、事业都是属于你们的。爱情、亲情、友情都不能少。兴趣、感情、理性、意志力都要伴随你们。我们永远不要忘记那些为你们的爱情收获和我们的家庭幸福给予理解、支持和帮助的人们。我这里还要特别感谢我的亲家们,你们把优秀的儿子和女儿送到我们家中,这既是天赐良缘,又是孩子们的真诚结果。他们在这里也同样会得到真正的父爱和母爱,获得他们在家庭所能得到的东西,他们永远是我们的孩子。"

2009年10月的某个下午,笔者在玉溪市约见罗亭,他偕娇妻张欣前来。我们在一家僻静的饭店里共进晚餐,聊了将近两个小时。罗亭文质彬彬,身上有一股子同龄人少有的静气。随着话题的不断深入,我发现,其实罗亭的内心也有热烈奔放的一面,跟他的父亲一样,外圆内方,个性鲜明。他微笑着承认,他喜欢摇滚乐,曾经蓄过长发,在父亲眼里,他可不是什么"乖乖虎"。

"我爸早期也有家长作风,在家里,他说一不二,有时甚至很严厉。后来,我和我姐长大了,我爸也逐渐改变了态度,开始与我们交朋友,把民主空气带到家中,就算平日我们说错了话,做错了事,他也能耐心开导我们,从不板起脸孔来教训人。我想,并不是他的性格发生了变化,而是他的教育方式发生了变化。我爸既懂感情,又讲道理,这样的家长,我们当然乐意让他享受终身制!"罗亭的话很诙谐,我们都笑了。

"你能理解你爸异常强烈的事业心吗?"我问道。

"我越成熟就越能理解我爸,他对子女的苦心,对事业的热诚。对我而言,成长是一个艰难的过程。对我爸来说,成功是一个更为艰难的过程。我爸曾对我说:'把事情做好,从中找到快乐,并且影响他人。'他的言传身教,使我在成长的过程中少走了许多弯路。目前,我在事业上有一种紧迫感,我知道我爸对我抱有很高的期望,我不能辜负他。"

"罗亭很崇拜他的父亲,有时,他做一件事,在我看来,已经做得很棒了,但他会说,我爸肯定希望我能做得更好!"张欣适时地插进这句话。

"罗亭,如果只让你用一个词来形容你父亲,你会用哪个词?"我提了一个刁钻的问题。

"我会用'忠诚'。"罗亭不假思索,就作出了回答。

"你能说得更具体些吗?"

"我爸对国家忠诚,对事业忠诚,对朋友忠诚,对亲人忠诚,他的忠诚没有太多话语,但绝对付诸行动。我一直想写一部他的传记,书名就叫《忠诚》,写出他的心路历程,有一些事例肯定是不为外人所熟知的,记者和作家都写不出。在儿子眼中,父亲就是父亲,他不是英雄,不是完人,但有血有肉有感情有理智,非常真实。"

忠诚,这个词我耳熟能详,罗崇敏的忠诚早就融入了他的歌词,我们分明能听得见他的心声:

曾经梦想的激情,
开放在青春的岁月里。
曾经无私的信念,
燃烧在生命的征途里。
就让坚卓的意志,
执意追寻着你的背影。
就让远行的足迹,
无怨于你的光明。
无畏逝去啊,无畏逝去……
青春的花瓣飘落大地,
洗练忠诚的热血,
永远涌动在心里。
无畏逝去啊,无畏逝去……
奔腾的河流,
终将汇入爱的无垠,
这就是忠诚的我们,
我们这一代的你和我!

在罗崇敏看来，忠诚是人生的定海神针，失去它就会失去坚实可靠的心理基石。诱惑之多，挫折之频，考验之苦，更见忠诚之可贵。

在中国的官场现形记中有一道风景众所周知，那就是"一人得道，鸡犬升天"，或谓之"一人升天，鸡犬得道"。某些官员身居要位，则亲朋戚友个个沾光，人人欢喜。罗崇敏任红河州委书记后，居然做到了六亲不认。他外甥来要个差事干，他说："下岗工人那么多，我怎么办？"有位亲戚瞄准了红河卷烟厂开烟车的美差，对州委书记罗崇敏来说，这只是举手之劳，他却说："不方便。"有一位老板想揽工程，罗崇敏说："你去竞标，有实力还怕会输吗？"一位老友退休后弄了一家烟花爆竹厂，专程去蒙自找罗崇敏帮忙，红河州一年有那么多活动，如果州委书记打声招呼，随便给他几单生意，就能让他赚足，但罗崇敏认为这样做不妥当，他说："我们的友情是以往在工作中相互切磋建立起来的，如果用这种方式私相授受，就庸俗化了，你说对不对？"老友听话听音，就知难而退了。罗崇敏出掌云南省教育厅后，有位亲戚的孩子高考成绩不理想，离重点线差了几十分，来求他疏通，他说："我怎么好意思去说？我去说就是自己打自己的嘴巴！"

罗崇敏在江川化肥厂工作时，工资只有区区十几元钱，外甥（姐姐的儿子）马彦辉患小儿麻痹症，他就拿出五元来给他治脚。读初中时，马彦辉偷看不健康的书籍，罗崇敏及时制止了他，用一些文史哲的高品质读物去置换它们，教导外甥身残志不残，要坚信知识能够改变命运。

初中毕业后，马彦辉考上玉溪市财贸学校，因身体原因，被挡在校门之外，罗崇敏去抚慰外甥，鼓励他上完高中考大学。三年后，马彦辉考上了玉溪师专。有感于社会风气日益浑浊，罗崇敏教导外甥："有钱的人把握不好自己，就容易变坏，穷人有志气才值得尊重！"他要马彦辉多给他写信，他每信必复。有时劝外甥多学一点逻辑，使思维变得更缜密；有时以自己坚持游泳为例，要外甥加强体质锻炼；有时他会细心指出外甥的来信中有几个错别字，应该学好语文。马彦辉主修的专业是应用化学，毕业后分配到江川磷化总公司。罗崇敏要求外甥继续自学，掌握多项技能。不久，马彦辉考入云南财贸学院财会专业读本科，罗崇敏建议他报考注册会计师，难度虽大，却是一个值得奋斗的目标。

罗崇敏到红河任州委书记后，马彦辉想沾一沾舅舅的光，去红河发

展,这也是人之常情。罗崇敏却坚决不同意,他说:"你这是把我架到火上去烤,中国这么大,你偏偏要到红河来!"马彦辉受了刺激,一不做,二不休,硬是考取了注册会计师资格,在昆明开办了天宇会计事务所,创业成功。这无疑是"不愤不悱,不激不发"的典型例子。君子爱人,赠人以言;小人爱人,赠人以金。马彦辉与笔者聊起舅舅给他的帮助,充满了感激之情。"他没有给予我什么物质财富,但他给予我的精神财富,够我受用终身!他的正直、善良、勤奋、自律,很多方面都是我学习的榜样。"情动于衷而见乎词,马彦辉感激罗崇敏给他一次次拨开迷雾,指引前程,尤其是在山重水复时,使他眼前柳暗花明。

有一次,罗崇敏跟堂侄女罗婕聊天,罗婕告诉他一件趣事。有一天她乘坐出租车,递给司机二十元,结果司机找给她三十二元,误将二十元当成了五十元。"你收下了吗?"罗崇敏问道。"我当然收下了,这叫笑纳。他小学算术没学好,可怪不了我啊!"罗婕倒也不在乎多收三十元找零,她只觉得这件事很好玩。"你怎么这样子?金钱这东西,生不带来,死不带去,要那么多干什么?不义之财不可要,不劳而获不可靠啊!"罗崇敏还讲了一番"勿以小善而不为,勿以小恶而为之"的道理。

过了一段时间,罗婕坦率地说出她选择男朋友的标准,男方起码要有一套房子和一部车子,这两个硬件缺一不可。罗崇敏说:"你的这个标准有点庸俗,女孩子要有独立意识,依赖男人是不会幸福的。你就不愿意与一个有前途有能力的男孩子共同创业吗?"

"我这一千多元工资,吃饭、打的、买衣服都不够,还有什么余钱去交房贷?"

"你去租房子啊!租房不丢脸,做寄生虫才丢脸!"

为了开导罗婕,罗崇敏有时会给她发去三言两语的短信,都是警句。有一次,他发短信给罗婕,只有八个字:"一本好书,一生财富!"

罗婕回复道:"叔叔,我希望您少操一点心,多喝一点水,多关心一点自己,无忧无虑!"

罗崇敏的回复仍是谆谆教诲:"小侄,我们无忧但不能无虑,无愁但不能无为。"

由于长期在地方履职,有一些事,罗崇敏是用责任心去做的,还有一些事,他是用爱心去做的,比如修建学校,又比如修护烈士陵园。后面这件事,许多地方官都会忽略,但他从不忽略。他说:"我们要懂得感恩,烈士把热血洒尽了,把生命牺牲了,为的是保家卫国,为的是子孙后代过上幸福安定的生活。现在,我们应该继承他们的遗志,捍卫他们的精神,至于维护好他们长眠的墓地,这是我们最起码要做到的事情。"

在红河州履职时,每年罗崇敏都会抽出时间去看望州领导的家人。他三次去看望白成亮州长的父母,白州长的父亲腿脚不便,罗崇敏从泰山带回拐杖送去,这份心意令老人很感动。杨福生州长的父亲生病,他让秘书长代他去探望。杨州长的女儿考上了大学,他欣然送上礼金。最难得的是,原卫生局长和民政局长因罪蹲监了,罗崇敏仍让秘书长代表他去看望他们。这两个人既可以说是功不抵过,也可以说是过不掩功。他们一时糊涂,进了班房,罗崇敏让州委秘书长去安慰他们的家属,帮他们的子女就业,也算是仁至义尽了。有的官员在生活作风方面犯了错误,家属找到罗书记哭诉,要他主持公道,罗崇敏也会苦口婆心去安慰对方,说服她先不要离婚,家庭破碎,对自己和孩子都不好。事后,有人说:"谁讲罗书记是铁石心肠?他是包公面,豆腐心!"这种事,罗崇敏少不了要严厉批评那些出轨的官员,让他们写出书面检讨,从此严于律己。当然,有的干部对罗书记走得太近,管得太细,并不领情。罗崇敏也从不强求别人领情,他深知人情冷可以冷得彻骨,热可以热得烧心,这并不奇怪。

"领导干部要大爱,要博爱,不要狭隘。领导干部与下属要等距离交往,以免失去公正,将每位同事都视为朋友,对方是否如此不必在乎。追求共同的事业就应具备共同的价值观、纯洁的情感、游刃有余的理智和牢不可破的规约制度,不能靠小恩小惠去笼络下属,更不能靠拉帮结派去统御下属。要注重干部的能力建设,这些能力是多方面的,比如履职的思维能力、决策能力、执行能力、监督能力、控制能力、责任能力。下属有个性,有表现欲,理应包容;下属能力低下,尸位素餐,则不可容忍。"罗崇敏是这么说的,也是这么做的,他欣赏和重用能力强、素质高的干部,而且用其所长。他也撤掉了一些人的职,摘掉了一些人的乌纱帽,一支精干的队伍因此形成,生机、活力、效率和凝聚力样样不缺。罗崇敏离开红河后,他的继任者充满感激之情地对他说:"罗书记,你打造的这支干部队

伍太好用了！"

罗崇敏认为领导之间、领导与下属之间的酒宴酬酢没什么必要，但每年过中秋节，罗崇敏都会约请门卫、警卫班的战士和打扫卫生的工人在一起吃顿饭，大家心里很温暖。门卫老魏退休时，罗书记请他吃饭，老魏感动得老泪纵横，一再说："这样贴心的书记，我还是头一回遇见！"每年春节，罗崇敏还会请秘书和办公室全体干部的家属吃饭，请她们理解自己的家人为红河州的改革事业加班加点，超负荷工作，感谢她们顾全大局，默默付出的辛劳和作出的贡献。罗崇敏还给下属的孩子派发压岁钱，很有人情味。

2004年，江川一中的英语老师吴家林到蒙自买了葡萄苗，受了骗，损失五百多元。他打电话给罗崇敏，讲起这件事，罗崇敏便从工资中拿出五百多元寄过去。还有人买种子上了当，向他投诉，他也寄去三百元。至于见到生活困难的党员，一百两百地送，那就更是常事。

有的人很有同情心，很有悲悯心，愿意捐钱给穷人、苦人和残疾人，却与他们资助的对象保持距离，对亲密接触存有心理障碍。罗崇敏很有人情味，他关心别人，照顾别人，尊重别人，都是真心实意。有时，学校老师夹道欢迎他，他握手时，从不潦草应付，而是握过去，再握过来，不遗漏任何一个人。他去看望监狱里的犯人，送书给他们，与他们交谈，都很亲切，没有居高临下，没有隔膜，更没有歧视。他去特殊学校看望那些严重残疾的孩子，也全无忌讳，将他们抱在怀中，就像慈祥的祖父对待自己的孙子。这些孩子通常是非常敏感的，尽管有的听不见他的话，有的看不清他的模样，但对他的爱意具有准确的评估。他淋着雨，听孩子们唱《隐形的翅膀》，把伞打在孩子的头上。他给特殊学校题词"大爱无疆"，署名之后用的是"敬赠"。他对这些孩子顽强的生存意志和生活热情表示由衷的敬佩。

罗崇敏喜欢资助品学兼优的贫困学生，多年来，他总共资助了一百余人，多则上千元，少则上百元。有时，他下乡调研，听说哪个孩子成绩很好却因家境贫困行将辍学，就会立刻解囊相助。2005年，在红河县一中读高一的哈尼族贫困女生侬苍丽，有幸获得了罗书记资助的一千元。侬苍丽升入高三那年，红河一中新校区落成，罗书记再度见到她，当面鼓励这位优等生好好读书,并预祝她高考成功。侬苍丽被罗书记的善意和爱心深深地感动了,她发奋学习,成绩一直名列全年级前茅,果然不负罗书记的厚望,一举考上了云南大学外语系。这段美妙的经历,她曾讲给同窗好友听,她们个个都羡慕她。侬苍丽非常朴实,不善言词,在云大校园,她对笔者说:"罗书记帮助了我,我应该报答他!"

"怎么报答呢?"

"学好每门功课,做一个争气的人,做一个有出息的人,让他感到欣慰!"

侬苍丽的报答方式确实是最好的方式,也是罗书记最认可的方式。她成才了,他肯定会很欣慰。

2008年,罗崇敏从工资中拿出一万元,捐给云南教育基金会,用于帮困助学;2009年,他又把一万元讲课费捐给了云南教育基金会。2009年11月,在金融危机加深,募资日益困难的情况下,罗崇敏又出面联络企业,为云南教育基金会募资一百万元,可谓雪中送炭。

真正懂得爱的人绝对懂得感恩。2007年11月22日,西方的感恩节,这一天,罗崇敏写下了一篇精彩的随笔,情与智密合如契,其中有这样一段话:

> 我感恩自然,感恩社会,感恩时代。我是自然生物圈的存在物,我是社会的一分子,我是时代的幸运儿。哪怕是社会和时代给我的一段人生带来蹉跎,甚至带来灾难,我还是要矢志不移地感谢你们,是你们造就了我生存和发展的自然和社会环境;是你们给了我好祖辈、好父母、好岳父母、好妻子、好姐妹、好孩子、好老师、好同事、好亲朋乃至好的一切。……是自然、社会和时代给予我激情、理智、意志力和幸福。我正是以这样的感恩心理来对待现实中的一切,所以我能挑战也能向往心中的未来。

在世间,只有极少数动物懂得感恩,义犬和爱骑救主是人们最熟悉的故事。在日本,义犬八公的故事可谓家喻户晓。八公的主人是一位文学教授,它每天准时送他上班,准时接他下班,风雨无阻,冰雪不休,那个车

站口成为了八公与主人道别或重逢的奇幻门闸。有一天，教授在学校突发心脏病，溘然弃世了。傍晚时分，毫不知情的八公仍在车站门口痴痴地等待主人，这一等就是从未间断的二十年。义犬八公的事迹见诸报端，许多人都为它的执着所感动，送来食物给它，使它免于饥饿。八公死去后，人们给这只义犬塑造了一座铜像，至今仍矗立在那个车站门口。知恩图报的动物，除了义犬，还有慈乌。乌鸦长期被中国人视为不祥之鸟，但它自有非同凡响之处。据《本草纲目·禽部》所载："慈乌：此鸟初生，母哺六十日，长则反哺六十日。"雏鸟长大了，会给母亲喂食等长的时间，"反哺之恩"的成语就落实在乌鸦身上。

　　人类毕竟是地球上具有最高智慧的生物，感恩面之宽广，其他动物根本无法想象，无法比拟。在罗崇敏开列的感恩清单上，亲人、朋友、同事……均在其列，还涵盖了自然、社会、时代等诸多对象。罗崇敏拥有如此深厚博大的爱，内心充满感恩。他面对未来时，信念就如同磐石一般坚定不移。

　　诚然，拥有真情大爱的人从来就不是单兵作战，从来就不是孤军深入。

下　卷：真　履

"真且实,行能正履;履而泰,践而行之。"

——云南省教育厅真履广场铭文

引　言

　　云南省教育厅大楼前有一座花园广场——"真履广场",广场上既有人文景观,又有生态景观。"以人为本,改善环境,增强形象,提高品味",这十六个字纤毫不差地体现出建造者的初衷,其目的是要塑造以"真履"为价值核心的景观文化内蕴,弘扬"真履"精神,标举"真且实,行能正履;履而泰,践而行之"的教育理念。光大"教真育爱"的教育思想,"教真理、学真理,敬畏真理、捍卫真理,学真知、做真人、行真事,培育爱心,爱自己、爱他人、爱家庭、爱团体、爱国家、爱民族、爱人类、爱社会"。景观设计博取文脉相续、上善若水、书声琅琅的意趣,以朱熹《观书有感》的诗意为设计文眼,观照"真履"的美好境界。崇尚"教真育爱"的教育根本价值。

　　"真履"是"真且实,行能正履;履而泰,践而行之"的理念核心。"真且实,行能正履;履而泰,践而行之",是对"真履"理念的具体阐释。"真履"行的是"大道",是君子为人、为学、为事的"正道"。

　　"真",正也。"真"和"正"有两个意思:一者,是指追求真理。追求真理是教育工作者的天职,教育工作者尤其是教育行政管理者,要能以追求真理的气概、气度和风范引领广大学人、学子服从追求真理的天职。二者,是指为人要能"傲然自足,抱朴含真"(晋·陶潜《劝农》)。抱,即保;朴,即朴素;真,即纯真、自然。道家主张人应保持并蕴含朴素、纯真的自然天性,不要沾染虚伪、狡诈而玷污、损伤人的天性。

　　"履",鞋也,喻行也,礼也。引申为"效法"之意。《诗经·小雅》云:"高山仰止,景行行止。"汉代大儒郑玄注:"古人有高德者则慕仰之,有明行者则而行之。"朱熹注:"仰,瞻望也。景行,大道也。高山则可仰,景行则可行。"用在这里,意思是杰出的教育行政管理工作者的品德应该如高山一样崇高,才会有人敬仰;其行为正大光明,走在正道上,才会有人效法。

"真且实",乃"既真且实"之意。佛家所言:"真者,所说一如,即不异之意。实者,所说非虚,即不诳之意。真谓真如,实谓实相。"清代方东树《昭昧詹言》云:"情融乎内而深且长,景耀于外而真且实。"说得具体点,就是言行一致,不欺世盗名。言要真,意要切,行要果。

"行能正履",履正,才能行正,正人必先正己。即要走正道,不能走歪门邪道,做事不能侥幸而为的意思。沈德潜《古诗源》云:"行必履正,无怀侥幸。"

"履而泰",即君子立于天地之间,虚怀若谷,通脱大气,喻有大丈夫之志,大丈夫之德。"泰"意为高大、通脱、安宁。"大而稳,稳而安"。泰山之名因此而得,后有"稳如泰山"、"国泰民安"、"泰山鸿毛"之说。《周易·序卦传》云:"物畜然后有礼,故受之以履。履而泰,然后安,故受之以泰。泰者通也。"

"践而行之",践、履、行,作为行动、行为,即是身体力行(实践)之意。"践而行之",是谓不能空谈理论,不但要能行动,而且要有担当,要敢于任事。《白虎通义·礼乐篇》云:"礼之为言履也,可履践而行。"《礼记·乐记》云:"礼者天地之序也。"根据孔子的理论,"礼"(履),重要的不是一种理论层面的涵义,而是一种行动层面上的涵义。只有行动,只有实践,才能建立秩序,铸就文明。

真履广场的设计理念源自罗崇敏的灵感,整个文案由他亲笔撰成。这篇铭文将他的教育理念和盘托出,阐发得淋漓尽致。

真履广场的景观设计讲究和谐的烘托,以小菜园立交桥弧线为空间区划,将城市道路绿化带与"真履"广场花园景观有机结合,从无景处生景,创造出一个由云南特有的本土名贵乔木、灌木、藤蔓、草叶组成的立体空间,自然精华与人文意趣交相辉映。

水景的设计取自朱熹七言诗《观书有感》的意境,把"真履"理念引向

一种普世人文价值和教育理想。水寓意为知识的源泉,从书卷般的坡度(书山)上朝着教育厅大楼门口潺潺流来,流入方塘,生机益然。朱熹《观书有感》云:"半亩方塘一鉴开,天光云影共徘徊。问渠那得清如许,为有源头活水来。"其诗意喻指风水行运、鉴开万象、天光云影、澄澈泱泱、幻化无穷、源远流长之兆。这座并不宽阔的广场之所以能形成如此耐人寻味的深层景致,是因为有"真履"的活水环流于斯,有教育的理想会通于斯。

在云南教育厅的真履广场上且行且观,且思且感,你会生出强烈的好奇心:罗崇敏如何将"真履"和"教真育爱"的思想理念付诸实践?成效会是多大?功德能有几何?

第一章　打造"三明治"机关

　　"所谓明智,就是要使机关履职人员明白自己的权力是人民赋予的,要明白自己肩负的职责和履行的职能的神圣性,全面加强职能建设,全面履行职责任务。所谓明快,就是必须在阳光下运行权力,快节奏推进工作,努力提高工作效率。所谓明净,就是清正廉明,勤政为民。所谓人文之治,就是坚持以人为本,实现好、发展好、保护好人民大众的根本利益,努力提高包括机关人员在内的全体人员的思想品德素质、文化科技素质和法律素质,促进人的全面发展。"

——罗崇敏　2008年

　　教育能使人开启心智,推进文明,接近完善,走向成功,对于这一点,罗崇敏体会极深。因此无论他在何处履职,都会强调指出:"倘若经济富了,教育穷了,虽富亦穷;反之,虽穷亦富。"他与教育结下的是不解之缘,更形象一点说,是金玉良缘。

　　2004年8月份,云南省委领导找罗崇敏谈话,问他愿不愿意出任云南高校工委书记和教育厅厅长。当时,罗崇敏担任红河哈尼族彝族自治州州委书记、蒙自军分区第一政委,各项改革措施正在紧锣密鼓的酝酿之中,他请求上级组织同意他在红河再干两年。

　　2006年,上级组织将罗崇敏当作云南省委常委的人选考察,由于不易明了的内情,罗崇敏与这次提拔机会擦肩而过,结果流言满天飞。罗崇敏深信"谣言止于智者",他既不打探消息,也不寻究原因,更不管别人是理解还是误解,他依然我行我素,继续做一个有争议的大人,继续做一些

有争议的大事。

2007年12月份,云南省委主要领导专门找罗崇敏谈话,问他:"崇敏同志,你是想在下面干,还是回昆明?你想在什么部门履职?"罗崇敏明确表态:"我服从组织安排。在一个地方履职一到三年会有职业激情,到第四个年头,职业激情就会下降。国外任职都是四年一届,这符合边际效应的原理。中国的老话也说:'树挪死,人挪活。'我在红河州已干了五年。"这位领导沉吟少顷,然后说:"有一个部门,教育厅,最适合你。你懂教育,也喜欢教育,到教育厅任职,算是人宜其位,位宜其人,你肯定会迸发出新的职业激情。"这位领导很清楚罗崇敏对教育事业的感情浓得化不开。他曾经做过江川一中的代课教师,早年任江川县副县长分管过教育,几年前担任过云南民族学院党委书记,在红河履职期间实施过1650工程,一路走来,教育始终没有淡出他的视野。若让罗崇敏出任中共云南省高校工委书记、教育厅党委书记、厅长,可算是把好钢用在了刀刃上。在罗崇敏看来,到何处履职是偶然的,但要推进事业则是必然的,用偶然的选择推进必然的发展,这正是他的专长和特长。

教育厅办公室主任李炳泽至今仍对罗崇敏到教育厅上任的那一天那一幕记忆犹新。当时他是教育厅办公室副主任。他讲起两年多前的往事,仿佛就发生在昨天:

罗崇敏到教育厅来上任,由省委组织部一位副部长到教育厅宣布。那天,很奇怪,罗书记居然是坐出租车来的。他穿一件灰布夹克,神情轻松。仪式简单得出奇,那位省委组织部副部长向教育厅中层以上干部介绍罗崇敏:此前,他是红河州委书记,是一位有魄力有能力的改革人物。大家听了这番介绍,面面相觑。有人心里直打鼓:这回可是外行来领导内行了,等着看一场好戏吧。那天,罗崇敏讲话不多,只字未谈他的思路和愿景。会后,更有意思,办公室陈主任将午饭安排在干部培训大厦,那位省委组织部副部长另有要事,已经先走了,只有陈主任、李炳泽副主任、罗崇敏的秘书刘昊、司机唐师傅五人就餐。吃饭时,出于礼貌,陈主任和李炳泽绞尽脑汁,找些寒暄的话题,刘昊和唐师傅埋头吃饭,罗崇敏不喝酒,吃饭时安安静静,不怎么答腔。一刻钟后,罗崇敏把筷子一搁,说声"吃完了",起身就走。陈主任和李炳泽愣在当场,大眼瞪小眼,十分尴尬。

他们头一遭领教了罗厅长的"快",快到他们都没吃饱饭,快到他们都没说完话。当然,这也传达了一个极为明确的信息:新领导异常干练,做事风风火火,毫不拖沓,绝不迁就。

罗崇敏是复合型、立体型的干部,初到一个新单位,他肯定持守宏观与微观之间的中观。他临事而惧,这倒并不是说他会怯场,他怎么会怯场呢?要知道,在"临事而惧"的后面是"好谋而成",多算多胜,少算少赢,罗崇敏绝对不会打无准备之仗。他的个性和胆识决定了一点:改革,唯有精心准备的改革,才能唤起他异常强烈的职业激情。

罗崇敏到云南省教育厅上任三天,阅读了三本书,一本是湖南师范大学老校长张楚廷著的《教育哲学》,一本是原国务院副总理李岚清著的《教育访谈》,一本是《世界大教育家》。他还浏览了十九本杂志,其中八本是《人民教育》,另外十一本是《云南教育》、《上海教育》等。看了这些书籍和刊物,罗崇敏感到很不满足,便打电话给云南教育科学研究院常锡光院长。常院长一听罗厅长要借书,而且要借一些介绍现代教育理念和方法的书,立刻应承下来。

2008年初,常锡光院长敲开云南教育科学研究院副院长李慧勤的办公室。他开门见山,提出借书的要求,一借就是四十多本,全是有关现代教育理论方面的著作。李慧勤打趣道:"常院长,莫非你心血来潮,还想报考博士研究生?"

"我让你猜,只怕你想破脑袋也猜不出,这些书我是替谁借的?"常院长笑道。

"谁会找你借这些理论书?它们可不是什么香饽饽。"李慧勤果真猜不出。

"你看,我说得没错吧?这些书是我为罗厅长借的,他说要认真看看这方面的专著,为今后的工作打好底子。"

"真想不到,罗厅长这么爱看书,都说他是改革家。"李慧勤边找书边说。

"别对改革家抱有成见,他到了教育部门,不见得就是蛮牛闯进瓷器店。我告诉你吧,罗厅长自己写了十多本书,一个人能写这么多专著,肯定是爱学习爱思考的。"常锡光院长也乐了。

说话间,书找齐了,两人往厅长办公室里搬。李慧勤院长进到里间一看,罗厅长的藏书可真不少啊!"这是一个有学问的读书人",她心里立刻产生了这样的印象。

　　阅读,思考,新的观念与罗崇敏固有的对教育的认识和理解一起沉淀,发酵,无论是从"道"的层面,从"理"的层面,还是从"术"的层面,他都有所涉及,他的思路变得越来越清晰,也越来越坚确。他把自己的工作方向定为:"大力发展云南现代教育,'以人为本',以价值教育为灵魂,以能力教育为核心,以制度教育为保障,以教育公平为基础,适应当代社会的需要,引领云南教育实现跨越式的发展。"

　　教育厅的改变开始从一些细微之处体现出来,比如,各类文稿更为精短了,每次开会的会场都有一个立式话筒。"我要站着讲话",这是罗崇敏对办公室提出的新要求。罗崇敏很注重机关干部的仪表,不准邋邋遢遢,不许不修边幅。他要求厅机关工作人员时刻保持良好的个体形象,进而维护和提升教育厅的整体形象。

　　云南省教育厅办公楼始建于1996年,迄至罗崇敏履职时,不少设施老化破损。罗崇敏上任后,做的第一件事就是装修办公楼。有一天,他把办公室主管后勤的李炳泽副主任叫来,问了他一个看似简单却并不简单的问题:"你统计过没有,我们教育厅办公楼总共有多少种门?"

　　李炳泽满脸涨红,愣在当场,拿不出准确答案,因为他从来没有认真观察过,更没有仔细统计过。罗崇敏见他的神色有点窘迫,就改用舒缓的语气说:

　　"有个成语叫五花八门,你说奇怪不奇怪,云南教育厅还不止八种门,总共有十八种门,真是令人叹为观止! 这样吧,你把它们全部统一为相同的颜色和材质,教育厅只需要一种门。楼下大堂里面黑蒙蒙的,要尽量弄得亮堂些,公众服务部门不是衙门,要有服务意识,别弄得那么压抑。我的办公室保持原状就行,不要弄什么花样。中国人讲'民以食为天'讲了两千多年,历来只重视'进口',不重视'出口',教育厅的卫生间还不如红河州的乡镇厕所!"

　　罗崇敏交代一番,末了,他说:"过几天,我就要去北京开全国人代会,半个多月时间,在此期间装修必须完工。"

既然是整体装修,粉刷墙壁,改造厕所,自然是题中应有之义。办公室大兴土木,难免噪音聒耳,漆味刺鼻,云南教育厅有人腹诽,也有人抱怨:"搞什么搞,搞得到处乱七八糟!"李炳泽任劳任怨,但他心里对罗厅长那句"教育厅的卫生间还不如红河州的乡镇厕所"不服气,他邀上陈主任跑了一趟蒙自,参观了红河行政中心,他彻底服气了。回昆明后,他决心攒足劲好好干。

办公楼装修完毕之后,内部空间焕然一新,显得质朴素雅,罗厅长却感觉美中不足。有一天,他问李炳泽:"厕所里面怎么没有放置洗手液和卫生纸呢?"

"我担心有人会顺手牵羊。"李炳泽如实相告。

"在教育厅工作的人和到教育厅来办事的人,素质都不低,谁会好意思贪这个小便宜?你要相信大家,别低估了他们,更不要从门缝里瞧扁了他们。"罗厅长摇了摇头,不以为然。

日后,果然未出罗厅长所料,根本没人捎走洗手液和卫生纸。

教育厅大门外的广场本就不大,以往停满了车,显得拥挤嘈杂。保安如同金刚堵在门口,来办事的人一律要登记。因为是安全防范单位,这样做只是遵循惯例,似乎无可厚非。罗崇敏却下令取消门卫,取消专用车位,取消登记,设立首问服务台,广场上不许停车。

取消门卫和登记一项,令办公室感到很紧张,大楼里的东西丢了怎么办?莲花派出所也认为这样做将造成安全隐患,下发通知书限期整改。办公室副主任李炳泽念及此事,心怀疑虑,就像十五只吊桶打水七上八下。罗厅长当然清楚他的想法,他问了李炳泽一个极其简单的问题:

"真要是小偷进了门,用个假身份证办登记,事后你能够抓获他吗?用逆反思维想一想,你就会明白,这种安全防线简直形同虚设,却妨碍了许多来办正事的人,不仅降低了他们的工作效率,还影响了他们的心情。这笔账算下来,我们设置这道纸糊的'马其诺防线'就是弊大于利了。"

经罗厅长这么一开导,李炳泽茅塞顿开。云南省教育厅撤去门卫之后,从来没有闹过贼,也没有别的什么案件发生,莲花派出所也就睁一只眼闭一只眼了,那张限期整改通知书也就不知所终了。

原云南师范大学金融财政学院院长曹骑豹教授感叹道:"以前到教

育厅办事,又要出示证件,又要打电话叫人下来接,就像被'双规'一样！"后来,罗厅长主动打电话约见曹骐豹,令后者大吃一惊,太阳真的从西边出来了！这一回去教育厅,畅通无阻,连罗厅长的办公室也敞开门来欢迎他,经过先后对比,这感受太强烈了。曹骐豹教授慨叹道:"百闻不如一见,罗厅长的人品、学识和风度,一下子就征服了我！"

后来,曹教授弄清楚了,只要罗厅长在办公室,门就始终是敞开的。他反对关起门来拒人于千里之外。有一次,一位老太太为"文革"时期老伴(一位五代相传的中医)蒙冤而死和三十根金条被没收,找到罗崇敏。这种陈年旧账都不知应该从何算起了,何况这也不是教育厅能够解决的问题,但罗崇敏自始至终没有表现出丝毫的不耐烦情绪,他听她倾诉,然后尝试着为她找到可以受理此事的部门,尽管做的是无用功,最终还是爱莫能助,他的这种态度还是令对方十分感动。还有一次,昆明一中的一名高中学生拿着一本罗崇敏写的《天鉴》来与罗崇敏理论,对其中一段话不认同,罗崇敏为这个不成其为谈话对手的"对手"解释了将近一个小时,直到那名高中生领会真义、心服口服为止。

2008年3月初,罗崇敏到北京参加全国人民代表大会,这回他带去一个完整的工作班子,由云南省教育厅副厅长郝立新和厅办公室、师范处、科技处、招考办负责人组成,利用人代会的间隙,拜会了中国人民大学校长纪宝成、清华大学党委书记陈希、北京大学校长许智宏和北京师范大学校长钟秉林。他们的目标相当明确:联络感情,学习经验,共商大计,进一步拓展云南高校与首都高校间合作、交流的思路和途径,在加大教师培养培训、教育科研、招生工作等方面的合作达成共识。西南联大的光荣历史早已证明,云南与北大、清华是血脉相连和情深意重的,因此之故,罗崇敏走进燕园和清华园,与许智宏校长、陈希书记握手时,双方都有一种特别的亲切感。他们畅谈中国高等教育的发展。云南的高等教育虽然落后,但其巨大的上升空间是有目共睹的,事在人为,罗崇敏有决心也有信心使云南的教育事业迎头赶上。

他向首都高校的这几位负责人提出了三点建议:一是希望首都高校进一步加大对云南教育人才培养的力度,为云南培养更多高素质的教师;二是希望首都高校用先进的教育理念和科研成果帮助云南深化教育改革,提高教学质量;三是希望首都高校在招生工作中多向云南倾斜。他说,云南近几年基础教育和高中阶段教育质量提高很快,高考高分学生很多,生源质量较高,希望首都高校尽可能地多招收云南考生。这一趟首都行,云南教育厅真正地走出去了,在很大程度上让首都一流的大学留意到了云南这个边陲省份的教育发展。这既是感情投资,也是罗崇敏开始教育改革前最好的热身。

2008年5月17日,罗崇敏在云南省教育厅干部职工大会上提出要建设"明智、明快、明净和人文之治的行政部门",被大家简称为"三明治"。他解释道:"所谓明智,就是要使机关履职人员明白自己的权力是人民赋予的,要明白自己肩负的职责和履行的职能的神圣性,全面加强职能建设,全面履行职责任务。所谓明快,就是必须在阳光下运行权力,快节奏推进工作,努力提高工作效率。所谓明净,就是清正廉明,勤政为民。所谓人文之治,就是坚持以人为本,实现好、发展好、保护好人民大众的根本利益,努力提高包括机关人员在内的全体人员的思想品德素质、文化科技素质和法律素质,促进人的全面发展。"

任何改革都必须以解放思想为嚆矢。"到哪里解放思想?就是要在思想中解放思想,在行动中解放思想,在结果中解放思想。"身为云南人,罗崇敏指出,大家要自觉破除"坝子地域文化"的束缚。"坝子地域文化遮挡了我们的视野,许多新观念自然受阻,影响我们培养开阔的胸襟;四季如春的气候文化很容易使我们产生生活和事业上的惰性等,影响我们培养激情和情趣;多民族传统的小区域文化容易导致我们坐井观天,夜郎自大。"罗崇敏认为,省教育厅的干部要解放思想,首先就要放下坝子地域文化、四季如春气候文化、多民族传统小文化的观念包袱,消除自我封闭、视野狭窄等小富即满的缺陷,用先进的思想文化观念来武装头脑,引领发展。

罗崇敏不怕阻力,不惧非难,全身心投入教育厅的机构改革。他决心完善三个基本建设——基本职责、基本规则、基本能力建设。他要提升教育厅干部的执行能力、创新能力和发展能力;他要打造一支知识型、能力型、创新型、和谐型、廉政型的精干团队;他要实行依法管理、民主管理、创新管理、科学管理。总之,别人用十年二十年也未必能干成的计划,他

要用五年干成。

人事制度的改革可谓牵一发动全身，有些规定是刚性的，就更加"伤"人。

2008年6月，忽然有媒体曝光，省教育厅大中专毕业生就业服务指导中心有个别人利用上班时间在电脑上聊闲天、玩游戏，还有人织毛衣。

罗崇敏闻讯立即召开党组会议，启动问责程序。尽管这几个当事人不是教育厅正式职工，而是挂靠单位的聘用人员，但挂靠管理也属责任范畴，厅党组仍然作出问责处理：要求四名当事人作深刻检查并予以辞退；对"中心"负责人进行诫勉谈话，并将其停职一个月；要求"中心"必须认真吸取教训，限期整改。不仅如此，厅党组还要求教育厅的所有部门和所属单位都引以为戒，进一步加强管理，完善工作制度，改进工作作风。

罗崇敏要求教育厅各职能部门加强制度建设，严格实施"首问责任"、"限时办结"、"服务承诺"和"行政负责人问责"四项制度。全年共启动问责程序三次，问责七人。

在罗崇敏看来，要管理出效率，机制出效率，服务出效率，关键还是在人。只有进一步激发干部、职工的服务意识和进取精神，才能促其提高认识，改进作风，把厅机关建设成为教育系统的龙头和表率，成为高效运转的强劲推进器，开创现代教育事业的新局面。

诚然，兴利除弊，唯有改革。而改革事在人为，人是第一生产力。

省高校工委、省教育厅报请云南省委、省政府批准，将所属八十六个处级干部岗位和盘托出，让全体干部竞争上岗。即便是原来担任处级领导职务的干部，也要退回起跑线，与无职无位的同事一起"竞岗"。其中，正处级岗位四十个，副处级岗位四十六个。如此力度与广度，或许在其他企事业单位并不鲜见，但云南省教育厅从未做过，云南省直机关从未做过。凡是年满五十五岁的处长即不再担任实职（改任正处级调研员），凡是年满四十五岁的干部就不再参加新任处级干部竞聘。罗厅长定这个年龄杠杠，绝对不是纯主观为之，而是摸清了情况之后的一刀切和切一刀。老处长人数多，他们的思想观念相对固化，有的是混日子，有的是熬资格，活力和进取心相对欠缺，事业心强的年轻人却不在其位，难谋其事，完全可以脱颖而出的人才就像好钢没有用在刀刃上。改革就是重新洗牌,势必触及到最敏感的利益分配和权力调整,他们有抵触情绪,联名写信到省委去反映,这是可以理解的。有的老干部想不通,发信息到罗崇敏的手机上提出一些要求,还有人写信表明他们的意见,这很正常。甚至有人出言很冲,为什么要我们退你不退?你的年龄比我们还大,罗崇敏也不着恼。为了安慰人心,不伤害任何一位干部,罗崇敏亲自出面,找这些老处长谈话,与之推心置腹,坦诚沟通,关心他们的具体需要,请大家充分理解教育厅的改革。最终,思想工作做到位了,十个老处长全下,厅里给他们每人定做一套崭新的西装。罗厅长在不少场合一再称赞他们的高风亮节,并且充分发挥他们的余热,请他们担任教育督导,参加一些重要的活动。大家的精神状态都很好,再也没人愁眉苦脸,唉声叹气了。这批老同志适应新角色之后,现在都很好地发挥出各自的光和热。

云南省教育厅的这次人事改革十分透明,八十六个处级职位全部拿出来竞聘,资格审查、群众推荐、竞职演讲、民主测评、组织讨论、任命上岗环环相扣,从头至尾都公示。由于程序规范,公开、公平、公正的原则严丝合缝,整个过程也就安定平稳。此外,机关党委直选,两个副书记全由党员选举产生。这种事,罗崇敏是"吃螃蟹",放在全国范围内也是破天荒头一遭。云南省教育厅处级干部竞争上岗之后,他们的目标、方向清晰明确,工作强度加大,节奏加快,工作效率提高,凝聚力、战斗力呈几何增长。大家感觉有了奔头,心情格外舒畅。罗崇敏认为,凡是涉及到人的事情都要以人为本,这不是喊一句口号就够,而是要落到实处才行。

2008年11月6日,罗崇敏在教育厅机关干部竞任履职大会上讲话:"我们领导干部在履行职责中,要有广度、深度、高度、力度和维度。广度,就是要胸怀宽广,博学广识,凝聚大家的智慧和力量展开事业;深度,就是要深明正义,深邃思维,不断探索新的工作思路;高度,就是要高屋建瓴,临近致远,高标准履行各项职责;力度,就是要求真务实,奋力工作,努力开创新局面;维度,就是要自省自励,自爱自重,维护为政履职的尊严。有了这'五度',我们在履职过程中才会有忠诚感、责任心、进取志、履职术、清廉象。"

2008年11月中旬,云南教育厅新班子首次集体出动,飞往腾冲,到保山和怒江去调研。罗崇敏在机场左等右等,迟迟不见其他成员到达,办公

室主任李炳泽打来电话,说是路上堵车了。昆明机场可能是全国省会城市中距离市中心最近的一座机场,从教育厅出发,顺利的话,只有二十多分钟车程。偏偏这天不顺利,路上倾倒一部吊车,挡住去路,结果造成全线堵塞,教育厅的大巴进退两难。罗崇敏出发较早,因此一路顺利,先期抵达了机场。对于这次集体误机,罗崇敏很生气,他说:"新班子应该是新气象,这像什么名堂,不是落下笑柄吗?"他认为办公室应该安排大家早点动身,把困难设想得更充分一些。将近一天的时间,罗厅长脸上都没有一丝笑意,大家满心歉疚,也不知该如何让罗厅长解颐。

以往,教育厅是关门办公,层层设卡,工作效率低,内耗严重。权力不是往下放,而是往上收,问题不是解决而是积累和膨胀。罗厅长来了,开门办公,任何人都可以自由出入。"简政放权,加强服务"是新的八字方针。他多次提醒教育厅的干部职工:大家要强化服务意识,克服衙门作风。在官场上,打"太极拳"的人多,看风使舵的人多,罗崇敏却从不回避矛盾,从不虚与委蛇。他总是以身作则,必要时,他会带领教育厅各职能部门的主管走出机关,去一些直属单位现场办公,将所有的中间环节全部省略掉,达成最高效率。这种走访式的办公确实令人耳目一新。

一天上午,昆明市茶花宾馆的大会议室座无虚席。在察看了市属五所大、中、小学和幼儿园之后,罗崇敏开始与市里的干部、教师进行座谈并现场办公。市里有关领导提出了急欲解决的七个问题,当随行的教育厅相关部门负责人一一在需要批复的文件上签上字、盖上章时,会场立即爆发出热烈的掌声。这些涉及政策与投入支持、管理权限下放与取消的问题,若依老例,还需要长短不同的讨论、审定时间,现今却是一朝提出,当场解决。罗厅长又快又好的"服务"个性,让在场各级教育部门干部大开眼界的同时,也使他们反躬自省。

2010年3月1日,罗崇敏参加云南省教育厅调研服务座谈会,并与云南省委常委、昆明市委书记仇和,昆明市市长张祖林,昆明市委副书记杨远翔等进行座谈。座谈会上,云南省教育厅进行了现场服务,由和福生副厅长答复了昆明市提请解决的九个问题,并在文件上现场盖章,当场批复。

原先,云南省教育厅的处长个个牛气冲天,现在普遍有了危机感。一位副厅长公开承认："现在连罗厅长的步子我都快跟不上了,我一步一级台阶,他一步两级台阶!"处长们的说法则更诙谐："火车头太快了!要知道,罗厅长是动车组的火车头啊!我们这些普通车厢跟着提速,都快散架了!"罗崇敏遥遥领先,虽然大家跟不上他的思路,但都想跟上他的步点。改革之后,厅里的中青年干部"工作就跟打仗一样",原先那些浑浑噩噩混日子、做事不知怎么做(无知)、做不好(无能)、受体制所扼(无奈)的人都像是换了心换了脑,没能力的突然有能力了,没办法的突然有办法了。一位教育厅的干部深有感触地说:"在教育厅,我们已告别了'走',迎来了'跑',就是到隔壁拿文件都要一溜小跑。"正是罗厅长的一系列改革激活了他们。作为领导,罗崇敏不是通常意义上的"主动适应",不是用自己的思想去覆盖和遮蔽其他人的思想,他能集思广益,将员工的智慧炼成丹丸,把不可能变成可能,把理想变成现实。

物理告诉我们:速度产生力量,速度越快,产生的力量越大。罗崇敏曾对采访他的《南方周末》记者说:"能够走快一点,何不走快一点呢,犯得着慢下来吗?慢就会失去很多机遇,把远和快对立起来是错误的,把速度和质量对立起来也是错误的, 作为一个理性的领导者应该在大和好、速度和质量、远和快之间,找到一个有机的结合点。"

2009年9月,罗崇敏带领省教育厅各处室的领导去电信部门访问,抱着学习的态度去,要学就学别人最先进的东西。电信部门的办公自动化系统给罗崇敏留下了极其深刻的印象,这种无纸办公不仅速度快,效率高,能够下活整盘棋,而且节约人力物力。罗崇敏接受新生事物的速度奇快,他当场就拿定了主意,这套办公自动化系统教育部门要全线装配,而且宜早不宜迟。他问办公室主任李炳泽:"在教育厅装配这个办公系统,你有没有信心去推进?"李炳泽说:"如果厅长肯在电脑上签名,我就能完成推进工作。"罗崇敏说:"这有什么难的,我签!"一个月后,罗崇敏记挂着这件事,他问李炳泽:"无纸办公弄好了吗?你怎么还没拿文件来让我在电脑上签?"系统开通了,罗厅长签了名,大家也觉得很便利。所有发文一分钟搞定,并且对文件的去向和反馈一清二楚。

云南教育网站的点击率,是全省所有网站中点击率最高的,建设专网, 不仅有利于政务公开和教育资源整合,而且有利于内部事务的保

密——可以做到点到点,减少中间环节的信息流失,增加共享,使山区学校也能看到。一旦完成,则是全国第一。

2010年4月30日上午,云南省召开视频会议,研究部署教育信息化工作。在这次会议中,罗崇敏说:"我们将用三到五年的时间,计划投入十亿元,建成技术先进、标准统一、互通互联、资源丰富、高效运行、广泛运用、较为完善的教育信息化体系和科学合理的发展保障机制。"他强调,在教育信息化建设过程中,要全面加强"四体系"和"五机制"建设。

"四体系"建设是什么?一是要建设较为完善的教育信息化基础设施体系,使所有的高等学校和教育局以及百分之七十的中等学校内部建成局域网(校园网),外部实现光纤联网;百分之百的城区中小学校实现对外宽带互联,内部计算机互连;百分之百的乡镇中心学校和农村初中以及百分之八十的村完小实现外部宽带联网。二是要建设较为完善的网络平台和管理体系,要加快电子政务与办公自动化、学籍管理、校舍管理、教育科研、招生考试、远程教育等应用系统和管理平台建设,还要建设完善省、州市、县市区和学校四级教育资源中心和教育资源库群。三是要建设教育信息化人才支持服务体系,到2012年底,使中等学校和高等学校的所有教师参加不少于三十课时的教育技术能力培训,使百分之百中小学教师接受不低于五十学时的教育技术应用能力培训。四是要建设教育信息化应用体系,到2012年使全省百分之百的初中生和百分之五十的小学生都能接受信息技术教育,提高信息技术教育的质量和效率。

"五机制"建设是什么?一是要建立教育信息化的管理保障机制,由一把手亲自抓教育信息化工作。二是要建立教育信息化投入保障机制,采取财政投入,运营商支持,企业赞助,社会参与,学校自筹等多种途径和方法,筹措资金,保障投入。三是要建立教育信息化政策保障机制,保证教育信息化依法、依规地健康发展和应用。四是要建立教育信息化技术保障机制,确保信息化设施的正常运行。五是要建立教育信息化科研保障机制,以适应其快速变化和发展。

云南省教育厅对教育信息化工作高度重视,有全面的考虑和规划设计,这项工作具有前瞻性。在这次会议上,重中之重的是云南省教育厅分别与中国电信云南分公司、中国移动云南公司签署了推进教育信息化的战略合作协议。

罗崇敏特别重视话语系统的重建,他曾对记者说:"我注重话语的质量与权力。我们现在的状况是普遍不注重话语质量,文章很多,但传达的新信息很少。我们必须理性地建造自己的话语系统,客观公平地提供信息和思考。"通过信息化的快捷途径打通传输障碍和壁垒,这是推进现代教育事业的先进手段,罗崇敏将这一块盯得很紧。以前归以前,现在归现在,云南绝对不会再落后于兄弟省份。从这件事也不难看出,罗崇敏的决策不是从一到二,而是环环相扣,自成体系。

罗崇敏重视对外宣传,云南教育网因此日益活跃,开辟"厅长专栏",公开厅长信箱,许多人都给罗厅长写信,其中有献计献策的,有求解疑惑的,有反映问题的,有表示感激的。2009年10月25日,黑龙江省大庆市萨东四小的郭文婷同学发来长信,感谢罗厅长写了一本具有药石之效的奇书《天鉴》,使她战胜了内风湿痼疾,参加了学校举办的运动会。

2008年8月13日,罗厅长收到一封来自昭通市镇雄县的信件,信中讲述了镇雄县乌峰镇南台小学申开顺同学的事迹,并提出"开设一门以生命教育为主的课程"的建议。这封信值得一录:

尊敬的罗厅长:

您好!我是一名普通教师,今年6月28日,我所在的县发生这样一件事:14岁的六年级学生申开顺为救一名掉进水库的同龄人溺水身亡(详见《春城晚报》7月9日星期三A4版)。感动之余,我又生出一些感想:申开顺当属见义勇为,但被救的少年直到如今不肯露面,到底未成年人舍己救人该不该提倡?申开顺的生命同样珍贵,他牺牲了,却给父母留下了无穷无尽的哀伤……思来想去,还是觉得应在我省中小学校开设一门以生命教育为主的课程,让学生懂得生命的来之不易,更加珍爱生命,也知道在关键时刻挺身而出,临危不惧!

打搅您了,谢谢!

此致敬礼!

邓书贵

2008.8.2

罗崇敏读完这封言词恳切的来信，深受感动。一天后，他就郑重回复，全信如下：

邓老师：

你好！你的来信我已认真拜读。你对学生的关爱、对生命的关注、对教育事业的关心，令人尊敬与欣慰。

申开顺同学在关键时刻勇于挺身而出，救助落水的同龄人，并为此献出了自己宝贵的生命，令世人感动和敬佩。在他身上，我们看到了中华民族乐于助人、无私无畏的优秀品质。他是一个由家庭、学校、社会共同培养的见义勇为的好少年。申开顺同学的家长，同样令人尊敬，家庭对他的教育，朴质无言，而又生动高尚。

中华文明之所以延续五千年并创造出举世瞩目的灿烂文化，其中一个重要的因素，就是在国家和民族危难的时候，总有优秀儿女挺身而出，奋勇拼搏，甚至不惜献出宝贵的生命。申开顺同学表现出的无私和勇气，体现出了中国少年的英勇和希望。在赞赏的同时，我们也为失去申开顺而痛惜，也更引发了深沉的思考：生命唯有一次，活着的生命具有着无限的发展价值。应该怎样去认识和珍惜这宝贵的生命？应该怎样去更好地关爱少年儿童的生命？应该怎样更好地引导少年儿童去认知生命的意义、实现生命的价值？

基于对生命本质的思考，省委高校工委、省教育厅已经决定在全省教育系统实施"三生教育"，即生命教育、生存教育、生活教育。目的就是要引导广大学生认知生命、尊重生命、珍爱生命，帮助广大学生掌握生存的知识和技能，并最终热爱生活、奋斗生活、幸福生活。我们相信，"三生教育"是对学生教育"本源"的回归，这是一项前所未有的创造性的工作。我们希望通过这一创新探索，给予学生真正的素质教育，帮助广大学生更好地把握生命，为国家、民族和自身的幸福努力奋斗，实现幸福人生。

在此，感谢你的来信。你的信，更坚定了我们实施"三生教育"的信心和决心。如果每一个教育工作者都如同邓老师一样关爱学生、热爱教育,那我们的教育事业将会焕发出更加蓬勃的生机!

最后,请邓老师转达我对申开顺同学家人的诚挚问候,感谢他们培养出了一个好少年。

祝你身体健康! 工作顺利! 阖家欢乐!

罗崇敏
2008年8月15日

"三生教育"网站的影响远及海外,有口皆碑。从这个敞亮的窗口,教师、家长、学生和社会上关心教育的有识之士都能看到云南教育的生机和希望,如览春之苑囿,奇花异卉,茂林修竹,无不养眼养心。

《云南信息报》时政部主任记者张晓青告诉笔者,自从罗厅长到云南教育厅上任后,对媒体的开放度要比以往高出二百倍。教育厅机关内部的一些重要会议也会邀请媒体记者来旁听,做了什么,将要做什么,都让记者心中有数。全国"两会"期间,罗厅长接记者到宾馆畅述一番,诚心诚意与媒体接触、沟通和交流,建立话语系统,采纳好建议,开放包容,彼此理解,只求有益于云南的教育事业。

2006年,《云南信息报》的一位记者由于没核实准确一个集体作弊的数据,被云南教育厅轰出会场,弄得双方很对立,深怀敌意。这种事情,在罗厅长上任后,再没有发生过。若有什么新闻,无论是正面的还是负面的,教育厅都会主动告知媒体,这样一来,减去了许多复杂的中间环节。双方互信互谅,也就不会再产生误解和矛盾了。

2010年1月1日开始,云南教育厅正式成为无烟机关,厅堂外面悬牌公示,"请勿吸烟"已成为全体机关干部的自觉和共识。云南是烟草大省,烟民的比例也较外省为高,要打造一个文明的无烟机关,难度很大。"办法总比困难多",这是罗厅长的口头禅。杜副书记和何副厅长烟龄长,烟瘾大,是超级烟民,要做他们的思想工作,工会很为难。罗崇敏说:"我去跟他们聊聊吧,大家都爱这个单位,平时也都是通情达理的,教育厅倡导一种彼此尊重的新的生活方式,他们肯定不会反对。"果然,杜副书记和何副厅长都当即表态支持教育厅办公楼内禁烟,罗崇敏给他们半个月的缓冲期,他们主动表示没这个必要,要禁就在2010年元旦这天禁,新年新

气象嘛。禁烟不算什么大事情，但云南省教育厅的干部如此齐心同步则是十分可喜的现象。

罗崇敏的工作细节影响了很多人。他说，有一次在电梯里遇见一位同事抽烟，对方赶紧掩熄烟头，出电梯时悄悄把烟头扔了。罗崇敏认为，个人的兴趣、行为、品质、意志力，都能影响到他人，无论是在办公室，还是家庭，因此修身养性应从小事做起。

你千万别以为罗崇敏只是让教育厅职工的责任重起来，工作忙起来，他也让教育厅职工的福利好起来。云南教育厅一直没有自己的食堂，以前大家中午只能打游击，罗厅长说，这样可不行。他派办公室主任去跟附近的云南师范大学协商，让教育厅的职工在学校的食堂用餐。他还找一些中、小学签订协议，让教育厅职工的孩子就近入学，解决他们的后顾之忧。教育厅职工的住房条件一直比较差，不仅职工住得很分散，而且住房面积普遍偏小。云南师范大学已在呈贡建设新校区，教育厅决定拿下老校区的这块地，解决职工的住房困难。罗厅长还亲自出面，请各大医院的书记、院长吃饭，帮助职工解决就医难的大问题。

有人发出感慨："在云南教育厅工作，就像弹钢琴，十根手指头全得用上，一根小手指头都别想闲着。"有人揭开谜底："罗厅长的指挥棒就像国际乐坛上著名的乐团指挥家小泽征尔的指挥棒，要跟上它的节奏，大家确实很累，但也很快乐。因为整部乐曲演奏起来，不仅是流畅的，而且是华丽的。"

在和平时期，落后必然挨打的定理已转换为落后必然被人轻看和忽略。以往，外界对云南教育的笼统印象只有先入为主的两个字——"落后"；现在，云南的教育改革引起全国瞩目。教育厅的干部去先进省份交流学习，已不再逢人矮一截，见人短三分。那些省份的经验和实绩也不再遥不可及，高不可攀。如果说过去的云南教育是"瞠乎其后"，现在的云南教育则是"忽焉在前"，也有别人要学习和借鉴的地方了，尤其是"三生教育"教材，输出到十多个省，成为了香饽饽，这可是前所未有的创举。

2009年，罗崇敏带队去上海交流，上海市教委的薛主任刚动完手术不久，尚未痊愈，便前往机场迎接，握紧罗厅长的手说："你做的事情，你写的书，我都知道，很感佩！"听其语气，察其表情，就知道薛主任并不是出于客套讲一句言不由衷的恭维话，送一项随意糊弄的高帽子。

一位云南教育厅的干部告诉笔者，他先前的自卑感就像灰尘一样，已被罗厅长的"鸡毛掸子"掸得干干净净了，现在有的是自信，有的是活力，有的是干劲。他套用赵传的歌名"我很丑，可是我很温柔"，对笔者说："我很累，可是我很快乐！"

2010年7月初，笔者与云南省招生考试院的杨嘉华书记聊天，谈到罗厅长，他讲了一句很有意思的话："罗厅长最喜欢暴露自己的'弱点'，那就是'情'字当先。他不怕露底，从不讳言自己早年的经历。他与教师座谈时，开场白你很难想象得到，'以前，我在学校干过勤杂工，太了解教师的苦处了'，这句话不打马虎眼，平实朴素，一下子就拉近了大家的心理距离。都说听话听音，见诚见心，究竟哪句话是从对方心底流露的，哪句话是在对方口头敷衍的，大家不傻，辨别力可是一点也不差。"罗崇敏以诚待人，以情动人。在官本位的年代，一位厅官愿意在公开场合露底，喜欢用真情与大家掏心窝子，实属不易。在历史上，陈胜杀掉了知根知底的老伙计，在现实中，不少官员为了维护个人形象计，对自己的贫寒家世和卑微出身讳莫如深。罗崇敏能向教师敞开心扉，无所遮蔽，一切信任即以此为坚固的基础而牢不可破。

第二章　公民优于"工具"

> "一个民族潜伏的最大危机不是经济危机，而是教育危机。教育危机是国家最大的危机。受教育者创造能力的丧失，教育价值的流失，导致教育出现工具化、功利化、庸俗化，培养出来的人缺乏爱心，缺乏创造力。"
>
> ——罗崇敏　2008年

现代教育的理念发端于十八世纪法国著名启蒙思想家、文学家、教育家卢梭的名著《爱弥儿》。在卢梭看来，人类所受的教育，其来源不外乎三种，或"受之于自然"，或"受之于人"，或"受之于事物"。他概括而言："我们的才能和器官的内在发展，是自然的教育；别人教我们如何利用这种发展，是人的教育；我们对影响我们的事物获得良好的经验，是事物的教育。"这三方面的教育相辅相成，缺一不可。在一个人身上，如果这三种不同的教育互相冲突，彼此抵牾，他所受的教育就是恶劣的；如果这三方面的教育趋向同一目标，属于同一归宿，他所受的教育就是良好的。卢梭进一步分析人类驾驭三种不同的教育孰难孰易："自然的教育完全不能由我们决定；事物的教育有些方面能够由我们决定；只有人的教育我们才能够真正加以控制。"因此，他认为，我们应该以自然的教育为核心，促使事物的教育和人的教育服从于自然的教育。这三方面一旦配合默契，趋向自然的目标，儿童所享受的教育就是完善的，是有益于身心的。

卢梭所说的"自然"是指人的天性。因此，"自然教育"就是服从自然法则，顺应儿童天性，裨益儿童身心的教育。卢梭强调说："大自然希望儿童在成人以前就要像儿童的样子。"在他看来，如果以成人的偏见妄加

"矫正",剥夺儿童天赋的权利,结果只会扰乱自然秩序,破坏自然法则,从根本上毁坏儿童的天性,使之精神残疾。

"真正自由的人只想他能够得到的东西,只做他喜欢做的事情,这就是我的第一基本原理。只要把这个原理应用于儿童,就可源源得出各种教育原理。"因此,卢梭主张要尊重儿童的自由,让儿童享有充分自由活动的可能和条件,并在教学过程中采取自然的、自由的教学方法以适应儿童的身心发育水平和个体差异。

2002年10月5日,在中央党校宿舍,罗崇敏将自己对教育的思考记录下来:

> "人的本质是创造性,而非适应性。达尔文说'适者生存',但并没有说适者创造。当然,大凡讲适应是创造的基础,但往往是不适应才会有创造的火花,才会产生创造的天才。听说诺贝尔获奖者李政道博士到清华大学讲学,当他讲到自己奋斗人生的时候,一个学生突然站起来提问:'李教授,如果你留在中国,还能拿到诺贝尔奖吗?'李政道博士张口结舌,无言以对。倘若真有这样的场面出现,就应该引起我们的深思。我们的教育可能只是一种适应性的教育,而非创造性教育。我们的教育只希望学生们适应现实的政治环境、文化环境、地理环境,只希望学生们成为工具,成为手段,甚至成为觅食动物,而非成为人才,更非成为创造性人才。五十多年来,我国在科学文化界没有出过世界大师和顶尖人才,改革开放几十年来,我国的自主创新能力和综合竞争力没有得到相应的提高,很多高尖端技术,包括一些大企业核心技术都是外国的。从某个方面也能说明,我们在教育上确实失败得太多了。"

把人当作工具去培养,最理想的结果也只可能是收获优良的工具,最糟糕的情形则是播下龙种,收获跳蚤。错误的教育方式怎么可能产生出合格的公民?社会精英和大师级的人才从来就不是这种专门生产螺丝钉的生产线能够生产的。

罗崇敏对一些中国现代教育家的思想颇为服膺,比如梅贻琦的"从

游论",就十分精辟:"学校犹水也,师生犹鱼也,其行动犹游泳也,大鱼前导,小鱼尾随,是从游也。从游既久,其濡染观摩之效自不求而至,不为而成。反观今日师生关系,直一奏技者与看客之关系耳,去从游之义不綦远哉!"师生从游则不止学问可以薪火相传,品德、情操也可以熏之陶之,化于无形,得之不失。也许为效不速,但结果上佳。梅贻琦曾说:"学生没有坏的,坏学生都是教坏的。"这话看似绝对,细细体味它,却很有道理。再比如潘光旦的"完人论",他的教育观异常明确,与罗崇敏最为投契:教育的主要目的是为了完成一个人,教育的最大目的是为了促进个性发展,教育的最终目的是让受教育者完善"自我",把自我推进到一个"至善"的境界,成为"完人"(完整的人)远比成为"专才"(专业人才)更重要,因为后者只不过是优良的工具。

在《国难与教育的忏悔》等一系列文章中,潘光旦曾尖锐地批评道:国内的教育只是"为物"的教育,与"为人"的教育风马牛不相及。中国的现代教育有一件事情最对不起青年和国家,那就是没有把人当作人来培养。潘光旦反思中国现代教育的种种失误和失败,尤其是青年迷失自我,丧失个性,被异化为只知听命行事的工具,不免有痛心疾首之感。

潘光旦认为,完成人的教育应该是"自由的教育",以"自我"为对象。自由的教育无须"受",也无须"施"。自由的教育属于"自求",教师所要负起的责任是辅助青年踏上"自求"的旅程,使之"自求"于前,"自得"于后。大抵真能自求者必能自得,而不能自求者终归无获。潘光旦强调,培养学习兴趣、激发学习动力是"自由教育"的精义,真正进入"自我"状态,以"自知者明,自胜者强"为目标,教育才能水到渠成。他解释道:"明"就是西洋人所说的"认识你自己";"强"就是战胜自己,能够控制自己的欲望和情绪。一个人认识了整个世界和全部历史,而独独不能认识自己,这个人终究是一个愚人。一个人征服了世界,征服了人群,而不能约束自己的喜怒爱憎,物欲私情,这个人终究是一个弱者,弱者与愚人怎配得上自由?潘光旦对专才教育实行反拨,强调通才教育才是努力的正确方向,他认为,以德育、智育、体育划分教育的主体功能,既牵强,又狭隘,与培养"健全的、完整的人"这一初衷并不吻合。事实上,欧美教育的旨趣更为宽泛:讲求道德和宗教,讲求智识的探求,讲求健康,讲求我与世界、我与人的和谐相处,讲求美的欣赏,讲求财富。潘光旦将这六个方面归纳为德育、智育、体育、群育、美育、富育。以"六育"替代"三育",不仅面宽了,还从量变推向了质变。他的总结不缺后手,仍有更高的升华。儒家早已在经典文件《中庸》中提出的"位育"概念被他赋予了新的内容和价值。"致中和,天地位焉,万物育焉",这是《中庸》的原文。"安其所"为"位","遂其生"为"育",安所遂生,是一切生命的头等大欲。个人也好,民族也好,若不能"安所遂生",就注定会苦不堪言活受罪。教育的目的何尝不是追求良知良能各得其宜的"位育"? 潘光旦极力倡导通才教育,也是"位育"的需要,他看得很清楚,通才教育才是一条完善自我的"山阴道"。

罗崇敏思量的是,要用教育的力量,实现人对本真价值的追求和对人的创造力的发现,使人成其为人,使人成为自我教育的主体,使人发现自然,发现社会,发现人的尊严、人的能力和人的自由,发现自然的和谐、自然的能动、自然的伟大,发现社会的本质、社会的存在、社会的纽带,发现人与自然、人与社会的本质联系和必然趋势。合情合理的教育应该是妙趣横生的发现和探索之旅。

2008年6月3日,罗崇敏在教育厅办公室奋笔疾书,特别强调人文教育的重要性:

> "人文教育是教育活动的核心,我们要用人文精神去凝聚学生,用科学精神去感召学生。老师要具备人文素养、人文气质。教育者要增强'工具可能性'的忧患意识。人文之所以是人文,其本真理念就是拒绝工具化。但在现实生活中,我们常常看到最可能被工具化的是从事人文学科教育的人士,而不是从事理科教育的。特别是从五四运动以来的历次政治运动,无一不是以教育者的工具化为发端的。人文是一种生活方式,它隐喻在一种高山流水、和风细雨般的混沌状态之中。法律达其边缘,科技与之擦肩而过。《周易·象传》上说:'文明以止,人文也。观乎天文,以察时变;观乎人文,以化成天下。'这就是说,人文既是文明的本质,也是文明的终极;人文是天下之'心',有对天下的化之功。教育应保持本真的性质和独立的人格,才能真正赋予教育的本质意义,这就更显得人文教育的极端重要。"

罗崇敏对教育改革的思考确实渗透着悲天悯人的哲学意味,他的草根情结和人本思考与其成长经历有关。他充分尊重人的主体地位,既不能妨碍他人,也不能泯灭自我。平等相待,才能进步发展。在他看来,教育的目的不是为了控制人,不是为了阻碍人,不是为了束缚人,而是要教化人,美化人,养化人,提高人的社会程度,使之认识世界,创造世界,享受世界,从自足、自由、快乐的途径追求幸福,臻于完善。要把人当人看待,而不能把人当成工具,更不能把人当成奴才。罗崇敏认为,教育是一种社会现象,凡是社会问题,只能用社会办法去解决,人、财、物、时间、信息,五大要素缺一不可。教育改革仅靠热情是支撑不了的,必须建立在理性的基础上。事业发展是根,仿佛人的血肉;制度是干,仿佛人的筋骨;价值是魂,仿佛人的精神。三者是一个不可分割的整体,皆不可弱,皆不可缺。罗崇敏积极倡导"教真育爱",这四个字中就包含了求真务实的科学精神和向善趋美的人文精神,二者水乳交融,密合如契。

有一次,罗崇敏听一位大学教授侃侃而谈经济学上那个著名的"希尔顿钢板价值说":一块普通的钢板只值5美元,如果用它做成马蹄掌,升值为10.5美元,如果用它做成钢针,升值为3550.8美元,如果用它做成手表的指针,价值就可以飙升为25万美元。那位教授说:"每个学生不就是这样的一块钢板吗?用途的迥异,工艺的悬殊,收效的差别简直不可以道里计。"但罗崇敏认为这位教授的说法有点似是而非,"希尔顿钢板价值说"固然不错,但它适用于物,并不适用于人,毕竟人不应该只是单纯的工具,使人成为高精密的工具也并不意味着教育的成功。从社会学的意义上讲,人首先应该是公民,要有自己的精神操守和文化价值,至少这两方面是任何高级工具都无法具备的。

"一个民族潜伏的最大危机不是经济危机,而是教育危机。教育危机是国家最大的危机。受教育者创造能力的丧失,教育价值的流失,导致教育出现工具化、功利化、庸俗化,培养出来的人缺乏爱心,缺乏创造力。"罗崇敏敲响的警钟不可不听。

罗崇敏调研了全国三十二年来的高考"状元"144名、云南省近十年来的高考"状元"22名和全国"奥数"大赛获奖者24名,发现他们很少有值得称道的事业建树，因此他深感"教育素质的流失和创造力的缺失已经使国家的教育出现严重危机"。罗崇敏表示，中国必须建设以人为本的公平价值教育体系，而不能盲目迎合当前的社会需求。他作为云南省教育厅长，"愿做中国现代教育价值建设的先行者，争取探出新的道路"。

曾几何时，我们的教育异常盲目，不仅未能与世界上最先进的教育理念和实践接轨，甚至数典忘祖，将老祖宗较为优秀的遗产也弃若敝屣，视为破铜烂铁。比如孔子所倡导的教法："因材施教"、"不愤不启，不悱不发"；孟子所倡导的德育："恻隐之心，仁之端也；羞恶之心，义之端也；辞让之心，礼之端也；是非之心，智之端也。无恻隐之心，非人也；无羞恶之心，非人也；无辞让之心，非人也；无是非之心，非人也"；墨子所倡导的环境影响观："染于苍则苍，染于黄则黄。所入者变，其色亦变"；韩愈所倡导的师道："师者，所以传道受业解惑也。……是故无贵无贱，无长无少，道之所存，师之所存也"；张载所倡导的志趣："人若志趣不远，心不在焉，虽学无成"；朱熹所倡导的自学："书用你自去读，道理用你自去究索，某只是做得个引路底人，做得个证明底人，有疑难处同商量而已"；王夫之所倡导的知行观："行可兼知，知不可兼行。……知行相资以为用，唯其各有致功，而亦各有其效，故相资以互用。"……长期以来，这些"精神遗产"一直被某些把持教育舵桨的人视若无睹，真是太可悲了。

罗崇敏曾读过上官子木的《中国基础教育省略了什么》，文中所举的例子发人深省：美国小学四年级的课本中涉及热空气上升原理的课程教法是让教师指导学生动手制作一个热空气气球，学生要自备各种材料，自己动手制作，失败了，则从头再来。这样，整整一个学期的教学时间都花在制作一个热气球上。相比之下，我国学校同类课程的教法则是，教师照本宣科，学生听完背熟即可。上官子木对比中美教育的差异，剖析道：不难发现，美国学校一学期的课程，我们中国学校用十分钟就可轻松完成；美国的学校教育注重"做中学"，在自己动手的全过程中，学生必然要用心思考，要精心选择，要反复探究失败的原因，要克服各种困难。中国的学校教育采取填鸭式的灌输，让学生囫囵吞枣，死记硬背一大堆东西，很少消化和理解，更别说应用。动手能力太弱，这就在很大程度上限制和削弱了孩子的想象力和创造力，使他们成为高分低能的人。

　　"让每一个学生的个性和才能得到充分的发展，让每一个学子在校园享受到成功的喜悦。"真正的教育，就是青少年儿童在完成教师指定的少量作业后，还能独立思考，发展他们的个性，完善他们的精神生活，健康快乐地成长。人格的培养，必须在教育活动中去潜移默化，如同人需要盐分，但决不能叫人直接吃盐；如同人需要钙质，但决不能教人盲目补钙。

　　在欧洲教育体系中，德国的教育是强中之强，他们既强调基础教育，也强调"关键能力"的培养。所谓"关键能力"，包含团队精神、交际能力、跨文化的交往能力、宽容能力等等。

　　1997年4月26日，联邦德国总统赫尔佐克在柏林发表讲话："教育必须成为我们社会的中心话题，教育是未来的钥匙。"

　　2002年2月22日，美国总统布什在中国清华大学演讲时，也表明了他的观点："大学不仅要培养技术人员，更要培养公民。"这句话表达了美国教育的核心理念和核心价值。这就不难理解了，美国总统布什在任时曾向美国教育界发出过严重警告："低素质的教育无异于一种战争行为！"

　　在罗崇敏看来，相比物质层面的现代化，价值层面的现代性更为重要。现代教育以人为根本，以教育公平为基础，以价值教育为灵魂，以能力教育为核心，以制度教育为保障，植根当代知识经济和知识社会，引领时代不断进步。教育的终极价值，是使自然人成为社会人，成为有价值的人，成为幸福的人。自身的存在不但具有自然生存价值，更有社会精神价值。教育终极价值的真正实现，也就实现了个人的幸福、家庭的幸福、社会的幸福、人类的幸福和自然的幸福。如果教育不能最终实现人的幸福，教育就迷失了终极目标的指向，也就丧失了教育存在的价值。罗崇敏说："一个不争的事实是，我国现代教育价值在流失，主要表现在学校的官场化、学术的市场化、学习的情场化现象比较突出。教育诚信、教育公平、教育竞争面临严峻的挑战，教育实践能力、发展能力和创造能力严重缺失。"教育价值的持续流失，会使受教育者缺乏爱心、缺乏信念、缺乏能力。更会导致教育的工具化，功能化，世俗化。如果不努力建设现代教育价值体系，国家就很难培养出杰出人才，也很难培养出合格公民。

　　2008年8月30日，罗崇敏与《云南日报》记者李启昌、李沙青聊天时，特别指出："中国教育的指向应是国际化思维、本土化行动和现代化目标。要以国际思维研究中国教育，以世界视野审视中国教育，以更加开放包容的胸怀来吸收国际教育最新成果。……要大力推进教育现代化，建立现代教育体系，加强现代教育理念、现代教师队伍、现代教育设施、现代教育体制、现代学校管理、现代评估机制的建设，使教育真正发挥适应当代社会需要，引领时代前进的功能。"

言必信，行必果。罗崇敏是思想者，也是行动者。罗崇敏一开始就认定，云南教育要走现代化和国际化道路，就必须大力引进人才和培养人才。

2008年，云南省执行高端人才引进计划，决定引进新加坡国家中央医院细胞生物研究院首席科学家、新加坡国立大学的肖志成。肖志成教授于1996年获瑞士苏黎世联邦技术学院神经生物学博士学位，二十余年来主要从事神经系统发育再生、髓鞘形成、学习记忆、神经干细胞等领域的研究，硕果累累，在国际神经生物学界享有较高的学术声誉。这个人才是绝对看准了，不会错，丝毫也没有走眼，国内多所大学都争着想引进肖志成教授，事不宜迟，刻不容缓，但所需各项资金合计高达二千万元，这可不是一笔容易筹措的小数目。罗崇敏厅长出面与科技厅、昆明医学院协调，决定由三方出资，教育厅出资八百万元，科技厅出资五百万元，昆明医学院出资七百万元，资金到位了，立刻与肖志成教授签订终身合同。肖教授的研究项目形成了一个相当可观的人才链，带动了一个人才群，他名下的研究生可以去全球第二大的制药机构葛兰素史克公司参与研发，可见水平之高。当时，有一个难题，肖志成教授带来的设备难以通过中国海关，多方疏通无效之后，有人主张上报省政府。罗崇敏说，省长很忙，就不要惊动了。他亲自跑海关，办交涉，几趟跑下来，海关明白了这些仪器的重要性，就作为特例，办理了通关手续。

2009年5月13日，罗崇敏去昆明滇池度假区实验学校调研。这所学校师资条件出色，推进教育国际化的力度很大，经常与欧美先进国家交流。小学阶段即办了两个国际班，采用的是英、美两国的教材教法，每个学期学生出国一个星期，体验真实语境下的异域生活。罗崇敏对这种现代教育理念的实践非常支持，也非常欣赏。这天，他进入教室听课，双语教学，

允许孩子们用外语回答问题,课堂内容丰富活泼,妙趣横生。课后,罗厅长与学生作了面对面的交流。校长杨立雄讲了一件趣事,有一位美国小留学生的家长说,他上街,都是孩子充当翻译。有一次这个美国小孩洗澡,唱起了《少先队员之歌》,他父亲觉得这首歌老师不应该教,由此可见意识形态和文化观念上的冲突。罗厅长笑道:"没必要回避这些客观矛盾,求同存异嘛!好的教育也是殊途同归的。"

2009年2月初,《中国日报》记者采访罗崇敏,他问道:"云南省政府提出加快推进高等院校'引进来'、'走出去'的战略,加快云南高等院校面向东南亚、南亚国家的合作与交流,这方面取得了怎样的成绩?今后将怎样继续推进高等教育向东南亚、南亚的开放?"

罗崇敏对情况了如指掌,他说:"目前云南省高校教育国际合作与交流的深度与广度有所加大,我们在外面办了五所孔子学院;招收周边国家留学生的工作发展较快,留学生数量迅速增长;对外汉语教学工作不断扩大;省内各高校普遍与东南亚、南亚国家的学校建立了长期稳定的合作关系,但总体来说教育国际化水平还不是很高。这些年来,省委省政府高度重视云南教育国际化的发展,下一步,云南教育国际化还是要坚持'国际化思维,本土化行动,现代化目标'来推进。也就是说,我们要以国际视野、国际教育思维、开放的胸怀适应经济全球化趋势,加大对外开放力度。所谓本土化行动,就是扎扎实实地把本土教育和本土文化发扬光大。比如云南大学历史上就很有名,我们要用好这些品牌,扎扎实实解决云南教育的实际问题和实际矛盾,加快我们本土发展。"

罗崇敏谈到五年工作计划,列举了目标和任务:争取进出的留学生达到三万到五万人;引进国际高端人才;走出国门,争取在周边邻国办三所孔子学院,到泰国、新加坡、越南、老挝等邻国去合作办学;云南省的红河、版纳、德宏、保山等边境沿线地区的高校招收国际学生;与北京大学、清华大学、复旦大学联合,在云南办班,利用他们的资源和合作关系,加强云南与美国、日本、澳大利亚、加拿大等发达国家的合作。

至于在云南推动教育国际化的优势和困难,罗崇敏也有清醒的认识。优势是在三个方面:一是地理位置优势,面对东南亚;二是历史渊源,特别是边疆地区,与邻国交往的渊源比较深;三是随着改革开放水平的不断提高,云南对外开放的管理和服务越来越好。困难也是在三个方面:第一是体制问题,对外合作交流要好几个部门进行审批,不是教育部门想做就能做的;第二是办学观念的转化问题,尽管云南教育厅简政放权,但是有些学校观念转变不过来,不会用权。比如说,大学可以国际化,小学、幼儿园也可以招收国外的学生。大学当然是龙头,但是每个层次的教学都存在国际化的问题;第三是投资的问题,政府在这方面的投资是有限的。想引进市场投资,可是大部分企业家对投资教育的兴趣还不太浓厚。因为企业家投资要收回成本,要盈利,他们对投资教育尚存疑虑。

早在2008年3月上旬,在参加云南省代表团赴港系列活动之前,罗崇敏即向香港《文汇报》记者表示,云南教育资源将向香港全面开放,滇港两地教育方面的交流可望从三个方面实现突破。首先,更多的香港名校、名师可望入驻云南。香港学校和教师可以通过各种形式在滇办学,或是到滇讲学、任教;其次,可望加强与香港企业和商家的沟通和合作,为这些企业将物质财富转化为教育财富、文化财富和慈善财富提供平台;第三,两地教育交流可望更加丰富,两地的学术交流、学科建设以及科学研究将拥有更广阔的前景。

罗崇敏谈到,目前云南省"南向开放"的力度比较大,南亚、东南亚的许多学生来到云南留学。他说,今后云南省将争取面向两亚形成更大的招生规模,同时将结合两亚市场的需要,改进专业学科的设置,并加强招生的管理,拓展培训空间。

2009年4月8日上午,省教育厅在云南大学科技馆举行了全面推进教育国际化会议,美、英、法等八个国家在西南地区领事馆的领事们参加了会议。会后,省教育厅、云南对外交流中心、"云大"、"云师大"等与英、美、韩等国学校签订了十七份协议书,共引进外资十亿余元。其中,励德(中国)教育科技有限公司将投资一亿元,建一所十二年一贯制全寄宿的国际学校滇池学院,接收在云南省投资的外商子女、来华留学生以及希望出国深造的中国籍学生。以云南大学滇池学院为国际教育合作平台,设立滇池学院国际教育中心,开展与加拿大高校大学预科、研究生预科合作。而省教育厅则在项目审批、招生计划、银行贷款贴息等方面适当倾斜。

云南教育对外交流中心与北美国际教育中心顺利签订合作协议。

罗崇敏在会上说，2009年秋季，云南省将在昆明一中、财大附中启动双语教学试点工作。昆明一中也与英国国家计算教育中心签订协议，确保秋天开学时，至少一个班级的新生实施双语教学。其后，云南财经大学校长汪戎介绍，学校已和中国枫叶教育集团签订协议，在师资引进等方面实现国际化。在教学过程中，除了文言文等课程外，其他课程使用全英语教学。由于急缺优秀的外语老师，罗崇敏表态，在大力引进外国专家学者的同时，先从幼儿园、小学开展双语教学，再逐步拓展到基础教育、职业教育和高等教育双语教学全覆盖。按照初步计划，师大幼儿园、昆明两所中学，玉溪、曲靖各选一所学校入选试点学校。

除了英语，云南省还将逐步调整外语教学的结构，全面推广俄语、德语、西班牙语和东南亚国家小语种。在教育厅的计划中，已将昆明一中和师大附中列入第二外语为德语的试点学校，并正在着手引进相关专家来滇助教。

同时，云南省教育厅也积极实施汉语"走出去"战略。到2012年，云南省高校力争在国外建立10所孔子学院、30个汉语国际推广中心、20个汉语推广基地；省政府将每年拨出2500万到3000万元专款，用于推动云南省教育国际化；引进优质教育资源开展合作办学项目100个，"走出去"到周边国家办学项目10个；中国政府奖学金和云南省政府奖学金留学生达800人，来滇留学生从往年的7443人上升至3万人；每年派出学者约600人，大学生1000名。在全省各高校中建设11个国际人才培养基地。

2009年1月19日，云南省教育工作会议在昆明召开，通知由教育厅办公室发出后，报名参会的厅级领导有三十多人，这种现象前所未有，主席台坐不下。以往这种会，一般来的都是各单位对口的处长，现在整个云南省对教育的重视度空前提高，对罗崇敏的改革非常认可，他的人格魅力已经形成磁场。在这次会议上，罗崇敏说：

"教育起源于初民生活的需要，在渔猎时代，教育就是怎样捕鱼，怎样猎取鸟兽，怎样采撷果实。在牧畜经济时代，教育就是怎样架设栅栏，怎样寻逐水草，怎样喂牛赶羊。劳动即是学习，父母即是老师，猎场与牧地即是学校，教育与生活是一致的。但慢慢的教育被统治者异化，走向'神化'教育，敬畏天神，地神，人神；再走向'物化'教育，顶礼膜拜物质利益的占有；进而走向'人化'教育，与此相一致，教育理念的发展也体现为从'崇拜的教育'转向'占有的教育'、'工具的教育'，进而选择'生命的教育'、'生存的教育'、'生活的教育'。现代教育弘扬了'以人为本'的价值追求，充分尊重受教育者的主体地位，使受教育者在接受道德和法律约束的同时充分发展个性。通过这样的分析，我们能否得出这样的结论：人类教育观念走了一个螺旋向上的圆圈：人性教育→神性教育→物性教育→人性教育。"

2009年6月29日，罗崇敏在昆明市领导干部培训日演讲"现代教育说"，他侃侃而谈，揭示现代教育的本质、特性和功能，它正遭遇多方面的挑战：首先，是实施全民教育战略的挑战。1990年3月，由联合国教科文组织、联合国儿童基金会、联合国开发计划署和世界银行共同发起，在泰国召开的"世界全民教育大会"，提出了实施全民教育的号召，核心是满足全民教育的基本要求。这个基本要求需要我们保障每一个社会成员享有受教育的权利和机会；实现教育公平，发展终身教育；合理配置教育资源，促进教育均衡发展。

罗崇敏强调，教育是最大的民生事业，教育是最大的德政工程，教育是最大的发展战略。想教育，千家万户；说教育，千言万语；办教育，千方万计。云南的教育改革发展存在着一个基本矛盾：教育机构所能提供的教育机会和人民群众对接受教育需求之间的矛盾。要解决这个基本矛盾，就必须走速度、规模、结构、质量、效益协调发展的路子，就必须大力实施云南现代教育发展战略，也就是要以国际化思维、本土化行动、现代化目标来谋划和促进云南教育事业的发展和教育体制机制的创新。

教育是什么？这个几千年的话题现在已经有上千种解读，但罗崇敏认为：教育是发展人的生命、生存、生活，引领人类文明进步的社会活动过程。教育使人成其为"人"，使人成为有价值的人，使人成为幸福的人。教育的出发点是人，教育的全过程是人，教育的归宿目标也是人。教育树立人对自身本质的信仰。他认为，教育的根本功能是引领功能，而不是适

应功能。引领人的发展,引领社会的文明进步。这些思想既是对现代教育思想的传承、丰富和发展,又是对教育工具化、功利化、世俗化的批判。

中国人民大学附中校长刘彭芝对罗崇敏一见如故,她盛赞罗崇敏:"我见过的领导干部多了,但还是第一次看到这样有思想、有智慧、有水平的领导干部。"她表示,只要罗厅长需要帮忙,一定全力以赴去做。她十分高兴地接受了云南荣誉校长的聘书,并到人民大会堂参加全国"三生教育"论坛,并发表演讲。

现代教育思想的实践,关键在学校,核心在校长。校长是学校的灵魂。罗崇敏主张云南教育始终把提高校长队伍的素质放在首位,每年要对三百至五百名校长进行培训,送千名校长到香港培训,送五百名校长到国外培训学习。特别是2011年9月6日至9日的千名中小学校长大会成为云南基础教育从普及向提高转变的历史转折点。会上颁布了《云南中小学校长队伍建设的决定》,发表了《校长宣言》,聘请了国内外知名中小学校长一百五十名作为云南的荣誉校长,签署了《云南中小学与省外、国外中小学战略合作协议》。这一举动受到国内外教育界的高度关注和赞扬。

第三章 "三生教育":踏上回归之路

> "实施'三生教育'要坚持学校教育、家庭教育、社会教育的有机统一,依靠学校、家庭、社会去整合各个方面的力量,面向全体学生的全面发展。这是使个体人转化为社会人、使人真正成其为人的教育,是提高人的适应能力、生存能力、创造能力、发展能力的教育。"
>
> ——罗崇敏 2008年

2009年10月24日九点三十分,中央电视台新闻频道"新闻调查"栏目播出《"三生教育"课堂》,这档长度为四十五分钟的节目向全国观众揭开了"三生教育"的神秘面纱,展示出"三生教育"丰富的内容和动人的魅力。

银屏上首先出现的是一堂"直面生死"的"三生教育"课,一位女教师指导中学生认识"何为生?何为死?"。学生们津津有味、兴趣盎然地观看视频,能存活五天的精子奋力游向只能存活二十四小时的卵子,数以亿计的精子中只有一枚壮实的精子能够抢先抵达目的地,奋勇夺标,从而与卵子结合,形成生命的胚胎。看完视频,学生们分组自由讨论,总结他们的感受,将一些关键词句写在一张很大的白纸上。老师叫一位男生到讲台上去展示小组讨论的结果。这位男生脸上略带腼腆之色,他用不干胶将大纸固定在黑板上,逐一说明。大纸上的关键词句是:"艰难,神奇,漫长,充满挑战,我们来之不易,我爱我爸我妈,伟大,珍惜来之不易的生命。"

这个环节之后,视频重新打开,同学们看到的是以汶川地震中一个

真实的故事为素材的电视短片,一名女生被沉甸甸的水泥板压在废墟之中,生命危在旦夕。老师让大家换位思考,假如你是那名女生,你最想留给爸爸妈妈的临终遗言是什么?一位女生写道:"爸爸妈妈,别难过,你们要好好活着,我爱你们,真的很爱你们!不论我在哪儿,我只想告诉你们,今生做你们的女儿是幸福的,谢谢你们!"课后,学生们向"新闻调查"栏目的主持人表示,此前他们从未想过死亡,总觉得死亡是很恐怖很阴暗的,现在才知道,死亡也可能很悲壮很庄严。老师的感受是,这堂"三生教育"课能够摇动和冲击学生的心灵,使他们对人生有更为完整更为深刻的认知和理解。

列夫·托尔斯泰曾说过:"人生唯有面临死亡,才会变得严肃,意义深长,真正丰富和快乐。"死亡并不可怕,积极的人,生而乐观,面临死亡也会把它看做是一件好事。生老病死是生命进程中的必然规律。既然无法避免,那么就让我们把死亡当做伴侣,永远不要害怕面对它。很多人忧惧死亡,事实上他们从来没有真正痛快地生活过。我们只能对这样的人表示可惜,这些人无法了解,正因为死亡的存在,智者和勇者才更懂得如何享受人生。

"三生教育"并非"一锅煮",是分年龄分对象进行的,有时还会根据实际情况,老师、学生、家长三方互动。有一位外号叫"虫虫"的小学生特别热爱昆虫,夏天,他用喷壶给昆虫冲凉。有一次,他把捉来的几只螳螂放进喷壶里,为的是让它们凉快,结果全被闷死了。老师结合这个事例,抓住这个题材,举办了一个"敬畏生命,关爱生命"的主题班会,给他们朗诵一篇《不应拿动物的死亡当享乐》的文章,告诉孩子们,"观察小动物,跟它们一起玩,才是爱它们,弄死它们就太残忍了!"

有一位低年级的同学说,自从上了"三生教育"课,他长了很多知识,比如鸡,多半在一岁左右就被人宰杀了,其实它们的自然寿命可以长达二十多岁。

"三生教育"课堂最出彩的内容是校方请一些孩子们特别喜欢的名人来现身说法,讲述他们对生命、生存、生活的体悟,这些人身上的传奇色彩能产生很大的感染力,使孩子们的心灵受到善与美的熏陶。

金飞豹原本是一位职业商务策划师,但其探险家的身份更广为大众知晓。2006年10月，金飞豹登顶非洲乞力马扎罗峰；12月，登顶南极洲文森峰；2007年1月，他徒步抵达南极点；4月，抵达北极点；6月，登顶北美洲麦金利峰；8月，登顶欧洲厄尔布鲁士峰；9月，登顶大洋洲查亚峰；12月8日，登顶南美洲阿空加瓜峰，为"全球九大极点顶级探险"活动画上圆满句号，一举创造了迄今为止全世界最短时间（总计18个月24天）完成九大极点的世界纪录。金飞豹也曾登上"世界屋脊"珠穆朗玛峰。他先后在昆明学院、云南大学、昆明医学院等高校举办了十余场专题讲座，给大学生们讲述了一件亲身经历的事情：他攀登珠峰快到极顶时，已精疲力竭，这时他看见一名素不相识的登山队员坐在前方，他便走过去，坐在对方的身边，想休息一下。这时，藏族向导上前将他一把拉起来，对他说："不能坐！你坐下去就会起不来，干瞪着眼死掉！他四年前就坐在这里了！"金飞豹说："一个人真要是知道生命的可贵，那些鸡毛蒜皮的小烦恼就不会那么影响心情了！"

　　2008年11月30日，金飞豹拜访罗崇敏，他们之间有过一番名副其实的高峰对话。罗崇敏对金飞豹的探险精神给予了充分的肯定，他说："人不能永远在地平线上奔跑，每个人心中都应有一座高峰，并且应当时时刻刻都准备去攀越它。"他认为金飞豹给青年人树立了勇于征服艰难险阻的好榜样，是"三生教育"的活教材。他对金飞豹诚恳地说："为增强'三生教育'的实效性，我们准备组建'三生教育'导师团，指导全省教育系统更好地开展这一教育工作，并把'三生教育'从学校推向社会。"鉴于金飞豹在挑战生理极限和生存极限两方面取得的非凡成就，罗崇敏代表省教育厅聘请他为云南省"三生教育"导师团导师。金飞豹欣然接受聘请，他说："我一定尽自己所能，积极投入到'三生教育'中来，不辜负您的信任和厚爱，为云南教育事业尽一份绵薄之力。"他们的手紧紧地握在一起，他们的心也暖暖地想到了一块儿。

　　"三生教育"课堂并不是从书本到书本，而是采取情景式体验教学，非常吸引学生的积极投入。比如逃生方面，消防队员会布置出明火和暗火两种不同的现场，让孩子和家长参与演习，这样身临其境，他们更容易牢记逃生知识的要领：明火时，家长要抱着孩子跑，因为大人的行动更迅速，摆脱危险会更快；暗火时浓烟滚滚，毒烟在较高处作祟，大人尚且要

猫腰,小孩更宜牵着走。许多家长表示,这样的课程太有价值太有必要了,他们也是头一次了解这样的逃生救生常识。

小学生要明白道理,单靠老师在课堂上做填鸭式的灌输是无济于事的,最好是让他们从某件切身的事情中感悟出来,才能获得真正的启迪。上课时,老师让几位同学背着书包蹦跳三十秒钟,然后卸下书包蹦跳三十秒钟。跳完之后,老师让这些气喘吁吁的孩子谈感受。一名男生说:"背着书包跳高,就像背着大石头赶路,要把它放下,我才能轻装前进!"一名女生说:"书包就像心情,要丢掉沉重的负担,就感觉轻松了。"老师说:"像这样的问题,不用去刻意找寻标准答案,只要学生有感悟就行,'三生教育'就是教他们更快地打开心结,更好地面对生活。"

高中生的心智更成熟,老师教他们珍惜生命、珍惜光阴,也有好方法:每位同学在一张长条的白纸条上画出80格,从1填到80,每格代表一年,自己若是17岁,就裁掉前面17格,表示逝去的时光一去不复返,然后大家再统一裁去后面20格,因为那时已经退休了,剩下的只有43年光阴,其中还包括了三分之一的睡眠时间和三分之一的休闲时间,真正用于求学和干事业的时间只有十余年,这笔精细账算出来,许多同学都大吃一惊,仿佛大梦方醒,内心立刻就有了紧迫感,真正认识到时不我待,只有早日确定人生目标,为之孜孜不倦地努力,才能获得成功。

有一名男生曾经在课堂上心不在焉,正当他走神走到爪哇国时,语文老师叫他起来回答什么是"沸腾"。这名男生不假思索,扪着自己的胸口说:"这里疼就是肺疼。"全班哄堂大笑,老师觉得他是故意羞辱自己,捣乱课堂,当场将他臭骂一顿,逐出教室。从此,这名学生便患上了自闭症,不再与人交谈。别人稍微大声讲话,他就会受惊,家长无奈之下,只好将他转学。在新学校,"三生教育"课老师对他悉心呵护,多方关怀,给予他足够的尊重,使他慢慢融入集体,用夸奖法终于治好了他的自闭症,使他走出心理阴影,恢复了昔日阳光少年的形象。

在云南大学附中,老师教同学们学会感恩,"三生教育"的教学实践活动用的是置换角色的方法,模拟孕妇生活:他们的角色就是十多年前的妈妈,认真体验一下十月怀胎的艰辛。老师让同学们(无分男女)用统一的绑带在腹部绑住十斤重的物体(多为毛毯之类),最外层是一枚生鸡蛋,除了睡觉洗澡,其余时间不能卸下这副"道具"。绑带上统一印有"负重感恩"的字样,他们带着它走出校园,尽管会招引来异样的目光,但也能得到许多人的理解。在公交车上,甚至有人给这些"准妈妈"让座。他们不敢视若儿戏,必须慎之又慎,悉心呵护,不让鸡蛋破损,一旦"流产",则所有的努力均属白费。一天下来,中学生在这个看似简单实则苛刻的规则要求下累得不行。这堂"三生教育"体验课确实能使学生更了解妈妈孕育自己时所受的苦和累,明白母爱之伟大,感恩之情也就油然而生。

有一位单身母亲独自带一个孩子,家境贫困,甚至寄人篱下。这个孩子已经读六年级了,他看到母亲整天处在郁闷的阴影和悲苦的心境中。他看在眼里,疼在心里,却不知道怎么表达,不知道怎样跟母亲交流。上了"三生教育"课以后,他写好一封信,放在母亲的床头。这封信大致说了三个方面的内容:第一,要珍惜生命;第二,要正视艰难的生存处境;第三,要勇于挑战和改变现状。他还表示,他是母亲最大的希望,决不会辜负母亲对他的期待。他会认真学习,报答母亲的养育之恩。希望母亲以坚强的意志生存下去,追求幸福的生活。那位母亲看了这封信以后,痛哭一场,心里却感到从未有过的舒坦。这是记者采访到的真实镜头,记者也当场热泪盈眶。那位母亲说,是孩子教育了她,是孩子救了她。她感谢学校开展了"三生教育"。许多人欣喜地说,有了"三生教育",今后"马加爵事件"会越来越少,学生轻生跳楼的也会越来越少。

曾几何时,扭曲的教育曾造成扭曲的心理,扭曲的心理则造成可怕的悲剧。

2004年,云南大学生化学院生物技术专业四年级学生马加爵用石工锤残忍地杀害同窗室友四人,可算是教育失败的典型案例。马加爵如此漠视生命,固然是由于他的精神从小受到压抑、缺乏疏导的结果,也是由于同窗室友长期嘲弄他、歧视他、伤害他的结果。据马加爵在狱中的《遗书》透露:同窗室友曾在他的被子上撒尿;冬天,他们出一两块钱使唤他当洗衣工;玩电游时,嘲笑他是土包子;一位平日交情还算不错的同学生日聚餐,唯独不让他知道和参加。"我从不怕苦,也不怨恨谁,我更没因为没钱而想到去偷去抢……可是那些同学总有意无意地歧视我,有些话很伤我的心……"怨恨情绪积累到临界状态,就会催化成不可逆转的杀机。

离大学毕业只差一个学期,眼看就要熬到头了,大四学生马加爵深受报复心理的折磨,终于忍无可忍,举起石工锤,狠狠地砸向同窗室友的脑袋。临刑前,这位农家出身的穷孩子从内心深处发出了一句催人泪下的感叹:"这身囚服是我穿过的最好的衣服!"他短缺的何止是金钱?还有人间必不可少的关爱。

一位教育家发表评论说:"马加爵案其实是我国教育领域长期以来缺乏真正的人性教育特别是生命教育的悲剧性结果。"

马加爵案发生在云南,但它不是云南的"专利",而是全国教育弊端所结出的众多恶果中的一个。时间往前推移,清华大学学生刘海洋在北京动物园泼硫酸伤害熊猫取乐的事件,至今仍让人们记忆犹新。时间往后推移,2008年10月28日晚六点三十七分,中国政法大学学生付成励手持菜刀冲进教室,将正在上课的程春明教授砍成重伤,后者因失血过多,当场身亡。起因是付成励认为程春明横刀夺爱,抢走了他的女友,他要雪耻和报仇。事后,付成励的女友陈某向司法部门出具书面证明,她是自愿与程春明教授交往的。2009年10月20日,北京市第一中级人民法院以故意杀人罪判处二十三岁的付成励死刑,缓期两年执行。

谈到这些案例,学者丁关在网上发表文章,阐明自己的看法:"从全国范围看,越来越多的学生不了解生命,不尊重生命,把生命当儿戏,激情之下,就容易违法犯罪,或者干出荒唐的事情。"

另一位学者在学术期刊上发表研究论文,也痛切地指出,当前,杀人、绑架等暴力犯罪在学生违法犯罪案中占了相当比例。另有不完全的统计资料表明,仅在2008年,全国就有超过三百名在校大学生自杀。此外,像虐待动物、喜爱危险游戏、缺乏安全意识,都是中国在校学生普遍的弱点。

在云南教育界,马加爵案显然是一道稍触即痛的"伤疤",尽管很少有人在公开场合谈论这个曾经让云南教育大失颜面的悲剧,但私底下,教育工作者还是会常常谈及此事,并将它当成云南兴起"三生教育"的一个理由。云南省教育厅一位官员私下承认,马加爵案件让他们"震动极大",并且前所未有地开始重视对学生的生命教育。

教育何时才能放低姿态和身架,去关心那些优等生之外的学生呢?

使绝大多数学生品德合格、身心健康才是教育最大的功能和功德。对于这一点，许多教育从业者都没有认识到。一切为了学业成绩，一切为了升学率，于是学生们的心理磨损、心灵苦闷都被忽略了，这种情形可谓积重难返，已到了非改变非改观非改革不可的时候。当然，教育是全社会的事情，单靠学校是远远不够的，家庭教育和社会教育往往比学校教育的能量更大，也更有说服力，但学校毕竟是一个日常的孔道，是青少年的集散地，良好的教学方法和教育内容由学校率先提供，乃是天经地义的。

2009年，在曲靖开"三生教育"现场会，一些小学校长讨论如何教导淘气生，感叹可行的操作方法不多，罗崇敏便给大家讲述教育家陶行知的一个故事：在日军大轰炸的时候，陶行知在重庆办育才学校。学校里有一个淘气的孩子叫王友。有一次，王友用土块砸同学，陶行知恰巧看到了，制止其危险行为之后，他用严肃的语气说："王友，放学后你到校长室来一趟。"到了下午，陶行知在外面办完事赶回来，稍稍晚了一点，王友在校长室外已等了好一会儿。陶行知将王友叫进校长室，从口袋里掏出一块糖来给王友，和颜悦色地说："这块糖是奖励你的，你按时到了，我迟到了，这是你该得的奖励！"当年，物质匮乏，能得到一块糖，就是不错的收获了。王友刚接过糖，陶行知又掏出一块糖来，对他说："这块糖也是奖励给你的，因为我叫你住手，你就不再用土块砸同学，这说明你尊重我。"王友又得到一块糖。陶行知就像是一位魔术师，很快又变戏法似地变出了第三块糖，他说："我调查过了，你用土块砸那个同学是因为他违反游戏规则，欺负女生，你砸他，说明你有正义感和同情心，所以我再奖励你一块糖。"话音未落，王友捧着三颗糖哭了，他被陶校长的善待和明辨是非感动了，立刻主动认错，说是同学做错了事，我也不应该用土块砸他。陶行知听完王友的检讨，又笑着掏出一块糖，递给王友，高兴地说："你能正确认识自己的过失，我再奖励你一块糖！"这就是陶行知"四块糖的故事"，它能给我们什么启发？适当的教育方法可以事半功倍，教师能与学生交心才是最重要的，奖励只是一种与之配合的形式。

城镇百分之九十五的孩子是独生子女，"成功是百分之百，失败也是百分之百"，许多家长都认为，在复杂浑浊的社会大环境中，最重要的一点是，孩子别变坏。他们不强求孩子一定要成才，能够不变坏就是底线。

学校老师通常说:"一个人智育不合格是次品,体育不合格是废品,德育不合格是危险品。"这句话,在以分数论英雄的现行教育体制下,已得到广泛的认同。曾有人感叹道:"可怜我们的孩子只是一捏就碎的'草莓族'!"汶川大地震后,学生该如何学会生存成为了全社会关心的问题,有的家长痛彻肺腑地说:"我五十多岁了,孩子真要是出了事,我想生也生不了,变成孤寡老人,活着还有什么意思?学校就不能教给孩子这方面的知识吗?"因此,许多家长退一万步讲:"孩子学不学好还是次要的,主要是安全。"罗崇敏也反复强调:"安全不保,何谈教育发展?!"

湖南教师刘白水曾经向全社会大声疾呼:"连生命都不尊重,还谈何素质?中国的孩子急需开展一场以生命为主题的真正的素质教育。"人们注意到,近三年来,湖南在全省开展了主题为"生命与健康"的普遍教育,不少学校为此开设了专门的课程。

2008年初,罗崇敏到云南省教育厅履职伊始,他就在思考云南教育乃至中国教育何去何从的问题。到任之前,他涉猎了诸如《论教育危机》、《论当代教育人文精神》、《教育忧思录》等书籍。他在基层履职二十年,曾调研过几百所学校,下乡时,每到一个乡镇都要去学校看看,与教师和学生面对面交流,所以他对学生需要什么,学校需要什么,老师需要什么,家长需要什么,无不了如指掌。他发现应试教育的弊端主要有三个方面:一是教育精神的缺失,二是教育传承品格的缺失,三是教育方法的缺陷。他始终认为,学生以学习为天职,老师以育人为天职。育人的根本就是要使学生有健康的心智,有实践能力(包括生存能力、生活能力)、创造能力、富有爱心和责任感。他认为,对学生来说,物质贫困固然可怕,精神贫困则更为可怕。物质贫困,孩子上不了学,政府和慈善机构可以资助,但精神贫困是谁也资助不了的。

如何才能挽救教育精神,提高学生的素质、能力,健全他们的心智?2008年春节长假期间,罗崇敏一直在思考,他得出一个结论:素质教育必须找到一个至关重要的切入点,以此为突破口,将素质教育从天上落实到地上,由口号变成为实践。这个切入点必须要与人的成长规律和学生心智健康的规律相统一,而且要与治理学生素质教育的疑难杂症相结合。这个切入点、支撑点、基本点,他认为就应该是"三生教育"。

有人说，教育是"1"，其他的是"1"后面的〇，三生教育则是一个"+"（正数符号）。罗崇敏认为，中国的应试教育是"赢在起点，输在终点"，奥数拿了那么多大奖，却没有从中涌现出一位具有国际高水准的科学家，这说明什么？说明中国特色的应试教育在方向、体制、机制上都存在不容忽视的症结。上个世纪三四十年代，由于抗日战争全面爆发，教育经费奇缺，办学条件奇差，西南联大却培养出了一大批国家的栋梁之材，其中就有李政道、杨振宁这两位日后获得诺贝尔物理学奖的美籍华人科学家，靠的是什么？靠的是培养大师而不培养工具的体制和机制。

美国的学生戴眼镜的很少，中国的学生却普遍视力差，书包太沉重，课程太枯燥，紧箍咒念得太频繁，他们中间不少人一辈子都没尝到过学习的乐趣，因此从心理上抵触学习，害怕学习，逃避学习。大学固然越来越多，在总人口中大学生的比例也越来越高，但民族素质并没有长足的进步，这是发人深省，令人揪心的现象。

罗崇敏深夜读书，许多思想家的哲言纷至沓来，冲击着他的心灵。德国慈善家、诺贝尔和平奖得主阿·史怀泽在《文明与伦理》一书中写道："善的本质是保持生命、促进生命，使可发展的生命实现其最高价值；恶的本质是毁灭生命、伤害生命、阻碍生命的发展。这是绝对的伦理规则。"这句话在罗崇敏的脑海中烙下了极深的痕迹。

2008年2月，由罗崇敏提议，"三生教育"的理念正式确立，教材随即进入编纂流程。这套教材共分七册，由罗崇敏主编，由云南省教育科学研究院院长常锡光执行主编，编纂人员荟萃了云南各学科门类的专家。幼儿阶段一册，小学三年级一册，小学五年级一册，初中阶段一册，高中阶段一册，职业学校一册，大学一册。2010年，"三生教育"教材新增三本：幼儿园增一本，小学增一本，初、高中增一本。这套教材是集体智慧的结晶。由于它具有人本性、普适性、常识性、实践性、主题性，深受全省师生和家长的欢迎。

一位记者告诉罗崇敏，他的孩子读三年级，有天晚上，做完作业，老是不睡觉，捧着一本书爱不释手，看个不停。孩子能把平时玩电游看电视的时间拿来读书，这倒真是稀罕事。小孩的妈妈见到情况异常，便过去探问："很晚了，你为什么老是看这本书？前几天，我叫你看你不看，这本书

里面是不是有魔法?"小孩的妈妈从小孩手中抢下书来,一口气读了十几分钟。她说:"这本书是蛮有意思的!"结果是两母子在一起又看了一个多小时。这位记者感谢罗厅长主编了一本好书,让家长省了很多心。罗崇敏笑道:"他现在读三年级,我们小学、初中、高中、职校、大学都有这个课,你的孩子将会继续得到完备的'三生教育'。"

2008年8月,罗崇敏访问香港明德中学。在初一年级的教室里,他看到学生的试卷上这样一道题:"你最喜欢吃的爸爸妈妈做的菜是哪一道?这道菜是用什么做成的?"他就问班上的教师,你们的孩子学得这么悠闲,到大考时能考得上吗?教师回答说,在香港,明德中学送到国外学习的学生最多,考分也是他们最高。这就引导罗崇敏思考一个问题:任何一个国家的教育,任何一种教育方式,都离不开考试,不可能不考试,现在真正应该研究也必须研究的是怎么考试的问题。他紧接着思考第二个问题:如果云南的"三生教育"实施得好,就能推动和促进学生愉快地学习,健康地成长,提高学生的学习效率和教师的教学效益。

2008年秋季,云南省教育厅在全省七十九个县区、所有高校和七所省属中专学校开展"三生教育"试点工作,旨在通过教育的力量,使受教育者树立正确的生命观、生存观和生活观,知生理,调心理,明伦理,懂哲理,晓事理。这门独立的综合人文素养课程将开启心智,塑造品格,提高公民意识,使综合素养问纵深发展。在一年多的时间里,"三生教育"受到云南全省广大师生和家长的欢迎。2008年12月,中共云南省委高校工委、云南省教育厅对部分学校管理干部、教师和学生无记名问卷调查显示:98.4%的学生对"三生教育"感兴趣,84.6%的学生认为参加"三生教育"没有学习负担,86.6%的学生认为参与"三生教育"对自己的成长非常有用。

"三生教育"是一门教有道、学有趣、做有法的好课程,正实实在在地提升着各级各类学校学生的综合素质。

"三生教育"的实施通常被分成三个各自独立的教学环节:一是认知教育(读),二是体验教育(动),三是感悟教育(思)。认知教育最为容易,源自书本。眼到不难,心到才难。感悟教育最有益处,一旦感悟,终身受用,就像是"永不消逝的电波"。体验教育最有意思,比如危机教育,学校一旦发生地震,发生绑架,发生火灾、水灾,怎么应对?怎么自救和求救?

怎么逃生？这些都要让学生到实地演练，现场演练。

云南省专门在高中开展死亡教育。开始的时候，"三生教育课"只讲生存，后来有一位教授在座谈会上说，人既要面对生，更要面对死，生死是人生的一对矛盾统一，应该搞死亡教育。罗崇敏听到这条建议后，觉得非常有道理，就指示编委会把死亡教育的内容编入了高中教材。小学生是不能学的，毕竟他们的心智发育水平还没有达到这个阶段和程度。到高中，专门有节课就是写遗书，这引起很大的争议。有的家长和教育工作者很紧张，直接打电话给罗崇敏："罗厅长，现在高中生心理脆弱，自杀率本来就挺高的，写遗书之后，诱发他们的自杀倾向，岂不是雪上加霜啊?!"罗崇敏说："否定之否定等于肯定，真让他们写了遗书，发泄了心中的郁闷，他们反而不会自杀了。"后来，他看了学生写的"遗书"，无外乎三种类型：第一种像是演戏，写给同志，他们喊革命口号，坚贞不屈，视死如归，"为了正义事业而死，死得其所"，愿后死者继承他们的遗志，将革命进行到底；第二种像是诀别，写给父母或老师，深情不舍的笔触令人鼻酸，"对不起，我走了，我要独自远行，去一个没有光亮、没有声音、没有恩怨的地方，你们把我培养这么大，我无以为报，只有说一声谢谢！我无法抗拒死神的诱惑，我会把你们对我的爱带走的……"；第三种则麻木不仁，只是不成样子地敷衍数语，既不像遗书，又不像日记，没有进入角色和状态，没有深刻的体会。

2009年7月15日下午，云南省教育厅迎来了一位特殊的客人——年仅十九岁的昆明女生刘子尔。她同时获得美国十所大学的录取通知书，因此获邀做客教育厅，与厅长罗崇敏分享自己的学习成长经历。

刘子尔出生于1990年4月，年纪虽然不大，阅历却颇为丰富。十四岁她在昆明十中就读时，就和妈妈创办了一所对外汉语培训学校，担任总经理一职，并且负责招生宣传工作。在学校，她品学兼优，成绩一直保持在全校前五名之列，还担任学生会宣传部部长和班上的英语课代表。另外，她的社会实践经验也异常丰富，曾为山区学生募集到价值三十余万元的文具和衣物。

2008年春天，刘子尔着手准备参加美国高考，经过一年多的努力，她被美国十所高校同时录取，其中包括大名鼎鼎的麻省理工学院、埃默里

大学和加州大学洛杉矶分校。经过反复权衡,刘子尔选择了麻省理工学院,从而破天荒地成为了云南省首位被麻省理工学院录取的应届高中毕业生。

听完了刘子尔的成长故事后,罗崇敏连连颔首,赞赏有加。"刘子尔现象"佐证了素质教育的价值和意义。他说:"我得到两点启发。一是我们必须加强自主教育。学习的主体是学生,但家长总是把孩子当成自己的私有财产,老师把学生当成自己的服从对象,让学生被动学习,这是不对的。家长和老师的任务是培养学生健全的人格、富有个性的广泛兴趣和意志力,让学生自主学习。二是要加强实践教育,传统教育过分注重书本知识,忽视了实践学习,刘子尔成功的案例充分说明实践教育的重要性。"

相比刘子尔,曲靖的独臂学生赵孟恒的情况更为特别。小时候他不慎遭电击致残,但他身残志不残,学习很刻苦,英文水平高,能够一字不差模仿美国总统奥巴马演讲。他还具有强烈的社会责任感,积极参加社会活动,曾到湖南去拜访长沙市一中学生马天知,受其事迹感染,奔赴汶川灾区当志愿者。赵孟恒受到国内的一些高校的歧视,却有十多所美国大学给他发来录取通知书。

谢思行是另外一种类型。2008年,谢思行还在昆明一中读高三,由于成绩优异,已提前被天津大学自主招生录取。高中阶段的最后一个学期,别的同学为了应付高考焦头烂额,"名木有主"的谢思行却有些闲得慌,于是他将学过的快速记忆法课本拿出来温习一遍,谢爸爸也抽出时间陪他"实弹练习",谢思行站在街口,一连记住二十个车牌号就是非常实用的招数。正是那会儿,谢思行脑子里灵光一闪,与其这么自学自练独善其身,倒不如开门办班兼济众生(低年纪学生),借机尝试一下创业的滋味。说干就干,谢思行找父亲借一百元"启动资金",印制宣传单,亲自上街发放。效果如何?有人打电话来询问,却无人报名交费。谢思行并不气馁,他再次找父亲借一百元,将无用功又重复了一遍。如果他就这样打退堂鼓,所有的创意肯定将胎死腹中。谢思行愈挫愈勇,他吸取前两回的失败教训,向父亲借五百元,请来帮手,去一些校园广发传单,终于收到了六名学生。这比"种粒"更珍贵的六名弟子也真够争气的,他们强记数学公式、化学公式不在话下,背诵古文也是小菜一碟,他们的学业成绩像火箭般蹿升所带来的广告效应比任何宣传单都更有说服力。此后,谢思行的记忆训练班不再是门可罗雀,而是人满为患,他必须限制招生名额才行,学费也提高到每名学员每个单期(十天)七千多元。谢思行上大学后,寒暑假都要回昆明办班(记忆班和演讲班),一个暑假就能净挣一百多万元。这份创业的成绩单令人刮目相看,啧啧称奇。难能可贵的是,谢思行通过雄辩的演讲让一些迷恋网络游戏的中小学生从此脱瘾,他们纷纷砸碎手中的游戏机(包括带游戏的手机),那样火爆的场面令所有家长过目难忘,击节赞赏。罗崇敏曾对谢思行说:"'三生教育'中的生存教育是生活教育和生命教育的基础,你是一名在校学生,就有了如此出色的创业成绩,你的榜样作用可以带动许多人去努力寻找自己的奋斗目标,以闯劲和智慧实现自己的人生理想。"

罗崇敏非常欣赏刘子尔、赵孟恒、谢思行这样的学生,他们不是书呆子,不仅关爱他人,而且造福社会,他们是"三生教育"的受益者和践行者。

"'三生教育'是个筐,什么都往里面装",有的学校把军训也放进去。各校根据学生的特点,侧重面有所不同。比如云南旅游学校就将生存教育放在第一位。这所中职学校的学生有的成绩很好,只因职校免费,就放弃了读普高,考大学。他们多半来自偏远农村和城镇下岗职工家庭,家长收入不高,文化素质偏低,开家长会时,有的人抽烟,有的人打毛线,有的人交头接耳,场面总是乱糟糟的。有的特困生,家庭年收入还不到一千元,许多孩子性格内向、自卑、叛逆,深受后现代主义酷文化的影响,在耳朵上、嘴唇上、鼻孔上打洞戴环,抽烟,喝酒,文身,早恋(甚至是同性恋),有的还有严重自残的心理倾向。针对学生的这些精神症结,学校把"三生教育"当作一剂良药,让学生懂得生命是父母创造的,提升生命质量和实现幸福人生则要靠自己去打拼和努力,否则就会落空。教师抱着悲天悯人的情怀,对一些学生进行心理疏导,学校调整课程结构,新开职业生涯规划课,新开理财课,新开就业教育和创业教育课。教师带学生去一些小咖啡屋、小精品店,了解创业的程序和要领,他们教学生掌握一技之长,设计自己人生的近景目标和远景目标。学校还开展师生互动的专题讨

论,比如有关"感恩和宽容"的主题,首先由教师提问:"如果老板给我一份工作,但他对我太苛刻,我还应该感恩吗?""宽容是否意味着软弱?""我诚信了,老板不诚信,我加班了,老板不给加班工资,当诚信不对等时,怎么办?"然后学生们开始自由讨论,什么情况下要感恩,什么情况下要维权,什么情况下要宽容,大家畅所欲言,课堂气氛空前热烈。有时各执一词,争得脸红脖子粗,但道理越辩越明,大家都很投入。许多精神迷茫的学生因此重拾信心,找回了学习的热情和兴趣。

"三生教育"是百年树人的根本。现在的中小学生和大学生,心理承受能力都很脆弱,在竞争越来越激烈的社会里,意志力强于知识。"三生教育"符合教育的本位,从书本到社会再到生活中去,与其说它是变革,不如说它是回归。

以往的德育造成知行脱节,上下倒置,对年龄小的要求高,对年龄大的要求低,罔顾现实社会的实际,徒然作空洞的道德说教,令学生入耳烦心。"三生教育"是把素质教育从天上拉回到人间,从温室拉回到果园,是中国教育理念的一大创新,是中国学校教育课程呈现方式和教学方式的重大突破。一改填鸭式的灌输,变为主题切入,师生互动,学生受到激发,自主地接受更多的知识。课本中有思考题,却没有标准答案,这种存异思维完全有别于以往的求同思维。云南农业大学的诸教授说:"上'三生教育'课时,一千多人的大课也都是静悄悄的,互动,思考,反躬自省,个个都能进入角色,不做局外人。平常上德育课、马列课,却有不少人心猿意马,走神都走到爪哇国去了,可没有上'三生教育'课的效果好。"

云南的中小学将"三生教育"列入校本课程,教法灵活变化,各有优长。昆明滇池度假区实验学校的校长杨立雄告诉笔者:"我们学校的条件较好,便在培养学生兴趣的同时教会他们体育技能,引导他们欣赏民族艺术。比如说,一年级学生学游泳,二年级学生学滑冰(旱冰和真冰),三年级以上学习球类,接触民族特色的舞蹈和乐器,参观民族博物馆,有的学生吹葫芦丝,吹树叶,很有水平,看到少数民族的武师爬刀岗,过钉桥,学生们都很惊奇。'三生教育'不局限于说教,而是付诸实践,比如说母亲节为母亲洗脚,每天做一桩家务,帮助贫困的同学,认养流浪狗,照顾那些荒地的树木,让孩子们了解这样的常识:森林是'大自然的总调度室',

一公顷阔叶林每天能吸收二氧化碳1000千克,放出氧气730千克,净化空气1800万立方米,破坏森林和草地,必然会引发生态失衡,恶化环境,招致多种自然灾害的侵袭。老师还设计节目,让同学们把自己最早的一张照片拿到学校,展示给其他同学看,讲讲这张照片是在产房还是在哪儿拍的,是护士抱着、母亲抱着或别的什么亲人抱着拍的,讲讲自己的名字是谁取的,是什么含义。我记得,有一位女生叫李妍冰,她说她的名字的意思是美丽加聪明,其他同学问她'冰'怎么会是'聪明'的意思呢?她回答,这个'冰'是冰雪聪明的'冰'。老师还让学生选一本好书作为自己的常读书,许多同学都选择美国作家海伦·凯勒的励志经典《假如给我三天光明》。"

以往,国外是寓教于乐,国内是寓教于苦,应试教育培养的工具多,高分低能者多。以往,一些有识之士寻找通识教材,大有"上穷碧落下黄泉"的劲头,可惜"两处茫茫皆不见",有的人甚至找到台湾去了。现在云南有了"三生教育"的教材,他们终于找到了指南针。现在上学的孩子,百分之七八十都是独生子女,他们从小娇生惯养,衣来伸手,饭来张口,是捧在手心长大的一代,习惯于以自我为中心,不知道生活的艰难,缺乏感恩心理,没有生存的技能,对生命的境界两眼一抹黑。"三生教育"使学生抗挫折的能力大大提高,使他们懂得获取爱固然幸福,付出爱更加快乐,这种爱包括爱人,爱动物,爱大自然中的一草一木和鸟兽虫鱼。当孩子们朗诵白居易的那首诗:"谁道群生性命微?一般骨肉一般皮。劝君莫打枝头鸟,子在巢中望母归"时,他们的心灵便更加温润了,爱意也更加浓厚了,环保意识也早早地植入到孩子们的心里。

2009年4月10日,中央人民广播电台记者已约定下午四点专访罗崇敏,可是他失约了。他去哪儿了呢?昆明八中有一位家境贫困的初中生孙浩云身患白血病,同学们为他募捐,献爱心,但能力微薄,杯水车薪,有位叫余明津的同学麻着胆子,写了一封电子邮件向罗厅长求助。罗厅长闻讯而动,临时决定先去医院看望生病的学生,抚慰他,让他安心养病。至于医药费,他会出面帮他筹措。在场的人都很感动。直到六点钟,罗崇敏才赶回教育厅,一再向久候的记者道歉。罗厅长显然不是那种张口许愿、转背食言的人,他个人捐助孙浩云两千元,省民政厅补贴五千元,医疗费

的缺口还很大,他又出面促成太平洋人寿保险公司的老总姚向东承诺十万元。对于孙浩云来说,罗厅长的这一善举等于给了他第二次生命,使他重返人间。这件事还得从头说起:

2009年3月29日,余明津路过昆明南屏街时,一群正在为生病同学募捐的同龄人引起他的注意。他上前了解后得知,昆明八中学生孙浩云不幸患上白血病,巨额医疗费相当棘手,孙家早已是债台高筑。

十七岁的余明津决心以自己的微薄之力帮助这位素不相识的小兄弟。在昆明十中校长刘振昆的支持下,余明津和同学们一起到街头和其他学校进行爱心募捐,为孙浩云筹集治疗费用。

"我们感到无奈的是,在募捐的过程中,有些人不太理解,比如在街上有城管人员不允许我们'摆摊设点',有些市民怀疑我们是骗子,有些学校对我们也不太信任。"当满腔爱心遭遇这些阻力的时候,余明津突然想起了教育厅厅长罗崇敏。"给他写封信吧!他那么温和慈祥,又是教育厅长,说话管用,应该能帮我们想个好办法。"

"尊敬的罗厅长,这次给你写信的原因是我们有些困难,希望您能帮助解决。无意中,我得知孙浩云同学不幸患上了白血病,而他的爸爸已因肺癌去世。他的同学正在自发为他募集治疗费用,但一个学校的力量是有限的,所以我建议其他学校也能组织活动帮助他……"

余明津在信中说,虽然他并不认识孙浩云,但作为同龄人,真的很希望他能早日康复,早日回到学校这个大家庭,和大家一起读书、学习。

两天后,即4月9日,这封书信通过挂号信的方式直接投递到了省教育厅厅长罗崇敏手中。细细读完来信后,罗崇敏面色凝重,马上决定去医院看望病中的孙浩云。

"你一定要坚定意志,充满信心,好好配合医生进行治疗,一定能康复,返回课堂!"耳边传来这个温暖的声音,多日来吃不进、喝不下、睡不好的孙浩云脸上露出微笑,心情顿时云开雨霁。

没有随从,更没有事先安排,罗崇敏的到来让许多人感到惊讶。在医院,罗崇敏不仅见到了躺在病床上的孙浩云,也见到了给自己写信的学生余明津,他们见到罗厅长时,显得有些腼腆。

一旁的陪护老师说,孙浩云是一个品学兼优的好孩子,不仅乐于助人，还勤学上进，成绩在班级一直名列前茅，住院以来，老师和同学都很想念他。目前，仅昆明八中一所学校，经过多次募捐，师生共筹集十三万余元爱心款项。

"如果没有这封信，可能我就不会知道这回事。这封信表达了同学的一片爱心，同时，这种爱心又深深打动了我，我很感动。"罗崇敏认为，一个中学生能为另一个素不相识的同学奉献爱心，甚至写信求助，其实就是用行为诠释了"三生教育"的真谛，体现出社会的博爱之心。罗崇敏表示，将尽量争取更多支持，以最大的努力来帮助孙浩云度过目前的困难。

罗厅长爱护患病的学生，是一以贯之的。除了帮助孙浩云，他对昆明市第八中学的应届毕业生刘雨杭的关照也体现了他的仁爱之风。

2009年5月14日，刘雨杭在医院体检时，被查出患有急性白血病，不到一个月的时间，他就要参加高考。一个白血病患者，如果在考场这类人员集中的场合，他很可能再次感染，从而加重病情。在这种情况下，刘雨杭若要圆成高考梦，唯一的办法就是申请"特殊考场"。

2009年6月4日，高考已进入倒计时，时间非常紧迫。刘雨杭的母亲怀着忐忑不安的心情来到云南省教育厅，表达了儿子的心愿。省教育厅领导高度重视刘雨杭母亲的来访，在外调研的罗崇敏得知此事后，指示有关职能部门特事特办，一定要让刘雨杭顺利参加当年的高考，帮助这名男孩实现自己的愿望。翌日，经过批复，刘雨杭被安排在离医院较近的昆明八中考点考试。他所在的昆明医学院附一院为确保考试顺利进行，指派一名医生全程陪护，并成立医疗小组，做好应急准备。刘雨杭终于如愿以偿，成为了云南"病房考生"第一人。

2009年6月8日，全国高考第二天，罗厅长在考试之前，特意去看望了刘雨杭，亲自把营养品送到刘雨杭父母手中，勉励刘雨杭安心考试，放心治疗，珍惜生命，让生命绽放出灿烂的光华。罗崇敏拉住刘雨杭的手，叮嘱他好好发挥，把十二年积累的知识充分表现出来，考出好成绩，使父母和师长感到欣慰，回报所有关心他的同学和社会各界付出爱心的人士。罗崇敏说："刘雨杭在特殊的身体状况下参加高考，挑战命运，挑战自我，我们很感动。考试成绩是其次的，我们更关心他的健康状况，他的坚强毅力值得我们大家学习！"

2009年5月29日下午，"中国三生教育论坛"在人民大会堂举行：罗崇敏与一些专家作了相关的演讲。其后，他在中央人民广播电台中国广播网教育频道的现场直播节目中接受主持人徐小璐的采访，他说："'三生教育'从边疆走进北京，到一个神圣的地方——人民大会堂举办论坛。这么多专家，我叫做群贤毕至。很多专家云集到这个地方，阐述自己的观点，那些没有发言的专家在下边，我看得出来，他们很激动。休息的时候有人对我说：'罗厅长，我看你在演讲的时候，你的每个细胞都富有激情，都复活了。'我说：'没有到这个程度。'他说：'你的演讲使我产生了强烈的共鸣……'所以我说，在人民大会堂举办这次活动，全国各地的专家学者，特别是北京的专家学者都前来参与，'三生教育'的影响力就很大了。通过我们的媒体，通过中央人民广播网，还有其他媒体，把'三生教育'论坛上许多专家学者的观点传递出去以后，我相信会引起国际上的反响。因为这个'三生教育'从某个方面讲，它是人本性、普适性、常识性、实践性、主题性的一种教育。它既是中国特色的社会主义教育价值，也是世界普遍认同的一种教育理念。所以我对这次举办'三生教育'论坛取得成功感到由衷的高兴，当然也通过中国人民广播电台要感谢那些支持、帮助、关心、指导这次活动的各界领导、专家，以及各相关部门和单位。没有他们的指导、支持，这次论坛不可能取得如此圆满的成功。"

2009年，云南教育厅在北京、上海、广州相继开办"三生教育"论坛，因为云南落后，要到先进地区推广，让媒体了解云南，关注云南，宣传云南，从外至内加以推动。有些人私下议论，罗崇敏在媒体上大张旗鼓地宣传"三生教育"，宣传"减负"，是为了推销自己，炒作自己，他是为了个人扬名博誉。有道是，"心底无私天地宽"，对这样的猜测和议论，罗崇敏并不生气，他说："我们的事业是开拓创新的事业，它触及社会的诸多矛盾，如果不让大众媒体介入，不让更多的社会有识之士关注，就会遇到很大的阻力。他们说我借机宣传自己，那不是平心而论，不是客观的认识，我不会因为他们的错误来惩罚我自己的。"

殊不知，许多有问题的官员恰恰最怕宣传，诚所谓"人怕出名猪怕壮"，被捧杀的官员屡见不鲜，因为宣传是一柄锋利的双刃剑，人格、操守都要站得住脚，强光之下，瑕疵难避，等于将自己置于社会的监督之下，干坏事肯定更难，贪污受贿肯定更难。罗崇敏主动走到聚光灯下，走到镜头前，将国内各大媒体当作助推器，他谋的是云南省教育事业的蓬勃发展这份实利，而不是个人的虚名。罗崇敏在云南省教育厅主政两年多来，云南省教育改革的新闻见诸全国各大媒体，引起了全社会的关注，这究竟是对云南教育更有利，还是对罗崇敏更有利？这道问答题正常人应该不会答错。

罗崇敏曾与北京大学、清华大学的校长谈论过一个观点："不管哪个民族，智商是一样的，不同的是情商，情商是通过环境来改变、来提高的。这里我要说的是：'三生教育'是素质教育的重要组成部分，通过实施'三生教育'，会推进素质教育，会促使教育部门解决应试教育的一些弊端，从而保证学生快乐学习，健康成长，我坚信，这样的作用是有的。"

罗崇敏去各校调研，大家知道他的书法好，都请他题词赐墨宝，他题写得最多的内容是："教真育爱"、"大德致学"、"临近致远"、"学成"、"至真致远"、"为了一切孩子，一切为了孩子"、"志存高远"、"养趣崇智"、"有教无类"、"厚德积善"、"金声玉振"、"大爱无疆"、"知识改造生命"……

"教真育爱"是罗崇敏的四字真经。真和爱是和平、幸福的基石。他把"教书育人"升华为"教真育爱"，等于把一杯白开水升华为一杯美酒，从低端到高端，从原始到文明。

关于"教真育爱"，罗崇敏的解释很到位："教真"就是要使受教育者认识真理、追求真理，为真理而奋斗，要使受教育者求真知、做真人、干真事；"育爱"就是要使受教育者拥有爱心，不但爱自己，而且爱他人、爱家庭、爱团体、爱民族、爱社会、爱自然，要葆有博爱之心、大爱之心、自爱之心。人世间最宝贵的就是爱，学生的品格或行为的真善美最终决定于一个字，那就是"爱"。所以中国的教育要培养合格的接班人或建设者，就必须把"教书育人"的低门槛提升至"教真育爱"的高境界才行。

2009年8月27日下午，中国出版集团教材中心、云南省教育厅和云南出版集团公司在昆明签署协议，今后云南省教育厅编纂的"三生教育"系列教材由人民出版社出版。地方教材面向全国发行，尚属首例。罗崇敏代表云南省委高校工委和教育厅，在签字仪式上发表了即兴演讲，他说："'三生教育'开展以来，各级各类学校按照省委、省政府的指示和要求，

按照省委高校工委、省教育厅的具体安排和部署，结合具体实践，认真地从认知、体验、感悟三个阶段来全面实施，使'三生教育'系统教材真正走进了课堂，使学生得到了对生命、生存、生活的全新感悟。"

云南省的原创教材走出云南，走向全国，这是破天荒的头一遭，实现了零的突破。云南省教育界信心倍增。

罗崇敏向记者透露，"三生教育"教材交由人民出版社发行后，返回云南的经济利益很少，但有关"三生教育"的大型活动，可望得到出版社的鼎力支持。还有一个利好的消息，云南省教育厅正集结全国声望高、学术能力强的学者，凝聚高层智慧，抓紧编撰"三生教育"公民读本。届时，将面向全国发行。他说："'三生教育'的资源是开放的，凡是古今中外对人的心灵成长、生命完善有益的东西都可以整合为'三生教育'的资源。'三生教育'的目标是开放的，只有进步者，只有成功者，没有失败者。'三生教育'的利益也是开放的，钱与物，不求所有，但求所用，可以达成共赢和多赢的局面。"

2009年9月，罗崇敏扁桃体发炎，由昆明医学院第一附属医院院长和耳鼻喉科主任何晓光陪同，去北京同仁医院做扁桃体摘除手术，由同仁医院的韩院长亲自主刀。罗崇敏躺在手术台上，麻醉师准备打麻药，他跟何晓光念叨的是："我们的教育要公平，作为一个教学管理者，要对得起老师、学生、家长！"术后才三四天，罗崇敏的嗓音仍然嘶哑，讲一句话，必须喝一口水，没等创口痊愈，他就前往于丹工作室看望于丹教授，邀请她到云南昆明开讲座。于丹深受感动，当场就答应下来。不久，她欣然践约，从北京飞往昆明，讲座的题目确定为"三生有爱"。在讲座中，于丹教授特别谈到了罗厅长，这个为教育事业不惜玩命的人，其实他最懂得生命的意义和价值。言词之间，于丹教授充分表达了她对罗厅长的敬重和钦佩。

黑龙江大庆一所小学一位姓张的老师因在网上看到"三生教育"的报道，读了罗崇敏的《天鉴》，长期病魔缠身的她对生命的价值有了全新的认识，竟然健康得到很快恢复。她从同仁医院从事护理工作的同学口中得知罗崇敏住院，决然从大庆起身乘火车到同仁医院看望从未谋面、仰慕已久的罗崇敏，但遗憾的是，当她到达医院的时候，罗崇敏已经提前出院。后来她写了一篇感人的文章挂在自己的博客上，以表达对罗崇敏的敬意。

2009年12月5日，罗崇敏创作了一首新诗《他是谁——为大学生而作》，在这首诗中，他强调智慧、真爱、眼光和胸怀，拥有了它们，才能拥抱美好的未来：

> 他有一副空灵的脑，
> 春去秋来在思考，
> 流淌你的智慧，
> 打上人间的问号。
>
> 他有一颗敏感的心，
> 云卷云舒亦洞明，
> 传递你的真爱，
> 跳动时代的情怀。
>
> 他有一双平视的眼，
> 花开花落都不变，
> 远眺你的身影，
> 阅尽山川的无限。
>
> 他是谁？
> 他有指点江山的手，
> 他有丈量地球的腿。
>
> 他是谁？
> 他是我和你，
> 他是我们的胸怀，我们的未来。

五天后，罗崇敏首途法国巴黎，12月11日飞往南美智利的首都圣地亚哥，在越洋航班上，他诗兴大发，创作新诗《三生有爱——为中学生而作》：

我从哪里走来？
爸爸妈妈的真爱，
养卫我的心灵，
发现生命的关怀。

我从哪里走过？
老师同学的真爱，
启迪我的智慧，
憧憬生存的世界。

我向哪里走去？
兄妹朋友的真爱，
坚卓我的意志，
挑战生活的未来。

认知生命，
体验生存，
热爱生活。
放飞人生的真爱。

珍重生命，
学会生存，
幸福生活，
拥抱人间的精彩。

　　从2009年开始，罗崇敏有一个可喜的变化，一个新的角色意识越来越明确。他原本是改革官员，是教育家，是思想者，现在称他为诗人也不为错，称他为教育诗人则更为准确。在他的数十首诗作中，主题多半与教育密不可分，其中已有多首歌词被谱曲，在师生中广为传唱，比如这首

《教真育爱——教育颂歌》，始作于2010年1月15日从北京飞回昆明的航班上，现在已成为许多学校的"流行曲"：

真知从这里讲起，
一声声表达我们的真情。
耕耘智慧，播种真理，
我的传承是你的创新。

真爱从这里流经，
一滴滴滋养我们的心灵，
养育爱心，放飞理想，
我永远伴随你的成长。

真人从这里书写，
一撇一捺使我们站立，
建树尊严，练达才情，
你的幸福美丽我的生命。

啊！我的心田开放着至爱的花朵。
啊！我的血液流淌着智慧的硕果。
教真育爱是我不变的信念，
教真育爱是我一生的奉献。

2010年3月1日，正值新学期开学之际，云南生命生存生活教育研究会在昆明正式成立。云南省教育厅厅长罗崇敏毫无争议地当选为首任会长。他表示，云南省"三生教育"研究会是群众性的教育学术团体，是由致力于关心学生成长的教育人士和各级各类学校、单位自愿组成的非营利性社会组织，宗旨是开展"三生教育"的研究和实践，同时用教育的力量引导学生树立正确的生命观、生存观和生活观，培养学生的高尚心智、创新精神和实践能力，促进学生全面发展。研究会的成立可以充分整合社

会资源,有效促进"三生教育"理论研究和社会实践的全面开展,推动"三生教育"走向全国。

有人说,罗崇敏极力倡导"三生教育",给教育工作者和受教育者指明了一条正确的回归之路。回归绝对不是倒退,而是导引久已迷失方向的素质教育找到真北,促使误入歧途的素质教育重返正道。也有人说,墙内开花墙外香,关于"三生教育",云南本省的媒体宣传得不多,但全国性关注很多,至今已有二十四个省有关地区和学校采用"三生教育"的教材,台湾、香港、新加坡、加拿大等地的教育机构,纷纷前来取经。养卫心灵的教育理念必定能造福众生,这是绝无疑义的。当然,也有人对"三生教育"的实施产生偏见和怀疑,甚至有的说罗崇敏是不是为了销售他主编的"三生教育"教材和"三生教育"社会系列丛书而做这项工作。其实我深入了解到,罗崇敏废寝忘食、精心策划、撰写提纲,和大家在一起编撰的"三生教育"书籍没有取过一分稿费,也许正是罗崇敏这样的胸怀和追求,"三生教育"才会发源于云南。

笔者了解到,现在"三生教育"已经在全国二十五个省、市、区有关地区和学校广泛开展,得到了中央领导和教育部、中国社科院、民政部等的广泛认同,受到了社会的普遍关注和参与,也引起了海外教育界的重视。为了总结几年"三生教育"实践经验和理论探索的成果,进一步探究"三生教育"的新思路、新办法,部署"三生教育"今后一个时期的工作,2011年10月21日,"三生教育"大会在昆明召开,来自国内外的专家学者和"三生教育"一线的校长、老师、家长代表、企业家代表等千余名莅临会议,六千余人通过视频参加会议。会上,教育部副部长刘利民、省委、省人大、省政府、省政协领导出席会议并发表讲话。这次会议上,人们已深深体会到"三生教育"思想传承、丰富和发展了现代教育思想,它必将成为中国现代教育智慧的一部分而传播世界。会上,聘请了"三生教育"研究委员会委员,表彰了"三生教育"的杰出人物,发表了"三生教育"宣言,组建了志愿者队伍并作了宣誓,举行了"三生教育"第四版教材和"三生教育"公民读本的发行仪式,决定了编撰《"三生教育"社会读本丛书》。这标志着"三生教育"从学校走向社会,"三生教育"从云南走向全国,进入世界。

罗崇敏在会上作了《实施"三生教育" 促进人类幸福》的主题演讲。

他说：多年的实践探索，使我们认识到"三生教育"继承、丰富和发展了现代教育思想，促进了现代教育体系建设，构建了现代教育价值，促进了教育体制改革创新。与会代表和社会各界最关心的是"三生教育"作为一项事业，怎么深入持久展开和健康有序发展。罗崇敏以他独到的深邃眼光和战略思维提出：我们认为，实施"三生教育"的前提是以人为本，核心是教真育爱，目标是使人幸福，方法是认知、体验、感悟相结合，学校、家庭、社会相促进。我们要调动各方面的积极性，凝聚各方面的力量，大力推进"三生教育"的课程化、实践化、社会化、国际化。应始终坚持以人为本，培养全民的教育自觉、教育自信和教育自尊；应始终坚持教真育爱的价值取向；应始终坚持使人幸福的目标追求；应始终坚持认知、体验、感悟教育相结合；应始终坚持"三生教育"教师队伍建设；应始终坚持"三生教育"体制机制建设；应始终坚持按国际化思维、社会化行动、现代化目标的要求实施"三生教育"。与会的伦理学、心理学、生命科学、教育学、哲学专家们都表示赞同罗崇敏的观点，都表示积极参与"三生教育"的理论研究，构建"三生教育"理论体系。参加会议的校长、老师、学生和企业界代表表示要做"三生教育"的参与者、实践者、宣传者、推动者。

实至名归，"三生教育"被写进了《中国教育改革发展纲要》，罗崇敏被国内外媒体不约而同地誉为"三生教育之父"，他获得了由教育部、民政部联合颁发的"科学人生大奖"。

第四章　两重山：排危与减负

"要办人民满意的教育，先要办人民放心的教育。"

——罗崇敏　2008年

2008年5月12日十四点二十八分，汶川大地震，这场突如其来的灾难造成极为惨烈的后果，遇难者和失踪者总数将近十万人，遇难和失踪的在校学生多达八千余人（兹以四川省教育厅厅长涂文涛在2008年5月21日举行的一次内部会议上通报的数据为准），教学楼倒塌成为普遍现象。一时间，民众极度怀疑那些一震即垮的中小学教学楼是偷工减料的豆腐渣工程，他们怒火填膺，对诸多不知姓名的建筑承包商和主管基建的校领导恨之入骨，通过互联网络口诛笔伐，情绪近乎失控。

强震之后，在第一时间，罗崇敏就拿出了应急方案："四川的地震给我们敲响了警钟，无论是新建校舍还是改建校舍，都要加强抗震设防管理，处于地震带上的校舍抗震设防标准，至少要按八度设防（建筑物必须能够抵抗相当于震中在本地六级甚至六级多的地震）。"罗崇敏敬畏生命，强调灾难面前必须学会反思，大自然的毁灭力不可抗拒，但人祸是可以防患于未然的。

校舍为何特别容易受损？罗崇敏引述昆明市防震减灾局震害防御处处长靳树才的分析说，震灾中学校是重灾区的原因有三：一是学校内师生密集，往往一间教室里满满当当都是人；二是教学楼的建筑跨度大，都是大开间，降低了房屋的抗震能力；三是校舍建设抗震设防执行的标准没有提高，成为震灾中的软肋。像医院、学校、市政设施等重要的生命线工程，抗震设防都必须要提高标准。抗震建设标准与资金投入相关，也与主政者的"注意力"相关。

汶川地震后的第二天，罗崇敏主持召开了云南排除危房、学校标准化建设的紧急会议，在这个会议上，他郑重承诺，用三到五年的时间，全面排除全省中小学640万平方米的D级危房。通俗一点讲，D级危房就是有重大安全隐患、不能再住人的房子，可是云南还有50多万师生出入其间。云南省委省政府每年拿出8亿元，通过三年到五年的努力，把640万平方米的D级危房全部拆除重建，使广大师生在安全的环境里学习和生活。

云南省的广大区域处于地震带上，地震隐患比达摩克利斯悬剑更可怕。当年，"普九"期间，大多数学校都是人民教育人民办，校舍由集资建成，土木结构，砖木结构，这样的房屋占整个校舍的60%。按照现在的要求，这些房子既不中看，也不中用，均应拆除。如此一来，该当拆除的校舍就要占到整体校舍的70%。工程量之大，可想而知。据云南省教育厅初步统计，共有1600万平方米的校舍需要拆除重建，共有1900万平方米的校舍需要加固。按照"校安办"的三年建设线路图，云南省的任务异常繁重。最大的困难在于资金不足。按照新标准建设，云南需要350多亿元资金。可是通过多方面的努力，总共才筹集到50多亿元，其中还包括了一部分银行贷款。资金缺口大，确实令人头疼。但罗崇敏做事，一向喜欢迎难而上，他绝对不会因为资金上的困窘就放缓校安工程的实施，他深知这项功在当代、利在千秋的民生工程不可延缓。

全国"校安办"的设计线路图明确显示，2009年要完成三年整个作业量的30%，2010要完成三年作业量的60%，2011年要完成三年作业量的10%，验收达到百分之百。

经过理性的、客观的、实事求是的排查之后，云南省对这个线路图做了一些必要的调整，原因在于：第一要拆除的校舍多；第二需要投入的资金大。面对困难，罗崇敏尽可能把工作做细致做扎实做到位：首先把排查鉴定的结果向上汇报，然后建立数据库，建立GIS（地理信息系统），然后从各个方面筹集资金。罗崇敏始终认为，教育是面向未来的事业，办教育的人不仅要透支一点现在，而且要透支一点未来。百年大计，教育为本。现在着手进行的校舍安全建设必须经得起时间的考验，要对历史负责，

对师生的安全负责,所以按照标准化的要求来建设校舍,丝毫马虎不得。既应满足安全需要,又应满足教学功能和学校文化发展的需求。新建的校舍不是应急工程,而应该是又好用又经用的百年工程。

罗崇敏强调,大家必须改变旧观念,以往是先积累后消费,量入为出,如此建设新校舍,将是慢郎中救急惊风。他说:"我们必须集中部分资金把那些还在D级危房里的孩子抢救出来,让他们在安全的教室里上学。现在我们要消费式积累,大把用钱,尽快把学校建成建好。我以前常说,'借钱办学是英雄,找钱还债是好汉',只有这样我们才能依时按刻保质保量完成改造工程。"

云南省校舍安全建设小组由省长秦光荣亲自牵头,各州市也都是一把手带队组织实施小组。省和州市有组织、协调、统筹的责任,县和乡有直接的建设责任,学校具有法人责任。各级责任分担明确。

2008年国庆节上午十时,罗崇敏铺开信纸,把自己深思熟虑的想法写下来,这封信他写给谁呢?他写给温家宝总理。其中有一段专门介绍云南的排危措施:

> 中共云南省委、省政府坚决贯彻党中央、国务院抗震救灾、重建家园的战略决策,率领我们紧锣密鼓地开展云南省地震灾区的恢复重建工作,特别是在中小学危房排除和标准化建设方面采取了很多有力的措施。一是对全省中小学危房进行全面普查,建立了云南省中小学校舍GIS,将640万平方米的D级危房分单位建筑进行系统管理和监控;二是制定了三到五年全面排除D级危房的规划,制定了中小学危房改造和建设的标准,在汶川地震的第二天,由省政府和各州市签订了限期排除D级危房的责任书;三是点面结合,大力推动点上整体排危,促进面上地震多发区和自然灾害频发区的危房排除,例如曲靖市全面启动整体排危和标准化建设项目,两年排除100万平方米D级危房,把十五年能做的事情两年完成;四是加大资金投入力度,省政府今年计划投入中小学危房改造资金2.7亿,汶川地震后,省政府又及时增加2.55亿,共投入资金5.25亿元,秦省长还表示,到年底视省级财政收入状况还要增加投入;五是创新中小学危房改

造和标准化建设体制机制，政府负责，市场参与，金融支持，企业捐
助，统一规划，统一建设，统一监管。

2008年10月9日，温家宝总理在罗崇敏的来信上批示："请发改委会
同教育部派人到云南调查研究，协助搞好中小学危房改造和标准化建设
工作。"

曲靖市是云南的教育强市，在校安工程方面也走在前面。2009年新
建的校舍高达六十多万平方米，在如此短的时间内高质量、高标准、大面
积地建设中小学校舍，给其他市州树立了范例和典型。罗崇敏说，只要干
起来，多动脑筋，办法总比困难多，再次得到了印证。

2010年2月上旬，笔者采访曲靖市教育局局长毛辉时，他拿出厚厚的
大图册《曲靖市中小学标准化建设指南》给我看。其中，教室、宿舍、食堂
等重要基础设施都有三套图纸，学校必选其一。从设计图来看，外观漂
亮，功能齐全，确实很先进，丝毫不逊色于经济发达地区的学校。毛局长
说："罗厅长对排危抓得很严，偷工减料是不行的，不按标准设计图建造，
达不到八度防震的要求，就休想验收过关。在云南建校舍，豆腐渣工程过
去是有，现在已彻底杜绝。"毛局长还向笔者介绍，校安工程包括排危，但
范围更广，标准更高，涵盖了B、C级校舍的改造和维修，为此国家一年专
项划拨80个亿，三年共计240个亿，但分散到各省，尤其像云南这样教育
基础薄弱的省份，就是杯水车薪。云南省由建设部门牵头普查了一次，结
果发现，要纳入校安工程的面积高达1700多万平方米，这个数据比教育
部门的估算要高得多，若要全部完工，共计需要投入资金400多亿元，单
靠各级政府拨款显然远远不够，还要广泛吸纳民间资金才行。总而言之，
这真是任重而道远啊！

云南排危的力度和广度引起了李克强副总理的关注，云南排危的经
验也上升为国家中小学校舍安全的决策，这真是造福千秋、功德无量的
事情。

减轻中小学生负担同样是一个老大难的社会问题。这个负担包括学
习负担、心理负担、经济负担。为何减负喊了许多年却始终没有减下来？

这和我们的制度、观念、管理有很大的关系，比如说考试制度，还有家长、老师的观念。家长总觉得孩子读书是学校的事情，学校要全面管理他。家长望子成龙，总觉得好成绩是"补"出来的，好学生是"压"出来的。其实这是一个误区。如果教师肯下决心，下力气，下工夫，在四十五分钟的课堂上做文章，提高教学质量，就根本不存在补课的问题。补课实际上意味着教学水平不高，教师在教学方面未能尽心尽力。罗崇敏认为，在教育界，集体补课这种做法就不应该出现，个别孩子由于跟不上进度，需要老师补一补课，是可以理解的，但补课成风，这就很不正常了。

六岁前，孩子天真活泼，刚入学时很开心，积极性很高，一两个月后就开始厌学，作业扼杀了孩子们的求知欲望。有的小孩会稚气地问爷爷奶奶："我什么时候也能像你们这样退休啊？"书包太重，题海就是无边的苦海，令他们找不到岸在何方。一位的士司机说："早晨六点半前，下午六点半后，坐我们车的主要是学生。"摆脱题海，对谁不好呢？老师有精力从事教学研究，学生有时间培养兴趣，发展个性。然而，整个教育是一盘棋，每个棋子都身不由己地陷入怪圈，掉落在无边的题海里，挣扎，浮沉，压抑，郁闷。

2008年12月16日，在云南省减轻中小学生负担听证会上，罗崇敏说："中国的学生负担太重，实质上会导致民族的负担太重，社会的负担太重。学生不光是学习负担重，心理负担也重，经济负担也重。学生负担重，特别是中小学生负担重。从外部看，就业的压力引起学习竞争，地方政府错误的政绩观对学校形成压力，社会对学校缺乏科学的评价标准，用人单位重学历轻能力，这些原因增加了学生的负担；从内部看，学校发展不平衡，资源配置不合理，国民教育体系不完善，缺乏科学的评价考试制度，传统人才培养模式僵化，教师素质不高，这些原因增加了学生的负担。所以，减轻学生负担是全社会共同的责任，是学校肩负的使命。减负可以从以下方面做出努力：各级党委政府要改变政绩观，不给教育行政部门压深一些指标；要增加教育投入，合理配置教育资源，使区域内教育均衡发展；实行九年一贯制学校，免去小学升初中的择校竞争；规范学校办学行为，不设重点班；取消小学升初中的附加条件；停止评选三好学生；规范学校管理，不允许在编教师从事有偿家教；深化课程改革，适当降低课程难度;加紧建立现代国民教育体系,调整教育结构,使学生有更多的专业选择机会;千方百计使教师提高业务水平,提高课堂教学质量。"

2009年元旦期间,昆明市区大街小巷一派喜庆的气氛。在昆明图书城,更是人流如织。在熙熙攘攘的人群中,有一位特异的"读者"——前来调研的教育厅厅长罗崇敏。他径直走到三楼教育用书专卖区。在形形色色的教辅书的大包围圈中,他放慢了脚步,就像一艘帆船接近了一个大漩涡。

书城经理告诉罗崇敏:"去年教辅书零售额占总销售额的百分之九十以上,几乎没有老师像往年一样来集体订购教辅书。"

这就对了。2008年春,云南省教育厅推出了一系列为中小学生减负的措施,严禁教师统一为学生订购教辅书是其中一项。

在学生用书区,最引人注目的是高考辅导书:《2009年高考预测题全集》、《高考各科解读2009全攻略》等。其中以考霸、学王、秘笈、密卷等名字命名的考题教辅书多达数十种。除此之外,在书架上的诸如强化手册、同步题库、历年真题、每日一练等教辅书更是令人目不暇接,眼花缭乱。这些形形色色的教辅书无不充满媚惑的神情,瞄准的都是购书者的钱包。罗崇敏的脚步越来越慢,他越看越仔细。他边看边问书城经理,教辅书的发行、流通、销售情况如何?通过新华书店渠道发行销售的教辅书居然多达二百余种,这个庞大的基数使罗崇敏的脑海冒出一座庞然大山来,他的神色立刻变得十分凝重了。

在昆明图书城小学生书柜前,罗崇敏见到一位正在为孩子选购教辅书的母亲,他问道:"你经常来给孩子买参考书吗?你按什么标准选书呢?"

"买什么书给小娃练习,我心里也没谱。这里的辅导书太多,真不知道挑哪本才好。你看,光作文书就有《作文宝典》、《百佳作文》、《满分作文》、《作文妙评》、《作文一点通》……好几十种,买哪一本好呢?"这位母亲一脸茫然,面有难色,举棋不定。

"不知道买哪种,就不买嘛……"罗崇敏提醒道。

"那怎么行?!其他小娃都有,我不买,我小娃不吃亏了?"

这位母亲抱怨,有的教师布置作业,全是从教辅书上原封不动摘抄下来,有的甚至用某本"真题练习册"充当学生的课外作业,考试题目多半从各种练习册和模拟试题上直接"复制",这样偷懒,真不敢相信他们的备课水平。

这位母亲简短的话语并不简单:别人买教辅书,我不能不买;别人买一两本教辅书,我就买三五本。这就是学生家长的心理。如果学校、教师再找几点理由推波助澜,教辅书就更火了,学生的书包就更重了。

听完这位母亲的抱怨,罗崇敏说:"放心吧,这种现状肯定会改变。省教育厅正在研究方案,减轻学生的课业负担,教辅书的好运到头,气数将尽了。"

"真的吗?那就太好啦!"这位母亲尽管有点将信将疑,仍然感到很欣慰。

此后,罗崇敏了解到更详细的情况,新华书店百分之六十的收入靠教辅轻松斩获,而云南出版集团出版教辅的收益也是极为可观,至于学校从中收取的回扣,也绝非区区之数,利益链条一旦形成,终端受害者就是学生和家长。

2008年"两会"期间,罗崇敏身为全国人大代表,在接受媒体采访时,他呼吁道:"不要让教辅书压垮了学生!"他认为,过多的教辅书,不仅给学生造成沉重的课业负担,导致学生书包越来越重,而且给贫困学生的家庭带来额外的经济负担,等于雪上加霜。

在调研时,罗崇敏发现,中小学生负担过重,学习负担造成了严重的心理负担和精神负担。他看到,有些学校口口声声喊素质教育,却扎扎实实搞应试教育;口口声声说要减轻学生的负担,却扎扎实实加重学生的负担。

"这就不能不引起我反思我们的教育观念、教育思想和教育管理体制。学生负担过重,根源在教育,表现在社会。因为现在社会有这个需求,家长总觉得不能让孩子玩,天天要上课、补课,不补课就会落后。殊不知,好成绩并不是补出来的,好学生并不是压出来的。靠补靠压,只会使学生变形,只会使学生畸形成长。我见过这样一个孩子,上小学一年级才两个月,老师中午布置作业,有一百二十道计算题,孩子做,父亲帮着做,母亲也帮着做，因为他下午就要交啊，三个人做都没有做完。你说这个孩子他负担重不重？作业的负担，心理的负担……他刚刚入学两个月，就受到这样的摧残。我们很多家长下班后，马上吃饭，然后陪着孩子做作业，陪着孩子去老师那里补课，一补就补到晚上十点钟。你说家长辛苦不辛苦，家长负担重不重？有的老师课后带着七八个学生，多的甚至十多个。每个学生一个礼拜要补两节课，这就意味着这个老师每星期要上三十节课，少的也要上十几节课，可是一个老师的正课时间也就是十二节。你在业余时间再加上那么几十节课，我就不相信老师的精力还会充沛，他正课四十五分钟的质量到底如何？你说老师的负担重不重？"

罗崇敏认识到，解决中小学生负担过重这个老问题，必须下新药，下猛药。"减负"，不能简单地理解为量的减少。可以说，"减负"是基础教育重大改革的一个切入点和突破口，真正意义的"减负"必将触及教育思想、人才观念、课程教材、考试制度和教育评价等一系列的根本变革，从而达到由表及里、标本兼治的目的。"减负"是手段，其真正目的是全面提高教学质量和教师的自身素质，全面推进素质教育，让每一个学生都有一份快乐的心情，变苦学为乐学。针对教辅书过多过滥的问题，罗崇敏强调，学校要慎重推荐教辅书，老师不许推销教辅书，家长不能盲目购买教辅书，学生不能迷信教辅书。他对那些热衷于购买教辅资料的家长和学生说："好成绩不是靠补出来的！不是靠教辅书练出来的，好学生更不是靠压出来的。靠补课、靠教辅来提高教育教学质量，是最弱智的办法。以前有个说法是'人生有三苦——读书、打柴、磨豆腐'，现在这个观念要改变，要通过科学的教育理念和方法，使学生成为学习的主体，启发他们的学习兴趣，激发他们的主观能动性，最终快乐学习，健康成长。"

上海的经验值得借鉴。上海的中小学只用三分之一的时间学习部颁教材，学生的成绩很好，云南的学生用全部时间学习部颁课本，反而成绩不够好。上海有的学校有六十余种自编课本，供学生选用，这就极大地提升了老师的教学水平和学生的学习兴趣。

借鉴上海的经验，罗崇敏开出了一系列"减负"的新药方：严禁中小学校以任何形式按考试分数分班，给班组和学生排名次；严格控制中小学生课外作业量，禁止使用题海战术；除周六可组织初中、高中毕业班补

课以外,严禁中小学校及教师在双休日、节假日和寒暑假补课;一年级到八年级学生,不再统一征订和使用教辅书。教育局长跟校长立责任状,校长跟教师立责任状,这一措施阻断了教辅大批量流入学校的渠道。为了郑重其事,罗崇敏还主张,由省监察厅、省新闻出版局、省关心下一代工作委员会和省教育厅联合发文,不许补课,不许滥用教辅,此后,触犯这一"天条"的十三名校长(其中有两名是重点中学的校长),都被撤职了,绝无半分宽贷。

"减负一定不能一刀切,但一定要切一刀。"

2009年刚露头,省教育厅酝酿已久的《云南省关于减轻中小学生课业负担、增强青少年体质的规定》正式向全社会发布。省总工会、共青团、妇联、少工委、学联、机关工委、教育学会、教育基金会、新闻工作者协会联合行动,发出《切实减轻中小学生负担、全面提高教育质量倡议书》。省教育厅、监察厅、省政府纠风办共同制定的《切实减轻中小学生负担、全面提高教育质量的办法》也同时出台。云南省教育厅以及有关协同单位、组织联合"减负"的举措,一时间造出"铺天盖地"的声势,令教师和家长喜忧参半。"办法"规定:

> 从2009年3月1日起,在全省范围内实行严格的工作制度,坚决遏制并逐步消除阻碍中小学生快乐学习、健康成长的过重学习负担、心理负担和经济负担,并在年内取得阶段性成果。
>
> 坚决纠正以学生考分和学校升学率为唯一标准评价地区和学校办学水平的片面做法。严禁各级教育行政部门以任何形式按考试成绩给地区和学校排名次。
>
> 从2009年春季学期起,在全省范围内一律取消义务教育阶段学生学业成绩评定百分制,统一实行等级加激励性评语的学业成绩评价制度。严禁中小学校以任何形式按考试分数分班、给班级和学生排名。
>
> 严格遵守双休日、法定节假日、寒暑假放假的规定,严禁中小学校在双休日、法定节假日、寒暑假组织学生开展任何形式的教学活动。

严禁中小学校及教师组织、参与或变相参与社会力量举办的任何形式的、针对中小学生复习的"小课桌"、"小餐桌"等变相教学、培训活动。

严格控制中小学生课外作业量。提倡布置实践型、调查型等个性化、开放性作业。义务教育阶段,一、二年级书面作业当堂课内完成,三、四年级学生每天全部学科作业时间不超过30分钟,五年级不超过45分钟,六年级不超过60分钟,七、八年级不超过90分钟,九年级不超过120分钟,普通高中一、二年级不超过120分钟,三年级不超过150分钟。

有了规定,有了禁令,落实就成了重头戏。

为此,云南省成立了以罗崇敏为组长的特派监察工作领导小组,聘请了一百零二名处级以上干部为特派监察员,监督、保障、促进"减负"工作的进行。

在省教育厅、省监察厅、省政府纠风办的统筹安排下,州(市)教育局、监察局、人民政府纠风办共同负责辖区内各县(市、区)减轻学生负担工作的督促检查。

如今,在云南,不"减负"已经成为与时代发展大潮相悖的不正之风。监察和纠风部门以监督问责的形式为"减负"保驾护航。

"减轻中小学生负担工作单列10分,作为教育行政部门年度教育目标考核的一项重要内容,逐级单独签订目标责任书。"

"中小学校违反规定被举报后经查实的,按照干部管理权限解除校长职务、解聘相关教师。"

就这样,云南边疆新一轮以人为本、以学生为本的"减负"重头戏,在2009年岁首,拉开了序幕,奏响了序曲。

在云南,2009年是一个特殊的年份,可以缀上若干关键词,毫无疑问,"减负"是其中最为耀眼的一个。甚至可以说,2009年是云南教育的"减负年"。

"不超前,不创新,还算什么改革!"罗崇敏认定这个理,重磅铁腕他一齐用。

2009年2月初,《中国日报》记者采访罗崇敏,他说:"现在很多学校都在实行教师末位淘汰制,以学生的分数来作为教师年终的考核标准之一。"

罗崇敏说:"我们要取消义务教育阶段的百分制,我们要坚定不移地做这个事情,希望全社会都来支持,不然减轻负担是一句口号,最后伤害的是学生、家长,伤害的是教育的尊严,伤害的是民族的素质。"

2009年3月24日上午,美国妈妈联谊会会长张春华女士与罗崇敏面对面交流,这场"中美对话"不仅别开生面,而且饶有趣致。他们自然而然地谈到了"减负",张春华女士讲了一个很好的例子:"减负以后孩子们去做什么是一个很关键的问题。应该根据孩子的兴趣特长来帮助他们,比如对读书不感兴趣的,可以选择到职业高中学得一技之长。这次美国总统奥巴马当选,他夫人穿的那件礼服,是一个台湾的年轻设计师设计的。这个男孩子从小就喜欢玩洋娃娃,整天拉着他妈妈到新娘礼服店去看,回去照样画下来。在台湾可能有人会觉得这个小孩不正常,不喜欢念书。我觉得这个妈妈很了不起,她看出孩子有这方面的潜力,就鼓励他做自己感兴趣的事情。如果在大陆,父母一定会把他骂死:'搞这些东西干什么?'"罗崇敏回应道:"实际上,我们减负不是孤立地减负,也不是简单地减负,而是一个系统的,提高教育质量的,培养学生爱心的,让学生能够快乐学习、健康成长的过程,不是简单地减。所以我们减负是有配套政策的。"

2009年3月31日,云南省召开全省教育系统党风廉政建设工作会议,罗崇敏分析,极少数学校和家长对减负理解存有四大偏差,他再次强调,要义无反顾地抓减负,"只要同心协力抓三到五年,必然卓见成效。"他说,减负并非云南省标新立异,"这是党和国家的要求,省委、省政府的要求。省教育厅提出减负,是全面履职,不是标新立异。"

2009年"两会"期间,温家宝总理在政府工作报告中再次提出减轻中小学生负担。当时,身为全国人大代表,罗崇敏接受记者采访时即明确表示,将通过体制、机制创新,破解减负这道难题,打破年年喊减负、学生负担年年加重的怪圈。

有些老师对减负抱有抵触情绪,他们不敢明里反对,便消极对待。比如说,部分学校下午四点半就清场,赶学生离校。罗崇敏认为这种做法很不妥当:"放学后,学生可参加兴趣活动,想做作业的可在教室做作业,想打球的可在球场上打球。减负不是放任学生,而是给学生留下全面发展、自主学习的时间。"

有些人抱有成见,认为减负直接影响高考成绩。罗崇敏不以为然:"高考录取分数线的高低,是根据本省考生的总体情况来定的,不影响录取。"

许多家长担心学生不补课上不了好的高中,因而贻误前途。罗崇敏想得更远:"高中的优质教育资源就那么一点点,大家都去争,大多是自寻烦恼,现在我们要做的是扩大优质高中资源,使更多的人心想事成。"

有人认死理:减负之后,教学质量就会直线下降。罗崇敏开导他们:"减负是把全面发展、自主学习的时间还给学生,改变老师无价值的辛劳和学生无价值的辛苦。每年国际奥林匹克竞赛上有那么多学生获奖,成绩都那么好,但是出了几个科学家?"

罗崇敏曾对记者说:"《辞海》中没有'补课'之说,我反对补课。我仔细查阅了中央为中小学生减负的相关文件,共有一百二十七项之多,但学生的负担依然沉重。减负先要改革考试制度,要重教育过程,重能力培养,不搞一张试卷、一场考试定终身。此外,要改革学校内部制度,不能为考而教,为考而管。"

2009年12月25日,《春城晚报》刊登《七成中小学生因压力而焦虑》的报道,公布了云南省两位教授的研究结果,即七成以上中学生因学习成绩不好、学习压力太大而烦恼。两天后,一名初中学生的家长伏案疾书,给《春城晚报》记者刘超写了长达四页纸的书信,字里行间流露出为人父母的艰辛:"看完报道久久不能平静,当前初中教育的现状非常令人担忧。希望省、市教育部门的主要领导、教授、专家、权威人士反映,调查分析,并提出改进的办法和措施。不能再这样下去了,可怜可怜我们的孩子吧!……孩子的压力越来越大,身体越来越差,眼睛越来越近视,脾气越来越坏,厌学情绪越来越浓……看不到笑脸,听不到笑声。看到孩子如此,我真想大哭一场。"这名家长告诉记者,读小学时,孩子每天都高高兴兴去上学,放学回家后还有说有笑。自从进入中学,那个快乐的孩子不见

了。"每天六点十分起床,睡眼朦胧,衣服还没穿整齐,就背着书包走了。晚上七点多孩子才回到家,吃完饭马上就要写作业,有时深夜十二点至凌晨一点左右都做不完。小区里灯亮得最早、熄得最晚的都是有孩子读初中的。"这名家长的言语间充满了无奈和痛苦。

记者收到这封沉甸甸的来信后,第一时间与教育厅长罗崇敏取得联系,并与他面对面交流和探讨减负的话题。

罗崇敏仔细阅读完这封家长来信后,迅速在信件空白处作出批示:"感谢《春城晚报》刘记者转来学生家长的信,感谢学生家长给教育部门提出的中肯建议。我们绝不辜负家长的希望和全社会的期盼,绝不能过高估计减负的成效,过重的学习负担无异于残害学生的心灵。我们将坚定不移全面实施减负措施,严查严办违反减负规定的人和事,确保减负工作收到实效。"

云南省已有十二名中小学校长因违反减负规定而被免职,由此可见,这次罗崇敏绝对是动真格的。那种有令不行、令行不止的现象已一去不复返。

小学生下午四点半准时回家,作业量锐减,有更充裕的时间发展各自的兴趣。这种局面应该是可喜的,但仍然有人忧心忡忡,总结出五个担忧:一是家长望子成龙,望女成凤,担忧减负就是减知;二是学校绩效为先,担忧升学率和排名会滑落;三是老师担忧自己的课程会弱化;四是学生担忧自己的竞争力会下降;五是社会担忧本省的教育质量拉大与外省的差距。针对这些担心,罗崇敏认为,大家在理解上暂时存在较大的偏差是正常的,要多做引导和说服工作。减负是阳光的事业,加重学习负担是对下一代的摧残,让他们拖着"旅行箱"(极言书包之重)上学,戴着"镣铐"(极言功课之繁)跳舞,是犯罪!应该向课堂四十五分钟要质量,以前是时间加汗水,现在必须是方法加智慧,事半功倍才是努力的方向。减负之后,老师上课不轻松,备课的难度日益增大。精讲,精读,精炼,一个"精"字耐人琢磨,照本宣科不灵了,题海战术不适用了。如果有人既引导不了又说服不了,怎么办?罗崇敏自有罗崇敏的铁腕:学校偷偷补课,校长就地免职;教师偷偷补课,发现后即开除教职。

有的学校执行以下标准:课堂上互动的时间不低于百分之六十,练习的时间不少于十五分钟,课堂上学生就把作业做完,使用电子教学,实现课本内容在课堂上消化理解百分之九十,下午四点以后为校本课程,是游泳、打球等体育活动的时间。对学生实行新的评价标准,即生态底线评价,将80分划为考试底线分,过线即可,不排名次。家长看到的是子女各方面的成长和进步,而不只是干巴巴的成绩单。

减负不仅触动了教育体制,也触及了一些人的利益链条,他们暗地里的存心指责更像是恶意中伤:罗崇敏抓减负是为了给他今后的仕途铺上一块垫脚石。

"我还需要什么垫脚石?也有人说减负是八面不讨好,我需要讨好什么?不需要。我只需要负责,我只需要良心,我只需要党性。作为共产党员要有党性,作为社会人要有社会责任感,作为厅长要有良心,是责任、党性、良心支撑我和大家在一起推进改革。……我这个岁数在厅长岗位,何必要做这些事情?没有必要啊!我在地方任过书记,也在大学任过书记,经过的事也算不少,还有这个必要吗?如果说是讨好,这是吃力不讨好,我没有必要讨好。我的改革是责任心驱使下的行为,我会变压力为动力。"

罗崇敏全力做好自己认定正确的事情,一往而无前。他厉行减负,力度只会越来越大。是功是过?无须盖棺论定,轻松学习和快乐成长的孩子们举起森林般的手,为减负振臂欢呼,这就够了。

第五章 一卷不复定终身

> "合格的公民难培养,创造性的人才出不来。文科、理科状元那么多,但是一个创新型、国家级的人才没有见到,这个不就说明我们考试制度需要变革吗?"
>
> ——罗崇敏 2009年

在许多学生和家长看来,中考的重要性并不亚于高考,一些过来人甚至振振有词地说:"初中毕业生考高中比高中毕业生考大学更关键。众所周知,初中毕业生若跨不过中考这道坎,提前滑落到社会就将沦为弱势群体;而考上重点高中则意味着有百分之九十以上的可能性拿到进入大学校门的通行证,离'修成正果'不再遥远。"有人把中考比作不见硝烟不见血的战争,为了打赢这场全滇六十多万人踊跃参与的大阵仗,毕其功于一役,无论是学生还是家长,都志在必得,为此不惜血本消耗人力物力财力。三十多年来,无数学生和家长都亲身领教过这类鏖战的惨烈,品尝过它的残酷意味。

2009年10月,云南省教育厅正式向全社会宣布:从2009年秋季入学的七年级学生开始,评价学生的成绩将从以往"一卷定终身"转变为"学业水平考试"。为此罗崇敏向记者耐心地解释道:"没有考试怎么来评价学生,检验他们的学业水准?我们研究的是怎么变革考试的理念和考试的方法。我们取消了全省一次性的初中升高中的考试,变一次考试为过程考试。"他所讲的"过程考试",即总共十三门功课学完一科考一科,成绩分为A、B、C、D四档,作为高中录取的主要依据。同时,学校为每个学生建立一份成长记录,记载三年里的综合素质发展情况。根据教育部提出的六项评价指标——道德品质、公民素养、学习态度与能力、交流与合作、运动与健康、审美与表现,一一进行评估,这份综合素质记录同样分为A、B、C、D四档,作为高中录取的重要依据。

从2009年11月1日起,云南省全面禁止中小学开展学科竞赛活动。从2010年起,全省统一取消大中小学校招生中的"奥赛"、其他学科竞赛活动、青少年科技创新大赛三方面成绩的加分政策。罗崇敏透视中国奥数十年变异——从选拔尖子到万人陪练,他在多个场合批评过"全民奥数"。他认为,"奥数"其实是一种思维训练,并不适合每个学生。"全民奥数"已将学生的思维训练得变态变形。他指出:"'全民奥数'背后其实是一个利益团体,与巩固九年义务教育、减轻学生负担是背道而驰的。"谈及取"消奥"赛加分制度的重磅改革,罗崇敏还说:"叫停全民'奥数',我会伤感,但为的是不让孩子和家长伤心,不让国家和民族伤脑。'奥数'本身无错,是我们的教育把它搞错了。教育使中国的孩子,乃至一个民族与'奥数'结下无情之缘,我能不伤感吗?教育厅长有责任,教育厅更有能力在全省纠正这个错误。"

这两个消息公布后,在云南省内和省外均引起强烈反响,一些高中学生非常羡慕学弟学妹,"我们是一卷定终身,一次考劈掉了就等于被一枪打死掉。他们有多少次机会去补救啊!太幸运了!"同时也招来一些人的质疑:全省取消中考的方案,怎么不报省人大常委会讨论通过?事前召开论证会和听证会,为何人选是由教育当局指定,而不是由专家、一线教师、家长、学生、校方联合组成?如何防止权钱腐败的加速渗透,保证初中学业评价和综合素质评价的诚信与公平?对于这些咄咄逼人的质疑,罗崇敏说:"是不是因为面临着教育的一些不诚信,还有教育里面存在的评价不公平的问题,就不推进改革?恰恰相反,我们就是要通过这样的改革,来促进教育的诚信,来推进教育的公平。改革势在必行!"罗崇敏特别强调:"教育不能盲目迎合社会需要,而应主动引领时代进步。在中考改革方面,将会建立综合素质评价制度,最终每名学生的量化测评结果将进行公示,其他同学有什么意见可以反映。"在整个过程中,会不会出现递条子、走后门的现象?这是许多人担心的问题。对此,罗崇敏表示,将通过监察手段以及新闻媒体进行监督。如果校长或老师有徇私舞弊行为,

那么,该撤职的要撤职,该辞退的要辞退,决不姑息纵容。

在应试教育占绝对主导地位的制度和背景下,升学率的大棒在教师、学生和家长的头顶猛挥,罗崇敏的改革注定是冒险的。"明知山有虎,偏向虎山行",这才是他的风格。

教育专家早就指出过中考的弊端:"中考的导向是片面发展,学生和家长总是从升学的切身利益出发,凡是升学不考的课,就不学;升学要考的课,就全力以赴。学校从提高升学率和提高声誉出发,也迫于社会和家长的压力,对升学要考的课,就加强师资力量,加班加点;对升学不考的课,根本不开设,或只开在应付检查的课程表上。取消中考更符合全面发展的教育方针。"其实取消中考并不是取消初中的各项考试,而是把以前那种非常单调非常不合理的考试变成更加全面更加合理更加有趣的考试。有些学生喜欢美术,有些学生喜欢体育,有些学生喜欢音乐,那么这些学生综合素质高,都有希望升入好学校。至于那些考场上身手矫健的学生,他们也可以把更多的时间腾出来发展其他方面的兴趣爱好,不再死钻数理化的牛角尖。取消中考,教师的手脚同样能够松绑,从备受束缚的状态中解脱出来,全身心投入课程改革。

"素质教育喊得轰轰烈烈,应试教育抓得扎扎实实",这是长期客观存在的普遍现象。取消中考属于矫枉过正的做法,是否过激了些?质疑之声不绝于耳,既然兼听则明,就不妨听听他们到底怎么说。

有专家认为:"从目前的教育总体环境来看,高考制度尚未进行改革,高中毕业生考大学必须得看分数,因此,中考制度很难超前于高考制度进行实质性的变革。当前的教育现状是,一些地方已经从幼儿园起为高考预做准备,让学前班的孩子关注语、数、外三门主科的学习。从云南本地的一些情况来看,也让人担心学业水平测试是走过去中考的老路,而十三门学科的考试更有可能让中考变为'加强'版,使学生疲于应付。"

还有专家认为:"如果教育资源配置不均衡,综合素质评价与招生制度设计不完善,即使取消中考,恐怕也只能取消中考考试本身,各种隐形考试与择校大战并不会停止。因此,如果教育部门在均衡配置教育资源的基础上,再谈取消中考,将更为稳妥与公平。"

罗崇敏显然考虑到了这些问题。他认为,中国现行的教育制度制造了许多社会矛盾，集中体现为"不公平"。他顶住各方压力，下令省重点中学云南师范大学附中、昆明一中等学校每年必须拿出百分之五十、百分之三十比例不等的招生名额，合理、公平地分派到全省各地区。这一举措使优质教育资源得到了更合理更公平更均衡的使用。

云南省率先取消一卷式中考，不仅在省内造成了石破天惊的轰动效应，在全国也是一石激起千层浪，造成了很大的冲击波。2010年2月6日，央视新闻频道"新闻调查"播出一期《取消中考》的节目，引起众多师生、家长的关注。

"新闻调查"栏目组给现场的昆明二中初一(七)班的54位学生准备了一式两份调查问卷，一份让学生自己填写，一份请学生家长填写。问卷针对中考改革的各项具体措施列出了多个问题，请学生和家长写出自己的看法并说明原因，同时，他们也可以另外提出自己关注的问题。调查问卷显示，对于云南省取消一卷式中考，采取新的评价考试制度，昆明二中初一(七)班的54位学生中，44%选择"赞成，这种方式比原来更合理"，13%选择"反对，我宁愿维持原来的中考制度"，39%选择"中立，看看再说"，4%选择"无所谓"。54位家长中，赞成的占53%，反对的占13%，中立的占30%，还有2%表示无所谓。问卷调查结束后，一部分家长和记者进行了座谈。学生和家长最担心的，是新的评价标准，尤其是综合素质评价，很容易掺杂人为因素和主观色彩，如果没有严格的量化标准的话，难免会有弄虚作假和营私舞弊，那就很伤脑筋了。

取消中考的可行性如何？这是争议的焦点之一。

昆明市首席高级教师赵磊表态，他赞成中考改制，但他认为取消一卷式中考缺乏可操作性："班主任给你的孩子弄个B，是中考啊，你会不会不服气？怎么他的孩子是A，就我孩子是B？我孩子哪里差？不差呀！"

昆明市第二中学校长罗艳新担心的是："综合素质评价作为一个重要的依据，直接关系到学生和家长的利益，家校之间必然就会发生矛盾冲撞。"他还说："何况在这个评价要素当中，有很多是难以量化和定性的东西，质疑的空间就更大了。"

以往，学校在教育主管部门的要求下，也要对学生进行综合素质评价，但流于形式。百分之九十几能够顺利过关，大家全都打个A，集体光

彩。在新制度下,这种情形若不改变,岂不是假作真时真亦假吗?

李劲松(云南省教育科学研究所所长):"在教育整个制度体系里面,评价制度是相当关键的,它是指挥棒,它指向哪里,我们打到哪里。我们过去动了很多,教育改革为什么都没有大的本质性的变化?就是因为考试制度没有真正动过。"

杨必俊(云南省教育厅基础教育处处长):"既要看分数,又要看综合素质评价,才能够使我们的综合素质评价这项工作落到实处。招生的时候你不看它,以后就不做了,现在这个很功利的。"

一位家长:"我看了一下这个标准,非常全,但是感觉有很多是空的。关心国家大事,怎么来核定,怎么知道他关心了没有,对不对?"

胡德秋(云南省教育厅调研员):"很多学校也提出来,我们提的这个评价要素太宏观,但是我们的意图是什么呢?细节操作,这个空间留给学校和学生。"他还说:"实际上,制定目标的过程,也是教师教育学生,帮助学生找到自己发展道路的过程。综合素质评价不在于对学生进行甄别和选拔,更重要的功能是让学生终身发展受益。"

钱柳伊(北京师范大学昆明附属中学班主任):"这样做的话,对孩子的综合发展,应该是很有好处的。但是我还是会为三年后担心。实实在在在做的话,肯定不是所有的孩子都得A,那些孩子得B、得C的家长,第一个反应肯定就是找班主任,可能就会出现一些对班主任的攻击,或者一些不好的现象。"

何小杰(北京师范大学昆明附属中学校长):"每一个班的老师评定学生的理念方面,本身就存在一些个人认识和观念的差异。在学校与学校之间也肯定会存在这样那样的差异。这个差异就会干扰到招生录取工作。我要体现我这个学校办得很好,我的学校所有的学生都是A,都是健康发展的,没什么不好,你怎么去区分?"

大家都担忧:这样一来,谁还能制约学校和校长?大家在这方面不相上下了,综合素质评价就只能束之高阁,最终比拼的仍是学业水平。

节目解说员:"校长们在担心综合素质评价再次变成走过场,家长和学生则在担心公平问题,一是初中对学生评价的公平性,二是高中录取时的公平性。学业水平考试成绩分为ABCD四档,例如从70分到89分都是

B档,虽然分数也会附在后面供招生参考,但综合素质评价也是录取的重要依据,这两个依据怎么参照?怎么取舍?灵活性很大。"

昆明市第二中学初一年级学生家长:"比如说89分跟70分都属于B等,高中录取的时候,那么多的学生都是一个档次,怎么来权衡?"

节目解说员:"高中招生时到底如何参照这两个依据,教育厅要求各州(市)按照改革总的要求,根据自己的实际情况制定招生方案,方案必须广泛征求意见,公开听证,并在学生填报志愿前公布,明确取舍的标准。但是,在家长和学生看来,这样的评价和录取方式,人为因素介入的空间还是变大了。'如何透明、公正、公平地评价学生?''目前还有比成绩更为可靠的依据吗?'一个个发问,表达着同样的担忧。"

如何保证结果的公平和公正?如何杜绝暗箱操作,防止那些善于走后门拉关系的人上下其手?这是争议的焦点之二。

"新闻调查"节目组记者:"这里是云南省中考试卷的存放库,所有考生的试卷都会在这里被存放一年时间。中考制度已经实施了近三十年,长期以来,这些默默无语的试卷被认为传递出了两个字,那就是'公平'。而当应试弊端日益凸显,这种一次性的考试制度将要被取代的时候,其实人们最为挂心的还是这两个字——'公平'。新办法做得到吗?"

胡德秋(云南省教育厅基础教育处调研员):"分数面前人人平等,这是一个惯性的口号,但是这个分数本身合不合理,科不科学,大家都没去思考。但是我现在跟你说这个分数,本身就不合理,用习惯性的平等,掩盖了科学上的不平等。公平、公正要靠制度和机制去保证,而不是依靠分数。"

节目解说员:"为了让综合素质评价能相对客观公正,改革方案将过去只由班主任写鉴定的做法,变成家长评价、学生自评、同学互评、科任老师评价、班主任评价相结合。但是,是否真能达到想达到的效果呢?"

家长为自己孩子的前途着想,评价自己的孩子,肯定往好处落笔。

学生互相评价呢?人际关系很可能影响其客观性,有恩必报,有怨也必报。

自我评价更别指望自己说自己的坏话了。

最后的定夺就集中在班主任、科任老师身上,他们避无可避。

甄薇(昆明市第二中学初一七班班主任):"这个时候就把所有难题丢在老师这儿了,家长如果来质疑你的话,到时候老师是一个弱势群体。"

　　胡德秋(云南省教育厅基础教育处调研员):"其实这个综合素质评价另外有一个含义,也是培养我们这些孩子正确地行使民主权利。你看自评和他评,就是客观评价别人、正确认识自己这么一个过程。"

　　节目解说员:"云南教育厅表示,为了确保评价和录取的公正性,还要建立一套完整的制度,包括公示制度、监督制度、申诉制度,评价的等第和录取的依据都要在校园里公示。如果学生和家长有异议可以申诉,由专门的监察部门及时受理。"

　　胡德秋:"我们还要给学校建立诚信等级制度,舞弊一旦查证属实,就要降低这个学校的等级,校长要承担责任,要问责。处罚的措施跟得上,得不偿失,那么他不会去做(傻事)。"

　　节目解说员:"对于综合素质评价的操作,人们有各种担忧和疑问,但调查问卷显示,超过百分之八十的家长和学生,又表示赞成把综合素质评价纳入评价体系。小小问卷,也反映出人们左右为难的矛盾心理。"

　　改革之后学生的负担和压力真的能减轻吗?这是大家争论的焦点之三。

　　过去中考共考七科:语文、数学、外语、政治、物理、化学和体育。新的学业水平考试则考十三科,增加了历史、地理、生物、信息技术、音乐、美术。考试科目多了,学生会不会更加不堪重负呢?

　　24%的学生认为新的评价考试体系会减轻学生负担,35%认为会增加学生负担,41%认为负担不会有太大改变。

　　一位学生这样提问:"为什么原先中考只考七科,改革后反而要考十三科呢?"

　　杨必俊(云南省教育厅基础教育处处长):"在现行的中考制度下,有些科目不考,学校可能就不开这个课程,多集中时间去专攻考试的几个科目,就带来学生群体性偏科。"

　　尽管教育部对每门课程都有严格的规定,必须上到什么程度。但调查显示,仍有一些学生没学过地理和生物。有的学校有两张课表,一张课表是我自己按照实际上课来排的课表,另外一张课表是应付检查的。即使学校开齐了科目,师资结构和课时安排也严重不平衡。昆明二中是音乐家聂耳的母校,但这个学校的音乐老师侯臻禹痛切地感到:迄今为止,音乐课被边缘化了。主课老师也有满腹苦水要倒,题海战术既害苦了学生,也害苦了老师,却实在是不得已而为之。

卢启毅(云南民族中学英语教师):"上第一节英语课的时候,我全讲英语。学生说,老师不要讲英语,我们听不懂。他们为了得高分,就拼命地去练题,哑巴英语、聋子英语也就出现了。"

杨必俊(云南省教育厅基础教育处处长):"云南每一届初中学生有六十六万人左右,三分之一上普高,三分之一上中职,三分之一走向社会。我们现在的中考,可不可以说,就是为了选拔这三分之一的学生上普高而设立的呢?这就导致了大多数学生陪着这三分之一的学生,围着中考转。该学的没有学到,反复在学的又没有学好。"

"新闻调查"节目组记者:"云南省共有一千八百多所初级中学,而其中位于乡镇和山区的学校占了百分之八十以上,与城市学校相比,无论在办学条件和师资力量上,它们都相对滞后,但是在数量上却是绝对主体。而只有这部分学校和学生能够从中考改革当中获益,这个改革才能说是成功的。那么改革的设计者是否充分考虑到了这类学校的现状呢?"

罗崇敏(云南省教育厅厅长):"我们是反向思维,我们就是想通过这样的改革,来促使他们开这些课,促使他们加强这方面的教师队伍建设。除了专业上,现在人才可能还有些紧缺。核心还是一个钱的问题,这里面涉及到政府对教育资源的配置,应该是政府承担这个责任,不是学校。基层政府就要好好承担这个责任,我们教育行政管理部门会采取一些行政措施,来进行干预。"

节目解说员:"非中考科目被纳入了学业水平考试范围,这促使学校和学生都必须开始重视这些科目。但这种重视,会不会转化为学生新的负担和压力呢?"

李劲松(云南省教育科学研究所所长):"水平考试与选拔考试是不一样的,难度是比较平缓的,希望借此引导老师别去弄许多偏题、怪题来让学生陷身题海题坑,给学生的压力实际上是在降低。"

教育的目的是培养公民,还是培养考生?这也是大家认识模糊的一

个盲区。

有考试就有竞争,有竞争就有压力。有人说中考比高考还难,难就难在他要竞争的优质学校屈指可数。谁家的孩子都希望到一个资源好的地方,接受优质教育。人们对中考改革如此关注,也是因为在人们的心目中,初中学生能升入哪所高中,直接关系到考什么样的大学,关系到就业,关系到孩子的未来。

李劲松(云南省教育科学研究所所长):"大家都认为上大学是最好的选择,价值观实际上不是多元的,是单一的。你认为什么叫成功?我让学生写下来,他们写的是:有房子,有车子,有很高的社会地位。"

记者:"但你还不能说这些不算成功。"

李劲松:"对啊,但是大家都这样认为,趋同,你让他有多种选择,有时候他不去选择。"

记者:"但是你要求学生会不会过分呢?其实这不一定是学生自己的价值判断,可能是整个社会在判断它。你怎么改变呢?"

李劲松:"这种改变像一个磁场一样,不是某一个方面就可以解决的。大家都产生自己的力量,这个磁场才形成得了,包括学生家长的选择,他们应该真正建立起多元价值观。很多板子都打到教育上,打在它身上很疼,但是我觉得有点不公平。九十年代以后,大学进行了改革,从过去的精英教育转向了大众教育。教育部对大学毕业生的一个定位叫普通劳动者,过去是高层次人才,这是一个变化,极大的变化,很多家长没注意。上了大学不一定有工作,你要是没有真本事,没有一个对待社会的非常健康的情感、一种价值观,那么很可能你就是失业大军中的一员。"

虽然大学生就业形势早已和统一分配的时代截然不同了,但是在优质教育资源不足,竞争在所难免的情况下,人们都希望孩子得到上大学的机会,这完全在情理之中。多年来,中考的指挥棒,其实也是跟随高考的指挥棒挥动的。在高考应试压力依然存在的情况下,中考改革让学生减负的初衷,会不会变成一道无解的习题,甚至客观上反而加重学生负担呢?

改变一种根深蒂固的观念永远都比出台一个行之有效的方案要难得多。要转变固有的观念,就必须建立新的价值标准,使多数人从中受益。在云南，2012年高中阶段的招生能不能给社会、老百姓一个满意的交待，已显得尤为关键。教育改革需要社会观念的转变和呼应，但观念的转变，往往又受制于现实。在目前的社会现实条件和社会观念背景下，中考改革时机真的成熟了吗？

李劲松(云南省教育科学研究所所长)："如果你不做，就永远推进不了。义务教育总的目的应该说是培养合格的公民。我们现在已经背离了这样的思想，中国培养出来的基本上是考生，而不是公民。"

罗崇敏(云南省教育厅厅长)："合格的公民难培养，创造性的人才出不来。文科、理科状元那么多，但是一个创新型、国家级的人才没有见到，这个不就说明我们考试制度需要变革吗？"

曾经有人说过这样一句话："教育改革既势在必行，又寸步难行。"当考试的指挥棒发生变动，庞大的教育体系中的每一环真的能随之互动起来吗？今天人们的担忧会不会变成现实？如果变成现实，又能否得到妥善的解决？一切刚刚开始，一切都还是问号。

诚然，一位负责任的外科医生面对必须割治的病体，是坐视其苦痛，推给内科医生去保守治疗，还是制订严密的方案，尽快让病人上手术台动手术？答案不言自明。教育的病体摆在眼前，罗崇敏主张动手术，而不是继续保守治疗。他选择的治疗方向是正确的，他拟定的手术方案是可行的。但在实施的过程中肯定会遇到这样或那样的问题，纠偏纠错，见招拆招，在所难免，但迈出头一步十分关键。将考生变成公民，这是有益于个人、家庭、民族和国家的大功德。君子"择善而固执"，改革家又何尝不是如此。

高考招生是重要的民生问题，罗崇敏很重视这方面的工作。论高校招生的规模，与外省相比，云南的差距明显，因此罗崇敏多次强调："在保证质量和公平公正的前提下，我们一定要把招生的规模弄上去，让云南更多的孩子读上大学！"

2003年，湖南首创平行志愿招生，效果和口碑都很好，经验逐渐向全国推广。云南在这方面有点滞后。罗崇敏到教育厅履职后，发现兄弟省份采用平行志愿招生，确实能够最大程度上惠及考生，便把云南招生考试

院院长朱华山找来,对他说:"以往按梯度志愿招生弊大于利,还是按平行志愿招生更合理,云南应该尽快跟进。我们要以考生为本,凡是对考生有利的事情,就要做到位!"

2008年,云南招生考试院开始研究方案,2009年夏天,应届考生填报的便是平行志愿。这种招生法的原理是:分数优先,第一志愿共有五次机会(比以往多了四次),考生只要达到了分数线,就可以东方不亮西方亮,不至于一着不慎,满盘皆输。此举大大地提高了志愿的满足率和考生的满意度。

为了让更多的云南考生读上大学,罗崇敏在高考之前就未雨绸缪,亲自带队到全国各地的高校去游说,去作揖,希望他们多关心边疆的孩子,多给他们一些机会。他的诚意确实感动了一些高校的招生部门,他们向云南考生放松了"门禁"。2009年,全国多所重点大学共计给云南增加了586个机会,南开大学、中山大学、四川大学、上海财经大学各增加了几十个名额。罗崇敏在云南教育厅履职两年多,云南的高考考生增幅加大,全国的平均增幅只有4%到5%,而云南达到了8.9%。为了给考生营造安静的考试环境,2009年,罗崇敏提议取消了四大班子巡考,以免影响考生的心绪和扰乱他们的注意力。

2009年6月中旬,罗崇敏带领王副厅长、罗副厅长、十几个职能部门的处长、中学校长去上海考察。他们先后到上海教委、复旦大学、上海交通大学拜访。罗崇敏对一位大学校长诚恳地说:"论学识,您是我的大哥;论年龄,您也是我的大哥,请大哥拉小弟一把,多给云南几个指标,多招几个云南的优秀毕业生!"罗崇敏的诚意感动了对方,当年,上海几所重点大学都给云南增加了指标。

2009年,云南省高考录取人数比上年增加了4.5万人,其中30%的学生就读省外院校,这个成绩相当可观,是历年来最好的。

美国的高考制度设计是让学生多考几次,取其峰值,此外还有综合评价机制,除了考试成绩外,还有其他因素的权重,突破成绩单一评价,采用多元评价。美国大学录取学生时,不同类型的大学采用不同的考试成绩,此外还参考中学的学业成绩,参考中学校长、学校校友的推荐意见,有的还增加面试等等。美国这种被社会普遍接受的通行做法,显然要比中国的一次定胜负的考试要合理得多。罗崇敏决定借鉴国外的一些机制和办法，再加上固有的历史经验和已进行的试点情况，认真总结，稳步推进。

2009年，云南省实施平行志愿招生录取，考生可以填报多至五项的平行第一志愿，电脑根据学生的成绩，逐一检索其第一志愿，按分数优先的原则予以录取。大大降低了原来因第一志愿撞车，平行第二志愿不起作用，高分落选好学校的风险。以分数说话，减少了考生和家长在志愿填报上的赌博成分，提高了第一志愿录取率。

多项平行第一志愿的好处非常直接，原先第一志愿只有孤伶伶的一个，填不准，撞了车，就进不了理想的学校，现在有五个平起平坐的第一志愿，一个理想的志愿落空了，另一个理想的志愿可以立刻顶上，只要分数具有足够的竞争力，就不会出现大跨度的"自由落体"。学生进入自己理想学校的几率因此大大地增加了。真正以分数来说话，考生和家长觉得高考录取更加合理，也更加公平。

2008年，云南省细分重点高校层次，使高分考生多一次选择机会。2009年，云南省成为全国实行平行志愿录取的十六个省市之一，"985"高校又重新融入重点高校批次录取。云南省考试院向学校、考生、家长宣传新的志愿填报方式，让学生和家长了解平行志愿的利弊与风险，得到了考生和家长的广泛支持。

2010年，云南省高考录取人数达164745人，比上年增加了41000人，高考录取率高达75.6%，超出全国平均录取率8个百分点，其中32.5%就读于省外院校。这些数据都是此前云南从未有过的新高。

罗崇敏的教育改革不断深化，云南将推行高中新课程改革后的高考改革，将从单一的认证高考分数录取，变为高考分数加学业水平测试再加综合评价，形成某位考生的立体录取依据。围绕这一改革，云南省考试院还将加强教育测量与评价工作，为各级各类教育部门的工作提供参考。2009年，从高一开始新课程，三年后，才会有第一届毕业生。这也就是说，新高考课改方案要到三年后才会配合推出。

云南省高中课改实验征求意见稿提出，云南省将对固有的高中课程实行整合和调整，总共设置八个学习领域:语言与文学、数学、人文与社

会、科学、技术、艺术、体育与健康、综合实践活动。课程改革后,学生除了要学习语、数、外、政、史、地、理、化、生等九门高考课程外,还增加了艺术、信息技术和通用技术探究性学习等综合实践类课程。而对学生的评价将由过去单一的学业水平考试变成修习学分+学业水平考试+综合素质评价。随之而来的高考模式也可能变为文科综合/理科综合+学业水平考试+综合素质评价。

2009年5月7日,教育部批准云南省递交的《全省普通高中新课程改革实验实施方案》(试行),一系列有关高中新课改的具体举措随即开始实施。

2009年6月初,云南招生考试网发布《2009年云南高考加分项目通知》:

"为了进一步促进教育公平,我省将在政策方面做出重大调整,主要包括两方面,第一是取消三项政策性和照顾性加分,包括:省优秀学生加分、省级三好生加分、高寒山区教师子女加分。第二项是下调了两项加分标准,二级运动员,华侨、台属的加分均由原来的20分降为10分。"

2009年6月4日,省教育厅厅长罗崇敏、副厅长王建颖、省招考院院长朱华山一行到楚雄州调研,罗崇敏在与学生家长和教师的座谈会上表示:"这样做的目的,是为了进一步促进教育的公平。"

"如果一个学习成绩很好的优秀学生干部,在参加考试的时候出现失误,成绩不理想。取消了省级优秀学生和三好生的加分,这个考生有可能考不上理想的大学,那对这样的学生是不是不公平?"一位家长问道。

"现在报考大学的途径可以说是多元化的,对于平时学习成绩好的学生和学生干部,可以通过保送、自主招生、特殊招考等途径就读。真正优秀的人才是不会被埋没的。"云南省考试院院长朱华山给出了答案。

2008年,云南省曾经对部分加分政策进行过调整,省级优秀学生、三好生在报考省内大学时,分别可以加10分,高寒山区教师子女报考省内大学时可以加20分。同一时期,国内其他省份已经取消了省级优秀学生和三好生的加分政策,云南的考生加分,也仅限报考省内大学。全国各省统一取消加分,如果云南滞后,就会造成事实上的不公平。这种情形是罗崇敏不愿意看到的。由于缺乏严格的监督机制,云南省每年评定优秀学生、三好学生和二级运动员，教育厅都会收到群众的举报信，反映评选过程中人为因素过大，暗箱操作的情况时有发生。"劣币驱逐良币"的后果是，差生上位，优生落选。让阳光普照，杜绝"发霉变质"的现象，并非易事。

2009年7月，重庆高考文科状元何川洋将汉族变更为少数民族，获取加分的丑闻在互联网上炒得沸沸扬扬，这使加分制彻底沦为过街老鼠，个个指骂、人人喊打。毕竟获得加分只是少数人受益的特殊制度，这对于大多数不能享受加分的学生来说是不公平的。教育要追求公平，取消加分，乃是势在必行，也是民心所向。客观上，加分制还误导了一些考生，比如"奥数"加分，一些学生困于题海战术之中，严重偏科，获奖后虽能得到加分，却是得不偿失。师生和家长劳神费力还耗财，对于建立科学的学习系统却是有害无益。云南大学教授石鹏飞说："高考加分制度的改革是民意反映的结果。分数面前人人平等，这是各种考试的基本原则，高考也不例外。过泛、过广甚至过于随意的加分，对这个基本原则有所冲击，所以取消和削减部分加分还是有必要的，而且也是多数民众的意愿。"

2009年，罗崇敏痛下决心，取消了所有不公平的加分政策，仅保留少数民族加分一项，并且将加分由20分减为10分。

罗崇敏多次强调：改革是手段，发展才是目的。高中课程改革是一项系统工程，表面上看是课程改革，实际上它涉及到整个高中阶段教育目标、教育理念、教育结构、教育模式的转变，终极目标是为了促进全面发展，提高教育教学质量，以顺应现代教育发展的形势和趋势，特别是巩固九年义务教育成果，发展高等教育。目前全国已经有二十多个省进行了高中新课改，云南如果再不改革，就很难与全国普及高中阶段教育特别是高考进行有机对接，所以抓好高中课改对于建设云南的整个现代教育体系，提升云南教育的整体质量，提高云南教育的整体素质，都有好处。实施高中课改，任务繁重，但前景美好，值得大力推进，认真落实。

在高中阶段就提前分文理科，这是典型的中国特色，先进国家的教育机制并非如此。罗崇敏曾说："我个人认为，必须要取消文理分科。高中阶段只是基础教育，学习的都是基础知识，包括文科知识、理科知识。分科影响学生对基础知识的全面掌握和全面学习，对学生今后的全面发展

是不利的。理科学生和文科学生，表面上看是某方面知识的学习，但实际上是思维锻炼的过程，是方法传授的过程。文科和理科的思维方式、学习方法是有诸多不同的。作为一名高中生，文科、理科都用心学习，两方面思维得到了锻炼，同时也更加全面地掌握了人文知识和自然知识，对他今后的健康发展、全面发展都有利。为什么要分科呢？所以我说分科是一种不得已的办法，不分科是素质教育的要求。"

罗崇敏从来都是重能力轻分数的。云南省的高考分数出来后，三天都不公布前五十名的考生姓名和成绩，三天后已失去了新闻价值。他不赞同企业出资重奖高考状元，锦上添花的事情应该少做，雪中送炭的事情应该多做，把钱用在刀刃上，帮助最边远最穷困的地方提高义务教育普及度，胜过给城市里的重点中学增加额外的投入。把资金向薄弱的地区和学校倾斜，才能缩小城乡差距和重点与非重点的差距，均衡发展才能体现教育公平，政府不应该把某些重点学校变相地弄成贵族学校。在云南省，迪庆、怒江、临沧三个地区最穷，教育基础也最为薄弱，省教育厅每年拨给他们的教育经费是最多的。罗崇敏认为，"教育是从摇篮到坟墓的全过程"，因此教育不能留下死角和盲区，连监狱中被剥夺政治权利的犯人也同样应该享有接受教育的权利。

"教育价值高于其他一切价值。"罗崇敏表示，中国必须建设以人为本的公平价值教育体系，绝对不能盲目迎合当前的社会需求。他身为云南省教育厅长，"愿做中国现代教育价值建设的先行者，争取探出新的道路"。

第六章　世事如棋局局新

　　"对一个有追求的人来说,想做的事很多,能做的事有限,做成的事甚少。伟人都有这样的人生困惑和尴尬,更何况一般的人。我的人生也面临这样的困惑。怎么来释惑呢?要追求人生本真的愉快,也就是认识人生真正的意义并不在结果中,而在追求中。……在许多时候,人们常常意识不到这一点,在拼命追求目的、希望和满足中陷入了人性自设的痛苦与病态之中。通过努力达不到预定的结果不遗憾,但不注重过程,不作努力而达不到结果,终身遗憾。"

——罗崇敏　2009年

　　罗崇敏担任云南省教育厅厅长之后,一些深谙其个性和作风的亲友不无担忧,曾劝告他:"在云南教育界,大环境不成熟,某些从业人员的素质不成熟,动手术的时机不成熟。你要搞改革,宜缓图,不宜激进,必须先有一个相对稳靠的磨合过程才行。如果力度太大,摧枯拉朽,势如破竹,效果和结果将会适得其反。"罗崇敏认为,相比国内一些发达省份,云南的经济实力不够强,老百姓的素质确实有明显的差距,但思想不应落伍,观念不应滞后,改革不应停顿。要知道,云南教育千头万绪,时间不等人啊!

　　办法永远比困难多,决心也永远比困难大,面对云南不容乐观的教育现状,罗崇敏反复强调:"云南不应是教育落后的代名词。"经过一番深入调研,他胸有成竹,将通过"两基"国检作为教育改革的一道突破口。

　　云南的"两基"攻坚已实施了二十六年,全面通过国家"两基"验收凝

聚着几代人的希望和梦想，然而行百里半九十，云南尚有八个县没有完成"两基"目标。

2010年初，云南的"普九"验收合格，大功告成。按照惯例，云南省最快也要到第二年才能申报"两基"国检。罗崇敏做事的风格和特点大家再清楚不过了，破例等于小菜一碟，抢提前量是他的拿手好戏，一次过关是他的独门绝技。

2010年4月，云南教育厅就马不停蹄，申报"两基"国检。一位省委领导善意地提醒罗崇敏："老罗，你热情这么高，干劲这么大，别搞出笑话来！"

汗水滴处有收获，努力到处结硕果，云南教育界八个月的攻坚战大获全胜。2010年12月13日，教育部正式宣布：云南的"两基"工作顺利通过国家验收。国家督导室主任何秀超说，云南的"两基"国检创造了一个全国纪录：用时最短，从正式提出申请到验收通过，仅仅用了十个月。国家总督学顾问、教育部原副部长、云南"两基"检查评估组组长王湛在"两基"国检总结会上赞叹道："云南的'两基'攻坚工作，成绩卓然，为西部地区基础教育树立了一座丰碑。"

据《云南省志·教育志》记载："云南的古代教育，最初有私学，始于西汉元狩二年（公元前121年）；官学稍晚，始于东汉元和二年（公元85年）；书院始于明代景泰年间。"单看如此简略的介绍，读者也许会觉得云南开化不算晚，官方和民间的教育结构也没有明显的断层，但云南的古代教育远远落后于中原地区，主要原因是师资力量薄弱，私塾和学院稀少，风气闭塞，少数民族受到歧视。比如说，直到唐玄宗开元十四年（公元726年），南诏（云南）才有第一所孔庙；直到唐穆宗长庆五年（公元825年），南诏才正式"设学校，置教官二人"。到了明代，云南的教育较前代有所提振，重建和恢复学宫73座。清代的云南教育则颇有起色，在明代的基础上新建学宫27座（"其中9所仅奏设而实际未设"），其发展规模主要体现在民间书院和义学方面，"共新建书院226所，达到鼎盛"，再加上官员和乡绅捐银设立的义学683馆，云南的教育在边远省份中也不算太差了。

然而形格势禁，云南省的现代教育还是有起步晚、基础薄、教学条件简陋、教师缺配严重等诸项先天不足。罗崇敏要挑起这副千斤重担,没有大力不行,没有良方也不行,所幸他既有大力,又有良方。

在玉溪市红塔区洛河民族中学,数学老师康丽红刚下数学课,就匆匆忙忙赶回宿舍,脱下长靴,换上球鞋,出现在操场上。仅仅几分钟时间,她摇身一变,就成为了体育老师。此外,英语教师柴文坤兼授音乐课,美术教师李银珠兼授生物课,学经济管理专业的老师柏艳琼要教历史课和政治课,学贸易经济的老师康建华要教地理课。

红塔区洛河民族中学校长赵永辉曾将实情告诉记者:"老师在我们这儿工作的话,感觉要变成多面手才行,也就是我们俗称的'万金油',哪儿需要就往哪儿抹一下。因为在山区,条件相对艰苦,许多老师有机会、有条件就会调到别处去。某些课程,我们只能按照上面的要求先把它开起来,至于效果如何,连我们自己都不知道。"

有些学校,在教师严重短缺的情况下,被迫拼班,大班人数高达一百四十人。在宣威一中、五中,学生的课桌排到顶住讲台,课堂纪律和课堂效果如何可想而知。由于学生过于密集,也存在不小的安全隐患。学生宿舍同样拥挤不堪,一间教室改造成宿舍,住九十多人,三层焊铁床,每层睡两名学生,这是大城市的师生和家长能够想象得到的吗?

在那种一师一校的地方,老师既要教课,还要下厨。有一次,罗崇敏去富宁县调研,有个山村教学点,一间教室,八个学生,三个年级,只配备了一名彝族教师。正赶上吃饭的时候,那名男教师身穿一件空空荡荡的西服,露出黑乎乎的肚皮,一只裤管卷起,趿拉着一双破绽百出的拖鞋,吹火做饭。这样的教师与普通村民无异,早已被同化了,早已被钝化了。若论教育质量,这样的教学点只能说是聊胜于无。

除了教师短缺,学校也明显不足。怒江有一个山区,小学生上学要过溜索,下临万丈深渊,非常危险,几十年来掉下去了十多人。罗崇敏调研时,跑去看了这个地方,眼睛都红了,鼻子都酸了。回到省城后,立即找昆明卷烟厂的柳厂长帮忙,请他雪中送炭,赞助两百万元,在当地修建一所全新的小学,从此那些孩子就可以寄宿,不必再腰系麻绳充当"飞人"了。

云南是一个集边疆、少数民族、山区为一体的西南边境省份,相比内地,它的社会发育程度,它的经济发展速度,还有它的教育发展基础,都

比较差。云南有各类学生数百万名，其中义务教育阶段的学生有600万名，高等教育阶段的学生有50多万名，共有教师54万名。迄至2008年，仍有三个县没有实现"普九"任务。高中入学率仅有52%，低于全国八个百分点。全国人口平均受教育年限是7.5年，云南是6.3年，排名第27位。据《中国教育报》评估，云南的第二次现代化教育进程在全国排在倒数第二名。云南共有12000多个"一师一校"的教学点，一部分教师仍住在D级危房里面，他们的生活环境和工作条件异常艰苦。

云南教育的基本矛盾是什么？教育机构所能够提供的教育机会和受教育者所需要的教育之间的矛盾，仍然是基本矛盾。云南教育资源的总量、教育结构、教育质量都还存在问题。所以增加总量，调整结构，提高质量，促进教育的协调发展，始终是云南省各级党委政府、教育工作者所面临的艰巨任务。"任重道远"，字字千钧，罗崇敏必须拿出扛鼎之力，才能够举起它们。

教育资源配置和教育服务水平不均衡在全国很多地方都存在，在云南更突出一些，怎样提高和加强少数民族的教育？这道复杂的"方程式题目"摆在罗崇敏面前，他如何解析？仍像当年在红河州主政那样厉行强硬的改革手段？还是一手硬一手软，双管齐下呢？我们不妨听听他2008年接受《中国日报》记者采访时讲述的一番话：

"在云南，均衡教育的发展任务相当繁重，这是由于云南的教育领域宽，战线长，多元化等特点造成的。所谓领域宽，是指我们所抓的教育涉及许多领域，涉及到行业办学、政府办学、民营办学、公办学校；战线长，我们云南有16个州市，126个县。多元化特点明显主要是指少数民族多，我们有26个少数民族。在北京时我曾经介绍说，我们有10个少数民族，要用十二三种少数民族语言来教学。很多人就感到很奇怪，为什么10个少数民族要十二三种少数民族语言来教学呢？因为他们不知道，我们一个少数民族里面有好几个分支，语言不同。这样给我们带来的难度是什么？第一就是教育成本高，三十年前政府一年拿7亿投教，而现在政府一年的投教资金是近200亿；第二就是点多面广，较为分散。云南目前还有12000个一师一校，教育成本肯定高；第三是教育均衡发展难度大，到现在我们还有三个县没有普九，而且我们普九的层次还比较低；第四是教育管理难度大。"

《中国日报》记者："如何促进教育的均衡发展，彰显教育公平呢？"

罗崇敏："首先，还是要进一步加强义务教育的基础设施建设，推进基础设施资源均衡配置。抓住国家扩大内需的机遇，力争几年的时间，排除现有中小学D级危房，实施校舍安全工程建设，从而推进校园基础建设资源的配置。第二是教师资源的均衡配置。积极推进教师培养五年规划的实施，将边疆、民族、贫困地区作为重点工作对象，加强对边远少数民族的教师进行免费培训，大力培养'双师型人才'，实施好教师特聘、特岗、特邀'三特'计划，从而提高教师的整体素质，之后运用行政手段来推进教师资源的均衡配置。第三要大力推进远程教育，特别是边疆少数民族地区，要充分运用远程教育手段来开展对少数民族学生的教育。说到底就是用资源的均衡配置来促进均衡发展，协调发展。第四是通过扶贫支持，引进资金，运用政策来加大对少数民族地区尤其是少数民族边疆地区教育支持的力度。"

事多而理，局艰而赢，方才显出主政者身手非凡。罗崇敏从来不强调困难，只强调应对之方和解决之法。

在云南省教育厅，罗崇敏搞处级干部竞聘上岗，只不过是小试牛刀，他还要大力推进高校的人财权制度的改革，其中较为突出的措施是："实行行政权力与学术权力适当分离。淡化高校管理行政化倾向，逐步取消全省高校校级领导以下管理人员的行政级别，改革完善有关选拔、调任、升任等制度。扩大专家、教授参与学校民主管理权力，建立以教授为主导的高校学术委员会、学位委员会、教学指导委员会等学术组织。本科院校要探索建立校院两级教授委员会，发挥教授委员会在学校发展规划制定、学科专业建设、教学科研、专业及课程设置、师资队伍建设、教师聘用和晋升等方面的作用。加强高等教育学术团体、省级各专业教学指导委员会、省高教学会及相关二级分会等建设。……加强以目标责任制为核心的学院（系部）制建设，将更多人事管理权、财务管理权和分配奖励权等下放给院系，强化院系人财物资源配置的权力和责任。建立完善重大

决策听证、校务公开和问责制度。建立健全制度,做好重大决策听证、重要事项公示、重点工作通报、相关信息查询等工作,严格执行问责制。学校重大改革发展事项要主动征求民主党派和无党派人士、专家、教师、学生意见。建立完善学生申诉、听证制度。各高校要成立由学校负责人、职能部门负责人、教师代表、学生代表参加的学生申诉处理委员会,受理学生对取消入学资格、退学处理或者违规、违纪处分等的申诉。学校在作出关乎学生学习、生活等重大决策前,要召开学生代表听证会,充分听取学生意见和建议。"

2009年3月25日,全国政协委员、九三学社中央副主席邵鸿在"两会"期间痛批高校行政化趋势日益明显,建议取消高等院校的行政级别,民主遴选大学校长。

事实上,云南于2008年11月就完成了公开选拔部分院校党委书记、院(校)长面试,而主要倡导者,就是罗崇敏。当初,他的表态掷地有声:"公开选拔是必然趋势!"那次公开选拔院校掌门人的级别之高、规模之大、范围之广,在全国尚属首例。公开选拔的领导岗位共有18个,涉及云南省10所院校,1120人进入笔试,92人进入面试。笔试者中,有300余人来自高校系统。事前,有人善意地劝告罗崇敏要慎重,这种事不宜操之过急,搞急了,会搞出乱子来。他说:"高校干部人事制度改革势在必行,人是第一要素,是第一生产力。我欣赏有激情的人、有责任心的人、能干出成绩来的人,只有能者任其职,贤者在其位,云南的教育事业才能进入快速发展的轨道。以往,校长、书记由上面任命,未必尽属贤能,公开选拔出来的校长、书记肯定更胜任他们的职务。"

顺势而为,谋定不夺,罗崇敏的各项改革能够乘风破浪,绝非偶然。

2009年3月19日,罗崇敏接受了《21世纪经济报道》记者宋超的专访,他明确表示,云南的教改重点是民办教育,核心是体制机制的探索创新。

罗崇敏说:"我认为,从国家宏观层面上来看,推进新的教育改革应该明确三个基本的大方向:教育的公众化、市场化和法治化。教育改革涉及到的是公众、政府和市场这三方面的关系。现在的情况是,人们一说起改革,就认为全部是走市场化的东西,这与教育的公平性会产生矛盾。公众化要求教育以人为本,促进公平,推进教育的大众化,还要求政府承担起教育作为公众事业的引导责任。市场化是手段,用来创造民办、公办和股份合作等形式教育的多元发展的竞争格局和平台。利用市场的机制来做大教育的总资源。法治化的重点在于完善涉及到教育领域微观管理方面的相应的法律和规章。前两者如果能够统一于此,那是最理想的。三者必须整体推进,如果单刀直入,仅着重某一方面,改革就会停滞。在公众看来,教育的公平一直就认为是靠政府来提供公共资源的公平配置,但是量上不去,这是最大的不公平,而有时交给市场可能还会更公平一点。"

《21世纪经济报道》记者宋超:"云南办学的主体是谁?是政府还是民间资本?"

罗崇敏:"概括地说,教育资源的总量少和优质资源稀缺是云南教育结构不合理的两大表征。谁来办学,谁来办校方向很明确,云南省的总体考虑教育资源是存量靠政府,增量主要是通过民办来实现,非义务阶段教育放开,调整好教育领域中的所有制结构。云南跟中东部发达的省份相比较,最短的腿就是民办教育。现在云南的民办教育只是占到所有教育资源中的6.44%。所以,我明确说,社会资金来云南办学办校,政府首要保证的是他们的盈利。人家办学没收益,资金就不来,云南教育大发展单靠各级政府财政性投入很难。"

《21世纪经济报道》记者宋超:"资本实质是逐利的,这就带来了学校如何监管的问题。"

罗崇敏:"上面我说的'三化'是思路方向;学校的管理,我认为在新教改中是重点,不分公办民办。政府对学校的管理方面,国家只要从宏观上确立办学方向、学校主要负责人的选拔和任用、学校教育质量评估和教育经费的拨付。另一层是学校内部的微观管理,即教师的聘任、职称的评定确认、绩效工资分配和学科专业建设自主。办学主体是学校,市场主体是企业,干吗老是取代?没必要。我常说:省教育厅是掌舵的,学校是划桨的,就是这个意思。必须理顺这两个管理关系,才能谈教改的方向和规划的问题。"

《21世纪经济报道》记者:"在推进教改的时候,您的压力大不大?"

罗崇敏："也有，但只要做对了事情，有人支持，问题不大。在大力发展民办教育上，云南已经基本取得共识。《云南省关于加快民办教育发展的决定》也很快出台，现在修改细则。在政策引导上，省里将设立两千万元民办教育专项资金，支持民办教育。各级人民政府设立民办教育专项资金，并统筹本地区教育费附加，用于民办学校的办学经费补助、新建和扩建项目贷款贴息等；允许非义务教育阶段的公办学校吸纳社会资金进行股份制改革或转制为民办学校。在待遇上，基本社会保险、职称评定、表彰奖励、科研立项等方面，民办与公办享受同等待遇；民办学校的学生资助纳入同级同类公办学校资助体系。在优惠措施上，将在现行政策规定范围内对民办学校给予税收优惠；各级政府鼓励金融机构积极从事民办教育贷款业务；新建、改扩建民办学校用地纳入当地城乡发展规划，安排用地指标。"

2010年3月2日，由《人民政协报》和《教育在线周刊》主办的首届"中国民办教育贡献力并《规划纲要》意见征集座谈会"在北京举行。座谈会在全国"两会"开幕前夕召开，是民办教育界一次"春天的约会"。全国政协副主席、民进中央常务副主席罗富和，全国人大代表、翔宇教育集团董事长王玉芬，云南省教育厅厅长罗崇敏出席了会议。谈到民办教育的贡献力，罗崇敏说：

"现在全国有3000多万学生在民办学校学习，我们云南有66万。现在云南民办教育的学生占全省学生总数的7.4%。将去年和前年相比，民办教育的增幅是8.6%，高等教育这块增了20%，发展是很快的。应该说民办教育对国家的经济贡献、政治贡献、文化贡献和社会贡献是很大的。我认为它的贡献力最起码体现在这四个方面，当然又集中体现在人的素质，在提高人和促进人的全面发展，为提高国民素质做出了巨大的贡献。……我就谈两个概念，比如说民办教育这个概念是很不成立的，凡是教育都是国家的教育，应该只存在私立学校和公立学校之分，我们搞出个民办教育，公办教育，针对我们办学实体来确定。首先，我觉得公立学校，私立学校，股份制学校，这些都值得探讨，但是现在不可能，今后都要探讨。有些东西是我们国家的国情，我们办的是有中国特色社会主义的教育，所以我主张最起码把现有的非义务制学校拿出30%来进行改革，改为私立学校和股份制学校。第二,改革管理体制。政府管民办学校,要在服务中进行管理,要在激励中进行管理,不要光在约束和控制中来进行管理,它毕竟是在成长过程中,在发展过程中。所以我们要提供全方位的政策方面的,还有体制方面的,包括办学的方式方面的一些有益的服务,在服务中来实施管理。在管理过程中,不管是公办学校还是民办学校出现的问题,都要一视同仁,大家统一到法制,统一到规程上来。第三,要增强我们民办学校的自我约束力。我的主张,我们对民办学校或者民办教育鼓励的方向是什么? 就是要鼓励他们办精英教育,这个是国际教育的一个趋势。精英教育能够提高民办学校的竞争力。如果不办精英教育,今后你办不好这个学校就自我淘汰了。所以要增强民办学校教育的竞争力,就必须要增强自我约束力,自己要约束好自己,增强自己的竞争能力。”

在这次会议上,全国政协委员、国务院参事任玉岭的发言令与会者颇感新鲜,颇受启发。他特别谈到了公办学校与私办学校在校生之间的不平等,给大家举了一个简单的例子。现在民办学校学生回家过节不能购买学生票。比照西方发达国家的情况,许多知名学府都是民办的、私立的,我国解放前也有不少民办名校,例如南开大学。建国以后,民办教育从起步到现在仅发展了三十年,虽然取得了不小的成就,但整体的办学质量、地位都不高。针对这一状况,任玉岭希望国家能出台相关政策加以改善,甚至大胆谏言国家可以挑选出一部分优质的、知名的公办学校转制成为民办学校,比如将清华大学变成民办大学。他的这一建议与罗崇敏的建议——“最起码把现有的非义务制学校拿出30%来进行改革,改为私立学校和股份制学校”——形成了呼应。

如果说公办学校是大家闺秀,那么民办学校就被许多人视为丫环,这种被歧视被忽略甚至被打压的痛切感受,差不多所有的民办教育投资者都不止遭遇过一次两次。云南经济管理职业学院的董事长杨红卫告诉笔者,她真正挺直脊梁是从罗崇敏任云南教育厅厅长开始的。

2008年春节前,她接到省教育厅办公室打来的电话,说是罗厅长吩咐要送两箱石榴给学校领导。常言道,“礼轻情义重”,关键是罗厅长有这份关心。以前“娘不疼,爹不睬”的,跟现在比,该是多大的反差啊! 她告诉

笔者:"我愣了,还以为他们打错了电话,我说我这儿是云南经济管理职业学院。厅办说,罗厅长亲口交代的名单中就有你们。"证实之后,杨红卫董事长的眼眶都濡湿了。

2008年夏天,在招生工作会议上,罗崇敏对各校的代表说:"感谢大家把云南的教育发展得很好,拜托大家多招收一些学生,多培养一些人才,这对社会和众多的家庭都是功德无量的!"这么亲切温和的语气,真不像是教育厅领导在下命令。

2008年,云南经济管理职业学院加大招生力度,9月份招生快结束时,罗崇敏到学校来调研,发现新生缺额七百多,他问杨红卫有没有学生来读职院,杨红卫实话实说,有人来读,可是计划内指标已经用完,罗崇敏当即表态:"那你们赶紧招生,指标我帮你们解决。"当年,由于新生激增,云南经济管理职业学院的学生总数突破了一万名,2011年,在校学生达到两万。

许多人对民办教育存在认识上的误区和盲区,认为民办院校师资差,校区硬件差,教学质量差。实际上未可一概而论,许多民办院校是非常优秀的,国外的私立学校就更好了,因为它们能健康地发展,不遭歧视,有多种多样的融资途径。中国的民办教育面临许多瓶颈,民办院校既不算企业,又不算事业,公不像公,私不像私,考核方面却与公办同一标准。民办院校最大的困难是融资,由于金融政策未松动,教育资产不能抵押贷款。民办教育投资者最担心的是政策不支持,不配套,生源枯竭,后继乏力,投资落空,心血白费。卡着脖子是无法发展的,这个道理太浅显了。罗崇敏强调教育公平,大力扶持民办教育,真心实意为民办院校解决困难和需求,就等于给民办教育投资者传递了一个信息:只要办好学,有生源,就能发展。

近两年,罗崇敏频频指示教育厅的相关处室到民办院校调研,只要有生源,保障质量,就准许扩招,他说:"有人来读是好事,对社会有贡献。"因此民办院校招生都能满额,甚至超额。以前那种撑死肚子饱的、饿死肚子空的现象已经不复存在了。

民办教育就是这样,上面支持就跟进,上面不支持就只能维持。云南经济管理职业学院得到云南教育厅的支持,便在安宁职教基地新增了一千亩地,拓展计划瞄准了更大的规模和更高的质量。杨红卫说,她感觉这两三年来省教育厅的服务职能明显加强了,以前像个衙门,去办事得看脸色,现在脸色好看多了,效率也提高了许多。职能部门还经常到学校来调研,有什么实际困难,能尽快解决,有什么新鲜想法,能顺利沟通。她感叹道:"领头人能改变整个团队的精神面貌,拉动事业与领导的能力息息相关。一头狮子带领一群羊,胜过一只羊带领一群狮子,罗厅长就是领头的狮子!"

云南的民办学校共有两千多所,学生六十六万名,教职工六万名,为政府财政支出节约了十亿元。将经济领域的剩余价值用于教育,将节余的大量资金用于其他重要的社会事业。民办教育的投资者和经营者也许不如公司老总那么潇洒气派,但他们为这个良效循环作出了很大的贡献。

2009年,云南省下发了支持民办教育的文件,支持民办学校办学经费两千万元,虽然是粥少僧多,但提振了民办教育工作者的士气和信心。罗崇敏亲自出面请出原云南人大常委副主任梁公卿出任云南民办教育促进会会长,在结构上促进,在资金上支持。他不主张将教育分为"民办"和"公办",在他的观念中,教育是一体化的,都是国家的教育。只有学校可划分为"民办"和"公办",他主张让民办学校与公办学校在同一起跑线上起跑,他欣赏民办学校所提出的"人人是人才"的口号。公办学校不要老是盯紧那些优质资源,民办学校这趟"末班车"功德无量。有人笑称"一个民办学校的教师相当于五十名警察",虽然夸张,但也不无道理。

在昆明,云南爱因森软件职业学院非常有名。这所学院发展之快令人咋舌。1999年,董事长李孝轩凭借12台电脑起家,第一期培训班只有6名学生。2007年后,该校进入加速发展的上升通道,至今校区占地1103亩,学生1万多名,教职工近千名,此外还有18个培训点,每年培训3万人,学生就业率高达97%。

李孝轩董事长坐在笔者的对面,很快就进入了角色,侃侃而谈他的"木屑理论":名校的学生是原木,民校的学生是木屑,前者固然容易成器,后者用胶用高温压制成高密度板,甚至更合用,更耐用。他站起身,走近他的办公台,告诉我:"这张大书桌就是用高密度板做成的,你看,它哪

点比原木差呢？"他要是不道破实情，我还真以为那张大书桌是原木的。李孝轩是云南首届"教育功勋奖"获得者，年方二十九岁。他是云南民办学校董事长中最年轻的一位，云南爱因森软件职业学院却是云南民办院校中规模最大的一所。

我们聊起民办学校的发展，李孝轩感慨道："民办学校艰难啊！有保守观念的阻碍，也有利益集团的打压，这儿的水很深！可以这么说，公办院校裹足不前还可以活，如果民办院校不用品质求生存，不用创新求发展，就会死翘翘。除了'木屑理论'，我还有个'石膏理论'。在高中学业成绩不够好的学生往往智商很高，他们没有养成好习惯，短缺愿景和目标。这就好像一个人的手臂断了，首先要施行手术，然后要打上石膏，采用合适的教育手段就是动手术，采用有效的纠正方法就是打石膏。我们具体的做法是扣准就业导向，聘请高级工程师当教师。爱因森的管理模式，在许多人看来，是颠覆式的。比如由专家和买家来治校，由企业家提需求，然后由学校制订人才培养方案。一句话，用人单位就是上帝。再比如由学生来评定教师的教学水准，如果学生普遍厌学，不爱听某位教师的课，那位教师就会被辞掉。在公办学校，一些南郭先生混得很爽很开心，在爱因森，那些滥竽充数的人是混不下去的，混一天都难到天黑，更别说从年头混到年尾。学生要学得开心，他们不愿把青春塞进炼狱里遭受几年蹂躏，他们的评估在很大程度上保障了教学质量。从大一开始，学生就不是读死书，我们会把他们放到企业去实习一段时间，学校用管理员工的方式管理学生。学生毕业后，到企业上班，根本无需适应期，个个如鱼得水。许多企业都称赞爱因森的学生好用而且能干，口碑是不断积攒起来的。爱因森的品牌就这样形成了，得到社会的广泛认可。"

2010年，云南爱因森软件职业学院实现了渴望已久的专升本，被更名为云南工商学院，在西南诸省的民办专科学校中，爱因森成为了领头羊。李孝轩既有远见卓识，又极具抱负。他说："只要政策宽松，给大家一个自由竞争的环境，我就有信心将爱因森打造成哈佛、耶鲁、早稻田那样的民校和名校，至少，也要办成中国一流的应用型大学。现在，罗厅长支持民办教育，我很欣慰，你看，我墙上挂的这幅字就是罗厅长题写的。"我顺着李孝轩董事长的手势看去，果然看到罗厅长遒劲的手书"教真育爱"。这四个字不仅挂在壁上,而且已铭刻在许多人的心中。

2010年3月7日,在全国人代会期间,罗崇敏接受中国广播网主持人的访谈,他特别讲到了民办教育的出路,这番话既客观又有见地:

> "我认为我们社会主义国家办人民的教育要把公平放在首位,特别是基础教育和义务教育要体现教育的公平。公平就要以教育的均衡发展作为基础,(包括)城乡之间的均衡、区域之间的均衡,还有性别、民族之间的均衡。通过推进这几方面的均衡发展来促进教育的公平。但是我们认为公平不能代替竞争。公平促进社会和谐,竞争增加社会活力。我们不讲教育产业化,但我们要善于整合国内资本、吸引国际资本来促进我们国家非义务教育的发展,特别是高等教育的发展。民办教育和公办教育在起步和发展过程中面对的政策和法律是平等的,但在具体政策指导上是很不公平的,起点就不在一个起跑线上,发展起来很困难,它在和公办高等学校的竞争中付出的更多。如果还是引导他们办一般性大学,肯定无法和公办学校竞争,所以只有引导他们办精英教育、特色教育。这就涉及收费问题。办精英教育、特色教育,收费上就要放开一些,给些更优惠的政策,让民众、家庭来选择。他有特色,办学质量更高,要培养精英人才,就让他去办,去引导,它的投资要有产出和回报。"

如果说公办教育已人到中年,那么民办教育尚处在婴儿期,它具有无限的生命活力和发展潜能,但仍须精心培育和扶持。云南有李孝轩、杨红卫这样倾情于民办教育的投资者和经营者,有罗崇敏这样鼎力支持民办教育的领导人,云南的民办教育想不取得长足的进步和发展都是不可能的。

不仅在云南,而且在全国很多省份,以往的民办教育陷入"长不大的小狗模式"。相比公办教育低头哈腰要钱,民办教育跪着要政策更惨。罗崇敏支持民办教育,主张"民办教育要增量,公办教育要提质",他对二者素来一视同仁。

2009年3月31日,罗崇敏在昆明调研民办教育后发表了颇具见地的

讲话，其中有这样一段："充分利用政府和市场配置教育资源的功能，大力发展民办教育，是我国教育事业发展的必经之路。我国民办教育发展过程中存在与公办教育事实上的法律地位不等同、政策服务不等同、社会观念不等同、招生就业不等同的问题，出现这些问题的核心是公办教育和民办教育的发展不平等、不公平。要解决这些问题，应继承中国教育优秀的传统思想——有教无类。不管是公办教育还是民办教育，法律地位的确立应有教无类，政策的指导应有教无类，学校的管理应有教无类，教师资源的配置应有教无类，学生的招收应有教无类，学生的就业应有教无类。实现真正意义上的有教无类和事实上的公平需要有个过程，但我们不能不做努力。"

在这段讲话中，"有教无类"这个成语被罗崇敏用活了，成为了"教育公平"的代称，它更形象，也更容易深入人心。

建国之初，云南省的大学生总共只有1740人，现在有53万大学生；原来只有1200名教师，现在有43万名教师；原来在破寺烂庙里面办学，现在校舍共计有5800多万平方米。教育这本投资账是算得明的，但是很难算得清。因为办教育是千秋万代的事，必须不断投入，且永无结账之期。

办教育，人才的投入固然是重中之重，资金的投入也是急中之急，没有资金的强力支撑，不仅教育的增量难以办到，提质也会大打折扣。引资办教和引智入校并行不悖，它们是云南现代教育腾飞的两只翅膀。罗崇敏对此认识极深，他上任后，一直为云南的教育找钱，想出了许多金点子。

2009年3月19日，在云南省引资办教论坛暨项目推介会上，罗崇敏致辞时说：

"我们认为，唯有产业可以富国，唯有制度可以兴国，唯有素质可以强国。人类社会的一切活动无非是以人为主体的资源向财富转化的过程而已。怎样将自然资源和人文资源转化成为实现人的全面发展所需要的物质财富和精神文化财富，是人类活动永恒的主题。社会实业家和经济界所创造的物质财富，最终将转化为教育文化财富。特别是在全球金融危机暴发的时候，我们实业界的决策者们承载着对实业发展的经济效益预期难以准确把握的心理。我们顺势而谋,着力探索和实施引资办教的新思路、新机制、新办法,既遵循了将物质财富转化为精神财富的客观规律,又开拓了实业界投资的新视野,更顺应了经济社会发展的历史潮流。

"教育是人类求取自身发展的庞大的社会系统工程,不但需要政府强有力的主导,还需要社会广泛支持参与;不但需要教育界的辛勤耕耘,还需要实业界的关注和投入。我们所倡导和着力推进的引资办教活动,是以实业界和教育界为主体的,推进教育公平和竞争的教育投资和发展的社会活动。是充分运用市场和政府的力量,有效配置教育资源,调整教育结构,提高教育质量的目标行动过程。引资办教包括引进实业界独资办教、企业与学校联合办教、实业家以发展慈善事业的方式捐资助教、社会各界人士捐资助学等。现代教育不但需要现代设施,更需要现代管理,不但需要资金投入,更需要人才支撑,引资办教和引智入校是云南现代教育腾飞的两只翅膀。

"促进引资办教的健康持续发展的核心是体制安排和政策指导。我们应紧紧围绕公平竞争、富有效率的要求,设计安排引资办教的体制机制和政策措施,创造公办教育、民办教育、股份制教育平等竞争、共同发展的环境。云南省委、省政府十分重视引资办教和引智入校的工作。省政府即将出台发展民办教育新政策,在办学用地、税收减免、贷款融资、教育收费、教育公共资源配置等方面都有新的举措,为引资办教提供强有力的政府服务。教育厅和有关部门将在大力推进我省引资办教中更有作为、大有作为。"

云南省教育厅创造性地提出"招商投教"的思路后,《中国日报》记者采访了罗崇敏,后者介绍了自己的思路和实施的情况:

"近年来云南教育虽然取得了辉煌的成绩,但我们教育资源总量小,结构不合理,质量不太高的问题同时存在。特别是规模小,人民群众对教育的需求和教育机构所能提供的教育机会的矛盾是很突出的。刚才我不是讲了么,我们还有三个县没有普九,普九的任务还相当繁重;再者我们高中阶段的毛入学率很低,全国倒数第二;我们高等教育刚刚进入大众化阶段,高等教育的毛入学率只有16.2%,这些都说明我们教育资源总量小。要解决这个问题。把教育资源做大必须靠两只手,一只是政府的

手,一只是市场的手。各级政府这些年来对教育的投资力度不断加大,但云南省现在民办教育的程度比较低,充分利用市场机制引进教育资源的氛围还比较淡。所以要抓住金融危机,变危机为机遇,抓住国家扩大内需这个机遇,切实加大'招商投教',引智力入校的战略措施,千方百计吸引社会资源涌入学校。我们已经专门成立领导小组,广泛地宣传和推介'招商投教'。我们准备在今年三月份召开云南省'招商投教'论坛暨项目推介大会,在这个会上我们要推荐一批项目,使我们的企业家、慈善家、社会活动家都来关注云南的'招商投教',都来投资云南的教育,激发他们的爱心来投教。现在我们正与一个新加坡的投资集团谈合作,还有北京国教投资集团等也准备参与进来。引进的资金总量约30亿元。我说的这个30亿是保守的数字。我们决心通过'招商投教'来加大民办教育发展的力度。'招商投教'的核心是一个政策,关键是民办教育政策。企业家投资是要回报的,慈善投资只是其中的一部分。我们这次是一个广义的'招商投教',包括慈善机构,包括社会各个方面的投教。之后还有一个'引智入校',也就是把人才引进学校。再一个,我们在'招商投教'方面要加大后勤社会化的进程,我们鼓励更多的商家投资后勤,整合后勤资源。"

罗崇敏主张以非常规的方式办教育,引资办学便真正体现了"人民的教育人民关怀",社会上有财力者资助教育,功德无量。他说:"一时一事,回报是三生三世!"这不是迷信,而是实实在在的说法。2009年,云南教育界已引资30个亿,有意向的和将要签约的有100多个亿。今后五年将有不少于200个亿的社会资源用于办学。

2008年8月26日,云南省委省政府主持召开了关于深化改革,加快高等教育发展的工作会议,会议决定,云南省政府五年内将拿出30个亿支持高校的发展:其中20个亿给呈贡大学园区偿还贷款。这个大学园区容纳10所高校,10万人的规模,已有5万人进驻;另外10个亿用于高校建设重点学科,组织专业队伍,构筑创新平台和开辟国际化的前景。仅以重点学科建设一项为例,2006年以前经费只有区区200万元,2006年至2007年,只有600万元,罗崇敏上任后,加大投入,2008年即猛增至5000万元。到了2009年,云南省政府出台引进人才、加强学科建设的政策,省政府每年拿出2亿元资金来进行学科平台建设。

罗崇敏的观点是"实业兴国,智慧创造财富","企业家最大的梦想是成为教育家"。2008年的"全省引资办教论坛暨项目推介会"取得了一些可喜的成效,他意犹未尽,决定在学校和企业之间搭建一座桥梁,使二者形成天然的联系。

2009年2月1日,规模更大的"云南教育家企业家论坛"吸引了媒体的注意力和大众的眼球。这个论坛由省教育厅、省国资委、省工业和信息化委员会三家联合举办,规格、档次不低。本来估计参会者为一百人,结果来了两百多人。中烟公司的老总来了,红塔集团的老总来了,红云红河集团的老总来了,有色金属的老总来了,电信的老总来了,电力的老总来了,"云铜"的老总来了,建行的老总来了,"昆钢"的老总来了……这些老总于百忙之中抽身而至,可不是来露脸,走过场的,他们做足了准备工夫,发言的质量很高,都有PPT。

有人在会场小声议论:"教育厅的号召力真大啊!罗厅长真有能耐!"云南教育厅已得到社会的广泛认可,影响力比想象的还要大。"云南教育家企业家论坛"旨在搭建学校和企业的合作平台,使高校和企业双方在培养人才和使用人才,以及科学研究和科技成果应用等领域深入合作。一些企业家在论坛上明确表态,他们将在大学实行订单式培养。这就意味着,今后,云南省将建立以企业为主体,实施产学研结合的管理体制和运行机制。高校发挥学科和科研优势,承担国家和企业的重大科技攻关项目,加速为企业培养具有创新意识和创新能力的高层次人才。双方共建一批工程研究中心,作为产学研结合的基地,实现高校技术产业与企业间的有机结合,推进企业的技术进步。

2011年11月6日,近七百人的"全国民办教育发展大会"在昆明召开,会议的一个重要任务是总结和宣传云南民办教育的经验。罗崇敏在讲话中说:"云南民办教育实现跨越式发展,四年时间建设了一批高质量的中高等民办职业学校,建设了一批不同层次的民办幼儿园和国际化学校。民办教育在全省教育资产中已经占到百分之十的比重。这是党委、政府抓宏观决策,教育部门抓中观指导,社会各方面抓微观服务的结果。"罗崇敏在会上发表了"民办教育繁荣之时,就是中国教育振兴之日"的主旨演讲,提出的观点得到了与会专家学者和教育工作者的广泛认同和高度

赞誉。从云南民办教育发展所取得的成绩中，从罗崇敏的讲话和演讲中，人们已经知道了云南民办教育短短几年发生翻天覆地变化的重要原因。除省委、省政府的重视，全社会的支持，关键是有一位敢于创新，对民办教育有真情实感，真心服务民办教育的厅长。目前，云南省已建立20个研究生教育联合培养基地、8个国家及省部级工程研究中心、11个云南省高校工程研究（技术）中心。昆明理工大学科技园还被认定为国家大学科技园。

自2009年至今，云南省教育界已引进民间资本四十五亿元，其中包括部分外资。这些投资将用于民办独立学院、中小学、幼儿园等的建设。某外资企业计划投资四千万元，在昆明创建一所中国最好的幼儿园，其硬件、师资、教育理念、教育方式等都将是国内最领先的。

2010年，"中国民办教育高峰论坛"在云南昆明举行，会议期间共签约二十四亿元。

"教育是一个产业"，这话不无道理。民办教育拉动消费，消费拉动经济增长。一万人的学校一年就消费几个亿，对校园周边的居民有利。民办教育者的心声都是：上面给政策、给规模比给资金要好得多。罗崇敏为民办教育做的，就是尽可能给政策、给规模，还为他们寻找热心的投资者。

局面转优，渐入佳境，但罗崇敏不会满足这份成绩单，他要掰腕子也只与强手掰。云南教育要转弱为强，还有一段长路要走。

云南省高等教育和全国一样，面临着规模、结构、质量、效益和师资、投入等诸多困难和问题，供给不足和需求旺盛是"十五"以来乃至今后一段时期高等教育最为突出的矛盾。一方面，自全国1999年扩招以来，云南省普通高校在校生人数从1998年的6.4万人猛增至2007年的31万人，高等教育毛入学率由3.32%增至14.61%。云南省高等教育虽然近几年有了长足的进步，但由于底子薄，基础条件差，高等教育发展水平与全国平均水平相比，差距不仅没有缩小，反而进一步拉大，人民群众日益增长的接受高等教育的需求与高等教育资源供给不足的矛盾也进一步激化。另一方面，随着云南省"普九"的深入推进，高中阶段教育快速发展，普通高中毕业生人数从1999年的8173人增至2007年的20万人。根据预测，至2010

年,全省有30万考生参加全国普通高考,全省普通高校在校生规模将净增15万人以上。此外,由于历史原因,云南省高等学校大多集中在昆明市,且大多集中在老城区,用地不足又无拓展空间,导致许多高校教学用房、学生活动场地等严重不足。尤其昆明医学院占地面积不到国家标准的六分之一,云南中医学院不到三分之一,云南师范大学和云南民族大学不到二分之一。由于办学条件不达标,云南省部分高校曾多次被教育部亮"黄牌"限制招生。办学条件的严重不足,已经成为制约云南省高等教育持续健康发展的狭窄"瓶颈"。

有刺激则必有反应。近年来,云南省委、省政府实施"科教兴滇"和"人才强省"的战略,着眼于全省高等教育的长远发展,以现代新昆明建设为契机,作出了将部分在昆高校整体搬迁至呈贡新城雨花片区的重大决策,规划云南师范大学、云南民族大学、云南中医学院等十一所高校在呈贡建设新的主校区。这一项目全部完成后,将形成一个承载二十余万人的教育文化片区。这一重大战略决策,对加快云南教育发展,加快昆明新城市建设,提升城市文化品位、创新能力和城市综合竞争力都具有非常重要的意义。

整个新校区的建设成效非常明显。截止到2007年11月底,云南师大、云南民大、云南中医学院、云南理工大学、云南医学院等五所高校已经开工建设。2007年10月,云南师范大学学生率先入住新区,对其他高校起到了一个很好的带动作用。

罗崇敏无疑是一位战略高手,他站得高看得远:呈贡校区建成后,在西南各省乃至全国范围内都是一个颇具规模效应的校区,是一个教育的"核反应堆",云南教育将因此具有增量提质的底气和本钱。

2008年11月23日,新疆维吾尔自治区党委书记王乐泉宣布,在国家支持下,新疆地区将率先在南部和田、喀什、克孜勒苏柯尔克孜自治州实行高中阶段免费义务教育,并力争2015年在全区基本普及十二年免费义务教育。新疆的这一举措在全国引起很大的反响。毕竟许多沿海发达省市都还没能做到这一点,发轫者却是深居内陆的新疆。新疆抢得头筹,云南怎么办?罗崇敏又怎会甘居人后?

罗崇敏到新疆考察时,发现和田、喀什、克孜勒苏柯尔克孜自治州的经济发展条件好,基础好,确实有能力免费。在云南,要在某个州市完全实行十二年免费教育,条件还不成熟。道理很简单,云南老百姓的收入低,农民的人均年收入只有两千多块钱,这就意味着当地的财政收入不会高。实施少数民族地方的免费教育,这是云南的愿景,而非现实。云南省对边疆少数民族地区寄宿制学生实行的是"两免一补",免学费杂费,补助生活费,用这样的方式来加快少数民族地方义务教育的发展。

志存高远的人怎会鼠目寸光,只盯住鼻子底下的那点好处?罗崇敏瞄准的目标是"基本普及十三年教育",在六岁至十八岁的儿童、少年、青年中,实施学前教育一年、小学阶段六年、初中阶段三年、高中阶段三年的教育。罗崇敏反复强调,基本普及十三年教育不是义务教育,不是免费教育,不要把它与普及义务教育混为一谈,它是接受十三年教育的普及程度而已。罗崇敏主张先试点,后普及。

从2009年1月1日起,云南省选择在经济条件和教育基础比较好的三十三个县市区实施基本普及十三年教育试点工作。在国内,这的确是抢先一步。通过三至五年的努力,三十三个试点地方将基本普及十三年教育。到2020年,云南省将全面实现基本普及十三年教育。曲高和寡,这是必然的,质疑者有之,否定者有之。特别是有的把基本普及十三年教育老是与义务教育混为一谈,提出质疑。罗崇敏的"先见之明"一旦被《国家中长期教育发展和改革纲要》证实为明智之举,那些质疑者和否定者才如梦方醒,恍然大悟。一位资深的教育界人士坦言:"说实话,当初对'普十三'我是有异议的,但时间是最好的裁判,现在看来,罗崇敏是对的,我佩服他具有前瞻性的洞察力!"

当罗崇敏提出"普十三"的战略目标时,云南还有澜沧、镇雄、鲁甸三个县没有完成"普九"任务。一时间,"普十三"试点工作这个创造性的举措受到质疑。有人认为罗崇敏好高骛远,标新立异,有人认为他吹牛,有人认为他作秀,有人不惮以最坏的恶意猜测他是想借此捞取政治资本。在他们看来,许多经济实力雄厚的省份尚且按兵不动,云南省有条件有资本来做领头雁吗?对此,罗崇敏的解释颇具说服力:"普十三"有个过程,目前是"实施",而不是"实现",从"实施"到"实现"还要近十年时间。

"另外，'基本'不等于'完全'，基本普及十三年制义务教育，我们的指标相对定的比较低。高中阶段的毛入学率我们定的是百分之九十，完全普及是百分之九十五以上。另外，学前教育1年，我们定的也是百分之九十。此外，'普十三'不是全免费教育。随着经济的发展，我相信若干年后逐渐可以减免费用。"

"可能别人觉得我步伐太快，其实我很慢了。比如试点基本普及十三年教育，我上任半个月就开始研究了，思考和调研用了六到九个月，这才提出来。"罗崇敏感慨系之。

2010年3月，在全国人代会期间，罗崇敏跳出固有的框架，建议从国家政策层面尽快研制全国基本普及十五年教育实施方案。"一些条件好的地区完全可以搞基本普及十五年教育。根据自身基础，现在云南在全国来说教育比较落后，我们只能做打基础的工作，要加快普及学前一年的进程，加快普及高中阶段进程。"

他建议从国家政策层面明确全国基本普及十五年教育工作的目标要求，尽快研制全国基本普及十五年教育实施方案，明确普及目标任务，明确各级政府工作职责、资金投入比例、教育成本分担机制，并根据普通高中新课程改革要求和政府主导，推动高中阶段教育和学前教育的持续、快速、健康发展。此外，罗崇敏还专门建议国家加快学前教育立法工作。通过立法，明确各级政府的投入及管理责任，建立幼儿教师配备、培养和培训机制，保护幼儿教师的合法权益，规范学前教育管理、提高保教质量，保障残疾幼儿在幼儿园随班就读的权利等，促进全国学前教育事业规范、健康发展。

罗崇敏推出的大部分改革都能顺利完成，提速变速他有秘诀。抓住时机，他就迅疾出手，这样做可以大大减少改革的阻力。加速度越快即意味着穿透力越强，最平常的一粒黄豆若高速飞行，其威力绝不亚于一颗子弹，这个道理不言自明。

云南省面积百分之九十四为山区，人口居住不够集中，中小学分布比较分散。据统计，目前云南省小学数量为16573所，其中学生规模不足300人的完小多达12558所；全省普通初中有1642所，其中规模不足300人

的初中有823所。教育资源配置分散，影响了义务教育的巩固和教育质量的提高。

迄至2009年，云南还有"一师一校"教学点8870个，甚至还有一个校点一个老师教一个学生的情况，教育质量上不去，造成教育资源配置的浪费。另外，云南少数民族众多，如果不集中办学，"双语教育"就难以有效地开展。近年来云南加大了农村寄宿制学校建设的力度，包括学校校舍、后勤管理和服务人员配置都做了部署，为中小学布局调整创造了条件。

云南争取在2012年以前撤销所有的"一师一校"教学点，并以2008年学校数量为基础，将普通初中撤并百分之二十、小学撤并百分之三十。为了不给学生家长增加负担，罗崇敏写了一个专题报告给教育部，为少数民族边境地区小学生和初中生争取生活补贴，前者为每年每人五百元，后者为每年每人六百元，这一招棋走成了，许多难题都会迎刃而解。

撤并收缩校点后，云南将大办寄宿制学校，以解决学生远程就读的难题。那些校点的老师怎么安置呢？若一律清退，不仅不公平，而且也是浪费教育资源。对于这个大家关注的问题，罗崇敏早已成竹在胸。他说："客观地讲，那些校点的老师非常敬业，非常辛苦。每个老师带二十到三十个学生，要教好几个年级，课程非常多。但是从老师的构成上讲，他们多属代课老师。就中央的政策来说，代课教师是不允许聘用的，但现实又需要。建寄宿制学校，为了适应义务教育发展的要求，肯定要增加一些教师的指标，特别是公办教师的指标。下一步我们就考虑，组织这些代课老师参加考试，如果考试合格，取得教师资格证的，就让他们进寄宿制学校任教。如果是代课时间比较短的，直接辞退也行。相信当地政府和学校会妥善解决好这个老大难的问题。"

2009年9月，罗崇敏去迪庆州调研，亲自布局调整，将十四所一师一校的学校收拢，让离家较远的学生入校寄宿。原先的校产怎么办？托管给村委会，恐怕会派作他用。罗崇敏主张将这些校产用于办乡村幼儿园，每个幼儿园投放三、五万元，把乡镇幼儿园办起来。罗崇敏对幼儿教育向来重视，他在许多场合，甚至在全国人代会期间，都讲过这样的话：

"一个人的智商的培养7岁前就完成了50%，14岁前就完成了80%；一个人的情商7岁前就完成50%,15岁以前就完成了70%。因为我是农村的孩子,我的父母说过,从小看大,三岁知老。我通过自身的经历去观察,这话是对的。"

据《云南省志·教育志》记载:民国24年(1935),云南"全省共有幼稚园36所,其中公立33校52班,教职员96人,在园幼儿821人,年支经费新滇币6.77万元。私立幼稚园3校12班,教职员19人,在园幼儿442人"。这样的情形,简直不成规模。

时隔七十五年后,2010年,云南省启动幼儿教育振兴行动,在乡镇和农村新建、改建和扩建幼儿园1000所,包括在乡镇建设示范性幼儿园200所。关键问题只有一个:钱从哪儿来?

有一天,罗崇敏与"昆钢"的党委书记、董事长王长勇聊到教育,王总趁着酒兴表态:"罗厅长,你们辛辛苦苦办教育,造福于社会,造福于国家,造福于民族,我们应该支持,以后还会支持!"罗崇敏立刻接过话茬,趁热打铁:"王总,就不用等以后那么久了,眼下有一个项目正为资金犯愁,请你雪中送炭啊!"罗崇敏把开办乡镇幼儿园的项目详细地讲给王长勇董事长听,说动了后者,王长勇董事长当即表态,他出资八百万元,为云南的幼儿教育事业作出应有的贡献。一时间,满席尽欢。

罗崇敏是不轻易出去应酬的,但为了给云南的教育事业化缘,他也乐于在酒桌上游说一些大公司大厂矿的老总,让他们对云南的基础教育解囊相助。

2009年10月15日,云南省新设立的"教育功勋奖"通过网络公开进行社会评选,其后由中共云南省委高校工委、省教育厅审核后确定表彰对象。2010年1月颁奖。

此次进入网络评选的325人中,有少数民族教师90名。参选人员年纪最大的91岁,最小的29岁,涵盖了从事基础教育、中等教育、高等教育、民办教育及科学研究的在职或离退休人员。这项大奖旨在进一步增强教师的社会荣誉感、责任感和使命感,提高教师的地位,在全社会营造尊师重教的良好气氛,激励广大教育工作者爱岗敬业,教真育爱。这项大奖是对新中国成立六十年来云南教师队伍中先进人物的全面盘点,对推进教育

改革和发展进程中锐意进取的教师队伍风采的集中展示。2011年9月7日，省委、省政府举行了"第二届教育功勋奖"表彰大会，省委书记、省长及省人大、省政协主要领导和相关领导出席大会讲话和颁奖，这对全省教育工作者给予极大鼓舞。一个受表彰的教师激动地说："我们的老师有尊严了，我们的教育更有希望了。"

当初，为了提升云南"教育功勋奖"的档次，罗崇敏亲自出面，找中烟集团云南公司和云南烟草公司要来两千万元赞助费。为了提升颁奖会的规格，罗崇敏又请来云南省委常委会的全体成员，获奖教师不仅脸上有光，而且心中有底。云南省委、省政府对教育的关注度之高是前所未有的，大家感觉更有劲头，也更有奔头了。罗崇敏也感到由衷的欣慰，协调关系，加速推进，聚拢人气，事在人为，他和同道者苦心锐志的努力已经初见成效。

激励机制固然好，让教育管理者普遍得到进修机会则意义非凡，价值无限。2009年秋，罗崇敏到香港真道书院（港府名下的教会学校）考察，他在该校待了整整一个白天，向邱日谦校长详细了解多方面的情况。其诚意深深感动了后者，两人竟有相见恨晚之感，为日后的合作打下了坚实的基础。当年，罗崇敏派遣两百名大学书记和校长到美国、新西兰等国培训，堪称大手笔。他还分批派遣云南的一千零八名中学校长和小学校长到香港教育机构接受培训，选定的培训基地就是真道书院。培训分批分期实施，每次二十四人，培训时间一周，共计四十二批次。培训的目的在于了解香港真道书院的教育文化、教育改革，学习先进教育理念及学校管理经验，提升这些校长的专业素养和学校管理能力。由于真道书院为这项培训补贴食宿费用，云南方面只须花费五十多万元。花小钱，办大事，这是典型的事例。然而，当这项培训顺风顺水办到快三十期时，2010年3月28日，一桩意外的突发事故搅黄了大好局面，参加香港培训的云南姚安县官屯乡山坡小学校长毛跃刚于失踪一天之后在真道书院坠楼身亡。后经香港警方查明死因为自杀，但这件事引起网民的各种猜测和质疑。此案发生时，罗崇敏正在医院接受心脏病治疗，他不顾医生的劝阻，亲自指挥教育厅的干员赴港办理善后事宜。此事发生前一个月，中纪委发文禁止干部利用公款公费出境旅游，由于云南教育厅派赴香港培训的人员多,那些中小学校长办理的都是因私护照,这就直接导致了云南省纪委迅速介入调查。当时的气氛非常紧张,云南省教育厅光是相关材料就上交了一大摞。好在事实简单,查明并不困难。这项培训光明正大,毫无猫腻,与宗教无关,只与教育有联系。不查不知道,云南省领导倒是因此看出了罗崇敏力推教育国际化和清廉节俭办教育的能力。

2009年,云南省实行"贷免扶补"的系列政策,鼓励创业,以人力资源部门为主导,工青妇、工商联和个私协会等单位各负其责,由农村信用合作社承贷,为全省初次创业人员提供"创业咨询、项目评审、小额贷款、导师帮扶、跟踪服务"等全方位扶持。从无息贷款、税费优待和创业指导等方面对大学生、农民工等群体给予创业扶持和服务,扶持四万余人创业,并带动十二万余人就业。

"目前大学毕业生创业的比例很低,主要原因是大学生创业信心不足,缺少启动资金,缺少实践经验,担心在创业中遇到挫折。"

罗崇敏建议,除了政府应完善鼓励创业的政策,高校还应注重培育大学生的创业精神,激发大学生自主创业拼搏的意志,提高大学生的创业能力和创业成功率。他还认为,在文化产业、信息产业和高新技术产业等领域,大学生创业比较具有优势,政府应采取切实有效的措施鼓励中小企业发展,为大学生创业提供宽松的环境和优惠的政策,提高大学生创业成功率。

"现在很多人在探讨大学生就业难问题时,习惯性地把它当成一个教育问题,而实际上,这应该是一个更为广泛的社会问题。"罗崇敏认为,除了加快产业发展,创造更多的大学生就业机会外,目前国内的招工、用工、管工的机制也应该改革,达到用体制引导就业的目的。

"用工单位不应该把学历和能力画等号,而大学毕业生也不应该有'一选定终身'的观念。"在谈到改革用工机制时,罗崇敏认为,首先应该改革的是社会保障体制。"现在大家都去考公务员,是因为社会保障资源大多集中在公务员、国企、事业单位等岗位上。而目前要做的是创造一个人人平等的社会保障体制,用保障体制来引导就业。"

2010年3月,罗崇敏在北京参加全国人代会,心系云南在京就读的学

子。经济危机期间,大学生就业难没成为"两会"的热点话题,却是罗崇敏的心事。3月8日下午,云南省教育厅和一些知名企业在北京举办了"企业发展与人才培养恳谈会",云南省教育厅厅长罗崇敏向这些企业力荐一万余名云南籍在京高校就读的大学生。他夸赞云南的大学生有三个优势:其一,云南的大学生从小在良好的生态环境里长大,非常纯朴,基本素质很高,只要进入到大企业,进入到各领域,情商得到提高,整体素质就会得到很大提升。其二,云南的大学生基本能力强,只要有一个发展的平台,会产生锐变。其三,云南的大学生有务实的精神,也有很高的境界,走出去后,一定会为自己就读的高校争光,为云南争气。因此罗崇敏对各大企业的掌门人说:

"恳请你们放心选拔云南的大学生,教育部门也会按照企业的要求培养更多人才,为企业服务。"

这次会议是个良好的开端,中国铝业等企业的负责人都当场表态,要重视云南籍的大学生,将其中的人才延揽进自己的企业。

2009年入秋以来,由于持续不断的干旱天气,导致整个云南省遭遇了六十年不遇的严重旱灾。在长达半年以上的旱期内,全省已有数百万中小学师生遇到饮水困难。

罗崇敏急师生之所急,想师生之所想。他表示,教育厅将与全省各厅局通力合作,给全省师生提供足量洁净的饮用水。遭遇饮水困难的中小学师生主要集中在农村、乡镇学校,其中部分寄宿制学校的饮水存在安全隐患。

"我们必须满足学校师生的饮水需要,保证饮水安全。"这条指示毫不含糊。

罗厅长亲自主理此事,云南省教育厅出台三项措施:要求各级教育部门彻底查清楚水源位置,科学合理地安排学校的饮水来源,不浪费人力财力;做好学校饮水配套设施建设,减少师生饮水障碍;向云南省政府汇报情况,争取尽快拨付救灾资金,为解决师生饮水困难提供有效保障。云南省教育厅及时向那些遭受旱灾、地震双重灾害的州市下拨资金,用以解决学校师生饮水的燃眉之急。罗崇敏强调,虽然灾情严重,但各级教育部门一定要全力抗旱保教,确保学校正常教学秩序不被打乱,校舍安全等基础设施建设工程不懈怠。

罗崇敏告诉笔者,他在2009年和2010年做了许多工作,"但还有更多的工作有待铺开去做"。下一步他要着手实施校安工程,对中小学校进行区域布局调整,包括彻底取消一师一校的教学点,撤并五百人以下小学和三百人以下初中,大力推进农村寄宿制学校建设等,还准备由省财政统一拨款聘请优秀教师到边远、贫困地区任教,加大云南与国外教师、留学生的交流数量等。化繁就简,化难为易是优秀领导人的"魔术节目",假以时日,我们就能看到罗厅长的成绩单。

近三年时间里,云南教育呈现出开放的姿态,云南教育南亚行、香港行、美国行、加拿大行、墨西哥行……足迹遍布了五大洲。罗崇敏在印度发表了题为《信息技术的发展使圆的地球变成平的世界》的演讲,认为推进教育的国际化和现代化是教育界同行的当务之急。这次演讲深获好评,《加尔各答日报》访谈罗崇敏,刊登了《中国教育正向世界敞开大门》的长篇报道,对云南的教育发展激赏有加。2011年,美国总统奥巴马赞成十万大学生行动计划,许多美国学生到中国留学成为可能。罗崇敏便率先表示云南做好了一切准备,随时欢迎美国学生的到来,因此他赴美考察教育时,受到美国国务卿助理坎贝尔的热情接待。

一位高明的棋手,面对一盘局势大优的好棋,是不会出昏招和臭招的,他会步步为营,巩固优势,并且尽可能将优势转化为胜势。

罗崇敏犹如一位善于审时度势的国手,他有时剑走偏锋,有时兵行奇处,棋局风生水起,满盘都是活子。

"他会功亏一篑吗?"

"他会输吗?"

这种担心,你压根儿就不要有。他肯定会赢,而且会赢得很漂亮。

第七章 《天鉴》:天人共鉴

"何谓《天鉴》?就是盛天下之理,鉴世间之事。里面装着天下的道理,里面可以鉴别世间的一些事情。还有个意思,素心真履,天人共鉴。我是带着一颗真心来履行我的职责的,在此过程中,对所做的事情有所感悟,让天人共同来鉴别。"

——罗崇敏 2009年

2009年4月,罗崇敏的随笔集《天鉴》由人民出版社出版。这部洋洋洒洒三十万字的著作"盛天下之理,鉴世间之事",受到广大读者的喜爱和评论家的热捧,面世之后,连续加印再版,迄今共发行十五万余册。在日趋疲软日见低迷的国内书市中,《天鉴》的表现给人以惊艳之感。它既非原创小说类读物,又非青春言情类读物,更非童话故事类读物,而是纯粹的政论随笔,居然能够创获如此佳绩,完全出乎作者和出版社的预期。这也揭示了一个被遮蔽已久的事实:读者并不缺乏理性,并不反感理性,并不拒绝理性,倒是那些一窝蜂专门克隆肤浅读物、快餐读物的出版人缺乏品玉识珠的慧眼。《天鉴》的横空出世,也许能使他们看到一个久被忽略的盲区,形成新一轮的"跑马圈地",但这方面的作者并不好找,培育起来也并不容易。有理论水平的作者通常缺乏身体力行的实践经验,有实践经验的作者往往缺乏高屋建瓴的理论水平,像罗崇敏这样经验理论兼备的作者确实可遇不可求。

2009年暮春,著名杂文家、时评家鄢烈山到昆明出差,他向来不爱见官员,却主动去拜访了云南省教育厅厅长罗崇敏,接受后者馈赠的多种著作。当时的见面情形如何?鄢烈山在《我最敬佩的好学者》一文(发表于

《南方周末》2009年9月30日）中有一段生动的描述：

> 我不无唐突地问"都是你自己写的吗"，他拿出装订成册的手稿给我看。我不能不信他对记者讲的是心里话："有一种好奇心理，我好像对周围的事情都发生兴趣"，"每一个岗位我都热爱，在每一个岗位我都会富有激情地开展工作"，是好奇心与好胜心（责任感）使他把求知与敬业融为一体，乐在其中。

2009年6月，罗崇敏接受《中国教育报》记者却咏梅采访，其中谈到了《天鉴》一书的创作背景，这正是读者最感兴趣的：

"2008年，我到云南省教育厅工作后，在翻阅和整理以前的一些笔记时，发现自己曾在飞机上、饭桌前、汽车里以及其他空余时间思考和记录了许多思想感悟，便萌发了一个念头——能不能以随笔或博客的形式，把它们整理出来汇集成册，这样就能把我多年来学习和思考所得保存下来。《天鉴》一书就这样诞生了。当时我并没有想到它是什么文体，我做事、写文章时就喜欢两个字——简约，即大道至简。我在《天鉴》一书中专门写了一段：真正的一种境界追求是简约、简单、至简。另外，我喜欢简短的讲话，所以我平时和大家一起交流、读书以及平时的思考，都喜欢用很简单的语言把复杂的内容表达出来，这是我的一种思维习惯。……《天鉴》这本书就是在追求这样一种境界，就是在探索社会各方面的规律，表面看它是凌乱的，实际上它有一种内在的关联：第一，以人为中心。书里的七个方面都是以人为本，以人为中心。第二，临近致远。即面临现实，致远未来。第三，追求艺术。这里的艺术指广义的艺术，包括写作方法、思维艺术、写作艺术等。为什么选择了七个方面的内容？我经过反复思考，认为这七个方面的内容基本上可以概括了。其中，第四部分是养身正家，讲自身的修养和家庭管理。家庭是社会的单元细胞，现在我们很不注意，老是把孩子推向社会，推向学校。古人讲'修身齐家'，我则提出'养身正家'。'养'体现的是中医的理论，要自己养卫自己的心灵。第五部分是金声玉振，讲文化艺术。我一直比较喜欢书法、绘画，五十岁以后才开始学习声乐、器乐和表演。在运动方面，我还喜欢滑冰、网球和击剑。我觉得，

只要想学习,什么时候开始都不晚。"

罗崇敏还向读者详细解释了《天鉴》书名的由来和用意。起初,这部书稿取名为《直觉》,显得较为抽象和拘谨,不足以总揽全书的精神,后来改为《天鉴》,一切迎刃而解。他说:

"何谓《天鉴》?就是盛天下之理,鉴世间之事。里面装着天下的道理,里面可以鉴别世间的一些事情。还有个意思,素心真履,天人共鉴。我是带着一颗真心来履行我的职责的,在此过程中,对所做的事情有所感悟,让天人共同来鉴别,所以我起名为《天鉴》,也是传统意义上的随笔,现代写作方式上的博客。我把随笔的文体利用博客的形式表达出来,书里记录着我关于生活、学习、工作的真实感悟。……我认为,哲学家总是把自己思想传给后人,政治家总是想把自己的信念变为现实,艺术家总是把艺术奉献给现实又要留给后世。我作为实践者和探索者,无非想把自己的实践和探索的感悟表达一下。"

清代文学家龚自珍曾感叹:"避席畏闻文字狱,著书都为稻粱谋。"罗崇敏不是职业文人,他是改革官员。他著书与衣食之虑、铜臭之染毫不沾边,他结合自己的从政经历和知识积累,有所思考,有所提炼,有所阐发,这本书既是他执政理念的延伸,也是他对社会变革的深刻认识和准确把握,涉及面甚广,不乏真知灼见。

罗崇敏是一位实践者,也是一位思想者。他热爱思考,求真务实,他知行合一,时刻怀有危机感和忧患意识,他重视过程胜于重视结果,对各个知识门类和艺术门类都抱持浓厚的兴趣。他具有包罗国际的大视野和囊括世界的大思维。他的思考面宽之又宽,大之又大,而且具有鲜见的深度和精度。

罗崇敏阅读理查德·尼克松的《领导者》时,思考过自信的力量有多大。他认为:"在失败和成功之间的差距是很小的,只要胆怯就失败,只要自信就成功。培养对自己的信心,培养一种自己走向成功的感觉,设想自己拥有无穷的力量,足以让一切美好全部实现。利用宇宙智慧对人间一切事物进行俯视,你会发现,办法总是比困难多。没有什么事是困难的,没有什么问题不能解决。……不要胡思乱想,不要给自己的命运戴上枷锁。不要让私心杂念影响你安然入睡,要用你内心的自信心平气和地面对一切,去迎接新的一天。"

罗崇敏站在民本立场上思考过爱国主义教育这个主题。他认为:"国家的主体是民而不是官。国家应该使国民享有自由发展的权利,享有充分的人权,要使国家机器成为保障人民一切权利的有效工具。只有这样,国民才会爱国,民族才能凝聚,民族精神也才会强大。爱国主义的培育首先是国民的一种自觉感悟,其次才是引导教育。现在的爱国主义教育好像只是国家对国民的一种教化,国民总是处在被教育的地位上,这应该是爱国主义教育的主体角色的颠倒,所以教育效果老是不太理想。要民爱国,国必爱民。要使国民对国家始终有种强烈的认同感、依托感和归宿感。这样热爱国家、保卫国家的国家感情、民族感情就会强烈,意志就会坚定。"

2004年是明末农民起义领袖李自成失败后的第六轮甲申年,罗崇敏对李自成的悲剧有所思考。他认为李自成的悲剧并非源于骄傲、腐败和军纪不严明,而在于:"一是自身素质不高,缺乏雄才伟略,统揽能力不强;二是缺乏人才,精英人才网罗不够,诛李岩,刘宗敏与他分道扬镳,缺乏能够独当一面的人才;三是没有处理好控权与分权的关系,控权没有力,分权不到位;四是信息意识不强,信息失灵,形势把握不准,盲目决策;五是制度建设和舆论控制滞后。"

罗崇敏思考过怀有野心的人与怀有爱心的人有何不同。他认为:"怀有野心的人,往往不会把爱最终倾注给家人和朋友,而是奉献给他的敌人。为什么?因为他需要漫长的时间和很多的精力去专注敌人,在敌人身上有着他'爱的快感'。当敌人失去的时候,他不能,也不应该把这种'爱'转移到家人和朋友身上。有时候,我们也会偶尔看到有野心的人抚爱着他的妻子孩子和兄弟姐妹,但只不过是掩饰自己无爱的灵魂而已,最终还是自我毁灭对家人和朋友的爱。所以有爱心的人应该有雄心、有恒心、有气节、有大志,而不应该有野心。"

罗崇敏思考过官商集于一身的弊端。他认为:"从政者贵而不富,经商者富而不贵。这应该是中国一千多年来官员和商人的一大区别,不管是中国处于官场化社会还是进入市场化社会,都不会改变。从政者社会地位比经商者高,但比经商者穷,经商者经济收入比从政者高,但社会地

位比从政者低,这好像是一条定律。如果从政者要追求高收入、高消费,势必走上贪污腐败之路,失去应有的社会地位;经商者如果追求社会地位,势必走进湍急的政治漩涡,最终坠入经济贫困的深渊。历史上的吕不韦非常精明,他和父亲一直经商,非常富有,吕不韦却选择从政,最终招致杀身之祸。现在许多高官就是因为追求财富而丧失社会地位,沦为阶下囚的。为政要有为政的人格,经商要有经商的形象。既要为好政,又要经好商,是不可能的,官商集于一身是不可取的。"

罗崇敏思考过做事和做大事必具的两副不同心肠。他认为:"做事要有'铁石心肠',做大事要有'磁铁心肠'。所谓'铁石心肠',就像癞蛤蟆吃了块铁——铁心铁肺铁心肠,铁下心来,坚定不移地去做推动社会进步的每一件事情,方能成就事业。所谓'磁铁心肠',就是做成大事要有磁铁般的能量,把有利于做成大事的各种要素凝聚起来,借助各个方面的力量来成就所追求的伟大事业。有'铁石心肠'可以做事,也可以做成事,但不一定能做成大事;有'磁铁心肠'能做大事,但不一定能做成大事。只有把'铁石心肠'和'磁铁心肠'结合在一起才能做成大事。也就是说,要有做事的坚定性和做大事的胸怀,才能成就伟大的事业。"

罗崇敏思考过国民素质的重要性。他认为:"一个国家是否伟大,不取决于她的疆域版图大小,而是取决于她的人民素质高低。一个国家的前途,不取决于她的国库之殷实,也不取决于她的公共设施之华丽,而在于她的公民的文明素养如何,即在于人们所受的教育、人们的远见卓识和品格的高下。"

罗崇敏将自己日复一日的思考过程当作精神的探索之旅和发现之旅,从新的视角和新的切入点得来新的见解,他身在云南,心系天下。

2009年5月18日下午三点,《天鉴》首发式暨作品研讨会在人民大会堂台湾厅举行,会议由人民出版社社长、党委书记黄书元主持。到会嘉宾有十一届全国人大常委、农业与农村委员会副主任委员尹成杰,武警森林指挥部主任王佐明,国家民族事务委员会原副主任李晋有,全军邓小平理论和三个代表重要思想研究中心负责人黄宏,国家民委办公厅常务副主任刘宝明,中国教育电视台党委书记、副台长黄百炼,中央民族大学党委副书记刀波等三十余位,采访媒体有新华社、《人民日报》《人民日报》(海外版)、《光明日报》、中央人民广播电台、中国教育电视台、《中国新闻出版报》、《中国图书商报》、《中华读书报》、《中国教育报》、《新京报》、《北京青年报》、《法制晚报》等三十余家。

《天鉴》首发式和研讨会的第一主角理所当然是作者罗崇敏,他在会上热情致辞,可谓言简意赅,言浅意深:

各位领导、各位专家、各位朋友:

今天和大家相见如知,相互交流,非常高兴。我衷心感谢人民出版社为我向大家学习提供一个很好的机会,衷心感谢为《天鉴》的出版发行给予帮助的朋友,衷心感谢各位拨冗光临指导!

《天鉴》是我的一些学习心得、生活体验和履职感悟,涉猎政治、经济、文化和社会诸多方面。蕴含天道、人道、政道、家道、教道、艺道、医道等。表达的是,个人经验、民众立场、国家意识、国际视野和务实态度、理性思维、批判精神、旷达心境。但人总是这样,想做的事情很多,能做的事情很少,能做成的事情更少。虽不能至,心向往之。带着一种情怀,一种意志,一种追求,随人、随事、随时、随思、随笔,集成《天鉴》一书。

选民决定政治家,读者决定作家,审美对象决定审美主体。盛天下之理,鉴世间之事;“删繁就简三秋树,领异标新二月花”是本书的追求,但能力所限,境界所至,不达所愿。衷心希望社会各界人士、各位专家、各位朋友对《天鉴》给予斧正,不吝赐教。谢谢!

人民出版社黄书元社长发言,将罗崇敏的《天鉴》赞为同类新书中不可多得的精品力作。与会嘉宾普遍认为:作者将中国传统文化和现代文明有机结合,基于实践的探索和理论的思考,娓娓道出治国理政之道、养身正家之道、哲思启智之道、知人善任之道、教真育爱之道、文化艺术之道、仁医仁术之道。内蕴真、善、美,外显情、理、志,充分表达了至真的认识、至善的行动和至美的追求,充分表现了作者的激情、理性和意志力。……在《天鉴》中,中国历代知识分子最为尊崇的信条“正心、诚意、格物、致知、修身、齐家、治国、平天下”,得到了充分的体认。

北京的研讨会后，罗崇敏忙着与大家握手，合影留念，找他签名的多半是北大、清华、中央民族大学的学生，女生居多，罗崇敏生平第一次享受了明星的待遇。更有趣的还在后头，有些学生要了他的手机号码，散会才半个小时，就发来短信，"你是我最崇拜的作家"，"你是我最欣赏的学者"，"来生就要嫁你这样的男人"，新新人类的表白真够大胆热辣的，罗崇敏读了这些短信，非常开心，顿时感觉自己年轻了许多。

2009年6月24日下午，在云南大学科学馆，由云南大学与云南新华书店集团有限公司联合举办罗崇敏《天鉴》研讨会。少长咸集，群贤毕至，可谓济济一堂。这次研讨会，除开三十多位嘉宾欣然出席，还有十多家新闻媒体前来采访，学生代表多达一百余人。

云南大学党委书记刘绍怀率先致辞，他说："《天鉴》一书的作者具有丰富的工作经验，长期好学精思，所以持之有故，言之成理。《天鉴》一书具备不俗的艺术性、真实性、广泛性和学术性。"

云南省作协副主席杨红昆指出："罗崇敏不断变化的工作环境与丰富的人生阅历为他的写作注入了源源不断的新鲜血液，使其作品真实、可读。"

云南省作协副主席欧之德说："我喜欢学者型的官员，罗崇敏既是一位官员，也是一位学者，在《天鉴》里，他是一位杂家，但难能可贵的是杂而有精。"

云南师范大学图书馆馆长朱曦说；"我觉得罗崇敏很可爱，他是一个真实的人。他以宽大的胸怀、广博的知识、深邃的思想书写了对治国、理家、修身的认知，《天鉴》这本书值得欣赏和研究。"

省教科院院长常锡光认为，该书看似平淡，却内涵深刻，是作者长期学习、工作、生活的思想积累，体现了作者善于学习、勤于思考、勇于创新的生活、工作轨迹和人生阅历，一种不懈追求的人格力量和精神魅力，这是一笔宝贵的精神财富。

著名作家张永权认为，《天鉴》通俗易懂，是一部展现人生经历和思想的"奇书"和"大书"，值得认真一读。

云南大学经济学院院长施本植认为，《天鉴》的作者是难能可贵的学者型领导，有很强的学习能力，能够在不同的工作岗位上坚持读书，勤于写作,书中体现了其在制度层面的诸多思考,特别耐人寻味。

此外,还有一些专家、学者认为:《天鉴》是"官员写作的特殊样本",能够窥视作者敞亮的内心世界和思想历程。《天鉴》是一位思想者的明示,是值得品读的文化玄机。《天鉴》具有"大、新、精"的特点,高瞻远瞩,高屋建瓴,能够在形式、体例和内容上进行创新,而且作者自己对亲情、真情和激情的感悟充溢其中,情理交融,十分难得。

罗崇敏对湖南人素有好感,对曾国藩的推崇见诸文字,溢于言表。他的新著《天鉴》出版后,在湖南举办作品研讨会,便是一个绝佳的契机,促成他与湖南文化人近距离交流。

2009年7月9日,在湖南省会长沙市,人民出版社、中南出版传媒集团、毛泽东文学院三家联合举办《天鉴》作品研讨会。参加研讨会的专家学者有李元洛、张扬、张放平、朱建纲、罗成琰、水运宪、唐未兵、周发源、何满宗、秦玉莲、姚劲华、李屏南、刘茂松、周庆元、李建华、曾立、杨华峰、方向新、何振、单汨源、阎真、王跃文、吴昕孺等二十余人。

著名作家李元洛(《诗美学》和《唐诗之旅》的作者)年过古稀,颇具长者之风,他率先发言:"在中国,官员著书立说,方兴未艾,屡见不鲜,但多半属于工作报告汇编,歪诗陋文结集,通常由秘书代笔,请枪手提刀,乏善可陈者十之八九。罗崇敏的《天鉴》从一个官员和'编外学者'的视角出发,记录自己对治国、齐家、教育、反腐等方方面面的思考与体悟,显示了一个官员的良知、责任、个性与文采,向人们展现出一个深邃的思想者、勤奋的实践者、勇敢的创新者闪光的心路历程和高远的精神境界,这在浮躁的现实背景下实属难能可贵。"

湖南省新闻出版局党组书记、局长朱建纲说:"《天鉴》一书,无论读者是出版人、学者,还是公务员,都能从中获取无尽的启迪。"

湖南省文联党组书记、著名学者罗成琰说:"罗崇敏勤于学习、工作,勤于思考,而且作品内容可读,毫无大话、空话,是百炼钢化作绕指柔。"

湖南省作协副主席水运宪(《祸起萧墙》和《乌龙山剿匪记》的作者)说:"书中有侠骨也有柔情,书名换成《心路》,也许更切题些。"

湖南省作协名誉主席张扬(《第二次握手》的作者)是一位真正张扬个性、有独立主见的作家,他的发言果然不循常轨。他说:他浏览《天鉴》

时,有一处地方令他忍俊不禁,书后附有作者在公私场合的单影、合影和作者父母、妻子、儿女的照片,可以理解,连岳父母的照片也拿来凑数,就没什么必要了。再就是,书后还附有作者的个人年表,这应该是年谱之误。大家听到这儿,面面相觑,都以为张扬又要拉开架势,一如既往地排炮猛轰了。然而他话锋一转,对《天鉴》一书持非常肯定的态度,他评价罗崇敏是个有思想深度的官员,这样说道:"他的思想不仅来自书本,也来自实践,含金量很高,含真量也很高,不是那种外包装几可乱真的假茅台酒、假芙蓉王烟。在当今'假'字称王的年代,厅级官员还能说真话,这很不容易!"张扬的发言令罗崇敏沉思,这位名作家并不了解作者的岳父普文治的人品艺品对作者人生成长的决定性影响,放上岳父母的照片完全是作者感恩之心的呈现。为了冰释某些读者的误会,《天鉴》第二版干干脆脆将附录的照片和年表全部取消了。

湖南省书协主席何满宗是性情中人,他说:"我昨晚酒至半醺精神好,把全书看完了,书中的佳句比比皆是,俯拾可得,给人留下深刻的印象,现在我还能背诵出来。"他说到做到,真的即兴背诵了好几句,大家听了,莞尔而笑。

人民出版社高级编辑姚劲华说:"这本书蕴藏着学习、生活、事业的真谛,展示给读者一个公民、学者、官员对社会认识的深度与广度。它同时也是一个窗口,透过这个窗口让老百姓可以看到一个优秀的公务员在思考什么,研究什么,他如何执政,又如何为民执政。"

整个研讨会气氛热烈,由于时间不够宽裕,许多专家、学者都没来得及发言,但湖南人有火辣的激情,有老辣的理性,有爆辣的干劲。与会的作家、学者中就有多人将自己的发言稿扩充为观点鲜明的文章,公开发表出来。

2009年9月3日,《文学报》刊登著名作家阎真(《沧浪之水》的作者)的《性情中人罗崇敏》,文章篇幅不大而意味绵长,下面全文照录:

> 朋友告诉我说,罗崇敏写过十几本书。一个政府官员居然有如此之大的写作能量,表现了他对生活的思考和对写作的执着痴迷。看了他的近作《天鉴》,我感到他的写作是源自内心的,是基于自我

思考的,也是有相当高的品格的。《天鉴》给我最强烈的感受就是,罗崇敏是一位性情中人。

性情中人说起来容易,做起来艰难。性情中人要敞开自己的内心,以自然状态的真面目面对世界。这对一个普通人来说是困难的,对一个政府要员来说则是艰难的。人活在这世界上,为了生存,为了功利主义的考虑,他难免把真实面目掩盖起来,以环境所需要的状态示人。我的一个朋友,到了厅级干部的高位,是个写作爱好者,想开一个博客。有人劝他说,你要谨慎,开博客对你的发展恐怕没有什么好处。一句话让他犹豫再三,最后还是放弃了这种冲动。这是生活对人的制约。我很高兴地看到,这种制约对罗崇敏先生来说,基本上是不存在的。

因此,罗崇敏能够身居要职而敞开心扉面对生活,面对世界,也反映了他的价值观念和人生选择。他没有像很多人一样,拘于身份而放弃对世界的心源性表达。在这部书中,罗崇敏思考了许多敏感问题,如体制改革中的产权、政权、人权,如消除二元社会,取消'农民工'称号,如不能把领导批示视为重要的领导方式等等。从这些观点中,既可以看到他对生活勤于思考,更可以看到他真诚面对世界的智慧和勇气。

性情中人还有着对人生的一份爱心、诚挚和天真。"善待别人,最终是善待自己","复杂问题简单化,简单问题情趣化",这些思索,使一个政府要员拥有了难得的艺术人生。

作为性情中人,罗崇敏还有着对生活全方位的敏感和爱好。大至治国安邦,经济发展,小至书画艺术,药理医道,都纳入视野,悉心体验,皆有自我心得。罗崇敏是一个心扉敞开的人,善于思索的人,又是一个视野开阔,多才多艺的人,他是我们这个时代中难得一遇的性情中人。

在这次作品研讨会后,著名作家王跃文(《国画》和《梅茨故事》的作者)也撰写了文章《思考与践行》,同样刊登于《文学报》。此文卒章明其义:

英雄主义者往往又是理想主义者。一般来说,中国知识分子擅长坐而论道,而不擅起而践行。也可以说,往往空谈理想而缺乏实现理想的能力和手段。读书人如果空有"道",空有天花乱坠的政治理想,而没有可以起而践行的"策"与"术",没有"权力"作为它施行的保障,大多只可能成为空想。道与权彼此一拍即合,相辅相成的完美结合,在中国历史上几近于凤毛麟角。

　　生活中最缺乏的,是能将"道"变成现实的实践者。罗崇敏先生是位有"道"有权的实践者,在实践过程中不断反思,修正,悟出新的更好的"道",又将自己的所思所悟形诸笔墨,奉献给社会和后人。罗崇敏先生为官多年,他本已有道,又在施政过程中时时悟道,且将多年所思所悟记录下来,成《天鉴》一书,应该能带给读者不少启迪和喜悦。

2009年8月22日,在上海文新大厦,文汇报社和世纪出版集团联合举办罗崇敏《天鉴》作品研讨会。与会嘉宾来自上海市教委、复旦大学、上海大学、上海师范大学、《十月》杂志社、《中国作家》杂志社、《人民文学》杂志社等单位,集合了教育界、文化界和出版界的二十多位学者和专家,对《天鉴》一书展开了深入研讨。

　　研讨会上,专家们普遍认为:《天鉴》充分展现了作者罗崇敏深邃的探索眼光、独特的思维方式、理性的批判精神以及唯真、唯实、唯勤、唯和、唯廉的价值追求。无论是对于为官者、为学者还是普通读者,《天鉴》均是一部可资品鉴的作品。

　　上海大学文学院执行副院长、历史系教授陶亚飞指出:《天鉴》的作者不畏现代官场"言多必失"的忌讳,敢于直面现实,直抒胸臆,直陈己见,其胆识令人刮目相看。《天鉴》不仅是一本新意迭出的作品,记录了作者对很多老问题的新思考,还是一部底气十足的作品。作者探究社会方方面面的问题,全都自出机杼,这就凸显出作者非同寻常的身份,他是一位富有实践经验的改革官员。

　　上海大学人文社会科学处处长、教授吴信训在发言中指出:这是一本官员写的"奇书"。"很多官员都有和罗崇敏类似的经历,他们也有自己的思考和体验,但畏于官场显规则和潜规则,往往不敢直抒胸臆。因此罗崇敏在这本书中讲的真话、实话,其实有超越作品本身的更大的价值,那就是对现代官场文风形成了冲击波。"

上海大学影视学院艺术系主任、教授曲春景在发言中指出,《天鉴》真实记录了执政党的一名基层官员在执行改革大计时的心路历程和真实感受,读来发人深思。"这本书可以为当代的社会学和历史学研究提供很多案例文本。"

复旦大学中国语言文学系教授张新颖指出:《天鉴》最大的特点是,它将作者的多重身份、一个人在生活和工作中扮演的不同角色进行了自然而然的融合。"现在很多书,一看就知道是书斋里的人写的,离生活很远;也有一些书,是作者在某方面有了丰富的实践经验后写的,虽然内容扎实,但在写作方面总有粗糙之感。但《天鉴》融合得很妙。"张新颖说,在《天鉴》中,罗崇敏很自然地将自己身为人父、身为地方官员以及身为一个读者、一个善于思考的人的角色有机地结合在一起,表达的是"个人"对于一事一物的感受,但又在字里行间展现着"修身齐家治国平天下"的传统理想,从而展现了作者完整的人类理想。

复旦大学中国语言文学系副教授严锋坦承:"我本来以为《天鉴》的作者是一位政治明星,但是在阅读的过程中被他深深打动了。"他认为,《天鉴》给人的最深印象是:"宏大的思想也可以收入短小精悍的文章中,纳须弥于芥子完全可行,而且这些理念异常鲜活,生动形象。"

2010年1月28日,在广东省文联,广东省文联、云南省文联、云南省作家协会、《南方都市报》、广州市社会科学院、广州文艺评论家协会和广东省水电集团联合举办罗崇敏《天鉴》研讨会。广东省文联党组书记白洁、云南省作协主席黄尧、云南省文联副主席张维明、广东省评论家协会主席蒋述卓等领导出席了研讨会并发表了讲话。

著名作家吕雷的发言体现了他一以贯之的真性情,他说:"罗崇敏的作品让我摘下了以往对官员的'有色眼镜'。原因只有一个:他写文章不打'官腔'。眼下,官场文字的八股味越来越浓,简直浓得呛鼻。许多官场中人不用也不屑于用老百姓常用的语言来说话。一些官场报告、发言总

是把历届领导的语录、功绩复述一遍,仿佛不这样就不够庄重和权威。我总在想,一百年之后,官员的报告该如何写呢？累积的专有名词太多了,将堆砌得密不透风,小报告抄大报告,千篇一律,毫无个性。上周,岭南作家刚刚发表《岭南宣言》,抵制文坛八股文,但是我想,跟政坛八股文比起来,文坛的八股文算个啥？不过是有样学样罢了。对一个国家来说,政治是起决定作用的。我们敢不敢对政治层面的八股文痛下'杀手'？对此,我比较悲观。"

中山大学教授、著名评论家谢有顺接过这个话题,他说:罗崇敏的新书写出了一种官场伦理,而这正是当下缺失的东西。"官员们除了从政,还有一个修身的问题,这是当下的所有为官者需要思索的。"他也认为无论是政界、学界还是文坛的话语方式用一个字可以表达,那就是"假"。话语和实践被严重地割裂开来。军旅作家唐栋也认为,眼下已到"急需要撕去面纱,回到真实的时候了"。

诚然,阅读罗崇敏《天鉴》中的文字,你会很自然也会很容易忽略他的官员身份,因为书中没有那种比洋葱味更刺鼻的党八股气息,有的是坚确的事实、透彻的学理和随时随地迸溅而出的智慧的火花。

好书能感动人,也能感化人。《天鉴》感动了许多人,也感化了许多人。有一位辽宁盘锦新生农场姓郎的服刑者感叹道:"罗崇敏的这本书对我启发太大了,可惜相见恨晚,要是早点读到它,我就不会犯罪了！"他将《天鉴》挂号寄给罗崇敏,索要亲笔签名。这位特殊读者的心愿自然得到了满足,罗崇敏还送给他一床新被子。

近年来,作家与官员,学者与官员,其兼容性似乎日益增强,但也愈加容易在社会上引起质疑和非议。罗崇敏的身份是三重的,他既是官员,又是学者和作家,样样均为真材实料。《天鉴》出版后,北京、昆明、长沙、上海、广州、成都这东南西北中六座文化名城分别为他举办了作品研讨会,此前还没有哪位作家出书后能够获得如此耀眼的体面和风光,对此暗怀妒忌的人自然不会销声,私底下议论罗崇敏沽名钓誉的人也不会绝迹,真正值得我们留意的其实是罗崇敏本人的想法,让我们听听他的由衷之言吧:

"通过《天鉴》研讨会,我了解了国内各个地区的文学、艺术人才的现状,见贤思齐,向大家学习,可以帮我进一步健全人格,丰富知识,提高写作能力。"

《天鉴》的出版,以及随之而来的好评如潮,这可不是任何个人可以居间操纵的。你必须承认罗崇敏真牛,真有能耐。他并非贪慕虚荣,而是追求实学,转益多师,只为获取真经,这就叫大手笔换得大教益。

第八章　罗崇敏现象

"一个人是平凡还是不平凡，不是由先天的资质决定的，而是在成长的岁月里由个人的努力奋斗决定的。南宋朱敦儒的《西江月》下阕有言：'青史几番春梦，红尘多少奇才，不消计较与安排，领取而今现在。'……平凡的人做非凡的事，都有相同的特点：一是有卓越的理想追求；二是有坚定的信念和意志；三是有充盈的激情和广泛的兴趣；四是不轻视任何平凡的岗位；五是对事物细节的敏感把握；六是对人、对事业的忠心和虔诚。"

——罗崇敏　2009年

张僧繇画龙点睛，二龙破壁乘云飞去，这是中国古人言之凿凿的丹青传奇。

书名就是书的眼睛。本书的书名叫什么好呢？就叫"奇官罗崇敏"。实话实说，这并非笔者灵机一动、妙笔一挥的向壁虚构，《南方周末》有言在先，社会公意认可于后，这样的结果倒是合情合理的。身为厅官，罗崇敏奇在何处？"其行，挑战尺度；其思，超于常道；其政，频现奇观"，这是国内主流媒体对他的肯定。罗崇敏的奇处并不局限于这三大强点。"其德，近修远播；其才，出类拔萃；其学，融汇贯通"，这三大优点同样不可忽略。集三大强点和三大优点于一身，这样的官员被称为"奇官"，谁还能掰着手指头提出子丑寅卯的否决意见？

有人说，罗崇敏是"专家型领导"、"创新型领导"、"现代型领导"的典范。无论何时何地，罗崇敏都以积极的心态应对一切，积极地做人，积极地做事,阴霾也罢,霜雪也罢,冰雹也罢,烈日也罢,疾风也罢,暴雨也罢,他都不会消极避让。他说:"我不求完美,但求完整。"罗崇敏对待事业,对待生活,对待感情,莫不如此。

官员在其位履其职,有主动与被动之分。官员在其位谋其政,有积极和消极之别。有些干部对繁重的日常事务应接不暇,如陀螺忙忙碌碌,似灶神烂额焦头,"消极履职,被动谋政,短缺激情,丧失创意",这十六个字就可以将他们的现状概括无遗。积极履职、主动谋政的官员则不同,虽然也不可避免地要应对纷纷扰扰的日常事务,但他们能够抓住要点和重点,克服难点和盲点,快刀斩乱麻,而非乱麻缠快刀。他们谋政,贵在思路清晰,目标明确,举措得当,多系念百姓公益,少谋求个人私利。无论是从大处着眼,还是从小处着手,"权为民所用,利为民所谋,情为民所系"都不会沦为空洞无物、要人如耍猴的口号,都不会变成千篇一律、令人啼笑皆非的脱口秀。罗崇敏是云南省的厅官,也是全国人大代表,他谋政的范畴可以由一个单点延伸为一个平面,由一个平面延伸为一个立体,这与他平素主张的以治国的理念治一域形成如合符契的呼应。

在罗崇敏看来,态度应该放在首位,决定性的因素非它莫属。有些官员履职三心二意,只是守摊子,只是混日子,只是装样子,只是摆谱子。他强调真履,即强调真心实意地履职,认真负责地履职,有追求目标地履职,有创造价值地履职。他能成为风气的引领者、机制的创新者和观念的突破者,很大程度上即得益于这种积极主动的心态和状态。他从来都不会跟风追潮,自乱阵脚,更不会投机取巧,自乱方寸。

2008年4月5日,罗崇敏在云南教育厅办公室写下这样一段心语,最能彰显他宠辱不惊的心态:"我们能够做难能可贵的事,但不能使别人一定敬重自己;能够做到诚实可信,但不能使别人一定相信自己;能够承担重任,但不能使别人一定任用自己。所以,我们要以品质不高尚为耻辱,不以被诬蔑为耻辱,不以不被任用为耻辱。我们要不为名誉所诱惑,不被诽谤所恐吓,遵循正道行事,端端正正地修整自己的言行,不为外物所动摇,这样就称得上是真君子。"

"君子坦荡荡,小人长戚戚",孔子的这句名言教导世人要始终抱持积极乐观的心态。君子坦诚坦荡,小人患得患失,他们心态的差异最终导

致境界的悬殊。

有一个说法异常准确：天道酬勤。罗崇敏自学成才，凭的是超乎常人的努力。在官员中，比罗崇敏职位高的数以万计，比他政绩大的也不乏其人，但比他更加好学精思的却寥若晨星。曾有人问他："罗书记，您从政以来，平均一年出一本书，总共出了二十多本书，哪来这么多富余的时间和精力？"他们不清楚，罗崇敏不爱应酬，没有任何不良嗜好。

在养尊处优的官员中，美食家不少。远的例子有西晋宰相何曾，"日食万钱，犹曰无下箸处"。具体来讲，这是一个什么概念呢？当时的生活水平低，小康人家日费百钱就能开出好伙食，如果日费万钱，摆在宰相何曾餐桌上的该是何等精细的美味佳肴？但他居然还说没什么好下筷子的菜，心中闷闷不乐。近的例子有一度担任国民政府主席和行政院院长的谭延闿（字组庵），他特别讲究吃，即使他当军长挥师北伐，也要着令伙房备好几担酒菜挑子跟在身后，以便他随时解馋，一饱口福。谭延闿有定力，可以这么说，要用美色让他怦然心动不容易，唯有香喷喷的美食令他无法自持。谭延闿不到四十岁即发福，体胖身圆，好朋友都劝他远离肥腻，以素食为主，他却丝毫不肯让自己的舌头淡出鸟来。平日，谭延闿自制菜谱，吃得精致讲究，他去世后，家中大厨曹福田回到长沙，在坡子街开了一家健乐园，竟以"谭家菜"作标榜，招徕食客，其中有"组庵鱼翅"、"组庵鱼生"、"组庵肉"、"组庵豆腐"、"组庵笋片"等众多名目，一时间，引得省城的老饕们趋之若鹜。到了当今，官场酬酢，"鸡鸭鱼肉赶下台，乌龟王八爬上来"已经不成敬意，一桌酒席吃掉数万元甚至数十万元，都不是什么天方夜谭。食客的胃口出奇的好，吃天鹅，吃江豚，吃深海鱼，吃中华鲟，吃各类国家一级保护动物。至于茅台酒，则是整箱整箱地搬来鲸吸掉，简直到了疯狂饕餮的地步。官员一旦成为"超猛食客俱乐部"的会员，将表现出怎样的德行？大家可以自由发挥想象。

在生活方面，罗崇敏崇尚简单和俭朴。他最喜欢吃的不是什么名厨主理的山珍海味，而是江川有名的大锅菜，把猪肉、白菜、萝卜、茨菇、芹菜等荤素烩成一锅。平日他吃完晚饭，在住地附近快步转悠二十分钟左右，然后回到书房，关起门来成一统，安心阅读，潜心著述，静心思考。家人、朋友和同事都知道他的这个习惯，不会随便地去打扰他的清修。

近年来,各地官员贪腐直有急剧升温之势,杭州原副市长许迈永被人戏称为"许三多"(钱多,房多,情妇多),他受贿1.45亿元,贪污5300万元,再加上不明来源财产,共计2.69亿。2011年5月12日,宁波中级人民法院一审判处许迈永死刑。有人说:"每一个贪官背后必定有一长串情妇。"权力既能捕获金钱,也能捕获美色,而且不费吹灰之力。受到严厉监督的官员尚且如此,2008年美国纽约州长斯皮策深陷召妓门性丑闻,2011年加利福尼亚州长阿诺德·施瓦辛格深陷情妇门性丑闻,就是典型例子,不受严厉监督的官员就更加可以随心所欲了。当代中国官员若不能严格自律,具有超乎常人的极佳定力,就很难拒绝外界形形色色的诱惑。更可怕的是,中国的贪官们玩弄情妇之后,要么弃之如敝屣,要么杀之如仇寇,人性中极端的邪恶颇为膨胀。2006年1月17日,北京市房山区原政协副主席许志远雇凶杀害情妇陈红,并且焚尸灭迹;2007年7月9日,山东省济南市原人大主任段义和雇凶炸死情妇刘玲。这两桩贪官杀情妇的凶案都曾轰动一时。段义和雇凶炸死情妇一案更是骇人听闻,激起极大的民愤,因为段某玩的"高招"不乏技术含量,他雇用凶手,趁刘玲在城市公路上行车时引爆预先埋设的炸弹,不仅将三十一岁的受害人刘玲炸得血肉横飞,炸断她的下半身和一条手臂,陈尸于街头,还危及到公共安全,使一位出租车司机惨遭池鱼之殃。贪官的内心是焦虑和疯狂的,他们令人发指的恶行,普通人很难以常情常理去揣度。

罗崇敏长期防微杜渐,他对灯红酒绿的娱乐场所、洗桑拿、进按摩院、去夜总会消遣都不感兴趣,连麻将扑克也与他无缘。有人背地里叫他"土包子",有人则对他赞不绝口,钦佩之至。一个没有丝毫绯闻的官员,一个对家庭对组织百分之百忠诚的官员,当今之世,不说是凤毛麟角,也算是珍稀品类。他为何能够做到这一点?"风动,旗动,都是因为心动所致",如果一个人对各种各样的诱惑能够做到心如磐石,不为所动,就肯定能持守真宰,不落尘秽。这虽是禅家的说道,又何尝不是罗崇敏的心得?

笔者在一次交谈中想探究一下罗崇敏的工作和生活特点,他却幽默而认真地回答我:"我在生活上最大的特点是没有特点,我在工作和学习上最没有特点的是有特点。"真耐人寻味。这就是我对一个现代官员为政

和生活特点探究的结果。

2009年4月20日,罗崇敏在书房静坐时,灵感翩然驾临,《享受孤独》这首诗他一气呵成,那种生命开花拔节的快乐跃然纸上:

> 孤帆远影,
> 别忘印上我的心,
> 随你风风雨雨,
> 打捞深情的海韵。

> 大漠孤烟,
> 别忘牵上我的手,
> 伴你飘往天边,
> 找寻鸣沙的清泉。

> 陋室孤灯,
> 别忘带上我的眼,
> 同你字里行间,
> 遨游智慧的圣殿。

> 我们豪饮着孤独啊!
> 从自己出发,
> 让信念在空灵的行囊中练达。

> 我们享受着孤独啊!
> 从自己出发,
> 使生命在独辟的境界中升华。

许多人害怕孤独,把它等同于孤苦和孤伶,殊不知勇者、智者和强者将孤独视为玉液琼浆,视为最佳伴侣。佛家讲求"戒生定,定生静,静生慧",唯孤独者最有定性和静气,智慧常去叩响他们的门环就再正常不过了。摇滚歌手张楚有一首歌叫《孤独的人是可耻的》，大意是：在恋爱的季节，"大家应该互相交好"，孤独的年轻人置身境外，任由自己在风中枯萎，这样无所作为是可耻的。张楚的歌献给年轻人，自有他的道理。但在恋爱的季节过去之后，孤独者经历一番心灵的跋涉，找到了比爱情的神宫更为辉煌的智慧的圣殿，他们就是可敬的，也是令人歆羡的。

翌日，罗崇敏将这首诗念给一位到教育厅来拜访他的大学教授听，对方击节叫好，由衷地赞叹道："罗厅长，您这首诗写出了孤独者的心声啊！"

"一点个人感受，不知是不是到位了。"罗崇敏保持一贯的谦和。

"到位了，到位了！不说别人，就说我，我最敬佩您的地方就是，您经得起外界的喧嚣，耐得住内心的寂寞。孤独的人注定不会两手空空，一无所获，您就得到了智慧的重赏！"

"内不欺己，外不欺人，上不欺天，君子所以慎独。"享受孤独，慎用孤独，这样的人不仅有强大的定力，也有非凡的良知。

罗崇敏在许多场合都强调自己是一个"珍重感情的人"，但他不赞成把感情庸俗化、权力化，那样的话，就会降低自己的生活品位，削弱自己的人格力量。他曾经接受新华社记者李自良采访，有一说一："在交朋友方面我还是有一种防范心理。由于过于防范，一些朋友也丢失了。"他坦言：很多人想走进他的生活圈是很难的。有时候，他也会感到相当寂寞，一两个礼拜接不到一个朋友的电话，接到的电话都是工作的、办事的。他感到欣慰的是自己能够耐得住寂寞。

"我主张忙而不慌，闲而不荒。对我来讲，学习、生活、工作并没有明显的界限，学习也是工作，工作也是生活。我的时间大致是这样分配的，三分之一学习，三分之一工作，三分之一生活，睡眠包括在生活之中。实际上，我在任何环境中都可以学习，这个学习不限于书本，它是一种思维活动。我下乡可以学习，在床上可以思考，在饭桌上可以构思，甚至在卫生间，都可以学习。我喜欢学习，喜欢思考，喜欢实践。我的特点就是善于学习思考，然后把学习思考的东西变为一种实践活动。我写作也是工作，我读书也是生活，所以很自然地养成这样的习惯。一天不看书，我就会觉得内心空虚。一天不想事，我就会觉得头脑空洞。正因为这样，我就会把

政治、经济、文化、哲学、艺术、医学当成不同的水域,跳进去畅游一番,然后上岸,晒晒太阳,想想问题,一旦找到答案,就如同哥伦布当初发现了新大陆,很快乐,很有成就感。……我的追求不是见他人所未见,而是就众人之所见思众人所未思。学习不是吃苦,而是享乐,为什么呢?因为任何知识到达一定高度后,都会变成艺术。中医里面有句话,通则不痛,痛则不通。不管做什么都是这样。现在金融危机也是这样,因为不能融通,所以就痛了。现在金融痛,是因为它不通。另外我们的工作也是这样,心和人民相通了,通则不痛。如果和人民连成一条心,什么困难都可以克服,都可以做好。如果和人民不通,人民就不认可你。"

《人民论坛》杂志社曾在全国范围内做了一次"万名党政干部阅读状况调查",结果不容乐观:62.7%的受访干部表示,因工作太忙,应酬太多,他们抽不出时间读书。每周坚持读书的受访干部比例仅占33.7%。

罗崇敏将官员浪费时间称之为"时间腐败",尽管其危害性是潜在的,但同样可虞堪忧。道理很简单:官员没有从思想上、知识上和境界上充分地武装自己,他们推动事业时必定力不从心,事倍功半,甚至走向愿望的反面。

观察一个人,了解一个人,有时花费三年五年时间都觉不够,有时抓住某个典型细节就等于获得了"一票通"。笔者曾捕捉到这样一个典型细节:罗崇敏的签名很奇特,那个繁体的"羅"字就像是由行书的"学生"二字组合而成。这反映出一个信息:罗崇敏为人低调谦逊,他绝对不是那种好为人师的人,他甘为"学生",活到老,学到老。

2008年12月13日,罗崇敏与云南艺术学院领导和老师座谈时,将自己真实的想法和盘托出:"很遗憾,灰色时代的少年,蹉跎岁月的青年,社会躁动的中年,使我失去了成为艺术爱好者的环境和机遇。天命之年,我的艺术之心才怦然萌动。我们不应受浮躁和无理性的环境影响,应该走进艺术殿堂,修养艺术素质,提高生活品质。"他是这么说的,也是这么做的,平日总要匀出一部分业余时间去学学钢琴,打打网球,尤其喜欢与高手过招。尽管他的泳技高明,仍请职业教练纠正他的动作,甚至抱着小学生求学的态度去学习拳击和武术,在专业人士面前,旁人根本看不出他是一位厅级领导干部。

平时太忙，这样的闲暇时光得来不易。妙的是，体育造福于身心，罗厅长还可以借此机会接触干部，彼此在一起打打球，跑跑步，拉近了距离才有真话讲，才有净言听。手下越是掏心窝子，罗崇敏就越高兴越欢喜。

云南省艺术学院文华学院院长陈劲松对罗厅长推崇备至，其赞美之情溢于言表："他不是人，他是神！可敬可佩，可畏可爱！"陈院长说："在罗厅长身上，你看不到一点不良嗜好的蛛丝马迹，他只有高雅的爱好。他学钢琴，学声乐，一学就是三四个小时，还学习戏剧表演。我原以为，成年人学钢琴是一件难事，可罗厅长第一堂课就学会了四个八度正反。有一次，他先学完表演，再学钢琴，一时半会儿进入不了角色。他说，今天收工算了，明天再来。第二天上午十一点半钟，他过来了，吃完盒饭，赶紧补课。更奇的是，有时候，他在外地出差，让李炳泽主任打电话过来，约定某日某时罗厅长下飞机后直接赶来艺术学院学钢琴，看了他风尘仆仆的样子，就知道他要挤出一点时间有多难。现在罗厅长已经能够熟练地弹奏一些简短的曲子。我受到他学琴的感染和启发，花了两个多月时间编成了成人学钢琴的教材，这也算是教学相长的成果吧。"

云南艺术学院音乐学院院长王红星偶然看到罗崇敏创作的歌词，激动不已。默诵了《忠诚》歌词后，竟然热泪盈眶，当即表示要把罗崇敏创作的歌词谱曲演唱后出版发行。罗崇敏一再谢绝，但执拗的王院长还是找业内人士谱写和演唱了罗崇敏的十五首歌曲，出版发行《教真育爱》的歌曲集。他说："这不仅是对罗厅长崇敬之情的表达，更是想把罗厅长的博大情怀和艺术成就供大众分享。"

一个人情趣的标高与他品位的刻度是相差无几的。这么说吧，一个情趣高雅的人，其品位不可能低俗到哪儿去。笔者听人讲过一则趣事，2009年秋天，罗崇敏带队去宁波华茂外国语学校考察，匀出半天时间参观著名的藏书楼——天一阁。罗崇敏站在奇石和植物构织的人物造型和动物造型前整整衣冠，抹抹头发，拍了好几张照片。尔后，大家看中园区内那处名叫"三缺一"的景点，三座铜像，两个是中国人，一个是日本人，三人搓麻将，还缺一个搭子。大家觉得好玩，一个接一个大大咧咧地坐到那个空位子上与铜像合影，填补那位"第四者"的空当，唯有罗崇敏摆手，一连说了三个"不来"。细究一下，正是因为他情趣高雅，在"三缺一"照

相,确实忒俗气了点。

2009年,《南风窗》杂志发布"为了公共利益年度榜",全国共有九人上榜,罗崇敏赫然在列。其上榜理由是"推进现代教育公平"。

2010年1月,《决策》杂志评选"十大地方决策人物",入选标准是:"首创性:做别人没做过的事;推动力:做具有挑战性的事;责任感:做方向正确的事。"这"十大地方决策人物"排列首位的就是"勇于挑战尺度、不断超越自我的云南教育厅长罗崇敏"。罗崇敏的入选辞是:"在主政红河五年间,罗崇敏在政治、经济和教育文化、卫生等各个领域进行了多项极具争议的改革,让红河这个默默无名的边陲之地一时间声名鹊起,也让他自己处在争论的焦点。调任云南省教育厅厅长仅仅半年后,罗崇敏雷厉风行地推行多项改革。'我喜欢做挑战性的工作,'他说。"

2010年2月,国务院委托教育部起草《中国教育中长期发展规划纲要》,罗崇敏多次应邀参加修改《纲要》会议,最后一次他的发言使四座惊讶:"《纲要》稿子好的就不多说了,但客观地说,这个纲要没有突破旧的框架,起点不高,宏观体制设计不到位,操作性不强,创新性不够。"他的发言引起了与会者的共鸣。罗崇敏喜欢实事求是,深知空谈无益。他有他的主张,不会随便转移和放弃。改革教育体制乃大势所趋,然而积重难返,阻力重重,这是罗崇敏心头的隐痛。

曾有人大声疾呼,云南省有一块金字招牌应该尽快恢复,那就是西南联大。罗崇敏对此不以为然,他说:"建一所大学很简单,但要恢复西南联大的精神,绝非一朝一夕的工夫可以奏效,民主、科学、自由、平等,后人要恪守谨遵这些准则,谈何容易!"罗崇敏实话实说,明确表态,绕弯子和闪烁其词都不是他的作风。他还从西南联大的成功看到当代教育的缺失,最短缺的不是人,不是办学经费和各种硬件,最短缺的是一种蓬勃向上、积极进取的精气神。罗崇敏特别痛心的是当代教育界并不缺人,但受体制瓶颈之限,奇缺像蔡元培、梅贻琦、张伯苓、蒋梦麟、陶行知、晏阳初那样有抱负有远见有才能的教育家和教育实践家。

清华大学的终身校长梅贻琦有一句传世名言,"所谓大学者,非谓有大楼之谓也,有大师之谓也",形成鲜明对照的是,2011年网络上爆出了"真维斯冠名清华大学第四教学楼"的负面新闻。尽管清华大学资讯学院教师李希光巧解"真维斯楼"是"真理维护者居于斯楼",大家仍感到疑惑:如今清华大学到底是更缺大楼,还是更缺大师?面对拜金主义的滔天海啸,一所百年名校竟以这种方式去草草应对?武汉大学原校长刘道玉在那封写给清华大学的长信中提出了五条"逆耳的忠言",第二条是这样的:

> 应当树立什么样的大学精神?在清华大学的介绍中说:"学校精神:独立之精神,自由之思想。"在清华大学的百年校史上,的确存在着这样的精神,正是这种精神孕育出了大批翘楚和大师级的人物。可惜,这种精神并没有继承下来,无论是独立也好,或是自由也好,恐怕都只是停留在口头上。请问:你们对教育部有自己的独立自主权吗?你们又给了学校的教授和学生们多少的独立和自由呢?如果你们真的有独立和自由之精神,那陈丹青先生又怎么会辞职呢?反倒是,他离开清华以后,才真正获得了创作上的独立和自由,这难道不值得你们认真反思吗?

清华大学百年校庆宣传册上赫然以该校培养的领导人头像排列组合成清华园大门,官愈大摆放的位置愈高。这种官本位的做法既愧对老校长梅贻琦,也怠慢了王国维、梁启超、陈寅恪、赵元任等大师级的清华教授。

清华有权势可以炫耀,北大也不会短缺炫耀的资本。

日前,香港《东方日报》发表酷评《津津乐道产富豪,北大斯文剩多少》,指出内地高校既向钱看,又向权看,斯文扫地,误人子弟,令国人忧愤不已。北京大学校长周其凤在北大企业家俱乐部成立仪式上津津乐道,最近十一年从北大校友中诞生了七十九位亿万富豪,连续三年居内地大学榜首。堂堂百年名校的校长,不为本校的学术大师断代而心急如焚,却汲汲于追求培养富豪的数量,周其凤还有几分校长的样子?北京大学这块金字招牌还有多少含金量?

《东方日报》的酷评对北大校长周其凤敲打得够狠,也够准。在财富沾满"原罪"的原始积累时期,北大培养亿万富豪的功夫在中国数百所大

学中独领风骚,独占鳌头,这到底是不是一件值得炫耀的事情?北大的先贤不向权势献媚——傅斯年骂倒两任国民党政府的行政院长孔祥熙和宋子文,不向金钱折腰——蔡元培在香港逝世后无钱营葬,由友人解囊承担;陈独秀拒绝蒋介石和国民党高官的资助,在四川江油贫病而终,这种风骨已随风而散了吗?大师云亡而富豪上位,这是北大的进步,还是北大的堕落,明眼人自有判断。

一国之大学必是一国之人文精神的桥头堡,若在权力意识和金钱意识的轮番攻击之下,雄关失守,阵地沦陷,学者和学子丢盔弃甲的情形将何等难堪!北大复兴"孔教"(对孔方兄顶礼膜拜),其他大学也不乏孔门的忠实信徒。

北京师范大学管理学院教授、博士生导师董藩对他的研究生讲过这样一句名言:"当你四十岁时,没有四千万身价不要来见我,也别说是我学生。"他认为"对高学历者来说,贫穷意味着耻辱和失败"。尽管后来他在接受新华社《国际先驱导报》的采访时作出了详细的解释和修正,一再强调他培养学生的财富意识是出于为师的责任心,但仍然不能自圆其说。如果将财富积累视为唯一造福于社会的可取方式,百分之九十的人所做的工作就会顿失凭依。一个价值多元的社会就会陷入到唯"财"是举的困境和绝境。

教育要有钱来办,但办教育不只是为了要有钱。人文精神和科学精神是现代教育的双核,一个也不能少。一旦丧失了这双核,再多的钱也堆不出教育的成功。在罗崇敏看来,清华和北大不反思自身教育价值的流失,不痛心于学科建设的滞后和诺贝尔奖的奇缺,却徒然炫耀本校出产了多少高官和巨富,真是贻笑大方。

罗崇敏名满天下,经常会有记者盯着他询问这样一个问题:"你走到今天算不算成功?"罗崇敏坦诚地回答他们:"我没有考虑过。"记者们觉得不可思议,甚至有人怀疑罗崇敏未吐实言。他们不知道,罗崇敏这样回答,是有缘由的。在他看来,"人生是一个圆圈,领导是一个过程,人生是经历的圆,领导是经历的积累。成功与否,自己无从评判,自己所演绎的人生旅程和领导过程对自己来说是非成败转成空,对社会对历史来说,留下的印迹不可抹。一个人的成功与否,由社会和民众来评价,由历史来鉴定。"他与新华社江苏分社社长田舒彬谈到怎样解读自己时说："人不能完美人生，但完全可以完善人生，不枉此生。"是啊，不枉此生，他的精神境界就是那样的朴实、阳光而高尚。

罗崇敏并不喜欢别人给他单纯地贴上"个性官员"的标签，他总是将党性、社会性和个性三者有机地结合起来，既能够顺应时代发展的要求，又能够充分体现自己的特点，低调做人，高调做事，两全其美。有人说，改革家罗崇敏的出现是一种政治现象。也有人说，改革家罗崇敏的出现是一种文化现象。曾有一篇文章分析道：文化是人类创造的，每一个人都是文化的传承者，每一个人身上都"镶嵌"着某种文化的符号，或鲜明，或模糊。尤其是对于人群中的"高排位者"，比如有权力的人、有知识的人、有经验的人、岁数大的人等等。他们无疑是组群文化变迁的核心，因为文化的变迁通常是从少数人身上开始的。像吕日周、仇和、罗崇敏这一类改革官员的出现，即折射了中国的组织文化（领导文化、权威文化）的变迁，"温良恭俭让"的传统主调已有所削弱，官僚系统的宽容度则有所提高，因此地方改革官员在中国官场的生存空间已不像往昔那么狭窄，命运也不再以悲剧收场。"这是否预示着我们传统集体主义文化的消解和个体主义文化的萌动？"虽然作者用的是疑问语气，但他的情绪比较乐观。

著名学者季羡林老先生健在时，粗略了解完罗崇敏的履历后，颔首赞叹道："仅凭你的成长经历，就可以作为一部励志教科书。"

曾有一家出版社约请罗崇敏撰写自传，回顾改革历程，但他对此约请敬谢不敏，他的回答是："我不喜欢回忆过去，我喜欢面对未来。我喜欢从熟悉的环境走出去，及时发现新的开始。我觉得我的生活没有什么可以记录的，特别是我的人生走到今天，不只是我个人奋斗的结果，它是整个社会，整个自然，整个家庭，还有我所处的不同团体对我的影响。我记得在感恩节的时候写过这样一段话：我要感恩什么？从各方面来讲，我要感恩自然，感恩社会，感恩团体，感恩父母，感恩同事，感恩我的家人。所以就个人的传记来讲，我认为没有必要写，因为我始终认为，对自己所走过的这段路的评价，应该是世人的评价，而不是自己的评价，应该是未来的评价，而不是现实的评价，所以没有这个想法。"

罗崇敏从红河州委书记位置上调离后，就再也没有回过蒙自，机会

一大把,但他不想重游故地。忆往恋旧,频频回首,那是苍髯老者的习惯,罗崇敏时刻以炯炯的目光瞩望前方,迄今仍未感觉老之将至。

红河的百姓和干部的记性不差,对罗崇敏的恩德他们铭记在心。罗崇敏为红河州做了那么多益事,其贡献有目共睹,不可抹杀,也不会磨灭。"罗书记在这里的时候,红河州生机勃勃,现在死气沉沉啊!"这种感叹,笔者多次听闻。一些有抱负的干部告诉笔者,过去在罗书记手下做事,累是累,但累得心里愉快、踏实,现在打牌、喝酒,工作负担减轻了,精神却非常空虚。"老百姓看我们的眼光都发生了微妙的变化,他们说:'现在个个是领导,个个不是领导。'这话我们听了,背脊骨发凉啊!"一些干部如数家珍,罗崇敏给红河州留下的"遗产":产业、企业、城建、道路、学校、医院、文化广场、行政中心,够红河人受用一辈子甚至几辈子。但罗崇敏却说:"这都是大家做的事情,我无非是尽了一个州委书记的职责,而且还没有完全尽职。比如说我要建设的'滇南绿州'和建水'临安湖'等正在筹建,可能我走了就不会继续建设了。"

2010年10月,罗崇敏以中国边陲省份的教育厅长身份应邀访问美国的三所顶尖级大学——哈佛大学、哥伦比亚大学和普林斯顿大学。这位"奇官"在哥伦比亚大学,即胡适、蒋梦麟等中国学界精英的母校,作了题为《现代教育观》的演讲。该校一位老教授听完讲演后,好奇地询问罗崇敏:"许多政要到哥大演讲,政策都是题中应有之义,为什么罗先生单讲思想?"罗崇敏机智地回答道:"民族有区别,智慧无国界,数十年前哥大哲学教授杜威先生到中国传播了他的实用主义教育理念,今天我来贵校谈一谈我的现代教育观,礼尚往来嘛。我是一个行动者,也想做一个思想者。"嗣后,罗崇敏在哈佛大学作《国家发展战略》的主题演讲,他标举的国家发展战略理念——"产业富国,制度兴国,素质强国"——具有很强的普适性。一位英国籍的博士研究生感到有些疑惑,他提问道:"你是一个教育官员,怎么讲一个国家首脑的话题?"罗崇敏的回答很大方,也很雄辩:"不谋全局者,不足以谋一域,不谋万世者,不足以谋一时。我长期在地方政府履职,之所以能够做好管理工作,便得益于以国家的理念和战略的思维去执政。盛天下之理,鉴世间之事,为社稷之业,是我的追求。"那位学者的好奇心得到了满足,罗崇敏睿智的回答也收获了掌声。

"不积跬步，无以至千里；不积小流，无以成江海。"罗崇敏从红卫兵、工人、代课老师一步步走过来，最终登上了政治精英和文化精英汇聚的神圣殿堂，畅述自己的高明见解。这无疑是一个奇迹。

2010年12月，由中央电视台、新华网等二十余家国内权威媒体发起评选"影响中国十大新闻年度人物"，罗崇敏实至名归。这是民众对他的认可，它赛过任何奖杯和奖牌。

2011年7月14日下午，罗崇敏在即将挂牌的云南旅游职业学院发表题为《现代教育与现代旅游》的讲演，获得该校教师的一致好评。一位听讲者给罗厅长发来短信，由衷地感慨道："我有点不敢相信您是一位矜持高贵的领导者，因为您亲切到似乎可以微笑着和每个人握手，您的思想又丰富到犹如万花筒，而最难得的是您循循善诱的语气和幽默诙谐的语言，让我们想让时间停下来，沐浴在您的和煦春风里。你哪还是一位领导全省教育者的领导者啊，您是一位肯放下身段却更让人尊敬，在自嘲的同时却让人看到人性光芒的一位快乐的当官者，一位睿智的思想者。"这种来自民间的评价不是奖励，但胜似奖励。口碑永远比某些官方的认定更重要，也更可靠。

当初，笔者决定撰写这部传记时，罗崇敏提出了"四可三认同"的要求。"四可"是"可读，可思，可信，可鉴"。"三认同"是"感情上认同，人格上认同，价值上认同"。他表示："我要给民众留财富，给历史留遗产"。他还说："任何一个改革家都只是留下一个冲积层而已，是给河水流动带来动力还是阻力，很难说。但一名改革家肩负历史责任。他首先想到的是'我要尽全心全力干好事业，创造价值，实现理想'，至于是非功过，任由后人评说。"

两年内，笔者数赴云南，共计采访了一百余人，其中有官员、教师、专家、记者、医生、企业家、机关干部、学生、司机、门卫和退休老职工，当然也包括罗崇敏的亲友。我寻访他生活过和工作过的地方，得到许多感性认识。在江川县抚仙湖畔，罗崇敏的旧宅已经残破不堪，但他儿时的伙伴讲述往事，仍然活灵活现，就宛若发生在昨天。想想看，将近半个世纪前，在彩云之南，那位在冬天仍然只穿一双草鞋上学的倔犟少年，历尽千辛万苦，如今已是名满天下的改革家和风云人物。罗崇敏传奇广为传播，罗

崇敏现象引人瞩目。

职务把罗崇敏推向前台，媒体把罗崇敏推到聚光灯下，时代需要他通过写作、演讲和访谈来传达改革的理念。"罗崇敏的视界，是为人有厚度，为事有精度，为官有深度的视界；是学习有广度，工作有力度，生活有维度的视界。"将它嗤为溢美之词的人就大错特错了，这句话是对罗崇敏的准确概括。

面对荣誉的光环，面对鲜花和掌声，罗崇敏的头脑相当冷静，心态相当平和，表达相当充分。他对笔者讲的交心话是这样的："时至今日我才知道，我天生是时间的奴仆！鸡鸣而起是习惯，通宵无眠也正常，读书，练字，写感言，倦意偶尔有之，枯竭感却还不曾侵袭我的书案。人说一生为一件大事而来，我却天天为成就小事而去！但我成就的小事也许会在领袖、大家、精英的传记里，也许会在教师、农民、工人、军人的故事里，也许会在人类、国家、政府、政党的大事记里。以上的记录会融化在我的生命里。在我的永恒记忆中，我只是做了一件不大不小的事——与夫人养育了两个孩子，一男一女。传承了生命，传承了文明，传承了事业！"这番话耐人琢磨，他所说的"小事"，在许多人眼中并不是小事。将它们悉数聚合在一起，如同一粒粒高粱发酵成茅台酒，又怎么会是鸡毛蒜皮的"小事"呢？在这段话中，自信和谦逊是并行不悖的双主题，互有抑扬，互为掩映，更见其人之格调不亢不卑。罗崇敏是一位有心、有志、有法的公民和官员，他的奇崛处、平朴处在这里，他的成功处、成名处也在这里。

著名学者钱穆曾在《孔子传·再版序》中写道："抑且为古圣人作传，非仅传其人传其事，最要当传其心传其道。则其事艰难。"为今贤人作传又何尝不是如此。笔者深知，一部传记并不足以穷尽罗崇敏的人生华采，它只不过是抛砖引玉之作，但这个尝试非常有意义，也非常有价值。许多成熟聪明的读者将借此接触到一位新型改革官员的所学、所感、所思、所言、所为。断无疑义的是，"窥一斑而知全豹，尝片脔而识鼎味"，如果读者能够餍足"眼福"和"口福"，应该说，这份受用全是由本书的传主慷慨馈赠予你们的，笔者丝毫不敢贪天功为己有。

罗崇敏关于民生、教育的发言和举措先后得到过李瑞环、朱镕基、习近平、温家宝、贾庆林、李克强、回良玉、刘延东等国家领导人的表扬和赞赏。云南的一位省领导在公开场合多次称赞罗崇敏是思想家，号召大家向他学习。对待上级领导的交口称道，罗崇敏的谦逊一以贯之。他说："领导鞭策我不断进取，我没理由原地踏步！"

据《左传》记载，襄公二十四年，鲁国大夫叔孙豹对晋国大夫范宣子说："太上有立德，其次有立功，其次有立言。虽久不废，此之谓不朽。"罗崇敏对于"三不朽"极为看重。身为公民，他铁肩担道义；身为学者，他妙手著文章；身为官员，他"权为民所用，利为民所谋，情为民所系"。罗崇敏知识渊博，思想深刻，治绩突出，政声响亮。他内心最渴望实现的目标并不是媒体众口一词的夸奖和外界不遗余墨的褒赞，而是使个体生命、群体生命均能充盈地绽放美的光华，完整地呈现善的本质。

最后，我还是用罗崇敏的话来收笔吧。

"男人身上的伤疤是勋章，男人的天性是担当。一个有担当的男人，是有素养的男人，是有知识的男人，是有品质的男人。男人要有担当，就要有宽广的胸怀，要有硬朗的翅膀，要有英勇的斗志。男人要有担当，就要有责任感，有事业心，有进取志。对妻子，对孩子，对家庭，对国家，对社会都有担当的男人才是真正的男人。"

罗崇敏不仅是一个有担当的男人，更是一个有担当的现代领导干部。在"担当"里放射出罗崇敏的忠诚、智慧和能力，展现出罗崇敏的个性、社会性和党性，彰显着罗崇敏的自信、能力、境界和尊严。